意林

公元787年，唐封疆大吏马总集诸子精华，编著成《意林》一书6卷，流传至今

意林：始于公元787年，距今1200余年

U0797840

意林®轻文库

轻小说 青春最美，梦想出发

中国式优质轻小说第一品牌

# 少年北顾，唯愿君安（上）

竹木一 / 著

長春出版社
国家一级出版社
全国百佳图书出版单位

轻小说 出品

**图书在版编目（CIP）数据**

少年北顾，唯愿君安 / 竹木一著 . -- 长春 : 长春出版社 , 2016.8
（暖爱青春馆）
ISBN 978-7-5445-4547-1
Ⅰ . ①少… Ⅱ . ①竹… Ⅲ . ①长篇小说 – 中国 – 当代Ⅳ . ① I247.5

中国版本图书馆 CIP 数据核字 (2016) 第 177742 号

**少年北顾，唯愿君安（上）**

*Shaonian Beigu Weiyuan Jun'an（shang）*

| | |
|---|---|
| **著　　者** | 竹木一 |
| **出 版 人** | 郑晓辉 |
| **总 策 划** | 安　雅　张　星 |
| **责任编辑** | 高　静　闫　言 |
| **图书统筹** | 安小纪 |
| **特约编辑** | 黄佳佳 |
| **绘　　图** | 君　翎 |
| **书籍装帧** | 胡静梅 |
| **美术编辑** | 赵艳红 |
| **开　　本** | 700mm×1000mm　1/16 |
| **字　　数** | 260 千字 |
| **印　　张** | 15 |
| **版　　次** | 2016 年 8 月第 1 版 |
| **印　　次** | 2016 年 8 月第 1 次印刷 |

| | |
|---|---|
| **出　　版** | 长春出版社 |
| **发　　行** | 长春出版社 |
| **地　　址** | 长春市建设街 1377 号<br>邮编：130061 |
| **电　　话** | 总编办：0431–88563443<br>发行科：0431–88561180 |
| **网　　址** | www.cccbs.net |
| **经　　销** | 全国各地新华书店 |
| **印　　刷** | 北京嘉业印刷厂 |

**书　　号**　ISBN 978-7-5445-4547-1　　**总定价**：50.00 元（共 2 册）

# 目录

CONTENTS

目录

CONTENTS

# 第一章 聊逍遥兮容与

曲奕找到祝维拉的时候，维拉在租来的小旅馆里冻得浑身打哆嗦。

2006年的冬天尤其冷，刚刚下过一场大雪，雪花凝在了一起，细细密密地贴在了玻璃窗上。极目远望，维拉回想自己在人群中蹒跚前行的模样，她竖起领子遮住下巴，一脸茫然地踏着厚重的积雪。这样的天寒地冻，只有堆雪人的孩子们笑靥如花。当行人慢慢多起来时，伴着孩子们阵阵的哄闹声，开始有人把家门口的雪铲出一条光洁的路来。

几经周折，维拉终于在一条僻静的小胡同里找到了这家旅馆。

由于安装了空调，屋里不曾供暖，空调一坏，这儿就成了名副其实的冰窖。维拉坐立难安，起身去找服务员理论，她义愤填膺地打好腹稿，还没开口就被服务员公式化的笑容击败，捎上了几句敷衍的抱歉，便垂头丧气地回了冰窖。

她恨不得立刻离开这个鬼地方，但因临近艺考，他们学校作为高考的艺考考点，周围的旅馆几近爆满，她也是找了好多家才找到这儿的。

而且，她已经无处可去了！

想到这一点，维拉不由得顺下气来。

她哆哆嗦嗦地盖了三层被子，脚还是冰冷冰冷的，翻来覆去好久都没睡着，她索性起来刷论坛。

维拉缩了缩脖子，把袖子往前拉了拉，遮住冰冷的右手，食指不停地滑动着鼠标。虽然已经临近期末考试，但是学校的论坛还是一如既往地热闹。

平时维拉便是这论坛里的常客，由于哥们儿曲奕是论坛“弹指一挥”的版主之一，维拉没少被他拉过来刷网页、发帖子积累人气。

不出维拉所料，她一个小时前干的混账事已经在论坛上闹得沸沸扬扬。想想也是，一生能有几次看到宿舍着火呢，那火光噼里啪啦的，可不比烟花还好看？

本以为趁早离开能落个清净，没想到依旧烦不胜烦。

“咚咚咚”，一阵声响急促的敲门声打断了维拉的深思，还伴随着那敞亮的京片子：“臭丫头，睡死在里头啦？快开门，麻溜儿的！学校正全城通缉你呢！”

维拉一激灵，突然回过神来——自己似乎犯下了一桩不得了的罪行，她来小旅馆是消极避世，不是伤春悲秋，没闲工夫想那些风花雪月的事。

三个小时前，她在宿舍里用“热得快”，没看清楚使用方法，插上插销就下楼了。结果整个宿舍都被点燃了，那时候还下着雪，火光一点儿一点儿地把霜花变成了雨水。

着火的时候大家都不在，救火也不及时，一场大火把宿舍里能烧的东西都烧没了。

维拉买了晚饭往宿舍楼走的时候，看到宿舍楼冒出浓重的黑烟。听到周围同学的议论，知道宿舍被烧成一片灰烬，所幸人都安全。

维拉远远地看着那间冒着滚滚浓烟的宿舍，脸板得跟包公似的。

那宿舍外面晒着她的洋娃娃，而且蔓延的火势随时有可能把洋娃娃卷进去。但现在不是懊恼的时候，等宿管阿姨查出真相，还不得狠狠扒她一层皮！维拉心虚地看了一圈，发现周围没有认识的人，赶紧抱着饭盒半遮面，脚底抹油，溜了。

舍友三个人都有不在场的证据，她很明白肇事者除了她不会是别人。

那个天杀的“热得快”啊！

维拉默默地流下两行泪，新的家庭家教森严，平时她吃饭时说话都会被爷爷用筷子敲得脑门肿出个大包，何况是放火烧屋。

她摊上大事了！

希望不要闹出人命，希望宿舍的暴发户刘乐不要往宿舍里一麻袋一麻袋地堆银子，希望没有祸及楼上曲奕住的男生宿舍，希望消防员给屋子多留下几块砖瓦。

这两个人闹起事儿来，一个比一个嗓门儿大，能当雷达使，挺让人头痛的。

维拉有些烦躁，也有些无奈，只想着先避避风头，躲开这风口浪尖。

她身上的钱不多，为了防止有人轮番骂她，维拉关了手机，挑了一间最便宜的旅馆入住。本以为只要不住正规酒店便没事，没想到爷爷找旅馆的电话依然找得倍儿快，被窝都没有躺热，他就打了电话过来把她骂得狗血淋头。

刚刚回到这个家才一年，莫非就要被扫地出门了？

维拉心情复杂。

学校校长与维拉的苏爷爷是多年好友，深知对方的脾气。打了电话到苏家的时候，斟酌着言辞，委婉地说明了维拉此番的粗心大意所导致的后果和一些赔偿事宜。

学校的事情，一直是苏爷爷心中难以逾越的坎儿，现在竟听闻维拉在学校里肇事，果然大发雷霆："不给，一毛都不给，让她自己赔去，要是让我知道谁帮维拉偷偷把她那空儿给填喽，我打断他的腿！"

向彤心疼得直抽抽："爸，您怎么如此铁石心肠？咱们维拉又不是故意肇事，我觉得跟那'热得快'的厂家有很大关系……"

听她这么一说，苏爷爷更是恼火："你还怪到别人头上去了？学校明令禁止学生使用'热得快'，是她没记到脑子里，还怪别人啦？我当初就应该把她送到军校去，你看看，你看看……"

说到这事儿，向彤抱着胳膊冷眼旁观："您这会儿倒是说这话了，当初是谁把孩子弄丢的？她在一个市井之家生活了十六年才被找回来，不是您一手教出来的孩子，看着肯定怎么都不满意。"

闻言，犹如暴狮一样的苏爷爷瞬间蔫了，坐在桌子旁沉默不语。

他这辈子最难过的一件事就是，维拉不姓苏，而是姓祝！

曲奕还在持续地拍门。

怎么办？维拉脑子里瞬间出现了几种答案，权衡过后，最终果断地堵上了耳朵，假装自己不在，不理会门外的穿耳魔音。

门外的声音没有持续多久，曲奕敲了一会儿就不敲了，直接下去找前台要钥匙。可按照规矩，备用钥匙是不能随意给客人的。

在前台服务的是一个小姑娘，脑门上别了一枚巴掌大的蝴蝶结，一身正气，拒绝的时候头昂得特别高。

曲奕当机立断，按照墙上的报警电话拨了过去。他说话的声音不大，或许是被耳提面命惯了，又或许是大户人家的家教使然。曲奕在外面行事较为低调，能不咋呼就不咋呼，这次是被维拉逼得没办法了。

前台的姑娘有些疑惑，拿不准眼前这位公子卖的是什么关子，想把脑袋凑得更近的时候，曲奕却把手机递了过来。

她不明所以地接过手机，听了几句神色越发恭敬，挂断电话后便把房间备用钥匙给了曲奕，心想着，这些有钱人最近都喜欢玩行为艺术了吗？放着那么多好的酒店不去，偏偏要往他们这座小庙挤？

维拉听到钥匙转动的声音，感叹再深的洞穴也瞒不过千年的老狐狸，索性不再抵抗，麻利地打开了门，动作一气呵成中还带着点儿谄媚。

曲奕的右手还停留在钥匙眼儿上，抬头间的讶异只停留了一秒，就抱着胳膊数落起维拉："你行啊，不躲了？潜逃得够深啊，要不是我给你家老爷子打电话，还找不到这儿来。"

"屋子比较小，你看着找个地儿坐吧。"维拉耷拉着脑袋，如同丧家犬般走回了屋子。

曲奕才进来就打了个哆嗦，不可思议地来回张望："这屋怎么回事？你在修炼寒冰绵掌？我都快被冻成冰柱了。"

"我已经被冻成冰棍了，您威武雄壮，所以冻成冰柱。"维拉前一秒还有模有样地解释着，后一秒就被自己逗笑了。

"还好意思乐？我看你是完全没有犯罪分子的觉悟啊。"曲奕重重地往床上一坐，嫌弃地看着那床略显陈旧的被子，"这被子什么味儿啊？勾点儿芡就成屎了，你居然还在里面睡觉……坐得离我远点儿。"

"别老提醒我这事成吗？"维拉听到"犯罪"二字也蔫巴了，"我躲起来就是在为这事儿心烦呢，我爷爷快把我家的屋顶掀了，老威胁我要用擀面杖擀我，就连赔……"维拉说到这儿就打住了，翻转过身来慈爱地看着曲奕。

虽然她爸不给她钱了，但是曲奕浑身上下还散发着人民币的气息！

曲奕眉毛一挑，一股浓重的危机感涌来："我警告你，少打我主意啊，我好不容易才攒够钱买那款限量版的变形金刚。"

……

最终，维拉还是把曲奕书柜里的陈列物收走了一半，来应对这场突来的经济危机。

曲奕把维拉押解回学校的时候，险些没把维拉扛起来。如果不是见周围人的眼神都不对了，维拉是怎么也不会回去的。

这把火唯一的好处就是，彻底把她们的宿舍拆了。维拉被学校委婉地劝走，过起了走读生活，而曲奕也以"捡回一命，心力交瘁"为由，搬回了家里。

他们学校的宿舍楼比较高，一到五层是女生宿舍，五到十二层是男生宿舍。曲奕所在的宿舍恰巧在维拉的宿舍上头。

事情到这儿维拉才回过味儿来，敢情这厮一直不生气的原因居然是为了"发国难财"。曲奕老早就不想住校了，可每回跟他爷爷提起这事，都要挨一顿鞭子。

维拉私下觉得，曲奕能笑得那么开心，主要是因为没波及他们那层。

同室的刘乐就不一样了，清点损失的时候，要不是另一个姑娘拽着她，她能扑上来把维拉咬死。这厮深得她父亲的遗传，吃穿用度怎么暴发户怎么来，维拉这把火烧掉她不少财产。而她也丝毫不跟维拉客气，狠狠地敲了维拉一笔。

维拉灰头土脸地跟着老师去把烧掉的书和被褥置办了回来，她跟曲奕虽然不住校了，但是别的几位姑娘还得住。

刚刚她们看她的眼神都带着火星，维拉连跟她们对视的勇气都没有，生怕身上会被瞪出几个窟窿来。

维拉深知这次错在自己，不敢随意甩性子，无论别人跟她说什么都一律赔笑。

曲奕收拾好自己的细软，在宿舍门口等维拉，远远地就看到她被教导主任训斥，这时的维拉脸都垮了。

好不容易教导主任才肯放人。维拉立马脚底抹油，假笑了一天，见到曲奕的时候，嘴巴都抽筋了。

“你没看见刚刚那老师说话的语气，活跟我烧了他们家似的。揪着我这点儿错不放，有意思吗？”维拉愤然地抱怨着，阳光透过树梢，洒在她的睫毛上，看上去金光闪闪的，格外灵动，“还说不能仗着我家有几个钱就不把安全当回事儿，你说他有劲吗？这都能扯一起，说白了就是妒忌嘛。喊，我还真就横着走怎么了？”说完，维拉扬起双臂迈开腿，螃蟹似的横走了两步，直跨马路。

曲奕眼看马路上车来车往，追出去想拉住她，却见一辆轿车飞速驶来逼近维拉，喉咙里颤抖着发出一声尖叫：“小心！”

刺耳的刹车声掩盖了他的声音，维拉隐约听到曲奕焦急的呼喊，心里“咯噔”一下，惊魂未定地回头一看，一辆轿车险险地停在了她身后一厘米的地方。

司机探出头来，指着维拉破口大骂：“大马路上胡乱嘚瑟什么！不想活啦！”

曲奕刚缓过神，看见维拉受气，火气“噌噌”地往上冒：“你给我下来！哪间庙的啊？还敢训斥我们？欺负女生算什么？有种你跟我单练！你开个破铜烂铁出来没人怪你，超过二十码还敢瞎嚷嚷，没看到这是学校吗？还真把学校当你家了？要是撞了谁，你担当得起吗你？”

“我当是谁呢，原来是奕子的朋友。”

听着车里传来的声音，曲奕愣了，却一时间想不起是谁。维拉也扭过头看着他，同样面带疑惑，曲奕不解地看向车里：“你谁啊？”

随着一声轻笑，副驾驶上走下来一位星眉朗目的男生，双手插在口袋里，眼睛带着暖暖的笑意，嘴角微微上翘：“真让人伤心，我才离开几年，你就不认识我了。”

这样的顾容与，跟曲奕记忆里的一模一样。

“容与！怎么是你啊？哎呀，维拉，这是我一发小儿，这回咱们可是大水冲了龙王庙了，快过来，我给你引见引见。”说着，曲奕一把拉过维拉，指着顾容与说：“我们的孩子王——顾容与，在我头上作威作福十几年，几年前转学到了别的城市，本以为能安生几年，没想到这么快就回来了。怎的，哥？要给咱们整肃军容了？”

“那是，看你刚刚多欠，要遇着别人，你还真跟人掐起来啊？”顾容与眉眼含笑，眼神中闪着独特的光芒。

他说话的时候，维拉一直看着他的眼睛，柔和得能溢出水来的眼睛。虽然用“柔和”形容他过于女性化，但或许是由于词汇的贫乏，她找不出更合适的词来形容那样的眼睛，那种能让人直接看到他灵魂的眼睛，浑然天成。直到许久之后，她学到了一个词——温润如玉，才能恰如其分地形容眼前的男子。

“护短，这是你教我们的。”曲奕说完，笑嘻嘻地转向维拉，“我容与哥是出了名的护短，现在新街口那带还有我哥的传奇！”

“少拍马屁，全拍马腿上了，在妹妹面前多给我丢份儿啊。”说着，容与看着维拉，咂摸道，“奕子，这可就是你的不对了，那么好看的妹妹藏着掖着，没被我撞上，还打算藏多久呢？”

“谁藏了？这是祝维拉，老苏家刚找回来的沧海遗珠！”

曲奕话音刚落，维拉可以很清楚地看到顾容与眼中的惊诧。

维拉站在一旁笑着，可是这个笑容带着一些疏远，并不是针对谁，只是，对于这个身份，每每提起，心中总是五味杂陈的。

顾容与的确很惊讶，虽然他刚回来，但已经听到了风声。她就是祝维拉吗？跟他想象中一点儿都不一样。

不过，似乎这样的祝维拉，比起怨声载道、楚楚可怜的模样，还真的让人容易接受很多。

顾容与笑着跟维拉打招呼：“你跟我想象中一点儿都不一样，不过，很有老苏家的家风。”

维拉也笑：“你叫顾容与？哪个容？哪个与？”

“容易的容，与人为善的与。”

维拉眼珠一转：“‘时不可兮骤得，聊逍遥兮容与’吗？”

“你知道《湘夫人》？”顾容与略带惊奇地看着她，一般知道他名字出处的人太少，怪不得他惊讶。

“我还知道《湘君》，‘时不可兮再得，聊逍遥兮容与’。”维拉笑眯眯地看着他，“你爸爸妈妈给你取名的时候很用心。”

顾容与挑眉道：“你怎么知道不是我爷爷给我取的呢？”

“湘夫人和湘君都是楚地湘水的配偶神，而且诗里写的都是他们互相思慕的感情，这种感觉只有情正浓时的人才有，人老了更多的是细水长流。”

“人生得一知己足矣！”顾容与假装惊讶地感叹道。

曲奕原本还担心顾容与说错话，惹维拉不高兴，他知道虽然维拉看起来像一个傻大姐似的，什么都不计较，但心里琢磨的东西很多。看来顾容与也是个明白人，不会再跟以前似的往人家的脊梁上戳。

曲奕在一旁打趣道：“容与，你这用心太险恶了，又显摆又跟人姑娘家套瓷儿的。维拉，这种人你得防着点儿，别看他长得根正苗红一身正气，其实是资本主义空投过来的糖衣炸弹，你可把持住了。”

“我不跟你们贫了，我来这儿是真有事儿。”顾容与看看表，又打趣一声，“奕子，你也别急着败坏我的一身正气。明天是向彤姨和……的婚礼吧，咱们借个东风好好侃侃。”

曲奕一口答应下来：“成，不过话说回来，你来我们学校能有啥事儿啊？”

顾容与挤眉弄眼地说：“没几天你们就知道了。”

曲奕看到顾容与的车绝尘而去，不由得撇了撇嘴：“还说是好哥们儿呢，一点儿风声都不透露。”

“你这哥们儿真挺逗的。”维拉目送着那辆车远去，久久没有收回视线。

曲奕低头打量她半晌，揶揄道：“你该不会看上他了吧？”

维拉笑了笑，没有说话，她抬头看向天际飘浮的云，这会儿天是无比的蓝，是低空永远看不到的蓝。

她笑了，如同开了一树繁花。

回家的时候，维拉死活要跟着曲奕一起走。

“求你了，让我躲几天吧，你看我爷爷的暴脾气，一激动就把警卫的枪掏出来对准我了。”

“不是有向彤姨在吗？你怕啥？”曲奕宠溺地拍了拍她的肩膀，安慰了两句。

维拉无奈地叹气：“就是她在我才怕……”

向彤很护短，护得让她有些心虚，这也是她不敢面对向彤的原因。

因为明天她和爸爸就要举行婚礼了。他们皆是人到中年，重新组建家庭遭遇了不少压力，这场婚结得艰难无比。维拉实在不愿意因为自己的事情再生枝节。

走在前面的曲奕突然回头看她，严肃地说：“你是不是想家了？我是说，西北的那个家。真没事，如果你想回去，我陪你回去。没什么大不了的，真的，维拉。”他说得很严肃，严肃到险些把维拉的眼泪勾出来。

维拉抬起头看着曲奕，他眼眸中的关心之意是实实在在的，她的心中不禁涌入一股暖流。

曲奕是她回苏家后交到的第一个朋友。虽然他们之前的成长环境不一样，但是并不妨碍他们相知相惜。

“这样吧，我今晚去你家吧，有外人在，你爷爷应该不会太为难你。”

维拉和曲奕的家，都需要证件才能进去。曲奕有个习惯，每次给人出示证件的时候，都爱回个军礼。其实维拉也想大大方方地把手举起来，却觉得自己没有敬礼的由头，人家是从小在这儿长大的，她这个“半路出家”的“酒肉和尚”，还是保持双手的自然下垂吧。

大院里的路很宽，两边的人行道树十分笔挺，即便是冬天，也颇有风骨地立着。偶尔北风吹过，还能回荡起清亮的口号声。

从最北边望去，在憧憧树荫之间，维拉家的楼房探出半边屋檐。

维拉深呼吸了好几次，一想起苏爷爷瞪眼的样子，双手就开始打哆嗦。

曲奕看她这副熊样，气不打一处来：“什么事儿啊就把你吓成这样？平时不是挺能的吗？一到关键时刻就掉链子。”

维拉跟着他向前走几步，苦着脸说：“我在琢磨我是不是一开门就跪下来，爷爷拿鞋打我的时候，还能错开。”

“少自己吓自己了，苏爷爷是狠了一点儿，但是不至于抄家伙。”曲奕忍不住推了她一把，维拉踉跄地跳上台阶，伸手握上门把手：“要是我今晚‘光荣牺牲’了，请帮我申请一下烈士称号。”

“少往自己脸上贴金，想要也得有人颁给你……”就在两个人贫嘴的时候，门缓缓地打开了。

维拉真的如她刚刚所言，腿一软就要跪下来，曲奕眼尖，看到里面的人之后，一把擒住了维拉的胳膊，把她整个人架了起来。

“别冒傻气，是向彤姨。”曲奕在她耳边小声提醒道。

维拉动作一滞，默默地站了起来，五味杂陈地看向满脸关切的向彤，张了张嘴，又不知该说些什么。

屋里的苏爷爷看到了维拉不争气的举动，拍着藤椅扶手骂道：“怎么着？连站都站不稳了吗？”

曲奕赶忙上前解围：“苏爷爷好，维拉今天有些累了，腿有些酸，还是我搀着她回来的。”

“她哪儿累了？煽风累了还是点火累了？”苏爷爷瞥了眼低头不语的维拉，没好气地“哼”了声。

“好了，爸，您少说几句，发生这种事情，维拉心里肯定也不好受的。而且曲奕还在呢，别让孩子们看笑话。”向彤放下手中的婚纱，一锤定音，“维拉、曲奕，别在那儿站着了，过来坐下吧。”

维拉跟曲奕对视了一眼，下巴紧贴着胸口，鹅行鸭步地走了过去。

维拉坐在爷爷旁边，曲奕和向彤谁也没有开口，仿佛都在等待爷爷消气。良久的沉默令人窒息，维拉的双手揪着衣角忐忑不安，突然听到楼梯转角传来“嗒嗒”的脚步声，她抬头看向那个同自己有些相像的男子，又陡然转过身去，不再看他。

苏志国听闻维拉的过错时，并没有丝毫怨怪之意，他深知女儿的不正常是因为前几日听闻他跟向彤的婚礼使然。

维拉并不是一个鲁莽的人，如果不是心中有事，是不会出这等差错的。

苏志国怜惜地看了一眼维拉，疾步走过去，打算为维拉说说情：“爸，不是维拉的错……”

维拉并不想领爸爸的情，故而避开爸爸的视线，看着眼前眼神矍铄的爷爷，抢话道：“爷爷，我错了。”

苏爷爷愣怔了一瞬，突然就明白了儿子的意思，眼神变得柔和了些，他看着维拉，不轻不重地问：“错在哪儿？”

“爸……”苏志国想帮维拉说说好话，维拉抿了抿嘴唇，抢先回话道：“不该用‘热得快’……”

“其实也怪不得维拉，”曲奕怕维拉的抢白会让苏志国尴尬，连忙插嘴道，“苏爷爷，您不知道，我们学校的热水出现了故障，这几天都在抢修……”

苏爷爷直接打断了曲奕的话，语重心长地对维拉说：“你错在不该犯了事就想着逃避。”

维拉略带惊讶地抬起头，原来爷爷不是怪她马虎大意，而是气她做错了事却不敢承担。

苏爷爷略带疲倦地摆摆手，身子往后靠在了藤椅上："奕子，你先回去，我们有点儿事要跟维拉说。"

曲奕有些犹豫地看了维拉一眼，见她眼带默许后，才犹犹豫豫地出了门。

看着曲奕远去的身影，苏爷爷缓缓说道："维拉，你是不是还不习惯这个家？不习惯我们当你的亲人？所以你遇到了事情，才会想跑呢？"

维拉不语，深深地低下了头。是啊，她犯了事，并不觉得家里是一个可以遮风挡雨的地方。家里的长辈，也不是会给她温暖的人。

犹记得去年她刚回来的时候，爸爸还抱歉地看着她，他说："对不起，维拉，你的妈妈隐瞒了你的存在。"

维拉敛去了见到爸爸的喜悦，这不是一句"对不起"就能一笔勾销的过往。每当她问起妈妈她的爸爸时，妈妈都是轻描淡写地告诉她爸爸不在了。可，到底是受过怎样伤害的女人，才会用这样的言语否定一个人的存在，十多年都无任何往来？

在她心里，对爸爸的埋怨根深已久，只是从未说出口。她不知道爸妈为什么变成这样，只记得爸爸语无伦次地告诉了她，那个隐瞒了十六年的真相——当年维拉的妈妈祝闵柔给他留下了一个体弱多病的女儿子慕便离开了，让他遍寻多年而不得。他并没有想到，还有一个女儿，已随祝闵柔而去。

苏志国不知道当他再见到这个女儿的时候该说什么。"你同你妈妈很像？"可是还有一个一模一样的子慕在这里呢。"这些年爸爸很想你？"可他根本不知道有这个女儿的存在。"这些年你过得好不好？你妈妈过得好不好？"不过是徒增伤感的问题，闵柔在维拉八岁的时候就去世了。

所以，维拉心底对这家人的埋怨，虽从未说出口，却也始终存在——她的妈妈红颜早逝，而她的爸爸，却要跟别的女人举案齐眉。

"爷爷，明天的婚礼，我不想参加了。"维拉抬起头，勉强扯出一个微笑看向苏爷爷，刻意岔开了话题。

苏爷爷有些讶异，心中对维拉的不懂进退有些生气，刚想说什么，就被苏志国带着心虚的话语打断："不去也罢，我跟你向阿姨结婚证都领了十多年了，一直缺少个形式，也是做给外人看的，你如果有别的事，就不必去了。"

"爷爷，我也不想去。"

一道突兀的声音响起，维拉抬头，看向楼梯处的子慕。“既含睇兮又宜笑，子慕予兮善窈窕”的子慕，承载着那么多爱的子慕，运气比她好很多的子慕。

子慕蹦下了楼梯，坚定地走过来，紧紧握着维拉的手。维拉心头一热，不知所措地看着子慕，她们曾经不知道彼此的存在。这些日子相处下来，子慕对她倒是真心实意的。

向彤有些无助地看着她们：“你们还是不能接受我吗？”

子慕定定地看向窗外，并没有说话。维拉也低着头，打心底抗拒这个问题。

苏爷爷看着这两个不懂事的孙女，恼怒非常：“我不管你们能不能接受向彤，明天的婚宴，你们都得出现！”

“爸，要不算了吧，明天宾客不少，不会有多少人注意到她们俩的……”向彤帮腔道。

“不用你假装好心。”子慕瞪了她一眼，自己的眼中却慢慢盛了泪水。

“苏子慕！”苏爷爷骨节凸起的手掌在桌上用力地敲了敲，罕见地大声训斥着子慕。

“不用提醒我我叫什么，要不是因为我叫苏子慕，我早就离开这里了。”说着，子慕抹了抹泪，转身跑了出去：“这几天我去海欧家，你们不必找我了。”

海欧跟子慕是青梅竹马，护短至极，每回子慕心中有事，都是去海欧家。

“冤孽，冤孽！”苏爷爷痛心疾首，转头看向维拉，“维拉，爷爷希望你是一个懂事的、识大体的孩子，明天来的宾客个个有头有脸，咱们家的事自己解决，不能让别人看了笑话，这点你明白吗？”

维拉攥紧了拳头，指甲深深地扣进肉里，最终苦笑一声：“好，我去。”

她不像子慕，有底气跟家里作对，有一个海家在后面给她兜着。而她自始至终都是一个人，她得为自己的行为负责。

向彤的目光追随着子慕渐行渐远的身影，又看了一眼始终在强撑的维拉，眼中满是落寞，心里像是被掏空了似的。

向彤记得，子慕四岁那年，她和苏志国千里迢迢回来，得知上幼儿园的女儿快放学时，顾不得休息片刻，当即驱车去了幼儿园。

幼儿园里，子慕依偎在海欧身旁，噢，那时候还是小海欧，他是女儿最好的朋友，他不认识他们，张开粗短的双臂，死死地护着身后的子慕。

向彤努力地笑着，不停朝她挥手：“子慕，我是妈妈呀。”

子慕淡淡地看了她一眼，紧抿着唇，又躲回了海欧身后。

旁边的家长见了，皱着眉骂他们："拐卖孩子的我见多了，如此拙劣的招数倒是第一次见到，去去去，再不走就报警了啊。"

苏志国没想到子慕表现得这么冷淡，急得指着自己反问："是孩子跟我们开玩笑呢，你看那模样不就是我生的吗？"

那人来回打量对比了一番，这才点了点头："像倒是挺像，但是如果是孩子父母，孩子怎么会是这反应？"

苏志国一时无言以对，他总不能说向彤不是子慕的亲生妈妈，只好站在一旁叹气不语。

向彤在众人质疑的目光中，走到了海欧面前，蹲下来温柔地对他说："你是海斌家的孩子吗？我是子慕的妈妈。"

海欧眨了眨眼睛，回头问子慕："慕慕，她是不是你妈妈？"

子慕始终不肯看向彤一眼，抓住海欧的胳膊，坚定地摇摇头。

海欧严肃地点点头，眯起眼睛警告向彤："阿姨，我要告诉我爸爸，他要是知道你拐卖我们，他会打死你的。"

向彤顿觉脸颊发红，她无奈地笑了声："你是叫海欧吧，我认识你爸爸……"

"别说了……"海欧捂住耳朵，背着大书包，扯着子慕颠颠地跑到了旁边的电话亭，抱着电话就给爸爸打电话。

海斌正在去接孩子的路上堵着呢，闻言慌张得紧，立刻开了车门，撇下自己的秘书就向幼儿园跑去。

当他风尘仆仆地赶到时，看见一个穿红衣裳的大人拿着俩冰糖葫芦对着孩子晃。再看海欧的表情，似乎已经忍到极限了。

海斌火气一上来，咬紧牙关就跑了过去。刚想出手打人，看清那人原来是向彤。

海斌一愣，挥出去的拳头瞬间变成了伸开的手，苏志国也伸出手握了两下，两个大男人尴尬地寒暄起来。

"孩子说，有人拐带他们，我正琢磨，谁敢在众目睽睽之下拐带幼苗呢，原来是你们俩。"

"惭愧惭愧。孩子还小，忘性大，春节刚见过呢，这会儿又不记得了。"苏志国无奈地解释道。

海斌跟着附和："这次是回来办事？"

"嗯，顺便回来见见孩子。"向彤笑着说，"你家儿子倒是犀利，把子慕护在怀里，防我们跟防狼似的。”

海斌大笑，蹲在孩子们身边。

像排练过无数次一般，子慕伸长了双手，海斌就把她抱到了怀里，海欧则爬上了爸爸的背，对着子慕傻笑。

“有时候下班迟了，或是路上堵了，都会让他们在幼儿园等一会儿。”说着，拍了拍海欧的头，“海欧是大人了是不是？”

海欧使劲点头：“慕慕虽然没有爸爸妈妈，但是她有我就好了！爸爸你看，我都可以保护好慕慕了。”

霎时，向彤和苏志国羞愧得手脚不知道往哪儿摆。

海斌连忙圆场子：“谁说子慕没有爸爸妈妈？海欧，叫叔叔阿姨，他们是子慕的爸爸妈妈。叔叔阿姨平时工作忙，不能……”

向彤没有听下去，每句话，都像在扇他们的耳光。但是向彤从来不敢问自己情何以堪，她哪里有这个资格?

先不说她是子慕的继母，她和苏志国都是正正经经的军人出身，组织的命令大于一切，由于工作的性质，孩子不好养在身边。虽然她跟苏志国在一起的时候，子慕还没有记忆，但她的确是拿她当亲生女儿看的。只是没能陪她多久，向彤便回了组织，子慕就留给了家里的苏爷爷和一个训练有素的保姆。她从来都知道，子慕和她的隔阂不在于是否亲生，而是在于她能给予子慕的温暖。

她自诩是个好妈妈，为了子慕可以不要孩子。却因为工作的缘故，她们越发地疏离了。

甚至，在女儿进手术台那样的时刻，那孩子眼神空洞地看着他们这对所谓的父母，一句话也没有说。倒是在他们身后的海欧轻轻地喊了一声“慕慕”，子慕的泪水才止不住地往下掉。子慕当时对现实的世界只有微小的意识，而她把她仅有的意识，全数压在了一个少年的身上。

那个少年，是她在这个世界汲取温暖的唯一光芒。

而他们，不过是披着“父母”外衣的陌生人罢了。

# 第二章 我只是跟我妈妈道个别

晚饭后，苏志国看着端着碗在一旁扒拉着饭的维拉，心里有些难受。

年轻时他犯过错，因为他的过失，使一个女子孤寂一生。他是两个孩子的父亲，自然不会权衡在自己心里孰轻孰重，他自诩能将一碗水端平。

他的一双女儿，有一个虽养在家里，他却长年不在身边，难免产生隔阂。另一个女儿，他甚至不知道她的存在。十几年后，她回来了，只是那样的距离，亦如同天堑。

他知道维拉虽然不说，心里对他也是有怨气的，她对他彬彬有礼客气有加，那么明显的排斥，让他措手不及，再多的问候也是郁积于心。

“维拉，跟爸爸出去走走吧。”苏志国百感交集地看着女儿，颤声叫出她的名字。

维拉抬头，眼里看不出喜怒，心中却对“爸爸”这个词产生了抵触。她随口应了一声，扯下衣架上的外套，往身上一披，就走了出去。

月光如水的晚上，四周静谧得很，没有风，连路旁的梧桐都在沉默，只是偶尔会有落叶飘下来，承载不了太多重量，落下来却用尽了力气。

维拉正好接到了一片落叶，捏在两指尖不停地转动，迟迟不愿丢弃，似乎丢弃了，身边就没有了依傍的东西。

“我是在梧桐边见到你妈妈的。当时，你妈妈扎着两条辫子，很美，走在路上，像走在画里一样。”苏志国想起了以前，脸上是满满的微笑，“我们遇上了，不久就相爱了。你妈妈很聪明，我从没见过那么了解我的女孩子。我们恋爱了三年，几乎已经认定了对方。后来，我趁着假期，跟你爷爷说起了我和你妈妈的事，你爷爷却没有同意。”

维拉看着苏志国面部坚毅的线条，与那收敛了平素锐利的目光，咬唇问道：“爷爷嫌妈妈出身低吗？”

苏志国摇摇头：“你爷爷就是从一个农村的小兵做起的，能有今天，都是自己赤手空拳打拼来的，怎么会嫌弃你妈妈呢？”

“那是为什么？”维拉暗自握紧了拳头。

苏志国迟疑片刻开了口：“维拉，你的外婆跟你提过你的外公吗？”

维拉紧抿着唇，摇头："她只说过外公在妈妈出生后不久就病死了。"

"事实并不是这样的，那时候你外公还活着。"

"那为什么外婆……"

"你外公是个大毒枭的门徒。准确地说，当时是个门徒。"

维拉愣了下，有些惊愕地追问："什么意思？"

苏志国温柔地摸着维拉的头："维拉，你外公是好样的，直到去世的时候，他对外界的身份一直是一个门徒。你爷爷也是很多年后才知道的，他告诉我，你外公是一个很伟大的卧底，他给我们提供了很多关于毒枭的宝贵资料。只是直至他去世，你外婆都没有明白他的苦衷。"

"这跟爷爷不同意你们交往，有关系吗？"维拉的心跳开始加速，她隐隐地知道了答案，只是若不听得苏志国的亲口证实，便觉得这一切如同异世一般。

"我跟你妈妈在一起的时候，你外公的事情，已经被有心人挖出来了，他们想把你爷爷也扯进去，那时候情况会非常糟糕。"

"后来，因为你离开了妈妈，他们就放过你们了？"维拉无论如何也没想到，为了保全苏家，妈妈居然沦为了牺牲品。

苏志国听出了这个女孩心中因母亲而起的怨气，他无意去扑灭燃烧在她心中的怒火。因为他也无数次地问自己，如果牺牲的是他自己，那如今会不会就不是这般结局?

他闭上了眼睛，眼角的细纹是那么明显："并没有，他们想让你爷爷彻底翻不了身。你爷爷也是没有办法，那几年家里都不好过，只得求了向家。难得向老爷子愿意帮忙，只是有一个条件，要同我们结姻亲。"

"你就同意了？你不是很爱妈妈吗？"今晚和父亲说着旧事，维拉连平日的假装都无力掩饰了。火燃到了眼睛里，便是咬牙切齿的指责。

"维拉，我对不起你妈妈。但那时她跟着我，只会吃苦。"苏志国不敢看向悲愤交加的女儿，那张与祝闵柔如此相似的面孔，每看一眼，便是对他的剐刑。

"你怎么就没有问过妈妈，问她愿不愿意跟你吃苦？"维拉眼圈红了，声音也变得哽咽。

苏志国怔忪片刻，转身离去的背影有些萧索，他无法回答女儿的这个问题，这些年他一直不敢想起祝闵柔，唯恐想到她哭着求着到最后心碎离开的背影。这些，都是他穷尽一生，都还不起的恩情。可是如果再来一次，他依然会这么选。

苏志国停下脚步，心里怀着些许期待，问道："维拉，你妈妈……有没有跟你提过我？"

“没有，一次也没有。”维拉并不想给他虚伪的安慰，别过头故意不看他颤抖的双肩。

苏志国顿觉眼眶潮湿，他第一次觉得自己……老了。只有老了，才会对过去如此斤斤计较。祝闵柔的深情，向彤的真情，他自问一个都不能辜负。往事孰对孰错，至今都没有个定论。

一笔糊涂账，怪就怪年岁荒唐吧。

维拉去理了发，犹如壮士断腕一般，跟之前的事情彻底做个了结。她本就是瓜子小脸，一头利落的短发更显得飒爽英姿。

第二天参加婚宴的礼服是她自己挑的，一袭白色长裙，清新淡雅，裙边是不规则的形状，在庄重之间带了点儿俏皮，是非常符合她年纪的打扮。

这样华丽的衣裳，跟她脖子上的玉佩并不匹配，向彤想取下时，维拉受惊般地推开了她，然后握着玉佩，惊恐的眼神带了一丝狠戾。

向彤并没有注意到那丝狠戾，只愣怔了一会儿，明白过来这是对她极其重要的物件，便不再去碰。

她摸着维拉的短发感叹：“怎么就把头发剪了呢？先前跟海藻一样的长发，笑起来的时候一双大眼睛水灵灵的，多好看啊。”

维拉紧紧地握着玉佩，低下头，不发一语。

向彤作为今天的主角，并没有分给维拉太多精力，摸了摸她的脑袋，就疾步出去招待宾客了。

维拉异常沉默地看着宾客们进进出出，苏志国和向彤笑得十分欢乐，她不接什么话，默然地看着这个与她格格不入的宴席。

有资格列席的，无一不是出身于钟鸣鼎食之家，所以吃穿用度都十分讲究。男人们皆是西装革履，不同年纪的女人们，打扮起来既婀娜多姿又得体大方。

窗外的夜幕开始沉沉入梦，流光溢彩的水晶灯却昭示着世间的纸醉金迷。人们总当这是成功的标志，可维拉却觉得这是属于她的无可挽回的失败。

曲奕知道维拉并不想出现在这里，带着一腔朋友的义气全程作陪。

途中有人跟随拍摄，虽然维拉有些不适，仍是带着一丝微笑，落落大方地侧头躲避。只在看向来人的时候，才略微抬起头来直视对方的眼睛问好。

曲奕感觉到她的不自在，只是草草地带她走了一圈，便回到了座位上。他看着低头吃饭的维拉，心中浮起了无限惆怅。

事已至此，维拉不再遗憾爸妈没能在一起，他们身份悬殊，灰姑娘和王子的故事，她是不信的。她觉得灰姑娘和王子只会过上一段幸福的生活，待新鲜感过了，剩下的就是悲哀。

而向彤阿姨，才是那个能与爸爸安然享受百年的人。

爷爷今早还跟她说："维拉啊，你们怪谁怨谁都好，唯独一个人不行，那便是你向阿姨。说她是我们家的幸运，那也是说得过的。向家知道你父亲有了你们而大发雷霆的时候，是你向阿姨保住了我们。她对子慕也是掏心掏肺，她当初跟你父亲说过，她不会要孩子的，她只当一个孩子的妈妈。那么多年，她和你爸爸只领了结婚证，连仪式都没有办过。这次……你们不应该这么对向阿姨。"

维拉明白这些道理，可是知道和接受是两回事，她不想故作大方地祝福他们，因为，那是对妈妈的亵渎。

宴会过半，曲奕受不了长辈的压力，陪着敬酒去了。维拉披了一件羽绒服出去透气。宴会是在酒店顶层举办的，室外便是空中花园，周围视野开阔，并没有其他建筑物阻挡。这样的排场不算大，但对维拉而言，算是十分奢侈豪华的了。

雪夜微凉，连月光看起来都是冷的。

当时已经临近新年，放眼望去，皆是万家灯火。街上行人鲜少，许是因为天气冷，许是因为团圆的召唤。

维拉倚在栏杆旁，茫然地眺望着远方，来到苏家一年，她仿佛经历了一次塑骨重生。她不知道要多久才能缓过劲，或许是几年，或许会是一生。

"还真以为自己是凤凰呢？不过是一只得道成仙的乌鸦。"

背后传来熟悉的刻薄声音，维拉不必回头就知道是谁了。刘乐，她一直不太对付的舍友，经过"火烧宿舍"一事后，刘乐更是对她冷嘲热讽。

刘乐以为刚刚她装乖巧就是软柿子了！维拉没有回头，只是微微地侧了脸，回道："既然是一个人，就别说鸟话。而且，谢谢啊，得道成仙什么的，您过誉了，不比您修炼成妖强。看您今天穿的，多孔雀东南飞啊。"

"你，你，你……"刘乐气得说不出话来。

维拉转过身抱着胳膊看她："话说钻辘了再学讽刺人，拿着一把削苹果都费劲儿的刀还学人玩刀子嘴呢，这不是给自己找骂吗？"

"果然出身低贱，说话都是一副市井之气。"刘姑娘也不知道瞬间是哪根筋被打通了，憋了数十秒终于蹦出一句，且说这话的时候居然不带喘气的。

话音刚落，刘乐就察觉到有人走到了她的身边。

刘乐因为爱美，出来的时候只是简单地披了一件皮大衣，下身仅穿着短裙和高跟鞋。她大腿边的高脚杯慢慢倾斜，红酒在灯光的照耀下显得格外晶莹剔透。酒倒在她脚上的时候，她惊叫了一声，第一反应就是转过身去，对着旁边的人扬起了巴掌。

没想到顾容与的反应更为灵敏，在她刚抬手的时候，就已经制止了她。

这时刘乐才看清楚顾容与那张冷峻的脸，他甚至没有在看自己，只是淡然地看着前方耸肩的维拉。相视一笑之后，他才渐渐地把视线放到她身上，食指无名指之间的高脚杯被他无意识地晃动着。

“以后做人别太嘚瑟，嘴巴干净点儿对你有好处。不然下回就不是给你洗脚，而是给你漱口了。”顾容与比刘乐要高上大半个头，冰冷的眼神令人不寒而栗。

刘乐怔怔地望着他，不敢还口，更不敢还手，憋了半天，气恼地跺了跺脚，转身跑了。

也就是那一次，维拉和顾容与对彼此的脾性都大为赞赏，有了一个共同讨厌的目标，两个人一拍即合。

后来维拉回忆起这段往事，总结道，其实人们友谊的建立，大多数情况下是从一起讨厌一个人开始的，而友谊的加固和发展，看的才是彼此的性格以及为人处世的习惯。

顾容与，原来他的名字叫起来那么好听。

这是维拉今晚唯一觉得好笑的事，压抑的心情也因此得到了些许缓解。

她趴在窗台处，眼光追随着顾容与而去，看他落落大方地与人寒暄，跟人调笑。或许是眼光太炙热，顾容与循着目光看过来，维拉顿觉脸热，赶紧别过头去，假装肚子饿了，要去盛点儿东西吃。

维拉在犹豫是吃牛排还是吃烤鱼的时候，突然感觉脚踝一凉，低头一看，原来是子慕的裙边划过她的小腿。子慕来回张望着，见没人注意她们之后，指了指墙角的位置，示意维拉到那儿说话。

她有一种不好的预感，很不好。这样鬼鬼祟祟的子慕，她还是第一次见。平日的她，温暖得像一棵向日葵，但是每每谈及父亲和向阿姨的事情，就变得如一头狮子般暴躁。

果然如维拉所料，听了子慕的话，她的心顷刻间沉了下来。

子慕撩起窗帘，下面堆放着不少烟花爆竹，她说：“维拉，你去帮我找一个打火机过来，我昨晚过来布置现场的时候，走得急忘了准备。”

维拉的手有些抖：“子慕，这样不好。那么多人都在呢，炸到人怎么办？而且天气那么干燥，要是引起火灾……”

子慕不以为然地拍拍她的手：“你放心，我都想好了。这个是咱过年放的爆竹，威力没多大，顶多能把桌上的东西震走。至于火灾……”子慕指了指旁边的干粉灭火器：“到时候要是有火焰，你就把这个灭火器打开。爷爷肯定想不到你。”

“可是……”

“别可是了，姐姐，你真的想看着苏志国和向彤那么安稳地结婚吗？”子慕神情严肃地喊着长辈的名字，又煞有介事地唤了她一声“姐姐”，话语中的强迫意味不言而喻。

维拉从小就在妈妈祝闵柔的身旁长大，按理来说，父亲跟别的女人结婚，她应该比子慕更反感才是。

现如今在子慕“大义凛然”的行动中，本应该更加激动的维拉却不言不语，实在有些说不过去。

维拉按在桌上的双手指关节都发白了，银牙一咬：“好，你等一会儿，我去找打火机。”

闻言，子慕露出了这几日来的第一个笑容。

打火机借得并不费劲，只是回去的时候出了点儿差错。许是维拉的行动过于鬼祟，引起了顾容与的注意，维拉正捏着打火机在表决心，他就凑了过来打趣道：“哟，怎么？你要烧房子？”

维拉听到了他的声音，蓦地抬头看去，拿着打火机的手一哆嗦，一脸做贼心虚的表情。

“难不成还真让我说中了？”顾容与有些讶异，不由自主地看向她藏在背后的那只手。

维拉慌了神，更加心虚地看了一眼长桌处，垂下的桌布鼓着个包，子慕就在下面藏着呢。

顾容与也看到了，神情变得有些严肃。苏家的家世，他虽不是十分清楚，但是风声总听过些——这家的孩子和家长尤其不对付，家长再婚，很可能会弄些响动出来。

顾容与和苏子慕在同一个大院长大，虽走得不近，但是对彼此的秉性还是颇为了解，苏子慕是一个能造反的主儿。

顾容与沉下脸，指着桌下的身影问："那是谁？你们要干什么？"说着，不等维拉回答，便大步流星地走了过去。

维拉阻止不及，顾容与径直掀开了桌布，把目瞪口呆的子慕揪了出来，单手给提溜到外头去了。

维拉沉重地跟在后头，心想这下完蛋了。

走了没几步，顾容与回过头来示意维拉，把桌上的一大瓶红酒往下浇，不然走火就冤枉了。

子慕一双铜铃大的眼睛死死地盯着维拉，示意她一不做二不休，直接把桌下的烟花爆竹点了，反正已经人赃俱获，不如趁着最后的机会干一票大的。

维拉本就动摇得很，虽依着子慕的言语去借了打火机，但心中还是盼着峰回路转，希望子慕能临时改主意的。

她不久前刚刚把宿舍点了，但那是无意之举，所以事后爷爷并没有追究，这回便不同了，她属于明知故犯，二度纵火。

估计身上有一百层皮，也不够爷爷剥的。

如今顾容与作为契机出现，维拉当机立断，依他之言顺走了红酒，把桌下的烟花爆竹浇了个透之后，在子慕杀人的目光下，大步流星地跟了过去。

到了人少的地方，顾容与放下子慕后，就是一顿训斥："多大的人了？还玩这种把戏，一点儿轻重也不知道吗？"

维拉急急忙忙地从后头赶过来解释道："我们就是闹着玩的，并没想……"

闻言，子慕回过头来瞪维拉："你居然跟容与哥告密！"

"她没那破胆儿告密，借个打火机都鬼鬼祟祟的，腰板跟开水烫了似的。"

"好，暂且不论这事，那咱们就来说说，浇湿烟花爆竹的事吧。"子慕也恼了，哀怨地瞪着维拉，话中颇有不少委屈。

维拉软言细语地劝她："子慕，咱们自己家的事情，自己解决，闹上台面，不是让人看笑话吗？爷爷平时那么疼我们，如果出了幺蛾子，爷爷得多伤心。"

子慕冷笑一声："你在妈妈身边长大，她受了多少委屈你清清楚楚。你是不是荣华富贵的日子过习惯了，忘本了？"

维拉如遭雷击，踉跄地后退了几步，险些跌倒的时候被顾容与一把搀住，顾容与正在激烈地帮她反驳着什么，可她却什么都听不见了。

子慕一点点地将她心中那个叫作"背叛妈妈"的小气球吹起。让她原本就自责的心乱如麻球。

背叛妈妈吗？好像是的，她参加了爸爸跟别人的婚礼，他们在司仪的起哄中喝交杯酒的时候，她心中不知为何蹿起些许欢喜，居然觉得向彤也不容易。

子慕说对了，她一定是好日子过久了，竟忘掉了妈妈那些年受过的委屈。

维拉提着裙摆疯狂地跑出酒店，随手招了一辆出租车。待车子停稳之后，就打开车门坐了进去。

她离开的时候，顾容与和子慕还在吵架，两个人愣了一会儿，还是顾容与先反应过来，撇下子慕追了过去。

出租车师傅人近中年，什么样的人都见过，像这样失魂落魄、狼狈不堪的倒是第一次见。透过后视镜偷偷地审视维拉，她脸上的妆已经花了，鞋子也跑丢了一只，怎么看都不像是一个理智的人。

维拉神情飘忽地说了个地址："陵园。"

"姑娘，这么晚了过去不合适吧？"北京人说话总带着他们独有的地道，那位师傅应了一句，并没有开车，"要不我把您送回家吧，有什么事情，等天亮再说。"师傅边安抚维拉，边扫了一眼后视镜，看看有没有人尾随过来。像维拉这样水灵的白菜，外边绞尽脑汁要拱的猪多了去了。

"您是怕我没钱吗？我给您三倍的路费，还管来回。"维拉擦了擦已经入鬓的泪，手伸到背包里摸索着，忽而一滞——她真的没有带钱。

"不是钱的问题……"师傅话音未落，副驾驶室的门就被人打开了。

气喘吁吁的顾容与一屁股坐了进来："走吧，师傅，她说要上哪儿，咱们就上哪儿。"

因为刚刚的事件，顾容与心中还有些气，觉得这俩姑娘真不愧是双胞胎，惹事的功夫都是一流的。

顾容与懒得理会不知所措的维拉，拉着师傅一路狂侃。

出租车慢慢融入了车海之中，维拉看着车外的火树银花，先是号啕大哭，后来声音渐渐地小了下来，变成了低声的抽泣。

窗外从火树银花渐至星光点点，维拉开了窗，冷风灌了进来，让人清醒了许多。

"我想喝酒，师傅，您能靠边停吗？"维拉打断了前面二人的谈话，问道。

"多大的孩子，喝什么酒啊，如果不嫌弃，这儿有瓶没开封的可乐。"说着，师傅把一瓶1.25升的可乐递了过来，维拉也没客气，拧开了可乐，灌了几口。

“我跟你们讲一段《聊斋之聂小倩》吧。”说完，没等那边二位开口，维拉就开始侃侃而谈，“……在酒席上，宁采臣留意观察燕赤霞。宁采臣表示想和他同屋睡，燕赤霞推辞说自己喜欢清静，宁采臣不听，到了晚上，强行把铺盖都搬过来了，燕赤霞不得已，只好跟他同屋睡。这故事本该是耽美的走向，无奈聂小倩那孙子竟然棒打鸳鸯……”

司机打趣道：“你这段子听着挺新鲜。”

顾容与也开始觉得这姑娘挺有意思，挑了挑眉，等着听维拉的高见：“继续。”

维拉再抿了一口可乐：“后来那聂小倩成功挤走燕赤霞，假惺惺地为宁采臣侍奉老母跟久病的妻子，趁宁采臣不注意的时候，药死了宁采臣的妻子，自己成功上位。还给宁采臣怀上了孩子，你们说聂小倩和宁采臣人鬼殊途，怀了孩子，不是心怀鬼胎是什么？”

“你这分析还颇有道理。”顾容与来了精神，扭过头来看维拉，“那可乐给我也喝一口。”

维拉把可乐给顾容与递过去之后，又开始絮絮叨叨：“再说那婴宁……”

维拉一口气说了好几个《聊斋》故事，有好几个段子都是现场改的，别人有了异议还不让反驳，就这么不停地说着，车子就这么一路颠簸着，开出了六环。

得了空隙，司机直打趣说：“你这姑娘是不是讲评书的？一套一套的。不过就是大晚上讲起来有些瘆得慌，你说她是不是故意的？咱们这是上陵园去呢，让人多难以接受啊……”

顾容与正咽着可乐呢，听司机这话，恨不得把那口可乐喷三尺远：“什么？咱们这是去墓地啊！”

维拉好像没听到他俩说话似的，嘴里还在念念有词：“……渐渐，已经是子夜时分了，书生实在困倦得难以支撑，熄烛就寝。躺到床上，刚刚合眼，就觉得有人用很细的东西挑拨他的鼻孔，奇痒难耐，打了个大喷嚏，这时候就听到暗处有隐隐的笑声……”

顾容与打趣：“师傅，咱掉头吧，三更半夜去什么墓地啊？我可不想给《聊斋》当男主角啊！”

说到这儿，顾容与下意识地看了看维拉，这时的维拉眼中看不到丝毫的情绪，她只淡淡地说了一句，顾容与便沉默了。

维拉说：“我只是跟我妈妈道个别”。

司机把车停好之后，维拉就打开车门走了过去。

司机愧疚地挥挥手：“不好意思啊，哥们儿，我还有别的客人，就不等你们了，我们公司的电话你存一个，什么时候走了，什么时候再叫车吧。”说着，递过来一张名片之后，就升了车窗，头也不回地跑了。

顾容与有些无奈，说实话，半夜到这儿来实在怵得慌，但是让维拉一个人在陵园里也不是事儿，要是出了什么差错就不好了。

终于咬了咬牙，跟了过去，两个人保持着十米的距离，一前一后地走着。

月光皎洁，温温润润地洒在陵园里，为他们照亮了前行的路。

维拉在一块洁白的墓碑前停下，墓碑上的照片清晰可见，显然是刚刚嵌上去不久的。这一晚上，她的心情从极度悲伤到释然，想清楚了很多事。

维拉席地而坐，抬起手轻触着妈妈的照片，虽然微笑着，但眼泪掉了下来：“妈妈，我来看您了，从西北迁过来后，您在这儿住得还习惯吗？您给我的评书带子我都留着呢，都快能背下来了，我总觉得只要留着您喜欢的东西，我住在苏家，就能更心安理得一些……对不起，这些日子我做了很多错事，又是不小心烧宿舍，又是参加他们婚礼的……以后不会这样了……”

说着，维拉摩挲着戴在脖子上的玉佩，这是妈妈留给她的东西，时隔多年，似乎还存有她的温度。

顾容与在她身边坐了下来，有些无奈的模样：“我说，你们姐妹俩能不能不要这么非黑即白呢？向彤姨没把你俩怎么着吧？人家又不是小三，也不是杀人凶手，你们的做法，怎么就好像她是个十恶不赦的人呢？”

维拉低头，这就是她难过的地方，向彤对她们非常好，就是因为太好了，她们才不知道怎么去接受她。

但凡她跟个后妈似的，凶一些，坏一些，她便可以大大方方地恨她、骂她。

可是，她没有，她身上并没有丝毫错误让她们去怨怪她。

没有错，便成了最大的错。

子慕恼怒的，应该就是这点吧。别看她信誓旦旦地想在婚礼现场捣乱，可箭到弦上后，也未必会发出去。

不知为何，今晚的陵园感觉格外黑暗些，让人觉得瘆得慌。气氛太凝重，再加上阴风阵阵，饶是胆大如顾容与，还是鸡皮疙瘩掉了一地。

顾容与推了推维拉：“喂，你打算什么时候可以走啊？可别告诉我你要在这里坐到天亮啊。”

维拉迷茫地看了顾容与一眼，半晌才回过神来看了看周围，头皮也有些发麻，但还是硬着头皮说：“你要是害怕的话，你就先走吧。”

“好的，那我先走了啊，你一会儿可别哭鼻子，天亮之后我给你叫辆车。”

闻言，维拉的神经似乎崩断了一根，不可置信地看向顾容与。

顾容与！他没按照套路走啊！这个时候他不是应该大义凛然地留下来陪自己吗？他居然要走！

而且，他没看出来自己挺冷的吗？要走可以，留下件外套让她披一下会死吗？

亏得自己先前还对他动了点儿凡心，真是……

顾容与毫无偶像包袱般站了起来，拍了拍牛仔裤上的灰尘，笑眯眯道：“真走了，你一个人小心点儿。”说着，径直扬长而去。

维拉负气不去看他的背影，听着他的脚步声渐行渐远，她算是彻底从悲伤中解脱出来了。

为什么要深更半夜来这个地方？为什么要让顾容与走？

寒冷、害怕、愤怒，这些感觉已经完全地占领了她的神经末梢，就连宴会上的事情也无暇思考。

她急得直在原地跺脚，心知如果此时认输，将远走的顾容与叫回来，就能安然无恙地离开这里，可是那个叫作“骄傲”的情绪始终盘旋心头。

渐渐地，顾容与的脚步声，再也听不见了。

维拉鼻子一酸，眼泪又流了下来。

她的生活已经被“骄傲”两个字击得一败涂地，很多时候，她都是为了争一口气，而把自己推进一个进退两难的境地。

向彤和爸爸的事是这样，这回也是这样。

维拉提着裙子，抽抽噎噎地往陵园大门走，天很暗，路也不好走，才下了两级台阶，她便顿感失衡，整个人往前面扑去。

正当她失落地闭上眼睛，不知哪里蹿出来的身影将她轻轻一扶，她便稳稳当当地落进了一个温暖的怀抱中。

耳边是顾容与的闷笑：“你怎么就那么倔呢？还真打算自己走回去啊？”

听到熟悉的声音，维拉又悲从中来，就着顾容与的衣领抹眼泪，一只手还不忘往他的胸口捶：“你这个浑蛋玩意儿，吓死我了，我以为你真的走了……”

“喂，你矜持一些，咱们不过才认识两天。”

“才两天吗？可是我感觉我们已经认识两辈子了。”

“你还真不拿自己当外人。”顾容与抱怨道，维拉摸到他上扬的嘴角，一晚上的愁云终于散去。

“我冷了。”

“我也冷。”顾容与警惕地看着她，这样的维拉，太不怀好意了。

维拉披着顾容与的衣服，心满意足地趴在他的背上指挥道：“你看着路，不要摔着我。”

顾容与咬牙：“我就应该把你丢在陵园里，也让你遭一会儿罪。”

维拉搂着他的脖子，埋在他的耳边轻声闷笑。

那天晚上，顾容与背着她走了好远好远，两个人才搭上车回到市区。

那时候维拉已经睡着了，她安静地靠在顾容与身边，好像靠着一个强大的堡垒，非常安心。

安心到，车子开到了大院，开回了家，她都不知道。

子慕担心了一晚上，看到姐姐安然无恙地回来时，终于松了口气。从一开始的生气、郁闷，到现在的懊恼、悔恨，在见到维拉的那一刻，都变成了庆幸。

庆幸她还好，庆幸她们没闹什么大事。她冷静下来后，重新把整件事情捋了捋，如爷爷所言，出席这次婚礼的人非富即贵，如果她真的把婚礼现场炸了，以现场的安保程度来说，不管爸爸和爷爷再怎么护着她，她去局子里蹲几天肯定是跑不了的。

维拉是对的，她不该迁怒维拉。

这件事她不敢告诉任何人，因为今天太忙乱，家人并没有注意到维拉的离开。等他们意识到的时候，她已经回来了。

顾容与绅士地帮她打掩护，说是因为自己的事情，需要维拉帮忙，故而现在才回来，让大家担心了。

苏家人得了理由，又看了眼在顾容与背上睡得香甜的维拉，终究没有多问。

子慕悬着的心，也终于放了下来。

# 第三章 君似裴公也

陵园一役让维拉和顾容与亲近了不少，但是维拉仍在生气，两个人已经这么熟了，为什么顾容与转学到他们班的时候没有告诉她呢？

顾容与摊了摊手："姑娘，惊喜，你懂不懂？"说完，便笑眯眯地跟着曲奕勾肩搭背地打篮球去了。

维拉坐在靠窗的位置，看着远处篮筐下的身影，突然觉得一切的幸福都可以期许。子慕似乎也转过弯来，对那日的事情绝口不提。

毕竟木已成舟，爸爸也跟着向彤阿姨回到了部队继续他们的工作。

当事人都不在了，她们再怎么闹都显得没什么意思。

学校的校运会开得很早，才十月中旬，就要开始准备了。维拉所在的班级是理科班，本来女生就少，再加上还是个贵族班，女生们自视身份是不会参加的。体育委员李晓都快愁死了，男生那边还好，女生这边报名的寥寥无几，连校运会要求的基本人数都达不到。

郑思齐笑话他："哥们儿，你这脸蛋可塑性很强，假发一戴，胸口一垫，你担忧的那些名额不就又多了几个吗？"

闹得那天李晓瞅着机会就使劲踹他屁股。

维拉想想还是报了长跑和跳高，她身高一米六八，而且耐力很好，应该不成问题。

李晓见维拉走过来，心里觉得这个姑娘走路的姿势步步生莲，真是好看啊！又央着人姑娘报了短跑，维拉也不扭捏，想了想就答应了，短跑，即使不赢也不会丢人。李晓越看维拉越顺眼，觉得这姑娘大方，跟班里那些娇滴滴的女生不一样，要是做朋友，也是可以的。

他扭头跟江洛说了自己的想法，他们这一群人，江洛倒是有点儿领头的意味。

江洛转着笔，看向已经坐回座位跟顾容与讨论问题的维拉，挑眉，没有说话。他跟维拉是一个大院的，平时交流不多，但他对维拉一直颇为欣赏。她大气的性子，直爽的做派，都很合自己的脾气。

"她是不是报了接力？"江洛漫不经心地问道。

李晓看了眼校运会的名单，点头道："嗯。每人限报三个，接力不占个人参加的名额。"

"把她安排到最后一棒。"江洛说着补充了一句，"我参加接力。"

"你说什么？"李晓激动地吼了声，拉过一边的郑思齐追问，"你重复一遍刚刚江洛说的话，我好像耳鸣了。"

郑思齐也是一脸惊讶，对着李晓的腰顺时针拧了一圈："疼吗？"

"疼，这么说是真的？"好一会儿，李晓才反应过来，"你居然真的掐我！"

江洛懒洋洋地靠在椅背上，枕着手，闭眼，不再理会那两个喋喋不休的少年。

他从不参加集体活动，因为他不喜欢被人拖后腿的感觉，他已经习惯了一个人单枪匹马。

只是，现在遇到了她。

自从报了名，维拉每天都会比以往起早半个小时出去晨跑，她是真的很认真地在对待这件事。

每天早晨，顾容与拉开窗帘的时候，都会探头出去找那个轻快的身影。维拉笑着朝他摆摆手，少年唇边的弧度加深，眼睛里的光芒温暖极了。他连忙回头找了运动衣裤，下楼和她一起跑。维拉是对的，既然参加了，就要尽力。

在篮球场上，他跟维拉比过短跑，维拉虽然跑不过他，但也没差多少。跑长跑的时候，才发现这个女孩的毅力和耐力惊人。他喘气的时候，这个女孩还是呼吸平稳。以前每年的暑假，爷爷都是让他到军营度过的，他自认为体力不差。只是对比起维拉来，确实有些惭愧啊。

"我回家之前，是住在西北的。"维拉眺望着西北的方向，眼里涌动着深深的怀念，"因为只有外婆一个人带我，她年纪大了，找不到什么活做。所以，我空余的时间，都在帮人放羊。"维拉描述着那幅场景，仿佛又回到了在马背上放羊的日子，历历在目。她并不觉得辛苦，毕竟是一生中那么好的时光。

"我喜欢读书，那是我放羊时的消遣。你知道的，读书的时候，总是会着迷，会忘了自己在做什么。"维拉伸手比画着，"我经常弄丢羊，有几次甚至连马都丢了。可是没有办法，丢了得找回来，因为我们赔不起，我们要工作近半年，才能换回一只羊。我跑过很多个山头，去寻找那些羊，还好它们不会跑到深山里，因为那里太高太险，它们也去不了。只是有时候走的地方隐蔽了，我也是要跑好久才能找到的。因为怕外婆担心，所以我得在天黑之前回到家，我只能加快步伐。"

那些日子，那些被瑰丽的夕阳染得无比秀气的山峦，那些因为丢了羊而焦虑的日子，再也不能拥有。

顾容与看着她的侧颜，看到她说起大山时那样专注而信仰的神情，心是柔软的。他也看着远方，仿佛这样做，就能跟维拉看到同一个世界。

可能就是几年前，这个小姑娘还穿着软软的鞋，或许穿的还是裙子，戴着一顶宽檐的帽，它不是丝绸的，甚至可能是草帽，她手里拿着一根鞭子，骑在马上，年纪虽小却又端庄，或许不该用“端庄”，可是，他想到的便是这个词。

她的面前是连绵起伏的山峦，远远望去，那些绵羊就像是在青草中飞舞的蒲公英，而那个女孩，穿着红裙子，像一朵草原上不败的花。

十月底，运动会正式拉开了序幕。

全年级十二个班，只有维拉他们班的女生最少，运动员无人问津，举牌进场的花瓶却争得头破血流。

“你一米六的个头也敢跟我争，滚边儿去！”

“你一米七八了不起吗？长那么高也不怕站你后头的李晓难做。”刘乐叉腰吼了回去。

李某人涨红了脸，羞愧、愤怒地抗议道：“你们这群浑蛋玩意儿，我那是发育得迟！”

刘乐不理，继续吵架：“也不掂量掂量自己，胸无四两肉，关了灯还以为你是一男人。”

“谁像你啊，长得跟头奶牛似的，重心前倾，随时准备给前面的人磕头啊？”

“省省吧，跟我抢，有种把你脸上的粉卸下来咱俩比对比对，抹成那样，也不嫌呛死人。”

“你就长那样也好意思现眼？嘴大得跟癞蛤蟆似的，搁你后头穿运动服的那柴火妞都比你洋气。”

“是啊，也不看看自己那德行，整个一营养不良也敢往顾容与旁边凑。”刘乐早就眼红了，上回维拉把自己宿舍烧了，被轰回去还不算，一来就霸着顾容与，机关大院没听说过哪家姓祝的，看来家里是个暴发户吧，据说家乡还是西北的穷沟沟。

维拉无辜躺枪，本来听着大家吵架还挺有意思的，不知怎的，战火就烧到自己身上来了。

"嘭咚"一声重重的闷响，像是谁踢翻了凳子。维拉回头一看，是江洛。

江洛一脸冰冷，言语却掷地有声："在此奉劝各位一句，话最好少说两句。"然后看向体育委员李晓："你连这点儿事都办不好吗？"

李晓还在为了刚刚那些姑娘挤对讽刺他的话火着呢，顿时也摔了手里的书："你们的脸都是雕塑捏出来，剩下的全填脑子里的吧？一个两个没点儿能耐也敢冲我吼！祝维拉！"

维拉被吓了一大跳："干、干什么？"

"你举牌！"

"举牌就举牌呗，你小声说话我也听得见……"

顾容与和曲奕回来的时候感觉教室里气氛有些怪，曲奕东问问西问问，可惜没人搭理他，还给他翻了不少白眼，曲奕摸摸鼻子，也感觉自己被挤对了。

顾容与倒是不爱管这些事，回到座位上，递给维拉一本练习册，是英语的。

维拉随手翻了翻，兴趣寥寥。

顾容与拿练习册打她："你好歹认真看看啊，看你英语卷面的成绩，加起来能有十位数不？"

维拉尴尬地挠了挠头："偏科怪我咯？我数学可是快满分的。"

顾容与越过维拉看了看后头，露出抹神秘的微笑："嗯，你英语不好不从自己身上找原因，还怪老师啊？"

维拉没好气地抱怨："可不是吗？你说咱老班明明是个中国人，崇洋媚外，非得露一手，全英文讲课……哎哎哎，谁在扯我的耳朵……"

维拉回头，看见了气得冒烟的老班，又回头不可置信地看向顾容与："你居然会坑我！"

顾容与矮下身子向后仰，并没有搭理维拉的话，对老班挥了挥手："程老师，您把她带走教育教育，她现在的英语水平，上蓝翔都费点儿劲。"

呜呜……

自此之后，维拉的英语成绩在顾容与和老班的折磨下突飞猛进，这是后话，暂且不表。

维拉有些头痛，不知道举牌该穿些什么。子慕知道她要举牌，比自己举牌都高兴，整个脑袋埋在自己的柜子里挑衣服。

子慕几乎把里面的衣服都搬出来了，一件件问，又一件件否定。似乎因为那天晚上的事情，想尽力弥补什么。

维拉也不打断，只是笑着看着子慕。

最后才选定了，白衬衫黑色百褶裙，得体大方，却不张扬。

维拉问子慕："你们学校的校运会什么时候开始？"

子慕因为心脏病，休学了一年，所以比维拉要低一个年级。

子慕落寞地摇摇头："不知道，我不参加，也不关心。"

维拉想起妹妹的心脏是有过毛病的，平时连路走远了都是被禁止的，心知自己说错了话，也就没有往下问。

"姐，你后天下午有比赛吗？我们后天下午是自习，可以偷偷溜过去看你。"

"真的吗？你能来看我？"

子慕也笑了："你后天下午是什么项目呢？"

"三千米和接力赛。"

"接力？容与哥哥和江洛哥哥也参加吗？"维拉刚点头，就听到妹妹欣喜地追问，"江洛哥哥还参加了什么？也在后天下午吗？"

维拉到教室的时候，顾容与递给她一瓶功能型饮料："今天事挺多的，注意保持体力，别给我们丢人啊。"

"我家妹妹就是牛气，谁比得上？"曲奕也凑过来，笑出了两排牙齿，"来，妹妹跟哥哥说说，今天都要参加什么项目？我给你打气去。"

维拉拿白眼翻他，谁是他妹妹？这样喊也不嫌瘆得慌。

然后低头看了看单子，开幕式后是百米赛，上午就没有其他项目了，下午是跳高，明天是长跑和接力。她直接把单子给了曲奕，问："你报了什么？"

曲奕死命盯着单子，头也没抬："没报，没啥特长。"

顾容与"扑哧"一声就笑出来了。

曲奕猛踹他："不许笑！"

"又不是什么丢脸的事，为什么不说呢？"顾容与耸耸肩。

"咦？怎么回事啊？"维拉好奇地问道。

曲奕连忙捂住顾容与的嘴："真没事，真的，金针菇都没那么真。"

维拉挑眉，回头问李晓："喂，李晓，曲奕参加了什么项目？"

李晓跟曲奕素来不和，看着他扭曲的面孔，乐了，大声报出来："铅球和飞镖。牛人，高一的时候就把学校的纪录给破了，还是一起破的。"

维拉惊奇地盯着曲奕瘦得跟一根杆似的身子，看不出来啊。

“李晓，我跟你没完！”

“你吼什么啊？这不是挺好的吗？多厉害啊。”维拉揉了揉耳朵。

说到这里曲奕就来气，自从那次铅球破纪录后，班里什么重活都让他干了。靠体力混的和靠脑力混的待遇都不一样，啥好事都轮不上。特别是上次，搬一柜子，重得跟鼎一样，就他跟郑思齐搬，那王八蛋没扛稳，一下子就砸他脚上了，害他拄了半个月的拐杖！说起来都是恨！

维拉悄悄问顾容与：“他的力气一直这么大吗？”

顾容与小声答：“不是，练出来的。他小时候淘气，碰巧旁边那户人家在起房子，他一惹曲爷爷生气，曲爷爷就让曲奕去搬砖。一堆砖，一个小时，从那家搬到自家，再从自家搬回去。超了时间就没有牛奶喝，他嗜奶如命，哪能没有奶，后来你也知道了……”

维拉无限同情地看着曲奕，敢情他跟自己一样，都是小时候造的孽。

“祝维拉！不准你用同情的目光看着我！”

开幕式前排方阵，男生站了一堆，女生寥寥无几。几个女生站在男生中间，也挺尴尬的，本来运动员就不多，本该是跟她们站一起的维拉还举牌去了，真是令人难过得紧。

维拉看着身边穿运动服的顾容与，红色的卫衣，白色的裤子，清爽利落，格外好看。维拉站直身子，头顶刚好到他鼻尖。这样的少年，是很吸引眼球的。

全年级一共十二个班，除了运动员，都在固定的位置站好。等到自己班的方阵走过主席台的时候鼓掌助威。五班走过的时候，欢呼声尤其响亮。维拉瞟了一眼自己班的同学，女生装矜持的居多，男生剩下的几个都是温柔书生型的，属于大喊一声也会费劲的那种人。

原来是其他班的女生在尖叫！夸张的是有人单喊了名字，维拉听得比较多的就是顾容与和江洛了。江洛今天穿了黑色的运动服，双手插在裤兜里，举止很低调，但是也很符合清冷少年的气质。

议论维拉的也不在少数，维拉长得好看，身材高挑，气质又出众，只是看着有些稚嫩。场外的人看着，甚至开始打听起了她的名字。

走过场后，曲奕一把将顾容与拉了过去，轻声耳语：“听说今天紫苏也来啊。”

顾容与面无表情地点头：“嗯。”

曲奕以为他没听清楚，忍不住加重了语气：“你嗯什么嗯，是刘紫苏啊。”

“陈芝麻烂谷子的事就不要再提了。”顾容与在人群中来回张望，视线停留在不远处的维拉身上。

曲奕循着他的目光看过去，不由得莞尔：“也是，不管怎么比，都是我维拉妹妹好啊。”

顾容与白了他一眼，走了出去。

男子短跑和铅球比赛是同时进行的，所以曲奕在刚刚就跟他们分了手。

“拉拉，你真不去看我？真不去？”曲奕一步三回头，拖着可怜兮兮的哭腔。

“你不是最怕人知道你参加的项目是铅球吗？”

“可是你已经知道了啊，这不一样！不一样！”

维拉抬头看天，索性无视曲奕。她可不想说她对顾容与的比赛更有兴趣……

顾容与拍拍兄弟的肩，勾起嘴角一笑：“加油。”

顾容与作为小组第一进入了半决赛，维拉虽然不觉得意外，但还是很高兴。特别是当她看到顾容与跑到终点后，回头粲然笑起来，她知道他看到她了。

维拉旁边的女生随即犯晕乎：“你看，顾容与对我笑了，对我呀，是我！”

另一个女生狠狠地瞪了她一眼：“明明看的是我！”

她们后来又说了什么，维拉没有听到，她径自往终点走去。

“怎么不夸夸我？”顾容与看着满脸笑容的维拉，自己的脸上也满是笑意。

“夸你的人海了去，怕你得意忘形。”维拉拧开一瓶水递过去，很自然地帮顾容与擦了擦额边的汗。

顾容与的表情有些僵硬，半晌笑容才又回到了脸上。

江洛站到跑道上东张西望，他在找一个熟悉的身影，但当他找到的时候，还没来得及高兴，眼神就暗淡下来。她专注地望着身边的男子，那么认真地听他说话，帮他擦汗。

江洛握着拳头，连续抢跑了两次，直到裁判举着黄牌过来，他才定了定心神。

好像少了某个人的目光，一切都不再有意义。

男子短跑后便是女子长跑。维拉站到跑道上的时候，感觉顾容与还在身边，因为耳边无不是他鼓励的话语。

他只说了一句："我在终点等你。"这句话，比打了兴奋剂都有用。

维拉虽被人追得紧，却还是跑了第一。她看见他笑得那样好看，摸着她的头发，说："维拉真棒。"

百米短跑的半决赛和决赛都被安排在了下午。维拉参加完上午的比赛，和顾容与去看曲奕投铅球。

曲奕正在场外等待，看到他们来了，立马就从草地上跳了起来："想不到你们俩还有点儿良心。"

铅球的决赛也是在上午，他们一直陪着曲奕，直到他把高一时自己创的纪录破了。

维拉看着铅球在空中划出抛物线，赞叹地摇头："真是让人叹为观止！"

男子百米半决赛的时候，维拉在参加跳高比赛。曲奕跟着她，帮她拿东西。

本来这挺好的，只是，每次在维拉轻巧地越过杆头后，曲奕会大着嗓门告诉他旁边的人："快看快看！那是我妹妹，厉害吧。"说着还"嘿嘿"傻笑几声。

维拉叹气，这哥们儿神经太大条，就像顾容与说的，哪怕有蚊子掉他杯子里烫死，他也会毫不犹豫地喝下去。

最后的成绩是，维拉拿了第三。维拉自己挺满意的，毕竟前面两个是体招生，专门练这个的，怎么能比得过？

等着看维拉笑话的女生却有些讶异，本来以为维拉是逞强要出风头的，现在看起来好像还有几把刷子。不过眼神一翻，依旧是看不起，大户人家的姑娘，哪个不是娇生惯养的，这类运动玩得好的都是粗人、粗人！

维拉跟曲奕走去跑道上的时候，正巧是男生百米决赛。这次曲奕在前面，很容易就挤了一个好位置。因为曲奕能对别人的谩骂声充耳不闻，维拉也跟着脸皮厚了一把。

看到顾容与和江洛，维拉不由得想起前些天念的《世说新语》——

裴令公有俊容仪，脱冠冕，粗服乱头皆好，时人以为玉人。见者曰："见裴叔则，如玉山上行，光映照人。"

此为形容江洛。

嵇康身长七尺八寸，风姿特秀。见者叹曰："萧萧肃肃，爽朗清举。"或云："肃肃如松下风，高而徐引。"山公曰："嵇叔夜之为人也，岩岩若孤松之独立；其醉也，傀俄若玉山之将崩。"

此为形容顾容与。

如此这般风姿卓绝，不止维拉一个人被吸引。光是跑道旁的女生，奔他们来的更是海了去了。

顾容与和江洛同时看到了维拉，一个抿唇一个微笑。

旁边的曲奕拿手肘撞了撞她："帮谁？"

"你说什么？"周围的叫喊声盖住了他的声音，维拉反问了句。

曲奕笑："我说，你是帮着我家容与的吧？"

维拉点头，竖起了拇指，那必须的。

"曲奕……"

"谁叫……"曲奕回头看了眼，后面的话就吞了回去。

维拉难得见到如同吞了一只苍蝇的曲奕，刚想扭头仔细看看那个姑娘，便被曲奕生生地定住了肩膀："小事，嘿嘿，小事，准备开始了，你看着容与，我先离开一会儿。"

维拉虽觉得有些奇怪，但从善如流。

曲奕却是一把拉过了刘紫苏，远远地离开了跑道："我们去别处看。"

刘紫苏随曲奕走着，突然意识到了什么，咬着嘴唇问他："怎么了？有什么是我不能知道的吗？"

"你们那点儿破事我不想管，待会儿你自己问容与去。"

哨声响起，少年们蹬了起跑器就向前奔去。江洛看着维拉始终对顾容与微笑，有些恍惚，起跑慢了。他看到顾容与快了他半步到终点的时候，有些不甘心，这是他唯一一次输给他。

可是又能怎么样呢？只一次，却是最重要的一次。

他输在了起跑线，只因为那个女孩看的，从来都不是他。

顾容与跑向维拉，露出了洁白的牙齿，似乎是一瞬间，从皎洁的明月，换成了明媚的太阳。

他经过刘紫苏旁边的时候，生生错过了刘紫苏伸过来的手。

那只手仿佛凝固了，刘紫苏怔怔地看着空空的掌心，心如刀割。

顾容与跑过来揽住了维拉和她旁边的一位男生。虽然只是一半的位置，维拉依旧听到了少年如雷的心跳，除了比赛拿了第一的狂喜，还是不是有几分是因为她？

"他……没有看到我。"刘紫苏失落地看着顾容与，呆愣地说。

曲奕看着拥在一起的几个人，嘴上挂着一抹笑："因为她在前面。""她"，意有所指。

刘紫苏幽怨地瞥向维拉，不甘心地追问："因为她的家世很好吗？还是因为她长得比我好看？"

曲奕收起笑容，难得换上一本正经的语气："她家世是很好，不过光家世好是不够的，她有跟容与比肩的能力。"

"你……不要告诉容与……我来过。"刘紫苏抹了泪，转身离开了。

第二天早上只有曲奕有比赛，飞镖，毫无悬念地赢了。

维拉吃过饭，就跑到学校门口去等妹妹。顾容与因为学生会的事被老师叫走了，只有曲奕陪着。

没一会儿，就看到了他们的身影。这是维拉第一次见到海欧，这个妹妹身边犹如骑士般的男子。在漫长的岁月中，她庆幸子慕身边能有一位少年免她苦忧，免她颠沛流离。

曲奕瞅了个空当，朝子慕的脑袋敲了过去。

子慕笑嘻嘻地躲过，喊："曲奕哥哥。"

"真乖，你姐姐就没喊过我哥哥，真伤我心。"说着可怜兮兮地看着维拉。

维拉笑笑没说话，看着子慕旁的海欧，似乎觉得，这个少年看她的眼神，有些说不清道不明的意味，他好像不太喜欢她。

后来海欧也证实了这个猜测："你盗的是我们子慕的版权，凭什么让我拿眼夹你？"

何况，若是什么人都同你玩得好了，子慕也是会失落的。本来陪在她身边的人就不多，如今被你抢去了一半，我只有加倍地对她好，才能平衡她的念想。我的好姑娘，必须是一个骄傲的姑娘。

"海欧，你可真是个小尾巴。"曲奕无比佩服地"啧啧"两声。

海欧挑眉："碍着你了？我家姑娘，我乐意。"

"你什么时候跟对子慕那样对海洋，我想海洋那小子就可以瞑目了。"

"女孩子当然要富养，海洋，不揍他就不错了。"海欧抱着手，斜眼看曲奕，"我表哥呢？怎么没跟你在一起？"

维拉觉得纳闷："谁是你表哥？"

海欧抿唇不语，维拉有些尴尬，子慕见状使劲掐了海欧一下，问："姐，容与哥哥没跟你说吗？”见维拉摇摇头，子慕解释道：“海欧的姑姑，就是容与哥哥的妈妈。”

维拉有些头痛，要门当户对，选择真的不多，不奇怪。

热身时，一堆人围着维拉传授经验。

曲奕自信满满地炫耀：“长跑什么的我最有经验了。前面留点儿力气，到最后一圈再撒丫子跑，记住千万别停，停了就跑不下去了。”

“哎呀，曲奕哥，你可别危言耸听。”子慕朝维拉摆摆手，“姐，你别听他的，跑不动了咱就别跑，你就是弃权也没人敢说什么。”

海欧极其给面子地对着曲奕敲了过去：“就是，让你胡说。”

“海欧，你来真的！等着！我跟你单练单练。”曲奕摩拳擦掌。

“好啊，找人练练手也好。”海欧邪邪一笑。

子慕笑嘻嘻地跑过去看两个人练手，挥着拳头说：“对，海欧，就是这样，把他撂倒。”

“哎哟，海欧，你也不让让我。顾容与，你快管管。”曲奕力气虽大，身手不如海欧灵活，吃了不少闷亏。

顾容与挑眉：“你自己惹的，自己收拾。别丢了份子，海欧比咱们小。”

维拉在一旁看着，却更加羡慕起子慕来。

同为子慕的家人，他这般不同的对待，定是把子慕放在了心尖上。他是子慕一个人的海欧，是这个世界上比任何人都爱子慕的海欧，所以，他比谁都明白怎样的对待才是最准确的。

“他们每次都这样，曲奕每次都打不过海欧，可就是喜欢惹他。”顾容与笑起来，话中的宠溺显而易见。

维拉还是不懂他们这种特殊的友情：“海欧为什么要打他呢？不至于吧。”

“你刚刚不是看见了吗？他每次都敲子慕。谁都知道，海欧护子慕跟护犊似的。可以欺负他，欺负子慕是怎么样都不行的，哪怕是玩笑。”

维拉叹为观止。

广播通知长跑比赛运动员集合，顾容与拍拍她的肩膀：“加油，维拉是最棒的，待会儿我在你旁边陪着你跑。”

曲奕和海欧也停了下来，过来七嘴八舌地说些什么。曲奕一个人顶十只鸟，维拉听得头痛：“再不去我就迟到了。”

他们这才放过维拉，临了曲奕还补了一句："我们把四个角都给你占了，跑到哪儿都有咱的人，不怕哈。"

维拉和十二个人挤在一起，那时候的跑道还不是塑胶的，在黑色的跑道上撒了些白粉当作界限，可是跑起来就没人在意是否越线了，大家净往跑道里面挤，维拉被挤得有些无奈，只得往跑道外边走。

跑道一圈四百米，那就意味着她必须跑七圈半，没有必要跟她们抢这几米的位置。维拉看到有个穿着白色衣服的姑娘，似乎跟她想的一样，也站到了跑道的外侧。

枪声响起，大家撒腿就跑。第一圈的差距还不大，从第三圈就开始拉开距离了，维拉刚开始一直跑在中间的位置，到第四圈的时候，跑到了第二。跑第一的，就是刚刚那个穿白色衣服的姑娘。

顾容与一边随着她跑，一边说："没关系，跟着前面的人跑，只要她不停步，你也不会倒下。到最后一圈再加速，超过她。"

维拉紧闭了一会儿眼，问："我跑步的姿势是不是很难看？"

顾容与愣了愣，并没有想到她会问这个，反射弧稍微有点儿长："还行。"

维拉又跑了一会儿，苦着脸说："你说我只想跑完不考虑名次的想法是不是很没出息？"

顾容与终于跟上了她跳跃的思维："不会，这样很好，对手只有自己。"

"我头发有些松了，你说我是用手定着呢还是不管它？"

顾容与的嘴角隐隐勾勒出一个弧度，看着她，却没有再回答她的问题："你不必紧张，有我在你身边呢，你怕什么？"

维拉扭头，傻傻地看着顾容与。

顾容与看到了维拉的表情，笑了："如果我们现在不是在跑步，我真想揉揉你的脑袋。"

维拉好像突然间就气短了："那你揉。"

顾容与哭笑不得。

不过，随着一颤一颤的步伐，那只手还是落在了她的头上，耳边还是那人轻轻的一句："傻瓜。"

维拉腹诽自己，那词叫什么来着？"趁热打铁"？好像又是"乘人之危"？到底是什么来着？

管他呢，本姑娘现在头脑供氧不足，权且装傻好了。

所幸，当了傻子后，步伐轻快了，身体也不如刚刚那般疲惫。

跑过子慕旁边的时候，那姑娘比她还紧张，还随着她跑了一段，偷偷地提议："要不在人少的地方咱俩换换，我帮你跑两圈？"

维拉失笑。

海欧也笑骂："你还是照顾好自己吧，你看你姐姐，跑四圈了，大气也没喘几下，你不必担心。"

最后一圈的时候，维拉看着前面的女孩，开始加速。原本站在跑道边的那几个少年，也跑到了终点等她，明明隔着很远，可维拉依旧能听到他们在呐喊："维拉，好样的。"

"一起冲刺吧，维拉。"

维拉暗自咬牙，脚下的频率更快了，在弯道一鼓作气超过了那个姑娘。

她看到跑道尽头的朋友们对着她挥手尖叫，还有身旁的顾容与一直跟她说话，鼓励她，心中感动异常，疲惫的身体恍若打了兴奋剂。看着终点，腿上灌铅的感觉好像也消失了，余下一百米，是短跑的速度。

"我可不可以拉着你的手？"不等顾容与有所表示，离终点只有三米的时候，维拉主动地牵上了他的手。

冲破终点的时候，观众席沸腾了。

曲奕也感叹，还好刘紫苏今天没来，不然看到他们这样，只怕会更加难过。

维拉冲破了红缎带后，疲惫才卷土重来，身体重得像块铁一般，拉着顾容与的手生生地倒了下去。顾容与体力也消耗得厉害，一不留神就被带倒了，只是倒地的时候仍花了力气垫在维拉身下。

子慕本来很是高兴的，此刻却吓得脸都白了，连忙蹲下来看他俩："姐，容与哥，你们还好吧？"

维拉还能吭气，对着他们点了点头，可就是起不来，连牵着顾容与的手都无力放下。

一百多斤的姑娘，顾容与被她这么一压，感觉胸膛的气都被挤了出去，胸口和手肘都隐隐作痛。

"子慕，把她扶起来走走，这样不行。"海欧皱眉。

子慕把维拉扶了起来，维拉全身的重量都压在这姑娘身上了，子慕有些吃力。

见子慕佝偻着背，海欧不忍，接过维拉："我来。"

曲奕看着两个人依旧牵着的手，扶起了顾容与，笑着打趣维拉："怎么？还不舍得松手？"

维拉倒是难得的任性，不松手我就不松手怎么了，你打我呀？

曲奕见她不说话，可小白眼还在翻着，无奈投降了："您是冠军、是尼采、是自由女神，您说了算哈，刚刚就当小的在放屁。"

顾容与嗤笑一声，伸出脚绊倒了曲奕。

"容与哥，你的手肘流了好多血！"子慕在顾容与抬起手的时候，看到他的手臂沾满血迹，急得叫了起来。

维拉不知哪来的力气推开海欧，扭头就去找顾容与伤着的地方，看到衣服上殷红的血痕，鼻子一酸，就想掉眼泪。

顾容与也扭头看去："没事，就是破皮了。"说着还用力地捏了捏维拉的手。

"去医务室，好不好？"维拉的语气温柔得很，搀扶着顾容与走出跑道，转身看到了江洛，他脸色有点儿白，气喘吁吁地用手撑着腿，像刚刚跑完步的样子。

他对维拉点了点头，侧身而过，走得有些笨拙缓慢。

子慕的视线一直追随着他，咬了咬唇，迟疑地叫了声："江洛哥。"

海欧回头看到子慕的神情，若有所思。曲奕无语望天，这些人都是些什么事啊？

维拉一瞬间便明白了，可怎么都不愿意放开握在掌心里的手。

多年后，子慕告诉她："怎么办啊？维拉，我发现我爱你，超过了这个世界。"

可是那样的爱，她又还得起多少？

如果像现在这般简单，那该多好。

校医给顾容与消毒后便包扎好了，的确没什么大碍，只是伤口比较深，血流得厉害。

休息了一个多小时，饶是脚依旧使不上力，可维拉还是坚持去参加接力赛。子慕说什么也不愿意让她去了，板着脸数落她十分钟后，代她上场。

海欧心里挣扎了许久才让子慕上了场。子慕有过心脏病，他当她瓷娃娃一般宠爱。可是当他看着子慕暗淡的眼神，他总会想，对于子慕，怎样的对待才是公平的？那个女孩曾经一度怀疑自己存在的价值，而如今，那样的神采飞扬与跃跃欲试是从来没有的。子慕看着海欧，然后他便心软了。

子慕跑得没有维拉快，可两个人太像，维拉又刚跑过长跑，众人觉得慢一些也正常。只是在最后一棒，江洛从子慕的手中接过接力棒时，深深地看了她一眼，才低头跑了出去。看得子慕有些摸不着头脑，他到底是知道她是子慕呢，还是以为她是维拉呢？

她的脸上满是认真和感动，不过是百米的路程却恍如朝圣一般，前方是梦想与自由。江洛在跑道的另一侧看着她，虽是面无表情，眼里却是含了笑意的。

虽然隔得很远，可是她就是知道。

子慕看到海欧朝他跑来，也笑得那样好看，眼里全是赞叹的意味。他对子慕说：“宝宝，你真棒。”

子慕一瞬间就泛了泪。

这是她第一次参加校运会，尽管她用的还是维拉的名号，可那着着实实是自己跑出来的路程。

恍若自己的价值被肯定了。

恍若多年的心愿达成了。

这一刻，心病终于开始愈合。

# 第四章 诗到山花烂漫时

“祝维拉，有人找。”维拉正在算一道有相当难度的数学题，过几天就是月考了，维拉的成绩还糟糕得不行，所以分外地用功。听见有人找，有些无奈地放下了手中的圆珠笔，走了出去。

那是一个很帅气的男孩子，黝黑的肌肤，一看就是长期在阳光下奔跑的运动少年。他见维拉走了出来，双手插到裤兜里，露出了灿烂的笑容。

“我叫乔时，校篮球队的。那天校运会，你表现得很棒，我想和你交个朋友，祝维拉。”

这句话还没说完，旁边就围了一圈的人，矜持些的也竖起了耳朵，看好戏的居多，咬牙切齿的也有。

江洛向外看了一眼，状似不经意地问李晓：“那个男的是谁？”

“他呀，我在酒会上见过，我估摸着家境跟我家差不多，当然跟你家是不能比的……”

维拉扫了一眼周围的同学，淡淡开口：“认识你很高兴，朋友就不必了，我特立独行惯了。”

乔时碰了个软钉子，也不恼，耸了耸肩，对维拉说了句：“来日方长，我们骑驴看唱本。”

维拉也没说话，转身就回到了教室里，对班上女生不屑的目光也视若无睹。

这几天来找维拉的男生挺多，胆子比较大的，如同乔时，都被毫不留情地回绝了，胆小的往她桌子里塞字条，维拉只看了一眼就扔了回去，还给别人，徒伤人自尊罢了。

顾容与看着，倒也是波澜不惊的，对这种事问也不问，等维拉有空了，就继续跟她讨论题目。

维拉看着他，状似不经意地提起：“刚刚有男生来找我。”说完，目光转到了面前的习题上，但用余光巴巴地等着他的反应。

“嗯。”笔在他手里转了一圈，又回到了原处，表情却没什么变化。

“可……可是……”维拉可是了半天，都不知道该说什么。

顾容与看向维拉的眼睛，心里起了波澜，给了她一个台阶："他说喜欢你吗？"

维拉见顾容与接了她的茬，松了口气，有些欣喜："没有，他说要同我做朋友罢了，我没答应他。"

顾容与心里转了好几个弯弯，都找不到最合适的词来应对她的话，只得把话题抛了回去："为什么呢？"

"素昧平生，我不是一个容易熟络的人，朋友有几个就够了，多了得花心思经营，我应付不来。"

"嗯，那就不要答应他，知根知底的朋友才能长久的。"

维拉点头，但是好像觉得哪里不对劲，这好像不是她提起这个话题的初衷。纠结片刻后，她咬了咬牙，问道："你希不希望我同别人交朋友？"

顾容与不动声色地看着她的脸，这个性子拧巴却温暖大气的姑娘，单纯得让人一眼就能看穿。想到这儿，他终于伸手揉了揉她的头发："我听你的，如果你不喜欢和别人交朋友，那便不交。"

"嗯。"维拉点点头，脸微红，虽然不是最希望的答案，但也是不差的。

曲奕巴巴地晃过来，感叹："都说男人心是梨，外甜内酸，吃到后头会把心给扔了，女人的心是洋葱，一片一片地剥开，呛得人流泪，最后才发现竟没有心。啧啧啧。"

维拉瞥了他一眼，也不理会他暗自偷换概念："那你是空心菜还是白菜啊？"

曲奕被噎住了，半晌才回了句："我是油菜花。"

维拉把练习本往前一推："好吧，有才华的曲哥哥，来帮妹妹把这道题给解一解吧。"

曲奕接过来一看，并联电路图，有些心虚，接过维拉递过去的铅笔，开始涂涂改改。

维拉探头一看，呵，果真是油菜花，一张电路图被他改得四处短路。维拉拍了拍曲奕的肩膀："平时你一直装蒜，看不出来啊，原来还真是棵油菜花。"

曲奕一脸讪讪的表情，瞥向一旁看戏的顾容与，踢了踢他的凳脚："看维拉都成什么样了，你也不管管。"

顾容与唇边还带着没来得及收起的笑意："她这样挺好。"

她这样挺好，哪好？逐渐开朗起来的性子好，还是拒绝别的男生好？维拉暗自思索。

不过，不管是哪一种，都挺好的，不是吗？

月考将近，维拉每日吃了饭就去顾家，跟顾容与一起补习。去过好多次，今天是第一次碰到了顾爷爷。

顾爷爷有些严肃，不苟言笑，依旧像一位运筹帷幄的将军。站如松，坐如钟，无时无刻不透露出一种军人的风姿。吼一个犯了差错的下属，还是中气十足的。

顾奶奶看着老伴，皱着眉头数落：“这么大声做什么，吓着人家孩子了。”

顾爷爷绷着的脸缓了缓，看向维拉，对面的下属暗自松了口气。

“乖孩子，跟容与去学习吧，不懂的让他多教教你。”

维拉在他的面前，喏喏地应了一声，话也不敢多说就跟着顾容与上了楼。

刚把门关上，下面的吼声又开始了。

维拉在一旁做英语题，顾容与在旁边研墨写字。

她很喜欢看他的侧脸，很柔和的线条，让人忍不住想亲近。

她的英语进步很快，如今已经不用他帮忙补习了，只是不舍得离开这地方。所以等她终于跟上班上的进度后，并没有提出下次就不来了，而顾容与也很有默契地不提这件事。

两个人在一起，大多是各做各的事情，只是碰到难题的时候，才会挨近了脑袋。

维拉很喜欢这种相处模式，不会太近，不离太远。

维拉只有在做英语的时候才会不耐烦，不一会儿便坐不住了，走过去看顾容与练字。顾容与见状对维拉摇了摇头，维拉吐了吐舌头，也不理他，低头看他写的字。

内敛中有张扬，大气而秀丽，他模仿的是王羲之的笔锋。

维拉只练一个人的书法，那便是王羲之。不是柳体颜体不好，只是，她看《兰亭集序》的拓本，只一眼，就喜欢上了。

顾容与写的是毛主席的《咏梅》，他见维拉看得专注，就笑着把笔递了过来：“你来试试。”

维拉连忙摆手：“不不，你的诗写了一半，写得那么好看，我会糟蹋了的。”

顾容与不说话，就静静地看着她笑。

维拉是禁不住他这般看的，犹犹豫豫地接过了笔，蘸了蘸墨，稳住了欲颤抖的手，开始接着往下写。

待到山花烂漫时，她在丛中笑。

彼时她不知道，这幅作品，是被少年珍藏起来了的。

历时多年，聊以慰藉。

在那些蹉跎的岁月里，顾容与每每看到这幅字，他都告诉自己，还是可以等的，春天会来的。她，也会来的。

可当时，那幅画并没有被他裱起来。

顾容与跟顾奶奶要了一条缎带，系好了便放到了书柜最隐蔽的那一层。

或许他还不明白这幅字迹的价值。

只是到了后来才随身携带。

心想权当是弥补当年忽视它的缺憾。

可始终忽视的是，三言两语锦句，早已铭记于心。

秋风还是凉了。

维拉在月考的前一天得了重感冒，还带有轻微的发烧，一天用掉一卷餐巾纸。子慕担心地提议："姐，你还能考吗？要不我帮你去考？"

维拉连忙摆摆手："千万别，我还能思考，再不济也能及格，如果换成你考，我还就真没分了。"维拉最近算是摸清楚了子慕的脾气，爱玩爱闹爱忧愁，典型的青春期综合征。你正正经经跟她讲话反而觉得你跟她不亲近，损她几句倒是乐得厉害。

来苏家探望她的曲奕直打哼哼，约莫是嫉妒了。双胞胎，还不在一个年级，尤其高年级的那个成绩倍儿好，低年级的坐收福利，替她考试还能混淆视听。

子慕拿眼翻他："这位哥哥，您这又是怎么了？"

曲奕开口了，语气却是酸酸的："你们俩要搁旧时的大户人家，早被溺死一个了。哪里由得你们这般兴风作浪，李代桃僵！"

子慕靠近他嗅了嗅："我怎么闻到一股子酸味儿啊，你眼红什么呀？"然后正了身子，满脸嫌弃地看着他："你是怪你妈没给你生个长一样的小子吧。"

"苏子慕！"某人恼羞成怒。

"你那么大声吼子慕做什么？"海欧懒懒地把原本放在书桌上的脚放了下来，"还是你几天不练闲得慌，要少爷我帮帮你？"

顾容与头痛："你们就不能消停几分钟？来这儿干吗来了？"

因为都是附中，初中和高中的体制差别不大，就连初三毕业后的人都是"一锅端"过去的。维拉他们考试的这几天，子慕他们也跟着一起考。月考前一天会停课在家复习，子慕嫌复习枯燥乏味，叫来了海欧，怕他俩在一起碎碎念的时候维拉寂寞，也自作主张地把顾容与和曲奕叫来了。

其后果仅次于世界大战。

顾容与摊手："你们继续吧，我带维拉上趟医院，那里比这里还清净。"说着，扶起了维拉，给她裹了三层围巾，加了帽子大衣，带着她出去了。

剩下的几个脸色讪讪。

曲奕摸了摸鼻子，被子慕瞪了好几眼。

李妈担心地看着俩孩子："外面挺冷的，要不找医生到家里来吧？"

李妈年纪有些大了，走起路老态龙钟的，有些跛，虽是保姆，别人却对她尊敬得紧。

维拉后来才知道，李妈在抗美援朝的时候当过炊事兵，她救过爷爷，自己却伤了腿。那会儿苏爷爷心怀感激，问着姑娘也乐意，就让她跟着苏家了，一跟就是四十多年。在外人眼里，那地位是只高不低的。

维拉吸吸鼻子："没关系的，李妈，这到医院不过是几步路，再说了，他们吵得我头痛，劳烦您做些点心去堵堵他们的嘴，指不定什么时候就打起来了。"

李妈摸了摸维拉的头，对顾容与嘱咐道："打针能好的就别只吃药，女孩子不比男孩子。你带好她，别让人给冲撞了。"

顾容与笑着点点头："好的，我明白了，李妈。"

"您回去吧，门口风大，不然等我病好了您倒感冒了。"维拉默默地接受了李妈的关怀，心里是有感动的。

"哎，等会儿，我进去给你们拿一个暖炉，好歹抱着。"

冷风一吹，维拉的脚步都有些虚浮，人也有些迷糊，顾容与问她一句话，要歪着脑袋想很久才能回答他。

顾容与摸她的额头，好像比刚才更烫了些，连忙把围巾往她脖子里掖了掖，然后蹲下来："你上来。"

维拉抱着暖炉站在那里，有些愣怔。

"还愣着干吗？过时不候啊。"

此时，她的眼里是只有他一个人的。他半蹲着，微微弓着背，留给她一个温暖的背影。

这并不是他第一回背她了，可维拉的心境比起上一次，要柔和了许多。她定定地看着他的背，好像巨大的幸福在向她涌来。

不知道是不是因为生了病，所以更多愁善感了一些。

"容与……我不习惯白雪公主的戏码。"

顾容与微微地回了头，笑了："我也不是小矮人，如果可以，你可以当我是喂你吃毒苹果的老巫。"

“为什么不是皇后？”

“因为‘老巫’这个词听起来更神秘，更与众不同。”

维拉“扑哧”一声笑了。

“上来吧，亲爱的白雪公主，我甘愿匍匐在你脚下。”

“不管我有多沉重，不管路有多冗长？”

“嗯。”

“不因为我是公主，只因为我是我？”

“嗯。”

“那好，如果是万劫不复，那这口苹果我也是要吞的。”

维拉趴到了他的背脊上，脑袋跟他的靠在了一起。

他是第一个为她弯曲了背脊的男生。

所以无论以后如何，她都要为他守护他的脊梁骨。

哪怕化为手杖。

哪怕化为乌有。

他们回来的时候，正好赶上晚饭。海欧和曲奕还在。

曲奕闻着厨房里飘出的清淡的香味，抽了抽鼻子，对着厨房里的李妈说：“我今晚一定要在你们家吃饭真的李妈您不许赶我。”话都不带停顿的。

“这孩子都多大了还一副没脸没皮的样子，”李妈故作严肃，眼里却是笑开了花，“也不学学人家容与。”李妈看着顾容与，眼里满是赞赏。

曲奕捂脸：“李妈，您嫌弃我。再说了，容与疯起来的时候您可没见过，跟蹿天猴似的，一点就上天了。”

“可不是嫌弃你，”李妈打趣，“从小你一到吃饭时间必定端着碗过来敲门，每次都要你妈妈面红耳赤地跑过来说家里教管不好。她一来你就扯着嗓子哭，抱着我家桌子腿怎么都不撒手，邻居们都被你哭过来了，弄得你妈好几个星期都没好意思见左邻右舍。这么多年了，脸皮怎么就没薄一点儿呢。”

“那还不是因为李妈您做得好吃吗？”曲奕赔笑，“您看，海欧不也经常过来吗？”

“要是你也像海欧对子慕一样对维拉，让苏家养着你都没问题。”李妈拿勺子敲少年，转身，在锅里舀了一块骨头，递给了海欧。

海欧接过，马屁拍得顺溜。

因为英语的突飞猛进，维拉的月考成绩一下子冲到了班里前二十名。而她的物理、化学和生物，甚至挤进了年级前三。而顾容与，也是年级前三的成绩，不过不只是单科的，而是总成绩。

苏爷爷倒是被维拉的成绩单吓着了，因为子慕的成绩并不是太好，他平日和一些铁瓷儿聊到孩子成绩的时候，是必然不说话的。子慕早年身体不好，上学断断续续的，功课落下太多，要赶上也是极困难的。

所幸还有维拉。

维拉也知道子慕由于身体的原因，成绩一直不大好，回家也不提成绩，是苏老亲自把她叫到书房细细问了才说的。

“你妈妈同你外婆，一直都很聪明。”苏老背着手，看向窗外，“我第一次见到你母亲，就特别喜欢她。她性子很温和，跟我们这里的女孩子不一样。她很聪明，从千里之外考到首都来，一般人没有那个能耐。还有，她的眼睛，像极了你的外婆。”

“爷爷跟外婆是旧识？”维拉低头思索了一番，便问了爷爷，其实她在大西北第一次见到爷爷就有这个疑问了。

苏老不说话，缓慢却不迟疑地转身，打开了柜子，在最显眼、最顺手的地方，拿下了一本相册。

他抚摸着相册的封面，本应是老旧至极的相册，却被保存得极好，只是页脚处多少被磨损了，想来是经常翻动所致。他一张一张地翻着，偶尔会停住，带着欣慰或是伤痛的目光。

维拉并没有催促，想必那段回忆太珍贵，每次回忆起来，姿态都需摆好了，才允许自己入驻那段挥斥方遒的时光。

终于翻到了那张照片，苏老的眼神柔和了，挥手叫维拉：“你过来。”

维拉依言走过去，凑过去看。

那是一张老照片了，蜡黄蜡黄的，不甚清晰。

相片的右下角，写着：摄于1952年，中国人民志愿军第×军×师×团×连全体战士。

“你来认认，哪个是你外婆。”

维拉一个个地看过去，在照片的中间看到了一个稍似妈妈年轻时候的身影，只是照片上的人，比妈妈还要漂亮。

维拉自是知道外婆年轻的时候是个美人，轮廓精致、唇红齿白这些词已是绝不虚假的形容，却不承想美成这般，美得绝不矫揉造作，浑身散发出巾帼睥睨天下的大气。

维拉指了指照片中央戴着帽子扎了小辫的那个姑娘，苏老笑着点头。

“你再看看她旁边。”苏老指了指姑娘身边的少年，眼睛炯炯有神，不怒自威，自信满满，威风凛凛，俨然是年轻时候的爷爷。

“她和您……”原来外婆和爷爷早就相识了，他们究竟是什么关系呢？

苏老微笑着点头道：“你外婆她，是我的兵。”

“可是……”维拉感到诧异，“外婆从没有提过您……”

苏老苦笑，抚摸着照片上的叶兰，手却颤抖了。

“爷爷……”维拉叫了几声，见爷爷似乎没有反应，叹了口气走出书房，轻声掩上房门。

都是红尘往事，谁能挖谁的痛处呢？

他们，想必都很难过，很难过。

大半辈子了，谁都不舍得再提起谁。

北京的冬天终于来了，屋里因为有暖气，比外面的温度高了几十摄氏度。维拉打开窗子，冷风一下就灌了进来，看着路旁掉得一丝不挂的梧桐，暗自嗟叹，她是多久没有记起以前的事了呢？

家里现在很好，大家都很好，直到爸爸和向阿姨打电话回来那日。

维拉心里对父亲还是有嫌隙，说话也是不冷不热的。

苏志国跟她聊了几句日常，叹了口气，对维拉说：“你向阿姨要跟你说话。”然后一阵窸窸窣窣之音，话筒递给了向彤。

“向阿姨。”维拉低低喊了一声。

寒暄了几句，向彤就叹气道：“你能叫我一声向阿姨，我也是开心的。原本我以为你会像子慕一般，讲话的时候会略带一些刺，只是你的客气疏远，比起子慕的故作刻薄来，更让我无所适从。”

维拉抓紧了听筒：“阿姨，没有的事。”

最后，是向彤说了句：“你一直都很懂事，我和你爸爸不在，家里就麻烦你多照料了。”

“嗯。”维拉应了一声，轻声问了他们什么时候回来。

向彤说过年不一定能回来，因为上次他们请假回去便是用的年假，不过还是会争取回去的，说完，犹豫了一会儿，还是问道：“维拉，今年春节，你要不要跟着爷爷和子慕，到南京来过年？”

“我不去。”维拉条件反射性地拒绝道。

向彤知道是这个结果，心中有些遗憾，却没说什么，只是道了声安好便挂了电话。

维拉挂了电话，嗓子眼却堵得慌，有些懊恼。

电话又响了起来，维拉连忙接起，想着这次要好好说，就像爷爷说的，伤谁都不能伤了向彤。

却没想到这次是曲奕打过来的，依旧是大嗓门：“喂，喂，是维拉吗？我是你曲哥哥。”

维拉满脸黑线，心情转变很快，语气并不十分热情：“有事吗？”

曲奕心碎：“没事就不能找你说话啦？维拉，不带你这样的！”

“你再磨磨叽叽我就挂了啊。”维拉威胁道。

“你个臭小孩，亏我有好事情想到你们呢。”曲奕卖了个关子。

维拉被他勾起了兴趣，主动问道：“什么？”

“就是咱大院东边不远处开了家旱冰场，问你们要不要去玩玩。”

“旱冰场？”维拉眼睛亮了。

“嗯，别说哥们儿有好事没想起你们啊。除了海欧那厮，其他人随便你叫哈。”

想起海欧和曲奕的互动，维拉笑开了。

曲奕认为这是赤裸裸的鄙视，愤愤地挂了电话。

海欧最后还是去了，因为维拉叫了子慕，有子慕的地方就不会少了海欧，亘古定理。

维拉他们去的旱冰场，离家比较近，治安也好，不像其他的旱冰场经常沦为少年们斗殴的场所。旱冰场的设置还不错，铺了瓷砖，溜冰鞋有四轮的也有独排的，远远就能听到溜冰鞋跟地面摩擦的声音。

子慕兴致勃勃地问：“我见电视上有人穿着冰刀来滑，要不待会儿咱们弄几双试试吧。”

“这是旱地啊，你以为是冰上？还冰刀呢，也不怕你小身板一滑过去，搁你前面的齐齐没了脚。”曲奕随即丢过去一个白眼。

“你嘴上挂夜壶了？就不能好好说话。”子慕毫不示弱地呛回去。

“你会滑冰吗？”维拉问顾容与。

顾容与面露骄傲：“那必须的，你问问，在场这些人，谁不是我教会的。不过转学后就没怎么玩儿过。估摸着现在是海欧和曲奕比较厉害，他们经常去。”

走在前面的子慕闻言，瞬间就提溜起了海欧的耳朵：“你什么时候经常去了，嗯？”

海欧顺着她的手势，装作很疼的样子："没，真没，你别听顾容与信口雌黄。"说着微微扭着头，使劲瞪顾容与。

顾容与成功地祸水东引，忍不住直笑。

子慕继续骂道："真是几天不收拾，放屁都带调儿了。"维拉正以为子慕要埋怨海欧，下次不让他去了，没想到——"下次去再不叫我，我打得你浑身长蛆。"

维拉囧，不知道自家妹妹骂起人来那么犀利和喜庆。

曲奕在一旁幸灾乐祸："俗话说，棍棒底下出孝子，子慕，你得揍他，不然要他改比让母鸡打鸣都难。"

子慕嗔怪地望着他，海欧却是一个眼刀过去："你好像忘了，每次都是你怂恿我去的，还不让我告诉子慕。"

曲奕望天，子慕"哼"了一声，默默地伸了只脚过去。

曲奕只顾着看笑话，一个趔趄，差点儿摔了出去，顾容与手疾眼快，在后头扯了他的领子。曲奕人虽是站稳了，却差点儿被顾容与勒得背过气去。

维拉再也忍不住，不顾形象大声笑了出来。

曲奕早早地选好了鞋子，拉着海欧进了旱冰场，说是要跟他比试比试。

子慕低头鼓捣鞋子，皱眉："这什么鞋啊，太味儿了，从厕所捞上来的吧？姐，你闻闻。"

都那个味儿了还让人闻？维拉摆摆手："别，我还是掩耳盗铃吧。"说完，果断地系鞋带。

子慕还在小声嘀嘀咕咕的，维拉就站了起来，还没等她站直了，两腿一哆嗦，就往前面撞去。

顾容与也没料到她会突然站起来，别说扶她了，直接被她铲倒。

子慕拍着大腿笑他们，维拉满脸通红地从顾容与怀里爬起来，连连道歉。

顾容与揉肚子，满脸笑意："前事不忘后事之师啊，看来我得防着点儿你，指不定什么时候就被你压得英年早逝了。"

维拉撇撇嘴："哪有那么重？"

顾容与皱眉想，还上下打量了维拉一番，然后比画："两筐这么大的萝卜，总是有的。"

维拉反击，伸出五根手指："你有五十只铁锅一般重！"

顾容与摸下巴："你是在暗示我秀色可餐？"

维拉看天："你没看出来吗？我是在笑话你是个饭桶。"

顾容与也耸肩："没办法，盛你所重，萝卜还是得扔饭桶里啊。"

维拉叉腰，一副气鼓鼓的样子："说不过你。"

顾容与哈哈大笑，推了一把维拉："走吧，笨丫头，我教你溜冰去。"

维拉看着还坐在地上的顾容与，伸了手。

顾容与也伸出了手，不过那是用来打她的。

"自己都站不稳还要扶我？还想再压我一次？"

维拉耸肩："真遗憾，被你看出来了。"

"苏子慕，你上辈子是不是笨死的？"在子慕接连三次摔倒后，海欧无奈地从地上爬起来，说："苏子慕，你上辈子是不是笨死的？你别拽那么用力啊，衣服都让你扒掉了。"

"我不拽着你还不得摔死我？"子慕叉腰，做水壶状，"你看人容与哥教得多好。还好意思说自己常来。"

"都说了是顾容与胡诌的。有脸说我，你自己还是学舞蹈的呢，平衡感差得令人发指。"海欧摇头，拉起了还坐在地上的子慕，对她努努嘴，"你看你姐姐，滑得也比你好多了。"

几步之外被点名的维拉，本来正抓着顾容与的手滑得有点儿起色，听到有人说起自己，受到了惊吓，没能给海欧一个好的案例，腿一软就劈了开来。

维拉坐在地上倒抽冷气，她的韧带……

子慕笑得捶地，幸灾乐祸。五十步与百步，谁笑谁啊。可气的就是，就连顾容与也笑得东倒西歪。

维拉看着生气，一脚放倒了顾容与。

顾容与没站稳，摔了个趔趄，直嚷道："你们谁有相机赶紧把她这副嘴脸拍下来，贴词典里'忘恩负义'那词边上，可形象了。"

一群少年直接笑作一团。

这大概是他们这群人最开心的一段日子了。

维拉闭眼想，这段时光太珍贵，一定要把它记下来。

# 第五章 南京南京

美好的时光总会将心事映衬得更不堪了些。

自从那日拒绝了向彤的提议，维拉每日都有些寝食不安。

最后打算将选择的权利交给爷爷。她跟爷爷提起了这件事，有些心虚。

爷爷沉吟了许久，说去去也好，年轻的时候在那一带带过兵，回去看看也是好的，不然以后可能就再也没有机会了。

到了子慕那儿，维拉却觉得难以开口了。

上回子慕还心心念念地要炸婚礼现场，要说带她一起去南京，似乎不太容易。

在三日的辗转难眠后，维拉小心翼翼地跟子慕提起了这件事。

子慕是意料之外的沉默，空气中的静谧让维拉心里直打鼓，有些后悔跟子慕提起这个话题。

正当维拉准备偃旗息鼓的时候，子慕淡淡地问了句："你跟爷爷说了吗？"

维拉愣愣地点头："爷爷说他年轻的时候在那边带过兵，想回去看看。"

子慕抿了抿嘴："那就去吧。"

南京比北京要暖和得多，可是没了暖气，空气湿冷，感觉比北京还要冷一些。

维拉第一次来到江南，总觉得很新奇。她原以为江南的人都会很诗意，会在闲适的时候端一张躺椅，看小桥流水、云卷云舒。

带着期待去一个地方，那样并不好，如果那个地方不是自己心中的模样，就会大失所望。

向彤看着维拉，拍了拍她的肩膀："过几天我和你爸爸都有一天的假期，到时候带你们去苏州看看，那里的古城要保存得更好一些。"

这几天，向彤和苏志国都不得空，爷爷又被老战友请了去，向彤怕她们无聊，叫了勤务兵领她们出去玩。

勤务兵是本地人，见到人就笑，但就是有些腼腆。

他首先带她们去了雨花台，因为爷爷的关系，她们的家庭感觉离战争更近一些，毕竟有个当首长的爷爷。

子慕的革命热情比维拉更高，在雨花台来来回回踱了好久。

“你说这雨花台历来是兵家必争之地，可我刚刚看了好久，没什么特别的啊。”

那小兵解释：“雨花台自越王勾践的时候就有了，因为它的地势比较高，是易守难攻之处。拿下雨花台，整个金陵也差不多就可攻破了。而江南是鱼米之乡，富甲天下，如果遇到了丰收年，国库一半的银子都是出自江南的贡赋。所以这里历来就是兵家必争之地。”

子慕诧异地看着他：“你学的是文科吧。”

那小兵挠挠头，不好意思道：“这些知识，南京人一般都知道，从小就听家里的老人嚷嚷。”

“‘南朝四百八十寺，多少楼台烟雨中’说的是雨花台吗？”维拉问。

“这我倒不知道，好像是。”那小兵憨憨一笑，“我没念多少书就参军了。”

因为是住在部队里，维拉每天六点半都会被哨声吵醒，然后就见到部队的士兵们井然有序地出来跑操。

他们所在的是空军部队，经常能听到士兵们唱红歌，维拉每次听到都热血沸腾的。还偷偷问过子慕，为什么他们不去食堂里吃饭，在家吃太没劲了。

子慕跟看怪物似的看她：“你日子过得太舒坦了？部队的食堂比学校的还不如。”

“可是他们吃饭前会唱歌啊，多有气势，饭吃起来都倍儿香。”

苏爷爷在一旁听到，见她一脸跃跃欲试的样子，笑道：“你要真想练练，就让你爸爸给你编到一个班去，跟着他们锻炼几天，也磨磨性子。”

维拉还真就去了。

晚上向彤给她拿来一套衣服和鞋子，维拉当即换上，还绾了头发，看起来还真是像模像样的。

子慕还没缓过劲来，拉着飒爽英姿的维拉，不可置信地问：“你真要去啊？”

维拉对着镜子敬了个军礼：“那当然。”

第二日，士兵们见到一首长牵着一个漂亮的小女孩过来时，都不由得大吃一惊。三班是连长直接带着的兵，里面多是刺头，父母管不了的就送到部队来管。因为来头太大，部队里也不敢怠慢，让连长直接带也放心得多。

连长看着这个女孩，一看就知道是关系户，而且裙带关系还不浅。果然，首长牵着那孩子跟他说这是他的女儿，过来体验体验。

咳咳，体验体验，就是说不能太惯着，也不能太严厉了，何况对方还是女孩子，反正恪守中庸是没错的。

“她还是在家里住，反正也离得不远，就不必给她安排宿舍了。但时间点都跟大伙儿保持一致。”苏志国嘱咐着。

苏志国跟连长交代完后，转身对维拉说：“如果撑不下去就不要强撑了，晚上回家有什么事跟爸爸说，不要藏着掖着，明白吗？”

维拉难得乖巧地点点头。

维拉是班里唯一的女生，班上的其他人，子弟兵比较多，勤勤恳恳的农村孩子也有。当然维拉都看不出来，也压根儿不想知道，她又不是来交朋友的。

第一天的训练任务挺重，刚开始训练就开始跑五千米。

长跑虽是这个姑娘的长项，但是五千米倒还真是没有跑过，而且是跟一堆男孩子兵一起跑。

何连说，因为维拉是女孩子，而且刚来，所以只跑三千米便好。说着还思忖，会不会任务还是太重了呢？

“报告连长，我可以跟他们一起跑五千米。”维拉直直看着前方，踏出了一步，大声报告。

维拉话一出，班上其他的同学都诧异地看着她，就连何连也为难地看着维拉：“这……”

维拉依旧保持着姿势不说话。

何连看姑娘坚持，也没有勉强她，只嘱咐道：“那好吧，累了不要强撑。”

“是，连长。”

跑步的时候，连长刻意让队伍放慢了速度，维拉跑在后面，也不吭声，队伍什么速度，她就什么速度。

昨晚，子慕跟她说，大院的孩子在小时候都多多少少去过军营里锻炼。子慕因为身体不好，就一直没有去过。

只是在早些年有一位退休的政委，很喜欢跟孩子们打成一片，每到暑假的时候，都结集了院子里的孩子搞军训。因为强度不大，也挺好玩，大家都乐得参加。主要是练习立正稍息踏步，拿了扫帚当枪刺，还会弄一些玩具枪练习，有时候还会去郊外分组演习，弄一场小规模的战役。只是这几年，那位政委离了人世，就再也没有人组织过了。

说到这里，子慕滔滔不绝——你是没见过江洛哥和容与哥小时候的样子，拿着枪意气风发的。他们是我们院子里的兵头儿，咳咳，也是祸头儿，那时候大家都乐意听他们的。

维拉听得津津有味："那么厉害呀？"

"可不吗？尤其是容与哥，好像还嫌弃祸都不找上他似的，每天跑出去闯，顾叔叔和顾爷爷很少回来，都管不着他，或者说是顾叔叔压根儿不想管。我记得顾叔叔说过的，容与要做这个世界上最逍遥自在的孩子。"

"好像我从未听过顾叔叔的消息，他在哪儿带兵啊？"

子慕叹了一声："顾叔叔已经殉难了……"

"啊……"维拉心中震惊，这件事，她从未听顾容与提起过！

"然后很多人开始落井下石，顾家那几年境况很不好。顾爷爷对容与哥开始严格起来，经常不准他出来跟我们玩，一到暑假就把他送到军营里去。后来，容与哥就像现在这样了……对谁都好，但是又好像没有心，没有了哀怒，就是每天那样笑。"

维拉一直都以为顾容与那种性情是大户人家用书香熏陶出来的，却没有想到是因为这样。想到那天自己对他的逼迫，维拉心里跟刀割似的。

再晚一点儿，等子慕睡下后，她就去阳台给顾容与打了电话。

顾容与可能也是刚刚被她的电话吵醒，鼻音还有点儿重，不过声音依旧好听："怎么了？在南京玩得开心吗？"

"没什么，就是突然很想听听你的声音。"维拉双手抱紧了电话。

顾容与在电话那端闷笑："是不是傻？"

连维拉自己都觉得这个电话太冒昧，她不知道从何说起，那段往事必定是他不想提及的，而她，也是知道得越多越难过的。

"刚刚子慕跟我说，你去过军营训练，辛苦吗？"

"嗯，刚开始会有一些，后来习惯了，就觉得没什么了。"那边传来了窸窸窣窣的声音，顾容与起身去开了灯。

"你说，我也试试，好不好？"

让我也试试，看你吃过的都是怎样的苦。

可是我明白，身体上能承受的苦，比起心里的来，不知差了多少倍。

只是，能受你之痛，是不是离你又更近了一步？

冬天的风刮在脸上很冷，可维拉还是跑出了一身汗。脚已经开始有规律地运动，维拉停不下来，只靠着惯性往前跑。眼黑了好几次，但维拉都强撑了下来。何连几次跑到她身边问她还能坚持吗，如果不能就停下来。

维拉很想骂人，这个人完全是来消磨自己的意志力的。问到后面，维拉索性闭了眼不理他。

何连见状连忙说：“别别别，我不说了还不成吗？你别闭眼睛啊，不然磕了就不好了。”何连见状，倒挺佩服小姑娘的，那样好的家世要什么没有，却舍得来受这份罪。本来以为她就是来玩玩，玩累了就走的，现在看来是真的锻炼来了。之后也就没有再提让她放弃的事。

维拉记得顾容与跟她说过，跑步的时候要一直看着最前头的那个人跑，只要他不停，自己有了目标，就不会停下来了。

到四千米的时候，一个长相憨厚的小兵一直跑在她旁边，刚开始还絮絮叨叨用河南口音对她说些鼓励的话，后来吸进的气没有呼出的多了，也就闭了嘴。

跑完五千米的时候，维拉上气不接下气，走路都直抽抽。那个河南兵想过来搀她，却因为想到她是个姑娘，刚伸出来的手又缩了回去。

维拉对他笑笑，说：“谢谢，不用了，我还可以的。”

那个小兵却竖起了大拇指，夸她真棒。

站完军姿，得去练习射击。维拉是连枪都不会握的人，当下十分开心。

因为维拉和大家的差距比较大，何连亲自教她握枪打靶。或许是天分所致，维拉学得很快，枪拿得很稳，瞄得也很准，而且很能承受枪的后坐力。何连不由得感叹，这姑娘真是不简单。

苏老过来看孙女练习，何连看见了，连忙跑上去敬礼握手：“首长。”

苏老摆摆手：“我来看看大家练习射击，顺便看看维拉是不是给大家添了麻烦。”

何连忙夸维拉：“这孩子虽是个姑娘，但比起小伙来都不差，今天跟大家跑了五千米，还站了几个小时的军姿。”

苏老欣慰地笑了笑：“她在哪儿呢？我去看看她射击练得怎么样。”

何连领路，边走边汇报：“这孩子很有天赋，也很聪明，教她的东西一下子就会了……”

苏老走到维拉旁边的时候，维拉还在全神贯注地瞄准靶子，托着枪，眯了眼睛，贴近枪的瞄准线，扣动了扳机。

虽然没有射中红心，但也十分接近，若是勤加练习，红心没跑的。

“好！”

听见有人说话，维拉连忙转过头来，惊喜地叫了声："爷爷！"

"不愧是我的孙女。"苏老心中不无骄傲，刚学打枪就能有这个水准，一般人打出去的子弹都还找不着北呢。

维拉也笑嘻嘻地看着爷爷，想起了爷爷书房佩枪的那张照片，问："爷爷能教我吗？"

自然是能的，自己的孙女，不教她还教谁。其他人面面相觑，老首长还是很疼孙女的，也不会自恃身份说不。

"大家都过来，首长亲自教大家射击。"何连连忙招呼自己班的同学。

"射击之前先要知道你打的是什么枪，你手中的这款枪，它是81-1步枪。"苏老给维拉介绍枪的工作原理和方式，手里托着枪，像说着自己的心头好，眼神却是嗜血般兴奋，"再掂量掂量你手中的枪，对它的重量和重心都要有一个了解。后坐力刚刚你已经试过了，要记住它的方向和大小。子弹打出去后，要记住枪口偏斜的方向还有手的变化，你先试试。"

维拉点点头，接过爷爷手中的81-1。维拉调整了自身的重心，再摸准枪的重心，两者要保持平衡。苏老看到孙女持枪的动作，暗自点了点头。

子弹飞了出去，虽然没有正中红心，却已是在红心里的。

苏老看她的姿势，再细细纠正，说到维拉不能理解的地方，就亲自做了示范。枪出膛后，正中红心。

维拉学着爷爷的动作和神情，专注地看着前方的枪把，眼睛、瞄准线、红心，三点一线，连了起来，静了心思，在枪出膛的一瞬间脑子放空，随着肌肉的记忆扣动了扳机，子弹飞了出去，第一次正中红心。

旁人看到这一幕，不禁赞赏："老首长不愧是老首长，宝刀未老。孩子也聪明，首长教得好，孩子学得更好。"这话虽有马屁的成分，但说出来也是真心的，毕竟是上过真正的战场，那军功可是拿命换来的，没有两把刷子，活不到现在。

那个河南兵激动地给苏老敬礼："俺爷爷是从朝鲜战场下来的，他跟俺说过，可俺老是不能领会，首长这么一说，俺就明白了。"

苏老看着满脸红光的河南兵兴奋地挤到他身边，放软了语气："我也上过朝鲜的战场，你爷爷是第几军的？"

那河南兵听见老首长给他回话，更是激动："俺爷爷是第15军29师87团的，跟邱少云一个团！爷爷说了，男人有种就去当兵，能保家卫国的男人才是好男人。"

苏老拍了拍那河南兵的肩膀："你爷爷说得很对。天下兴亡，匹夫有责。这是老祖宗的道理，也是真理。"

“首长，我可不可以跟您握个手？”

苏老点头，首先伸出了手。河南兵见状，双手狠狠地在裤子上擦了几下，握住了苏老的手，那憨态实打实。

“你爷爷身体还好吗？”

“谢谢首长关心，爷爷他身体很好。当年在朝鲜战场被敌人砍了一只手，但是俺爷爷更厉害，他砍了那敌人的头！”

这是维拉第一次近距离地感受到那种属于战场上的热血，那种荣誉感升华到整个民族。当一个民族受到侵略的时候，都是团结起来一致对外的。那种联合起来抵御外敌的英雄情怀，和平年代是无法完全体会的。

但是，战争无论什么时候都是残酷的。

苏老虽是将军，但每次与孙女提起来，都止不住地摇头，什么事情都可以好好说，千万不要再打仗了，一将功成万骨枯啊！

中午维拉随着爷爷去了食堂同大家一起吃大锅饭，大家吃饭前都会唱歌，维拉军训的时候学过，听到了自己熟悉的歌就跟着一起唱，不懂的也学着。苏老看着维拉很是欣慰，不仅是因为她给自己长了脸，还因为这孩子的伶俐，与她外婆当年如出一辙。

傍晚，队伍解散后，维拉拖着兴奋却疲惫的身子回到了他们在部队的家。

向彤看着女儿，眼里满是骄傲：“今天听他们夸奖你，还以为是专往好听了说，没想到你爷爷回来对你也是夸得厉害，我这才相信了。维拉，太棒了。”

“那是，阿姨，您也不看看维拉是谁的姐姐。”子慕搂着维拉的肩膀笑嘻嘻地说。

向彤听到这句话，有些心酸，子慕从没跟她好好说过话，就连“阿姨”都很少叫过她，所以这次特别珍惜。

中途，维拉休息了一日，一家人去了苏州，再加上陪同的人，所以阵势还挺大。

苏州跟维拉的江南印象是重合的，很静谧的一座城市，小桥流水、亭台楼阁、炊烟人家。留园的竹子很多，而且种类也颇繁，维拉跟在导游身边，听得有趣，也不忘看风景，很惬意。

接下来，维拉的训练一直持续到腊月二十九，才告别了这次对她来说极有意义的训练。

由于维拉的优秀表现，上头十分重视他们这个班，何连严格了起来，五千米爬着也得跑完，射击不合格就继续，一直到合格了为止。理由是——人家一个刚学的小姑娘都能做得那么好，你们一群大老爷们儿……

年货都由勤务兵买了，因为跟了苏家多年，自然知道他们的品位和习惯，买的年货也是很合大家的心意。

除夕夜，大伙儿围在一起看春节晚会。苏家开了门，平时在苏家帮忙的勤务兵也过来一起看，还有一些部队里的兵，大家过年不回家，图的就是热闹和窝心。

所以，等到很多年后，很多人开始骂春晚，维拉却依旧很感谢有这么一场晚会，因为这场晚会是给回不了家的人看的，在万家团圆的春节，他们为了保卫国家留在了岗位上，而春晚是为数不多的有年味儿的回忆之一。

过年的时候，每个兵都能轮着给家里打电话，因为人太多，每个人只能打三十秒。

部队里的电话并不多，士兵们打电话要排很长的队。苏家为了能让士兵们给家里好好拜个年，家里的几部电话都摆了出来，然后就没间断过。

维拉看着好多人都抱着电话流泪，他们说："妈妈，等过几年我退伍了，一定给您买好吃的好喝的，咱们一起过个肥年。"

维拉看得心里堵得慌，默默地看着爷爷爸爸妹妹，还有刚刚成为她们新妈妈的向彤。

新年的钟声敲响的时候，维拉祝爷爷爸爸向妈妹妹大家都新年快乐后，就快速跑到了房里给顾容与打电话。因此，她也错过了向彤的眼泪。

苏志国搂着向彤的腰，笑道："孩子叫你声'向妈'，你就那么感动了？"

"你不明白……"向彤笑中含泪，激动得声音都颤抖了。

苏志国温柔地看着她，得妻如此，夫复何求："我明白的。"

后来，维拉和家人看了文工团的演出，看了小范围的实习演练，看着部队的兵们把炮弹当烟花点，觉得这个年过得真是牛气。

快开学的时候，他们告别了南京，回到了北京。子慕拿着给大伙儿买的礼物，一家一家地串门。

维拉认识的人不多，带的礼物自然就没有子慕带得多，她首先敲开了曲家的门，然后去了江家，维拉心想她和江洛虽然不像和曲奕一样好，但怎么也算是同班同学，而且能说上几句话，看到了合适的东西就给他买了。

江洛捏着她给的礼物，看着泰然自若的维拉，那句"顾容与也有吗"在心里转了几个圈，终究咽了下去。

顾容与怎么可能没有呢？若只有一份，那也会是他的。

维拉最后去了顾家，或许是因为在她心里最重要，用来小心珍惜的，或许是因为太珍贵了，用来慢慢品味的。

顾容与仍是那般意气自若，笑容可掬，他摸了摸维拉的脑袋。或许有太多的话想说，到嘴边又不知道该说什么，索性什么都没说，让开了身子，示意她进去说话。

顾妈妈海晴过完年回到了部队，家里似乎有点儿冷清。

维拉给两位老人讲了在南京的见闻，当讲到自己也跟着军训了一段时间的时候，顾爷爷眼睛都亮了，竖着大拇指夸她，巾帼才是大家之气。

才说了一会儿话，顾奶奶就拉着顾爷爷出去买菜了。

安静的屋子让维拉有些不好意思了。看着渐渐暗下来的天空，维拉想，这时候谁还会拿菜出来卖呢？即使有，咳咳，那么多勤务兵，哪轮得到他们去买……

顾容与手中拨弄着礼物，问她：“是什么？”

维拉扭头不看他：“不知道。”

接下来就听到了顾容与闷笑和拆开礼物的声音，只是后来许久都没有听到他说话。

维拉转过头去的时候，看到他的表情有些不自在，心里有些没底，低声问：“你不喜欢吗？”

顾容与沉默片刻，才说：“不，是太喜欢了。”

看着他一脸的怅然若失，维拉都弄不明白他究竟喜不喜欢。

顾容与来回摸着那把瑞士军刀，半晌才露出笑容：“你还想着我那把被没收的军刀吗？想以刀易刀？”先前有一回，维拉害得顾容与的军刀被老班没收，当时他还念叨了许久。

维拉不高兴了：“你别模糊重点。”

在维拉快失望的时候，顾容与终于开了口：“这款军刀，我爸爸也有。他在……最后一场战役的时候，刀丢了，人也没了。”

维拉买军刀的时候，销售员就跟她说，这款兰博是经典款，而且功能很全，在野外生存的时候很有用。维拉想着他应该会喜欢，当即就买了下来。

却没有想到会这样。

“对不起。”维拉抱歉地看着顾容与。

“没关系，”顾容与无力地扯出一个笑，“都那么久了，我不应该介怀的。或许是爸爸希望我也拥有这款军刀的，所以，借你的手送给我。”

维拉轻轻地点头。

# 第六章 但愿连理青葱在

开学后，维拉换了同桌，是江洛。

维拉倒是觉得无所谓，因为跟顾容与坐一起上课会经常走神。江洛英语很好，她的英语很糟糕，在一起互补挺好的。

只是近来，维拉对她的新同桌很头痛，这人一上课就睡觉。老师提问到他了，还需要维拉把他叫醒，然后轻声给他提示。

这个还算好的，每天的早饭，他都会给自己带一份。维拉刚开始的时候为了拉近同桌的情分，赏脸了两天，但是吃了两天觉得不好意思了，同江洛商量让他别带了。江洛挑眉看着维拉，既没有同意，也没有反对，可是第二天早饭继续给她带，似乎没有停的意思。明摆着，你吃或不吃，饭就在那里，不来不去。

最后维拉冷了脸，他爱带不带，反正她不吃，也不同他说话，装作不认识这个人，看他能坚持多久。

江洛的确没能坚持多久，不能一直自讨没趣啊！

一个星期后，江洛给她拿来一张票，维拉捏着票，条件反射地回绝道："我不去看电影。"

江洛尴尬地咳了两声："那人家也得有电影给你放啊。"

维拉这才仔细地看了看票，是后天工体的足球赛的票。

维拉捏着票问："你怎么会有票啊？听说国际性的球赛票比较难弄到。"

江洛耐心回答道："有人给了我爷爷几张票，我爷爷对国足冒火，就把票全给了我了。"

闻言，维拉眼睛亮了："那你还叫了谁？"

"就咱们院里的那几个，能有谁啊。"江洛轻哼一声，然后嘱咐她，"因为票不够，别到处嚷嚷。"

"哦……"维拉攥紧那张票，不再多言。

维拉真没到处嚷嚷，球赛那天大家约了在大院门口集合，来的人除了江洛、李晓和郑思齐，都是些生面孔。

“你不是说叫了院子里的人吗？”维拉没看到熟人，有些不高兴了。

江洛环视一圈后挑眉：“这些都是啊。”

“可是曲奕、容与、海欧他们呢？还有我妹妹。”维拉以为子慕一早出去，就是去找江洛了，现在看了看江洛身边就俩不认识的姑娘。

江洛不以为然地摊开双手：“我跟他们平时不在一起玩儿。”

维拉暗自腹诽，这人心太黑了，明摆的语言陷阱，当即拉下脸，丢下一句“我不去了”扭头就走。

江洛一把拉住她：“你如果不去这票不就浪费了吗？”

“外面倒票的多了去了，想买的也多了，你吼一嗓子，绝对有人买。”维拉咬牙不理他。

“那么多人看着，给我个面子。”江洛轻飘飘地说了一句，但是里面的分量维拉听得出来。

犹豫了一会儿，她勉强地点了头：“只这一次，要是你还给我挖语言陷阱，天王老子我也不给面子。”

维拉看见江洛笑了，心底暗骂。丹凤眼长男孩子脸上还真是少见，既然长了，就必定是妖孽的货色。

“上车吧，你跟刘紫苏挤挤，坐前排。”江洛替维拉打开了副驾驶座的门，自己绕到了驾驶座的位置，后面一票人，也开了车门自顾自爬了上去。

维拉站着不动，呆若木鸡：“你开车？有驾照没？”

江洛挑眉笑起来：“你不相信我？”

维拉果断地点头，江洛一脸讪讪的表情。

后头的李晓伸出了脑袋：“你就放一百个心吧，阿洛十岁的时候就把家里的吉普捣鼓着开出来了。如果没些技术，早就缺胳膊断腿了。”

维拉想想也是，就上了车，口中还说：“如果出车祸了，我们死在一起。”说完后想想觉得不对，自己凭什么跟他死一起啊，随即改口：“不对，出了车祸你自己去死，别拉着我。”

江洛无奈地摇摇头，把车开出了大院。

维拉在副驾驶座上纠结反省，似乎跟江洛在一起，她就特别容易不冷静，变得似乎不是她了。

江洛见她不说话了，问她怎么了。维拉淡淡地看了他一眼，摇摇头。

“你就是祝维拉？”那个叫紫苏的姑娘开口问道。

维拉这才注意到这个女孩，长得很漂亮，文雅大方，眉毛前端有一颗淡淡的痣，看起来跟她的名字一样美。只是她看着自己的眼神，有一股倨傲不甘的意味。

维拉轻轻点点头："你好。"

女孩直视着她的眼睛，说："我是刘紫苏。"

维拉的瞳孔蓦地放大了，看着眼前的女孩，顿时失了言语。

刘紫苏的语气充满挑衅："他没跟你提过我吗？"

维拉愣了下："嗯？谁？"

"顾容与。"

维拉摇摇头，刘紫苏便沉默了，一路上她们便没有了对话。

不得不说，刘紫苏是一个聪明的姑娘，她知道点到为止地扰人心弦。

哎，她跟顾容与是什么关系啊？

维拉刚想说什么，就被后面的声音打断了。

"快看，好多人都往工体那儿奔。"

维拉闻言看向窗外，的确有很多球迷把自己涂得五颜六色的，还有人戴了假发，骑着双轮摩托，没戴头盔，风一吹就跑了，维拉看到那人来来回回捡了两次。

"嗨，这次算什么呀，你们没见过1985年的球迷闹事，那才叫厉害。"

"1985年？你见过？容我提醒您，那年您老还没出世，跟着嘚瑟什么呢？"

"哎，我爷爷就在现场。据说那可是中国球迷闹事的先河，砸了二十多辆车，还上了新闻呢……"

这一席话说得众人连连点头。

维拉背脊有些凉，敢情自己这是进了狼窝了。

他们进场的时候人已经挺多了，工体内人声嘈杂，两个人面对面还得吼着说话，不然是听不到的。在维拉身后一个人，应该是天津的——拿着快板呢，一边往前走一边喊口号，还不忘敲快板，而那快板恰好在维拉耳边。

维拉不堪其扰，想走快一些，前面却有人流堵着。只得堵着耳朵自我催眠，江洛看见了，挤了过来在后头虚揽着她，维拉有些不舒服，但想着人家毕竟是好心，也没挣脱。

刘紫苏往他们这边一瞥，冷笑了一声。

他们的位置是场内最好的，视线宽阔，相对也没有那么吵，维拉舒了口气。

球赛等了好一会儿才开始，每一块场地都有一个啦啦队的队长，他们这一块的队长被李晓揽了去。倒是有人想跟他争来着，无奈嗓门没有他大，设备也没有他齐全。维拉低头一看，呵！喇叭、口哨、望远镜、旗帜，还有带有标志的服装、护腕、头带、帽子、标语、彩色气球……他什么时候带了那么多东西？来的时候还真没发现。

坐在维拉旁边的是江洛，另一边是一位中年大叔，球赛还没开始的时候，他就把一个瓶子塞到维拉手里，说：“姑娘，待会儿我哮喘了，就给我吃两粒。”

维拉激动道：“您都知道您会哮喘，怎么还来呢？您家人呢？”

那位大叔摆摆手：“不是瞒着他们来的嘛，国足比赛，不看看我不放心……”

你不放心什么呀，比赛嘛，在哪儿看能放心？维拉满脸黑线，看来又是一个疯狂的球迷。

维拉前面有一个老太太，一整场都没咋呼几声，但是结束后，第一个砸玻璃的就是她。维拉叹，这工体也就是积聚极品的地儿！

后面还有一个老头，来的时候眼镜被踩碎了，比赛的时候一直问旁边的人比赛怎么样啦，我看不见球哇！人家都在激动地看球，谁理他。这老头见前面看球的一小姑娘挺安静，就拍了拍她的肩。

维拉刚开始以为是后面的李晓的什么设备甩到她了，也没在意，那老头拍了一分钟，这姑娘都没理他，最后使劲拧了她一下。

“哎哟。”维拉腰上一疼，终于回头了，刚想骂人就看到老头一张急不可耐的脸：“姑娘，快跟我说说，现在场上情况怎么样了？”

维拉心情烦乱，本就是没有看球赛的心思，现在却不得不当起他的解说员。因为维拉不认识场上的人，只能给老头报了队员身后的号码，也不会什么专业用语，所幸那老头能理解。

江洛注意到这边的时候，见维拉一直跟身后的老头说话，忙问她怎么了。

维拉说：“当接线员的，一老头没了眼镜。”

维拉给老头说的时候，本来就比别人知道得慢了一拍，所以一般等别人骂完了，这老头才开始破口大骂，所以声音特清晰。

“死了妈呀！跑那么快报丧啊，都没人防守还能带球出界！”

或是——

“一小伙子怎么学娘们儿的做派，是我就一脚把他踢成残疾人了！”

维拉囧了。

当国足的球门第二次被人攻破时，那位哮喘大叔终于发作了，维拉连忙掏出药给他喂下。可那老头还扯着她呢——“你倒是说说呀，这到底进没进，哎哟，可急死我了”。

维拉一个头两个大，拉过江洛，让他跟这位老大爷交流去了。

“您先上医院去吧？”维拉等大叔缓了过来，建议道。

大叔摇头：“我在等奇迹。”

维拉对这些球迷疯狂的情景已经无话可说了，只得准备好手机随时拨打120。就是不知道到时候能不能腾出地儿给他抬出去。

球赛是越到后面越让人激动，最后李晓什么话都对着喇叭说了。包括他跟维拉的对话，维拉不好意思，也就没再理他。

当国足的球门第三次被攻破的时候，李晓对着喇叭大声飙出了国骂。

他的那一帮子发小儿也不是省油的灯，顺着李晓的话就喊，连带着这一片都在骂。

最后几分钟，气氛都凝重了，虽然知道不可能追平了，可球迷都是些等奇迹发生的主儿，不到最后一秒钟不罢休。

等哨声吹响的时候，旁边的那位大叔一口气没提上来第一个昏厥了过去。维拉赶紧掐他人中，江洛也跑了过来，给他做心脏复苏。

那大叔醒来的时候，一看刚刚的不是梦，满脸泪水，恨铁不成钢。

一路走出去，都是怒目横眉的人，维拉已经听到前面有人开始闹事了。

闹事嘛，是连锁反应，只要有了出头鸟，后面什么鸟飞不出来？见缝插针，一趁警察不注意就去掀车。

因为江洛他们的车停在工体后面的绿化带上，也遭了殃。

所以当他们走过去的时候，看到这些人正在一边撬他们的车，怒了。

这几个少年本来没想闹事，却没有想到自己的车居然会被人掀，骂骂咧咧地就跑了过去，跟那些人打了起来。

人家有家伙，他们自然落了下风，站在后面的维拉不得已，只得跑过去叫了警察过来。

当他们被带去警察局，维拉不知道自己是倒了什么霉，她只想安安静静地看场球赛，怎么看着看着就到警察局来了呢？

是李晓上前说明的情况：“我们一回来就看到这帮小兔崽子在掀车，换您您能不火吗？”

那警察咳嗽：“你们就不能好好说话？打什么打？”

“我们倒是叫停了，可他们还不听，这不是找不愉快吗？”别的少年插嘴道。

警察头痛：“得了得了，先不说这个，你们岁数不够还无证驾驶，把你们的父母叫来。”

几个少年面面相觑，都不说话了，上个月刚打过群架呢，上次自己怎么保证来着，嗯？好像是“再打架您就狠狠抽我，把我锁起来三天不让吃饭，没收我零用钱”！现在想想，上次自己保证的是不是太严重了……

可是家长始终是要叫的，怎么办？几个少年抓耳挠腮，最后把目光停留在了维拉身上。

维拉被他们看得瘆得慌：“你们想干什么？”

维拉估摸着这帮人都跟水泊梁山有那么些关系，三天两头被官府提审。

苏老来的时候，他们的局长已经在这里等了，苏爷爷简单交代了几句，就带走了一众少年。

“你们是不是吃枪药长大的？三天两头给你们爷爷惹事！一个两个惹了事又不敢告诉家里人，把我叫来，这算什么事！”

“这不是因为您的脾气好嘛，您看您家的那两个孩子，都是不用操心的。”李晓觍着脸拍马屁。

“还不用操心！她们再跟你们玩，估计我下次得上牢里找她们了！”

李晓讪讪，没说话。苏家的孩子，几次都被他们牵扯了进来，苏爷爷虽不说，心里肯定有火气的。现在他跑出来当什么出头鸟啊！

那日的事维拉闷闷不乐了好久，连子慕都看出了端倪。

子慕拉着姐姐的手问是不是谁欺负她了，维拉沉默半晌才问了子慕：“江洛是不是跟一个叫刘紫苏的姑娘挺好？”

子慕拧了眉头：“这个我倒没听说，不过刘紫苏这名字好像在哪儿听到过。你可以去问曲奕哥，他跟容与哥最好了。”

维拉点点头，若有所思。看那天江洛的表现，并不像跟那女孩挺好的样子，那么，他是带她来梗自己的吗？

傍晚，海欧来家里吃饭，和子慕一起逗得苏老合不拢嘴。

末了，子慕像是想起了什么，问海欧：“刘紫苏是谁？这名儿很耳熟啊。”

海欧深深地看了维拉一眼，笑道：“有个中药名的那姑娘？慕慕，你忘性真大，那不是我表哥的前女友吗？”

子慕的成绩不算好，这个学期在备战中考，经常会到海欧那儿去补习。

海家一直待她如亲生女儿，在海家，还专门有她的一个房间。有时候子慕补习得晚了，海妈妈林梦岚就会给苏家打电话，然后让孩子留下来休息。中午，怕孩子带去的饭菜冷了，她一般都是做好了饭菜直接给孩子送过去的。现在他们上了初三，营养更是不能落下，三天两头就煲了汤送过去。

海洋看了心里酸酸的，他在家也就是一“灰姑娘”，哥哥逮着机会就踹他屁股，罪魁祸首都是子慕！他曾经不甘心报复过好多次，每次都被海欧变本加厉地欺负回来。后来也就变聪明了。

海斌和林梦岚睁一只眼闭一只眼看着大儿子教训小儿子，方法虽暴力些，但海洋还是被海欧管教得很好的，也就乐得轻松，随了他去。

至于海欧对子慕，俩大人也只能叹气，当初子慕重病的时候，这孩子居然自作主张地办了休学！每天待在子慕病床边压根不愿意离开，把他锁家里，他就剪了被单，从窗口爬了出去。

说这俩孩子有什么吧，可人家清清白白，若说没什么吧，自己的儿子都把人家子慕当闺女疼了。

海爸海妈叹气了，儿孙自有儿孙福，也就随了他们去。学着爱儿子那么喜欢的子慕，渐渐地，也就跟闺女一般了。

维拉曾问顾容与：“子慕和海欧是怎么回事啊？”

顾容与想了好一会儿才说：“青梅竹马。我现在只能想到这个词，而且是没把对方当异性的青梅竹马。”

“那他们会不会……”

“不好说，如果哪天他们意识到对方是异性的时候，可能爱情就来了。如果一直都意识不到，那只能做一辈子的好朋友。”

听到海欧这斯嘴里没点儿把门儿。子慕狠狠地瞪了他一眼：“海欧！你在胡说什么呢？”

海欧无辜地耸肩：“当初这事儿还闹得挺大，左邻右舍都知道了，难不成慕慕忘了？”

子慕赶紧走过来，掐他一把：“你还说，你还说！”

吃晚饭的时候，子慕扫帚一挥，把海欧赶了回去，子慕说什么也不让他在这儿吃饭了，说看见他就生气。

维拉却是在客厅里坐着，淡淡地看着他们，眸色暗沉。心里七上八下，烦乱得很，如果当初不是很大的阵仗，他们用得着这样激动吗？

一瞬间，维拉突然觉得很悲哀。

她跟顾容与之间，如果不是她一步步向他逼近，他应该会裹足不前吧，亏她还以为自己有多人见人爱呢！

子慕放好扫帚就蹭到了维拉的身边："海欧故意恶心你呢，没多大的事儿。容与哥根正苗红着呢，都是那姑娘她倒贴。她跟你肯定不同，容与哥看你的时候眼神就不一样。"

维拉耷拉了眼角："我跟你是双胞胎呢。"

子慕伸手敲她："怎么今天智商变为负数了呢？你看海欧看我的眼神跟看你的一样吗？"

维拉什么也不想说，且不论顾容与对刘紫苏怎样，就连对她，她都拿不准他是否真正上了心。若是换了别的人，依他的个性，或许还是会予以相同的对待。

真的，让人有些挫败呢！

子慕见她无言以对，以为她把自己的话听了进去，心里舒了口气。

再过几天，就是子慕和维拉的十六岁生日了。

因为维拉是第一次在本家过生日，苏老想把宴席办得隆重一些，也算是在外人面前堂堂正正地给维拉正名了。

这几日维拉都没有去顾家，顾容与也只当她在家里帮衬着忙宴会的事，也就没有上心。

维拉的眼睛每天像探照灯似的往门上照，照了几日都没出现那人的身影，不由得抹布一扔，叉腰，上楼，生气了。

请客打点的事一般是由家里的女主人负责，可是向彤每年只有一个月的假期，回不来。海欧的妈妈怕苏老忙不过来，而且还是个大老粗，就跟过来帮忙。

酒席是在四星酒店里摆的，邀请的名单是苏老拟的，所以来的人维拉多数不认识，只得随子慕喊人。

维拉和子慕在门口迎接来人，爷爷就在里面招待着，留下秘书在门口给她们提醒客人的姓名身份。

与她们熟识的，一般都带了礼物，交情一般的，就随份子掏钱。

海家是来得最早的，海斌和林梦岚跟着忙里忙外的，海欧就陪着站在她们旁边，帮着打点礼物。

维拉伪装了几天的笑容，在见到顾容与的那一刻便崩塌了。但看到他身后笑眯眯的顾奶奶，又连忙把笑容挂了回去。

顾奶奶一见到她们，就止不住地笑，先往维拉手里套了一只玉镯子。维拉虽不懂得看玉，但是手中那镯子没有一丝的杂质，一看就知道是上品，连忙推辞道："这怎么好……"而且她还听说镯子不好乱给的，一般都是留给儿媳或者孙媳妇的……

"收下吧，我和老太婆的一番心意。"在后面的顾爷爷出声了。

顾爷爷都发话了，再推辞就不好了，维拉抬头看了一眼站在几步外的顾容与，对上了他微笑的眼睛，低头，垂下双眼轻轻地应了一声："哎。"

顾奶奶又笑着递给子慕一个盒子，说："这个呀，是按照子慕的喜好来挑的，你看看喜欢不喜欢？"

子慕对着顾奶奶笑笑，然后打开，盒子里是一条镶钻的白金链子，比起维拉的也不差，子慕很给面子地当场就戴上了。

顾容与今天穿了一套黑色的西装，依旧是彬彬有礼的样子。他走了过来，将手上的礼物递给了子慕，说："丫头，又大了一岁，生日快乐。"

子慕接过礼物表示感谢，然后看着已经空手的顾容与，心想唯一的礼物给了她，该不会是弄错了吧，纳闷地问："容与哥，你确定没给错人？"

维拉心里一直生着闷气，如今更是被撩拨了虎须，憋着气说道："是啊，我的礼物呢？"

顾容与洒脱地耸耸肩："没有。"

维拉简直不敢相信，他这几天没有主动找她就算了，现在更是卖起了关子，难道他想给她一个惊喜？维拉顾不得面子，伸手翻他口袋，如果真的是惊喜就给他一个解释的机会。

"相信了吧，真没有。"顾容与挑眉看着她。

维拉瘪嘴，这回她是真生气了，亏她上次还送给他军刀，早知如此，还不如拿去当飞镖投了。

曲奕来时嬉皮笑脸的，见到她们站在门口，一冲上来就拥抱了她俩。

子慕推开他："礼物呢？"

"刚刚不是给你们了吗？"

"什么时候？"子慕惊奇。

"我抱你们了呀！"曲奕也把眼睛瞪得圆圆的，以一副看傻子的表情看着她们。

“让你抱我们好像是你的福利吧，账怎么算到我们头上了？”维拉还在为顾容与的事生气，语气并不怎么好。

已经跟上来的曲爷爷提溜起少年的耳朵：“你就会欺负妹妹！”

曲奕顺着爷爷的劲踮脚：“疼啊，您轻点儿。”

“就该好好拧他。”曲妈妈傅远清笑，递过两份礼物还有红包。

曲爷爷看着曲奕仍旧一脸得意忘形，一个扫堂腿把孙子撂倒了。

“今天那么多的人，您也不给我一个面子。”曲奕看着爷爷，运气，后背一耸一耸的。

曲奶奶连忙过来拉架，数落曲爷爷：“大庭广众的，想干吗呢？”

“你就护着他吧！”

“我孙子不护着，难道护着你啊。”

“他是你孙子我就不是你老伴啦！”

“你现在知道你是我老伴啦？平时叫你帮我打下手的时候你哪去了？”

曲爷爷：“……”

众人摸鼻子，敢情曲奕那性子就是这么来的，真遗传。

宾客席渐满，子慕悄悄拉过海欧：“怎么样？有没有人送我笔记本电脑？”

“没有。”海欧无奈地看着她，“你想要那个我送你不就行了。”

“不行，谁都能送我笔记本电脑，就你不行。”子慕嘟起小嘴，轻声嘀咕道。

维拉绷了许久的脸，也怕别人看出什么好歹来，听到了这边的声音，凑过来问：“为什么啊？”

“因为海欧一定要送我我想不到的东西。”

海欧哑然失笑：“我每年都为了送你礼物的事琢磨一个月，你一定要把我往死里折磨吗？哪天我想不出来了，直接到医院给你抽一袋血，够惊喜也够有诚意的了。”海欧嘴里虽抱怨，但是心中没有一丝怨怪的。

维拉吃醋了，看人家海欧怎么对子慕的，多有心啊，不像某些人。某些人忽然打了个寒战，莫名其妙地来回张望，摸了摸鼻子。

这时，江洛带着江奶奶来了。他首先走到了子慕面前，难得带了笑意，给她递了礼物。

子慕接过礼物两眼发光：“江洛哥，我可以直接打开吗？”

见江洛点了点头，子慕笑逐颜开，拆起包装纸来。江洛把另一份礼物给了维拉，维拉点头道谢接过来。

江洛忍不住提醒她：“你不打开看看吗？”

“嗯？”维拉抬眼看向江洛，突然想到顾容与说他十岁前都在国外生活，人家有收到礼物当场打开的习惯。

于是维拉也扯开了缎带。

“哇，江洛哥，我最喜欢你了！”那边的子慕看到礼物喜形于色，跑过来给了江洛一个大大的拥抱。

江洛送她的是当年最新款的笔记本电脑。维拉掂量着她这份，分量比较轻，送的应该不是一样的。打开后一看，是一把军刀。

子慕也看到了，见两个人的不一样，问道：“江洛哥，为什么我的是笔记本电脑，姐姐的是军刀呢？”

“上次你来我家，只顾着摸我的笔记本电脑了。”江洛看了眼默不作声的维拉，“我给她了结自己用的，看她的脸，是不是能跟黑无常较个高低？”

江奶奶伸手给了孙子一个爆炒栗子，再给她们递过两个红包，笑着说：“别听阿洛的，这孩子就是不靠谱。这红包是他爷爷在外地没能回来，嘱咐我给的。我的在这里。”说着从包里拿出两个缎带盒子。

子慕和维拉道了谢后接过，两枚精致的玉佩，上面的花纹略有不同，雕刻和切割都是一流的。老人家认为玉是好东西，是吉祥物，送给晚辈再合适不过。

维拉却是拿着江洛送的军刀沉默了，眼前这把刀跟顾容与没收走的那把一模一样。

那么，你送我这份礼物是什么意思呢？

还有上次的刘紫苏，也是你送我的一份大礼吧！

晚宴就快开始了，子慕和维拉补了补妆，就跟着爷爷走了出去。

子慕扯扯维拉：“其实我挺怯场，我不习惯成为众人的焦点，但是有你在我旁边，我就不害怕了。”

维拉摸摸她的发髻，看着那双水汪汪的眼睛映着自己的影子，对她笑了笑，说：“我也是。”

我是真的很害怕，怕什么呢？害怕这个世界太复杂。害怕待会儿发生的事不在预期之中。害怕这些日子是假象是泡影。

只是看着跟自己长得一模一样的妹妹，却觉得一切的不愉快不过是她矫情的宣泄。

苏老在致辞前，回头看了眼两个孙女，那样抱歉的眼神，那样苍老的脸庞，让她们有落泪的冲动。爷爷，终究是老了。

苏老环视着席间宾客，缓慢地点头致谢："感谢各位来参加我两个孙女的十六岁生日宴。我是一个扛着枪杆子过来的粗人，在座的都是亲朋好友，我也不跟大家说些虚的。"

"解放隆化的时候，军长在安抚朝鲜民众时说，我们打仗，不过是为了让那些沦陷的土地认祖归宗。这句话我记了大半辈子，因为什么都能忘，就是老祖宗不能忘。所以，过了那么多年香港澳门终于回归了祖国。

"只是我的孙女，那么多年都顶着一个父不详的阴影。每晚睡觉想到这个的时候，我的心都是愧疚的。

"老头我打了半辈子的仗，为的是平天下，现在天下太平了那么多年，可是家里的事情还是一塌糊涂，是该回过头来齐家了。

"我这辈子什么都不好，就是运气好，有儿子儿媳孝顺，也有孙女承欢膝下。

"向家，我的老亲家，你们给了我这个世界上最好的儿媳。

"不久前，我同志国和向彤商量过了，今天就在大家的见证下，给这两个孩子正了名分。

"子慕这孩子大方开朗，大家都见过，这些年她承欢膝下，十分孝顺。当年把她抱回来的时候，是以领养的身份，可这孩子确确实实是我们苏家的。而维拉……是我们苏家遗落在外十几年的明珠。所幸的是明珠没有蒙尘，这孩子被她的外婆教得冰雪聪明，也是个好孩子。

"孩子的母亲叫祝闵柔，维拉随她的姓。十几年前，因为我们的失误，致使这两个孩子的母亲黯然离去，在此，我表示深深的歉意。

"我是半只脚踏进棺材里的人了，请理解一个老人想弥补他在大半辈子中犯下的过错。所幸孩子回来了，容我用剩下的为数不多的日子好好疼我的孙女，补偿她们这些年缺失的温暖。"

维拉知道，在大庭广众之下，要说出这番话需要多大的诚意。这位老人是真觉得亏欠她们的，他很努力地在弥补。在大家的见证下，在向家的人也在场的情况下，他给她们的母亲正了名，承认了她的存在。

子慕也是鼻子一酸，眼泪就掉了下来。正如爷爷所说，她被苏家抱回来的时候是以领养的身份，在外面，人家仗着苏家的面子，是断不会欺负她的。只是在院子里，大家的身份相当，孩子小，也不懂事，在大人那儿听了几句碎嘴，就跑来骂她是野孩子。

那时候家里只有爷爷在，每次子慕受了委屈哭着跑回去的时候，爷爷不会安慰人，也就只能抱着她叹气，反复地说“子慕乖啊，我们不哭”。因为这个，子慕一直鲜少有朋友，身边除了一个寸步不离的海欧，就是能说上几句话的顾容与和曲奕，还有……当着偶像崇拜的江洛。

后来海欧牵着穿着白色公主裙的她一起玩，别的小朋友趁海欧不在她身边的时候，就会把她推倒，爸爸给她买的白裙子脏了一片，子慕哭得都喘了。海欧为了她跟孩子们打架，自己也被打掉了两颗牙，所幸那时候正值小孩子换牙，还能再长出来。

而那时的江洛看着躲在海欧身后一抽一抽的子慕，也发出了警告，以后谁再敢欺负子慕，就不用跟着他玩了。小孩子们一向听他的话，于是就再也没有人欺负过她。子慕怯怯地从海欧的背后探出了头，眼泪还没干，就这么看着恍若天神的江洛。或许，喜欢他，就是从那时候开始了。

只是，过了那么多年，因为维拉的归来，她似乎和他们越走越远。且不说现在顾容与眼里只有维拉，就连时常跟她大闹调笑的曲奕，仿佛也在离她远去，还有江洛看维拉的眼神，子慕从来都没有看错过。

她问自己怎么了？她竟是要吃上维拉的醋了吗？若不是被送走的是维拉，她连现在的海欧都不可能拥有。

心里面还是有天平的，一端是维拉，一端是子慕那么喜欢的江洛。

她从来都知道该往哪一边加砝码。只因为是维拉，子慕觉得那样欠着的维拉。

向老怒目横视台上的人，坐在台下不停生闷气。女儿心肠软，为了苏志国什么都能忍受，甚至为了子慕，连孩子都不要。现在就连地位都被挤对了，他怎么能不气？

若不是向彤昨晚特地打电话警告他不准在宴席上闹事，这会儿他早拍案而起了。

维拉她们回向老坐的主桌，一回来就是低气压，不由得打了个寒战。

晚宴开始后，维拉和子慕没能扒几口饭，就被爷爷催促着去敬酒。因为两个人明天还要上学，所以准备的都是橙汁。

先敬的便是向老，这老人跟个大孩子似的一个晚上鼻子直“哼哼”，忍了一晚上的气，当下便发难了。

“哼，有诚意就喝酒，喝什么橙汁，喝喝喝……”向老说着，故意拿起不远处的茅台酒。

维拉和子慕无奈地对视一眼，然后去看爷爷，爷爷很没义气地低头喝汤。

最后还是维拉说话了：“向爷爷，是我们考虑不周了。”说着，伸手就去拿茅台。

“你们就没用脑子，还考虑。哼，还说认祖归宗，这称呼都没对。”向老看着她们，鹰扬虎视的。

“外公教训得是，维拉自罚一杯。”维拉拿过高脚杯把茅台满上，说着就端起了杯子。向老端起他那个浅得近乎没有酒的杯子，对维拉状似无意地说：“干杯。”

本来只想喝几小口的维拉哽咽了，直怪自己刚刚干吗手贱满上了，五十多度的茅台啊，不喝完那一杯还真不让人下台了。

旁边的一个小孩子扯向老袖子：“为什么要姐姐喝酒啊？果汁比较好喝啊。”

“小拓不懂，你姐姐那个年纪，果汁喝多了会折寿。”向老煞有介事地说。

子慕听了也差点儿泪流满面，这不是让她们接下来都不能喝果汁了吗？

维拉盯着那杯白酒，视死如归，眼睛一闭，就灌了下去。

正等着火烧五脏庙的感觉传来，没想到喝进去的却是水，愕然地四顾一番，只有顾容与在对她挤眉弄眼，似乎在告诉她，白酒早就被自己换去。

“好了好了，差不多了，去敬酒吧。”苏老咳了几声，起身想带着孙女敬酒去，看来这次换酒肯定有他的默许。

向老不知白酒被换，拉长了脸：“老亲家，做人不能这么不厚道。我们向彤对你们多好啊，你这么说不是让我们难做吗？”

苏老顿了顿，重新拿了一瓶白的，示意服务生打开。

“我知道我这件事做得不厚道，但是我家孩子委屈了十几年，也不能那么一直耽误着。向彤是个好媳妇，我们苏家会一辈子补偿她。我自罚三杯。”

等苏老喝完了三杯，向老才慢悠悠地说：“我们东北爷们儿口味重，就喜欢整二锅头。喝什么茅台啊，这不是埋汰我吗？”

苏老叹气，挥手叫服务生拿了几瓶二锅头过来。这个老亲家的个性他明白，心里有些不愉快，大家陪他一起不愉快他就愉快了，跟小孩一个性子，没什么恶意。

向老心里也在盘算，把老的放倒了，看你们这几个小的怎么给人敬酒去。

向老劝酒的本事一流，再加上仗着苏家正欠着他家的，更是牛气。苏老也知道他不好对付，不喝趴下不让走，看着两个六神无主的孙女，连个领路的都没有。叹气，挥手叫海欧过来，有个男孩在身边好歹有点儿底气。

大院的女孩子不像男孩子，一般那个年纪的男孩子，都已经开始识人知事了。敬酒时海欧会低声地给她们介绍，说这个是什么职务，姓什么，哪个又是与苏家相交甚好的，哪个又只是点头之交，事无巨细。

海欧还会帮子慕挡酒，维拉看得心里酸酸的，虽然知道喝的都是白开水，但心里也难过呀，心想顾容与我跟你没完。

想着想着就到了顾容与这一桌，维拉还在生他的气，自然是不理他。

顾奶奶见维拉那小脸红的，心想肯定被灌了不少酒（其实是气的）。又见子慕身边一直有海欧周旋，不满地看了看孙子。

“你去帮维拉挡挡酒。”孙子跟老头子一样，都是不提就不会动弹的木头。

顾容与本来看着维拉就有些心疼，这傻姑娘怎么被人弄得如此下不来台。奶奶给了他台阶，自然要下的，当即拿了酒杯过去。

维拉也不看这块烂木头，如果她觉得别人的祝酒词在理，都会接过来。顾容与连忙按住她要接过酒杯的手，周旋了几句，替维拉喝了。

那几个叔叔伯伯看得有趣，这两个小子挡在姑娘面前，护得跟自个儿媳妇似的，不由得打趣：“海欧和子慕是大家从小看到大的，自然能明白，但你小子是怎么回事儿？”

顾容与回答得理直气壮：“我和维拉是同学，平时能说上几句话，帮帮她也是应该的。”

“我家思齐也跟你们一个班吧。”郑叔叔看这几个孩子脸红，存心想逗逗。

顾容与自然听得出话外音，知道话头儿不能往下接了，再说下去就坐实了做贼心虚……

郑思齐眼尖，看到了江洛跟青菜一般的脸，扯了扯父亲的袖子，示意他别说了。

郑父以为这孩子也喜欢维拉，等那几个少年走了就问他：“你小子是不是喜欢那姑娘？我可跟你说啊，我们家跟老苏家不在一个调儿上的，你有什么小心思就趁早给我收了。”

郑思齐一脸郁闷：“不是，爸，您就别乱猜了。”

等到那么多桌敬完，子慕的腿肚子都在发抖，靠着海欧起不来。海欧心疼她，转身想跟苏老说一声要把她先带回去，却看到苏老也被人放倒了。心想场子由爸爸妈妈看着，应该不会出什么差错，就背起子慕回家了。

顾容与看着维拉，这姑娘依旧健步如飞，走路端端正正的，甩开他的手的时候也是力道十足。

“维拉……”顾容与无奈了。

以为他这样喊她她就消气了？维拉拿包去打他：“你走开，我就不想见到你，就不想！”

顾容与抓住她的手就往外拉，维拉不依，钉在原地。

难得顾容与霸道了一回。回头拦腰扛起维拉，就朝电梯跑去。

维拉眼见他强行抱了她进电梯，目瞪口呆，一直都是木头行为的顾容与，居然人品爆发了！

可能人在生日的那天都特别容易脆弱，因为觉得自己应该是被捧着的，稍微有不顺心就想哭鼻子。

维拉就属于那种人，平时坚强得要命，到了生日心里委屈得厉害，觉得谁都欠她的。

以前过生日，即使只剩下外婆，也会给她过得开开心心的，什么要求都会满足。

这是她回来过的第一个生日，他就这么对她了，往后该怎么过？越想越委屈，越想越矫情，伸手就打顾容与。

这力道打在顾容与身上，跟挠痒似的，不起什么作用。顾容与把她放下来，也任她闹。等她打舒畅了，就脱下衣服，把她包得严严实实的，然后把别扭的她塞进了出租车，往家里驶去。

到家的时候，顾容与逗她："你生了一晚上的气了，怎么了这是？平时不都挺大气的吗？"

维拉停住，仍是咄咄逼人："现在发现我无理取闹了？"

"你今天也太沉不住气了。"顾容与深深地叹了口气，"本来想给你个惊喜的，没想到变成惊吓了。"

维拉略带疑问地看着他，顾容与牵起她的手，故作神秘道："跟我来吧。"

今晚的月色很美，月光洒了下来，淡淡地包裹着大地，看不真切，却更显得温柔无比。顾家的小花园里有各种各样的盆景，其中一盆长着茂盛的叶子，缠绕的枝丫，看仔细了，会发现有一根枝丫是连着的。

顾容与微笑着指给她看："这株连理树是春节的时候，我在爷爷故乡的山上找到的，它和一堆灌木长在一起，可我还是发现了。移植的时候费了很大的劲，为了根部不损坏，得挖得很深，我没带工具，挖的时候碰到石头，只能用手扒开。所以，你看到它，还会怪我吗？"

维拉的心突然无比柔软，欣喜地看着眼前的少年，心里略有一些惭愧。

顾容与温柔地对她说："我给你唱首歌吧，你听了不许笑。"

“好。”维拉笑着点头，这样的宠溺，怎么会嘲笑？

顾容与开了嗓，唱了起来，那首歌是维拉平日说的家乡话，翻译过来是这样的：

我的星星，意中人

我心中美丽的星星，意中人

我心爱的水獭，意中人

因为有你在我就活得愉快

永远不灭的光芒，意中人

可爱的意中人，亲爱的意中人

因为有你在，我就活得愉快

有些笨拙的发音，可是能听得出来是用了心学的。

并不是催人泪下的歌，维拉却听得哭了。

那么好的男孩子，要积了多久的运道才会遇到？

那个姑娘拍拍胸脯如是说，愿在佛前打坐五百年，换今生的百年。

那又是为什么，之后你又舍得离开他呢？

只得日日夜夜低声叹息吟唱：

双树含樟倚玉楼，千年合抱未曾休。但愿连理青葱在，不向人间露白头。

# 第七章 唱歌的人不许掉眼泪

过了五月，天气渐渐变热。

近来班上的同学讨论最多的话题便是出国，张口便是——

“哎，你托福报了吗？没有啊？赶紧报啊！什么？你要高考，跟那帮土包子挤什么呀！”说着还煞有介事地看维拉。

维拉摸摸鼻子，装作没听到。他们旁敲侧击问过她，可是维拉觉得自己可爱国了，怎么都不会出去的，所以每次头都摇得厉害。

或是——

“哎？你报的雅思？准备得怎么样了？哎，托福考试词汇量得八千呢，我现在才背了七千五，哎，我得赶紧去背了，还有不到三个月就考试了，我爸说要送我到斯坦福呢。”说着必定做蹙眉惋惜状，而且说那七千五百个词汇和斯坦福那几个重点时，必定是很大声的。

最后曲奕火了，拍案而起：“你们这群完蛋玩意儿，整天叽叽歪歪、叽叽歪歪！再碎嘴我抽死你们。我就参加高考怎么了？不够洋气是吧？有种你们拿全奖老子就服你们，拿家里几十万去倒贴，也不嫌臊得慌。”

听得维拉暗地里直叫好。

维拉还是兢兢业业地学习，每日跟英语死磕，遇到不懂的就问江洛。江洛英语好，讲得就跟自己母语似的。所以问到他语法的时候，他都是摇头的。维拉腹诽，你不是假洋鬼子吗？怎么一问三不知？

江洛瞥她：“我给你个中文的句子，你能给我把它的主谓宾定状补划出来不？”

维拉摇头。所以，很多东西都是习惯，跟知晓章法无关。

所幸有顾容与，顾容与学习英语的模式是中国人的模式，能与她说出个子丑寅卯来。但是跟江洛是比不了的，在洋人面前，他才是假洋鬼子。

“你要出国吗？”维拉拿手肘碰江洛。

江洛略微思忖：“嗯，应该是要的，我不适应这里的考试模式。”他去年初被爷爷召回国，老人那时的身体不好，希望儿子孙子都在身边。半年前做了手术，情况稳定下来，说是平时注意了，再活十年都是可以的。所以，他的父母思及他在国内的成绩跟在国外时的相去甚远，也叫他回到英国去。

“哦。”维拉点头，继续做英语的阅读题，把不懂的词划出来问他。他都要走了，所以她得物尽其用。

“你也考雅思吧，到英国我罩着你。”江洛状似无意地说。

“你罩着我干吗啊？敢情我就那么见不得人了，一定要蒙着我？”维拉顺嘴接着，心里却在喃喃背诵那几个单词。

“你要考Q大？”

“应该吧，到时候再说。”

顾容与也不打算出国，他的爷爷奶奶年纪越来越大，家里也没个人照料，如果考上Q大，回家就是半个小时的事。

曲奕本想随大溜出国的，可是曲爷爷差点儿把桌子都拍碎了，大吼：“你说去哪里？你给我再说一次！平时跟你讲的当年八国联军合着欺负咱们你都忘啦？”曲奕郁闷至极，他也就随口说说，用得着那么气吗？他英语也就比维拉好点儿，哪能出国啊！

江洛不用考雅思，所以打算六月初就去英国。他过去后念的高二，原来高一只念了半年，剩下的功课还得补上，明年他打算考A-Level去牛津。

知道江洛要走，班里的女孩子心情都低落了很多。只有几个同样申请到英国的女孩子，眼睛还是弯着的。

所以这个星期，借着来问英语作业跟江洛搭讪的女孩儿不在少数。维拉识相地收拾了东西，一下课就往顾容与曲奕那儿跑，导致江洛看她的眼光都不正常了。

想了想，不知道怎么问出来，还是扯了一张纸。

祝维拉。

“嗯？”维拉看着他挪过来的纸写着她的名字，有些诧异，想说什么直接写不就好了，为什么还要写她名字？

以后下课你都不许走。

维拉翻了个白眼，这人可真霸道。

为什么？

我不喜欢她们。

那你就喜欢我了？

那边许久没有动静，然后才挪过来一个字。

嗯。

维拉恨不得剁了自己的手，贱啊，问什么问。

当初顾容与也是这样说的，江洛喜欢你。

可是，没有听江洛这样承认过，她还是抱有一丝庆幸的。

维拉并不喜欢这样。别人喜欢她，只会徒增她的烦恼。只要自己喜欢的人也喜欢自己，这比什么都好。

维拉想了许久，然后在下课铃敲响前，回了过去。

对不起。

江洛看到纸上的三个字，修长的手指一紧，就揉成了团。

而维拉，眉毛都没有皱一下。等到下课铃响后，还是起身去顾容与那里。

“祝维拉。”江洛喊她，语气冷冰冰的。

维拉连脚步都没有停顿，还是直直地走了过去。

江洛紧抿着唇，维拉，你是不爱则无惧吗？所以，你不必考虑我的感受，甚至不必在句尾多加几个句号以示温婉，永远是丁卯分明的句号。如果，让你在我和顾容与之间挑一个伤害，你是不是会毫不犹豫地选择我？

如果，你先见到的是我，你是不是也会毫不犹豫地选择我？

如果，我能改变那样的曾经，是不是一切都会不同？

如果……

如果。

江洛离开的前几天，恰好是周末。大伙儿收到邀请，一起去野营。

子慕拉着维拉去给江洛买送别的礼物。子慕这些天心情都不大好，维拉拿不准是因为中考还有几天了，还是因为江洛要走了。

江洛是不会缺什么的，只是送个心意罢了。因为时间紧，礼物不能亲手做，所以只能现买。

子慕只有两个小时的逛街时间，急了，看什么都不上心，像一只无头苍蝇似的乱撞。维拉陪着她也无奈，在众多提议被否决后，终于接受了最后一个。

她们找了一间很漂亮的照相馆，大幅的彩照在厅里挂着，装潢也是很有品位的。

子慕选了一件典雅的衣服换上，招呼维拉过来：“要不我俩一起照吧？那样你也不用选礼物了，算是我们一起的。”

维拉摇头，她本来就没打算送礼物：“你一个人，才显得更有心意，我们一起反而敷衍了。”

子慕想想也是，换好了衣服，化了个简易的淡妆，照相了。

子慕侧着身子扭头微笑，为了跟衣服能搭得起来，她笑得文雅。虽是如此，露出的仍是无法抵挡的光芒。

惊鸿一瞥。

真真是，回眸一笑百媚生。

很多年后，维拉想起来，那次江洛的离开就像一场战争。

去的人倒不是很多，不到十个，比起他们平时的排场来说，已经是很小。

江洛本来想着几天后就是中考了，不想打扰到子慕和海欧，只是看着子慕用着那般期望的眼神看他，原本想说出的话就咽了下去。

他们准备得很充足，坐着爷爷给他们准备的车子到了怀柔，然后就各自背着行囊走进了原始森林。

因为怕有人走丢，所以地图和资料都是人手一份的。而这些资料和地图都是最精确的，哪一部分是无人区，哪一部分会有走兽出没，加上1：1000的等高线地图，还有沿路做下的标记。

维拉对森林很熟悉，只是心里对森林总带着一种偏见。虽说之前的十六年间，将近半数的日子是陪着森林的，只是那时候年纪小，而且对森林的印象也多是关于杀戮与恐惧。年岁逐增，那感情虽是淡了的，但还是不免有抵触。

刚走进森林，她就紧紧抓住了顾容与的手，顾容与略微诧异地看着她，不问原因，便从善如流，回握了她的手。

温度通过手心缓缓地传来，如同入驻了一座强大的堡垒，维拉松了口气，安心了许多。

负重徒步前行对他们来说并不是件困难的事，只是女孩子，总是会被特别照顾的。海欧和顾容与的肩上，都背了双人份睡袋和干粮。

维拉并不是心安理得的，几次提出要自己背，都被顾容与笑着拒绝了。

“你心疼我让我很高兴，但是，如果我让你自己背着，指不定得让他们取笑一辈子的。”

维拉听着才不提了，只是在这少年额头冒汗的时候，细心地帮他擦掉。

后边的人看着两个人的互动，不由得打趣，就连子慕也是。

她和顾容与之间的事情，虽没有跟子慕说过，但是估计她也猜了个十成十，只是怕姐姐面子薄，没有当面问过她罢了。

现在男主角在，想着姐姐有了底气脸皮厚了，才开的口。

的确，也是厚了脸皮的。

子慕笑着，不经意间就回头看到了江洛面无表情的脸。忽然心跳漏了一拍，手指仿佛被什么牵动了一般，没有预兆地弹了一下，脸上的笑容也收敛了。

停停走走三个小时，他们终于找到了一处适合扎营的平地，不远处还有山泉汇成的一处小溪。而且这里草木较稀少，就算是起了火，森林也不至于会烧起来。

他们分工很明确，一部分人搭帐篷，一部分人去捡柴火，还有一部分笑闹着去抓鱼，虽然没人觉得他们能抓到，也就玩水罢了。

维拉把雄黄粉掺了水，在搭好的帐篷周围喷了些。也不知道这么淡的味道有没有用，只是图个安心罢了。

在座的大少爷们，都是水都烧不热的神仙。因为嘻嘻哈哈地大闹，已经踢翻了三次正在烧着的热水，而且柴都浇湿了，好容易生起来的火也灭了。

维拉罕见地发了脾气，拿着一根细长的树枝当成竹条赶人，说："我待会儿要惩罚你们！"

一帮少年摸了摸鼻子，谁也没把她的话当回事。维拉把柴再次搭起来的时候，叫了顾容与当门神，谁过来谁死。

子慕凑了过来："姐，需不需要人去打猎？"

维拉无语："你当这还是兔子遍地跑的时代呢，还打猎呢，不被什么咬着了就是万幸了。"

子慕"哦"了声，老老实实地帮着加柴。

水沸腾后，那帮少年才被允许接近篝火接一杯水送干粮。因为带着水太重，他们只准备了来时的水，之后都得自己烧了。

等他们都差不多吃饱了，维拉才拿过自己的背包，把今早腌制的肉拿了出来。看得他们直直干瞪眼，原来这丫头说的惩罚是这个。

顾容与和海欧、江洛都是被告知过的，所以刚刚也就吃得很少。维拉从一把扦子中抽出了五支，把肉穿了起来，递到他们手上，嘱咐道："别离火太近，容易烧着，烤的时候记得要翻转。"

其他人抓耳挠腮，巴巴地在一边看着，但是又不好意思说出声。看着这几个人烤好后香喷喷地吃了起来，齐刷刷地咽了口水。

维拉当没看见，再加了些柴火，还对他们说："没关系，慢慢吃，我准备了很多。"

李晓第一个憋不住了，开口哀求：“那个……维拉姐，您就大度一回呗，让我们这样看着也不算一回事啊。”

海欧见他们喊“维拉姐”，一口水差点儿喷了三尺远，骂道：“老不要脸的，以前还说自己人格伟大得能当烈士，现在是怎么回事？”

“这不是因为维拉不是敌人嘛，是自己的同志！”李晓讪讪回道，“毛爷爷不是教导我们了吗？那啥，维拉，你肯定听过，对待同志要像春风般温暖。”

维拉乜了他一眼：“这样啊，刚刚你洒了我三锅水，废了我几斤柴，我还以为你把我当阶级敌人了呢。”

李晓嘿嘿傻笑：“那不是因为被那帮臭小子策反了吗？”

那帮臭小子提他：“李晓，你丫行啊，敢情你是第一个投敌的，转眼就把兄弟们卖了。”

李晓不理他们，觍着脸凑了过去，继续夸她。

维拉看着差不多了，反正他们也吃得差不多了，就把装肉的袋子拖了过来：“自己穿。”

少年们个个看着肉，喜笑颜开，“维拉姐”喊得一个赛一个甜。

大家都吃饱喝足了，就躺下来看星星。没有约束，没有包袱，没有忌讳，你靠着我的肚子，我枕着你的手。旁边点着篝火，火光映着面容，像沙漠的沙子附在了上面，让人心也柔软了。

他们能看到的天空四周早就被群山给挡了去，视野有限，但确实是非常澄澈的星空。

放下了喧闹的心情，忽略了离别的伤感，只有最简单的快乐。

“一闪一闪亮晶晶，满天都是小星星……”子慕首先唱了起来，少年们刚开始是嗤笑，然后就都安静了下来。闭上眼睛，静静地听她唱。只是因为这首歌拨动了很多很多年前的心弦，好久好久了，久到好多事情都想不起来了，还是依旧感动着，怀念着。

那时候还什么都不懂，却能活得那么无忧无虑。

那时候还是敢爱敢恨，今天打了一架，明天却依旧能够勾着胳膊。

那时候还在父母怀里，骄傲得恍若自己就是整个世界。

可现在还剩下什么呢?

“维拉，你也唱首歌吧。”江洛躺在维拉旁边，轻轻说。

“嗯。”维拉想了想，应了那样的心境，唱了起来：

有一个地方很远很远
那里有风有古老的草原
骄傲的母亲目光深远
温柔的塔娜话语缠绵
歌儿轻轻唱
风儿轻轻吹
乌兰巴托的夜晚好宁静
唱歌的人不许掉眼泪
有一个地方很远很远
那里有一生最重的思念
草原的子民无忧无虑
大地的儿女把酒当歌
乌兰巴托的夜晚好宁静
听歌的人不许掉眼泪

她唱着“听歌的人不许掉眼泪”，可是好多人还是掉了一缸盐水。没有人觉得在森林里唱歌颂草原的歌曲会不适宜，二十世纪九十年代出生的孩子，谁不是听着草原的歌长大的呢？

维拉的嗓音很适合唱草原的歌，不会太阴柔，不会太刚硬，没有任何技巧，只有满含着对草原的热爱和自己此时的心境。

唱者无心，听者有意。

维拉并不知道，江家的祖籍就在一片沃野千里的草原上。

在江洛很小的时候，爷爷就跟他无数次描述过他们的家乡，那里有伟大的成吉思汗留下的足迹，有祖先为他们创造出的无数的财富，有肥美的草原，有壮美的牛羊，有无忧无虑的牧民。

“你总有一天要回去，去看看那里是多么博大的天地。空气中的不是铜臭味，而是太阳晒过之后的青草香。你什么时候觉得这里脏了，就走吧。”

孩子，我愿你永远不会接触到如我这般的阴暗，我愿你的心如草原般博大，我愿草原永远辽阔，能容纳所有的黑暗。

江洛欠身，拥抱了维拉，只一瞬，他说：“谢谢。”

李妈给子慕和维拉准备的是双人帐篷。

子慕有认床的习惯，翻来覆去睡不着，后来好不容易才入睡了，但是睡眠也是很浅的。

维拉到了陌生的地方警惕性也很高，听到些异动，眼睛立马就睁开了，跟狼一个德行。

她几乎具备一个优秀军人的所有素质。

听见外面有窸窸窣窣的声音后，维拉很快就醒了，竖着耳朵听了一会儿，似乎还有小石子丢进小溪里的声音。维拉想了想，还是披上了一件衣服，走了出去。

浅眠的子慕也醒了，看着姐姐走出去的背影，揉了揉眼睛，也跟着起来了。

今晚的月光很亮，投在维拉他们所驻扎的营地上，如同开了一盏三十瓦橘黄色的烛灯。

维拉看着溪边的身影有些像江洛，他像是在看着手中的什么东西，捧在手心里，似乎很珍爱很珍爱。如若不然，也不会在这夜深人静的时候，选择这样的东西陪伴着自己。

维拉走近的时候，江洛察觉到有人来，回头看了眼。见到是维拉的时候，诧异了一番，就让开一半刚刚坐着的大石头，示意她走过去。

刚刚想从帐篷里爬出来的子慕，缩了缩脑袋，又躺了回去。她不知道自己为什么会有这番举动，但是意识过来的时候，自己已经那样做了。

那样的夜晚太安静，毕竟是荒野，也挺空旷。虽然维拉和江洛的声音不大，但是如果帐篷里的人有心听，还是可以隐约辨认出来他们说话的内容。

维拉看他手中的照片，有点儿眼熟，疑惑了，拿过来细看，果然是子慕。

“你……”维拉弄不清楚江洛是什么意思，他若是喜欢子慕，自是好事一桩，因为好像子慕同样爱慕他，如果不是，那就尴尬了。

“她很像你。”江洛把照片拿了回去，“我时常在想，如果当年留下的人是你，你是不是会比她更勇敢一些，会不会跟现在的她一样喜欢我。”江洛笑着闭了眼睛，躺在石头上，“但是我喜欢的，可能就不是你了。”

维拉皱眉：“这是一个很严肃的哲学问题。”

江洛恍若未闻：“是我做得还不够吗？我明明比顾容与优秀，为什么你就看不见我呢？”

本该是无限烦乱的思绪，维拉此时却异常清醒，她也躺了下来。

“江洛，你知道我为什么一直不喜欢你吗？你太自大，太孤高，像这样的人，用来仰望可以，但是是无法并肩的。”

江洛想要打断她的话，却被维拉伸手阻止了：“不不，你让我说完，这次不说，以后也就没什么机会了。”

维拉深深地呼了一口气：“我也不是圣人，你对我的好我无法视而不见，所以我有时候难免有些骄纵，因为隐约知道你待我好，你允我放肆，所以跟你处一起，我很放松很开心，但也很抱歉，感觉自己利用了你对我的好。”

“你怎么知道那样的对待不是喜欢呢？”

“我知道，因为我身边有容与。”

江洛握紧了拳头，眼睛看着天空，跟熬鹰似的。

“有时候我真的很奇怪，为什么你会喜欢我。子慕把你当偶像般崇拜，而且无论从哪方面说，她离你都更近一些。还是应了别人说的那句话，最喜欢的，永远是得不到的东西？”

“如果你觉得我看人只是看外表，那就是诋毁我了。你和子慕是双胞胎没错，如果我喜欢的是你这张脸，我大可不必挑剔。子慕于我来说，只是一个被骄纵的邻家妹妹，我打小接触多了这类人，她在我眼中难免失了个性。可是你不一样，你身上的气息是坚毅、顽强、自由。如同那次在校运会上，你在内圈跑三千米，我在外圈跟着你跑。那时候我就在想，陪在你身边的应该是我。因为只有我，有资格站在你身边。”

维拉冷笑：“你还真是自大，你问我你哪里不如顾容与，至少这点就相去甚远。他永远都是一种谦和的态度，而你太狂妄了，这样的姿态我想很多人都会讨厌。”

“那是因为我有资本骄傲。”江洛扭过头来看维拉，眼神冰冷。

“褪去你爷爷给你的光芒，你算算你还剩下什么？”维拉迎上了他的眼睛，睿智得让人无可遁形，“我今天真的不想这样跟你说话，因为你要走了，但是作为朋友，我还是想告诉你，如果你想走得更远，眼睛就不要长在头顶上，低下头去看看脚下的路，比你目空一切好得多。”说完，坐起了身子，准备拍屁股走人。

江洛扯住了她的袖子，用手按了按两边的太阳穴：“我们真的要这样说话吗？”

维拉脚步一顿，也叹气了：“对不起，今晚说话有些冲了，我并没有恶意。”

江洛点点头，把手背到了头上垫着，借着月光仔细地看着眼前的这个姑娘。她言之凿凿地说他们多么不可能，说他有多么不对，有理有据，他承认自己有些招架不住了。一向被捧惯了的他，心里有了落差，亦有了茫然。

"那张照片，如果你还当那个人是我，就把照片还给子慕吧。她对你的这份心意，是不能让你这样糟蹋的。"

几丈外的子慕把他们的对话听了一字不落，无意中摸摸自己的脸颊，已经是一脸的泪水。

原来这个世界上，还真的有人希望她没有来过。

那个人，还是自己那么多年藏在心尖上的人。

她从来没有像此刻一样怀疑过自己的价值，她是不是作为一个赝品存在，如此……让人忽视与憎恨。

子慕的骄傲与豁达，从来都不亚于维拉。

她已经是那样慷慨，以最完美的笑容把一模一样的姐姐迎了回来，把自己原本拥有的东西毫无怨言地分与她一半。每次子慕想到那些慢慢远离她的人，容与、曲奕甚至是江洛，她还是有过不甘的。

只是，对方是维拉啊，是吃过了那么多的苦才能回来的维拉啊！这些财富本就是她的，自己又有哪般的资格抱怨呢?

她知道顾容与喜欢姐姐，也知道江洛喜欢姐姐，只是知道和亲眼看到、亲耳听到是不一样的。

那样的雷击，比平日重了百倍。

夜晚的风很冷，一波又一波地打在了子慕的身上，子慕缩了缩肩膀，一种快要窒息的感觉在胸中膨胀，似乎想把最后的氧气都挤出去。

这样的状况她太害怕，可手里却抓不住任何东西，她抱紧了自己的胳膊，开始低声忏悔。

让我好过一些吧，我把我做过的坏事都跟你坦白。我在小学的时候老欺负海欧，因为只有他一个人愿意被我欺负，别的人都在欺负我。我在上二年级的时候偷偷地摸过江洛的手，那时候我故意掉了东西，是他帮我捡起来递给我的。

我三年级的时候江洛要走，院里的一个女孩子说"苏子慕，你别妄想了，江洛是不会喜欢你的，他走了就不会回来了"。那时候我听了很难过，就挥拳头打了她，把她的牙都打掉了，最后还是爷爷牵着我买了好多营养品去她家赔罪。

后来在我上手术台的时候我给江洛打电话，他没有接，然后我就不肯吃药，最后海欧都给我跪下了。几年后姐姐回来了，她跟江洛哥哥、容与哥哥、曲奕哥哥都很好，他们都比以前疏远我了，我有些不开心了，我想我嫉妒她了……

还有别的坏事我暂时想不起来，就这些了好吗？让我此刻再安宁一些。

如果天气再不暖和一些，我怕我真的会冻死在这片森林里。

维拉回到帐篷里的时候，见子慕正睡得踏实，舒了口气，帮她掖了掖被子。看着这个跟她一模一样的姑娘，摸了摸她的鬓角，笑了。拉过旁边的另一床被子，睡在了她旁边。

维拉刚躺下，子慕的眼睛再度睁开了。

她好像，谁都恨不起来呢。

所以呢，该怎么办才好？

维拉醒来的时候就听到外面的笑闹声了，一帮少年貌似在河里打起了水仗。隐约还能听见几句议论。

“哎，我们要不要把那两个姑娘叫起来啊？这都什么时候了。”

“让她们再睡会儿吧，昨天我们走了那么远挺累的。”

听声音，是顾容与的，维拉笑，最体贴入微的还是他。不过笑着笑着，就觉得不对劲了。

他们说，那两个姑娘都没有起来。

可是子慕，明明不在自己身边。

维拉皱着眉头打量着帐篷里的一切，子慕的东西都不见了，只是在枕边还放着一个薰衣草的香囊，有助睡眠的。

维拉慌了，顾不上换衣服，拉开了帐篷的拉链就跑了出去。

她站在空地上，恍若四周的景物都在她眼前旋转。

她晕眩了，目之所及，连她的一滴眼泪都看不到。

那么大的天地，竟然没有那个女孩的身影。

那么大的天地，怎么会容不下她的身影呢？

# 第八章 因为他们是一家人

海欧知道子慕不见了，急怒之下一个巴掌就对着维拉挥了过来，所幸顾容与手疾眼快，抓住了海欧瞬间扬起来的手。

维拉难得地看到顾容与如此生气："你想干吗？"

海欧挣脱顾容与的手："就是你看到的那样！"

顾容与顺手就给了海欧一拳头。

海欧扭头，不可置信地看着他。一众发小儿也不可置信地看着顾容与，那么多年了，又有谁看到过这样的他？

"如果你现在脑子不清醒，我就打到你清醒为止！"

"你今天要是护定了她，那我们兄弟都没得做！"海欧伸出食指，指着维拉。

迅雷不及掩耳，顾容与又一个拳头挥过去："看来你是真的疯了。"

海欧气得浑身都发抖了，正想扑上去就被江洛定住了身子："你现在窝里横什么？把子慕找回来要紧！"

海欧又握紧了拳头，反过来一把揪住江洛的领子："你昨晚说什么了？除了你和祝维拉还有她那对所谓的父母，我姑娘没什么心事可想的。我管你们是天王老子，别说你们心里那点儿龌龊心思老子能看明白，就是不明白，为了我姑娘，挑上你们一群人又何妨？"

维拉知道海欧一直不喜欢她，这次只不过是那种厌恶积聚到了极点，才会爆发出来。她看着海欧赤红赤红的眼睛，突然觉得无从辩解。再想到自从她回来，子慕明显跟大家拉开的距离，就知道了这少年的厌恶从何而来。鼻子一酸，眼泪就掉了下来。

她从来没有像此刻一般后悔来到这座城市。

这份后悔几乎抵过了所有人给她的温情，现在的维拉，是卑微到骨子里的。

面对着给她端出一颗真心的子慕，她几乎羞愧到无地自容。曾几何时，她已经确凿地猜出了那个女孩在想什么。

她贪图着、汲取着大家给予她的温暖，她刻意忽略了子慕的感受，她觉得自己是有资格索取的，那么多年了，明明都是他们亏欠她的。

错的不是她，难道是子慕吗？

可能甚至没有人问过子慕，愿不愿意有这样的一个姐姐回来。

这一切，都是可笑的顾影自怜。

顾容与也不顾那么多人都看着，紧紧搂着她、安慰她、告诉她："你很好很好，我不许你多想，你是我这辈子最大的幸运。子慕是个聪明的孩子，她不会丢的。"

维拉只是流泪，躲在他怀里不说话。

顾容与也知道只要是她心里固执地想的，要改变何其困难。而他，也确实不会安慰人。

维拉把顾容与的肩膀都哭湿的时候，海欧拿着一张字条从她们的帐篷里跑了出来。

幸好，还是有只言片语的。

海欧把字条狠狠地往她这里一扔，回自己的帐篷里拿了包袱和地图，拔腿就往来时的路上跑去："如果子慕不回来了，我第一个要宰的就是你！"

维拉忙打开字条，上面有子慕清秀的字迹——

我去走走，不要找我。我要一个人好好想想，哪天想明白了，我就回来了。

等我想明白了什么于我而言才是最重要的，等我想明白该怎么对你们了，我就回来了。虽然知道跟你们谈人生太空泛太土气，但是我真的想好好想想，人生于我的意义，我于人生的意义。我心里的事太多太乱了，所以，从源头想起，没什么不好的。等我什么时候通透了，或许也就通达了。

维拉回到家，告诉爷爷子慕出走的事，他只是深深地闭上了看多了世事的双眼，朝她挥了挥手，让她回房休息，然后留给大家一个苍老的背影，颤抖地拄着拐杖去了书房。

维拉看着爷爷的背影，不争气的眼泪又流了出来，像是失了气力，对着爷爷的背影跪了下来。

苏老转头，看到孙女跪着的身影，心里的悲哀又汹涌起来。

"孩子，你起来，不要跪我。这事不怨你们，怨我。"

江洛本来是想等子慕回来再去英国，无奈那边催得厉害，而且子慕回来的日期不定。只得认真地给子慕挑了礼物，让维拉代为转达。

维拉低头看他送的礼物，那样精致的手工，他自己做的，看来是真的用了心的。

“她回来后给我打个电话，虽然知道于事无补，但是我还是想亲自跟她道歉。”江洛看着眼前的姑娘，叹气，谁都想不到事态会这般发展的。

“嗯。”

“我可以抱抱你吗？”

“不可以。”维拉摇头，说着还抱着礼物后退了一步。

江洛本来欲伸出的手还是插进了裤袋里，失落地目送维拉走远。

下次见你，会是多少年后？这样一个微不足道的拥抱都不可以吗？

还是，你已经决定就此与我分道扬镳？

江洛是在他们考英语的那天走的，维拉没有去送机，除了一句“珍重”，她没有让别人捎去只言片语。

再怎么说，江洛始终是子慕与维拉之间的一道坎儿。

这次，维拉虽不想迁怒，但是事情毕竟因他们而起。

与江洛拉开距离，便是对妹妹最好的尊重。

海欧接到子慕电话的时候，是在他们决定去扩大范围，四处寻找的那天。

一个一米八的男孩子，一下子就红了眼，他喊她宝宝，他问宝宝你还好不好。

维拉不用回头都能看到海欧那张认真和感动的脸，怎么看，都是他跟子慕更像一家人。

维拉哽咽了，双手紧紧地抱住顾容与。

“傻丫头，哭什么呢？我们找到子慕了啊。”

于是，他们当天就坐上开往承德的车，同行五人。

从市区到丰宁并不远，但是海欧却觉得这段路程是这辈子最长的。他这些天养成了习惯，几乎隔十分钟就会给他的姑娘打一个电话，虽然每次都是关机的提示音，可是，只要能听见她的声音，再打多少次都是无妨的。

子慕知道他们也到了丰宁，既是情理之中也是意料之外。她告诉海欧她会在汽车停下的地方等他们，然后让海欧把手机递给维拉。

维拉犹豫了一会儿，才接过了手机。

“姐。”子慕的声音像是刚刚哭过，可是现在听起来却是那么自在。

维拉用双手抓紧了右耳边上的手机，摩挲着，像摩挲着那姑娘的脸，只是，好像还是没有勇气开口呢。

子慕把她的心思猜了个透，轻声说："对不起，害你们担心了，我这几天都过得很好。我不怪你的，这些天我都想好了，我不要江洛了。能站在我身边的人，应该是能发现我的美的人，而不是作为和你相提并论的时候被拿来对比伤害的那个。"子慕一口气说完，然后笑，"我会遇到一个人，即使不把我拿来跟你对比，都会觉得如获至宝。"

维拉释然地轻声笑道："笨丫头，你早就遇到了。"

子慕也笑："我意识到了，所以才敢这么豁达的。"

维拉长舒口气，握住手机小心翼翼地开口："子慕，对不起。"

子慕眼睛一转："虽然不知道你为什么要跟我道歉，但是我接受。"

维拉听她这话，心中的石头一放下，也随即开朗起来。

"我离开的这几天，海欧没给你好脸色吧？"子慕刚问出口，就肯定了自己的话，"待会儿我帮你多拧他几下。"

维拉也笑："要顺时针。"

子慕笑嘻嘻地应下："姐，待会儿我带你看大草原，很美，天蓝、云低，很……治愈。"

她说，草原很美。

维拉不明白的是，是草原的美影响了她，还是她眼中有了草原，看到了心里，也变美了。

原来平静，也是在沉重中孕育出来的。

生命百转千回，最终水滴石穿。

子慕拥抱了每一个人，最后一个拥抱的是海欧，可能是特别重要，所以要更慎重一些，要更认真一些。本来预备要说的一筐话，终究藏在心中。只是因为，看着那样熟悉到骨子里的身影，早就心灵相通了，还用说什么呢。

"刚刚我想拧他的，但是看他跟兔子似的，没下得去手。下次等我逮着他干坏事了，我再拧重一些，你看这样成吗？"子慕凑了过来，笑眯眯地问维拉。

回答她的却是一个拥抱："万幸，你什么都好。"

曲奕直接给了子慕一个爆炒栗子，子慕这次倒是没躲，海欧也在微笑。

"曲奕哥哥。"子慕看着曲奕，眼睛笑得跟月牙似的。

"下次要再跑，怎么也得带上我啊。"说着，好像真的委屈了，"我以为我俩最好了。"

子慕笑得眼泪都出来了，然后直往曲奕的领子上抹：“是啊，我俩最好了。曲奕哥哥。”后面的那句，更像幸福的呢喃。

顾容与也刮她的鼻子：“太淘了，下次不准这样了。”

子慕看着顾容与，然后再转过头去看姐姐，然后嘀咕：“小姨子是用来捧的。”

顾容与失笑，骂：“臭丫头，没大没小的，叫哥哥。”

首先是哥哥，首先。

子慕当然听得明白，先抱歉地看了看旁边微笑的姐姐，然后拥抱了她的容与哥哥。

和煦的风吹散了骄阳的温热，随处可闻的是青草的气息。坝上草原的起伏比一般的草原要大，却真正合了那句“天苍苍，野茫茫，风吹草低见牛羊”。

回归了自然，生性也质朴起来。

维拉突然理解了子慕，这样的天地，还有什么烦恼不能忘？

北国的这片领域，遍地都洋溢着生命的绿，它是大自然的颜色，永远只有一种精神，再繁杂的事情归于此，都趋于一统。

初夏季节，草甸上还有许多野花。维拉挑了好看的，摘了一束，然后告诉顾容与，哪些花在大西北也会有。

顾容与听得仔细，仿佛这样就能与她更近一些。

维拉今天把头发都扎了起来，露出了光洁的额头，很纯净很干净的样子。顾容与看着这姑娘的侧脸，有些愣怔，然后弯腰找了一枝上面点缀着几朵白色小花的花藤，折了下来插在了维拉头上。

顾容与鲜少如此，维拉自是从善如流，待他插好后，还转了个圈，问他好看吗。

素净得几近透明的脸颊，常年的西北风沙并没有磨损她的清丽，许是见惯了沉重的东西，眸子显得越发地沉静如水。而如今的这双眼睛透亮，他看到了她只给予他的唯一光芒。

回去的车上，维拉回头看到子慕有些落寞。

维拉问她怎么了，心里有些不安。因为早上她刚把江洛留下来的礼物送给她。然后让了地方，让子慕给万里之遥的江洛打了电话。

内容她听不到，但是子慕出来的时候，不喜不怒的。

那时候维拉觉得这是好事，至少比强颜欢笑和哭哭啼啼来得好，这个模样，才是真正放下了。

这个夏天似乎过得很快。

苏老并没有责怪孙女，看着孙女通红的眼睛叹气。老人把一切的过错都揽了过来，对过去带着无限的悔恨。这个，维拉又怎么会看不出？

只是那么多年了，这份感情她能体会多少呢？

流光容易把人抛，转眼已是2008年。

江洛的电话打过来的时候，维拉正和子慕在逛街。没有想到会有人给她打电话，所以手机并没有带在身上。

江洛在拨第五次的时候耐心耗尽，仰躺在藤椅上，阳光照了他半边的侧脸，一半明媚，一半冰冷。然后，他把手机的电池卸了下来。

过了夜半维拉才随家人回到了家。

她看着手机上的四个未接来电，想了想还是拨了过去，好几次都是关机的声音。

维拉抿了抿唇，手机把玩了好几下后，关机睡觉。

这是这些年来江洛给她打的最后一个电话。

这一日，如同之前的十几年间一般平凡。

维拉梳洗后下楼到客厅，只有苏老一个人坐在沙发上喝早茶，还有一张报纸摊在膝上。十年如一日。

维拉走过去向爷爷问了早安，就开始帮爷爷读报纸。苏老年纪越来越大，越来越有老花眼的趋势了。

报纸读到一半，一阵悠扬的音乐响了起来。

苏老正闭着眼睛听孙女念得起劲，现下便睁开了眼睛。

“哦，是你爸爸的手机，你帮他接起来，告诉对方你爸爸晨练去了。”

维拉点头应是，过去接了电话，是道“新年好”的一位叔叔，维拉礼貌地问好，并答应一定转达。

然后挂断，眼角不经意就扫过了手机的屏幕，终至哽咽。

手机墙纸，是七岁时的维拉。

长到七岁才去照相馆照了相的维拉。

像素很不好，像是用了手机拍的原件。

这张照片，不知道经过了多少次的查找，才辗转到了苏志国的手里。

而他，视若珍宝。

每天都会看上好几次，或许觉得这么看久了，之前空白的十几年，他也在陪伴着她的。

有多少个父母，连爱着自己的儿女都战战兢兢，在儿女皱着眉抱怨时，脸上还坚持堆着笑容。

他四十三岁了，一生中最美好的年华已经过去。

多么遗憾。

不能再像二三十岁的毛头小子一般拥有那么多的精力和向往了，再过些年，都可以含饴弄孙了。

如斯温暖，只能在儿女身上找到了。

令人难过的是，她们从来都吝啬于给他回应。再过几年，她们组建了新的家庭，家里就不会再有他了。

在维拉素来的观念里，父亲对她的亏欠太多了。殊不知，父母才是儿女永远亏欠的债。无论她身在何方，永远是父母心目中无可取代的至宝。

维拉想起了一年前父亲的眼泪，在那样冰冷的深秋，显得沧桑无比。

需要多大的委屈与悔恨才会使得一个大老爷们儿在孩子面前掉眼泪，这个世界有太多的道理她还不明白，关于爱情，关于亲情。

她蹒跚学步，可笑地总爱往水坑里走。她怪他，怪他不知道她的存在，怪他让她们的生活孤苦伶仃。

可是，再过几年，她想要都没有机会了。

向彤买菜回来的时候，看到的就是维拉拿着父亲的手机流泪的模样，一瞬间便明白了过来。

她把菜篮子放在了地上，走过来就揽住了这个姑娘。

“回家前，你爸爸就问我，要给你们买点儿什么好，回到家了要跟你们说些什么好。我当时就笑他，大老爷们儿的，爱女儿为什么总是这样战战兢兢的。然后他说，她是掌上明珠啊，得小心翼翼地端着，不然是要碎的。他还说，孩子不是你生的，你不会明白的。可是我明白啊，你们在我眼里，从来跟我亲生的孩子一样的。”

维拉看着这个女人，这些年代替妈妈陪在爸爸身边的女人。

她早就不漂亮了，岁月在这个女人的脸上留下了太多的印记，眼边那么明显的皱纹，显得有些蜡黄的脸色，还有一直尾随着的雀斑。

她在向家强大的压力之下，坚持不要孩子、不要名分地跟了苏志国那么多年，还将他的孩子视如己出。

或许就是这样的一个女人，才有资格让她们亲昵地叫上一声“妈妈”。

维拉啊，我们把姿态放得低一些好不好？

再这样下去，大家都会好难过好难过。

你已经那么大大方方地恨了十几年了，早就足够了。

再过几年，他们就五十岁了，再也等不了你多少个十几年了。

“对不起……”维拉的泪扑簌扑簌地流下来，她想好好过了，想过得更简单了，所以，不必再为难自己。

这一年多里，那么多次的故作为难。这声“对不起”，来得那么迟。

所幸终是说了出来啊。

向彤也陪着孩子流泪。

她真的等了好多好多年。

子慕躲在客厅的墙后面捂着嘴，眼泪流得比维拉还凶。

苏老叹气了，走过来拍拍姑娘的肩：“子慕啊，那么多年了，算了吧。我们不为难自己了，好不好？你看，维拉都泯去了那么多年的恩仇。我们子慕也不是小气的孩子，不是吗？”

人非草木，孰能无情？

她等了那么多年，只是为了找一个道德出口，让她能安之若素。

如今，洞口大敞。

苏志国回来的时候，看到的就是这种场面。

一个是与他盟约百年的妻子，其余两个是与他永远撇不清关系的女儿。

她们叫她妈妈。

他们是一家人。

维拉和子慕开始跟着爸爸妈妈去走亲戚，苏志国也总是不厌其烦地跟别人介绍，这两个是我的女儿。

旁人定是打趣的：“都说欲盖弥彰，国子，敢情这俩姑娘不是你生的吧？老婆，你过来，我问你个事啊，最近有没有听到什么小道消息关于苏家孩子要改姓的？”

苏志国的表情立马就严肃了：“是我姑娘，真的。”

她们看着这样的爸爸，悔不当初。

如果早一点儿，这些年会过得更开心吧。

苏老专门请了人来拍全家福。

是日，雪霁初晴。

苏家气派的大门前，苏老和苏志国、向彤坐在中间，旁边坐着两个一模一样的像瓷娃娃般的孙女。

他们的笑容都是一个弧度。

一个代表真心的弧度。

# 第九章 六月里的独木桥

开学后没多久，教室后面就出现了一百天的倒计时。

火红的两个大字，像是用血写出来的。

后来它被程老师从教室后边移到了前边，时时刻刻地提醒他们，时间所剩无多。

老班第一次带毕业班，压榨得厉害，恨不得把同学们上厕所的时间也剥夺了。自习课的时候，如果有人小声说了话，也是要被拉到走廊上耳提面命半天的。

而一直努力着的维拉众人，却感觉生活依旧没什么变化，只是更充实了些。

维拉他们学校的老资格一个赛一个厉害，数理化的试卷，每科三天会发下两张，而且都还是自己出的题目。

题海战术无异于大海捞针，可是又有什么办法呢？大家都在做，起点都高了许多，如果你落下了哪张试卷，跟地陷没什么差别。

维拉板着脸，言之凿凿地教训着曲奕。

那少年是韩寒的狂热崇拜者，可是棋差一着，只说不做，所以还是在每天做题与怨念中进行庞大的循环。

毕竟，韩寒嘛，十几亿人中只能出一个的。

高三把太多尖锐的少年都磨平了棱角，每次试卷发下来，定是死死地捂住分数的。哪次考好了才放松了心情到处问别人考得怎么样，然后再在不经意间透露自己的分数。窃喜。

各科的任课老师，每次谈到去高三教室皆是闻风色变。先不谈那压抑的气氛，就是去了，不把你所有时间榨干是不会让你回来的。

因为问问题的同学日益增多，老师供不应求，所以顾容与、维拉他们这些众人眼里的好学生炙手可热。

班里真正这么算下来，能问的人实在不多。为了分数，太多人心里有梗，生怕把别人教会了一题，自己就被别人踩在了脚下，所以每次问起必定是不知道的。时间长了，也就没有人去问他们了。

维拉和顾容与都是大方的孩子，所以一到下课时间，周围定是围满人的。

孩子单纯，别人问他们问题都还乐和，解了出来觉得特有成就感，是真正的助人为乐。

三模过后，所有的课程上完，考试变得更加频繁起来。

每日除了考试就是讲评试卷，然后就是总结。

“嗯，我们学校的同学还是很不错的，总体水平在咱们区也是排得上号的，还有冒尖的同学，要拿状元也不是不可能的。”说着，还象征性地往顾容与和维拉那儿看一眼。

“但是还有些风气问题也是大家要注意的，男女关系不能过于密切。”说着，又象征性地往顾容与和维拉那儿看了一眼。

直把两个人看得脸颊通红。

随着六月份的来临，苏志国跟部队调了三天假期回来陪考，急啊，高考是仅次于嫁女儿的事啊。就连顾爷爷也停了手边的工作，每天在家督促着顾奶奶，就怕她把什么东西给孙子落下了。

终于，岁月的神偷出现，把教室前那个写着“100”的牌子，偷去了“1”。

高考的那天晚上，各科的老师轮流着给他们打电话，有鼓励也有帮助，顾容与和维拉整理完最后的知识缺漏，来到院子里透气看星星。

好宁静的夏日夜晚，百米开外，是各家的华灯初上。只有路边宁静的小道上，偶尔会有车灯闪过，亮了一下便暗了。

高中是那么充实与温暖的存在，当我们还睡眼惺忪的时候，高中就跟你挥手说再见了。明天就开始高考了，感觉似乎有些沮丧。

他们很久都没有说话，有时候想起了什么，在喉咙里嘀咕了一声，又氤氲而去。

她来这里两年了，可转眼回头看，似乎并没有走多少路，时间就这么安安静静地走过。

维拉的手机铃声响起，她在不久前把铃声换成了《追梦人》——

让青春吹动了你的长发让它牵引你的梦

不知不觉这尘世的历史已记取了你的笑容

红红心中蓝蓝的天是个生命的开始

春雨不眠隔夜的你曾空独眠的日子

维拉心中有些难受，歌词听得有些恍惚，顾容与提醒了，她才接起了电话。电话是一个同学打来的，她跟维拉能说得上几句话，她说“维拉，怎么办？好像我的数学题好多题型都还没掌握，我很担心如果这座城市容不下我，我真的不知道去哪儿了”。

维拉细心听着她说话，安慰她的声音无比温柔。

女生说着说着就哭了，她说好像高中除了念书还是念书，平时抱怨地哭过也骂过，欢笑的时候特别少，可是不知道为什么我真的不想离开。

感觉好像是自己需要克服很大的困难做一件有意义的事情，那时候我们是参与者而不是旁观者，第一次那么努力地拼搏。

后来维拉挂了电话，泪水也扑簌扑簌地掉。

顾容与用掌心一点点地帮她抹去了眼泪。

不知道还有没有机会跟你吃一碗学校门口的牛肉面、水饺、肉馄饨、麻辣烫、关东煮、麦芽糖。在秋天的时候坐在你的自行车后座上，接住两片仿佛是从天上飘下来的梧桐叶，晃荡着脚遮住眼睛。

维拉说，我老嫌弃这校服土，可是真的要脱下来了，却舍不得了。

她说："我记得很多细节，在我们去学校的那条胡同里，有一位老奶奶老爱在我们上学的时候开一道门缝儿，好像看到我们笑她就特满足。我知道冬天的灯怎么亮起来的，也知道夏天的太阳什么时候暗下去。我喂过学校里的流浪猫，诅咒过教导主任，可我现在居然觉得她比流浪猫还让人心疼，她的儿子也在高考，我看见过她在下课的时候急匆匆地跑回家里给儿子熬骨头汤，熬好了，自己还没来得及喝上一口，又要过来监督我们自习了。我一个人打扫过整个教室，我知道教室后面的那扇窗户是坏的，我报修过好几次，可他们老不来。冬天的时候很冷，在窗户上呵一口气就能画画，擦掉白雾可以看到你在下面跑步。

"我也曾在课上无数次走神，看着窗外的操场发呆，想想我会去上什么大学，几年后的我又会在哪里，然后就对自己走神特愧疚。冬天屋里的暖气总让人昏昏欲睡，我总爱打开一点儿窗户，手指都冻红了，可是脑子却可以很清醒。夏天的时候总埋怨风扇离自己那么远，却又存了心思想看风扇是怎样砸下来的。

"容与，有时候我甚至想再复读一年，我太怕将来的日子被时间洗刷久了会变质，我怕自己再也发现不了生活给予我那么细微的感动。

"容与啊，我是真的害怕。"

顾容与把维拉揽进怀里，两个人的心仿佛倏尔就满了。

这个时候除了他，再也没有人能给她说出世界上最动听的安慰。

他说："我珍惜任何时候的你，哪怕岁月哪天会糟践你的脸庞，哪怕哪天维拉的心变大了变得复杂了，只要她还懂得微笑，那她就是世界上最美的女孩儿。"

"女孩儿吗？"

"对，是女孩儿，因为我一直记得她心里有过这样一个不老的梦。"

维拉和顾容与的考场不在同一所学校，却坚持着一起吃了早饭。

然后各赴考场。

高考的那几天，苏志国坚持要在学校外陪考，维拉多次拒绝无果，还是随了爸爸。这样的陪伴，他那么重视。而且他能陪女儿做的事太少了，每一次，无不珍惜。

原来，这就是有爸爸的感觉吗？即使你已经决定自己打拼了，他依旧为你撑起一片天。只是希望你在自己的世界遇到了雨天的时候能意识到，依然有一个晴朗的世界为你遮风挡雨。

准考证带了吗？铅笔带了吗？橡皮呢？我们给你买一瓶水吧，要考好长时间呢，万一渴了怎么办？

这样的疑问把心里的一丝焦急打得烟消云散，维拉答卷的时候如行云流水，写完了就看看腕上的表，再从头开始检查。

考试的时间一分一秒地过去，终于宿命的铃声响起。

维拉走出校门的时候看到的就是这么个场面——一家人都站在外面翘首看她，心里可急可急。一家人，除了不能回家的向彤，一个不落。他们甚至没有带板凳，没有打伞，在那么长的一段时间里就只看着里面，心里假设无数种状况——维拉还好吗？紧张吗？有不会的吗？

任何情绪在看到他们的瞬间都转化为感动。

于是，再也不会害怕孤独。

最后一科考的是化学。

那年的化学题比以往的都要简单，不过可惜的是，化学作为维拉的强项，太简单反而不好，分数拉不开。

不过，终究是考完了啊。

那天他们在私人菜馆吃过午饭，苏志国就赶着回了部队，他是在百忙之中抽空回来的，怕孩子在经历这么大的事情的时候感觉心里没有依靠。

维拉和顾容与见到对方的时候，什么都没有问，看着对方平静而雀跃足以说明一切的眼神，终于放了心。

接下来是填志愿。

第二场仗，一点儿都不比高考简单。

本来觉得应该是皆大欢喜的结局，有了差错。

维拉觉得自己挺幸运的，他们刚好碰上那几年高考改革，是知道分数后才报的志愿，比前几年高考前抓瞎报志愿好得多。

分数出来前他们跟老师报了估分，老班高兴地跟他们说，应该是高了Q大录取线五十分，所以怎么填都是没问题的。分数出来后真的是应了维拉的估计，因为英语，分数真的没能拉开。

事已至此，他们也觉得无所谓了。考上就成，状元不状元嘛，无所谓。

本来觉得该是尘埃落定的事情，却在填志愿的那些天扬尘万里。

顾老皱着眉头看着孙子的志愿书，摇头了：“不要填Q大，填G大。”G大是国内最好的一所军校。

顾容与咬着唇：“爷爷，Q大是我的梦想，我不想改。”

顾老板了脸：“你跟我说说，你的爸爸妈妈和爷爷都是干什么的？我们家虽不如杨家将满门的忠烈，但是我们顾家的小辈总共就你一个男孩子，你不继承你爸爸的衣钵，是想让他魂归何处？”

这话说得有些大了，顾奶奶看着孙子惨白的脸色，心疼了：“你吼什么吼？我的孙子自己有主意。你就是一个老顽固，当初要不是因为你……他爸爸也不会走上那条路，不会年纪轻轻就死在了战场上。咱们家现在就剩一个容与了，你还想怎么样？”

“你们女人就是头发长见识短！如果他爸爸还在，第一个就让容与去军校！”

“你还敢提他爸爸……”

顾老皱眉，越过顾奶奶，鹰隼似的眼睛看向了顾容与：“两个选择，一个直接去部队，一个填G大，但是目的只有一个，那就是去当特种兵。”

“我不同意！”顾奶奶提高了声音，泪水却在眼眶里打转，“你固执了一辈子，当年也是这样逼迫儿子去当了特种兵，现在儿子死了，你就逼孙子！你知不知道，我们顾家只有这么一个孙子了啊！”

顾容与再也听不下去，夺门而去。

谁能告诉他，他应该怎么办？

哪怕被现实折磨得直不起腰来，可是一想起父亲的微笑，再大的苦楚都能忍受。他能坚持的东西真的不多了，为什么总要一样样地拿走？

他可以什么都不要，所有在顾氏光环下给予他的东西他都可以不要。如果他也能肆意地提出要求，可不可以帮他把爸爸给找回来？

维拉刚刚敲开顾家的门，就看到隐约流过泪的顾容与。之前的好心情收敛了许多，这是她第一次看到他哭，好像一瞬间，阳光都散了。

维拉抓住他的手，关切地问道：“怎么了？”

顾容与什么都没有说，赤红着眼，双手紧紧地抓紧了维拉。她是他今生最后一块浮木，如果再不抓住，这辈子只能是浮萍了。

楼上的吵架声太大，维拉才听了个大概，她更紧地回握住顾容与。

“乖，你乖，你不要哭啊……顾爸爸，肯定因为自己是一名军人而自豪的。”

她用那样孩子气的语言哄他，似乎要用尽世上所有的关怀。

她知道，这个男孩的眼泪，不会是为了那一张薄纸上的志愿，因为再不愿意，也构不成一个大男孩哭泣的理由。

“没关系，我们好好想想……也不是非Q大不可，我说过的，天涯海角都跟着你。”

顾容与在窗沿上坐了一夜，路灯泛着橘黄色的光也照了他一夜，夏日晚风清凉，可是怎么吹，都难以抹去心上的尘埃。

多少年积攒下来的往事再度涌来，那些年的记忆里只有一个无知逍遥的顾容与，爸爸给了他那么骄傲的资本。他说：“容与，如果你坚持着你的目标，全世界都会为你让路。”

可是爸爸，我不想全世界给我让路了，这样的代价太大。

风筝敢自由漂泊是因为它知道有人在牵着它看着它，可我的线早就断了，所以任性不起来了。

原来姹紫嫣红开遍。

他需要像一个男子汉一样去担起家里的责任，当顾家只剩下他一个后辈的时候，就注定没了选择。

父亲像巨人一样离去，却在他的心中伫立成了一尊佛，给他光芒万丈的一面，却留下一个再也触摸不到的真身。

去军校是爷爷想看到的，那么爸爸你呢?

你是不是也为自己是一个兵而自豪?

这些年，很多人都不知道他为什么会表现得那么坚强与温润，仿佛见过了他的眼泪便能明白过来。是那么沉痛的过往把他变得伟岸与沉默，他只能以最强大的姿态伫立在天地之间，像一座山。

只是真的，有一些不甘啊。

那一夜，他就这么坐着，一动不动，直到天边破晓才做了决定。

按着你的道路走，那么你是不是也在以另一种方式活着呢?

那么多年来，敢砸缸的只有司马光，可偏偏，谁也成不了司马光。

维拉是怎样都要跟着他了，她的追随，是欣慰也是沉重。

如果去的军校，至少她不会被他延误得那么彻底。G军大的计算机系在全国是数一数二的，她去了不委屈的。

他们都何其有幸，何其不幸。

Q大和B大的电话都打到了他们的家里，含蓄地说明自己的学校有多好，不报有多么可惜云云。

维拉听了只是点头感谢。

她早就打定了主意，无论顾容与去哪儿，她定是要照着他的志愿抄一份的。

海晴也打了电话回来，她虽然也倾向让孩子填军校，但是还是说了，让他自己拿主意。

海晴虽然这么说着，可是心里比谁都难过一些，她看着容与那样的改变，不是不心疼的。之前他爸爸那样宠孩子，给了他翅膀再硬生生地折断，多么无奈。可是，她又能怎么办呢？

在苏家，长辈的干预相对少了太多。

爸爸妈妈都打电话回来说随她填，维拉估摸着他们应该是觉得她只在Q大和B大里选了，所以念哪一个都是没问题的。

“爸爸，如果是G大呢？”

如维拉所料，那端沉默了。

“去G大对女孩子来说会很辛苦，维拉，你要考虑清楚了。”

“嗯，我明白的，我会对自己的选择负责的。”

可是，毕竟是家长，长的心眼永远比孩子多了些：“容与是不是也填了G大？”

维拉轻轻地点头道：“嗯。”

苏志国皱眉道：“爸爸还是希望你有自己的主张，不要因为……”

一边的向彤听不过了，抢了话筒：“别听你爸的，没事，维拉，你爱填什么填什么，你爸爸这边我来说。而且去军校有什么不好的？我不也是从军校出来的吗？”

苏老对于孙女一直都是放任的态度，小辈之间的那点儿事他早就知道了，如果要阻止也不是现在，早就该说了。而且他的意见跟向彤一样，维拉无论哪方面都具备一个军人的素质。他见过孙女在部队操练，是棵好苗子。

曲奕虽然分数不如他们高，但也是高了一本线许多的，这几天也在家里闹革命。

可能军人家庭都有一种情怀，就是祖祖辈辈传承下去。

曲奕那暴性子，把曲老气得差点儿把他的腿打断。

“吵什么？你要是考得上Q大B大，我二话不说就把你送过去。”

“咱们国家的好学校又不止Q大B大和X军大！为什么你们就那么死板呢！”

“你这个臭小子，居然骂我死板！”

曲奕闹了许多天，始终没有拗过爷爷，只得退而求其次：“我不管，X军大我不去，您不是很有本事吗？军校我只去G大！容与和维拉都去那儿。”

曲老气得头都冒烟了：“你要有那本事，就给我自己考去！”

曲奕不理，被子往头上一盖，丢给爷爷一句“您看着办吧，反正现在志愿书在我这里，我就是填女子学院您也管不了我”。

战役以曲奕的小范围胜利告终。曲爷爷当了一辈子官，这点儿能耐还是有的。

交志愿书的那天，是曲爷爷陪着一起去的，他就怕孩子中途使坏给改喽！

那一天，校长和任课老师都在。

维拉和顾容与的分数是目前学校报上来最高的，G大的计算机专业是很好，分数比B大Q大的都要高上一些。只是顾容与的分数填那个专业有些委屈了，G大虽有军中Q大之称，但是在外人眼里总是Q大比较好的。

校长心疼得直抽抽，看着曲爷爷身上挂的军衔，话都没敢说。

老班倒是能理解，因为她本身就出身于军人家庭，自是知道大人们都在想什么。她家的两个侄子，江磊和江洛，如果不是江磊去了军校，江洛是连牛津都不能去的。

当下连劝大人的心思都没有，收了志愿表。

不能拿这事去戳人家家庭的脊梁。

这是一个家庭的军魂。

顾家自那日吵了架后，气氛一直低迷。

顾容与虽然最终还是说服了自己填了军校，但是心情一直都不怎么好。爷爷要求他报的是一个指挥类的专业，野战工程。

维拉报的计算机专业，自己虽说不上喜欢，但是这是爸爸和容与能接受她选G大为数不多的专业之一了。

维拉想了许久，还是跟两家都说了，她跟顾容与出去走走，去大西北，她的故乡。

她好久没有回去了，久到都快忘了。外婆还在那里呢，是该回去看看了。

# 第十章 旅行的意义

他们没有坐飞机，而是选择了漫长的火车，踏踏实实地一路走过去。因为到老家，没有直达的火车，索性在途中转车。

维拉是第二次坐火车，第一次是在往西北迁徙的时候，好多年过去了，都记不得了。只记得车上很挤，人很多，火车很慢，如果长时间坐在窗口，头发会被灰尘粘在一起。

顾容与倒是第一次坐火车，有好奇也有担忧。

他们坐的是软卧，所以车厢要安静宽敞许多。

顾容与睡在下铺，维拉睡在上铺。在包厢的另一边睡着一对老夫妇，中途聊天的时候，老夫妇说他们的女儿在二十年前就离家了，去支援大西北建设，后来被那片土地和那片土地上的人感动，就扎根西北了。他们气了很多年，可最终拗不过女儿，人老了，也没力气去计较太大的事情，差一步就到九重天了，还有什么不能原谅。

老夫妇细细地给他们说着儿女的旧事，仿佛这份记忆比自己的都深刻。说到动情处还流了泪，维拉帮她擦着眼泪，喊她奶奶。

毕竟人老了，说了一天的话也容易乏，他们睡得很快。维拉和顾容与体贴老人，把铺位给老人换了两个下铺，收拾停当，很早地就把包厢里的灯关了。维拉抱着膝头跟顾容与坐在床上，不多时就隐约能听到他们小小的鼾声了。

“如果我也那么任性，能不能等到爷爷奶奶去看我呢？”他的这辈子还很长很长，可爷爷奶奶，不知道还熬不熬得过那么多年。

“对不起，容与，我不能怂恿你跟家里作对，因为我知道你要是走了，不管中间会历经多少年，你终究是要后悔的。”

“那么现在的选择呢？”

“不会的，容与，你会喜欢上当兵的，真的。爷爷会用他一生的经历在告诉你什么是最好的，虽然并不一定是你现在想要的，可终究你会明白。就像我的外婆，她误会了外公一辈子，可是等外公走后她才大彻大悟。金子总是在大浪淘沙后发现的。”

维拉说完，顾容与许久都没有说话。

“不要太为难自己，我先回去睡了，晚安。”

维拉刚想起身就被顾容与定住了，这样陌生的夜晚，他实在不想一个人。

“好，我不走。”维拉微笑，侧着搂住了他，头轻轻地靠在他的肩窝里。

转车已经是第二天中午了，他们买了第三天普快的硬座车票。

上下车的人很多，顾容与一手提着行李，一手牵着维拉，两个人随着拥挤的人流一起追着火车跑。

等到火车停稳后，那个挤哟，车门附近摩肩接踵，下车都困难。

维拉也被人簇拥着，几乎被挤得抬起来，她死死地抓着顾容与，欲哭无泪。然后小小地做了个试验，试着双脚离地，然后奇迹出现了，她真的被抬起来了！

顾容与回头见这姑娘都快被挤哭了，来了力气，挤开周围的人，一把把她搂到自己的胸前护着。

维拉闻着他轻微的汗味，觉得真的好安定，好安定。

他们买的是硬座，一个晚上半睡半醒，两个人都难受得厉害。

天边破晓的时候，外边的景物渐渐清晰了起来。火车行驶在古老优美的河西走廊，周围盘踞着高大的祁连山脉。太阳照下来，显得巍峨悠远。

列车拐弯的时候，维拉透过车窗看见列车如神龙摆尾，铁轨就好像滋生在了草甸上。

一处自然，一处人文，融洽得无以复加。多么美的地方，就此驻足，多好。

西域像一个历经沧桑的老者屹立千年，无论是自然还是人文都记载了这片土地伟大而磅礴的历史。这是一片用历史撑起来的土地，没有白娘子没有许仙，它留下的故事有迹可循。

列车到达嘉峪关的时候，她和顾容与下了车，来到这座瞬间带给他们感动的城市。

他们找到了下榻的地方，无力出去，让酒店的服务员把饭菜送了过来。

吃饭、洗澡，一系列动作做得一气呵成，然后就爬到床上睡回笼觉。

下午，一起去看古长城。

北京来的孩子，不会没有看过长城，可是他们就是觉得不一样的。

山也是一样，我们永远说不明白泰山和华山哪个更好看一些，也不会觉得看了华山便不必再去泰山。

或许，他们就是有着这样的一种情愫。

嘉峪关的长城比起八达岭的来，要保存得更为完好，而且长城上各式不同的军事城堡也是北京看不到的。

维拉是很容易被景观感动的人。

感动，源于一种内心的震撼。感动和体会是不一样的，感动的人很多，有体会的人却很少。

维拉开始有了体会。

就像之前外婆口中所说的沙漠那样，体会到了那份磅礴大气，才能成为一种隐潜久远的内心感动。

从嘉峪关往西，就过渡到了沙漠。

顾容与对维拉说，你看沙漠的时候，眼里的东西和平常都不一样。

是这样的吗？或许是的，外婆早就给了她这样的期盼。

依他们旅行的方式，到目的地已经是一个星期后了。

维拉几乎是刚下火车，见到眼前熟悉的一切，泪水就掉下来了。

迄今为止，可以作为家的地方有三个。一个是久远的边疆，一个是现下生活的北京，一个便是这里了。

这里是伴着维拉渐渐识人知事成长起来的地方，它教会维拉太多太多，给维拉的感触也太多太多。

如同一年前在怀柔的森林里，她唱的那首《乌兰巴托之夜》，唱的便是那一份家乡情。

有一个地方很远很远，那里有一生最重的思念。

其实火车站离维拉和外婆的故居很远，可那个姑娘此刻是忘却了旅途的疲倦的。

她紧紧地扣着顾容与的手，一寸一寸地朝神秘的土地膜拜过去。这里承载着历史的厚重，一草一木都仿佛跟那个遥远的时代有关。

维拉家不在县城，而是在山脚下的一个小村落。

这是一座金色的城市，从沙漠里来的细沙会拂过每一寸地方。

“外婆跟我说过，他们的祖先走了好远的沙漠遇到这个地方的时候，几乎是欢呼雀跃的。再没有一个地方有如这里一般，有沙漠，有树林，还有高山。”说着，维拉给他指了指远处的山，“你看，这里的水几乎全部来自山上的融雪。”

顾容与顺着她手指的方向看过去，那座山就这么静静地躺在那里，它连绵的身躯，无止境地向着蓝天延展，铺天盖地，不悲不喜，不动声色，却给人一种无与伦比的威严。

他们太需要那样的风景。

繁华的都市给我们的更多是疲劳，唯有自然才博大。

顾容与对这片土地的认识，大多停留在了“贫瘠”这个词上，而此刻却觉得这是一片值得用心去描述的土地。

他最初听说这片土地的时候是经由一部叫《阿凡提》的动画片，那时候年纪还很小，无法把勤劳勇敢的阿凡提跟这片土地联系起来。那个倒骑毛驴，身穿白色长袍黑色长靴，头戴白色毡帽的阿凡提好似从沙漠中走了出来，提着一壶酒，不仅给他带回了小时候的记忆，还让他瞬间就明白了这片土地。

西域是应该出现一个阿凡提的，仁者乐山，阿凡提在这样伟大、丰富、沉稳的大山里走出来，早就锤炼出了仁爱之心。

仁义，是这片土地告诉他的最大的道理。

这里的民风很淳朴，他们已经习惯了安静地看着一样事物，用耳朵去听，用眼睛去看，用心去想。这里的孩子无拘无束，在街上四处笑闹着，家长也完全不必担心。

途中路过一间寺庙，有一位老人正跪在地上，神色虔诚干净。明明是极其苍老的声音，听起来却像唱歌。

他们还见到了驴车，两轮的车子，上面铺着毯子，维拉告诉顾容与，她和外婆之前从村里过来赶集的时候，坐的就是这种车。

集市就是一个小市场，跟普通小城镇的菜市场大同小异。

集市卖的东西除了出名的瓜果羊肉串，还有好多稀奇古怪的东西。似乎这里还保留着叫卖的传统，那一声声“哎——”听起来让人觉得时间又往回跨了十几年。

在集市上还有很多卖葡萄的人，维拉看到顾容与看着那些葡萄移不开眼，笑着对他说：“今天先回家休息，明天我们一起赶驴车出来。我们家外边也种有一棵葡萄藤，可甜了，待会儿你尝了就知道了。”

穿过了古城，他们才搭上了驴车，往姑娘心心念念的地方驶去。

赶车的是一个五十多岁的大娘，包着头巾，神情和蔼，听到了两个人的对话，她用蹩脚的汉语问他们，是不是来这里旅游的。

维拉摇头，用本地语回了一句：“我们回家。”

顾容与搂住了她的胳膊，却发现这个姑娘是一直在忍住不颤抖的。

是近乡情怯，还是因为激动？

驴车晃晃悠悠地走了很远，最后在山脚下的古城停下。接下来的路，要他们自己走。

站在昔日女儿国的城脚下放眼望去，目之所及除了土屋便是沙山。

这座古城历经沧桑，旧城堡的墙垛、台墩、烽火台、瞭望孔被风蚀得厉害，只剩下一个轮廓依稀可辨。

有好多慕名而来的旅游者在古城里穿梭拍照。好像历史已经打开。

“我们先回家吧。”维拉仰望了这个地方好一会儿，才对顾容与说。

“嗯。”顾容与牵着姑娘的手，用了力气。

古城离村子还是有一些距离的，他们沿着小道走，旁边是从容安详的沙漠。那样坚毅的沙漠不全是沙的，还有一些同样坚强的草木长在上面。

村子很小很精致，总共不超过六十户人家。

维拉看着这一个个小小的院落，连路口的那棵小树都还是原来的高度。好像这两年，她还在这里，不曾离开。

可是身边紧跟着的人，还是无时无刻不在提醒着自己，白云苍狗，物是人非。

刚过村口，不远处就传来了敲敲打打的声音，维拉身体一个激灵，把手中的包往顾容与怀里一塞，人就跑了过去。

顾容与跟过去的时候，就看到他的姑娘紧盯着那个背对着她在敲箱花的身影，许久许久，她才轻轻地喊道：“比亚，努尔比亚。”

那个被她称为努尔比亚的姑娘一瞬间顿了身子，然后带着一丝诧异回过头来，这丝诧异在看见她的同时，便化作了激动。

她放下了手中的活计，迅速地跑过来拥抱了维拉：“维拉，维拉，真的是你。”

她是她在大西北最好的朋友。

这里的姑娘都爱用本地话交流，那时维拉的本地话不如别人说得顺畅，有时候还会颠来倒去的，听她说话是个繁重的活，所以维拉鲜少有朋友。

比亚心地纯洁善良，是愿意真正安静下来听维拉讲心里话的人。

顾容与听她提过这个姑娘，所以此刻也是抱有很大好感的。

这个村子很贫瘠，在那些年，人均年收入不过几百块钱。整个村子里几乎没有一户人家有电话，比亚的家境比较困难，别说电话了，就连送孩子上学的钱都是一毛一毛凑起来的。他们这个地方，经常会收不到信，所以维拉去北京没多久，两个人就断了联系。

此刻，维拉看着比亚微微隆起的肚子，有些愣怔。

而比亚则幸福地跟她说，她在今年年初就结婚了，现在孩子四个月了。还指着几米开外的顾容与用蹩脚的汉语问：“他是你的丈夫吗？”

维拉摇摇头："他是我的男朋友。"说着，招呼着顾容与过来，给两个人做了简单的介绍。

比亚笑，对着维拉竖起了大拇指："维拉，你的男朋友长得真好看。"

"你们有了隔阂。"刚离开比亚的家不远，顾容与就说。

"嗯。"维拉点点头，她离开的时候，比亚已经不读书了。她比维拉大上两岁，只念到了初三。

"维拉，每个人有每个人的活法，我们说不清谁更幸福一些，但是只要活得开心便好，不是吗？"比亚提到她丈夫的时候，那满脸的笑意是骗不了人的。所以啊，维拉，你不必为她感叹，也不必为她可惜什么。

"我常常在想，活着的意义就是追求更高层次的生活，想了好久都没有结论。可现在见到比亚我才明白了，能做自己喜欢的事，能爱自己所爱的人，这比什么都重要。"

"嗯。我们从来都不是活给别人看的，是活给自己感受的。所以何不选择一种最简单的模式？"

"像你这次遂了爷爷的意愿吗？"

"我只是想过得更轻松一些。我身上有责任，这个责任是无形中爸爸和爷爷加诸给我的。就像比亚的婚姻，可能是父母的命令，她遵从了，便是履行了她那与生俱来的责任。她喜欢便好，如果不喜欢，学着喜欢也是没有关系的。"

"你真的是这样想的吗？"

"我没有你想象的那么难过，真的，我并非对其厌恶。我想，更多的是丢失了选择权的一种失落。爷爷说得对，如果爸爸还在，也是希望我能去军校的。这是我们一个家族的梦想，所以，这个梦想由我来完成，没什么不好的。"

所以，请你也不要再为我伤心了好吗？不然我会更难过。

你同样放弃了理想来成全我们俩。

那你，有没有伤心过呢？

嗯，我知道你是要摇头的。

所以，我也是一样的。

维拉家并没有盘给别人，或许是爷爷觉得她之后定会回来的，所以还给了邻居一些钱，让他们隔一段时间便过来做一次打扫，让他家的姑娘回来看见了，也不至于太难过。

她们家是土屋，外面一圈矮篱笆，中间的小院里种着青色的葡萄，现在的葡萄还没有完全成熟，但是依旧让人垂涎欲滴。

这样温馨的一个家，多希望即使久叩柴扉也会有人闻声开门。

只是谁都知道，里面已经很久没人住了。

家里的钥匙维拉还保存着，她开锁的时候手都是颤抖的，好几次都没有插对孔。顾容与见状，抿了唇，手覆上了她的，帮着她一起把门打开了。

“维拉，你回来了？放了东西就去喂马，二十分钟后回来吃饭。”

“维拉，不是说今天发考试试卷的吗？拿过来给我看看。”

“哎哟，看你急的哟，先把手洗干净了再去吃饭。”

历历在目。

可是，外婆的身影呢？

声音不闻，影像久远。

院内的很多东西，跟她走之前丝毫不差一二。外婆喜欢整洁，屋子里打扫得纤尘不染的，好像在维系心中的一份圣洁。可又任由院内长满了花草，外婆说在沙漠中长出花草来太不容易，仿佛它们的到来是天意似的，多美妙啊。

维拉一直觉得外婆很美，那种美是历经风雨后的一种大气的沉淀。她心平气和地接受着生活给她的一切，然后把本真的生活幻化出最美妙的形态。很多时候维拉甚至觉得自己是一个有福之人，她可以把生活中的一切变得从容安定，从贫瘠到富贵，心境并无变化一二，这就得益于外婆。

屋子里还挺干净，维拉只是稍微做了整理，把外婆的那一间房子整理出来自己住了进去，把她原来住的那间屋子让给了顾容与。

她的房子很简洁，虽然小，但是收拾得很好。一张床，一张书桌。书桌的上方还贴着她自己写的毛笔字《陋室铭》。

房间的东边开了一扇窗户，窗户边上还摆了一只精致的小花瓶。

维拉见顾容与对着小花瓶看了好久，笑道：“好看吗？这只花瓶是我高一时自己烧的，图案也是我绘上去的。”

她的手艺真的很好，他甚至不敢把她之前的生活归结为贫瘠，因为她是一个这么富裕的人，这些都是生活的磨砺带给她的东西。

邻居回到家的时候，见到了维拉家的门大开着，男子试着对里面喊了一声——“维拉？”

维拉探出头来，见到来人，笑道："阿曼。"

那个被她称作阿曼的男子见到他，太惊喜了，跑了过来就给了维拉一个大大的拥抱。

维拉亦抱着他，一遍一遍地喊着："阿曼，阿曼。"

许久，阿曼还没有放手的打算，可顾容与还在旁边看着呢，维拉笑着挣脱开来，用汉语对他说："阿曼，这是我的男朋友，他叫顾容与。"

阿曼的笑容顿了顿，像是为了遮掩心里的难过，把嘴咧得更开了。

顾容与首先伸出了手："阿曼，你好。"

阿曼看着少年白白净净的手，再想想自己的，手指蓦地蜷缩了，半晌才伸出了手去。

顾容与的手极见风骨，而且纤尘不染，平时写书作画，保护得很好。

至于阿曼……这是一双长满了茧子的手，是沧桑的生活赋予他的一双手，跟顾容与的真的差了很多。但是很难说清楚谁的手更漂亮一些。

阿曼需要比他努力百倍，才可以让生活勉强地进行下去。

霎时间，说不清他们谁更羞愧一些。

阿曼有些不自在，与维拉说了几句话，便离开了。

唯剩他们两个尴尬地站着，好久都没有说话。

最后还是维拉打破了沉默："阿曼是我们的邻居，之前外婆病重的时候……他帮了我们很多。"

"嗯。"顾容与点了点头。

维拉偷偷看了他一眼，小心翼翼地问："你生气了？"

顾容与摇头："我应该感谢他，我不在的时候，是他在照顾你们。"

维拉低下了头，揪着衣服，有些难过的样子："那时……爷爷带我走的时候，给了他一笔钱，他没要。其实他接下也没关系的，这样他的生活会好过得多。"

顾容与抚摸着维拉的脑袋："可能他觉得，他对你们的情谊不是用金钱能衡量的。"

"可是爷爷给他钱并没有花钱买他情谊的意思，就是……他们家很贫困，他一个人做农活，要养活家里的三位老人……"

顾容与叹："维拉，你没有看到吗？阿曼是一个自尊心很强的男孩子，这样的男孩子即使再贫困，也不会接受你爷爷的钱。"

维拉终于抬起了头，眼圈都红了："可我真的很想帮他做点儿什么。"

阿曼，一个如阳光般灿烂的大男孩，在维拉的过往中是那样温暖的存在。

维拉刚来的时候是不会说本地话的，连“你好”都是到了这个地方才开始学起来的。

这里的有些老师，上课的时候说的都是本地话。那时候维拉很自卑，她的本地话说不好，觉得同学们都在笑话她。

而外婆要做的事情太多了，很难有时间陪着她练习。

是阿曼一字一句地教会了她本地话，不厌其烦的。

维拉在学校里受了欺负，阿曼会不问缘由地撸了袖子上去拼命。

阿曼于维拉来说是那么美丽的缘分。

“那我们一起帮他。”这样，你一个人是不是就不会太辛苦?

第二天早晨，顾容与是被外面的鸟叫声吵醒的，躺在床上闭着眼睛听了一会儿，觉得舒适极了。他的生活很久没有这样的惬意了，或许是换了一种环境，这片土地给人的感觉安定写意。在床上待一会儿，他就闻到了炊烟的味道，其中还有一股清粥的香味。

似乎是十几年前的场景了呢。

顾容与坐起身来，整了整衣裳，就走了出去。

门外有一条羊肠小路是通向厨房的，路的旁边长了花草，像是有人刻意地栽种，所以显得特别好看。

炊烟从烟囱不断地冒出来，配合着远处的沙山，大有一种“大漠孤烟直”的意味，让人不禁也诗意起来了。

维拉透过窗户看到仍旧是一袭睡衣的顾容与，笑着说：“我把你的牙刷放在了案桌上，你没有看见吗？”

那么平常的一句话，顾容与却觉得心中温暖极了，他进了厨房，和维拉挤在了一起。

“牙待会儿再刷，你在煮什么？家里不是没有什么粮食了吗？”家里，太温暖的词汇。

“我今天早上去阿曼家要的，待会儿你跟我进一趟城，我们买些东西回来，我跟阿曼的妈妈说了，我在的这些天，会帮他们家做饭的。”

顾容与点点头，没有异议：“平时阿曼都做些什么？”

维拉见到火小了下来，连忙加了柴：“做一些农活吧，还种了些瓜果，瓜果熟了后就拿去集市上卖，这几乎是他们家唯一的收入了。”

“他种得多不多？”

“不算多，半个山头吧。他们没有多少土地，当初我离开的时候想把我们家的土地给他来着，可是他不要，他以为我总有一天会回来的……”

维拉盯着眼前的火苗发呆，顾容与也许久没说话，看到火小了，就帮忙加柴。

“你想怎么帮他？”

维拉折了一根干树枝在地上画着：“不知道。”

顾容与叹了口气：“这几天我们可以帮他做些事，但是都是治标不治本的办法。你想要帮他，给鱼不如授渔。”

维拉抬头看他，眼睛亮晶晶的：“你可以帮他？”

顾容与刮她鼻子：“我尽量，谁让他是我们的恩人呢。”

维拉笑，瞬间跟打了鸡血似的，上前揭开了锅，然后把顾容与往外赶：“你快去洗漱，我快做好了，待会儿我先给阿曼的爷爷奶奶送去，你在家不许偷吃。”

顾容与的背抵着她的双手，无奈地笑着。

吃过了早饭，维拉去比亚家借了驴车，带着顾容与去赶集了。

顾容与看着坐在驴车上满脸神气的维拉，不由得笑道：“我真不知道你还会赶驴车呢。”

维拉也笑，吐了吐舌头：“这儿的驴对去集市的路很熟，用不着人赶，自己就能走。小时候淘气，看见主人在驴车上睡着了，我悄悄地把驴车掉了头，驴就往回走了。好似他们认得的路就只有这几条，想起主人醒后的脸色，我到现在都会乐。”

顾容与兀自摇头，也坐上了驴车。

他们有一句没一句地说着，如同多数普普通通去城里赶集的人一样，表情和乐，充满着对生活的无限希望。

要买的东西很多，维拉心细，列了一张单子一家一家地找了过去，买了东西就放在驴车上。

这里的人大多淳朴善良，也不会贪维拉一点儿小钱，喊价很是合理，维拉也不还价，库车养她那么多年，现在她不差钱了，多给一些也是不过分的。

顾容与有一种在这里生活了许多年的感觉，他更多地学会了如何用眼睛去看。

动物好像到了这里都会变得古老而坚毅，途中他们看到了一个老汉牵了羊羔去卖，羊羔还很小，他们一起坐在驴车上。羊羔时不时地用脑袋去蹭老汉，老汉摸着它的头，泪水滑过皱纹流下。

维拉说，那是一只待宰的羊羔，它的皮毛值一千美元。

可是顾容与却觉得——

不应该用金钱来衡量生命的价值。

在街尾，他们看到有人在卖鹰。

维拉看着鹰，神情有些哀伤。

“你看那只鹰，眼睛已经没有了锐利。”

顾容与循着她的视线看去，那只鹰落在主人的肩头，跟他依偎在了一起，那样的姿态不是一只自由翱翔的鹰应该有的。而它的主人，神色骄傲地跟别人介绍着他的鹰。毛发几何，价钱几许。

“外婆说一只鹰被驯化的时候，它就已经死了。”

顾容与看着她的眼睛：“鹰击长空，它们属于天空，的确不应该被驯化。”

“每次看到这些被驯化的鹰，我都想把它们买回来放回蓝天。可是这都没有用，被驯化过的鹰对人有了记忆，很容易又被抓回来了。熬鹰我看着难受，它们也会更痛苦。”

“维拉很喜欢鹰？”

维拉点点头：“我们这儿的孩子都喜欢鹰，我们的飞翔梦是从鹰开始的。它们在我们心中，就犹如一个睿智长者，总能给人带来无尽的遐思。”

他突然觉得这个地方很美，而且，他也并不觉得自己还会遇到更博大宽广的地方供以瞻仰。他不由得为之前自己对西北的轻视而道歉，差点儿因为自己的浅薄，就辱没了这么一个难得的地方。

“你没有听过真正的鹰的呼啸，闻者心惊。它们现在……在嘶哑地哀唱。”

回到家的时候，差不多已经是午饭的时间了，维拉指挥着顾容与烧火，她撸了袖子就开始做起饭来。

顾容与不会做饭，但是烧火还是会的，一项无师自通的活，只是要控制住火势大小罢了。

不多时便做好了饭，维拉想了想，还是端齐了菜到阿曼家一起吃。

阿曼还在外面做农活没有回来，家里只有三位老人，看起来有些萧索。

这是顾容与第一次来阿曼家，看到这样的家，滋味并不十分好受。房子里连一套像样的家具都没有，墙上贴着的年画已经很久了，还有日历，年份还停留在1992年。用“家徒四壁”来形容也绝不为过。

阿曼的爷爷奶奶已经不能下床走路了，认人也有些模糊，拉着维拉直叫比亚，还问她孩子是不是已经四个月了。

老人对孩子的事总是记得很清楚，或许是因为年纪越大，越渴望从孩子身上汲取温暖。

维拉笑着，无比耐心，她告诉他们她是隔壁的小维拉，她回来了，比亚和她肚子里的孩子很好，过几日就会来看他们。

老人记性并不好，维拉离开两年了，不常见到，也就不记得了。但是看到有人来自己家也是很高兴的，拉着维拉说话，好似自己的亲孙女。

还有一个是阿曼的妈妈，她身体不好，做不了重活，对于阿曼这个儿子，她是既愧疚又骄傲的。看着和阿曼差不多大小的顾容与，却像是贵族子弟的样子，心里不知道又是什么滋味了。

等了好一会儿，阿曼都没有回来，维拉让老人们先吃。

他们摇摇头，一定要等阿曼回来。阿曼身上的担子重，平时他们真正在一起的时间并没有多少，所以吃饭的时间是很希望能和阿曼一起的，这是他们为数不多能坚持的事。

阿曼也知道家里有人在等他，所以不管多忙路程多远，时间到了是一定会赶回来的。所以，维拉他们也没等多久，就看到了阿曼的身影。

阿曼看到维拉他们有些吃惊，因为维拉今天来借东西的时候他已经出去了，并不知道她这几日的打算。

阿曼并不是很乐意的，他心性高傲，尤其在维拉面前不想没了自尊。

维拉看他沉默，知道他不欢喜了，拽着他的袖口：“我只是想帮帮你，你看你每天回来了还要做饭，爷爷奶奶也会饿着了不是？”

阿曼神情缓和了些，对维拉说了声“谢谢”。

维拉看着他，心里的石头放了下来：“没关系，即使不是因为这个，阿曼，我帮你也是没有理由的。当年你对我和外婆那么好，也没有给自己找什么理由吧。”维拉叹气道：“让我帮帮你不行吗？每天看着你这么辛苦，我很难过。”

下午，维拉和顾容与带了花去看她的亲人们。

首先到的便是沙漠。

风似乎在隐忍着呼啸，每次掠过都带起一帘黄沙。周围没有树木牵绊住它们的脚步，很肆意。

维拉坐在旁边看着，眼神悠远。

顾容与也陪她坐着，知道她外婆的骨灰被撒在了这片美丽富饶的土地上，心里满是敬佩。

有多少人死后愿意张扬地亲吻沙漠而不求一席安寝？有谁一生潇洒自在临走也不忘狂妄不羁？

顾容与找不到别人。

而在维拉心里，外婆永远是最亲的一个。母亲与她在一起的时候，对她的感情总是有保留的，看得见，却像隔了一层保鲜膜。她不敢把太多的爱寄放在这个女儿身上，可能是怕付出越多，心就越痛——还有另一个一模一样的人不在她身边。

在维拉人生的前十五年中，大部分都是与外婆在一起的记忆。

妈妈离开之后，外婆就成了她的脚。热带雨林气候决定了几乎一年都是疯狂的雨季，路不好走，坑坑洼洼的。雨水藏在芭蕉叶上，承受不了重量的时候便洒了下来，水滴便集中到了一处。外婆背着她深一脚浅一脚地走着，有几次都在要摔跤的时候，外婆急忙侧着身子，把她护在怀里。摔倒在地上的时候，自己垫在了下面。维拉毫发无损，外婆却摔得腰都青了。

后来辗转回到大西北，为了生计，她做过陶瓷，做过小生意，接过手工活。外婆每天工作到很晚，只是为了别人在穿花裙子的时候，自己的姑娘不至于太寒碜。

西北作为外婆的家乡，却再也找不到家人了。她在那样战火纷飞的年代离去，选了国就没有家了。看着这样的物是人非定是难受的，离开真的是解脱。可是她不能走啊，她还有一个外孙女要仰仗她，她们好像只有彼此了。

外婆给不了她最好的，但是能给她的绝对不会吝啬。

外婆爱她，加诸了所有她缺失的亲情，所以维拉从来不会称自己为孤儿。

一阵风吹过，跟沙子拥在了一起，耳边传来一阵空灵声。

这样的鸣沙声，是外婆在低吟浅唱吗？

最平凡的人总给人带来最多的感动。

村子里的人告诉他们，晚上村子里会有一个艺术团过来，给大家表演歌舞。

顾容与是看惯了高雅艺术的人，对此只是一笑而过。但是见维拉隐隐期待的眼神，才不负她的期望，在吃完饭的时候跟她一起出去。

戏台只不过是村政府前的一片空地，大家都自带了板凳，笑嘻嘻地往那儿走去。

小孩子并不讲究，手中并没有板凳，拿着几片哈密瓜，可能兜里还装着一些小瓜子儿，歪歪扭扭地戴了帽子，边走边打闹。父母抓不到他们，没办法帮他们扳正，只好笑着看着他们，眼里有浓烈的宠溺。

维拉说，她好像又回到了以前。以前他们的娱乐节目太少，一年中最盼望的除了新年就是希望有人来村子里演出或者放电影，其实并不是有多想看，只是无比怀念那种气氛。那时候外婆总爱给她热一壶羊奶，还装了一些家里种的时令水果。瓜子和糖是些稀罕物，家里只有新年才会买，看见人家吃就特眼馋。

顾容与在大院长大，自是无法体验那种情怀。院里的都是一些大人物，演员请的也是国内叫得上名号的人物，排场挺大。只是每逢遇了演出，都被自家大人牢牢地锁在了身边，不让乱跑，感觉怪不自在的，连吃零食都会被禁止。

演出开始的时候，大家依旧在下面笑闹着，一些淘气的孩子已经爬到了草垛上了，嗑着小瓜子，摇着小脚，惬意非常。就连村主任也是一直同旁人在谈笑，看着自己的村民满足地笑。现场毫无秩序可言，但是和谐无比。

维拉抓住了一个乱跑的孩子，用本地话说了一句："这些糖给你，换你的瓜子，好不好？"

顾容与看着她孩子气的举动，轻轻地敲了敲她的脑袋。

那孩子脸红了，不过倒是挺爽快的，把口袋里所有的瓜子都给了他们，还把裤子上的口袋都带了出来，不私留一颗。

顾容与看着维拉像捧着宝贝一样拿着那些瓜子让他尝，很给面子地剥了几颗。

那些瓜子并不好吃，甚至有一些潮了，但是他们都吃得很认真，仿佛真的得了什么宝贝。

过了不一会儿，刚才的那个孩子回来了，还带了另一个孩子，叽里咕噜地说了些什么，然后那个孩子也给他们掏瓜子。

顾容与轻声跟他说："我们没有糖果了，换不了。"

维拉看着他暖暖地笑："他们说不是换的，只是觉得刚刚瓜子给少了。"

这就是大山大漠养出来的孩子，淳朴得让人有些羞愧。

他已经很难为什么事情感动了，而如今心却胀得满满的。

这些事情在这里无足轻重，可是放到了繁华糜烂的大都市，却是真的难能可贵。

他们没有带着相机，只有自我在记录，最平凡的东西往往能折射出一个地方的灵魂。

回家的时候，维拉挽着顾容与一蹦一跳地走着，她说："容与，你有没有看到刚刚跳刀郎舞的那个女的一双电眼直勾勾地看着你移不开啊？那回眸一笑我看了都要心颤颤！"一句话，连气都不带喘一下。

顾容与也是笑着回答："维拉呀，我以为你一直在嗑瓜子调戏人孩子没怎么注意看台上的女人，她们见到我的时候还故意露了面巾，这个就是人格魅力啊。"

维拉"啐"了他一脸口水。

"容与，我也给你跳一段舞吧。"她收了嬉笑，认真地对他说，"但是你得给我唱歌。"

顾容与点点头，说："好，我应该唱什么呢？"

"就唱《怀念战友》吧。"

顾容与点点头，笑道："很老的歌了，我不一定记不记得歌词呢。"

"没关系，唱错了我也不会笑话你。"

他们回到了刚刚散场的地方，那个地方还留了一些聊得尽了兴不愿意离开的人。

顾容与有一些尴尬，却见他的姑娘已经走到了舞台中央做了起舞的动作。

看着她，真的没有犹豫的必要啊。

好多年好多年以后，他仍旧能记得她那晚灿如星眸的眼和无比曼妙的舞姿，连刚刚的舞女都看入了神。

不知后来谁拿了冬不拉来给他们伴奏，就连一些村民也跟着顾容与轻声地哼了起来。

带着那么大的感动，他们演绎着生命中最华美的绝唱。

此情此景，再也不会有。

顾容与兑现了他的承诺，他们真的要帮阿曼。

他吃过阿曼种的哈密瓜，味道比起他平日吃的还是差了些的。

他们一起去过集市卖哈密瓜，如他所料，阿曼的哈密瓜卖得并不好。

算来，不过是三个大问题：种子、土地、销路。

顾容与动用了爷爷的关系，找了一位对培育瓜果十分擅长的专家，请教了培育的方法，同他买了许多上好的瓜藤，还专门找了当地的地质学家看了阿曼家的土地，把土地里缺失的养分测了出来，然后对症下药。无一事不上心。

阿曼就算是再迟钝也知道他们在怎样地帮他了，辗转反侧了几个晚上，终是满怀感激地接受了。

维拉对他说“每天看着你这么辛苦，我很难过”，那是不是他过得好了，她就会走得安心一点儿?

顾容与告诉他，他们家的土壤的养分很好，能大范围地种植哈密瓜，到时候也不用担心销路。哈密瓜在这儿不值钱，但是在外地是很贵的，到明年夏天哈密瓜成熟之季，他会帮忙打开外面的销路。

阿曼一一点头应下，看了顾容与许久才低了头。

怪不得他会是维拉的男朋友呢，也只有这样的人才能站在她身边。

所以，他只需要默默地看着她幸福就好。

爷爷的电话打过来的时候，他们正搬着小凳子到院子里乘凉，这个时候录取结果已经出来了。虽说去G大是板上钉钉的事情，不至于特别担心，但总是惦记着的。

老师们的电话也打了过来，有恭喜也有惋惜。

这分数搁哪都是宝贝疙瘩，去了军校，虽说不上委屈，但是总是有些可惜了的。历年市里的前五十名，除了出国的，还真没多少人往国内前五名外的大学填的。

顾容与问：“你后悔了吗？”

维拉摇摇头：“跟你在一起，为什么会后悔？”

顾容与抓紧了维拉的手，维拉对他轻柔一笑，泯去心中不少的无奈。

如水的日子在大漠里自由运行。

在这一个月里，她带着顾容与走过了她曾经看过的每一寸土地，去帮阿曼做农活，还伏在比亚的肚子上数着胎动，孩子有了动静，她就会高兴得手舞足蹈。

那么自在写意，可是这样的生活终究不属于他们。

这样如世外桃源一般的生活太奢侈了。

爷爷打电话告诉他们，通知书已经寄到了学校里。

他们要离开这个地方了。

离开的前一天晚上，维拉做了一大桌菜，叫了比亚和阿曼一起过来。

这餐散伙饭，维拉吃得几欲落泪。

阿曼粗犷的嗓音给她唱了《月光下的凤尾竹》。

……

竹楼里的好姑娘

光彩夺目像夜明珠

听啊多少深情的葫芦笙

对你倾诉着心中的爱慕

……

痴情的小伙子

野藤莫缠槟榔树

姑娘啊我的心已经属于人

金孔雀要配金马鹿

……

竹楼里的好姑娘

为谁敞开门又开窗户

哦是农科站的小岩鹏

摘走这颗夜明珠哎

金孔雀跟着金马鹿

一起啊走向那绿色的雾哎

……

这首歌是维拉刚来西北的时候，她教他唱的。

那时候不知道歌词的意思，唱得欢快。现在知道了，明白了，却难受了。

他虽没有说明白，但是心里还是觉得自己配不上她，不然也不会那么容易地就放了手。

野藤莫缠槟榔树。金孔雀要配金马鹿。

他只需要看着她幸福就好，像现在这样多好，看天上的星星那么美，不一定要拥有，有光芒福泽着便好。

顾容与手里辗转了酒杯，然后放了下来，直接拿了一瓶酒，朝阿曼的方向示意，然后仰头喝完了一整瓶。

阿曼赤红着眼睛，也开了一整瓶干了。

比亚一直在旁边抹眼泪，顾容与跟阿曼，她自是站在阿曼那边的。可是顾容与似乎优秀得过分了些，维拉那么喜欢，连阿曼都放手了，她还能说什么呢?

阿曼说，他最迟明年就结婚，他能等，可是他的爷爷奶奶已经等不了了。阿曼还让比亚给他介绍姑娘，不用太漂亮，能勤俭持家就成。

维拉眼圈也红了，辜负对她那么好的阿曼，她何德何能?

可同情与感动并不是爱情，她想，除了这个，她什么都能给他的。

后来，他们都醉了。

阿曼对着顾容与挥了拳头，顾容与没有躲开，其实这拳并不重，即使再重他也会受着的。因为他了解这个拳头里有几分力量是在托付，又有几分力量是不甘。

阿曼哭了，跟个大孩子似的无助。

可是要治愈这样的伤痛，还需要很多日子。

他会碰到帮他缝补伤口的好姑娘，一个眼里真正有他的姑娘。

因为他是那么好的阿曼。

# 第十一章

## 回回︾波得·潘

从飞机上下来，维拉和顾容与把行李给了来接他们的勤务兵，两个人首先去了学校。

维拉问了老班别的同学的情况，老班说同学们有超常发挥的，也有马失前蹄的，郑思齐和李晓都留在北京，还伤感地说一下子就天南地北了。

他们是老班带的第一届毕业班，所以他格外伤感一些。

维拉有时候会觉得教师这个角色很委屈，虽说年年岁岁花相似，岁岁年年人不同，可眼中见到的人永远活在最美的十七岁，而自己只能顾影自怜地慢慢老去。

曲奕来领通知书的时候笑嘻嘻的，这小子刚刚压线过了G大，没用上老人的人脉，面子上还算过得去。曲老嘟哝了一个月，现在见到孙子把G大的通知书拿了回去，也笑得合不拢嘴。

曲奕搭着他们的肩膀，嘴里直嚷着不够义气，他在家里被老头念叨了一个月，他们俩倒好，包袱一撂，也不叫上他就跑了。

顾容与拍了拍他的肩膀："不好意思啊，兄弟，不过还是很高兴，咱们又能在一起了。"

曲奕嘿嘿一笑，摸脑袋，不好意思了。

维拉给爸爸和向彤都打了电话，告诉他们自己收到通知书了。向彤比她还要开心，而苏志国也接受了妻子和女儿的说法，维拉上的虽是军校，但是是技术类的，平日的训练强度不大。

维拉还接到了一个意想不到的电话，是来自顾容与的妈妈海晴的。

海晴自是知道这姑娘是为了自己的儿子才放弃了养尊处优的大学生活到了军校的，作为一位母亲，她欣慰且高兴，但是作为他们这段感情的旁观者，她觉得自己儿子亏欠了她许多。

可是她除了能给这个女孩道声感谢还能做什么呢？只能一遍一遍不厌其烦地跟儿子说，珍惜眼前人，珍惜眼前人。

话说到了最后，她还跟维拉说，在他们广州部队，有一个女孩子也上了G大，跟维拉是一个专业的。这几天通知书下来了，家里才让她来北京玩玩，就是这女孩子有些……奇怪，请他们留神照料一番。

说着，给了维拉她的手机和QQ号码，说这孩子的手机跟呼机似的，大半都不接，手机找不到的时候就在“企鹅”上喊喊。

那句“奇怪”是海晴想了许久才找到来评价回回的词语。

而维拉听她这番话，一厢情愿地以为那孩子定是埋在书堆里的好学生。因为要上她的那个专业，分数还得比Q大高不少的。

后来才知道这也就是一个囧孩子，想起之前自己对她的定义不由得有些羞愧。

当晚维拉就加了她的QQ号，跟她打了好几声招呼，被无视之后，维拉严肃了，开始审视自己到底是名字取得太差还是人格魅力不够。

子慕敲门进来，看不惯姐姐这么勾搭别人，把键盘移了过来空格回车地刷屏。

果然勾搭到了她回话，回回发了个生气的表情过来后，回刷。

子慕的表情越发激动，或者激动中带了点儿……兴奋？维拉无奈地看着耍幼稚的两个人，下楼给自己倒了杯水。

不知什么时候起，回回每刷一条消息，后面就会嵌着一堆成人交友信息，子慕笑她是个笨蛋，刷着刷着都能中病毒，可她慢慢地就笑不出来了，因为她发现自己发的消息后面也嵌入了一堆不良信息。

子慕心虚地看了看身后，见姐姐没上来，赶紧脚底抹油——溜了。

回回觉得目的达到，消停了下来，右上角的新番已经下载完毕，笑眯眯地关了企鹅，开了一包牛奶喝了起来。

维拉回到房里的时候子慕已经不在了，笑她小孩子心性，坐回电脑前继续叨扰回回。然后就发现她的头像暗了……暗了！

还有，谁可以告诉她满屏幕的成人交友是怎么回事？

维拉泪流满面，给回回打了电话，她居然关机了！

维拉无奈，只得第二天早早地起来逮这厮。

翌日，维拉蹲点了半天也没有见到此奇女子上线，电话也一直打不通，就在她快放弃的时候，接到了回安的电话。回安是回回的哥哥，比她要大上几岁。

刚开始维拉还挺着急，以为是回回出了什么事，因为回安也讲得模棱两可的。

回安泪了，这事儿能说清楚吗？那是家丑啊！这厮收了钱去做黑客，爷爷把她的笔记本电脑摔了，屁股也打得瘀青了。奶奶疼她，虽阻止不及，但是未免事态扩大，只得让孙女出去避几天风头。

回安最后才说了，回回是今天下午三点的航班到北京，劳驾他们去接她。

因为也是临时起意决定提前的，买的是最快的一个航班。

维拉看了看表，现在已经是一点了，也不知道能不能赶上，赶紧找了顾容与去机场接她。

他们堵车堵了一个多小时，到机场的时候已经三点多了，维拉还是第一次祈祷飞机晚点。

结果飞机很不幸地准点到了，维拉犹不死心地举着写着“回回”的牌子在那儿晃着。

顾容与问：“你怎么没问她要照片？”

维拉泪了，那也得回回理她啊。她昨天才联系上她，今天就来了。维拉把昨天的乌龙事件跟顾容与说了。

顾容与听了许久不语，嘴角抽了两抽。

维拉拿出手机死命地打回回电话，依旧是关机状态，只好给她哥哥打电话。

看情形回安早已处理惯了这种问题，叫他们别担心，回家等着吧，回回兜里没多少钱的，饿了就会想起他们了。

虽然海晴客气地说过不用了，回安还是把钱打到了顾容与那儿。回回花钱没个节制，一下子就没了。而那些一个小时内花不掉的，要么被偷了，要么就掉了。

维拉和顾容与走出机场，发现刚才送他们过来的司机接了别的客人，司机的手放在方向盘上，抱歉地看着顾容与。

顾容与有礼貌地弯下了身，朝司机挥挥手：“没关系的，我们坐机场大巴也是一样的。”

他们乘上大巴的时候人已经差不多坐满了，只剩了靠前的一个位置，顾容与让维拉坐下，然后站在了她的旁边。

车子刚开了不远，司机就从后视镜里看到了一个孕妇拖着行李追着大巴跑，赶忙停了下来。

孕妇挺着个大肚子，气喘吁吁地上了车。全车人都捏了把汗，看那肚子大的，预产期快到了吧，也不怕把孩子跑出来。

因为机场大巴不是公交，要好长的一段路才到一个站点，所以没几个人愿意给她让座的。维拉倒是无所谓，笑着站了起来，向那个年轻的孕妇示意，让她坐过来。

孕妇也不客气，给了维拉一个大大的笑容就坐了下来。

那个孕妇比一般的孕妇都要瘦一些，眉间有一颗小红痣，脸上有点儿婴儿肥，看起来很秀气，像菩萨座下的童子。

维拉也笑着跟她点点头，然后低声跟顾容与嘀咕："好年轻的妈妈。"

到了晚饭时间，维拉才接到了回回的电话。

很浓的广东腔，跟维拉在电视上听到的香港人说话很像。

回回说了老半天也没说清楚自己在哪儿，维拉只得让她拦了出租车，让她把电话交给司机，跟司机说了大院的地址还叮嘱他别绕路。回回心疼话费，还没跟维拉扯别的呢就挂了电话。

维拉估摸着交通顺畅的话也要半个小时才能到，先把房间给她收拾出来，等时间差不多了，就出去接她。

子慕也说要出去看看害她莫名其妙中病毒的人是何方神圣，于是她们一路笑闹着走了过去。

等了许久都不见一辆出租车路过，维拉估摸着是堵车了，跺了跺脚，蹲了下来。

当出租车姗姗来迟地停在大院门口时，维拉和子慕都屏住了呼吸，想看看这朵小奇葩到底长什么样。

车门打开后，回回慢慢悠悠地爬了出来。维拉见到她的脸愣住了，然后转而看向她的肚子，平平瘪瘪的。可眉间的那颗小红痣错不了——回回就是她今天让座的那个孕妇。

回回看到她们，屁颠屁颠地跑过来围观，直嚷嚷道："双胞胎啊！"

司机不耐烦了，朝她们挥了挥手："付钱！付钱！"

维拉赶紧掏钱去付，回头的时候瞧见子慕狗腿地跟在旁边帮忙拖箱子。

子慕和维拉作了自我介绍，回回的眼珠子转了转："你们是在跟我比谁的名字好听吗？"

维拉又愣了，这姑娘的脑回路异于常人啊，还没来得及回话，只听子慕问道："你叫回回啊？是回家的回吗？"

回回顿时头摇得跟拨浪鼓似的："不回家不回家，回什么家啊……"

子慕和维拉相视一眼，然后又默默地瞥开了去。

"你们刚刚说自己叫什么名字？"

“祝维拉。”

“苏子慕。”

“噢，阿朱阿紫别愣着，跟上啊。”

阿朱——祝维拉，阿紫——苏子慕吗？

她是没记住名字呢，还是给她们取了绰号呢？

之后的经验证明完全是前者。

回回为他们的生活增添了许多段子，而维拉每回同顾奶奶说起，顾奶奶定是乐得合不拢嘴的。维拉见顾奶奶高兴，每天跑顾家更勤了，连带着顾爷爷看着她都是慈眉善目的。

海晴阿姨打电话回宅子的时候，也经常叫她过来说上几句，跟她聊聊最近的生活，口气跟爸爸妈妈是没什么区别的。看来，人家是真的把她当自家人看待了。

海晴的声音从电话线的另一端传来，她跟维拉说：“跟容与去看看他的爸爸吧，他肯定也想见见你的。”

她说：“好的，阿姨。”

海晴叹道：“虽是他爸爸的墓地，可容与也就只去过一次。那么多年了……他还是不愿意接受他爸爸去世的事实。我原本不想强迫他，只是你跟容与考上了军校，总得跟他父亲告慰一番，他爸爸见到你们……也会开心的。”

维拉敲开顾容与房门的时候，他正在玩游戏，那些年很火的一款游戏，很多人都玩。维拉也随他们玩过，无奈操作太差，被众人鄙视了，这操作还敢去学计算机呢？

顾容与知道是她，并没有回头，笑着说：“你过来，我教你把这关过了。你的操作差得令人发指，去学计算机是要让人笑话的。”

维拉盘腿坐在了他旁边看他打游戏，平时也没怎么见他玩，之前维拉以为他就是菜鸟一只，被回回虐了之后就到顾容与这儿找安慰。显然没找到，而且被伤得更重了。

“怎么了，丫头？今天那么恬静我倒是不习惯了。”

“没有啊，我是看你操作，嫉妒了。”

“都说笨鸟先飞勤能补拙的，你既不先飞又爱犯懒，当然只有嫉妒的份儿。”

“我告诉顾奶奶你怂恿我打游戏！”

顾容与趁着空隙，敲了敲姑娘的脑袋：“还要预谋告状，快背一遍三从四德给我听听。”

维拉转了转眼珠子："你不让我告状也成，你得答应我一个条件。"

顾容与停了手上的活计，做无奈状："来，说说吧，绕了一晚上了，总算绕到了重点。"

"哪有……我这是临时起意！"维拉抬头，看到顾容与打趣的眼光，咬牙道，"对，我就是预谋已久的，那你敢不敢答应我呢？"

"不敢。"顾容与老实地说。

维拉有些急了："为什么呀？"

"如果是容易做到的，你不会绕了这么久才说的。"

维拉挫败道："那你要怎么样才肯答应。"

顾容与终究心软："你还没说是什么。"

"顾容与，不带你这么对女人的，你得为了巴结我什么都愿意答应。"

"那不行，如果你让我去烽火戏诸侯怎么办？"

"敢情我在你眼中就是妲己啊。"

"不是妲己。"顾容与摇摇头。

"那你还……"

"烽火戏诸侯的，是褒姒。"

维拉左右开弓，打他。

顾容与抓住她的手："好吧，只要不触及我的底线，我都答应你。"

看来是绕他不得，维拉只好扭捏着说："容与，我们去看看你父亲吧，我还没有见过他。"

顾容与不快，移开眼去看屏幕："就一块墓碑有什么好看的？"

维拉斟酌着说辞："就当是扫墓，顾叔叔那么多年没见过你了，肯定想见见你。"

顾容与的脸顿时黑了下来："是谁让你来当的说客？我奶奶还是我妈妈？"

维拉咬唇："这个不重要，重要的是，他们担心你，而顾叔叔……也想见你。"

"不去。"

维拉低了头，心里有了小小的火苗，她没见过这样的顾容与，不知道说什么样的话才妥当。因为对他太上心，所以就太怕触到他的逆鳞，也怕一个不小心，言语就冲撞了在天之灵的顾爸爸。

"那好，我自己去。"话语中，似乎有了赌气。

顾容与冷冷地说："随便你。"说完，就重新登录了游戏，键盘敲得令维拉心惊胆寒的。

维拉不忍心看他那副模样，扭头说：“我去帮奶奶做陶瓷，顺便问问地址，我代你给叔叔上香。”

顾容与双手离开了电脑，面无表情地看着她：“我们还没到不分你我的地步，我的事情不劳烦你代劳。”

维拉握紧了拳头：“我权且当你这是气头上的话，当不得真。”

顾容与没有接话。

“我不知道去不去看父亲在你心中有怎样的分量，可是我很遗憾地告诉你，不管怎么说，你的父亲去世很久了，即使你不接受，事实也依旧存在。何况他是一个英雄，你应该为他感到骄傲。”

总会有人告诉顾容与，你爸爸是个英雄，你应该骄傲。每每那个时候，他总是低着头，握紧了拳头，怕一个制止不住拳头就给人招呼了过去。

一句那么轻巧的“英雄”，从来没有人问过他，愿不愿意父亲去当英雄。又有没有人想过，英雄的家人是需要这样一个头衔，还是一个长久的陪伴？

“什么叫英雄呢？就是让英雄的家人煎熬得疼痛不堪还要骄傲地说这是我们的荣誉吗？”

维拉没想到顾容与会是这样一种语气，心里惊讶之余也有些疲惫，蹙眉道：“我并不是那个意思，你为什么非要曲解呢？为国捐躯本就是一个大丈夫所为。”

顾容与一脚踢开了面前的电脑桌，冷笑道：“又是一个摆高了姿态跟我谈英雄论调的人。你接下来是不是要跟我说他死得其所？你他妈又愿不愿意用你父亲的死来换取这份操蛋的殊荣？”

维拉着实被他疯狂的行径和言语吓到了，但多少猜到一些，这是他积聚了那么多年的一次爆发，因了对象是最亲近的她，才这般毫无忌惮。

这样的他让她感到相当陌生，无论如何都不能跟平日那个谈笑风生温润如玉的少年联系起来。

“对……对不起，我不知道你的反应会那么激烈。很抱歉，我没有设身处地地为你考虑就质问你。”维拉似乎无力应对这样的局面，“我不想和你吵架，我们好好说话不好吗？”

顾容与并不想谈这样的话题：“关于这个我们没什么好说的，立场不一样。”

“我知道我们的立场不一样，所以我现在知道了你的想法，也不会再劝你。可是容与，将心比心，你有没有想过你妈妈呢？你爸爸在你妈妈的心中分量又有多重？她现在依旧不知道如何面对你，她跑到了那么远的广州，除了你爸爸的缘故，你又是否敢说没有一丝是因为你呢？你不想面对你的爸爸，可你的妈妈何其无辜，她生生陪你装聋作哑了那么多年，假装她的丈夫和儿子都在。这其中的艰苦，你有没有替她想过呢？”

顾容与突然觉得很累，这是他们第一次在意识上起了冲突，彼此无法理解，互相都不赞同。

“你先回去吧，我很累，想睡觉了。”

维拉咬唇，这是顾容与第一次不愿与她沟通。

或许他们都是骄傲的人，虽然尽量坦诚相待，心中也难免会有一些事不想提及，于顾容与而言，他的父亲就是绝对禁止的领域。

维拉从小没有父亲，不会理解顾容与的心情，不会理解那么多年里，他在父亲离开后是怎么坚强地活下去的。父亲走了，别人给了他们太多大无畏的赞美，可是谁又关心过容与，他需要多强大才能独立面对这个世界。

他可以忍受别人肤浅的关怀，却不想听到维拉质疑他多年来的坚持，她不是他，无法感同身受。

窗外的知了还在叫着，这个夏天很快就要过去了。每一阵风吹过，都像在不停地汲取树叶的绿，有时候吹得猛了，绿叶也不得不扑向如火一般的大地。

他开始思考他们之间的差距了。

维拉在外婆的庇护下长大，虽无父无母，但并不缺乏关爱。而他不一样，顾爷爷铁血了一辈子，不会溺爱孙子。虽然顾奶奶对他疼爱有加，但他毕竟是男孩子，很多事情不能跟顾奶奶说。父母不在，他不得不努力认真地长大，安安心心做一个大院里的人，成为大家认可的人。

他能坚持的东西不多了，真的不多了。

晚上海晴打了电话过来，两个人随意聊了几句，并没有提及给他父亲扫墓的事情，但顾容与还是从妈妈的话里听出了凄苦。

谁不想像一对真正的母子说一些体己话呢？他们之间，说不清谁对那个男人的感情更深一些，但无论是沉默还是离开，唯一相同的是，心里的位置，再也不会预留给别人。

顾容与最终还是去了。

他们去墓园的前一天还是阳光明媚，第二天便淅淅沥沥地下起了小雨，维拉穿得很正式，在盘山公路上就下了车，跟顾容与一起打了一把黑色的伞往山上走去。

这一片墓园多是烈士，每到节假日就会有很多人来祭奠，平时却有些冷清。虽有守墓的人时常打理，维拉还是觉得异常荒凉。

顾容与的脸上并没有什么表情，他一手搭着维拉的肩膀，一手撑着伞，眼睛看着前方，眼神却是空洞的。一路上他都没有说话，只是在拐弯的时候手上加了力度，把维拉往自己的方向带去。

维拉也低头，没去看他的眼睛，当脚步停住的时候，才惊悉面前就是顾叔叔的墓碑了。她慌忙地抬了头，可是刚看到墓碑，眼泪就不受控制地流了下来。

好像很多很多年以前，也有一个穿军装的人出现在她的生命里，泪珠滴到了雪白的菊花上，晶莹得像露珠。

顾容与低哑着声音喊了一声“爸爸”，然后似乎过了好多年，他才道出下面一句话：“我带维拉来看你。”

维拉把怀里抱着的花轻轻地放在墓碑前，抬头的时候，正好对上了镶嵌在墓碑上顾之安的照片，顾容与同他长得像极了，一样温柔而深邃的目光，甚至连唇边浅浅的酒窝都一模一样。

那样意气风发的少年，怎么会没有一位风姿卓绝的父亲呢？

“顾叔叔您好，我叫祝维拉，我来看您了。您在天堂……还好吗？”

顾容与紧盯着父亲的照片，加诸了强大的忍耐，才忍住不让泪水掉下来。

从幼儿园开始，他就一直被老师教导着，父亲是天，容纳百川；父亲是土，厚德载物。

一直到他九岁，那男人还能一举把他扛上肩头，骄傲地对旁边微笑的妈妈说：“你看着，别说他才九岁，就是十九岁了，你看我扛不扛得起。”

他坐在父亲的肩头，揪着父亲头顶的一小撮头发，嘴巴都咧到了眼睛缝儿里，他弯下身来对爸爸说：“爸爸爸爸，你这次出了任务回来，一定要扛着我在他们之间溜一圈，你不知道，曲奕那小子最羡慕我了。”

他从小就和别的孩子不一样，只要不触及原则底线，爸爸从来不会阻止他做任何事情。他用骄傲和鼓励维持着他对生命的信仰，爸爸总说，生命应该像天空一样豁然开朗，像大地一样坚定辽阔。

他没有兄弟姐妹，爸爸说只有容与一个就够了，时不可兮再得。

这样伟大的爸爸不可取代。

后来，似乎这样的日子他们没过多少年。他从日出站到日暮，然后天崩地裂，哀鸿遍野。那一年下了好大的雨，闪电把整个天空都照亮了，几乎所有的树木在风的引导下弯了下来，似乎都在跪着送他离开。

至此，他再也没用气力若敬重父亲一般地对待别人。

他等到的是一具连余温都没有了的尸体，他愣怔地看着父亲的肩头，那里早就被几颗流弹打过，不再坚固得像一座堡垒了。他难以置信地伸手去推父亲，甚至伸了手去捏父亲的脸，如此孩子气的一个动作，看上去却凄凉无比。

告别式结束了，爷爷奶奶和妈妈忙着送走宾客，只他一个人留下来陪父亲，还把厅里的工作人员都喝退了。他们被他如同顾老一样凌厉的气势镇住了，心想孩子只是想跟父亲单独待一会儿，毕竟以后就没有机会了，那么小的孩子看着真是可怜，便都摇首走了。

他费了很大的劲把父亲扶起来，让父亲的遗体靠在棺柩上，然后自己脱了鞋爬进去，一只脚绕过父亲的脖子，坐了上去，手又习惯性地揪住了那一小撮头发。

他嘴里喃喃着："爸爸，爸爸，你把容与扛起来。"

顾奶奶回来看到这场景差点儿又晕厥过去，她腿都哆嗦了，浑身颤抖地指着顾容与对旁人说："快、快把他抱下来……"

目睹此景的人鼻子都是一酸，还是那么小的孩子啊……

旁人连忙把孩子抱出来，人虽是抱出来了，可是手里还揪着他父亲的头发，怎么掰都掰不开，看孩子眼里，眼泪都滚了好几圈，可就是没掉下来。

顾老也进来了，脸上的神色悲伤至极，可是碍于当时的场面，愣是没掉眼泪。他看到顾容与犯浑，眼神变得冷厉起来。

他走过去，刚要把巴掌扬起来，那个孩子的眼泪就掉了下来。

他委屈地对爷爷说："爷爷，爸爸回来的时候要把我扛起来的，你叫他起来。"

戎马半生的顾老终是也掉了眼泪，他看着孩子，慢慢地蹲了下来，说了这辈子最温情的话："好孩子，你上来，以后爷爷扛着你。"

这都多久了，每次回忆起来仍像一场剐刑。

所以，这段历史只能被他尘封起来，不容开启，不容舔舐，只得装聋作哑。假装父亲从来没有离开过，他只是跟往常一样去执行任务，只不过这次是一场不知归期的战役。

维拉在他身后轻轻地拥住了他："我很敬佩军人，他们救过我的命。"

顾容与因为陷入了巨大的悲痛，并没有太注意姑娘的话。

他看着眼前跟他九岁的记忆里一模一样的父亲，突然想到，似乎父亲的路，他也是要生生走一遍的。

为了国家，他义无反顾，可是对于家人呢？

或者对于维拉，他能保证什么？

他的命不是他的，怎么能保证陪她到老呢？

怎么能呢？

顾之安右边的墓地住着一位无名的英雄。冢上无名无姓，只有几句碑文，上面写着——这里安葬的英雄，丰碑巍峨，赤胆忠心，浩然正气，万古永存。

顾容与见维拉盯着那块墓碑看，解释道：“听爸爸的战友说，他们死的时候还交握着手，虽然至今不能确定他是什么人，大家依旧尊重他。”

不知道为什么，维拉今天特别伤感。或许是这一片都是墓地，笼罩的都是死亡的气息，让她觉得压抑无比。

回回正式地在苏家住了下来。

距离他们开学只有半个多月的时间了，G大开学军训都比别的学校早。回回住得很习惯，打电话跟哥哥说不回家了。

回安好像是松了一大口气，回回不回家，家里总算可以清净一些了。当即也不跟他们客气，说是回回跟他们一起去学校也好，家里老头子的火气还没消呢，到时候他会亲自把回回的行李送到他们学校的。

维拉听得目瞪口呆，这家人还真是放心啊，这是把回回打包送走了吗？

回回的编程和破解技术很厉害，上次跟子慕互相刷着都能给人放毒。维拉虚心请教，回回便每天在她耳边叨叨全图参差插场插帧法，破解加扰参数。维拉一个头两个大，才明白了为何天才都是学不来的，同时对计算机这门专业产生了强烈的恐惧。

维拉直叹，天才和疯子的差距往往只有一步。

曲奕听说苏家住进了一朵奇葩，兴冲冲地跑来围观。

维拉帮助李妈做好了饭，挥手叫大家过来。回回很主动地去给自己盛了一碗冒尖的米饭，然后安静地吃了起来。

这厮只有在吃饭的时候是最端庄的。

曲奕在一旁看着，撩拨她，可惜回回不理他。

“你看我一眼，快看快看，看一眼就会爱上我的。”

回回一双眼睛跟探照灯似的找好菜，家里人不让她翻菜，回回养成了习惯，要吃好菜就只得死命地找。见到别人夹了好菜就可怜地盯着人家，看得子慕都不好意思了，把夹到的翅膀转到了回回碗里。

你看看，一不小心好菜就没了，所以能不专心吗？

曲奕用激将法："你肯定是因为怕爱上我才不敢看我的！"

回某人练出来了，硬是眼角都不夹他一下，依旧盯着各种菜。

曲奕出师不利，老实地坐到了客厅里，等他把电视里所有的台都转了一轮后，想起了什么，对维拉大声说道："江洛那小子上了牛津，被他家老爷子招回来摆酒呢，你听说了吗？"

一年多没有听到江洛的名字了，维拉有些措手不及，第一反应竟然是去看子慕的表情。子慕似乎料到了她会如此，也笑眯眯地看着她，然后跟没事人一样扒着饭，还给回回夹了个鸡腿，回回立马感激地看着她。

维拉笑了笑，好像真的是没什么可介意的了。

牛津吗？真的挺好的。

回回的手提电脑被她爷爷摔在地上后惨遭分尸，还给家里人下了死命令，不准再给她买。可毕竟是在气头上，回回学计算机的，怎么能没有一个本子呢？回回估摸着他们大概得等到军训才给她送过去，但那时候都九月底了，现在的日子怎么过呢？

回回听说哥哥把钱都打到了顾容与那儿，觍着脸去打听有多少钱。结果令人很不满意，才打了五千块，这钱买半个本子都不够，平时想买点儿吃的，还得厚着脸皮去找顾容与要钱。

可回回是压根不知脸皮为何物的人，叫了她的新同学"阿朱"当即就去了顾家。

顾容与有些为难："你哥哥说了，一次性不能给你五百以上。"

回回也挺有骨气，挨了几次见顾容与都没有松口的迹象，腰板一挺就出了顾家。

回回边走边想怎么弄一个本子，老用维拉的也不是个事啊。想得入了神，就没有意识到自己走了相反的方向。

"咦？"等她醒过神来，才发现这片房子自己都不认识。

旁边停着一辆奥迪跑车，上个月刚出的，回回不由得多看了几眼。当她看到车里躺着一台笔记本电脑的时候更激动了，这是她梦寐以求的款式啊！

之前她老念叨换笔记本电脑，看中的就是这款，可家里没人给她买，她自己也没些储蓄，只得耽搁下来。现在看到了，心跳都加快了。

车主可能落下什么东西回家拿了，车没锁，篷敞着，钥匙也搁那儿插着呢。

回回摸着良心深呼吸了几次还是没忍住，她深信这是老天开眼了，不然她怎么会被指引到这儿来呢，越想越觉得被自己说服了。

她往四周看了看，没什么人路过，搭着车门一个跳跃就跳到驾驶座上去了，小心翼翼地端过那个本子摸啊摸的。

江洛从家里出来时看到的就是这场景，他本以为车停在大院里没什么人敢乱碰，所以就没有锁，现在看来倒是他错了。

他眼神一凛，怒喝一声："什么人？"

回回被吓了一大跳，本子也从手上滑落，看着一个男人向她跑来，条件反射地打火、挂挡、踩油门——溜了。

江洛被气得都想笑了，眼看车子开走了，疯了似的追着就跑。

大院门口的兵认得这就是江老送给孙子的车，也没拦住，直接放行了。

江洛追到大门才找回些理智，冲着站岗的兵就吼："给我找一辆车，看我不把她追回来！"

那兵以为是男女朋友闹情绪，也没闹多大动静，给了江公子钥匙，告诉他边上就有一辆车。

江洛追上去的时候，回回已经驾车撞上了路旁的栏杆，正苦着脸面对那两个要看她驾照的警察。

江洛看见爱车被撞掉了个车灯，气得手都抖了，他不是轻易显山露水的人，此时也几欲抓狂了。

回回急中生智，说了一串粤语："我系香港人黎噶，唔知你地讲乜啊（我是香港人，不知道你们说什么）。"说着挥着手拍人警察的肩膀，大着舌头用蹩脚的普通话说道："叽叽人（自己人），同胞啦。"

那两名警察对视一眼，指了指被她撞歪的栏杆。

回回装出一副傻傻的样子，比画，打哈哈。

江洛冷哼一声走过来，那警察是他们这区的，以前抓过江洛他们几次，这下认出来了。

回回一看见江洛，心里想这下可完了，可还是忍不住掩耳盗铃一番，双手死死捂住自己的脸。

到了警察局，回回被抓了现行，此刻正扭扭捏捏地蹭椅子靠背。

警察叔叔板了脸询问训斥了许久，可人还是那副呆呆的样子，装作听不懂普通话。最后警察无奈了，把她拉到电话机旁，让她找一个能沟通的人。这孩子看起来年纪不大，估计没到十八岁呢，得找监护人。

回回咬手指，她没带手机，唯一能背出来的就是哥哥的电话了。她抬头委委屈屈地看了警察一眼，把电话搬到了角落里，拨通了哥哥的电话，叽里咕噜一串粤语冒了出来。

“有你这样的吗？驾驶证考了几次都没过还敢开人家的车！不想活了是不！还让人抓到警察局里去了，真是丢人！”回安在电话里吼。

“对啊，我也觉得他很丢人，什么事解决不了，非要……”回回觉得哥哥终于理解了她一回。

“我是说你丢人。”回安毫不留情地打断。

回回用手指绕电话线，替自己着急了：“那怎么办啊？”

回安被气得牙痒痒，这傻妹妹以为她还在自己的地盘呢：“等着！”

维拉和顾容与风尘仆仆地赶到时，这两个人正在大眼瞪小眼，都没说话。江洛那是气的，回回则是无话可说。

顾容与连忙叫了声：“江洛？”

江洛回头，见到了气喘吁吁的维拉和顾容与。

回回来回打量一番，笑嘻嘻地拍手道：“太好了，你们认识。”

她说着标准的普通话，俩警察顿时齐齐瞪她。这句话把江洛看到维拉时的那点儿小心思都磨没了，转过身来狠狠地瞪着回回。

回回摸摸鼻子，走到了维拉身边。

“好久不见，听说你考上了牛津，恭喜你。”顾容与看着江洛笑道。

江洛点点头：“我也听说，你们一起去了G大。”

顾容与和维拉对视一眼，最后还是维拉说道：“嗯，当时我想跟他在一起，所以就去了。”

说完三个人便都沉默了，细细地琢磨着“当时”那个词的意思。

回回扯维拉衣角：“我们可以走了吗？”

江洛的情绪被成功地拉了回来，对她怒目横视：“你想偷我的车！”

回回不服，翻了个白眼："谁稀罕你的车，跟碰碰车似的，我就是看你的笔记本电脑还不错，难得我看上点儿什么，你就给了我吧。"

顾容与的思绪也被回回这番话语打断，难得见到一个脸皮厚得赛城墙的孩子。

江洛冷笑道："你以为你是谁？"

回回骄傲地挺胸："阿朱，报我名字给他听，吓死他。"

她的名字很凶狠吗？维拉有些无语，还是依言说道："她叫回回，是来我们家做客的。"

回回顿时得意扬扬，虽然维拉并不明白她有什么可得意的。

江洛眯眼看着眼前的二百五："回回，两个回，怪不得那么二。"

回回是南方人，不明白二是什么意思，维拉不知道她理解成了什么，只听她挺着胸道："当、当然了，我可是青藏……朗玛峰，高啊，厉害啊。"

看这文化水平，江洛冷笑，正想以牙还牙，就被一旁的维拉抓住了袖子。

"阿洛，算了吧。"她第一次叫他阿洛，为的却是这件事。

算了吗？不过看眼前的人还真是个傻子，要吵架还真是降了档次。

"这次我给维拉一个面子，不过下次你再给我弄出个子丑寅卯来，就别怪我失了风度。"

回回听着他的话，头点得跟捣蒜似的，竖着大拇指直夸他："我就知道你是个好人。"

江洛不禁有些小得意。

回回蹬鼻子上脸："既然你那么好，那能不能把你的笔记本电脑给我啊……"

江洛的眼睛顿时又眯了起来。

顾容与握拳，尴尬地咳了几声。

第一次遇到一个能把江洛气得暴跳如雷的人。

回回，真是个人才啊！

# 第十二章 冬日永远的肃杀

江洛在家的那些天，回回定是每天都要去骚扰一番的，几天后便高兴地抱着江洛的笔记本电脑回来了，笑得合不拢嘴。

子慕看到回回笑得跟个贼似的，也不由得摇头了，果然还是要讲缘分的呢。

不过，如果是回回也不错。

江磊也请假回来看弟弟，知道他是遂了自己的梦想，着实为他高兴。

他的经历跟顾容与很相似，所以特别理解他。

江磊拍着顾容与的肩膀说："我知道你不欢喜，当初我也是这样的。只是这么多年过来，却是真的喜欢上当兵了，然后打心眼里感谢我爷爷。因为爷爷以他的经历告诉我什么才是最好的。我跟你说这些只是想告诉你，不要对这个行业失望。"

"江磊哥，你有过不甘心吗？毕竟这个梦想最初不是自己的。"

"嗯，不过又有什么关系呢，当当兵变成了一种信仰，之前的梦想都淡了。"

"信仰？"

"虽然现在你听着太空太泛，但是你终会明白，心里真正把国家装进去的时候，随时可以为了她牺牲，梦想还算什么呢？"

"是真正觉得'天下兴亡，匹夫有责'的时候吗？"

"对。"江磊笑，"你很聪明，我相信这个坎你肯定能过去的，而且会比我当年要快很多。"

顾容与低头思索了好一阵子，才问："江磊哥有女朋友了吗？"

江磊愣了愣，没有想到他会问这个，却老老实实地回道："没有。"

"没遇上合适的？"

"是没有那个心思，我准备去当特种兵了，比不得别人，除非能内部解决，不然还真不好意思让人姑娘等我那么久。"说完想了想，问道，"怎么？你也有这种顾虑吗？"

顾容与点点头。

江磊想了想："那姑娘不是跟你到了军校吗？"

顾容与不好意思道："大家都知道我们选了同一所学校吗？"

江磊哈哈一笑："都说苏叔叔几次都想逮着机会回来削你，人姑娘那么高的分数，去到哪儿都是宝贝疙瘩，跑去军校吃苦还不是为了你小子吗？"

"所以我更害怕，害怕把她的路带岔了。"

江磊点了一根烟，问他："抽不？"

顾容与摇摇头："还没学。"

"学学吧，有时候这家伙还挺管用的。"说着扔给他一支烟。

顾容与接过，点上，尝试着吸了口，差点儿被呛得找不着北。

江磊笑着拍拍他的后背："管那么多干吗？船到桥头自然直。别因为你父亲的事情有阴影，你不是他。"

顾容与身体一僵，没有说什么。

"好了，当兵的说那么多虚的干吗？在特种兵营等你，四年后你过来，我们并肩作战。"

"好。"顾容与点点头，"你已经决定去当特种兵了吗？"

"对，最近在抓紧练习，准备甄选。要不是阿洛这一出，我还不一定会回来。"江磊撞他的胳膊，调笑道，"别光说我啊，我倒想知道你姑娘会不会也跟着你到特种兵营去。"

"特种兵营一般不招女兵。"

"我倒是觉得那姑娘有那个能耐。"

顾容与摇摇头："我不希望她跟我一起去，太危险了。"

江磊不语，吐出几个烟圈。

"算了，咱们不说这个了，怪难受的。对了，听说阿洛那小子对维拉有点儿意思啊。"

顾容与苦笑，看来这件事也是尽人皆知了。

"没关系，不用管他，他就是见不得姑娘跟了你没选他罢了。等他遇到自己真正喜欢的姑娘，对维拉就没心思了。哎，这几天好像就有个姑娘老缠着他呢，看他满脸不耐烦，我想他心里应该是乐得不行。"

"回回吗？"

"原来她叫这个名字啊，阿洛不是叫她二回就是四口，我们问她名字她老能绕回她的话题去，问阿洛他就黑脸不答。不过，如果他真不耐烦那姑娘，早就一扫帚把人家挥出去了。听说那姑娘还撞了他的车，啧啧，他不生气也就算了，居然还以德报怨给了人家一笔记本电脑。我听说的时候真是叹为观止。"

江磊乐得直拍大腿：“我可很久都没有见过这么有趣的姑娘了。”

顾容与也笑：“我也觉得他对回回是真的特别。”

江洛的升学宴是在一个私人会所办的，挺奢华，收到请柬的人非富即贵。苏家也收到了，而且很不客气地去了四个孩子。

回回想不出给江洛送什么礼物，抓耳挠腮想了几天，人家都送了她一台笔记本电脑，她不能太寒碜吧？她能在顾容与那儿拿的钱不超过五百，而回回也觉得五百块买不了啥东西，还不如等此人仙逝后烧给他，还能换好几麻袋的冥币。

维拉提示她：“自己做！”

回回如梦初醒，竖起大拇指直夸维拉。她觉得自己擅长画画，而且送画，多有内涵啊。

子慕也好声好气地问她：“是油画国画还是水粉画？”她也在学画画，可以为她提供材料。

回回又是抓耳挠腮想半天：“有什么区别？”

子慕满脸黑线：“你不是说自己擅长画画吗？”

子慕去海家跟海洋借蜡笔，这一举动直让回回将她引为知己。八岁的海洋怕别人弄坏他的蜡笔，也跟了过来。

“我该画些什么呢？”回回皱眉，抓脑袋。

海洋骄傲地摊开自己的作品：“姐姐，你可以临摹我的。”

维拉探头看去，他只画了一个歪歪扭扭勉强可以称为圆的东西，用蓝色和绿色胡乱涂在了里面。这都是什么跟什么啊，原本想夸他的维拉霎时找不到了词语。

回回却伸出了大拇指：“这地球画得真好。”

海洋高兴地搂着回回的脖子，因为回回是第一个能一眼看出他画的是什么的人。扯开了这张，给回回介绍他下一张画：“我画了老虎、狮子和绵羊，你看看。”

海欧探头看去，也想找词语夸海洋，可当他看到只有小圆圈和几棵草的时候，几不可察地摇摇头，想着过几天要不要给他报一个绘画班。

回回重重地亲了他，告诉他他画得很好，问他是不是老虎在欺负绵羊，之后被狮子赶走了，绵羊受到了惊吓躲到了洞里？并且说她可以帮他把汤姆猫与杰瑞鼠画上去，让它们在山洞里追逐打闹，有了它们他这画就更生动了。

海洋笑着笑着就安静了，亲了亲回回：“姐姐，你最聪明了。”

忽然间，维拉觉得嗓子眼被堵住了。

“你们很美，但你们是空虚的。”小王子仍然在对他们说，“如果我对他们说，我看到一幢用玫瑰色的砖盖成的漂亮的房子，它的窗户上有天竺葵，屋顶上还有鸽子……他们怎么也想象不出这种房子有多么好。必须对他们说——我看见了一幢价值十万法郎的房子。那么他们就惊叫道——多么漂亮的房子啊。”

她好像突然读懂了《小王子》。

可惜的是能读懂这个故事的人都已长大。

我们长大了，眼里能看到更多东西了，可是心却越来越狭窄了，整日忙忙碌碌却不知道自己究竟要努力的是什么，可是孩子们懂啊，只要对一朵花笑，所有的花都会对你笑的。

终于我们，不再年少。

就像永无岛上的彼得·潘，其实我们都去过那个地方，只不过后来孩子们都离开了独自长大，只是偶尔也会想起彼得·潘，少了他，虽然我们还是会有欢乐，但是会笑得有些落寞呢。

从什么时候开始，已经听不到那真诚的絮语，也不能理解那样的纯粹了。或许是见到的丑恶多了，保护色多了才能很好地活下去。

好羡慕好羡慕回回，她的家人把她保护得那么好，她随着大家长大了，却依旧天真。这样的孩子似乎是一个很美的传说，能让人在虚无中看到真实。

这样没什么不好的。

直到这一刻，维拉才正视回回，那个好像什么都不懂，实际却比他们懂得更多的回回。

维拉笑出了眼泪，她搂着回回说：“给江洛画一本书吧，你想说的话都在里面了啊。”

回回眼睛亮了：“好主意！”

如果江洛能看明白，他也就读懂了你。

如果他不能理解你，是不配站在你身边的。

你身边，一定要是一个明白你的美好的人。

宴席四点开始，照着西式办的。大厅有很大的一个舞池，有人轻搂着跳舞，有人捧一杯红酒轻笑交谈。

酒宴上，维拉坐在顾容与的边上，一杯一杯地抿着红酒。顾容与看得皱眉，握住了她的手，维拉耸了耸肩，放下了杯子。

原本应该是豪放非常的回回，此刻却文文静静地拿了一杯橙汁一吮一吮的。

回回谨记哥哥的教诲，不能喝酒千万不能喝酒！所以除了喝橙汁就在低头夹菜，把自己的腮帮子塞得满满的。

江洛和江爷爷敬到他们这桌的时候，不能喝酒的都意思意思端了红酒，只有回回举起一杯果汁。

江洛见此，挑眉道："喝酒不喝白，感情上不来……"

说着，他还凑到回回耳畔低声问："你不是还说要以身相许吗？"他可是记得这厮为了一笔记本电脑就把自己卖了的事。

回回觉得他说得有理，也小声回道："待会儿出事了你别怪我啊。"

江洛不以为意，能出什么事。

回回很快就给了他答案，效果是立竿见影的。只听一个大大的打嗝声，让刚欲离去的江老皱了眉。江洛也暗道不好。

维拉见她面色红润，赶紧摇她，叫魂："回回，回回！"

回回甩开她，站到了凳子上，抬起一脚踏到了桌上，叉腰，然后仰天大笑三声。大手一挥，再鼓成一个喇叭状，神秘兮兮却又很大声地跟维拉说："悟空，为师昨天悄悄地把八戒给炖了，你去看看他熟了没有。"

维拉哪经历过这场面，当即愣了。

江洛咳了声，扯她袖子："回回，下来，下来！"

回回皱眉，看着江洛的脸，捏了捏："身份证拿来，我们去离婚。"

江老在一旁脸已经黑成了锅底，江洛也哭笑不得，只有远处的江磊在捶桌大笑。

子慕凑了过去，拍回回的脸："宝贝，醒醒哎，太丢脸了啊。"

回回眯着眼睛看她，然后拿起旁边的一杯酒，对着江洛和江老的方向："忘年恋啊，祝你们永结同心，早生贵子。"

顿时，周围都是憋笑的声音。

那一声忘年恋似曾相识，苏老干咳，身子往后欠，假装这姑娘不是他带来的。

江老正想发作，却见回回喝完了给他们敬的酒，眼皮一翻晕了过去，倒在了江洛的怀里。

回回一战成名。

维拉笑了，心里却是满满的羡慕。

什么时候才可以不顾一切地飞扬跋扈？

时间越发接近开学，维拉感觉身边的人越发黏糊起来，子慕也不回自己的房间睡觉了，每晚都搂着她说心里话，说说她那青春期的忧伤，在维拉看来是那么美丽的哀愁。

那是活泼却有些娇气小矫情的子慕，会任性又很懂事的子慕，维拉一直羡慕着的子慕。

“子慕，你有没有想过以后要做什么？”

“一个演员吧，我一直很羡慕他们，尝尽世间百态，不断地挖掘着自己被掩盖的另一面，我觉得这样会让我变得丰富。”

“我不知道对于演员还可以有你这种诠释。”

“姐，你知道吗？上次我搭出租车的时候，听司机跟我叨叨了很久，义愤填膺地说刚刚他拒载了李奶奶。可是我听着好羡慕，这是当演员的最高境界了。她是一个很慈祥的人，但是演的戏能让人恨之入骨，作为她另一个形象被传承了下来。你说，这是不是很好呢？”

“你的梦想很伟大。”维拉摸摸她的头，“我很羡慕你。”

她好像从来没有想过未来真正的样子呢，没有想过将来她会是什么样子，顾容与是什么样子，只是觉得大家在一起便好。可是人真的不能一直活在梦里，醒了，才能面对现实。梦想不能寄放在别人身上啊。

“那姐姐你的梦想是什么？”

维拉摇摇头：“不知道。”

缺了梦想，好像没了方向。

维拉往外看去，路还那么长，她该怎么走呢？

真的应该好好想想了。

维拉和回回剪了短发，很帅气。

简单收拾了些东西，因为生活用品学校都会发下来，所以行李很少，跟维拉刚来的时候一样少，可心情却不一样的。

去机场那天，一大家子人都去送了他们。

顾奶奶心疼地摸孩子头发，直叹可惜，回头猛拧孙子的腰，让他好好照顾人家，她可只认这个孙媳妇的。

子慕送了一本相册给她：“每年的生日，爷爷都会带我去照相。我听爸爸说你小时候没怎么照过相，缺失的我们补不回来，我只能把这个给你，聊以慰藉。”

维拉翻开，嘟嘴的子慕，微笑的子慕，搞怪的子慕，一点点长起来的子慕，那么鲜明。

维拉摇头，摆手："不……子慕，这太珍贵了。"

"没关系的，我的照片在海欧那儿都有备份，我要的时候跟他拿就好。"

维拉却之不恭，只得收下，轻声在她耳边说："注意身体，不用太拼命了。"说着眨了眨眼睛："高考有我呢，你想考去哪儿都成。"

子慕笑着说好。

苏老站在后面，维拉看着他，觉得他的头发又斑白了不少，突然就觉得自己很不孝顺。历经十五年才回到的家，才待了多久就要离开了。

苏老叹气，拍拍孩子："去了军校，给爷爷争口气，咱们是军人家庭出来的孩子，要当排头兵，不能给别人瞧低了去。"

维拉眼睛亮晶晶的，吸了吸鼻子："嗯，我一定不给爷爷丢人，让别人知道我们苏家的孩子也是好样的。"

苏老深深地看一眼站在维拉边上的顾容与，顾容与却好像知道他要说什么似的，点头道："苏爷爷放心吧，我会好好照顾维拉，不让她受委屈。"

顾老一直在后面，此刻也出声道："如果他小子不老实，我第一个削了他。"

维拉看了看笑得那样优雅的顾容与，低了头。

曲老笑道："你们倒好，都找了门那么好的亲家，我家那傻小子也不知道有没有姑娘要他。"

曲奕不满道："爷爷，我这都要走了，您就不能不损我吗？"

苏老被他逗乐了："奕子，你爷爷当年在战场上可是一把好手啊，别跟你爷爷扯后腿了。"

"当然！我绝对把他拍死在沙滩上！"

一向严肃的顾老也被曲奕逗笑了，拍他脑袋："臭小子，从小就没大没小的，是该放到军营里管教几年。"

江磊和江洛也来了，江磊也在G大，跟他们一起回去。

江洛不用QQ，只用Facebook，但是回回只有QQ，江洛只得申请一个加她，看到小鸡头像下她的QQ名的时候，对着回回发了一晚上飙。怪不得呢，拿他电脑说下片快。

回回视而不见的本领早就练出来了，任江洛的头像老在抖啊抖的就是没理他。手机就更不用说了，形同虚设。

“你一个女孩子怎么能……”当面见到她定是要教训的。

回回捂耳朵，假装失聪。

江洛掰开她的手，拧她耳朵：“把我的笔记本电脑还回来！”

回回提脚顺力，双手把笔记本电脑抱得更紧了：“你都给我了！没有还回去的道理。”

子慕看得好笑，走过去对江洛说：“江洛哥，你给她也是没关系的，他们去到学校电脑会被没收三个月，等军籍下来才会还给他们呢。”

江洛闻言，放开了回回，回回赶紧抱了笔记本电脑跑得远远的。

“子慕……”江洛看着子慕，眼神复杂。

子慕摆摆手：“没关系了，江洛哥。”

江洛看着她释然的眼睛，叹气道：“我还是要跟你说一句对不起。”

子慕微笑着点头应下，这一句“对不起”，她受得起。

海洋今天一副小大人的样子装正经，不过临了还是哭了，抱着哥哥姐姐直喘气。

他一哭，大家也都收不住了。

尤其是回回，搂着海洋哭得比他还大声。很外向的哭法，但是很真实。

“姐姐，你走了就没人能看得懂我画里都藏着些什么了。”

回回亲他：“没关系，你都收起来，下次一起给姐姐看。”

安检的时候维拉不住地回头，她的家人们一刻不停地在对他们挥手。

擦干泪登上飞机，维拉知道，接下来又是一个新纪元了呢！

除了思念，什么都带不走。

维拉和顾容与并不在一个校区，隔了一个小时的车程。他们收到通知书的时候没有细看，到了飞机上，听到江磊问，才知道大学还有校区的区别。

维拉在一号院，而顾容与在三号院。

江磊说学校的管理很严格，同一个宿舍每个星期只能出去一个人，可一个宿舍有八个人呢，好像要见一次面真的挺难的。

回回问她：“阿朱，你后悔吗？”

后悔吗？实在不好回答，有些失望，却好像又松了一口气。

到C市后，维拉刚出机场就看到回安在那儿等他们了。回安跟回回长得很像，只是回回略显稚气的五官长在回安脸上却是英俊非凡。

他对回回很不客气，回回一犯傻就揍她，但是从一些细枝末节看来他还是很疼妹妹的。

"回安，那么久不见，你都下垂了。"回回刚见到回安就盯着他的胸惋惜地说。

后面一众人尴尬，扭过脸去，只有曲奕的眼睛直直地落人家胸上。回安穿了一件紧身的衬衫，他的身材很好，隔了衣服都能看到他矫健的胸肌。

回安也是习惯了的，唇角的弧度都没变："回回，你也是。"

回回不客气地把自己的包塞到回安怀里，然后眼巴巴地看着他："你有没有把我的本拿出来？"

回安翻了个白眼："没有，爷爷恨不得把它扔粉碎机里，我看到它的时候没有一个零件是齐全的。"

回回顿时捶胸顿足。

回安给了她一个爆炒栗子后越过她，跟维拉他们一一打了招呼："这些天麻烦你们了。"

曲奕连忙伸手回应："是挺麻烦的。"

回安蜷缩了拳头，放在嘴边轻咳："我订好了宾馆，大家先过去稍作休息吧。"

江磊没有跟他们一起，而是首先回到学校继续准备他的甄选，他说报到的那天再过来带他们一起去。

他们先去的是维拉和回回的一号院。

那一天很多人去报到，穿着便服，神情兴奋紧张的是新生。老生都穿着军装，肩章在阳光下熠熠生辉。不少新生家长不放心，抓着他们，有无数的问题要问。

老生经过了几年的训练，大多是沉稳内敛的。他们面对着新生家长的时候，也挺无奈的，大家都背过保密守则，不能说的话绝对不会多说一句。他们语焉不详的，家长们更是着急，既有对儿女们未来生活的担忧，也有普通百姓对军校的浓浓兴趣。

可怜天下父母心啊！

江磊拍了拍顾容与的肩膀，看着眼前几乎是清一色的男生，意有所指："看牢你家维拉，咱们学校僧多肉少，是恐龙都会被捧成玛丽莲·梦露的地方，何况那么漂亮一小姑娘。"

顾容与倒没放在心上，淡然一笑："不用我看着，这姑娘一直倒磕呢。"

说者无心，听者有意。维拉当即丢给顾容与一个白眼。

"兄弟，别怪哥不提醒你，小心驶得万年船啊，咱学校的男生不差的。"江磊也看见那姑娘的眼神了，理解岔了，乐得厉害，"今儿个早晨我们宿舍的那几个听说我要带俩姑娘去报到，全身上下整得干干净净，恨不得把腋毛都剃了就要跟来，要不是想着你小子，我早跟他们卖个人情了。”

维拉似笑非笑：“听到没有，巴结点儿我，说不定哪天我就跟人跑了。”

回回也点头，挺了胸脯，把维拉的话原原本本地跟哥哥说了一遍。

回安眉头一挑：“只要有人肯要你，你就是跑到火星我都欢送。”

曲奕凑了过来：“那你就把她送我家来呗，多好一姑娘。”

回回听到，更是得意扬扬。

回安沉默了许久，端详了回回许久，才回问了曲奕：“你确定你说的是回回？”说着把回回往曲奕面前推了推，还拍了拍孩子的脸：“是回回啊！”

回回满脸期待兴奋地看着曲奕，歪了脑袋，也不管哥哥在拍她的脸。

曲奕嘿嘿一笑：“当然，当然。”

维拉有些诧异地看着江磊：“那江洛是怎么回事？”

江磊幸灾乐祸道：“估计又是那小子一头热。”

顾容与也笑道：“回回和曲奕都是一竿子捅到底的单纯孩子，你什么时候问问他们就知道了。不过我觉得他们好像还不知道什么是爱情。”

维拉得他提点，看着跟曲奕勾肩搭背的回回，叹气：“看起来好像是的。”

可是，我们又明白了吗？

军校的报到地点是在队部，报到的时候找的是政委和队长。

政委反复地看着他们的资料，和蔼地问道：“你们都是军人家庭的孩子吗？”

他们随即点头。

同是军人的政委，对他们比对其他学生多了一份尊重。好好地鼓励了一番，言语中有着军人的骄傲。

领了生活用品和宿舍的钥匙，江磊就带他们去了宿舍楼。

沿途看维拉和回回的人挺多，想找借口来搭讪吧，看到旁边已经有了那么多的男生，估计早被人捷足先登了。

维拉她们的宿舍在三楼比较偏僻的一个地方，江磊说这儿挺不错的，老师查寝的时候也不会太严格。

维拉和回回都是没有住过宿舍的孩子，对学校的生活挺向往。

到宿舍的时候，已经有三个同学在了，清一色的短发，都挺朴素。维拉后来才知道，到这儿来的孩子要么是真的喜欢军校的生活，要么是冲着他们白金般的专业，要么就是家庭情况不大好的。他们是带薪念书，还包分配，在中国，这样的大学为数不多。

后来按年龄排了号，维拉最小是老八，回回是老七。眼前的三个人是大姐、四姐、五姐。

一一打过招呼后开始整理行装。

维拉的床位是靠着窗口的上铺，窗外种着树，空气里有一股清新的味道，令人心情也跟着愉快起来。

回回仔细看了自己上铺的名字，拍大腿赞叹："兰陵王，真有气势啊。"

维拉正嘀咕着没听过那个姓，回安淡淡地一瞥，为人家正了名："人家叫王兰陵。"

宿舍里的人都笑了出来，感觉距离一下就拉近了。

维拉在床上挂蚊帐，顾容与在下边搭把手给她递绳子。回回却是笨手笨脚的，把蚊帐扯来扯去唯恐扯不出一个洞，江磊看着无奈，从她手里接过了蚊帐，快手快脚地挂了起来。回回看着江磊帮她挂，也没啥感激之情，还指挥着曲奕把桌子擦了一遍，然后把她的本本端出来玩起了游戏。

回回的网游玩得很好，可以算是神级的操作了，鲜少找到对手。当她知道曲奕也玩时，兴冲冲地拉着他一起，没想到遇到了对手，神迹的神迹！回回几乎要感动得涕泪俱下，拉了曲奕讨教操作。

回安端着给回回刚洗好的衣服出来时，看到的就是这幅画面，江磊无怨无悔地帮回回整理着床铺，而回回和曲奕在打游戏。回安重重地扔了那桶衣服，就跑过去提溜起回回的耳朵。

回回这次倒是没躲，她在操作着键盘打怪呢，耳朵被哥哥提起来的时候，眼睛都没离开屏幕一下，嘱咐曲奕："看好我哥，别让他砸我本本。"

曲奕点头，伸出一只手定住本本，另一只手在屏幕上指指点点教她走位。

回安登时气得四处找竹条，最后在门背后找到一个扫把，正想扬了扫把过来揍她，被江磊拦住了。

"你说说哪有这样的女孩子！自己的衣服放着多少天没洗了，连蚊帐都不会挂。以后有人敢娶她，我给她倒贴一千万当嫁妆！"

"算啦，兄弟，让她嘚瑟两天，以后用不着你揍她，这里的教官都很严格，她一淘气人就能把她练死。"

回安这才放了扫把，尽量平息着怒火。他一贯是个优雅的人，只是在面对妹妹的时候时常会失了理智。家里人也都拿她没办法，只得合计着把她送到军校来好好磨磨性子。

宿舍的人都偷偷地往这儿瞟，但是眼神此时却有些疏离了，有羡慕，也有嫉妒。大概中国人骨子里都有一些仇富心理，除了一些觍着脸上去倒贴巴望人家赏点儿啥的，大多对富人不大待见。

维拉收拾好床铺，就听到自己的手机响了，顾容与从她的包包里把手机拿了出来，给她递过去。

维拉一看是国外的号码，觉得只可能是江洛了，接了起来，果然是他。

维拉没说几句话就把手机从耳边拿开，耸肩："找回回的。"

说着，她让顾容与把手机给回回递了过去。

回回这厢正忙着，听说有她的电话，连连让顾容与挂掉，她没空接啊！

顾容与还是第一次见人这样，又不是什么名人领导，不问是谁也不问是什么事，当即让人挂断的。

顾容与无奈地接道："是阿洛吗？回回现在没空，要不你待会儿再打过来？"

江洛的口气不大好："她在干什么呢？我连着给她打了两天电话了，一个都没接我的。"

顾容与知道回回把手机当空气用的习惯，暗笑："她在……玩游戏。"

江洛磨牙："叫她听电话！如果她不听就告诉她我的笔记本电脑里有植入木马，她再不接电话我就把主盘给黑了。"

顾容与一字不落地给回回做了传声筒，那姑娘身子跟筛子似的抖动了一下，耸起了右边的肩膀，脑袋也歪到了右边。

顾容与不解："什么意思？"

曲奕伸手拿过手机，然后给回回凑过去，顾容与才知道那个是夹手机的姿势。

"为什么不接我电话？"江洛此时的脸比锅盖还黑了。

回回眼睛不离屏幕，跟着上面的小人儿四处转着："国际长途，贵啊。"

"我不是给你充了一千块吗？谁让你省这些钱了。"

"……"

"说话！"

"怎么办怎么办？我一直在掉血……"

"你怎么了？"

"我没有药了啊。"

“是不是磕着碰着了？你快说话啊！”江洛语速很快，是真急了的。

“死了。”回回鼻子一酸，就真的掉豆豆了，“我听说要刷好多天才能遇到这个怪啊，我还想等它掉块石头下来我去炼一把好剑呢。呜呜呜！”回回直起脑袋一抽，手机就掉了下去。

然后就断线了。

那种一拳头打在棉花上的感觉真的让人无所适从，江洛磨牙，萌生了想拧死她的冲动！

回回！

他们去三号院之前，回安说要去拜访一位叔叔，就不跟他们去了。他叫了维拉，维拉见他欲言又止，就跟他到了一处僻静之地。

回安沉默了好久都不知道该怎么开口，最后还是维拉说道：“我会好好照顾回回的。”

她开了头，回安也松了口气：“麻烦你了，你知道……回回一直不大靠谱。”

维拉笑着摇头：“回回是我见过的最美好的人。”

回安见有人这么夸自己的妹妹，自是开心的，刚刚的客气疏远少了几分：“平时你多帮衬着点儿，她的被子是高考后才学着叠起来的。对她不要太纵，让她自己也学着点儿。”

维拉一一点头应下：“我明白的。”

“回回，就拜托你了。”

维拉看着回安认真的眼睛，这是一个哥哥的嘱托，那么庄重，那么……温馨。

开学前的最后一晚，维拉和顾容与在酒店附近的公园里散步。维拉坐在秋千上，顾容与在后面轻轻推着。

这次算来，是他们之间的第一次离别，意料之外的离别。

有时候总以为很近了，但还是隔着一道鸿沟。

那一天恰逢火烧云，妖艳放肆地蔓延了整个天空，举起来的手都被天空染红了。不知是不是因为有这样的天空，所以维拉总是无法回忆起那天顾容与的脸。

南方的夏天走得很慢，太阳快下山的时候，晚风才送来一阵凉意。这样的天气或许特别容易伤感，前尘往事涌来，夹杂着对未来的不确定感。维拉多么希望自己在编写一本小说，那么她便可以给自己安排一个美好绮丽的结局。但在这个陌生的地方，霎时觉得无枝可依。

“从爸爸那儿回来的时候，我就在想很多事情我是不是做错了，所以才会造成今天这个局面。”顾容与苦笑，“你说，如果我早一些明白过来，你是不是就会过得比现在更好？”

“容与，你想说什么？没有一件事情比我们不在一起更可怕了。你不知道，跟你在一起的日子，我每一天都是笑着过来的。之后也是，即使我们不在一起，但是我知道你也在跟我做着同样的事，我就会很开心。”

顾容与摇摇头：“前几天，我跟江磊哥聊天后，我觉得我们这事儿，真的不能这么办。”

维拉心跳如雷，有了一种不好的预感。

“你需要的是一个给你安定令你安心的男孩子，我不是。”

顾容与担心他会变成顾之安，而维拉会变成海晴。他清清楚楚地看见妈妈这些年是怎么过来的，顾家的男人都许了国，还能拿什么许给身边的女人呢？维拉跟着妈妈和外婆辗转了那么多年，好不容易有了一个遮风挡雨的家，他身上没有她想要的安定，怎么忍心再让她身陷桎梏。

维拉的表情几近哀愁：“你不给自己时间，也不给我时间，你怎么知道你不是呢？”

顾容与捂住了她的眼睛：“维拉，你不要这样看我。你一直都是一个聪明的姑娘，我知道你明白我的意思。”

“容与，我们都给对方一些时间好吗？”

“不了，维拉，我们不合适。”顾容与心里百般纠结，他不想说这种伤人的话，但与其让维拉一辈子都难过，不如趁现在大家都不够坚定，伤口还有愈合的可能。

维拉猛地抬头看他：“你说什么？我们不是说好的吗？你去哪儿，我就跟你去哪儿，难道你要反悔了吗？”

“嗯，我要反悔了。”

维拉的泪水夺眶而出：“你说这句话的意思是想跟我分手吗？”

“对，祝维拉，我们分手吧。”

维拉仰头，可是眼泪还是扑簌扑簌地流着，一阵风吹过，代表秋天的第一片叶子终于落了下来。

似乎还是在不久前，他同她说：“若似月轮终皎洁，不辞冰雪为卿热。”

容与，这些你都不记得了吗？

2008.09.01

军训开始一个星期了，天气一直不大好，早上出太阳，下午就下起了瓢泼大雨。

好像静不下心来做任何事情，每晚都沉浸于那样沉重而巨测的梦魇中，醒了后就在寝室踱步，帮快掉下床的回回翻一个身子，捧一杯白开水，靠在窗边看窗外巨大的香樟。

不知怎的，就想起了一年前的子慕，那时候的她可是跟我一样难过吧？想了好多，思绪都已经穷途末路了，才终于不再反复地回想，继而找了这个世界最美丽的景色来安慰自己。

不止一个人告诉过我——你是一个活得像大漠的人。活得像大漠吗，是隐忍是庄重是自由还是绝望？我梦见过它，梦里还有一个长途跋涉的旅人，他背着包裹，颠沛流离，不停地等待着那妙曼得足以救命的驼铃声。后来有风吹过，满地的黄沙在天地间织成了一张巨大的网，不多时便停了下来，旅人却被压在了沙下，动弹不得。

你们可以用一切的词语来形容我，顾影自怜、作茧自缚或是无病呻吟。可我比谁都清楚天亮后就必须收回我难过的权利，军帽下眼睛是不能流泪的。

时光那么用力地压过来，每一秒都被无限地延长，站直了身子手指却在痉挛。教官不停地跟我们重复军人铁一样的纪律，尽管他知道我们已经能倒背如流了。回回每一次都会被拉出来单独指导，她哭得很大声，连带着许多女孩子都跟着流泪。她几乎是瘫倒在地的，泪水糊了面前柔软的沙，她无数次地问教官——停下来好不好，这学我不上了还不行吗？这里的人她还认不全，只得过来抱着我的腿，跟当年的小拓一样哭得都喘了，她哀求着我陪她一起离开。我给不了她任何她想听到的话，每回开口都汇成了一句叹息，只得抱着她一遍一遍地哄——回回乖，你乖，不要哭啊。

我是真的很想跟你说些什么，可那只不过是一些锥心难过的话，伤人伤己。我能告诉你什么呢？只得闲暇的时候搂着你，给你这个世界上任何人都给不了的安慰。

回回是那么好的孩子，我知道她明白的道理不会比我少，她以单纯的眼光审视着这个世界，却比谁都看得明白，比谁都看得通透。擦干眼泪继续站军姿，累得不行了就继续哭，到后来她哭的时候身体都不会再颤一下了，绷着身子默默地流泪，再后来连豆豆也不掉了。我才知道这样砥砺的生活是如何把一个娇滴滴的女孩子磨炼成一个钢铁一般的军人的。

我好累，真的好累。

你说分手便分手了，那段我如此珍爱呵护的感情。虽是顺着我的话，着实给了我台阶，可是我无法漠视那样强大的理由，即使你不说，我又怎么会不知道？

你膜拜到极致的父亲和心疼到骨子里的母亲。因为你的担忧，已经不把我预留在你的未来里了。

可是顾容与，祝维拉觉得除了你，她不会再爱上别的男人了。

既然离不开，那就要创造更多的可能。你都说心里有我了，我怎么可能放手？我还是觉得，你害怕的未来，构不成我们要分开的理由。

等我好好想想，真的需要好好想想。

前方是绝路，希望在转角。

我们都要带着新生的翅膀，尽力去飞翔——哪怕打在身上的，是冬日永远的肃杀，肃杀没有温度的阳光。

# 第十三章 我这样想念你们

周末，每个班会有一个外出的名额。大家鼓捣着抽签，每个人揣着写着自己名字的小字条放在一个盒子里。回回大方地写上了维拉的名字，说是阿朱要出去见情人，她不能给她拖了后腿。

维拉捏着自己手里那张写着“回回”的字条，把头埋在回回肩窝里，许久才轻声喃喃道：“回回，我跟容与分手了。”

回回听着沉默了许久，然后就满屋子地找砖头，嘴里还大声嚷嚷：“兰陵王，我们换换，放我出去，我一砖头拍死他。”

维拉使劲地搂着她的腰，喊她：“回回，回回。你不要这样啊，他都已经很难过了。”

王兰陵眼睛往这边一斜：“他难过，你就不难过了？我半夜里好几次醒来，都看见你在宿舍里抹眼泪。”

“三姐，对不起啊，吵醒你了。”

“有什么话就去跟他说清楚，自己在这里抹眼泪算是什么事儿。”说着，王兰陵从书架上抽出了两本书，“尽快把事情解决好，我很多天没能睡一个好觉了。我去图书馆。”

维拉摇摇头：“三姐，我跟他没什么好说的了，你还是回家吧，给我们捎来一些上次你带的那种糖。你知道，回回她最嘴馋了，我还没吃几颗呢，剩下的都被她摸走了。”

王兰陵沉吟半晌：“你真的想好了？”

维拉深吸口气，用力地点点头。

王兰陵把书放了回去：“那以后你抹眼泪的时候别让我看见。”

回回心疼地摸她的脸：“你真的不用我去揍他？”

维拉摇摇头：“我不怪他。”

回回立刻转过头来跟她深情对视，略带欢快地说道：“那太好了，我饿了很久一直没好意思说，阿朱，我们去食堂吃饭吧。”

“啊？”维拉望着回回，原先的感动化作满头黑线。转念一想，不由得也随着她笑了，这样的回回，才是她认识的回回。

因为，很多事情不是一朝一夕就能改变的。

过了些日子就到中秋节了，那天的天气始终不大好，本以为看不到月亮了，下午五点多雨终于停了，刚下过雨的天空一碧如洗，很干净很悠远很空旷的样子。

队长叫她们下楼领月饼，还拉着维拉神秘兮兮地说了好一会儿话，大意就是让她把班里的女生都叫上，今晚同他们一起赏月，还说了不去不成。

刚开学的时候，他就被大二大三大四的那帮如狼似虎的男生缠着要搞联谊了，要赶在他们被外部消化之前先内部解决了。

队长是东北人，直肠子，说话不会绕弯，先是把维拉她们几个夸得天上有地下无的，再把几个歪瓜裂枣列举出来对比了好几番，听得维拉都冒了冷汗。这话要是传人姑娘耳朵里，还要不要人家活了，维拉连连打断队长的话，说我们宿舍一二三四五六七姐都会去的，只是求您说话委婉点儿。

队长憨笑："咱也懂场合不是？"

吃完晚饭，维拉跟着宿舍的姑娘们扭捏地下去了。能不扭捏吗？好好的赏月弄得跟相亲宴似的！

王兰陵眉毛一挑："你们去吧，我没兴趣，而且今晚我爸妈会过来，我就不去了。"

回回觍着脸问她："兰陵王，有没有上次那种糖？"

王兰陵嘴唇一抿，冷了脸色："没有。"

回回很没眼力见儿地软磨硬泡："怎么会没有呢？兰陵王，我同你说……"

维拉叹气，连忙捂孩子嘴："我还留有几颗，待会儿给你啊。"

回回顿时眼睛亮了，她不懂得看人脸色，也从未发现她喊人"兰陵王"的时候，人家的脸是怎么板起来的。王兰陵出身也是很好，被家里宠惯了，平日里心高气傲的，谁的账都不买。遇到个不懂看脸色的回回每天招呼她"兰陵王"，听着就生气。

维拉把几颗糖放回回手里，叹气，跟大家说："抱歉啊，姐姐们，我去队部给我爷爷打个电话，你们先去吧。"

说完，还低头问回回："你呢？要不要也给你爷爷打个电话。"

回回嘴里含着糖，头摇得跟拨浪鼓似的："不打不打，打什么打呀……"

电话是子慕接的，说了你们不在家怪冷清的，大家吃月饼的时候都不是滋味。

维拉笑了，问：“爷爷好吗？你好吗？爸爸他们回来了吗？”

子慕也笑：“都挺好的，只是家里少了你觉得怪荒凉的。爸爸没回来呢，但是让人捎了东西来，还给你带了好些衣裳，今天打电话回来的时候才想起来你念大学去了。”

一瞬间，维拉感慨良多，不知道从何说起。

子慕也知道她不好说什么，继续同她说：“本来顾爷爷和顾奶奶要过来的，但是怕容与哥打电话回来没人接，现在估计也跟我们一样在电话机旁蹲着呢。”

维拉心跳漏了一拍：“顾爷爷和顾奶奶都好吗？”

“嗯，挺好的，顾奶奶老爱往我们家跑。”说着，子慕闷笑，“估计是想你想得厉害，到我这儿借景抒情来了。”

维拉支支吾吾地说：“他们……有说什么吗？”

“还能有什么啊，老跟我回忆你俩那些小甜蜜，我听着能腻死人。”

维拉不由自主握紧了话筒，容与他……没有跟大家说他们已经分手的事吗？

“姐，你开学后有没有见过容与哥？”

维拉摇摇头，倏尔想起她看不到，低声回了一句：“没。”

维拉不想继续这个话题，让子慕叫爷爷接电话。子慕要叫爷爷的时候，却被李妈截住了：“我跟你维拉姐姐说几句。”

维拉在电话那头自是听到了的，她知道李妈有事要同她说，果不其然，李妈跟她寒暄了几句就说：“孩子，你劝劝你爷爷，他最近身体不大好，我们都劝他去医院做一个彻底的检查，都被他挡了回去。”

维拉抿了抿唇：“是痼疾吗？”

“嗯。”李妈说道，“最近发作得厉害，晚上总听见他屋子里有些磕磕绊绊的声音，我敲门进去看见他躺在床上捂着肚子疼得不行。我去叫医生来，人家都说得去大医院查查。可我一说带他去医院，他就跟我们置气，说为了这么点儿毛病就上医院丢人。”

“好的，我知道了。”

“唉，你爷爷是越老越顽固，希望你的话他能听进去几句。”

电话终于递到了爷爷那儿。

爷爷问她在军校累不累，有没有后悔到军校去。

维拉摇头，说：“不累，爷爷，我挺为自己是一名军人骄傲的。爷爷，我都听他们说了，您的老毛病又犯了，去医院看看吧，大家都很担心您。”

“不用，我的身体怎样我心里有数，谁老了没点儿毛病？你不必担心，好好念书就好。”

“可是……”

“行了，没多大点儿事，去了医院那帮老家伙又得笑话我了。”

“我……”维拉还想说些什么，听到敲门声响起，只见一个脑袋探了进来，是宿舍的小六：“八儿，大伙都在催你呢，怎么这么久？”

那边的爷爷也说：“去吧，别让人久等了。如果真的严重了，我会去医院的。”

维拉没想到这通电话打了那么长时间，本来还想跟爸妈和顾爷爷顾奶奶打的，眼看大家都在大草坪等她，这才恋恋不舍地挂了电话。

维拉到草坪的时候，他们已经玩起了游戏，不少人都在逗回回，平时不接触还觉得没啥特别的，现下却觉得这孩子有趣得紧，不打趣几句太可惜。

回回自吹自擂道：“像我这么优质的女生不是随时都有的，啧啧啧，多少年才出一个。”

众人嗤笑：“是啊，像你这么幼稚的女生，百年难遇。”

维拉来的时候正好听到这么几句，不由得笑着伸手揉了揉回回的乱发。

队长见到维拉这才过来，埋怨了几句，就挥手叫大家围过来：“你们这几个姑娘都过来，咱们都是军人，不兴扭扭捏捏那套。你们就直说了吧，谁家里是有了爷们儿的，感情如何，我们挖人墙脚也得有道德。来来，没爷们儿的先举手。”

维拉犹豫了，想到刚刚子慕同她说的话，来来回回举了几次，每回都是举到一半就放了下来。

男生们看着维拉要举起来的手，嘴角都要笑到眼缝里了，但是看她举举放放，心里痒得不行。

队长不满意道：“维拉，你这是什么意思？别打趣我们啊，到底有还是没有？”

维拉沉吟的时候，就看到另外一大票人压了过来，黑压压的一片，老吓人了。维拉暗自掉冷汗，可别是要打群架啊……

“他们是狗鼻子啊，我们队的姑娘藏那么深都被发现了。”队长骂了一句，然后挠头，“你们几个姑娘坐到中间来，兄弟们围起来，快，别留缝儿，堵死他们。”

维拉她们站在中间，哭笑不得。

队长搓着手迎向对面带头的人：“郝师兄，巧了，也赏月呢？”

郝师兄眉毛一挑，眼往姑娘们这边看过来：“胖墩儿，你啥意思啊？”

“哎，我都不稀罕说他们，见人姑娘漂亮非得贴上去，抠都抠不下来。”听队长这么说，郝师兄侧了头，示意后边的男生都坐下来。他们齐齐向队长翻了个大白眼，刚要坐下却离了原来的地儿，到远处静坐反对。

胖墩儿乐了，向他们招手：“快来，快来，我这辈子都还没喝过这种酒，都来抿一口。”

大部分男孩儿都颠儿颠儿地去了，剩下的继续静坐。新一拨男生围了过来，那眼神瓦蓝瓦蓝的，囧得维拉一直都没好意思说话。

还没等他们说些什么，队长的声音又传了过来：“维拉，你倒是说啊，你有爷们儿没有？”

这次维拉轻轻地点了点头，回回却代她回答道：“没有。”

男生们又想刨墙了，齐刷刷盯着维拉，把话说清楚了，到底有还是没有！

回回也愣道：“阿朱，你们不是分手了吗？”

维拉抿了抿唇，沉默了。突然有人牵住她的手，只听耳边响起熟悉的声音：“我怎么舍得跟她分手？”

话音刚落，乔时的胸口被同伴重重地捶了一下：“行啊你小子，什么时候下手的？连我们都瞒着。”

乔时不以为意地耸肩：“我们高中的时候就暗通款曲了。”

维拉愕然地注视着乔时，嘴巴张张合合好几次，终是没有反驳。

自从那次校运会他来找过她，她就经常在各种场合遇到他，此人极其擅长插科打诨察言观色，顾容与不在的时候他就围了上来，跟苍蝇似的撵都撵不走。维拉怕顾容与去打人家，也没敢告诉他。乔时家里条件不差的，要是真起了冲突，麻烦就大了。

再说，他这样替她解围也挺好，至少以后身边不会出现太多黏腻的影子。

乔时对着大家抱歉地笑，扬起他和维拉紧握的手：“本来还想瞒着的，但是大家都知道了，我们也就不扭捏了，麻烦借个道，我跟维拉换个地儿赏月。”

结果换来一众哀怨的眼光。

维拉宿舍的舍友面面相觑，谁也没有言语。其中一四五姐都见过顾容与，心里更是唏嘘，却不知道该感叹些什么。

当事人都没有弄清楚的事情，哪里轮得到她们说什么。

回回却是抱着维拉的胳膊，不停地追问：“阿朱，你什么时候跟他好上了？那个顾什么什么……”

回回抬头望天，苦思冥想顾容与的名字，大姐看不过去了，捂住她的嘴，强行把她拖走。

维拉和乔时牵着手走了好远，远到都看不见那些人了，维拉才挣开了乔时的手。

“谢谢你帮我解围，我不知道你也来了这所学校。”

“你不知道的事情多了。”乔时温柔地看着维拉，他知道自己也考上G大的时候简直喜出望外，但他以为维拉和顾容与都报的计算机专业，自己肯定没有机会了，所以填了网络工程专业。没想到峰回路转，现在居然能和维拉在一起。

乔时从口袋里摸出一个月饼，递给维拉：“今天在混乱中抢到的，双黄的，很多人都在抢这个。维拉，中秋节快乐。”

维拉接过月饼，说了声“谢谢”。远处传来欢快的笑闹声，维拉仰头看着月亮，却难得地觉得平静。

这样清澈的天空仿佛具有净化心灵的能量，胸口似乎有微风吹过，所有的事情都得到了救赎与原谅。她想起了好多温暖着她的人和事，突然明白了为什么古人总爱对月相思。

无论在天涯海角，至少此刻我们看的是同一轮月亮。

容与，我真的，好累好累了。

维拉躺在草地上渐渐睡去，乔时看着她熟睡的安逸面孔，伸了手轻轻摩挲她的脸颊，然后也在她身边躺了下来。

军训会操过后就是国庆阅兵，队长胖墩儿说过阅兵是全校学生一起参加的，维拉才有了莫大的期待。

宿舍的二姐掰着手指头数：“技术类指挥类合训类的都要一起呢，维拉，我们能见到你男人不？”宿舍里只她和小六、王兰陵没有见过顾容与，对大姐小四小五小七口中的美男子一直抱有美好的幻想。

大姐摇头：“估计那天都是黑压压的人头呢，人一埋方阵里挖都挖不出来。”

“八儿，你照片再让我瞅瞅呗。”

维拉在自己的枕头底下摸了摸，摸出了好几张，维拉看了看，挑了一张给二姐递了过去。

小六头也凑过来了：“别藏着掖着呀，都给我们看看。”说着，颤颤巍巍地指向了另一个人：“八儿，你还有个双胞胎啊。”

维拉笑着点头：“我是姐姐，她是妹妹。”

小六的手举了起来：“八儿，我可不可以要求去你家做客？”

“嗯，放假的时候欢迎大家一起来。”

“好像小七去过……小七，你不准再抠小八的东西吃了。”大姐眉眼往回回处一挑，皱眉了。

这厢，回回正卖力地抠瓶里的巧克力豆，巧克力豆都溶化了，沉淀在瓶底上倒不出来。

维拉帮回回擦干净沾在她鼻子上的巧克力：“没事，她爱吃就让她吃吧。”

小五说：“八啊，你不能这么惯着她啊。”

维拉看着回回伸进瓶子里四处探索的食指，给她递了根筷子：“挖着吃。”然后温柔地对舍友们说：“回回还是个孩子啊。”

王兰陵优雅地剥着葡萄，看维拉一眼：“容我提醒你，咱们宿舍是按年龄排的，你排老末。”

维拉捧着回回的脸“吧唧”亲了一口：“我就爱惯着她。”

二姐摇摇头，继续之前的话题：“不说小七了，咱们来说说你男人，叫顾什么来着？”

“顾容与。”得大姐提点，二姐猛拍大腿：“对对，就是顾容与，你们为什么要分手呢？遇到那么好的不死死盯着，哪天被人拆迁了都不知道。”

“他不会被人拆迁的。既然不是我，也不会是别人。”维拉低头微笑，“我们分手，他比我还要无奈难过。”

王兰陵轻哼一声，扔了手中的葡萄：“我去图书馆。”

学校已经开始上课了，但是因为国庆阅兵，白天上课晚上还得继续军训，过得比军训还要充实。

开始上离散数学的时候，王兰陵就去图书馆借了一本*Discrete Mathematics and Its Applications*（离散数学及其应用），据说是离散数学的百科。她知道宿舍的同学虽然不说，但是都有一较高下的心理，于是课余谈话的时间少了，看书的时间多了，宿舍食堂和训练场找不到人，去图书馆找定是不错的。

维拉拿不准方向，只得鹦鹉学舌，从图书馆也借了几本相关的书回来读，大多枯燥难懂，让人看了一眼就有把它还回去的冲动。

而回回，依旧没心没肺地抠巧克力吃，空闲了就窝被子里呼呼大睡。维拉带她去过几次图书馆，没什么成效，反倒哈喇子流了整本书，后来维拉就不带着她了。

于维拉来说，国庆的阅兵就是一次震撼灵魂的洗礼。

那天她们天没亮就起床了，在操场集合后正好可以看见从地平线升起的第一抹曙光。这是大一新生第一次举行如此隆重的升旗仪式，无论在哪一个层面都挺引起重视的。

维拉不是正宗的北京人，也没有特意去看过天安门升旗，只是听子慕说过那样的场面与情怀。

“加入少年先锋队的时候，我就在这儿，那时候还哭了。”有一次路过天安门的时候子慕就说，“等到加入共青团的时候我还在这儿，不至于哭出来，但还是很激动。”子慕目光坚定地看着国旗，“以后入党，还来。”

那么肃穆的环境，维拉看着升起的国旗，身为国人的骄傲与责任重新袭来。她瞬间就明白了，为什么顾容与选的是国而不是她。

维拉直直地站在那里，看着远处破晓的天空，她告诉自己，还是可以有期待的。

她有一辈子的时间来等他，而一辈子，很长。

计算机学院派出一个方阵，选了将近一百人，维拉也被选进去了。回回攥着拳头为她加油，经过军训的磨炼，虽然她还是排在老末，但也靠谱了许多，对得起她的军帽。

进场前，维拉就在悄悄地看了，无奈周围一片迷彩和军绿，男生们个头都蛮高，视线都被他们挡了去，维拉有些挫败。

他们虽然是技术类的，但也没有白担了军校的名头，很有军人的风范。维拉没时间再找下去，就要准备调整军姿了。

学校有两辆敞篷车专门用作阅兵，维拉踏着正步经过主席台的时候，作为军人的自豪感几乎达到了极致，她眼角的余光看到旁边踏着步子的王兰陵，她也在激动得哽咽。

多年以后，维拉作为野战军部队的一员参加国家大阅兵的时候，回想的却是这个时候，这是军校给她最初的感动。

阅兵很快便结束了，维拉不免唏嘘，眉眼一转，却看到一个同样与信仰重叠的身影，眼睛一酸，很快就流下泪来。

蓦然回首，灯火阑珊。

# 第十四章 你是世界上另一个我

如同维拉初次见他的情景，他站在人群中央，却依旧那么耀眼。他黑了，瘦了，正低着头在安静地听别人讲话，时而微笑着鼓励别人说下去，风姿绰约，让人无可挑剔。

旁边的曲奕也看见了维拉，扯着顾容与的军装咋咋呼呼：“你女人！快看！制服诱惑啊！”顾容与听见他的话，微微皱眉，转过头去看维拉。他们的视线交接不过一秒，顾容与就将目光移向了别处：“你看错了。”

“怎么可能？我……”曲奕正要抗议几句，却见教官挥动着双手就要来打他，匆忙闭了嘴。

时隔多日，维拉再次看到顾容与的时候，却看不懂他的眼睛了。

王兰陵看着维拉湿润的眼睛，纳闷地问：“你在看什么？”

她随着维拉的视线，也看到了顾容与，眼睛里似乎有跟维拉一样的光芒。

维拉好想告诉她，这就是我的男朋友。可惜的是，她早已失去了说这句话的权利。

国庆阅兵后，他们会有一天的假期。

顾容与和队友们去喝了酒，原本只是几盏淡酒，后来却喝得酩酊大醉。后来队友回忆说，这是他这辈子难得失态的一次。

他搭着他们的胳膊，给他们敬酒，说的多是一些片儿汤话，说完大伙儿都不记得了。后来还唱起了歌，很老的一首歌，名字叫作《怀念战友》。

队友们都以为这首歌是给他们唱的，大家都记了好久，多年以后了解到他此时的心情，才不由得感叹。

那首歌的歌词是这样的：

天山脚下是我可爱的家乡

当我离开他的时候

好像那哈密瓜断了瓜秧

白杨树下住着我心上的姑娘

当我和她分别后
好像那都它尔闲挂在墙上
瓜秧断了哈密瓜依然香甜
琴师回来都它尔还会再响
当我永别了战友的时候
好像那雪崩飞滚万丈
啊
亲爱的战友
我再不能见到你雄伟的身影
和蔼的脸庞
啊
亲爱的战友
你也再不能听我弹琴
听我歌唱

第一学期期中考试，维拉成绩平平，毕竟不是心之所向，学起来当是任务，定然比不上别人因为兴趣认真钻研的劲儿。

别人便是回回。

真正开课之后，回回望着她每日都在唉声叹气，美腿往维拉桌上一踏，裤子一撩，细细地数起来什么什么地方又是怎么怎么瘀了的，然后转了眉眼，再去同队长打听打听如何才能转学的事宜。

队长低着头翻着笔记，连眼角都没抬："没有转学，只有遣返，趁军籍没下来，你收拾细软滚蛋吧。"

回回的微笑还没撑起来，就被队长下一句话撑蔫了："回去再念一年高三，来年见，小师妹。"

巧得很，队长的家也是广州军区的，对回回的事迹了若指掌，当然，对回回爷爷的脾气，也是略有耳闻的。

回回被遣返，后果只有一个，那便是被爷爷幽禁半年后去参加高考，然后再次被扭送回来。还有一个回回想都不敢想的下场，那就是直接被送去军营，想到就让人心惊胆战。

维拉看着在床上负气的回回，提醒道："上回我听胖墩儿说咱们学校有保送到Q

大硕博连读的，你尽早把学分修完就可以申请了。”

回回抬头，星星眼看她：“真的？”如果是保送的名额，那爷爷也管不了她了，哈哈哈。

维拉看孩子神情，憋笑：“嗯。”

当然，维拉没有想到，随口说的话回回还真的上心了，除了早上的三节课会迷瞪些，其余的课就跟打了鸡血似的。

王兰陵抱着笔记本电脑进门，闹了蛮大动静，回回头一个跑了过去：“兰陵王……我的本本……”

王兰陵眼角缝儿都没夹她：“在副队那儿，自己去领。”

回回扭头看维拉，笑容更猥琐了，学了一口子京腔：“我的片儿，阿朱你来，你来，同我一起去领，哈哈哈。”

至此，此厮的生活终于丰润圆满起来。

维拉抱回了笔记本电脑，拉好网线上网的时候，已经到了晚饭时间。

她翻看着邮箱，有些不好意思地对大姐说：“大姐，能不能麻烦你帮我打包一份回来，我这……”

大姐的眼睛往维拉的屏幕上扫了扫，心中了然：“嗯。”

维拉扭头看回回，她正捧着笔记本电脑，戴着耳塞靠墙坐着，笑得蛮不寻常的。

维拉不禁摇头道：“麻烦你也帮回回带一份吧。”

大姐倒是挺好奇，走过去，脑袋往回回处一凑，然后走出门时的脸色都是铁青的，遇到笑眯眯蹦跶着回来的小六，也板了脸：“当了军人就稳重些！”

唬得小六一愣一愣的，当即立正站好给她敬了个军礼。

维拉收回了视线，定定地看着那些邮件。

那些邮件并不是顾容与发的，但是维拉就是知道里面的内容定是同他有关的。

发件人：曲奕

时间：2008年9月28日

内容：看日期，有没有闪到眼睛？哈哈哈，我趁教授不在的时候用了。小维拉，有没有很羡慕哥哥，有没有很想哥哥？啧啧，对了，那啥，你快劝劝你家那口子，跟玩儿命似的训练，腹肌都练出来了。不行不行，在他赶超我之前你得制止了。

发件人：曲奕

时间：2008年10月5日

内容：你男人怎么回事？今天很反常啊，阅兵结束了兄弟们挺开心去喝酒，但也不是他那个喝法，喝高了还给我们唱《怀念战友》，老子又没牺牲，他怀念老子干什么？

发件人：江洛

时间：2008年10月15日

内容：看到了就让回回给我回邮件，看好她，别再让她拿我笔记本电脑看片儿！

发件人：苏子慕

时间：2008年10月28日

内容：上星期试镜，女三，爷爷不同意。

附件：定妆照。

维拉想了想，还是打了电话回家。

“喂，爷爷。嗯，子慕是同我说了。对，我们家的身份我懂。嗯，您说得很对。可是，您有没有试过，不管再怎么艰难，也要竭尽全力坚持自己的梦想。”

苏老在电话那端沉默了，怎么会没有？他是家里的独生子，却不顾家里人的反对，十五岁就上了战场，至此，戎马一生。

他小时候就经常同自己的母亲说，我要当将军。那时候村子里的人都拿他的梦想当作笑话，见了他也不忘打趣几句。说到后来便不说了，因为梦想不容侮辱，也不能只把梦想挂在嘴边。

他悄悄收拾了行李，给家里打了一张条子，从此便跟着部队了。那是一生都不会忘怀的豪情壮志，他并没有什么可以倚仗的，凭着比别人多一分的灵敏和韧劲一步一步地往上爬。在战场上，炸弹在耳边爆炸，差点儿这辈子都聋了，同行的战友被炸飞了一条腿，还是他把战友扛回来的。

无数次与死神擦肩而过，却又奇迹般地生还，或许凭的就是这份运气。

荣归故里的时候，家族的许多人早已不知所终，可能是在淮海战役中举家迁移了，可能是死在了战火纷飞的年代。来不及见他们最后一面，甚至没有机会把那些军功章一枚一枚摆在他们面前，告诉他们他做到了。

最有意义的温暖和掌声都没有了，只留下了遗憾，但是，如果当初没有参军，他必将是悔恨终生。

或许是听人喊英雄喊多了，身上的荣光太刺眼，看不到一些最简单的东西了。

想到这儿，苏老不由得摇头叹自己老了，竟然用当年连自己都框不住的条约来要求孙女。

她长大了，比当年的自己还要大上一岁，自己这样固执，为的又是哪般？

维拉说服了爷爷，随即给子慕回了邮件。

她那么清楚地记得子慕说起梦想时闪亮的眼睛，她有那么美好的憧憬，她离梦想就差临门一脚。

子慕，你是世界上的另一个我，所以我怎么忍心看着你皱眉？一直忘了告诉你，你笑起来像阳光。

维拉给曲奕的回信，却是写了许久，然后backspace，一切归零。

心里是有些安慰的，容与，原来你那么想念我。

你过得好我开心，你过得不好我也开心。

这就是你爱过我的证据。

大姐回来的时候看见的就是这幅场景，维拉在电脑前傻兮兮地笑着，看见大姐进来了，笑着看她，整个人几乎都贴到了电脑上，她说："大姐，我好开心。"

大姐揉了揉她的脑袋，把头发都揉乱了："小八，什么事情，我还没见你这么笑过。"

维拉指了指刚刚被她设成电脑桌面的子慕的照片："你看这个穿古装的姑娘，那是我妹妹来着，长得好看吧。"

大姐把手中的饭菜放维拉桌上，然后探头看："这不是你吗？你该不是拿你的艺术照唬我夸你吧？你这个坏孩子，都跟小七学的。"

"不是不是，真是我妹妹。"

大姐不理她，往她床上一躺："看那清冷的气质，像你。"

维拉静静地看着照片里的子慕，笑了："我妹妹演什么像什么。"

"你来，吃饭了。"维拉对回回挥了手，回回忙着打电脑游戏，"还有十分钟，你先吃，你先吃……我要牛肉和排骨。"

维拉走过去，拧她腮帮子："刚刚大姐出去的时候又不说，现在嚷嚷什么，过来，不然待会儿茄子都没你的。"

回回看着她，委委屈屈地跟过去，挪饭盒的时候看到了维拉的电脑桌面，乐得拍桌子："阿紫啊。"

维拉没想到她一眼就能认出子慕，笑着问道："为什么不是我？"

回回奇怪地看着她："她就是她啊，为什么是你呢？"

维拉笑了，谁说回回不大能认人的，瞧这本事，啧啧。

“刚刚我去食堂的时候遇到乔时了，他还跟我问起你。”大姐看维拉不作声，好像有些不高兴了，“你和小七的饭钱还是他给付的，如果你不喜欢人家，就别吊着人家了。”

一阵难堪的沉默，许久维拉才轻声说：“大姐，我懂的。”

回回低声问她乔时是谁，维拉回了她之后，就听到回回说：“是乔时缠的我们阿朱，大姐你说话要公平。”

大姐眉毛一挑：“谁是谁非我们心里有数得很。”

维拉看回回就要站起来跟大姐理论，赶忙拉住了她：“对了，江洛说要你给他发邮件。”

“哦。”回回点点头，转移了注意力，开始挑菜，“江洛不是跟那个顾什么什么在隔壁校区吗？”

维拉满头黑线：“在三号院的是顾容与和曲奕，江洛是去了牛津的那个，就是送你本本的那个啊。”

看来江洛，任重道远啊。

“原来是这样呀。”回回夹了块儿牛肉，“你说，有事没事取那么复杂的名字做什么？”

维拉严肃地看着她的眼睛：“说，我叫什么？”

“阿朱啊。”

“全名。”

回回沉默了很久，为难地扭头看小六。

维拉绷着脸，双手把回回的脸扭了回来：“回回。”

“啊？”

“把我的鸡腿还回来，还有刚刚挖走的几块鱼。”

“……”

这孩子，真的不适合群居啊！

十一月中旬，天已经完全冷了下来，是军大衣也遮盖不住的严寒。不同于北方的干冷，南方的零下几摄氏度就很要命了。

天气骤降十摄氏度的那天，维拉得了重感冒，还有些许水土不服的症状。

回回趴在床边担心地看着她，维拉带着浓重的鼻音说：“乖，你去上课，帮我请个假，回来还得给我补课呢。”

回回没说什么，给自己裹了军大衣，围了好几层围巾，就出去了。

门关上之后，宿舍里安静得不像话，耳边反而多了些许噪声。

此时此刻，她好想好想顾容与。他还好吗？把自己照顾得好吗？

自从上次大姐发了脾气，她就找乔时单独聊过，乔时吊儿郎当地没反驳：“维拉，你不能把我喜欢你的权利也剥夺了。”

“你这样……我很不好办。”

“你并不需要做什么，我只是做我一直想做的事情。如果造成了对你的困扰，那就接受我吧。”

维拉扶额，有了错误的开头，这过程就对不到哪儿去。

乔时为了让维拉答应他，在宿舍的同学面前给她施加了压力，舍友们开始对她有些不满。在她们看来，维拉就像一个脚踏两只船的无耻女人。一边对顾容与念念不忘，一边又抓着乔时不愿意放手。

就连一向跟她还不错的小六也渐渐安静下来。刚开始的时候，维拉还会同她们解释，可是后来只剩沉默。

回回也挺不受待见，这孩子脑筋大条，说话也不知轻重，没少得罪人。

于是，维拉发现她和回回似乎被孤立了。还好，不只是她一个人。

等回回发现她们被孤立的时候，已经碰了一个多星期的钉子。这孩子在这方面比较迟钝，但也不是没有感觉的木头人。

她渐渐听出了舍友话里的挖苦和讽刺。

维拉和回回的家境都不错，她们这样的对待，或许有些仇富的意味。

可是平时她和回回对待她们，虽算不上极好，但也是不差的。宿舍里只有她和回回、王兰陵带了电脑，而她和回回的电脑，几乎都是公用。

不管这对于维拉来说是怎样，但是对于回回，却是很难得的。

回回喜欢看片儿、玩游戏、写程序，但只要是人家问她借了电脑，无论如何入迷，都是会让出去的。

回回那么单纯地审视这个世界，可是她们真的不明白啊！

维拉看着回回干净的眼神，有些难过，搂着孩子：“回回，没关系，还有我呢啊。”

这次回回没有贫嘴，轻轻地点了点头。

终于学会了区别对待，“阿朱”才是真正纵容自己泼皮撒娇耍无赖的。回回提醒自己，再怎么不识人知事，对着她们，话还是要少说的。

维拉盯着蚊帐顶，把在苏家的那几年发生的事一遍又一遍地回想，聊以慰藉。

虽然他们不在，但是想到便是晴天。

她摸了摸床头的手机，突然就好想给顾容与打一个电话。翻出他的号码，反复摩挲了好几遍，拇指都抖了，但是暖到了心里。

好像鬼迷了心窍，她按了通话键，然后便如吸食了大麻的人一般，把手机紧紧贴到了自己的耳边，屏住呼吸等着。

似乎下一秒就能听见他的心跳。

“对不起，您拨打的用户已关机。”

对啊，维拉无奈地笑笑，现在可是上课时间，他又怎么会开着机呢？

维拉的手机里并没有存多少人的电话，其中就有一半是舍友家长的号码，他们找孩子，一般都会打到维拉手机上来。只是，她们着实有些不厚道呢！

她看着跟顾容与挨得那么近的曲奕的名字，抱着试探的想法拨了过去，“嘟嘟”两声过后，那边就接了起来。

曲奕刚应了声“喂”，顾容与就在下面给了他一下，凑过来低声说：“上课呢，接什么电话，你就不应该开着。”

他的声音就这样毫无防备地闯了进来，维拉听着觉得委屈极了，一下子眼泪就掉了下来。

曲奕终于有了理由噎回去：“你女人的电话，谁让你关机的？人家打我这儿来了。”

维拉的心跟刀子划拉一样难受，轻轻地喊了一声：“曲哥哥……”

“哎呀，你个小丫头片子终于叫我……怎么声音哑得这么厉害？”

“曲哥哥……”维拉“哇”的一声就哭了出来，这种情形不仅在曲奕看来是第一次，在维拉记忆里也鲜少得见。

曲奕听到她哭这一嗓子，也不淡定了，一头撞在桌子上。

“怎么回事？”顾容与看曲奕不知所措的样子，皱眉道。

曲奕颤颤巍巍地把手机给他递过去：“你家姑娘哭得跟个泪人似的，不定出什么事了呢，你问问清楚。”

顾容与的脸色瞬间便冷厉了起来，连讲台上的教授都来不及看一眼，就拿着手机跑了出去。

他平顺了呼吸，才出了声：“维拉……”

容与？是他吗？维拉浑身颤抖地握住手机，好久了，久到她都快想不起来他的声音了。

可偏偏又是这样的声音陪她度过每一个梦境，如同一个泡沫般的幻境，醒来后就消失了，她不得不提醒自己早就是一个人了。

这便是深夜哭泣的理由。

可如今呢？他的声音那么真切，为什么她的哭泣依旧停不下来？

顾容与听不到她的回应，叹气道：“你好歹告诉我发生什么事情了。”

“容与容与容与容与……”维拉叫着他的名字，带了颤音，声音哑得都快发不出声来。

顾容与不知该说些什么，闭紧了双眼，无力地靠在墙上。

明明有好多话想说，但是到了嘴边就氤氲而去。多想告诉维拉他心里也同样难过，可是又能怎么样呢？

不过徒增一个人的难过罢了！

顾容与听她沙哑的哭声，心也疼得不行：“是不是感冒了？这几天天气变化得厉害，记得吃药，最好能去校医室看看。如果回回背不动你，就让她把班里的男生找来，不要摔了……”

顾容与说着说着，声音就低了下来。好像，他早就没了说这些话的权利。

“好好休息，我挂了。”说完，他并不等她有什么回应就挂了电话。

维拉的脸依旧贴着手机，然后好像想起了什么，蓦地坐了起来爬下床。她一不小心踏了空，手一滑，人就摔了下去。但她顾不得哪里受了伤，忙不迭地爬起来，在桌面上四处找着纸笔，怕时间长了就忘了什么。

她认真地记着，他嘱咐过她的一字一句，分毫不差。

回回买好药推门进来的时候，看到的就是穿着单薄的衣服趴在桌子上写字的维拉，还有她那肿得跟馒头一样的脚。

她站在那里看着维拉，慢慢地就红了眼睛：“如果你不爱惜你自己，我也会讨厌你的。”

维拉大恸，转过身怔怔地望着回回，手中的笔就落了下来。

过后，曲奕给她打电话，维拉跟他说自己是因为生病了，腿折了，矫情了。曲奕说：“你个死孩子，你就编吧，好端端的怎么扯到腿了呢？”

维拉说：“那是真的呀，曲哥哥，我真的把腿摔断了。”

曲奕“喊”了声：“死孩子，打电话来吓哥哥，害哥哥被你男人当着人肉沙包对付了好几天，肋骨要折了倒是真的。”

维拉“扑哧”一笑：“不许你自称哥哥。”

校医说维拉的脚踝虽然没有骨折，但是也崴得厉害，伤到筋骨，估计得等到来年才能痊愈，这个学期就不必跟着大家一起训练了。

回回看着她，既羡慕又有些难过。维拉崴了脚，不能跟她一块儿了，训练的时候就没有人提点她了。

维拉知道孩子在想什么，摸了摸她的脑袋：“我们都要学会独自长大。”

因为维拉的脚受伤，回回跟她换了床铺，这样就省去了爬上爬下的麻烦。

回回每天也不贪睡了，一早起来，迅速洗漱完帮着维拉上药。打点好了就扶着维拉一起去吃早餐。

宿舍的小六看着难受，想伸手帮一把却又看见宿舍里其他人冷漠的样子，不禁收回了手。

乔时每天都会在楼下等着她们，后来经得宿管阿姨的同意，上了女生宿舍的三楼。上次他看见回回扶维拉下来，两个人颤颤巍巍的，看得让人心慌。

那段时间整栋宿舍楼的作息出奇统一，乔时站在走廊里，几乎每一刻都有妹子从他身边走过，对他点头微笑。

回回搀着维拉走了过来，见乔时扬扬得意的样子，鄙视道：“你就装吧，什么时候我曝光你那副德行。”

乔时也笑，颇为自恋地摸下巴：“我才知道我也有当偶像的潜质。”

“偶像，话那么多，还不快蹲下。”回回将维拉扶到乔时面前，他顺从地背对着维拉，半蹲下来。

回回赶紧绕到了他前面去，敞开的手心向上一抬：“小乔，平身。”

乔时怕突然站起来伤了维拉，但是见维拉半天都没有动静，只听到她偷笑的声音，才直了身子对回回笑道：“谢太后娘娘。”

回回眯眼挥了挥手：“不算，不算，你快跪回去，咱们再来一次，不能叫太后娘娘。”

维拉伸手掐了下回回肉嘟嘟的脸颊：“走了太后娘娘，要是上课迟到了，当心又要罚你跑一万米。”

回回不开心了：“不是太后娘娘，是女王。”

“好，女王，劳烦您高抬贵手，把我们书都拿下。”

“小乔，你用词甚好，甚好……”

晚饭前男生们要负重拉练，在附近的一座山林里，路不好走，上下山都不容易。

顾容与看着喘着粗气的曲奕，拉了他一把：“平时力气不是很大的吗？怎么这会儿倒是不行了？”

“你听说过哪个举重在行的跑步也牛？”曲奕趁教官不注意，解下一个小沙袋递给顾容与，“累死我了，你绑上。”

顾容与无奈地摇了摇头，接过来系上。

眼看着曲奕还要再解沙袋，顾容与苦笑道：“你倒是给你脚上留点儿东西，大家都绑着呢，你光秃秃的算怎么回事。”

曲奕想想也是，又唉声叹气地继续跑了。

“好像你家那口子耐力好得像一头牛，不知道她们要不要负重拉练。”

顾容与不语，眼睛却若有若无地朝着她所在的方向看去。他感觉皮肤有了微凉的触感，摸了才知道这是南方的初雪，刚碰到它就化了。

冬天又到了，大雁已经安然地飞到南方过冬。

你呢？如何度过那么寒冷的冬天？

圣诞节前夕，维拉的腿好得差不多了，能行走，蹦跶的时候还是会疼。

乔时不会再来，她终于松了一口气。

平安夜那天是星期天，队长胖墩儿好容易才洋气了一把，说带着大家一起过一个洋节日，只是方式比较传统——包饺子，真正的中西合璧了。

回回是南方人，过年过节吃的是粽子，所以饺子还是没包过的，可劲儿揉着那团面。她和维拉身边围着的都是一些男孩子，宿舍的女孩子在另外一边。维拉看她们其乐融融的样子，心里五味杂陈。

维拉受伤的时候，小六暗地里帮了不少忙，但是两边跑，实在不好做人。她抱歉地看着维拉，捏了捏手中的饺子皮。

维拉对着她微笑，她一贯都是被孤立的人，不伤心的。

忙碌中，一个电话打了进来。维拉用清水洗了洗手，又在围裙上擦了擦，接了起来。然后，她走过去将手机递给大姐：“你妈妈找你。”

大姐复杂地看了她一眼，有些犹豫地接过，走到了外面去听，维拉隐约听到几句：“不是让您别打这个电话了吗？怎么……”

维拉勉强扯出一丝笑容，看着其他那些假装忙碌的舍友，低头转身离去。

耳边是王兰陵轻蔑的笑声。

维拉来到回回身边，看着她脸上已经糊了无数白面，心里觉得亲切无比，沾湿了纸就要给她擦脸。

回回却打开她的手，悄悄说道："我好不容易才让自己的脸变成这样的，你不许擦！"

维拉觉得跟不上她的思维："为什么糊自己脸啊？"

"电视上都这么演的，谁揉面粉脸上不得有点儿白粉啊。"

维拉又想可劲地掐她了，想了想还是轻轻地搂住了她的腰。此时此刻，真想抱住一些什么。

大姐过来还手机的时候，眼圈都红了，很明显地哭过。

维拉本来想安慰几句，却想到现在大家的关系，又怕给她添堵，就什么也没说。看着大姐落寞的背影，心里的埋怨也渐渐消失了。

大姐家境不好，她的目标只有G大，因为这里不仅免学费还包分配。她过的是那样的生活，受的是那样的教育和熏陶，不喜欢她和回回是定然的了。

这不过是一场将心比心。

维拉晚上失眠了，来来回回地数顾容与的名字，可是都数到几千次了，还是睡不着，很生他和自己的气，把自己埋在被窝里不愿出来。

门外传来"嘤嘤"的哭声，维拉从被窝里探出头来，看了看对面的床铺，大姐果然不在呢。

她不想在这样的夜晚轻易地窥破别人的内心，可是却犹如入了魔障，坐了起来，静静地听了一会儿，才爬下床，从床底拿出两罐可乐。

这些可乐还是乔时给她送来的，上面盖了几本书，堂而皇之地就搬进来了。因为平时还算老实，所以别人并没有发现。

大姐的警觉性很高，所以在维拉走近她的时候就发觉了。她回头看着披着一件衣服的维拉，并没有多说什么，只是把头又转了回去，却不再哭泣。

维拉递给她一罐可乐，自己也拉开了易拉罐，在旁边坐了下来。

两个人许久都没有说话，到后来，大姐也拉开了易拉罐。

时间便在觥筹交错间流逝。

维拉很享受这样静谧的夜，夜晚总能让人静下来看清很多东西。大雪已经停了，橘色的路灯微亮，反倒是雪更亮一些。

她无意做大姐的那一盏灯，这样的灯光于旅人无用。东方要泛白的时候，维拉欲站起身来，不料大姐却说话了。

“今天打电话来的是我爸爸，他说姥姥病重，估计也就这两天的事了，看看我是不是可以请假回去一趟。”

维拉稳了身形，想说些什么，却实在觉得不合适。他们并不好请假，况且到了期末，大家都在准备考试，辅导员不一定会准假，即便准假了，从C市到大姐的家乡，得辗转几近四天三夜。

大姐开始讲起自己和姥姥的事，说要不是姥姥，自己早念完初中就辍学了，哪还有后来高考的机会。现在老人要走了，别的愿望没有，只是想见一见自己带成人的外孙女。

维拉虽然不说话，但是很认真地在听她的故事。

她触动了自己心中最柔软的那根弦。

因为，她比谁都知道姥姥是多么温暖的存在。

第二天傍晚，两张机票就放在了大姐的书包里。一张是C市到B市的，另一张是B市到呼伦贝尔的。C市到呼伦贝尔并没有直飞的航班，她票要得急，要找到一个最适合的中转站并不容易。后来是一个旅客临时退票，才拿到的。

回回在维拉碗里挑着菜的时候，大姐拿着那两张机票气势汹汹地走了进来。

“你什么意思？”她面无表情地看着维拉，眼圈却是红的。

维拉从回回筷子下抢回了一块鸡肉，没拿眼夹她一下。

“你一定要用这种方式侮辱人吗？”大姐又开口，带了颤音。

维拉的手顿了顿，就连回回也皱眉看向大姐。大姐的眼泪流得厉害，待维拉站起身的时候，狠狠地给了她一巴掌，然后便用力地搂住了她。

大草原的儿女，从来都是敢爱敢恨的。

打她，是因为她的自作主张；拥抱她，是感谢她的自作主张。

维拉不怪她。

“你是不是一定要用这种方法折磨我们？”大姐哭了，这是维拉这辈子唯一一次见她流泪。她总跟回回说，其实我们之中最适合当军人的是大姐，因为她是真正的铁骨柔肠。

维拉看着天花板，让眼泪流回去：“可是大姐，我没有办法啊，我不用这种方法，你们又怎么会理我呢？”

大姐当天便回去了，在晚上十点回到了家里。

她十二点给维拉打电话，声音不悲不喜。她说姥姥刚刚去世，姥姥一直吊着一口气等着她回去见她，见到了，安心了，就闭了眼睛。

大姐在姥姥闭眼后，还跟她说了好一会儿话，她说姥姥，我好像做错事情了，我有一个姐妹，她受尽了我的欺负。姥姥，外孙女不孝，你要保佑她安好。

# 第十五章 开始下雪了

维拉回来的第二天就去了顾家。

顾奶奶拉着她说了半天的话，还把这几个月做的陶瓷一个一个拿给她看，像一个孩子似的在献宝。

老人真的很寂寞啊！

顾奶奶摸着瓶子哀叹：“你说我们家容与怎么还不回来呢，在那儿也不知道他懂不懂得照顾自己。”

维拉安慰着老人，陪老人回忆着一件件孙子以往的事，聊以开解。

老人紧锁的眉头舒展开来，握着她的手，让她去给顾容与收拾房间。说他不欢喜别人动他的东西，他们在家的时候都没敢碰，现在积了许多尘埃。可是维拉你定是不一样的。

维拉说：“好，奶奶，可是我们要勾手指，您不能告诉容与我来过。”

她走进了那间窗外有爬山虎的房间，屋里还有他的气息，就连沙包上都还留着那年他渗进去的血液。

睹物思人，维拉埋在他的枕头上大口大口地呼吸，似乎这样，就离他更近一些。

时不可兮再得。

维拉花了将近一个下午的时间收拾他的屋子，尽管那人素来爱干净，东西都叠得整整齐齐，并没有什么需要特别打理的。

她的动作缓慢而虔诚，如同在做一次礼拜。

她在轻轻地擦一盏灯，一盏照亮过她和他的灯。他们在灯下相处了两年，指点江山，激扬文字，那些唇枪舌剑却又如获至宝的日子，可能再也无法拥有。

她又花了一天的时间护理那棵连理树，说是护理，可更多的时候是在看着它发呆。她甚至舍不得修剪它的一枝一叶，仿佛剪了多少，回忆就淡了多少。她拿着抹布一片一片地擦着叶子，舍不得上面落一粒尘埃。

如此怀念着他，但在顾容与回来的那一天，她却逃了。那么期待着见到他，却又那么害怕见到他。

她走遍他们一起走过的街道，不顾冰雪的严寒，躺在他们共同跌倒过的学校跑道上，看着湛蓝湛蓝的天，思绪突然飘得很远很远。

她试图去寻找那样美丽的哀愁，恍如被删繁就简的生活蒙了眼，连回想道别都乏力。只得不停地假装他还在，C市的生活就像一场梦，梦醒了，他们仍旧在这儿。

而如今，借了这样的契机，纷繁复杂的感动又一次汹涌而来。这种感动，只要默存于心中便会觉得安慰。闭上眼，一件件往事便如数家珍。

去年的今天，我们还在一起，你望着远处，我望着你。天边是红霞，眼前是你。

你的世界很大，而我的世界只有你。

几近傍晚，维拉才起身，感觉自己已经好久没有去过学校旁边的面店了。他们还是三人团体的时候，曲奕一犯馋，即便是带了午饭，也是会去吃的。

突然很怀念那里的味道。

维拉还没坐好，老板就已经认出她来："小姑娘，还是跟以前一样，牛肉面不加香菜吗？"

维拉诧异地看着老板，她几乎没怎么同他说过话，之前都是曲奕一直在跟他贫，随口问道："您记得我？"

老板笑起来："你不就是跟两个长得挺好看的男孩子一起来的女娃娃吗？还经常被其中一个男孩子抢牛肉吃，好像都毕业半年了。"

维拉看着老板，心里暖暖的："您还记得他们吃的什么吗？"

"一个男孩子是跟你一样的，另一个喜欢点排骨面加葱加香菜。"老板故意显摆，"我说得没错吧。"

维拉"扑哧"一笑："对，没错，那能不能麻烦您把那两碗也上了？"

"待会儿他们也要过来？"老板"哎哟"一声拍大腿，"那死小子走了就没人跟我抬杠斗嘴了，这半年还真是想他。"

维拉微笑着，不作应答。

面上完后，维拉取了三双筷子，摆好了才开始吃自己的面。

她刚想下筷子，就笑了，把自己碗里的牛肉往那个装着排骨面的碗里夹了几块，然后顿了顿，从另外一碗牛肉面里再把排骨夹了回来。

她无法说出——我是那么想念你们。

低了头，眼睛里却雾气氤氲了。

“爷爷千叮咛万嘱咐一定要你回家吃，你这是怎么一回事，半年不被打又皮痒了吗？”身后响起一个无奈的声音，维拉拿筷子的手顿了顿，头却不敢再抬起来。

“管他呢。”另一个声音笑得肆无忌惮，“老头儿，照以前那样给我们上一份儿，如果你弄错了，老子就掀了你的店。”

“哎哟，你个臭小子，都当兵了嘴还是那么欠。人家小姑娘早给你们点好了，面都上好了，我估计着你们再不来都凉了。”

两个大男生顿时愣住了，异口同声问道：“什么姑娘？”

店老板看向角落里的那个位置，顾容与心中一震，向靠窗的座位看去。

等了好久了，从夏天等到冬天，朝思暮念。她静静地坐在那儿，低着头，好像周围都暗淡了。

如同电影里的慢镜头，这一幕被无限延长，她抬起了头，他却不敢再看她。

曲奕一看到她就咋咋呼呼：“臭小孩，也不晓得说主动去接我们，你看哥哥，全身上下都是包包。”

曲奕眼瞅维拉只是看着他笑，没有说话，就兀自地接了下去：“哎呀哎呀，是不是阿与那死孩子给你发了短信，告诉你我们会来这儿，你先点好了？”然后探头一看，感动极了，“你第一次这么主动把牛肉夹给我。”

“有你的就吃吧，嘴还那么贫。”维拉淡淡地挂了笑，然后低头喝汤，感觉有些尴尬。

似乎这样的身份，有些尴尬呢。可再尴尬，也抵不过思念。

维拉抬头看了顾容与一眼，他瘦了，黑了，一身军装帅气挺拔，的确是她未曾见过的样子。

“阿与，你还戳在那里干吗？过来呀。”曲奕拉着顾容与的胳膊，一起坐在维拉面前。

顾容与躲着她的眼睛，拿起筷子，接过自己的那碗面吃了起来。

“你们俩这是怎么了？”曲奕边吃面条边说，“不是说平日思念甚笃，怎么见面就不说话了？”

“吃东西的时候别说话，跟个花洒似的。”顾容与数落曲奕两句，不自在地看向维拉。

“你过得还好吗？”

维拉此时连咽东西都觉得嗓子眼儿堵得慌，只得点头：“还过得去。”

言尽于此，好像也没什么可说的了。

维拉起身告辞：“我先回去了，李妈这几天身体不太好，是我帮着做饭的。”

顾容与低下头，闷声道：“好。”

“为什么要先走啊？”曲奕把剩下的面一口吃完，拍了下顾容与的肩膀，“我也吃好了，你别吃了，不然回去吃不下饭你奶奶又不开心了，我们走吧。”

顾容与顺势放下筷子，站了起来：“我怎么觉得这应该是我说的台词？”

总之，无论怎么样，三个人一起走了。

他们走到路口的时候，维拉仍是百般不自在，找了个借口说要去买瓶花生油。

曲奕表示了解，接过了顾容与手中的包，很体贴地说：“你们一起去吧，花生油提着多重啊。”

然后，他无视那两双澄亮亮盯着他的眼睛，摆摆手：“知道知道，不就是嫌我是电灯泡吗？我走就是了。”

维拉腹诽，请问，您这是知道什么呢?

开始下雪了，他们都没有带伞，在雪中不急不缓地走着。不长不短的距离，却还是远得令人有些难过。

顾容与推着购物车跟在维拉身后，维拉一排排地看过去，选好东西就放到购物车里，连眼神都不必接触。

其实家里并不缺这些东西。

她转身的时候，顾容与还在推着车往前走，一不小心就撞到了她。其实也没多重，但这一撞仿佛抽空了她身上所有的力气，身子一晃，朝购物架倒去。

伴着顾容与的那声“小心”，几大瓶沐浴露就砸了下来。她躲避不及，迷茫地看向神色焦急的顾容与。

顾容与甩了车，狂奔过来扶住她摇摇欲坠的身体，用力地握着她的手：“砸到哪儿了？疼不疼？”

维拉看着那样温柔而心疼的眼神，一瞬间就委屈了，她把脸埋进他怀里：“疼，很疼很疼。”说着，她很不负责地把眼泪和鼻涕都往他的军大衣上抹。

顾容与看着怀里耍赖撒娇的人，一手捂住了她手背上被砸出来的红肿，一手轻轻地搂住了她。

心里似乎一下子就被填满了。

回来的路上，两个人的相处似乎又变得陌生了，不客气，但是也不大亲近。

维拉知道，这已经是顾容与的底线了。她也尽可能地把关系维持在这个阶段，这么拖着，总比分道扬镳强。

子慕每晚都很晚才回家，因为剧组要赶进度，赶在过年前杀青。维拉在半夜给她开过门，那姑娘被海欧搀着，脸上挂着两个巨大的眼袋，维拉看了都要吓一跳。

维拉从海欧手里接过妹妹，心疼地往屋里搀。子慕看着姐姐说要先卸妆，可是一挨床就睡着了，维拉不忍心叫醒她，拿了卸妆水，一点点地帮她卸妆。

然后摸着她干硬的头发，轻轻地叹气，拍她的脸："妹妹，妹妹，你起来，我帮你洗澡。"

子慕翻了个身："我要睡觉了，帮我把闹钟调到早上六点，明天别忘了叫我起床啊。"

维拉不忍叫醒她，但是她的头发上全是发胶，便去放了热水，然后使了力气，就把姑娘往浴室里架。

一件一件地解着子慕的衣服，脱到最后一件的时候，维拉看着她身上那么明显的青紫，有些难过，低声喃喃："不是说拍古装戏吗？怎么好像是拍了动作片？都伤成这个样子了，快说，导演是不是让你表演胸口碎大石了？"

子慕困得连手都抬不起来了，半眯着眼回道："何止，铁人三项轮流着来，估计导演是想让我参加下一届残奥会。"

维拉笑骂道："不是说很累了吗？怎么还有力气贫？"

如同洗一个洋娃娃，维拉仔细给她洗了头发，又一层层地往她身上抹沐浴露，希望能洗掉她一身的疲倦。

子慕躺在浴缸里几乎又要睡着："我两岁之后就一直希望有人能给我洗个澡，现在终于有了。"子慕拉着她的手，笑着笑着就睡着了。

维拉看着子慕恬静的眉眼，笑得很温暖："要是你喜欢，我每天给你洗都成。"

维拉敲开顾家门的时候，是绝对没有想过在这里见到王兰陵的。

王兰陵看着维拉愣怔的模样，不由得眨着眼睛："怎么了，维拉？认不出来了？真伤我心呢！"

维拉连忙回道："五姐？你怎么……"

"是维拉来了吗？"顾奶奶的声音从屋里传出来，王兰陵回头应了声："婆婆，是我八妹。"

然后，她挽着维拉的手就走进去了，唇边扬起一抹维拉看不懂的笑。

顾奶奶嗔怪地看着维拉："怎么这些天都没有来？要不是阿陵来了，你还不打算来了是吧！"

维拉赔着笑："怎么会呢？奶奶，您也知道我们家李妈的身体不大好，我这几天都在家帮忙呢，走不开。"

顾奶奶拍拍她的手："下次有空了就过来陪我说说话，我整天在家也闷得厉害，容与就知道在楼上看书，也不同我说说话。对了，听阿陵说你跟她是同学？"

维拉刚握住顾奶奶的手，王兰陵就凑过来挽住了顾奶奶另一条胳膊："是啊，我们还住同一个寝室呢，就是之前一直不晓得还有这层关系在。"

听她这么说，维拉抿紧了唇，不晓得吗？怎么会不晓得呢？

"维拉，你去把容与喊下来，家里还有客人呢，待在上面算什么事儿。"顾奶奶这句话算是把她划到了家人的范畴里，维拉抬头看了一眼王兰陵，她脸色不是很好的样子，轻轻地应了一声就上楼了。

维拉上楼梯的步伐有些沉重，她知道王兰陵来者不善，她和顾容与分手的事，难道真的瞒不住了吗？

刚想敲门的时候，门就从里面打开了，维拉看着他，许久不语。

后来还是顾容与先开了口："王兰陵，她是我远房的表妹，小时候见过几次，好多年没联系了。"

维拉抓住了他的衣角，低着头轻声说："我跟她，平日里关系不是很好，她可能，来者不善。"

顾容与停住脚步，皱眉转了一圈心思，才看着维拉的眼睛："我们之间的事情，还轮不到外人来说。"

维拉眼中氤氲几许，终是没了话语。

顾家怕老人上楼梯的时候打滑，楼梯都铺上了地毯，顾容与牵过维拉的手一步一步地走下来，像在完成一件伟大庄严的仪式，走到楼梯尽头的时候，红颜变白首。

那双手依旧是那么有温度，他在她的耳边说："维拉，即便不是你，也不会是任何人。"

一瞬间，维拉差点儿掉下泪来。她就知道，她就知道。原来，他跟她一样珍惜这段感情，所以她的等待，从来都是有意义的。

维拉也紧紧地握住了他的手，好像心也充盈了。

他搂着她，在她的额头上印下滚烫的一个吻："对不起，我不知道这样做对不对，但是我真的找不出别的办法了。”

维拉，我不能给你承诺，但是还这样霸占着你，是不是很自私？

维拉不停地摇头：“你不要跟我道歉。无论多少年都可以，我只要你能不负我的等待。”

容与，因为我的世界除了你，早已容不下任何人。

我们……给理想再多一些时间。

顾奶奶看见两个人手牵着手走了下来，眼睛都快要眯成缝了：“瞧这两个孩子……”

她想在外人面前数落几句，却又真心地想看到这俩孩子在一起，笑着笑着便忘却了。

王兰陵看着牵着手的两个人，眸色暗沉。

“非要维拉叫才肯下来，看来我是越来越管不住你了。”顾奶奶假意抱怨，但是那弯起的眉眼却掩饰不住内心的欢喜。

维拉也打趣道：“奶奶，您好好打他一回，他现在眼里就只有那本破书，我好不容易才把他给叫下来的。”

“那我们罚他做饭吧，不能姑息养奸。”顾奶奶推着他们进厨房，笑眯眯地说，“你跟他一起，不能让他把房子给点着了。对了，给曲家那孩子打个电话，叫他晚上也过来，难得你们还是一个学校的。”

“婆婆，还有一个人呢，他叫乔时，跟我八妹也挺好，据说还是高中同学，要不一起叫过来？”王兰陵故意给维拉难堪，顾奶奶不清楚其中缘由，爽快地点头道：“好，都叫过来，难得家里这么热闹。可是，他家住得远吗？方不方便？”

王兰陵讥笑地看向维拉：“这就要问我八妹了，八妹，你说呢？”

维拉迎上她挑衅的目光，扬了嘴唇：“我给他打电话。”

然后，她当着大家的面掏出了手机，直接拨了乔时的电话：“喂，有饭吃，来不来？”

乔时一口应允：“去，你请的都去。”

“顾容与家，在我家斜对面，门牌号是16-2的。一个小时内能到吗？”

“能，到了门口给你打电话，你们那地儿我进不去。”

乔时挂了电话，若有所思地扭头问爷爷：“爷爷，您知不知道住他们那院子里的顾容与是什么来历？对，就是跟我一样考上G大的那个。”

维拉笑着跟顾奶奶说："奶奶，乔时一个小时后到，五姐，您陪奶奶说说话，我去给你们做饭。"

顾奶奶也说："你们爱吃什么就做什么，不必顾及我的口味。"

王兰陵表情僵硬，好不容易才扯出了一个微笑："好。"

顾奶奶没发觉她的异样，继续聊着家常："你外婆还好不好啊？算起来我们都十几年没见了，都老了，各管各家了……"

王兰陵讨好地说："您看起来一点儿也不老，像我外婆，前不久跟她出去人家还问她是不是我妈呢，她乐了好久。"

顾奶奶拍了拍她的手背，笑得可开心了。姐妹俩多年不见，消息能从旁人那里探听一二，心里已经很满足。

"她前不久还跟我提起您呢，说我这么多年都不来看看您，数落了我好久。"王兰陵哄得老人家正高兴，顾奶奶越看她越喜欢："知道你有孝心，还惦记着我这把老骨头。"

王兰陵瞅准机会就想打小报告："奶奶，容与哥跟我家小八……"

顾奶奶可高兴跟别人说这事："高中的时候就对上眼了，维拉那孩子着实乖巧，我看你表哥也喜欢，我就没拦住。你看这两人般配吧？"顾奶奶指着厨房里的两个人，维拉正在监督顾容与杀鱼。

王兰陵淡淡地应了声："嗯，可是小八她没跟我们说过他们的事啊！"

顾奶奶始终注视着维拉，眼里满是关切："这孩子脸皮薄得很，大抵是害羞了吧。"

王兰陵微不可闻地"哼"了声，想提乔时，却又觉得现在不是时候，便笑着跟顾奶奶说起了别的话题。

曲奕过来的时候还端来了一锅汤，说是妈妈前些天得了许多珍贵的药材，家里熬了许多汤，端过来也让顾爷爷顾奶奶尝尝。

然后眉眼一转，看到了王兰陵："这姑娘真标致，怎么以前没见过？"

顾奶奶乐呵呵地介绍道："容与的表妹，也是维拉的舍友，平时不常走动，难得来一次。"

"来咱这儿过年？"曲奕自来熟地跟她套近乎，王兰陵面无表情地回道："不了，过几天就走，来拜个早年。"

曲奕点点头，感觉跟这姑娘不是一条道上的，便去厨房调戏维拉了："你快回头看哥哥，刚买的衣裳，不错吧，阿玛尼的。”

维拉扭头一瞥：“衣服不错，配人可惜了。”想想补充了一句：“阿玛尼配你可惜了。”

曲奕刚想伸手敲维拉，却被顾容与抓住了胳膊，挑眉：“你想跟我单练？”

曲奕缩了缩胳膊：“没，我就是见咱妹妹头发光滑得紧，想摸一把。”说着还假意问了一句：“妹妹，你用的什么焗油啊？光彩照人的。”

维拉拿着大勺给了他的脑袋一下：“这么焗的。”

曲奕捂着胸口，做出掏心掏肺的样子：“你不能趁你男人在就这么欺负我。”

“那你也找个男人，让他欺负我呗！”维拉揶揄道，曲奕握拳立志：“你等着吧，我男人绝对比你男人……”

不对劲啊！曲奕一时没转过弯来，看到维拉偷笑的样子，才反应了过来：“你居然挖坑让老子跳，你好啊，维拉，看我……”

曲奕撸起袖子，刚想上前就被顾容与一把架了起来：“我好久都没练了，硌得慌。我想，你也是吧！”

曲奕立马㞞了，朝维拉挥泪：“你哥哥我会被打死的，你看哥哥，快看，看我水汪汪的眼睛，看一眼就会可怜我的。”

维拉背对着他耸耸肩：“容与，别闹出太大的动静，外边有个花园，教训教训得了。”

曲奕听着前半段还满怀欣慰，越听越不对劲，最后捶胸顿足了：“嗷，你男人打人是真的疼啊！”

恍惚间，好像什么都没变。

维拉深呼吸，原来你们一直都在。

乔时打电话过来的时候，维拉正在做最后一道菜，腾不出手，把手机递给了顾容与，自己接着忙了起来。

乔时并没有想到会是顾容与接的电话，听到他声音的时候，收回了平日的那副痞子腔调，你来我往，大方磊落。话语间犹如高手过招，句句都在影射。

顾容与挂了电话，淡淡地看着客厅里陪奶奶看电视的王兰陵，嘴角上扬：“奶奶，我去接一下乔时。”

维拉看他只穿了单薄的衣服就向外走，熄了灶台上的火就跑过去拉着他：“冰天雪地的，万一感冒了奶奶要心疼，穿上大衣再出去。”

顾容与想问，奶奶要心疼，那么你呢？

维拉，你知不知道，你现在真的很像一个温良恭顺的妻子。

乔时来的时候拿了两瓶葡萄酒，不算贵，但是也不好买到，分寸拿捏得很好。之前一直在猜测维拉请他的目的，如今见到王兰陵，倒是明白了个十成十，不由得心里冷笑。

维拉和宿舍同学的复杂关系是他挑起的，但是今年入冬后解决得七七八八了，似乎又恢复了从前的热络，只有这个王兰陵看着有些奇怪，原来是这样。

他可以阴维拉，却不喜别人用手段阴她。

乔时跟大家一一打了招呼，笑道：“爷爷听说我要来吃白食，嫌我丢了他的面子，让我带了两瓶酒过来，大家一起喝酒也热闹些。”

顾奶奶觉得孩子懂事，也蛮开心，招呼着大伙儿去餐厅。刚想让顾容与给他爷爷打电话，门便打开了。

顾爷爷被家门口那么多的鞋子吓了一跳，家里似乎没来过这么多孩子啊，还有些不适应。

“顾爷爷好。”一帮孩子看着他笑眯眯地打招呼。

顾爷爷也露出了难得的笑意：“好，好，去吃饭，等久了吧？”转身后压低了嗓音跟顾奶奶说：“你这老太婆也真是的，家里来了这么多人也不早些跟我说，还好今天没什么特别的公务，不然还让人家孩子等，多不好。”

顾奶奶接过他手中的公文包：“这不是刚刚合适嘛。”

曲奕因为有顾爷爷在场不敢放肆，小口小口地抿着汤，跟着大伙儿说一些片儿汤话还得斟酌着用词，这就是大家一般不来顾家的原因。

顾爷爷素来严谨，孩子们在他面前走路都摆的女步，就怕不合规矩。顾爷爷虽不至于会当场教训他们，但是那脸一板起来会吓死人。

顾爷爷见乔时有些面生：“这孩子是……”

乔时立刻放下勺子，一副彬彬有礼的模样：“我叫乔时，跟容与、维拉、曲奕是高中和大学的同学，因为不在院子里住，平日走动比较少，爷爷不认识我也是在情在理的。”

“乔时在学校里可照顾维拉了，上次维拉摔伤了脚，都是乔时背她去上课的。”王兰陵看了眼维拉，别有深意地笑道。

闻言，大家齐刷刷地看向顾容与，大多皱眉。顾爷爷和顾奶奶却在关心维拉的伤势：“怎么会摔了脚？现在还要紧不？”

维拉云淡风轻地说：“爷爷奶奶放心，没有什么大碍，是五姐大惊小怪了，还特意提了出来，让人怪不好意思的。”

顾奶奶心疼地拍了拍她的手，然后看向乔时：“我们维拉麻烦你多加照顾了，容与和奕子平日都不跟她在一起，出了什么事也没有男生照料着。”

乔时点点头：“应该的，奶奶。”

曲奕听到这儿总算是听出了一些门道，顿时厌恶地看着王兰陵，还提醒了一番：“我家妹妹没什么识人的眼光，什么黄鼠狼都能往家里带，平时你有空就作作法，帮我家妹妹驱驱妖。”

话说得比较难听，王兰陵顿时脸都白了，顾爷爷顾奶奶也在皱眉。

维拉微微一笑，没说什么。他们对当年的江洛都不上心，何况今天的乔时呢！

这份信任，不是几句话就能挑拨的。

顾容与给曲奕夹了一个鸡屁股：“你就是一黑白无常，还驱鬼呢，得先把你赶出去吧。”

与此同时，维拉也给他夹了鸭屁股：“同上。”

顾奶奶“扑哧”一笑：“你们就会欺负奕子。”

不管怎么说，这气氛是缓和了过来。

吃完饭，顾奶奶说要出去散散步，点名要王兰陵陪着。

回来的时候王兰陵脸色很不好看，维拉轻飘飘地看了她一眼，没说什么。

兰陵啊兰陵，老人过的桥比你走的路都要多了，心里能不透亮吗？不在外人面前说出来，是对晚辈的情谊罢了。把老人当傻子，那就是你的错了。

维拉并不是圣人，见到垂头丧气的王兰陵，心里还是有一些高兴的，隐约觉得自己出了一口恶气。

顾爷爷吃了饭就去了书房，剩他们四个孩子凑了一桌打麻将。几个回合后，维拉忍不住警告曲奕：“你这局不能再诈和！”

曲奕学她的语气数落顾容与：“阿与，你不能再给维拉放炮！”说着还愤愤不平地看着乔时：“你看他们这对夫妻档，简直不把人放眼里。”

乔时表示赞同：“我们捣散他们吧，维拉我要，顾容与留给你。”

曲奕不屑一顾地继续码牌：“算了吧，当年江洛都没能捣散，您就歇着吧！”

“少爷我近水楼台。”

“人家情比金坚。”

顾容与挑眉，听他们互相呛声，也不还嘴，觉得还蛮有意思，特别是看到维拉捕捉他的表情时。不过，如果乔时事事推却，彬彬有礼，那就必须上心了。

而如今，乔时还有心情跟曲奕说笑，可见姿态摆明了，他反倒不担心了。

谁不比谁骄傲呢!

就算是乔时尽心尽力，铆足了劲，维拉也不会跟他走的。这一点，顾容与从来都很自信。

亏得王兰陵当了一回小丑。

两个局外人吵得厉害，身为局内人的维拉看不过去了，提议道：“要不你们打一架啊？”

“好主意！”曲奕和乔时放下牌局，兴冲冲地跑到了外面的空地比试。

“你在学校过得不好。”顾容与看着两个人冲出去的背影，淡淡地说了句。

维拉在他面前不想故作坚强：“中间有一段时间，我跟回回都被孤立了，不过后来好了。你表妹，跟我们一直不大对盘。”

那时候是不是特别难过？这句话在顾容与口中氤氲了一圈，还是没有问出来。他自己早就有了答案，问出来不过徒增伤感罢了。

“阿陵她从小娇生惯养，脾气比较大，说话也比较直，其实没有什么坏心肠。”

维拉点点头，不想多说。

顾容与忽然想到什么，随即问道：“你上次给我打电话，是不是因为她们？”

说到这个，维拉觉得委屈了，手指在麻将桌上抠来抠去。

顾容与叹了口气：“我平日不开机，只有在周五周六的晚上会开。如果平时有什么实在不好解决的事儿，给曲奕打电话，他会告诉我的。”

维拉抬头看他，眼睛亮亮的。

这时，被对方揍到灰头土脸的两个人回来了。乔时莫名其妙地咕哝着：“我一直弄不清楚，我们为什么要打架？”

曲奕也挠了挠头，向维拉抱怨道：“对啊，你刚刚没说赢的人怎么怎么地啊！”

维拉连看也不看他：“没什么，就是想把你们支开罢了。”

“支、支开！哥哥这么维护你们，你居然支开哥哥！”曲奕做出一脸受伤的表情，维拉堵耳：“曲奕你烦死了，烦死了。”

维拉嘴上这么说，心里却是高兴的，容与刚刚那么说，是允许自己给他打电话了是吗？

可是，凭什么呢？什么时候顾容与才能真正吃一次醋呢？

越想越生自己的气，她被套牢了是吧，活生生地被培养成了一块望夫石！

大一暑假，维拉跟着宿舍里的同学去了大山支教没有回家。看着那一双双淳朴的眼睛，她需要很大的勇气才能转身离去。

原本只是三个星期的支教，维拉却待了两个月。她说：“爷爷，我好像离不开这里了，我觉得他们需要我。”

爷爷无条件地支持她：“去做你喜欢的事情，家里一切都好，你不必担心。”

而冬天回家的时候，爷爷却病重了。

2009年的冬天好像比往年更冷一些，积雪半年都没有融化。

那时候苏老站都站不起来了，躺在床上，时不时还能跟她们说说话。

苏志国和向彤都拿到了回京的调令，苏老看着儿子，心里的遗憾又少了很多。

苏老不愿意去医院，怕哪一天去了就回不来了，也不愿意动刀子，坚持要在家里治疗。

维拉晚上听到爷爷的呻吟声，无能为力地站在门外，泪流满面。

子慕高三了，演艺通告都停了下来。之前接的那部电视剧播出后，因为演技不错，角色讨喜，积累了一定的名气。后来她还接拍了电影，虽然不是什么重要的角色，但是一部大制作，“影帝”“影后”众星云集，子慕愣是没有被比下去，越来越多的人打听那个有灵气的姑娘是谁。

维拉知道子慕有多么不容易，有时候累了还会打电话跟她哭诉，哭完了就挂电话。后来爷爷也不忍心了，说子慕你有什么困难就跟家里说。毕竟是亲孙女，哪能为了面子就撂了挑子，可子慕都咬牙坚持了下来。

子慕说：“爷爷，我只想知道只靠我自己，我能走多远。”

现在爷爷病重了，子慕比谁都更难过些。她是被爷爷带大的，小时候大家都有爸爸妈妈，可她只有爷爷。

除了上课和睡觉时间，子慕几乎没有一刻不在爷爷身边。她说：“爷爷，我要考军艺，我跟姐姐一起穿军装给您看。”

苏老躺在床上，早已没有了往日的神气，他拍拍子慕的手说：“爷爷等着，你去帮爷爷拿相册过来。”

他每天都会翻看相册，一遍一遍地说：“维拉，我老梦见你外婆，老梦见，我是真的很想她啊！我做了很多错事，我对不起她……”

苏老指指自己的枕头，示意维拉把下面的东西拿出来。

维拉双手颤抖着把爷爷的小瓶子拿了出来，她认得它，是当年爷爷去大西北的时候，从外婆的骨灰盒里敛的。

苏老接过来握在手里，然后放在了心脏的位置，泪水扑簌扑簌地掉下来。

维拉从来没有见过爷爷掉眼泪，即使是在最疼的时候，也没有掉过一滴眼泪。

维拉紧紧地握住爷爷的手："爷爷，您不要这样，我看着很难过。"

爷爷用沙哑的声音说："你把容与那孩子叫过来，我同你们说点儿事。"

# 第十六章 互相成就的岁月

苏老对维拉和顾容与说起往事，浑浊的双眼渐渐湿润：“一九五几年，我参加了抗美援朝战役，在上甘岭战役之中团长战死，两军依旧僵持在三八线附近，你的外公祝吟北接任了团长一职……那年除夕夜，我们是在一个小村庄里度过的，因为战争的肆虐，年味少了很多……”

那是一段深入骨髓的记忆，当年维拉的外婆叶兰效仿花木兰，代替了一个小兵跟着他们来到朝鲜，当了团里的卫生员。她只会简易的包扎，后来兜不住了就跟团长说自己是个冒牌货，其实她想上战场。

叶兰是大西北的姑娘，舞跳得好，人也长得特别漂亮。一个女人，在战场上摸爬滚打到现在不容易，正是她的坚毅勇敢打动了祝吟北和维拉的爷爷苏宴。只是那样战火纷飞的日子，儿女情长又算些什么呢?

叶兰是先认识苏宴的，那时候志愿军招兵，他们同属一个地区。苏宴是个大老粗，愣是没发现叶兰是个女的。反倒是后来者居上，祝吟北第一个认出她是个姑娘。

三个人真正结缘是因为一次战役，祝吟北所在的团和叶兰、苏宴所在的团一起直捣敌军腹地，眼看胜利就在眼前却功败垂成，竟是中了敌军请君入瓮的诡计。

当时团长带领大家排除万难，冲出了敌人的包围圈。还没等他们松一口气，又接到上面的命令，为掩护我军后方撤退，他们必须要拖延时间，尽可能地阻挡敌人的脚步。

经过一番苦战，他们这几个团的剩余兵力缩减到了一个营。面对着敌人强大的兵力，他们简直就是螳臂当车。雪上加霜的是，政委和团长在撤退的时候先后牺牲，他们面临着群龙无首的局面。

那时候作为营长的祝吟北被推举为临时团长，苏宴也被推举为临时政委，带领着大家继续抗战。祝吟北是少有的军事天才，巧妙地转换着攻防战术，迅速占领了一处高地，并集我军所长，因地制宜地使用着游击战、攻坚战、蘑菇战分化敌人的兵力，用最微小的代价拖着敌人，把敌人拖在原地将近两个星期，为后方的撤退赢得了足够的时间。

可是面对着敌人源源不断地加派兵力，他们终于抵挡不住车轮式的进攻，原本只剩下一个营的兵力迅速减少到一个排。与敌人百倍的兵力对抗，死神随时可能降临。

叶兰作为一名侦察兵，在这十几天里把周围的地形摸了个遍。叶兰告诉祝吟北，后方的山地有一处山崖，崖下是一条河，如果能突破敌人的防线冲到那边，或许会有一线生机。祝吟北和苏宴当机立断，把剩下的兵力化整为零，化成一把利剑划开了敌人的防守，迅速往崖边撤去。

叶兰来自大漠，不通水性，要不是祝吟北和苏宴，她几乎要在河里丢了性命。三个人在下游上岸的时候，已经跟最后几个队友失去了联系。

当时已经是深秋，叶兰毕竟是女孩子，比不得他们的体力，长时间高强度的作战和溺水，使她得了急性肺炎。祝吟北和苏宴两个人轮流背着姑娘，另一个打着掩护，迅速往我方大本营撤去。

可那里的地形复杂、人烟稀少，而叶兰几乎终日昏睡，他们的地图遗失了，没有办法辨别方向，最后三个人迷了路。

雪上加霜的是他们被敌方巡逻兵发现了，他们仅剩的子弹不超过三颗，以对方的人数，他们是无法逃脱的。看着祝吟北背上只剩一口气的叶兰，他们只得委曲求全做了战俘，想着以后再想办法逃脱。

叶兰的病已经不能再拖了，至少国际公约规定可以给予战俘必要的医疗救助。

在集中营里的那几个月，他们几乎想不到会有明天。身上所有的枪支利器被收缴，几乎牢不可破的看守体系，唯一的乐趣就是看着叶兰的身子一天天好转。

叶兰会给他们讲故事，祝吟北会教他们唱歌，苏宴什么都不会，只是笑嘻嘻地看着他们。

别看叶兰冰雪聪明，可是学起歌来一等一的笨。祝吟北一首一首地教着，最后不得不从起点开始教她唱儿歌。教了好久好久，叶兰才学会唱那首《小黄鹂鸟儿》。

小黄鹂鸟儿呀，你可曾知道吗？

麻鞋上绣着龙头凤尾花，两朵花呀绣一只鞋呀……

花开并蒂，可他们有三个人。

此时的三个人已经是生死之交了，苏宴跟他们说自己是怎么在夜深人静月黑风高的晚上收拾了包裹就去战场的，还说家里有一个童养媳在等着他回去，还笑着说童养媳都是些什么事儿啊，不如早改嫁了免得守寡。

叶兰说家里兄弟姐妹多，养不起，她很早就跑出来了，从西北走了四五年，后来就加入了部队。

祝吟北笑呵呵地说他爷爷当过军阀，他的爸爸和叔叔追随不同的政党，而他选择跟着叔叔。

他们等到平安夜，终于等来了逃离的机会。祝吟北在国外生活过，那天守卫的外国兵少了一半，精力也大为松懈。守卫以为他们听不懂英文，所以说得肆无忌惮也很大声，讨论着溜去参加平安夜的舞会。

祝吟北为他们轻声翻译着，三个人都看到了对方眼中的笑意。

他们逃出来的时候天边已经要破晓，叶兰是个奔放的姑娘，拉着两个人在树林里蹦着跳着，笑得特别美。

他们等不到交换战俘了，与其坐以待毙，不如自己来掌握自己的命运。

最后回到我方大本营的时候，大家都表示了极大的惊奇，原本还以为他们都阵亡了。国家授予了他们所在的几个团很高的荣誉，死亡的战士全部被追封为烈士。死者已矣，但他们会得到尊重与感激。

重归自由的日子过得很快，一眨眼就到了春节。在这个大年夜里，前些日子的紧张气氛缓和了下来，几个人合计着要给大家表演节目。军里文工团的姑娘不多，加上卫生员也不过几十个姑娘。当兵的女人特别美丽一些，比如叶兰。

那天叶兰穿着村里大妈为她缝制的红裙子，给他们跳起了西北的舞蹈，一颦一笑几乎把所有战士的心看化了。大家围了一个圈在边上看着，祝吟北和苏宴也看着圈子中心的姑娘，眼神很深很深。

两个人心情复杂地看着对方，虽说是兄弟，好像另一场“战役”又要打响了。

历经了多少生离死别回到祖国后，祝吟北和苏宴被委派到了某个军区，而叶兰却被分去了另一个地方。

火车慢慢启动，叶兰对着他俩挥手，说这辈子都不会忘记他们。祝吟北感觉自己的心一寸一寸地空了起来，他几乎无法想象以后没有叶兰在身边的日子，祝吟北跳了上去，他对苏宴说抱歉，他要先走一步了。

或许祝吟北骨子里就有一种浪漫的气息，他更懂得如何抓住幸福。而苏宴……还有更多的责任压着他，有一个未婚妻在家里等着他。

晚上苏宴找团长喝酒，两个人说了许多话，后来苏宴喝醉了，拉着团长胡言乱语。那晚的事情苏宴都不太记得了，只觉得那是这辈子最难熬的一夜。

叶兰，叶兰……

后来祝吟北把姑娘带回来了，姑娘被祝吟北牵着小手，脸通红通红的。

后来叶兰留了下来，后来他们结婚生子了。

某年某月的某一天，部队给他们下达了一份机密文件，知情者不过三个人。司令员找到了团长，说我们列了几个人，你看谁合适。

团长想了一宿，终于想起那晚苏宴对他胡诌的那些事。苏宴说祝吟北显赫的家庭会为他摆平很多事情，他可以肆无忌惮地去追叶兰，但他不可以，他是草根，他需要很努力很小心才能一帆风顺。

关于祝吟北的情况，团长原本就知道一些，只不过之前没太往心里去。现在联想起来，情况就明朗了。

敌军在边疆仍在从事危险活动，这是个不容忽视的毒瘤，他们需要一个最合适的人打入内部，正好可以利用祝吟北的身世背景大做文章。

没有人比祝吟北更合适。

此去经年，苏宴在提起这件事的时候总说自己是罪魁祸首，如果当年不是祝吟北，那么去的人很可能就是他。

那些属于三个人的峥嵘岁月，既是悲壮也是光荣的。如果真的要给它一个题目，应该称它为互相成就的岁月。

苏老说起过去，眼泪不停往下掉，这辈子都没有这么失态过。

他说："维拉啊，我对不起你们老祝家。老祝因为身份敏感，牺牲后连名字都不得透露。

你外公是我见过的最聪明的人，当年要不是我……他也不会去当了卧底，弄得妻离子散。他死的时候阿兰还不知道，她以为他早就叛国了……"

维拉低着头，手却是紧紧地抓着被单，她隐忍着不流下眼泪，咬着唇，脸上的神色几乎扭曲。

顾容与用力地握住了她的手，生怕她做出伤害自己的事。

维拉深深地吸气，叹道："外婆的性子脾气虽直，但是一生刚正不阿，眼里揉不进一粒沙子，却在外公去世之后，性子大变，大彻大悟，一副与世无争的样子，原来是生无可恋。

"爷爷，你自是知道外婆的性子的，为了外公的事，她半辈子都不得安宁。妈妈和外婆，我、我这一辈子都没有看见她们开心过。"维拉赤红着眼睛看着苏老，脸色惨白，"原来这都是因为你……"

"维拉，不许跟爷爷这么说话！"顾容与截了维拉的话头，苏老捂着肚子，早已疼得满头大汗。

“我这么说怎么了！外婆的疼，不会亚于他！”维拉狠心不去看爷爷，苏老满脸疲惫，挥手道，“容与，你让她说，如果她不说，我心里更堵。”

维拉听了他这话，也安静了下来，推开了顾容与，神情复杂地看了苏老半晌，然后目光落到了他手中的小瓶子上。

心中陡然响起一个声音，他是爷爷啊，维拉，他几乎没有跟你说过一句重话，他拖着病痛的身子，在那样大雪纷飞的日子里等你回家。

但在大西北的冬天，她做好饭，抱着小火炉在家里等外婆。饭都热了好几遍，外婆才从外面背着柴回来。附近都是沙漠，实在难有柴可捡的，即便有，也早就被路过的居民捡回去过冬了，所以外婆需要走到很远的大山里才能捡到。

大雪把外婆的手都冻伤了，那么大的口子，摩挲人的时候刺刺的。还有她的老寒腿，一降温就疼，在那样反复的天气，那样贫瘠的日子，好几年的冬天，外婆都疼得差点儿没挺过来。而苏家呢？却是在二十四个小时都供暖的屋子里，过着光鲜富贵的日子。

还有外公呢？每天都过着刀口舔血的日子，他可以不顾一切地去追外婆，却要在成婚之后忍着万般的痛楚离开她，他实在不愿意让妻女一起承担。暂且不提外公那荣耀的身份，就是那身本事，也是一位大将之才啊！

她看着面前的爷爷，突然觉得陌生到了极点。低下头来，只见那个装着外婆部分骨灰的瓶子还被爷爷攥在手里，在维拉的眼里，那个瓶子等同于外婆。

她的瞳孔蓦地放大，伸手就去抢苏老手中的瓶子。本来苏老握着的时候就用了力道，现在被她一扯，整个人几乎要被拽出去。

维拉朝着苏老微笑，心里却冷到了极点：“你给我。”

顾容与好像拉着她说了些什么，维拉都听不见了，眼中只盯着那个瓶子，有些头晕目眩。突然，她另一只手也加叠了上去，用尽了全身的力气，把瓶子夺了过来，双手把瓶子往心口一握，拔腿就往外跑。

“快，快，快拦着她。”苏老被她这么一拉扯，挂着的输液瓶摔了下来，人也重重地弹了回去。

维拉跌跌撞撞地从苏老房里跑了出来，撞碎了一旁的花瓶。

维拉手忙脚乱地爬起来，翻看手中的瓶子，依旧完好。她重又紧紧握住了瓶子，往她觉得可以温暖她的那个地方跑去。

顾容与手忙脚乱地帮苏老把针拔了出来，听到瓶子碎裂的声音，匆忙从旁边取了棉花让苏老自己压住，随后焦急地追了出去。

维拉跳上了出租车，眼泪掉得更凶了，师傅不太敢载她，很久都没发动开车，维拉吼了一句："烈士陵园！马上去！"

司机师傅被维拉吼得不知如何是好，看她迫切的神情，也不敢说什么，发动车就往前走。

顾容与追出来的时候车已经开了，他只得拦下另一辆车："师傅，麻烦您跟着前面那辆。"

不知道是那位司机车技太好还是维拉的硬性要求，师傅开得很快，左拐右拐的，不多时就把他们甩开了。

顾容与急得皱眉："师傅，那条路是去哪儿的？"

"西北方向，具体不知道。"

顾容与沉吟了半晌，斩钉截铁地说："去烈士陵园。"

陵园里积雪很厚，维拉觉得脚越来越重，不知道跌倒了多少次，才来到外公和妈妈的墓前。看着他们的墓碑和手中握着的外婆的骨灰，维拉靠在了妈妈的墓碑上，似乎感受到了一丝温暖。

事情不应该是这样的。

她应该还在外婆的怀里，迎着外公温和的眼睛，轻轻念着："道是梨花不是。道是杏花不是。白白与红红，别是东风情味。曾记，曾记，人在武陵微醉。"

而不是在这里，念着"十年生死两茫茫"，满目都是悲伤的雪。

再也不会有人为她去捡柴，原来以为好不容易得来的家人，此刻她却觉得离他们很远。

维拉低头看着手中的小瓶子，把它迎着阳光，终是在上面找到了七彩的光芒。突然间，泪又流了出来。

她跪着爬到了外公的墓前，把手中的瓶子放到了墓顶，再扫净了碑上的雪，然后一直不停地磕头，终于磕到了面前的雪都变了颜色。

这里安葬的英雄，丰碑巍峨，赤胆忠心，浩然正气，万古永存。

于是，他只能被定格为英雄，连名字都没有的英雄。可是她连他是谁都不知道，她应该叫他"外公"的。

苏家人这样对待他们，是不是太有失公平?

维拉打开了瓶盖，好像这样就能解放外婆禁锢着的灵魂。

她依稀看见一个穿着红裙子，戴着白色面巾的女子从远处跑来，她甜甜地叫道——“吟北哥哥，吟北哥哥，你教我们的那首歌，阿宴那笨小子一学就会了，可是我还是学不会。你再给我唱一遍呗？”

“小黄鹂鸟儿呀，你可曾知道吗？麻鞋上绣着龙头凤尾花，两朵花呀绣一只鞋呀……傻丫头，你记住了吗？”

她记住了，还记了一辈子，可学会了，他却再也听不到了。

多年前的祝吟北，弥留之际看着漫山遍野的白，天地仿佛正在旋转。他面朝太阳的方向，看着它从朝阳变成了夕阳，都等到夜阑了，也没有等到心爱的姑娘。

祝吟北闭上双眼的那一刻，终是没有见到叶兰。

“啊……”维拉撕心裂肺地痛哭出声，那样悲切的喊声，有没有人听得懂呢？

夜幕降临，天人两隔。

——上册完——

# 番外 开在太阳底下的花

六月的天，蒲公英撒遍了山岭，这是很多人眼中最美丽的色彩——山明水秀，遍地野花。

对幼年的维拉来说，那首先是一个美丽的地方——彪悍的民风，温暖的人情，弥补了没有父亲的缺憾。

那时维拉被妈妈和外婆保护得极好，但自从妈妈拖着病重的身体远行，她就只得在家翘首盼着妈妈回来。

维拉放了学就去山岭里捡一些柴火，然后再回到家帮外婆编绳子卖给那些外地来的游客。

八岁的孩子，对全身毛茸茸、白白胖胖的兔子是没有抵抗力的，再加上平日可供玩乐的消遣实在少得可怜，维拉看见兔子的时候，眼睛从来就没有那么亮过。

但她追着追着，便迷路了。太阳早已落了下去，月亮迟迟没有出来。

“小黄鹂鸟儿呀，你可曾知道吗……”稚嫩的歌声里，每一个音都带着轻颤，像是极力控制心里的恐惧，却又故作坚强。

“麻鞋上绣着龙头凤尾花……两朵花呀……绣一只鞋呀……”维拉再也忍不住，小声地啜泣起来。

外婆说过，害怕的时候唱自己喜欢的歌，就不会害怕了。

在这黑暗的山林里，没有火把也没有月光。维拉一步一滑地走着，手肘早就被伸出来的矮灌木丛划开了一道道口子。小小的孩子眼里总是有那么多的眼泪，当她发现迷路了就开始哭，到现在都好久了，眼泪还是停不了。

因为太恐惧了，她早已发不出任何声音。

这座山岭，向来被村子里的人视为禁地。维拉听到的说辞是山岭里有吃人的怪兽，小孩子是不能靠近的。只是到了后来，很久很久的后来，维拉才知道那座山岭是被模糊了的国界。

走不动的时候，维拉挨着一棵树蹲了下来，紧紧地蜷缩起身体，一下一下地擦着眼泪。

夜太过于静谧，维拉置身于广阔的天地之间，少了依靠，便无比地想念妈妈和外婆。维拉也想爸爸，可爸爸早就去世了，并不存在于维拉的记忆里。幸或是不幸，维拉对于爸爸的憧憬总是十分美好的。她想，如果爸爸现在在这里，那该有多好。

或许是想得入神了，又或许是真的很累了，维拉睡着了。

不知道什么时候，月亮出来了，月光温柔地洒在了维拉小小的背上，像是要静静地抚化她的哀伤。

或许是眼前的一切太过美好，顾之安看到这个孩子，突然萌生了把枪缩回去的想法。

他们接到上头的消息，这几天会有五个不法分子打算越境，这些人极端危险，如果不能生擒就当场击毙。他们在这里已经埋伏两天了，没吃饭没喝水，眼睛都跟熬鹰似的，通红通红的。

只是一个小女孩无声无息地闯进了他们的埋伏圈里，执行任务的时候难免有些束手束脚。

在顾之安的角度，正好可以看到女孩静谧的睡颜。因为流过泪的缘故，她的脸看起来有些脏，眼睛紧紧地闭着，虽是睡着了，但手里还是死死拽着背篓的绳子。看来是附近居民家的孩子，到森林里捡柴迷了路。挺倒霉的一孩子，待会儿指不定怎么被伤着呢！

外婆叶兰在家里等到夜幕降临，见维拉还是没有回家，心里就有些急了。她们所居住的地方并没有国界的观念，就连地域的划分都十分模糊。要是孩子丢了，或是被人卖了，那真的就很难找回来了。

叶兰站在门槛处翘首挣扎了许久，银牙一咬，披了件衣服就去找维拉的外公祝吟北。

她与祝吟北的情义是早年就断了的。他们年轻的时候一起上过战场，只是战后不久，祝吟北就叛变了，他投靠了非法牟利的武装分子。这些年长袖善舞，跟随的人多，眼红的人也不少，可祝吟北做事妥妥当当，并没有落下什么把柄能让人扳倒的。

叶兰是爱憎分明的人，她一生忠于国家，眼里揉不进一粒沙子，当即跟祝吟北断了关系，老死不相往来。

可如今外孙女有难了，不得不放下多年的成见，拉下了面子，低头去求那个人。

叶兰一路闯了过来，祝吟北的几个老部下认识她，知道两个人的一些旧情，给几个想拦截的小兵使了眼色，小兵们刚给枪上膛的手才险险地收了回来。

叶兰刚进庄园的时候，祝吟北就得到了消息。像是触动了心中的某根弦，手轻轻一颤，指尖的笔差点儿就滑落了下来。他稳了情绪，淡淡地打发了身边的人，敛目半晌，抬头后却是又换了冷漠的表情。

叶兰老了，风姿早就不复当年，可是祝吟北爱极了这饱经风霜的模样，在他心里，这副模样仍是美得耀眼。那一丝丝皱纹，不就是她还深爱他的证据吗？只是在夜深人静的时候，还是会想，若是她当初跟了苏宴，如今是不是就会开心得多？

不知怎的，祝吟北就想起了三十多年前，她穿着白色的衣裳，披风是红色的，她打着马朝着他跑过来，风中回荡着她银铃般的笑声。她看着他，深情地喊他："吟北哥哥。"

而如今，她却是冷冷地看着他，指甲掐得掌心却是要渗了血，她只对他说了一句："你外孙女，丢了。"

在山岭里潜伏一天一夜后，每个人都累得不行，可是仍旧没人敢放松警惕，随时有可能撞枪口啊！

将近凌晨的时候，他们终于等到了猎物，对讲机里传来队长镇定的指挥，顾之安才从小女孩身上移开目光。

月光迷离，本应是无限温情的夜晚却充满了肃杀之气。

子弹在树林里呼啸穿越，子弹从耳边擦过的声音，提醒着顾之安，此刻绝对不是走神的时候。

第一声枪响的时候，维拉就醒了，刚醒来的时候还揉着眼睛找外婆，可越来越多的枪声响起，中间还夹杂着声声惨叫，她看着山岭里迅速移动着的人影，"哇"的一声哭了。

敌方听到这边有声音，并没有多犹豫就扣动了扳机，几颗流弹朝维拉飞了过来。

维拉感到身上透心的凉，腿上隐约传来了疼痛感，周围的尘土都飞起来了，她好像在半空中看到了素未谋面的爸爸，他对她笑，他说拉拉你乖。

维拉想伸手触碰离她那么近的爸爸，可是爸爸的影子刚碰到便碎了，她垂下了手，却摸到了一些黏黏糊糊的东西，那么暖，那么像爸爸的温度。

维拉刚把手扬到自己眼前，身子就被轻盈地抱了起来。

对讲机里传来队长冷漠的声音："海鹰。"海鹰就是顾之安的代号。

顾之安的步伐并没有因此慢下来，他搂着维拉，顺势在地上滚了好几滚，脸颊被矮灌木丛刮破了，血流了下来，把脸上的绿色油彩都染红了。维拉被他护在怀里，并没有摔伤，只是腿上越发地疼了。

因为顾之安擅自离开，防线被拉了开来，本来就打得艰难的这场仗，现在更显得慌乱。

对方的武器比原本估计的要精良太多，从不言败的顾之安在这一刻涌现出深深的悲哀，他知道队长的下一步计划便是撤退。他们牺牲了三个同志，才把对方最主要的目标击毙，虽然隔着几百米，可顾之安收枪的时候还是能够看到他脑浆迸裂的样子。

顾之安抱着怀里的维拉，顾不上说话，按照原定的路线撤退。如今陷入僵持的局面，谁能够发起第二轮的有效攻击，谁就是胜利者。

全队的人还没有放松警惕，天上就传来了直升机的嗡鸣，照说可以松一口气了，可是他们的脸却绷得更紧了。那不是他们的人，他们的人大概还要二十分钟才能到。

相反地，对方因为有了支援，兴奋地对他们发动攻击，一浪强于一浪。

顾之安抱着维拉动作比其他人要迟缓一些，只得按照自己那么多年在战场上磨砺出来的敏锐躲避子弹。维拉在顾之安的怀里露出脑袋，她呆呆地看着一个红点落在了顾之安的肩膀上，然后这个叔叔发出一声闷哼，连自己的脸也被溅满了血，眼球都红了。

来不及掉眼泪，维拉晕了过去。

祝吟北带人赶来的时候，顾之安他们已经是强弩之末。虽然说特种兵是万里挑一的，但也禁不住对方无比精良的设备和不断飞射的子弹。

祝吟北看到前面有枪战的时候，本不欲插手，弄清楚对方的身份之前，这潭浑水蹚不得。但是转念一想，如果是维拉恰巧在里面，那就凶多吉少了。想到这儿，便找了几个身手灵活的手下一探究竟。

不一会儿，那些人便回来了，说的确有人怀里抱着个女孩子，穿着花裙子编着两条辫子的。

祝吟北眸色一沉："孩子在哪一方手里？"

"后退的一方，估计撑不了多久了。"

"知道是哪边的人吗？"

"听他们说的话，是中国人，错不了。"

祝吟北蹙眉望着远处，他们的防线不断地往后压，从路线上来看隐约有些狼狈。

虽然他有许多顾虑，但既然走到了这里，心里早就有了权衡。先不说他们守护了他的外孙女，连信仰，他们都是一样的。

祝吟北带着手下加入战斗，顾之安的队友徐泰捂着胸口，低哑着声音问：“他们是什么人？”

顾之安一手搀着他，一手抱着维拉，摇摇头，只回答了一句：“不是敌人。”

徐泰艰难地把手中的枪递给顾之安：“还有十发子弹，你拿着，然后把我放下来，他们注意不到我。”

顾之安的枪里早就没有了子弹，作为狙击手，这是一个十分危险的状况。但他仍是不肯接过队友的枪：“我跟你说过的你都忘了吗？身为一个军人，丢了什么都不能丢了枪。”

“好，枪我留着，你带着这孩子走。不要管我，抓紧时间去跟他们会合。”徐泰的话带了颤音，使了气力去推顾之安。

顾之安更用力地揽着他的胳膊：“我答应过弟妹，不会让你有事。”

“不，安哥……”说着，徐泰的身体猛地一震，顾之安的脸上溅了他的血，眼里湿润了，伸手帮他捂着左胸的伤口：“听我的，弟妹还在家等你。”

徐泰的手却往右移了移，似乎是抓住了什么，脸上的表情终于放松了：“我胸口的那块玉佩……你帮我……带给她……”

顾之安眼里蓄满泪水，咬牙道：“我不帮你，你自己给她带回去。”

徐泰的眼神开始涣散：“安哥……谢……谢谢……”

徐泰是两年前才加入他们这个团队的，傻头傻脑的小伙子，说话不会绕弯，经常会得罪人，而且技术还不过硬，顾之安是少数几个愿意帮助他、听他说话的人。之前的数十场战役，要不是顾之安的帮衬，他恐怕早就牺牲了。

顾之安终是掉了眼泪，架着已经软下来的身子继续艰难地走着。

“你放下他，他已经死了。”祝吟北看着眼前的年轻人，他身上至少有五个伤口，可腰板挺得比谁都直。

顾之安坚定地摇头。

祝吟北也沉默了，拍了拍顾之安没有受伤的肩膀：“麻烦你，把我的外孙女交给他们。不要担心，我帮你们断后。”

顾之安的眼前越来越黑，他咬破了唇，希望能维持一丝清醒。他身上的伤口虽多，却不致命，只是因为没有包扎，伤口失血过多了。

祝吟北闪躲着身子，手上的动作却一点儿没有慢下来，他不仅要时刻注意着前方的情况，还要分神看着抱着他外孙女的战士，唯恐有流弹向他们飞去。

维拉的脑袋随着顾之安的奔跑一晃一晃的，她隐约看到前面那个长了半头银发的身影，伸手喊了声“阿公”。

祝吟北内心大恸，回头看维拉，像是把一辈子的关爱都用尽了：“乖，阿公在这里。”

他回头之际，一颗子弹打入了他的左胸。

像是没感觉到胸口的疼痛，祝吟北伸手摸了摸维拉的脑袋：“维拉别怕，有阿公在，不会有事的。”

他等这句“阿公”，等了好多年。维拉努力睁开眼皮看他，须臾，歪了脑袋，再次睡了过去。

祝吟北稳住情绪，左手在徐泰身上摸出了枪。当年的祝团长，能威慑人的不仅是他精准的枪法，还有他那一手画圆一手画方的技术，让人避无可避。

周围一片死寂。破晓了，远处的地平线微微露出了光芒。

风渐止，树渐静，好像这里从没有过那一场杀戮。

祝吟北从顾之安手里接过维拉，撸了袖子帮她擦干净脸上的血，那么珍爱，那么小心翼翼。

顾之安躺在了地上，也歪了脑袋看着维拉，半晌，他笑了：“我有一个儿子，同她一样大……”

祝吟北抱着维拉，颤颤巍巍地站了起来，然后深深地向他鞠了一躬。

顾之安眯着眼睛，摇摇头，微笑却还是挂在嘴边的。

他们以极大的代价打败了敌人，可是看着那么多逝去的战士，没有人觉得这是一种胜利。

祝吟北带来的人亦所剩无几，有个手下跛着脚走了过来，看着他胸上的伤口，缓缓低了头：“祝将军，我们走吧，您的伤势不能再拖了。”

祝吟北摇摇头，把怀中的维拉递了过去：“把孩子带回去，我只是累了，想在这儿休息一会儿。”

“将军……”

祝吟北朝他摆摆手：“走吧！跟这个孩子的外婆说一声，说我对不起她，但是祝吟北许过的承诺依旧作数的。”

那人对着他深深地鞠了一躬，一手抱着维拉，一手搀着受伤的同伴，渐渐地走远了。

祝吟北像是失去了倚仗，顿时倒了下来。

他看着摇曳的树枝，眼前有了重影。他翻了翻口袋，拿出了绢帕，上面赫然绣着一朵娇艳绮丽的兰花，灿烂得一如她的模样。

她原本并不叫叶兰的，她有一个很美的名字，阿依努尔——月光。他说等到夜阑了，才终究等来了月光，多么珍贵。

阿依努尔弯着眼睛笑："你说什么，叶兰吗？"

顾之安见他拿着绢帕，对身上的伤不管不顾，连眉头都没有皱一下。这人有武器有武装，在附近一带并不是善类，但是顾之安此时是起了敬重之意的。

若是有人问他们，疼吗？该怎么回答呢？心里的痛，早就胜过身上的百倍！

那种不亚于捏骨重塑的痛，谁又能明白呢？既已许国，何以许卿？

祝吟北身上背负的秘密太沉重了，他背了几十年，瞒过了所有的人，并不想连死了也带着，那样灵魂都不得轻松。

祝吟北笑得惨烈，他看着满身伤痕，同样只剩下一口气的顾之安。顾之安穿着绿色的军服，那是他一生都为之奉献并倾尽所有的颜色。祝吟北凑到他耳旁，轻轻地说了一句什么。

只一句，原本精神萎靡的顾之安眼睛却亮了，他缓慢却有力度地对着祝吟北敬了一个军礼，断断续续地说："老英雄，我敬重您，我叫顾之安。除了我的父亲，您是我第二个佩服的同志。"说着，他把耳边的手颤颤巍巍地朝祝吟北伸了过去。

"吟北哥哥，你说的那首歌是怎么唱了？"

祝吟北握着叶兰的手，笑意吟吟："小黄鹂鸟儿呀，你可曾知道吗？麻鞋上绣着龙头凤尾花，两朵花呀绣一只鞋呀……"

援兵很快就赶到了，他们对着队友的尸首敬了长达半个小时的军礼，眼眶都红了，眼泪愣是没敢掉下来。当兵的，从来都是流血不流泪的。

处理尸首的时候，他们看着那个与顾之安交握着手躺在一处的人，犯了难。

有个士兵说，若不是因为这位老人，他们早就全军覆没了。

队长沉吟了许久，才决定把他的尸首也带走。

后来部队联系了祝吟北的手下，才知道英雄在那场战役中已经牺牲了，便在烈士陵园给他立了墓碑。

祝吟北身上的那方绢帕掉落了下来，还留着他身体的温度，后来不知道被风吹到了哪里，它沾着英雄的血，像一朵开在太阳底下的花。

接下来的事，维拉连回忆都乏力。

她看着从未掉过一滴眼泪的外婆，疯了似的砸了屋里半数的东西，砸着砸着便晕了过去，身体状况急转直下。

一些陌生的叔叔伯伯给家里送来了一箱东西，后来却大多是被外婆烧掉了的。维拉看见，她独独留下了一样，那便是一颗火红的五角星。

一个年纪约莫和外婆一样大的人，几乎同外婆恳谈了一夜。

清晨，那人出来的时候，维拉听到外婆笑了，可是笑着笑着就哭了。她说："祝吟北，我就知道……我就知道你断不会……"

终至大彻大悟。

而维拉，再也没有等到妈妈的归来。只等来了一声"对不起"和一封诀别的信。

那么多的思念、埋怨、疑问，便随着母亲留给她们的那句心甘情愿，烟消云散。

叶兰再也没有气力追究，想来是知道了祝闵柔不回来的原因。当年祝闵柔跟了苏志国，饶是知道万般不合适也没有阻拦。而如今呢，祝吟北带走了她所有的心思与念想，舍得舍得，不舍怎得?

她收拾了细软，带着哭得岔了气的维拉永远地离开了那个地方。

她们去了大西北，外婆的故乡。

外婆信仰骆驼信仰了一辈子。她说，骆驼在哪儿出生，那么在它死的时候，就必须回到那里，在哪儿开始就在哪儿结束，这般才叫有始有终。

老人认为，自己也没多少时间可活了，若不是还有维拉这个牵挂，怕是早就去了的。她在意气风发的时候离开了那里，再回来时，转眼已是古稀之年。

外婆说，那是一个能磨性子的地方。

起初维拉不懂欣赏那样的美。可外婆说，维拉，你看，这是一个多么难得的地方，比金子还要珍贵的沙漠，湛蓝湛蓝的天，还有从天上流下来的江河。若是早晨登了山，从山顶望下来，整个城里就像铺满了雾霭山岚。

或许是当一个人生无可恋时，才会那么执着于从大自然中汲取温暖。

外婆教她看山，教她读沙漠，教她品水，倾注着她对家乡满腔的热爱。可当她读懂了外婆心中的那份磅礴与大气时，人却远离了这地方。

想必她和她母亲那么坚韧的性子，便是来自外婆了。

夏日的傍晚，外婆总会在田间劳作。那时候维拉放农忙假，在家里预习了功课做好饭，就出了门去找外婆。

那些被夕阳晕染得分不清天空与大地的日子，外婆劳作的时候都在微笑，有时候想到了熟悉的歌曲，会轻声哼上几句，脸上的神态安详而平和。

外婆挥挥手，叫维拉过去捡地上的麦穗：“你把田间的麦穗都捡起来，待会儿跟我一起推回去。”

“好。”维拉应着，因为生活的压力，她不得不早早长大。

外婆看着孩子恬静的小脸，笑着说道：“你看她们，像不像蓝精灵？她们工作的时候都快乐地唱着歌儿。”

“外婆也要听我唱歌吗？”

“我要听你的心唱歌。”外婆摸着她的脑袋，“你看这些村里的姑娘，虽然生活贫瘠，却拥有无比幸福的笑容。比物质更重要的是内心，维拉，这是生活赋予你的福气啊。”

维拉一直觉得是广阔的天地赋予了外婆宽阔的胸怀，使得她对这里的热爱早就变成了一种不可磨灭的情怀，她感染着她，在她的有生之年，竭尽全力地为维拉洗净心上的尘埃。

外婆给她带来的不仅是一个博大的世界，还有，世界上最美的笑容。

外婆去世之前拉着她的手说：“孩子，你的母亲在世时总跟我说，这辈子算是对不起你了。可我总是不同意，我家的维拉是在广阔的天地中养出来的，不比他们住机关大院的差。他们的吃穿用度都比我们好，可是维拉啊，这没什么好羡慕的，所以你只管好好地做你自己。我们的身子不如他们娇贵，可是我们的品行却是一等一的好的。”

“维拉，你爱问我随身带着的五角星是什么，现在我告诉你，你过来。”外婆手里握着五角星，像是抱着一个心爱的人，“跪下来，给你外公磕个头吧。”

“你外公叫祝吟北，若是以后找到了他，墓碑上别写错了名字。”

“我们好多年前就散了，他的尸首找不到了，这五角星是你外公奋斗了一辈子的勋章。”

“他很爱你，你八岁那年差点儿遇难，正是你外公带人去救的你，之后他便再也没有回来。”

“我走后，你爷爷会来接你，他叫苏宴。”

“维拉，记住，祝家的孩子，只能姓祝。”

“维拉，你能不能再给外婆唱一遍《小黄鹂鸟儿》？”

后来，维拉依着外婆的遗言，火化了她。她抱着外婆的骨灰盒呆呆地坐在井上。

那口井在前年的时候已经干涸了，井口也被封了起来。它失去了最初的作用，但是在闲暇之余，维拉还是会深深地凝望，似乎想留住些什么。

看累了就走到那儿躺下来，看着辽远的天空，看鹰击长空，什么也不想。

外婆最想看到的是她的笑容，可是她现在怎么都笑不出来呢！

门外有人久叩柴扉，维拉才回过神来去开了门。那是一位面色悲伤，身着黑色衣裳的老者，风尘仆仆的样子，想来是远道而来的。

莫名的熟悉。

他拄着拐杖，看着空荡荡的灵堂问：“孩子，你的外婆呢？”后面的几个词，竟带了颤音。

维拉没有回答他，低头看着怀里的盒子。

苏宴满脸隐忍，看着墙上叶兰的照片几欲落泪。想到当年那个飒爽英姿的身影，想到她绝尘而去的身影，想到她搂着她的女儿时的身影，他就知道，这抹清影在心中是抹不去了的。如今，竟是连个背影都见不到了，想到此，不由得泪从中来。

维拉抬头，看着这位满脸悲戚的暮年老者，想来，他便是她的爷爷了。

“你是苏宴吗？”

苏宴有一丝惊愕：“你知道我？”那一刻，他是满怀期待的，叶兰提过他吗？

维拉摇头：“外婆说会有一个叫苏宴的人来接我走。”

苏宴微微垂了头，眼里有一闪而过的失望：“我是苏宴，你的妈妈……还有你的外公呢？”

“妈妈和外公很早之前就去世了。”

苏宴似乎还想问些什么，终究没有问出口：“孩子，我们把你外婆带回北京，找个好地方葬了她吧。”

维拉还是摇头：“外婆说，要把她撒在大漠上，因为她喜欢这个地方，她不想再离开了。”

“大漠？”爷爷想起了什么，眼中有一丝欣慰，“是了，她说过的，大漠的沙子是最自由的，随风而起，风停而落。她羡慕了一辈子，如今，她也要做那沙子了。”

他们选了风最大的一天把外婆的骨灰撒了出去。

维拉转身时看到爷爷表情肃穆，他用一个精致的瓶子，把盒子里剩下的骨灰小心翼翼地敛了起来，然后放进怀里贴近心脏的位置。

他看到维拉在看他，挤出了一个满是苦涩的笑容："我想把她带着，剩下的日子，有她陪着，就不会太孤独。"

这份陪伴，生时没有，却到死后才这般争取，想来是那样遗憾与无奈。

维拉看着爷爷，哽咽了，心里堵得慌。

苏宴叹了口气，轻轻地摸着维拉的头发："维拉，跟爷爷回家吧！"

# 意林品牌书系推荐

**意林女生文学·《小小姐》品牌书系** 中国女生文学第一品牌，纯正、阳光、向上，优质女孩必选文学读物

**萌灵小说系列**

| | |
|---|---|
| 《悠莉宠物店 I》 | 18.80 |
| 《悠莉宠物店 II》 | 18.80 |
| 《悠莉宠物店 III》 | 19.90 |
| 《悠莉宠物店 IV》 | 19.90 |
| 《悠莉宠物店 V》 | 19.90 |
| 《封印之书·九尾狐》 | 19.80 |
| 《封印之书·独角兽》 | 19.80 |
| 《玛丽晴异闻录》 | 19.90 |
| 《薇妮天使旅行》 | 19.90 |
| 《苍岛有风①·人鱼过境》 | 19.90 |

**冒险励志系列**

| | |
|---|---|
| 《迷藏·海之迷雾》 | 18.80 |
| 《迷藏 II·月影迷踪》 | 19.90 |
| 《花与梦旅人 I》 | 19.80 |
| 《花与梦旅人 II》 | 19.90 |
| 《花与守梦人①·大公的苏醒》 | 19.90 |
| 《花与守梦人②·占星师的眼泪》 | 19.90 |
| 《萌侦探纪事 I》 | 18.80 |
| 《萌侦探纪事 II》 | 19.80 |
| 《萌侦探纪事Ⅲ》 | 19.90 |
| 《萌侦探纪事Ⅳ（大结局）》 | 19.90 |
| 《迷宫街物语》 | 19.80 |
| 《艾蜜儿宇航日记》 | 19.90 |

**幸福蔷薇系列**

| | |
|---|---|
| 《蔷薇少女馆 I》 | 18.80 |
| 《蔷薇少女馆 II》 | 18.80 |
| 《蔷薇少女馆 III》 | 19.80 |
| 《蔷薇少女馆 IV》 | 19.90 |
| 《蔷薇少女馆 V》 | 19.90 |

**浪漫古风系列**

| | |
|---|---|
| 《七寻记 I》 | 18.80 |
| 《七寻记 II》 | 19.90 |
| 《七寻记Ⅲ》 | 19.90 |

**果绿年华系列**

| | |
|---|---|
| 《蝴蝶飞过旧时光》 | 19.80 |
| 《第一女执政官》 | 19.90 |
| 《风之少女琪琪格》 | 19.90 |
| 《霓裳小千金》 | 19.90 |
| 《两生花开时》 | 22.00 |

**月舞流光系列**

| | |
|---|---|
| 《前方江湖请绕行》 | 19.90 |
| 《三色堇骑士之歌》 | 19.90 |
| 《守望彼岸星海》 | 19.90 |

**萌淑女驾到系列**

| | |
|---|---|
| 《萌淑女驾到之美女训练营》 | 19.80 |
| 《萌淑女驾到之天使候补生》 | 19.80 |
| 《萌淑女驾到之人鱼的信奉》 | 19.90 |
| 《萌淑女驾到之天鹅公主成人礼》 | 19.90 |

**星愿大陆系列**

| | |
|---|---|
| 《星愿大陆①：天命巫女》 | 19.90 |
| 《星愿大陆②：白银蔷薇》 | 19.90 |
| 《星愿大陆③：幻月手杖》 | 19.90 |
| 《星愿大陆④：永恒星钻》 | 19.90 |
| 《星愿大陆⑤：夜之王子》 | 19.90 |

**浪漫星语系列**

| | |
|---|---|
| 《处女座：完美年华初相见》 | 20.90 |
| 《天蝎座：假面黑桃 Q》 | 20.90 |
| 《双子座：闯进你的孤单星球》 | 20.90 |
| 《巨蟹座：追梦的水晶鞋》 | 20.90 |
| 《天秤座：优雅走过下雨天》 | 20.90 |
| 《白羊座：裙摆是花开的地方》 | 20.90 |
| 《摩羯座：寄给青春一座城》 | 20.90 |

**淑女风尚馆·气质养成系列**

| | |
|---|---|
| 《我要我的淑女范儿》 | 18.80 |
| 《优雅女孩的秘密》 | 18.80 |
| 《清新森女在路上》 | 18.80 |
| 《俏女孩的甜美主义》 | 18.80 |

**小 MM 迷你爱藏本**

| | |
|---|---|
| 《蝴蝶停在十六岁》 | 18.80 |
| 《焦糖玛奇朵天使咒》 | 18.80 |
| 《那一年，花开半夏》 | 18.80 |
| 《雨季微凉时》 | 18.80 |
| 《只穿一天公主裙》 | 18.80 |
| 《月色银蔷薇》 | 18.80 |
| 《傲娇公主的美丽回旋》 | 18.80 |
| 《花田明月照年少》 | 18.80 |

**重磅作家系列**

| | |
|---|---|
| 《薄荷香女孩》 | 19.80 |
| 《不说再见好吗（上）》 | 17.90 |
| 《不说再见好吗（下）》 | 17.90 |
| 《风走过树林》 | 17.90 |
| 《忆棠的夏天》 | 17.90 |

**唯美新漫画系列**

| | |
|---|---|
| 《钢琴小淑女（第一季）》 | 17.90 |
| 《钢琴小淑女（第二季）》 | 17.90 |
| 《钢琴小淑女（第三季）》 | 17.90 |
| 《钢琴小淑女（第四季）》 | 17.90 |
| 《最佳女主角（第一季）》 | 18.80 |
| 《七寻记·鎏金龙纹镯（漫画版）》 | 15.00 |
| 《七寻记·夔龙黄玉佩（漫画版）》 | 15.00 |
| 《天鹅座·鹅黄》 | 18.80 |
| 《天鹅座·柳青》 | 18.80 |
| 《天鹅座·冰蓝》 | 18.80 |
| 《天鹅座·禧红》 | 18.80 |

**绘色缤纷系列**

| | |
|---|---|
| 《淑女绘·花的学校》 | 22.00 |
| 《淑女绘·童话诗人》 | 22.00 |

《淑女绘·雪花的快乐》 22.00

**日光倾城系列**

《巧克力色微凉青春Ⅰ》 20.90

《巧克力色微凉青春Ⅱ》 20.90

《浅蓝色时光舞步Ⅰ》 20.90

**纯美小说系列**

《少女果味杂志书①：甜心草莓号》 14.80

《少女果味杂志书②：蜜桃慕斯号》 14.80

《少女果味杂志书③：焦糖布丁号》 16.80

《少女果味杂志书④：香草海绵号》 16.80

《少女果味杂志书⑤：可可森林号》 18.80

《少女果味杂志书⑥：果果米苏号》 18.80

《少女果味杂志书⑦：香橙泡芙号》 18.80

《少女果味杂志书⑧：樱桃芝士号》 18.80

《少女果味杂志书⑨：蓝莓布朗号》 18.80

《少女果味杂志书⑩：薄荷方糖号》 18.80

《少女果味杂志书⑪：樱花紫苏号》 18.80

《少女果味杂志书⑫：柠檬红茶号》 18.80

**蝴蝶蓝系列**

《蝴蝶蓝（第一季）·千面桃花姬》 19.90

《蝴蝶蓝（第二季）·紫莲山庄》 19.90

**班花朵朵系列**

《班花朵朵①·我是艺术生》 20.90

《班花朵朵②·电影初体验》 20.90

《班花朵朵③·偶像保卫战》 20.90

**小MM四周年主题书**

《现在是女生时代!》 28.80

《现在是女生时代!②·我们闺蜜吧》 28.80

《现在是女生时代!③·女生都是小怪物》 28.80

**欢乐联萌系列**

《养只萌呆镇镇宅①》 19.90

《养只萌呆镇镇宅②》 19.90

《养只萌呆镇镇宅③》 19.90

《养只萌呆镇镇宅④》 19.90

《养只萌呆镇镇宅⑤》 19.90

《萌师上线，顽徒请签收①》 19.90

**天使在身边系列**

《路过心上的哈士奇》 20.90

《当心！浣熊出没》 20.90

《萌动之森①·雪地精灵伶鼬》 20.90

**公主天下系列**

《清河公主·洙宛传》 22.80

## 《意林·轻小说》·轻文库品牌书系 引领校园小说阅读新潮流

**绘梦古风系列**

《公主驾到》 23.80

《花颜错》 23.80

《山寨世家》 23.80

《倾世迷迭书》 23.80

《凤九卿（一）》 23.80

《凤九卿（二）》 23.80

《凤九卿（三）》 23.80

《凤九卿（四）》 23.80

《美人千千泪西楼》 23.80

《郡主驾到·壹》 24.00

《木兰帝（上）》 23.80

《木兰帝（下）》 23.80

《俏娇小仙闹皇宫》 23.80

《连城赋（上）》 23.80

**恋之水晶系列**

《致淡玫瑰色的你》 22.80

《宁负流年不负君》 22.80

《世界第一的假面殿下》 25.00

《脱线萌星易容记》 25.00

《指尖花凉忆成殇》 22.00

《欢歌犹在意微醺》 22.00

《见习保镖呆呆兽》 25.00

《可可少女梦想纪》 25.00

《后天男神Ⅰ》 25.00

《后天男神Ⅱ》 25.00

《后天男神Ⅲ》 26.80

《世界第一的公主殿下Ⅰ》 23.80

《世界第一的公主殿下Ⅱ》 23.80

《挥手告别小时光》 23.80

《少年站在云之彼岸》 23.80

《我的青春,以你为名①偶像来了！》 23.80

**私人定制少女馆系列**

《恋恋星煌十二宫》 25.00

《守护十二生辰石》 25.00

**奇幻仙境系列**

《彼渡少年与妖怪契约》 23.80

《神典·末夜公主》 23.80

《御灵骑士团·诺茵与彩狸》 23.80

《逆世界之瞳》 23.80

《玫瑰帝国·荆棘鸟之冠》 25.80

《玫瑰帝国·黑羽蝶之翼》 25.00

《玫瑰帝国·白蔷薇之祭》 26.80

**暗影迷踪系列**

《终极推理事件簿》 22.80

《超级学园探案密码》 22.00

**新炫武侠系列**

《邻家武圣》 23.80

**星光璀璨系列**

《轻星球·仙女星云号》 19.80

**灵气少女系列**

《星有灵犀遇见你》 20.80

《萌熊改造计划》 20.80

《守护极速甜心》 20.80

《元气星女倾城记》 20.80

《公主病》 20.80

**轻舞飞扬系列**

《毛毛熊的浪漫樱花雨》 19.80

《发梢轻绾茉莉香》 19.80

《迷迭香在青春里绽放》 19.80

## 《意林·小文学》品牌书系 阳光阅读·快乐写作

**成长物语系列**

《艾丽鲨半成年》 19.90

《换双翅膀飞翔》 19.90

《琥珀青春》 19.80

**魅力悦读系列**

《程家兄妹·永不毕业的少年》 19.90

**幻之星球系列**

《地球假日①：寻找洛神》 19.90

**爆笑学园系列**

《鬼马女神捕①：绝密卧底（上）》 14.80

《鬼马女神捕①：绝密卧底（下）》 14.80

《鬼马女神捕②：绝命预言（上）》 14.80

《鬼马女神捕②：绝命预言（下）》 14.80

《天神学院·魔女见习生》 19.90

**动物奇缘系列**

《萌兽报到，请多关照》 19.90

## 意林青少年国际大奖小说系列（少年励志正能量丛书） 总统的选书标准，世界级童书大奖获奖作品

**国际大奖小说系列**

《鲸武士》 22.90

《囧男孩日记》 19.90

《阿萨的心事》 14.90

《冬天的小木屋》 12.90

《河豚少年》 12.90

《林克的流浪之旅》 13.90

《墓地低语》 16.90

《铅十字架的秘密》 19.90

《少女骑士变身记》 22.90

《雪橇犬之歌》 14.90

《沼泽女孩》 25.90

**一生必读的经典名著系列**

《80 天环游地球》 19.90

《海蒂》 16.90

《吉卜林动物故事集》 16.90

《木偶奇遇记》 15.90

《青鸟》 15.90

《森林王子》 12.90

《所罗门王的宝藏》 16.90

《汤姆·索亚历险记》 15.90

《小飞侠彼得·潘》 16.90

**王子篇大结局！**

**启天男神 Ⅲ**

**轻文库全体小编飙泪推荐！**

甜蜜 & 虐恋引爆最终回——谁才是真正的王冠后裔？

钱小美，如果早知余生的每一天都不再有你，我一定不会放开你的手。

陆铭熙，如果早知所有美好都终化作尘埃，我宁愿从未遇见你。

**三部曲最终回——男神间的卫冕之战！现在开始！**

随书赠送精美同学录：《男神女神，青春万万岁》

# 少年北顾，唯愿君安

（下）

竹木一／著

長春出版社
国家一级出版社
全国百佳图书出版单位

轻小说 出品
**图书在版编目（CIP）数据**

少年北顾，唯愿君安 / 竹木一著 . -- 长春 : 长春出版社 , 2016.8
（暖爱青春馆）
ISBN 978-7-5445-4547-1
Ⅰ . ①少… Ⅱ . ①竹… Ⅲ . ①长篇小说－中国－当代Ⅳ . ① I247.5

中国版本图书馆 CIP 数据核字 (2016) 第 177742 号

**少年北顾，唯愿君安（下）**

*Shaonian Beigu Weiyuan Jun'an（xia）*

| | |
|---|---|
| 著　者 | 竹木一 |
| 出版人 | 郑晓辉 |
| 总策划 | 安　雅　张　星 |
| 责任编辑 | 高　静　闫　言 |
| 图书统筹 | 安小纪 |
| 特约编辑 | 黄佳佳 |
| 绘　图 | 君　翎 |
| 书籍装帧 | 胡静梅 |
| 美术编辑 | 赵艳红 |
| 开　本 | 700mm × 1000mm　1/16 |
| 字　数 | 260 千字 |
| 印　张 | 15 |
| 版　次 | 2016 年 8 月第 1 版 |
| 印　次 | 2016 年 8 月第 1 次印刷 |
| 出　版 | 长春出版社 |
| 发　行 | 长春出版社 |
| 地　址 | 长春市建设街 1377 号<br>邮编：130061 |
| 电　话 | 总编办：0431-88563443<br>发行科：0431-88561180 |
| 网　址 | www.cccbs.net |
| 经　销 | 全国各地新华书店 |
| 印　刷 | 北京嘉业印刷厂 |
| 书　号 | ISBN 978-7-5445-4547-1　　**总定价：**50.00 元（共 2 册） |

# 目录

CONTENTS

# 目录

CONTENTS

# 第十七章 英雄的葬礼

顾容与赶到陵园的时候，见到的就是这样的维拉。

她头发凌乱，靠在外公的墓碑上，额前的伤口已经被大雪冻住，她蜷缩着身子，好像找不到任何依靠。

顾容与慢慢走近她，摊开手掌："出来的时候子慕叫我把这个给你。"

维拉看着眼前的五角星发愣，泪水又流出来了。

"为了这个，他们心甘情愿的。"顾容与也坐了下来，静静地看着远方，"他们说，爸爸去的时候，他的手还跟一个老前辈的握在一起。爸爸一辈子出生入死，临死前想必是遇到了值得敬佩的人。所以，你不必责怪你爷爷，在他们的心里，精忠报国，什么方式都是一样的。"

"他毁了外婆。"维拉摇摇头，"你不知道，我以前半夜醒来，都能看到外婆看着远方在抹眼泪。我们住的地方，国与国的边界被模糊了，可是外婆无时无刻不在提醒着我，我们是中国人，无论在哪儿，都得永葆自己的中国魂。但是那时候外婆以为外公叛了国，那么多年，每一个时辰都是数着过来的。"

顾容与不说话。维拉说："容与啊，我真的很爱爷爷，很爱很爱，可是，我刚刚真的恨他。"

顾容与点头，说："我知道。"

"我不想见到他。"

"好，我们不见他。"

如果消磨不了恨，我们就去遗忘。

我们去找一个地方忘记他，只需记得他最初的温暖。

维拉和顾容与离了家。

顾容与打电话跟奶奶说了缘由，老人体谅他们，说不管上一辈有怎样的恩怨，但这些都是长辈给你们的缘。谁是谁非，老天爷早就有了定夺，何不等他们都归了土，自个儿理论去。那么多年，说不定早就看淡了。你们不需要掺和什么，只需要微笑就好。你不必宽慰维拉，手心手背都是肉，谁都拗不过谁的，慢慢她就想通了。

或许老了，才有这种智慧。

顾容与说："奶奶，我懂，只是这个春节，孙儿不孝，不能陪您守岁了。"

维拉给回回打电话说："回回，不好意思，这个春节要叨扰了。"

回回脸红，不好意思了。

广州的冬天跟北京的春末夏初很像，很暖和。

回安经常找顾容与去打球，回来的时候总是大汗淋漓。

南方过年鲜少包饺子，回妈妈教维拉包粽子、煲汤。广东人似乎对汤特别执着，可以花上一天时间来熬一锅汤。

维拉手脚很麻利，回妈妈乐得做菜的时候都叫上她，时不时再拿她跟回回对比一番，看着在客厅四处找吃的回回不停摇头，说是太纵了，没教好，时时都得操心。

"回妈妈您太谦虚了，回回被您教得很好，大智若愚的，上学期期末她拿了第一名呢，可牛了。"

回妈妈摇摇头："读书好有什么用，人缘差得一塌糊涂，她从小到大就没少被同学家长找上门来，好久了才有了你这么个朋友。回回说话直，但是她没有坏心思，你多包容她。"

维拉点头，笑着说："回妈妈您多心了，我很喜欢回回的，没有人能比她更真了。"

说着，又听见客厅里有动静，维拉探头出去，这厮又摔了东西被爷爷打头呢！

维拉看着看着，笑容就凝固了。

回妈妈顺着维拉的视线看过去，笑道："他们爷俩就是这样，不用管他们。别看她爷爷打她打得最厉害，可平时最疼回回的也是他。"

"回爷爷退休了吗？"

"早些年就退了，平时也没啥爱好，就喜欢管着回回。回回去上学了，家里就没人跟他斗嘴了，每日唉声叹气的。"

"这样的方式挺特别的，怪不得有这么一个特别的回回。"

回妈妈没察觉到她的失落，笑道："让你见笑了，我听说你们北方人很讲究辈分，对自己的长辈很尊重，过年都要磕好几个头呢！"

维拉低头片鱼，笑笑，没有接茬儿。

回妈妈想了想，知道自己说了傻话。孩子大过年跑到他们家，肯定是跟家里有了什么矛盾。上次她问回回是怎么回事，无奈那孩子依旧懵懵懂懂，一副不解世事的样子，“嗯嗯啊啊”半天也说不出个子丑寅卯来。回妈妈不由得暗自摇头，想着下次说话注意些，大过年的，别触动孩子的伤心事。

傍晚，回安和顾容与才回来。所幸南方人晚饭吃得晚，也不至于失礼。

顾妈妈海晴得知两个人会来广州过年，权衡之下仍是回了北京的家，毕竟家里只有两位老人过年，太冷清了些。

临走的时候特地找了维拉，拉着她的手，很抱歉的模样。

“抱歉的是我，阿姨，是我不懂事，才跑了出来……还要劳烦容与陪着我……”

海晴摸了摸她的脑袋，没说什么。

“阿姨，我是不是做错了？可我真的很难过，我不知道怎样去面对爷爷。我总是对他们的死耿耿于怀，我总觉得，如果他们还在的话，很多事情就不会这样了，外公会比现在的爷爷还要风光，妈妈可能还跟爸爸在一起……”

“可世事总是充满变数的，你外公去了边疆也未尝不好。”海晴打断她，“至少他的心是丰盈的，他知道自己做的是对的，这就够了。再怎么说，你外婆在那儿陪了他一辈子，他们的遗憾会少很多。”

维拉低头没说话，海晴看不到她的表情，继续道：“我这样告诉你的目的，就是让你别再钻牛角尖了。换个角度想想，虽然我们不能怎么做，但是他们为了信仰死去，于他们，我们更应该心存一份敬意。”

维拉困惑地抬起头：“信仰？”

“他们像巨人一样为了祖国死去，为的是祖国啊，无论是我还是他们穷其一生也要保卫的祖国啊！我这些年回想最多的，就是当年跟他在部队并肩作战的日子。那些日子被夕阳晕染得特别美，跟心爱的人怀揣着同一个信仰，日子虽然难一点儿，但是仍过得眉飞色舞的。”

海晴看到维拉迷茫的眼神，又忍不住揉了揉她的脑袋：“我知道你能明白的，给自己一点儿时间，没关系。不过要尽快，你爷爷……可能熬不过这次了。你的时间还很多，可他却没多少时间了。维拉是个聪明的孩子，别让自己后悔。”

“我虽然知道，但是……我回不过神来……”

“我明白的……我想安慰你，却连自己都骗不了。我的丈夫在人生中最美好的时候撒手西去，你不知道我那时候有多难过，我恨不得随了他去。可是我不能啊，我还有公公婆婆和容与，我得强大起来保护他们。那时候我就在想，以后我见到他爸爸的时候会说什么，我很想告诉他我过得很好。可是到了现在，我发现我连自己都骗不了。我受了很多的苦，有一些我甚至不敢再去回想。那是无边无际的彷徨和孤独，毫无希望的生活和没有穷尽的苦难，我似乎再也没有什么东西可以失去。”海晴看着窗外蔚蓝的天空，眼睛很亮很亮。她站得笔挺，是一个军人的样子，可总归骨子里她还是一个女人。

维拉看到那样孤寂的背影，才惊悉眼前的人，她遭遇的不幸，她承受的痛苦，从来都不会比她少。同病更易相怜，维拉抱着她，像抱着自己的母亲，很委屈。

海晴帮维拉擦着眼泪：“他爸爸走的前些年，我的情绪很容易失控，而现在沉静了，却越发怀念起那些年。有眼泪好好流未尝不好，哭够了，接下来的日子就好过了。”

维拉牵着她的手，很难过：“我可不可以叫你妈妈？”太久太久……没有人对她像一个母亲那样说话了。

海晴愣了愣，之后就笑了，她笑得很美，一把搂过维拉，说：“好，你叫，妈妈听着。”

“妈妈、妈妈、妈妈……”

顾容与在门外，挨着墙，看向天空，呼吸很重很重。

海晴把家里的钥匙留给他们之后就走了，说年初六再回来，这段时间让他们好好照顾自己，别什么事情都往坏处想。

过年总住别人家里不大好，回回家亲戚多，几乎每日客房都会满，维拉和顾容与权衡之下还是住到了海晴那里，得了空就去回回家串门。

屋子平时只有海晴一个人住，也没什么人来，屋子不是很大，只有六七十平方米，一厅两房，其中还有一间是书房。这也是他们之前来的时候没住那里的原因。

维拉脸红，觉得没有让人儿子住书房的道理，便在书房里搭了一张小床，准备入住。刚搭好回回就过来了，双眼亮晶晶地看她，说是要带他们吃遍广州，还说到了广州才知道自己以前吃的真不是东西。

维拉看回回有些心虚，拧她一把：“你想吃什么就直说，我们给你付钱。”

那厮在家的时候是没人给她发零用钱的，她平时也没什么储蓄，以前犯了馋只得在自家冰箱寻摸，可是今年不一样啊！她家有钱的“阿朱”来了，哈哈哈。

维拉看向顾容与，他笑着摇摇头：“我有同学在广州，他们知道我来了说要聚聚，你们去吧！”

顾容与出去的时候塞给维拉一张银行卡，回回花钱没个节制，维拉出来得急，很多东西都放家里没带，只得却之不恭。

“密码是你的生日。”他刚出去没多久，就给她发了条短信，她看着条短信，笑得温暖。

维拉看了看在客厅抠葡萄的回回，乐不可支的样子，指挥着她把柜子里的被子都拿出来晒，放了一段日子，上面还有樟脑的气味。

或许是天公不作美，她们出去的那天下了一场雨，温度从二十六摄氏度骤降到十摄氏度。

下雨的时候，维拉和回回在喝下午茶。窗外开始飘雨，维拉想起家里有被子没收，赶忙站了起来，才没跑几步，转念一想，又淡定地坐了回去。

回回嘴里堵了一个烧卖，含糊不清地说：“你这是干什么？卡带了吗？”

维拉“嗯”了一声，抓了抓头发，夹了一片牛巴，不敢看回回。

回回看着外面，欣喜道：“下雨了，快给我爷爷打个电话，告诉他我们不能回去吃饭了，哈哈哈……”然后摸出一份地图，告诉维拉上哪儿躲雨最好，只是那几个地名听着有些怪，都能跟吃的搭上那么些关系。

两个人都穿得挺少，风吹过来凉飕飕的，吃完晚饭维拉提议回家。回回头摇得跟拨浪鼓似的，说什么她好不容易才出来一次，非得吃了夜宵才愿意回去。

维拉无奈，只得跟她又逛了商场，给大家各买了一件外套。回回看衣服的时候蔫蔫的，跟吃东西时完全不是一个状态。维拉摇摇头，还真不像个女孩子呢！

在维拉给试衣间里的回回塞衣服的时候，接到了顾容与的电话。

“在哪儿？”

“天河广场。”

电话那头传来一阵欢呼：“叫过来，快叫，就在我们这一片。”

“如果有空的话，带上回回一起过来吧，我们在钱柜。”

回回探头出来：“有人叫我们去吃东西吗？”

维拉无奈地看了一眼回回，说：“好的，我们待会儿就过去。”

回回顿时精神了，把身上试的那件扒拉下来，递出来：“我就要这件了。”

回回拎着衣服快快乐乐地往外走，却被维拉扯住了领子：“先跟我去男装区。”她没有忘记，今天顾容与出去的时候穿的是衬衫。

顾容与的衣服并不好买，南方人个子不比北方人，所以当维拉终于找到一件看起来挺顺眼的夹克时，回回已经快生气了。

维拉摸摸她脑袋，给了一块糖。听她含着糖一路叨叨过去，在见到食物的时候抱怨声戛然而止。

她们刚刚推门进去，里面的男生齐刷刷站起来："嫂子！"

维拉吓了一跳，然后脸红了，被簇拥着坐到了顾容与身边。而回回早就主动地坐在了食物最密集的地方。

"哥，给我们介绍介绍呗！"众男生看着顾容与，都是一脸坏笑。

顾容与挑眉："该干啥干啥去，还介绍什么，手机和枕头底下早都让你们翻遍了。"

维拉笑着看顾容与："怎么都叫你哥？他们都比你小吗？"

"不是，打架没打过我罢了。"

其中一男生嚷嚷："容与哥都照着特种兵的标准练，我们怎么可能打得过他？"

"对啊，嫂子，您都跟他跟到我们学校了，还跟去特种兵营不？"

"我看好你哦，嫂子，让花木兰和孟姜女颤抖吧！我们国家出过李贞那样的女将军，嫂子您任重道远啊！"

顾容与嗤笑着把他们都打发了，维拉却考虑起了去当特种兵的可能性。

与其没有尽头地等待，不如奋起直追。

维拉扭头看顾容与，神色暖洋洋的："刚刚给你买了一件衣服，变天了，你穿上吧，别着凉了。"

"嗯。"顾容与接过来试了试，很合身。

"真让人看着眼红，来吧，合唱一曲，兄弟都点好了。"众人跟着起哄，递给他们话筒，"《广岛之恋》。"

"别，你们安的什么心啊？换一首。"另一个人皱眉了，"情侣唱这歌不吉利，会分手的。"

点歌那个人有些尴尬："不好意思，嫂子，我不知道这茬儿，现在就给您换。"

维拉制止了，接过话筒，把一个话筒递到了顾容与手里。

她认真地看着他，眼睛很亮很亮："对于命运，我更相信事在人为。"

话筒在顾容与手里辗转了好几圈，他才牵扯出一个笑容："好。"

回到家已经十一点了，维拉把顾容与推到浴室去洗澡，自己则去看看那床可怜的被子，心里不停地向海晴忏悔，她真的不是故意的啊……

被子早就被好心人放到了阴凉处，不至于湿透，但还是潮了。

维拉抱着被子回到家的时候，顾容与刚刚洗完澡出来，头发还很湿，他一边擦头发一边问："怎么了？"

"今天出去的时候晒了被子，没想到下午就下了大雨，现在全潮了。"

顾容与的手一顿："家里没被子了？"

维拉指了指床上："只有那个是干的。"然后有些心虚："我先去洗澡。"

维拉在里面磨蹭了近半个小时，才默默地走了出来，看着坐在沙发上气定神闲的顾容与，他朝她微微一笑："你睡床上吧，我先在沙发上对付一晚，明天再去买被子。"

维拉不说话，脸色挺冷淡，转身走进去躺在了床上，故意把门敞着，像一个赌气的孩子。

她关了灯，睁着眼睛，客厅里隐隐的光透了进来，顾容与放小了声音，关了灯，只剩电视屏幕忽明忽灭。

维拉醒来的时候天还很阴暗，光线一点点地透进来，她转个身，看到了顾容与恬静的眉眼，不知什么时候，他也躺了上来，在床的另一边，不远不近，一臂距离。

再近一点儿就可以碰到他的眉眼了，维拉对自己说，这辈子可能再也见不到更完美的脸庞了，一定一定不要离开。容与，我走进了你给的童话世界，这辈子只做这一个梦。

她看着看着，手就无意识地比画起来，想把他的模样刻入心底。

顾容与闭着眼睛，却还是能准确无误地握住她的手："别闹，让我再睡会儿，失眠一晚上了。"

维拉过了好一会儿才明白他的意思，笑出了声："是该失眠的，坐怀不乱一晚上了。"

顾容与仍旧闭着眼睛，笑着，不说话。

维拉低头，把自己埋进了他的胸口里，然后把手小心翼翼地圈过他的脖子，很安定的一个姿势。

顾容与一把搂过她："要抱就抱紧实些，这样很痒。"

维拉的脸颊贴着他的胸口，露出一个开怀的笑容，她听到了他的心跳。

这样就够了，对于他们这份若即若离的关系，已经是最好的礼物。

开学的时候，他们一起去了学校，其间都没有回过家。

子慕打来电话，维拉很久都没有说话，最后还是撂了电话，她们所在的角度不同，说不到一块儿去。

苏志国和向彤也来过电话，但是说的都是一些片儿汤话。苏志国心里有愧，就更不知道该怎么同她提起了。在这方面向彤的确是个外人，自然也不好说些什么，只得暗暗着急。

维拉经常会握着手中的五角星朝北方看，然后在被窝里跟外婆说话。

海晴阿姨的话仍在脑海中回响："我知道你能明白的，给自己一点儿时间，没关系。不过要尽快，你爷爷……可能熬不过这次了。你的时间还很多，可他没多少时间了。维拉是个聪明的孩子，别让自己后悔。"

那天爷爷那么坦诚地跟她说起这辈子的荒唐事，他是料到有这么一天了。其实他本可以瞒一辈子的，只是觉得对不起良心。他的一生虽不够光明磊落，但最终坦坦荡荡。

又接到子慕电话的时候，是阴沉沉的星期二。那一天维拉的眼皮跳得非常厉害，总是心神不宁的，第一次在课上没有关手机。

当宿命的铃声响起的时候，她立马就接了起来，心很慌。

子慕哭着说："你快回来吧，爷爷快不行了。"

维拉手一滑，手机就掉了下来，好像周围都失了声音，天地间只剩她一个人。

回回扯她袖子："你怎么了？教授在看着你呢……"

维拉没应声，双手撑着桌子站起来就往外走，可是没走几步又倒了下去。

大家似乎都被她吓傻了，只有大姐一个箭步跑过来，把维拉扶了起来。

她看着大姐的眼睛，终于哭出了声来。

谁是谁非，再也无力理会。

维拉本来想直接去机场，但是想起宿舍里还有很重要的东西忘了带，只得回去了一趟，把手机交给回回，让她给曲奕打电话。

到机场的时候，曲奕已经把顾容与带来了，维拉一见到顾容与，刚止住的眼泪又掉了下来。顾容与不忍心看她这副模样，一把搀起她，让曲奕去领登机牌。

他细声安慰，像是要把一辈子的温柔用尽。也许并不是什么能治愈的良药，但是只要他开口，天就不会太阴霾。他知道她的后悔与委屈，他告诉她："你已经做得很好，没有人会怪你。"

维拉说她对得起所有人，却对不起爷爷，这些年他对她悉心照料，而她却因为无法改变的过去，让爷爷本来就严重的病情雪上加霜。"容与，他原本可以再多活几年的呀！”

“不许钻牛角尖。”顾容与打断她的话，“他心里带着那么多的愧疚孤寂了半辈子，这样何尝不是解脱？何况……”

顾容与的声音柔了下来：“谁是谁非早就不重要了，如果真的要有一个论断，那是他们之间的事情。你外婆固执了半辈子，后来也真正放了下来。于维拉你而言，手心手背都是肉。他们的伤口早就愈合了，你何必再去把它们挑得鲜血淋漓呢？”

“可我总觉得对爷爷好了，就对不起外公外婆了。”

“你不是圣母，所以不必拥有上帝的视角。你是苏爷爷的孙女，维拉，你只需要爱他就够了。就好像我爷爷对待我姑姑那件事的不理智，并不是不知道是非对错，仅仅是一种天性和本能。”

“还来得及吗？”她把他的话听了进去，或许是因为真有道理，或许就像他说的，因为一种天性和本能。

“来得及，只要有心，永远都不会晚。”

维拉回到家的时候，苏老刚刚从医院转到家里，他放弃了治疗，不愿意为了那百分之五的活命概率把自己留在手术台上。

子慕穿着军装在门口等她，军艺提前招生，子慕很争气地拿了专业成绩第一，于是便有了这身军装。

子慕说：“你跟我一起进去吧，爷爷最想看的，就是我们俩穿着军装站在他眼前的样子。”他知道他的信仰得以传承，会走得更安宁一些。

维拉默然点头，刚进门的时候，就看到了躺在床上头发花白的爷爷，他抿着双唇，似乎连说话的力气都没有了。脸色很苍白，露在被子外面的手指极见风骨，像是一辈子硬气过来的，只是……从什么时候起他的老人斑已经那么明显了呢？

维拉心里愧疚无比，眼泪扑簌扑簌地流淌下来，然后蓦地跪了下来，给爷爷磕了三个响头：“爷爷，对不起，孙女不孝，现在回来看您了。”

老人听到是许久不见的孙女回来了，赶忙让儿子把她扶起来。

苏志国在老人的脑后垫了几个枕头，老人看到孙女露了笑容：“好，回来就好，回来就好。子慕那丫头假扮过你好几次，我现在眼都花了，实在不能好好分辨，但是听声音，是维拉的。”

子慕说：“爷爷我在这儿呢，姐姐真的回来了。”

维拉跪着挪了过去，把手中的小瓶子放到爷爷手里，然后把自己的手也覆上去。

“爷爷，我想明白了，外婆是愿意陪您一起的。外婆这辈子最珍视的便是家人和朋友，您是外婆的老战友了，她肯定还记挂着您的。”

苏老点头微笑：“维拉，你跟你外婆一样善良。”

维拉把那颗五角星放在了苏老的胸前：“这颗五角星是外公留给外婆的，最后外婆给了我，现在我把它送给您，爷爷，您喜欢吗？”

苏老也掉眼泪了，喜欢，怎么会不喜欢？当年那段在集中营的日子，三个人的心同时被这颗五角星照耀着，提醒着他们别忘记回家的路。

这都……好多年了……

他们这样珍视这颗五角星，是不是就等同于珍视当年那一段生死相交的时光呢？

好多好多年了，可闭上眼睛的时候脑海里还是那么清晰。老人说不了几句话就开始昏睡，大家都守在旁边，怕稍不留神，老人就走了。

多年之后，一个长得十分帅气的小宝宝穿着小军装，还神气地扛着枪，他腆着小肚子问妈妈：“妈妈，你说我像不像太爷爷？”

“像，宝宝不仅像爸爸的爷爷，还像妈妈的爷爷。”

“妈妈的爷爷是挂在书房里的那个吗？他去哪儿了？他怎么不回来疼宝宝？”

“他去了很远很远的地方，跟妈妈的外公外婆做了邻居，每天忙着唱小曲儿，日子过得可好可好。”

“妈妈，你叫他回来好不好？我知道他肯定很威风，因为太爷爷可嫉妒他了，总想着把他的照片换下来把自己的放上去，我都瞧见过好几次。”

她抱着她的宝宝：“虽然知道他在那边会很开心，但是，妈妈还是很想很想留住他呢！”

“妈妈你哭了？”

她把头埋进宝宝的帽子里：“因为妈妈，是真的真的很想他呀！”

苏老走之前，清醒过好一阵子，将儿孙们一个一个叫进去，说一些体己话。

维拉是最后一个，所以步伐格外沉重一些。

老人已经很累了，但是还强打起精神，问维拉今后的打算。

维拉咬唇，说要去当特种兵。

她以为爷爷会反对，但是苏老笑着点了点头：“当特种兵要有一定的毅力和胆识，维拉，选定了一条路就不要放弃。”

“我答应你，爷爷。”

苏老看着孩子，目光慈爱无比：“你比我当年有魄力。”

维拉低了头，没说什么。

“是跟定容与了吗？”

维拉点点头：“爷爷，我好像眼里再也看不到别人了。”

“你把他叫进来。”

苏老把维拉的手放到顾容与的手里：“好孩子，我没有办法在教堂牵着她的手走向你了，你要答应我好好照顾她，我们家姑娘跟你走了那么远，回不来了，你不要丢下她。”

顾容与温和地看着他：“爷爷，我答应你，顾容与的身边除了祝维拉不会再有别的人。”

“好孩子。”苏老扭头，眼睛直直地看向了天花板，好像可以看得好远好远，“维拉，你再同我说说你外婆。”

苏老的手里依旧紧紧地握着那个瓶子，摩挲着，几乎要用尽一辈子的柔情。

他是有妻子的，是以前家人给他找的童养媳，比他要大上好几岁，在生苏志国的时候难产而死，两个人相敬如宾，苏老对她很是尊重。之后没有续弦，也有一分是因为她的。只是剩下九分，都给了那个叫叶兰的姑娘。

维拉的眼泪扑簌扑簌地流，但还是清了清嗓子跟爷爷聊外婆。顾容与轻轻地走了出去，把大家都叫了进来。

外婆喜欢唱歌，但是除了《小黄鹂鸟儿》什么都学不会。

外婆喜欢穿绿色的衣裳，因为那是军装的颜色。

她跳起舞来很美，会有小伙子给她扔花儿。

她笑起来也很美，好像天上的星星。

她说：“阿宴如果你的枪法练得比吟北哥哥好，我就给你做一双鞋子。”

“阿宴，你讨厌，你别跟着我了，吟北哥哥都误会我们了。”

“阿宴，你相不相信来世？如果有来世，你做我亲哥哥好不好，吟北哥哥老欺负我，老欺负。如果有你在，我就有底气了呀！”

“阿宴，我要跟吟北哥哥去边疆了，他们都说是因为你，我不想再见到你。”

“阿宴，我的阿柔被你家孩子伤得很重，你又欠我一次。”

“你走，我再也不想见到你……”

最后的视线被泪水蒙住，苏宴哭了，最后又笑了。

阿兰，如果有来世，我做你的亲哥哥吧，这样我对你就再也不会有伤害。

苏宴颤抖着手指向窗外新抽芽的绿叶，那像极了叶兰的裙子。那些映着篝火的峥嵘岁月，叶兰的裙摆舞着舞着，战士们都被她吸引了，叶兰笑着，恍如春天绚丽夺目的映山红。

窗外的树叶抖擞，几丝雨滴先行到来，像是上天的眼泪。

阿兰挽着吟北的手笑眯眯地看着他，跟他挥手，他们说："好久不见，阿宴，我们可想你了。"

我也很想你们，很想很想。

后来一阵哀乐响起，苏宴的手重重落下，大家都跪了下来。然后安静地，肃穆地，敬着军礼。终至，一滴眼泪都流不出来。

苏家点亮了所有的灯，为苏老照亮了离开的路。

前尘往事至此戛然而止。只得诚了心，给他送上最真挚的祝福。

老人戎马一生，军功累累，赞誉无数，独独遗憾少了一抹红装。

他用这样的姿态孤独终老，来期望求得故人的原谅。那么美的念头，他的结果一定是好的，不管在哪里，都会赢得尊重。

苏老的葬礼依据的是部队最高级别，他们知道苏老想安安静静地走，可是这样的葬礼，是国家予以他的肯定，是对他功勋的一种表彰。

维拉作为家属答礼，一一接受着他们对爷爷的尊敬与怀念，还有从远方赶来的老战友，他们不顾年老体弱，只为了送苏老最后一程。

顾容与和海欧也站在家属之列，苏志国对顾容与说："你应该知道站在这里的意义。"

顾容与点头："我知道自己在做什么，叔叔您放心。"

顾爷爷和顾奶奶在旁边看着孙子答礼，也不说什么，看来是早就认定这个孙媳妇儿了。

他们都堂堂正正地穿上了军装，不负将门之后的美名。

苏老被葬在了祝吟北的墓旁边，而当维拉看到外公的墓碑的时候，泪如雨下。

墓碑上干净磊落地刻上了祝吟北和叶兰的名字，墓志铭仍旧不变，只是还多刻了几个立碑人——老战友苏宴，孙女祝维拉、苏子慕。

祝家和苏家终是做了亲戚，以那么百转千回的方式。他让他们牵着手站在了一起，似乎这样，就可以弥补一点儿自己多年来的亏欠。

维拉知道这名字刻得有多么艰难。

苏宴于祝吟北有愧，于维拉有愧，他知道维拉对外公的墓碑有着那么深切的在意，他能做的，不过是还了老战友的名字。在外人眼里，无不是苏老对往事的执着与怀念，在明眼人心里，却多了一分愧疚。

他们现在做了邻居，有好长好长的时间论成败论英雄。

死者为尊，往事落幕，台下再也不需要观众。

子慕对维拉说："上次给你打电话就是想说这件事，可是你没接。所幸最重要的一个电话你接了，不然我这辈子都不会原谅你。"

# 第十八章 向着太阳奔跑

回到学校之后，维拉做了详尽的计划，还叫了大姐和小六监督自己。

小六拿起她的日程表细细看了，倒抽了好几口冷气：“你是想天外飞仙吗？这样练会死人的。”

“我只是想离他更近一点儿。”

“你就犯贱吧，为了一个男人至于这样吗？”大姐接过那张日程表，直翻白眼。

“当你喜欢一个人的时候就知道了。”维拉微笑，“你会发现你有好多有待挖掘的潜能。”

大姐摸了摸身上起的鸡皮疙瘩：“看他哪天不要你了，你就哆嗦去吧！”

小六搂着维拉一起笑：“才不会呢，大姐你老危言耸听，敢情是嫉妒了。”

大姐闻言，掐她：“嘴欠都是跟老七学的！对了，她人呢？平时不都跟你焦不离孟的。”

“跟她哥哥去外头改善伙食去了，说了给咱们打包。”维拉刚说完，小六顿觉欣慰：“她终于起一些作用了。”

小六想起大一的时候，乔时也经常帮她们打包东西来着，吃人嘴短，虽然过去挺久了，权且提一提：“其实你可以考虑考虑乔时的，他对你挺好的，家世又好，人也长得挺不错……”

维拉打断她：“你被策反了？”

“没，我是真这么觉得，同等条件取其优者！”

“你懂个屁！”大姐骂道，“什么时候别看《动物世界》，多看几本琼瑶你就明白了。”

“看《动物世界》怎么了？大姐你歧视大自然！”

“哎哎哎，别动手动脚啊，都进化成猴子了……”

王兰陵进来的时候，她们身形顿了顿，也不闹了，整了整衣服就各做各的。

自从宿舍的人跟维拉、回回和好之后，王兰陵显得尤其不合群，倒是有些被大家孤立的意味。不是没有伸过橄榄枝，只是她也有她的骄傲。

而眼前的关系，维拉也并不想去改变什么。

谁的心里不憋着一股气呢?

已经是大二下学期了，大家面临着分流，专业分得更细了。大家看书也有了侧重，维拉倒不是太在意，本来就不是心之所向，现在有了更大的目标，便封死了自己的退路，不允许有任何闪失。

回回也在努力着，除了致力于她保送Q大硕博连读的目标外，还一直在做软件——关于马赛克的还原。

居然还真被她做了出来，图层虽然没有原图清晰，但是也比网上别人做的好多了。回回本着众乐乐不如独乐乐的心理，除了给维拉看看，压根没往外传，不然还能指着这软件赚上一笔呢!

回回怕没有一个说话的人，游说维拉跟她选同一个专业。维拉并不难劝，回回第二次跟她提的时候她就答应了。只是有一个条件，就是每天回回得自己起床。

维拉每天五点就起来跑步，她威胁回回说，如果她六点半还不起床，她就不要她了。

回回苦哈哈地答应了。

虽说如此，可她每天还是会被晨练回来的维拉齁起来。

维拉给自己定的目标是每天早晨一万米，先跑两个月，之后便开始负重练习。常人跑一千米都会晕乎，即使维拉体力好一些，但跑一万米也不是容易的事。她并不苛求速度，只是想着无论怎样都不能停下来，要坚持着跑完。

五点多天还不太亮，她仅仅凭着自身的敏锐和隐约透过来的一丝光亮坚持着向前跑。他们上的是军校，几乎每天都会有训练。

即便如此，维拉第一次跑一万米的时候腿还是抽筋了，一个人坐在地上死死地捂住腿，期望它快些缓过来。捂着捂着就哭了，看着刚刚升起的朝阳，脸上满是泪水。

不应该是这样的，可是不这样又能怎么样呢?

很快就黎明了。

下午去射击场练习枪法，每天打掉两百发子弹，肩膀几乎被震得毫无知觉。刚开始的那几天连碗都端不起来，还是回回一口一口地喂她的。维拉本来有些伤感，但是每次看着一边喂她一边数落她，最后干脆自己吃起来的回回，就难过不起来了。

她是她那么好的药。

维拉连上课的时候也不闲着，一心二用，开始看关于野外生存的书。如果她没有猜错，顾容与应该会去野战特种军部队，因为顾叔叔就是野战出身的。

她知道自己面临的是什么挑战，从此便不能过安逸的生活。她并不是纯粹的军校生，她需要付出比别人更多的努力，才有望在高手如云的男生中脱颖而出。

每天很累很累，不是没有过放弃的念头。可是有什么办法呢，身边是什么样的人，就决定了你会走什么样的路。维拉安慰自己说这样好处可多了，胃口好、身体棒、睡觉还特别香。她这些日子的饭量是原来的两倍。

只有自己真正按照这样的强度训练了，才知道顾容与每天过的都是怎样的日子。他那样云淡风轻的性格，从未跟她提过一次苦，那样的隐忍与克制，她比谁都难过。

乔时不知道从什么地方打探到她在坚持训练，颠儿颠儿地跑来动摇她，这厮被她们宿舍联名抵制近一年了，罪名曰：混淆视听，累及老八，罪不容诛。

乔时一边跟着她跑一边劝她："我说你跟着我不就完事了？你不工作不念书都行，何必那么辛苦？"

"你去花鸟市场提一只鸟回来，它不工作不念书还能取悦你。"

乔时做捶胸顿足状："不行，我得向上级告发你。"

"很好，马上从我眼前消失。"

"那我告诉曲奕，那臭小子嘴大，他知道的事情就没人不知道。"自从上次打架之后，两个人的关系好得差点儿没去结拜。

维拉皱眉："随便你。"

乔时掏出手机，摁下一串号码："奕子，还睡着呢？赶紧起来，我找顾容与有些事儿，你把电话递给他。"

维拉一把抢过手机，搁在耳边，正想着说什么才能糊弄过去，突然发觉那边安静得诡异，拿开手机才发现他根本没打这电话。

维拉脸黑了，手机给他塞回去："无聊。"

乔时摇摇头："你呀，还是不要继续练的好，没有哪个男人愿意让他的女人陪着吃苦的。"

"你不明白。不管他同意与否，我都是要跟他并肩作战的。"

"但是你不敢告诉他。"

"迟一点儿吧！"维拉抿唇，"至少等我做出了成绩。"

乔时叹气："维拉，你不知道一个女人要当特种兵有多难。"

维拉坚持着说："并非没有可能。向着太阳奔跑，最近也会到月球。"

维拉近来上课乏了许多，成绩也掉了许多名，辅导员特地逮了她去谈话。

眼下是春末夏初的时节，维拉已经无法用春困解释连日来的疲惫。

辅导员依旧和蔼：“怎么这些天看起来有些憔悴，是不是家里出了什么问题？有什么困难可以跟学校提，看看我们能不能帮得上忙。”

维拉摇摇头：“不关家里的事，我最近可能训练得有些累了，让您担心了，很抱歉。”

“嗯？你给自己加训了？”

“嗯。”维拉想了想，还是决定如实招了，那么长远的事情，瞒不了，“大四我想参加特种兵的甄选。”

“特种兵？对女孩子来说，那不是一个好去处。”

“说出来不怕您笑话，我想去当特种兵是因为我男朋友，他也要去的。”

辅导员皱眉道：“家里怎么说？”

“家里都同意，我们都是军人家庭。”

那就没什么好说的了，军人有军人的想法和骄傲。

辅导员点头：“那你注意时间的调配和训练的强度，这个急不得，得慢慢来。功课也不要落下了，不然到时候两头都不讨好。”

“我明白的，谢谢您。”

子慕参加完高考过来看维拉，当看到她明显变尖的下巴和黝黑的肤色后，子幕心疼极了。

她使劲地掐她，然后再闷闷地把她搂在怀里：“你除了考虑容与哥，好歹也心疼下自己。你看你现在这样，谁还敢说我们是双胞胎呢？”

维拉拍着子慕的肩膀：“你放心，我有分寸。现在不是很多人去削下巴整容吗？你看我不用整都有。”说着，还自恋般地摸了摸。

子慕“扑哧”一笑：“你就贫吧，黑成这样，当心晚上在街上走的时候，人还以为是一件衣裳在行走呢！”

维拉也笑，露出了雪白的牙齿：“如果下次有人找你代言‘黑妹’，我可以友情客串。”

子慕抱着她：“傻丫头，还是姐姐呢，怎么比我还傻？你为了容与哥还真是不要命了。”

维拉笑笑，表情有些伤感。

“姐，你跟容与哥……是不是早分了？”这几年他们俩之间有古怪，瞒得过大人，却瞒不过她。

“说不上分，就僵着。”

子慕点点头：“你要理解他，他心里还有顾叔叔的阴影。我跟他一起长大，那时候顾叔叔把他给疼的，整个大院的孩子都嫉妒了。后来顾叔叔走了……顾爷爷严厉的样子你也见过，那样的差别不是一般人能承受的。容与哥没有不要你，只是怕以后你们也会……”

维拉听着不禁动容，傻丫头，原来我没告诉你的事情你早已猜到。

这份心意难能可贵。

“我懂，所以我在用自己的方式追赶他。”只要跟上了他的脚步，就不会害怕他走丢了。

自爷爷过世之后，维拉第一次感觉跟子慕离得那么近。

或许本就该是无话不谈的姐妹，只是之前在维拉心中总会形成一种认知——我们的成长方式和过程都不一样，你不会明白我的。

所以维拉想说心里话的时候，总会不自觉地把子慕排除在外。这样的认知，对子慕的确有些不公平。

可是现在她却不敢这样想了。

原来子慕，比她想象的更为睿智。

顾容与是从子慕这里得到维拉的消息的。子慕不愿自家姐姐毫无怨言地付出，她告诉顾容与，维拉一直在默默地训练，这让子慕觉得特别憋屈。

顾容与听了子慕的话后沉默了许久，他说：“我会跟维拉谈的。”

“你别，没有结果的，只要她认定了，你说什么都没有用。”

“她不明白那样做的后果，先不说她能不能进特种兵部队，就是进去了，也……”是的，随时有可能丧命。

“她明白，她知道那样做能跟爷爷和外公外婆更近一点儿，最重要的是，可以跟你在一起。”

“这不值得，保住自己的命比什么都重要。”

“可你就是她的命，容与哥，不要低估你在她心里的分量。”

顾容与不说话，维拉的性格他自然了解，可是没有人能在听到这样的消息后无动于衷。

“不要阻拦她，先看看她能走多远，好不好？你不让她尝试，她这辈子都会有遗憾。”子慕叹气道，“如果你害怕她有危险，那就在她的身边保护她。”

护她安好无忧。

维拉交了毕业论文后，开始一边忙校选一边忙答辩，整个人恨不得拆成几人用。

维拉把重点放在了校选上，系里很多教授都知道这个姑娘要甄选特种兵，心底佩服她的硬气，在论文答辩的时候也没怎么为难她，甚至还帮着她圆说法，维拉既尴尬又感动。

校选在论文答辩期间，系里还特意给维拉排在前几名，让她答辩后心无旁骛地准备比赛。

回回的答辩顺序比较靠后，她的专业成绩连年第一，无可撼动，众人叹为观止。导师还预备拿回回的毕业论文推优，至于答辩，回回没放在心上，每天看着维拉负重跑步，然后帮她掐秒表递毛巾。

校选前的一个星期六，维拉说她想出去见见容与。这是维拉第一次提出要求，舍友们或多或少都因为私人关系提出过外出，听到维拉说要出去，大家都没有异议。

维拉在约定的公园里等着容与，这个地方要离他的校区远一些。她戴了一顶鸭舌帽站在公园门口等他。子慕的名气越来越大了，她在学校的时候经常会被大一的小师妹认错，她们拿着签名本在她的宿舍门口堵了好几次。后来确认她不是子慕之后才遗憾地走开了，临了还让她回家的时候多要几个签名给她们带过来。

夏天了，维拉穿了短衣短裤，她的皮肤已经被晒成了蜜色，那是长期在太阳下奔跑的颜色。

这种颜色虽然很美，却如同插在容与心尖上的一枚针，心每跳一下，就疼一下。

公园门口有小孩子在追逐打闹，四处冲撞，将她推了个趔趄。维拉原本在踢石头玩儿，重心一个不稳，就要往旁边摔去。顾容与刚到这儿就看到这幅景象，连忙小跑过去，揽住了她的腰身，把她扶了起来。

“没事吧？”

维拉看着容与，他们已经有大半个学期没见面了，维拉想说些什么，却发现连微笑都有些牵强。

这是一场不规定路线，不知道终点，不知道归期的旅途。仿佛周围什么都没有，只有那个容貌俊秀眉清目朗的少年陪着她一起走。

他们一直走到傍晚，太阳都快下山了，终于在黑暗来临之前他牵住了她的手。

维拉，你是我眼里无与伦比的美丽。

维拉看着夕阳红，她很从容。

最美丽的风景留给最珍爱的人看。

她的眼睛是闪着光的水晶。

校选过后，维拉有几天时间可以缓一口气，接下来就要开始集训生涯了。

顾容与的战友深深地被维拉所折服，强烈要求见她一面，维拉索性把舍友们全叫上来一个大联欢。

大家保研的保研，工作的工作，天南地北的，以后见个面都难。临出门时，维拉叫了王兰陵，本就是出于礼貌，并不觉得她会去。

不料王兰陵抿唇想了想，说："那好，你们等等我，我换件衣服。"

上个星期，回回的硕博连读已经确定下来，只等答辩完毕，随时可以离开。江洛打电话来问过好几次回回的事情，维拉也不知道他有什么打算。这几年他没少跟回回联系，不过基本是属于单线型有来无回的。

"今天说好了，谁不喝趴下就不让谁走。"曲奕先举起了杯子，他不考研，工作分配已经下来了，去的西边，曲老说让孙子到基层锻炼几年。话虽这么说，但还是给孙子选了一个好去处。维拉知道西边是有多美，那个地方，不能以财富论高低。

大家来自天南地北，骨子里都有军人的豪气，聊得很开，喝酒也不含糊。

顾容与宿舍里的老四倒了满满的一杯酒去见维拉："嫂子，我是真没想到你能通过。校选我也去了，我输得心服口服。这杯酒，敬未来的女将军。"

维拉站起来，笑道："你这帽子给我扣大了。不敢奢望，但是争取。"

这样说话才不失大气。

顾容与坐在维拉的身边，一晚上都很少说话。对于他来说，那个决定做得实属不易。

维拉悄悄地在下面抓住了顾容与的手，顾容与重重呼了口气，看向维拉："你知不知道前方有什么在等着你？"

"我不怕，只要你在我身边，我什么都不怕。"

"可是我会担心。"

维拉摇摇头："我不是你的累赘，我是要陪着你飞翔的。"

这是属于我的执着与勇敢，我没有更温暖的去处了。

我依旧觉得无比庆幸与遗憾，这四年你不在我身边，我学会了坚强。而命运对我似乎仍像以往那般善良，兜兜转转，我还是决定拉住你的手不放。

“你们两个说什么悄悄话呢？”大姐拿了两瓶酒过来，一瓶递给了顾容与，“你欺负我八妹四年了，今天我要替她讨回来。”

顾容与松开了与维拉交握的手，接过了酒瓶：“维拉跟我说过你，这几年麻烦你照顾维拉了。”

大姐微微一笑：“谈什么照顾，八妹是个好姑娘，我还要靠她提点。”

“她是面冷心热的人，可能平时会说错做错什么，但是心地是好的。”

“好好对我八妹，她值得的。”大姐点了点头，跟顾容与碰了瓶子，“如果你对她不好，我从内蒙古飞过来削你。”大姐得到系里老师的推荐，回家乡去当兵，美丽的呼伦贝尔，对她来说是最好的去处。

“好。”顾容与慎重地点头答应，仰头一口气喝了近一瓶。

刚刚放下酒瓶，就看到王兰陵也拿了两瓶啤酒过来。她淡淡地叫了一声“表哥”，然后递给了维拉一瓶酒。

维拉看着眼前的王兰陵，百感交集，好像她们的关系不至于那么糟糕的。不知不觉四年已经过去，当初的口不择言带给过双方困扰与窘迫。王兰陵无疑是维拉大学生活中的一个意外，维拉缄口不言，似乎是第一次不想去打理所谓的人际关系。她们的交集太容易被人定义，那份交集触到了维拉心中最柔软的角落，让人不由仓皇失措。

这份独特，应该再也找不到第二个人。

维拉轻轻叹了一声，接过了酒瓶：“五姐，以前我有什么做得不对的地方，还希望你不要介意。”

“我不是来跟你和好的，只是想跟你喝一杯。”说完，王兰陵就对着瓶子喝了，喝着喝着，眼泪就掉了下来。

维拉，你不知道我有多么羡慕你，可以正大光明地站在他的身边，那么努力，那么坚持地跟他在一起。

我讨厌你，很讨厌很讨厌。

酒席过半，维拉的电话响了，看着手机屏幕上出现的一串乱码，心想可能是国外的电话。

接起来，果然是江洛：“你们在哪儿？”

“学校外面的郝哥大排档。”

“好，我马上过来。”

维拉挂断电话后愣怔了好一会儿。

顾容与问她：“怎么了？”

维拉茫然地看着他：“我可能听错了，江洛说他要过来。”然后想起什么，手肘碰了碰身边正在抿果汁的回回：“你看看你手机是不是有未接电话什么的。”

回回摸遍全身后告诉她：“没带吧！”

真销魂的“吧”字啊！

维拉拧她耳朵：“江洛要来。”

回回点点头：“我看见了啊！”

维拉四处张望：“哪儿呢？”

回回指了指对面的曲奕：“你什么时候长了个鸡眼？他就在你对面啊！”

曲奕一直在听他们说话呢，当即表示受到了侮辱，对着回回就吼了过去：“我叫曲奕！”

顾容与难得开怀大笑，维拉看见他笑了，对回回宽容了许多，好声好气地跟她解释之前说过无数次的事情：“江洛就是那个给你送本本，每个星期还会给你发好多短信的人啊！”

回回想了想，恍然大悟：“就是之前一直骚扰我，然后被我屏蔽的那个？”

“对，就是我。”

听到背后那冰冷的声音，维拉和回回都被吓了一大跳，后面站了一个脸色跟黑无常一样的江洛。他还提着行李箱，风尘仆仆的，像是刚从机场赶过来的样子。

顾容与见到江洛，有些吃惊：“阿洛，你怎么回来了？”

“临时决定回来的，谁也没告诉。”

维拉叫服务员在她和回回中间加了一只凳子，江洛坐了下来，依旧铁青着脸。

曲奕一贯跟江洛不怎么对盘，见状便讽刺道：“不好好读你的牛津，跑回来干什么？”

江洛淡淡地瞥了他一眼，没有说话，然后扭过头来对回回说：“我研究生回Q大读。”

众人无语，只听说过念了Q大的去牛津，却鲜少听说念了牛津再回来读Q大的。

回回夹着菜往嘴里送，一副事不关己的样子。

维拉看着江洛越来越难看的脸色，觉得有必要提点一下回回：“回回，你要跟阿洛做校友了！”

江洛挑眉，看着她的表情，希望这厮上道些。

“哦，校友，你吃菜啊！”回回给他夹了个鸡腿，不过途中可能看这鸡腿成色不错，舍不得了，又转到了自己碗里，给他换了样青菜。

一瞬间，大家都在憋笑，只有曲奕一个人很不给面子地大声笑了出来。

江洛将筷子往桌上一拍，一把扯过回回就走了出去。回回被他提在手里，脸色茫然，手中还抓了个鸡腿。

闹了这么一出，气氛好了许多。

小六问维拉："你们之后有什么打算吗？"

维拉看了一眼顾容与，然后答道："先当几年兵，之后出来当一个军官吧！"

"你们打算什么时候结婚？"

维拉愣了愣："还没有这个打算呢，未来还那么长。"

小六不赞同地摇摇头："既然认定了对方就早点儿定下来吧，老拖着也不好。当心哪天你男人就被什么妹子拐走了。"

维拉当即表示不满："你该让他担心我，我行情可好了。"

小六敲她头："女人总要为自己打算的。"

"过几年再说吧，我今年才二十呢。刚到法定年龄，说结婚太早了。"

维拉暗自苦笑，还有一个理由——他一直怕我当寡妇呢，怎么会那么容易就同我结婚？

江洛把回回送回来就走了，说是飞了十几个小时，累得不行，先去宾馆休息了。

维拉扯过回回，问道："江洛有没有跟你说什么？"

回回歪头想："问我是不是真的保送上Q大，还夸我了。"

"夸你什么了？"

"夸我长得好看，霸气外露什么的。"

维拉愕然："夸你霸气？怎么听着那么别扭？原话是什么？"

"原话是……"回回做恍然大悟状，拍大腿，"我明白了，他问我有没有上Q大，还这么夸我，原来……"回回边说边点头。

"原来什么呀……"维拉眨眼，忍不住八卦了。

"原来他是想让我一统Q大！"

那种感觉，好像放屁的时候一不小心把屎迸出来了。

维拉突然很想很想咬人，一把扯过回回，弹她内衣带。结果她没扣稳，一秒变格格了……

维拉咬手指，回回捂脸。

然后维拉环视一周，看到已经躺下的大家，淡定地扯回回衣服：“你悄悄扣上，他们都醉得差不多了。”

“……”

维拉和顾容与甄选的部队并不是一般的部队，学校没有公布名单，只是私底下通知了。这属于国家机密，大家都背过保密守则，并没有多问。

舍友们都抱着她拼命地哭，如同在跟一个即将上战场、不知归期的老兵告别。

后来大家都喝得很醉了，顾容与也醉了，他拥着维拉，说了一些清醒时永远不会说的话。

他说他很开心。他说他很担心。

维拉搂着他的头，一句一句地用心听着，然后再微笑地回答他。像一个妻子安静地听着丈夫一天的遭遇，慢慢抚平他的伤痕。

她在渐渐地实现着她给他的誓言。

从没有因为阴霾而放弃的誓言。

# 第十九章 你的爱情很美

维拉给子慕打了电话，告诉她自己去集训的事，子慕沉默了好久，才说："好好照顾自己，待会儿帮你给爷爷上一炷香。"

"好，家里麻烦你好好照顾了。"

"我会的。"子慕叹了口气，"其实你不必那么辛苦，容与哥去了军营，你可以申请随军的。"

"我不想追在他后面跑，我想跟他并肩前行。"维拉依旧在坚持着，"既然选择了会让对方担忧的职业，那么携手奋战是再好不过的了。"

挂了电话，她接着给爸爸妈妈打。苏志国在维拉上军校的时候就不甚同意，这次更甚，怪她不同家里商量，自作主张。

向彤倒是很支持，她年轻的时候就为了苏志国做过同样的考量，她能明白。

她对维拉说："你的爱情很美，携手并肩，这是很多女孩子都有的情怀，可是知易行难。你做到了，我很为你高兴。既然决定追随他，那就心无旁骛地去吧，和选择上军校一样，不需要有任何顾虑。"

向彤对苏志国说："明知道拗不过孩子的，干吗每次都反对？"

苏志国拿起报纸："不想让她吃苦，想给她最好的。"

可孩子偏偏不要，在孩子的认知里，偏偏最好的跟他认知的最苦等同。

维拉想了想，又给顾奶奶和顾妈妈打了电话，她们心疼她，刚挂了电话就打电话数落顾容与，让他好好待人家。

维拉不记得在哪里看到过一幅画，是一个七八岁的小姑娘背着一个更小的娃娃，上面的题字是——尽管你不一定记得，但你最熟悉的背影，除了娘的，那一定是姐姐的。而顾家，就是作为姐姐的存在。

如果有那么一天，大家真正做了一家人，任何过往，她都愿意抽丝剥茧地说给他们听。

那么，能不能请他们不要再担心了呢？

翌日，顾容与来找维拉。

第一次，他站在了她的宿舍楼下等她。

小六在窗帘后面边探脑袋边指挥：“老四，你让老八磨蹭点儿，这男人千年等一回啊，不磨磨他我看不过去。”

这厢维拉又拿下一个四姐夹在她头上的发卡，苦着脸说：“四姐，你看我现在，黑得跟个男人似的，你给我夹个粉红色的，会被笑死的啊！”

四姐瞪她：“谁敢笑你？谁敢？”

回回捂嘴笑：“我啊。”

四姐伸手打她：“你不算，你那审美，你每次都恨不得把巧克力夹头上去了！话说，你这巧克力谁送的啊，是不是昨天把你带走的那个？”

顿时，一众暧昧的眼光盯着回回。

回回坦荡极了，点头：“就是他。”

维拉趁着众人的目光不在她这儿了，松了口气，悄悄地把头上的发卡拿了下来：“我先下去了，他等了好久了。”

众人恨铁不成钢：“就知道你舍不得。”转身，继续调戏回回。

维拉下去的时候，顾容与还安静地站在那里，静静地看着楼梯口，只为等待她的到来。

他比四年前黑了，结实了，却更有魅力了。这样的一个人，加上温润的气质，居然也无比和谐。

路过的女孩子会不时回过头来看他，他的神情既不得意也不恼，嘴上挂了淡淡的微笑，这样的微笑在看到维拉时骤然放大。

容与啊，我们分别了好多好多天，那些日子由消沉到振作。终于可以自豪地告诉你，你不在的日子里，我也很爱自己。

好像曾经觉得无法完成的事情正一件一件地实现着，维拉似乎还带着青春特有的任性，固执地在走着自己认为正确的道路。虽然她不知道这样做对不对，但终究无愧于心。

明天的欢悦心情随时可以预知。

太阳温暖地洒在身上，他穿着格子衬衫打马而来，像维拉无数次梦到过的那样。

站在这里，立地成佛。

久到维拉眼眶都红了，顾容与才微笑着慢慢张开了双臂，把飞扑过来的女孩紧紧地搂进了怀里。

宿舍的人在窗帘后看着，最后还是小六忍不住了，转过身去抹泪。

来往的人都笑着看着他们，时不时说上几句悄悄话，再轻轻笑上几声，无比羡慕他们。

他们过了最特别的一天，或者说在他们眼中就是最特别的。

他们去了H大，像很多很多的大学情侣那样，一起上课，一起吃饭，一起牵手去小树林。

这四年恍若一场异地恋，这份爱情太宽容与坚定，虽然忘记了牵手，心却没有离开。她一个人支撑着两个理想，岁月终不忍待她太薄。

他们去上了计算机系的课，还是顾容与要求的，他说："至少让我知道这四年你大概都学了些什么。"

他们到教室的时候，教授已经上了十分钟的课。维拉牵着容与坐到了最后一排，笑眯眯地听讲，可书桌下的手却紧紧地牵着。教授对这对情侣不大待见，迟到就算了，还黏黏糊糊的。

教授向来对大学里的情侣没什么好感，觉得都是空虚闹的，刚开始给班里的同学上课时也总刁难坐一起的男女。久而久之，大家也摸出了规律，无论平时再怎么黏糊，上这课的时候就得泾渭分明。

教授本以为男女的风气已经得到了解决，现在居然又有人明目张胆腻歪，便存了心想要刁难他们俩。问了好几个问题大家都没有反应，教授眯起眼睛撸了袖子，说我要开始点名了，大手一挥把维拉叫了起来。

在教授的认知里，自古祸国殃民的都是女人，意思就是旁边那个乖巧的男孩子不好好听课都是她害的。

维拉站起来的时候有些尴尬，因为她这张脸，她的关注度很高，并不想出风头。果然回头看的同学都倒吸了一口冷气，然后跟旁边的同学窃窃私语。

看着横眉竖眼的古板教授，维拉无奈地回答了他的问题。虽然用的教材不一样，但内容大体一致，维拉虽然心思都在训练上，但是功课也没敢落下，问题对答如流。

教授来了兴趣，问题往深了问，这个问题恰巧是回回的毕业论文探讨的问题，维拉看过她的毕业论文，差点儿没给她跪下来山呼万岁。

这部惊世之作不仅实用而且唬人效果一流，最后教授都走下来急切地问她细节上的问题。

维拉抱歉地说这不是她的原创，而是她朋友写的毕业论文，她们是隔壁G大的。

教授有些失望，本以为自己碰到了奇才，没想到居然是G大的，连挖墙脚的资格都没有了。

其间顾容与一直在看着她的脸，即使她说的他一点儿都听不懂，但是不妨碍谱成一首歌。

下了课，大家都往食堂走去。维拉怕有人找她签名，拉着容与跑得比谁都快。

宽阔的路上，大家背着书包，跟同学说着一些无伤大雅的笑话。维拉笑眯眯地躲在容与身后推着他走，顾容与看着童心未泯的女朋友有些无奈，每每回头时就被维拉搡了回去。

旁边一对情侣路过，男孩子还是耍酷的年纪，赛车并没有装后座，女孩子就坐在他的横梁上，两个人边走边听女孩子抱怨道："阿亮，我有一天一定要把你的宝贝赛车给买了，换一个有后座的，我在后面踢着腿多美呀！"

维拉听了，心里为数不多的浪漫也被勾了出来，可毕竟没有人家那个条件。维拉看着她举止内敛的男朋友，不甘心了，扑了上去，像个赖皮的孩子挂在他身后，双脚还主动地往他身上缠。

顾容与有些好笑，手背过去轻轻拍了拍她的屁股，而后却自然地固定好她的腿。

维拉软软地靠在他的背上，双手紧紧搂着他的脖子，脸贴了上去。

旁人当这是很正常的事情，甚至没有把太多的目光聚集在他们身上。若是谁真的问起他们的过往，定也要掬一把辛酸泪。

他们做了一天最平凡的情侣，晚上看完电影，就在灯火阑珊的街头亲吻，然后去逛夜市吃羊肉串。一边吃一边沿着街道走下去，好像一直都不会有尽头。

张队长看着眼前的新兵甄选名册皱眉了，这份名单他来回递交过三次，每次都把那个女孩的名字划掉，可是名册回到他手中时，女孩的名字依旧被圈了回来。

他为人耿直不阿，最看不惯那些靠着裙带关系想混进来的子弟兵，还真当特种兵营谁都能进了，当即拿着那份名单愤愤地去找营长。

"这是怎么回事？这次的新兵甄选居然有一个女孩，这样的大佛我可供不起。"

营长晃了晃茶杯，轻轻地抿了一口，他知道他说的是谁。参加这次特种兵甄选的女孩子没几个，除去军医，似乎就只有她一个了。

营长点了点那份名单："这个女孩不能删，她是将门之后。"

"老子最不耐烦什么将门之后，仗着自己有些关系，平时不认真训练却爬得比谁都快。"

营长拍了拍张队长的肩膀：“你也别小瞧了这姑娘，这次校甄选，她是从G军大脱颖而出的，靠的真本事，于情于理都不能删。”

张队长嗤笑一声：“我就不信她没耍什么手段。”

“你呀，脾气还是那么拧。上头的几位首长都说了，不必特别照顾，行不行都看她自己。”

“那就走着瞧，我可不会因为她是女孩子就降低标准。”

出发的那天维拉拿了简易的行李，舍友们一路陪着她往校长室走去。回回兜里装了很多东西，有伤药，也有回回睡觉的时候一直放在枕边的小熊，她把这些东西一点点地往维拉袋子里塞。后来都被维拉一点点地放了回去，她一直揉她头发，说：“回回你乖，你乖啊。”

回回哭得特别厉害，她说：“阿朱我真的怕你回不来了，上次那个谁谁谁……”

维拉笑着看她话说到一半就被舍友们捂住了嘴，然后上去拥抱住这个姑娘。

回回，虽然你老是记不住我的名字，但你是真的把我放心里了。

“不要送我，回去，就好像我去吃个饭还会回来一样。”维拉一一拥抱了她们，再掐了掐回回的脸，“不许你用诀别的眼神看着我，我会完好无损地回来。”

回回赤红着眼睛问她：“真的？你不许骗我，骗我一秒变猪。”

“好，一秒变奥特曼都行。”维拉擦干净她的眼泪，“好好照顾自己。”

维拉是被一辆军用吉普接走的，直接把她送到了军用机场。三号院的学生只有她一个人，车上特别空，司机跟她搭话说：“姑娘，你真棒。”

宿舍的姐妹追着吉普车跑了好一段路，直到后视镜里再也看不到她们。维拉背着司机偷偷抹眼泪。不为离别，单为她们的这份心意。

窗外的景物一直在倒退，曾经熟悉的一切在渐渐远去。这里是她奋斗了四年，只求一个结果的地方。如今梦想离她越来越近了，却感觉跟学校越来越远了。这个地方没有顾容与，可总觉得四处都有他的气息，维拉知道这叫作信仰。

回回定定地站在那里，有种苍凉的感觉，虽然后来她也和舍友处得不错，但是少了最重要的那个人，感觉一下子又回到了原点。回过头来的时候，正好看到远处的王兰陵。她也定定地站着，好像过了很久，才提步离开。

维拉到军用机场的时候已经有一些人在那儿等了，顾容与也在里面。他们列队以待，像一棵松树一样站得笔直。看到维拉的时候，眉梢一动，整个人瞬间温柔起来，像维拉六年前初见他时的样子。

这样的见面期待了太久太久。

也许是这样的气氛太严肃庄重，维拉并没有把太多的精力放在顾容与身上，她好像开始意识到自己要面对的是什么了。优秀的团队，对军队的热忱，无不告诉维拉，无论之前怎样，无论最开始为什么而来，这一刻她就是一个堂堂正正的军人了。

如不热爱军队，只为了他而来，或许她早就顶不住了。

来的人几乎是清一色的男孩子，都是从学校选拔出来的顶尖人才，高大威武，维拉虽是一米七一的个子，在人群中也显得个子很小。

清点过名单之后，开始检查身上的东西。维拉看着自己的内衣和卫生巾一一被翻了出来，她尴尬地回避着，偷偷地躲到了顾容与身后。

顾容与笑，顺了她的意侧身帮她挡了挡。

给他们检查东西的是个小兵，这是他头一次翻女孩子的私人用品，脸都红了，但是依旧检查得很仔细。他把东西递还给维拉的时候，手都僵硬了。

维拉接过来，然后下一秒就塞进顾容与手里，假装这不是她的东西。

众人眼睛雪亮，这两个人有问题啊!

没收了他们的通信工具，就上了飞机。飞机是军用飞机，维拉只在电视上看到过，也不知道是什么机型，稍似战斗机。

维拉坐在顾容与身边，死死地握住了他的手。

顾容与更紧地回握：“你不必害怕，我还在你身边。”

既然决定携手，那么一起面对未来。顾容与从来都是一个很现实的人，如果改变不了，那就努力面对。

上头很重视这次甄选，这次甄选完全面向高等军校，兵员的素质很高。机长是空军的一个少尉，对此十分不屑一顾。

“还不是一群新兵蛋子，一撂就倒。”

众人不服气了：“下飞机后我们单练，你要是赢了，我们就服你。”

机长嗤笑一声：“抓稳了！”

维拉依言，一手抓住了顾容与，一手握紧了安全带，心里暗叹一声——要倒霉!

果不其然，机长是真想给他们露一手，压压他们的锐气。霎时间，机身三百六十度旋转。

一个回合下来，机长看着骂骂咧咧的他们哈哈大笑：“我提醒过你们的。”

一大帮人盯着他，敢怒不敢言了。之后伴随着机长的即兴发挥，一会儿直升一会儿俯冲的，比乐园里的跳楼机都要刺激。维拉难受得不行，胃里跟火烧似的，紧咬着双唇，怕一不留神就吐出来。

顾容与也难受得厉害，仍旧紧紧地搂着他的姑娘。他并没有说话，但是掌心的温度让人格外安心。

直升机停稳的时候，大伙儿什么力气也没有了，实在忍不住的——比如维拉早就在飞机上找好袋子吐了。

维拉吐了之后人清醒了不少，看着顾容与有些泛白的脸，拉着他的手在拇指和食指之间按压着，虽作用不大，好歹减缓了一些。

终于有人按捺不住，指着机长破口大骂，可话没出声，就吐了前面那人一身。

机长本来听这话火着呢，不一会儿看到他那傻样就乐了，用不着他动手，他们准得蔫起来。

看吧！

大概过了一个小时才到甄选的营地，很隐蔽的盆地，拿来作营地再好不过。

下了飞机，维拉看到顾容与还是那副隐忍的样子，差点儿没跪求他吐出来。他们所居住的地方是一幢小楼，由于总共只有两个女孩子，所以并没有男女分开。幸运的是，她和顾容与被分到了一个宿舍。

教官大发慈悲，给了他们一个小时休息的时间。大家都是军校出来的，知道规矩，动作也利索，不到十分钟就收拾妥当了。

刚刚跟维拉他们乘一架飞机的男孩子问道："那女孩是你女朋友？"维拉认得他，就是他吐了别人一身。

顾容与看着在帮他整理衣服的维拉，微笑地应道："嗯。"

另一个人神情疲惫地看了他们一眼："太牛了，能跟到这儿来。"

顾容与仍是礼貌地微笑，不说话，但心里还是很骄傲的。

大家都是背过保密守则的，知道什么能问，什么不能问，包括名字、来历，甚至是经历。所以他们并不多说什么，收拾好了闲聊了几句，就扑在床上呼呼大睡。

这次的训练是一次高密度高强度的野外生存训练。为时一个月，有基本成绩，如果不达标就得走人。

张队长是个不苟言笑的人，说话掷地有声，表情严肃无比："你们现在只有编号，没有身份，这些天你们要全部服从指挥，不许私自行动，不准私下打探消息，否则后果自负！"

他扫了大家一眼，可维拉却觉得他的视线在她身上停留了很久，是那种鹰隼般的目光。

这次的训练是分组训练，不知道是不是顾爷爷他们打了招呼，她和顾容与还是在同一组，她的编号是14，顾容与是28，剩下的三个人，一个是5，一个是9，还有一个是22。

第一天便是高强度的负重越野训练，负重十公斤，绕着大操场跑十公里路程。长跑本就是维拉的强项，经过了两年不间断的训练，十公里的负重并不会非常吃力。

这一次只要在规定的时间内跑完就不会被扣分，顾容与一直跟在她的左右，像许多年前的校运会一样，只是姑娘有了军人的硬气，不矫情了。

维拉边跑边小声地道："你看，我可以跟你并肩的。"

春末夏初的日子，天气还很凉爽，但是她仍是出了一身的汗，他帮她细细地抹去，可又着实舍不得，每一滴汗水，都是为了他在流。

他第一次觉得负重跑步也是一件很享受的事，若不是因为军队纪律，好想好想牵着她的手一起跑。

队伍逐渐跑散了，维拉抱歉地看着一直在她身边的顾容与，轻声问道："容与，你是想当排头兵的吧？"

顾容与微微一笑："排头兵带来的荣耀，不如你给我的来得好。"

维拉弯了嘴唇，脚步也轻快起来："容与，我是真的觉得，我跟你来这儿，算是跟对了。"

负重跑步后是站一个小时军姿，从跑完开始计时，然后才能去吃晚饭。

维拉他们是第九个到达的，一共四十个人，都是每个学校选送过来的尖兵，这样的成绩已经很棒。

他们的伙食很不好，一盘肉端上来只有四分熟，维拉不知道他们什么时候会把生肉端上来，所以此刻她很珍惜这四分熟的肉。

虽然吃得几欲作呕，可还是必须得咽下去。

维拉正埋头作战，视线里突然出现了一双筷子："这块肉有八分熟，应该是师傅炒的时候多翻了几下。"

维拉看着那块肉，此情此景，有些难过，这样的状况他还为她考虑，实属难得。

顾容与家境那么好，从小要什么有什么，哪里吃过这些东西。

维拉点了点头，却把头埋得更低了。

维拉的脚有长期贴创可贴的习惯，所以尽管是负重跑步，倒也没有磨损。热水淋下来的那一刻才觉得自己又重新活了过来。

洗衣裳的时候她想把顾容与的一起洗了，顾容与没让，还打趣说她一抓住机会就要表现她的贤惠。可维拉知道他是真的心疼她，睡觉之前还握着她的脚反复看。

住在一起的五个人都是队友，性格都挺豪爽，有军人的风姿。知道他们的关系之后还会经常打趣几句，权当增加感情。

只是里面有一个人显得特别点儿，5号性格幽默，比大家都多了一些洒脱，举手投足间有一种气势，连顾容与都说，此人出身不差。

之前江磊就跟他们说过，晚上也要机灵着点儿，教官随时有可能让他们集合。

半夜的时候，维拉的腿肚子抽起了筋，部队里的床不好，尽管维拉隐忍着不叫出声来，还是把顾容与吵醒了。

顾容与趿了鞋子，连外衣都没来得及穿，就快步地走了过来，看着维拉奇怪的姿势，坐到了她的床上，握住了她的脚，小声问道："怎么了？是抽筋了吗？"

维拉咬着唇点点头。

顾容与一下一下地帮她按摩着小腿，时不时还会问她疼不疼。

此时此刻，他是离她最近的人。

维拉紧紧地抱住了他："不疼，我只要一睁开眼睛，看到你在我身边，我就好了。"

顾容与摸着维拉的脑袋骂她傻，维拉嘟嘴。

顾容与笑："如果你是飞蛾，我就做那盏永远在你面前的明灯，你不会扑上来，我给你照亮眼前的路。"

5号睡在维拉的上铺，听了好一会儿墙角了，现在探了头出来："哥们儿，太琼瑶了吧。"

维拉和顾容与都被吓了一跳，看着上方浮现出来的脑袋，有些愣怔。所幸，外面的哨声响起，化解了些许尴尬。

5号骂骂咧咧地爬了下来，一边换衣服一边抱怨："太折腾人了，早知道我就不来了。"

因为维拉是跟一帮男孩子住一起的，所以晚上依旧穿着军装睡，叠好被子后，还能顺手帮顾容与叠了。

5号眼红了："14，你什么时候也帮我叠叠呗。28，我们打一架吧，如果我赢了，她以后就帮我叠。”

“不是怕输给你，只是我不想拿她打赌。”

那天晚上他们前后被叫起来三次，最后5号受不了了，对着张队长破口大骂。

张队长揪着他的衣领：“是男人嘴巴就不能比拳头硬！5号！出列。”

5号压抑着满腔怒火往前踏了一步：“是，队长。”

张队长解开了衣服，露出了坚实的肌肉块，命令5号攻击他。

5号抡圆了肩膀就朝张队长冲过去，一副自信自得的样子，他已经看不见其他人，眼里只有光着膀子站在那儿的张队长，心中只有一个信念，撂倒了他，以后他们的日子就不会太难过。

结果很不幸地被秒了。

张队长就势抓住这厮的胳膊，一个灵巧的弯腰，把他往地上狠狠地一甩——把他过肩摔了。

张队长看着躺在地上的5号嗤笑：“还有谁不服的，都上来！如果没有，那你们就是孬种！特种兵营不会要你们这帮孬种，你们在军校学到的都是花拳绣腿，连普通士兵的战斗力都没有！你们……”

瞬间被一个拳头打断，下一秒张队长已经趴在了地上。

如果时间能无限拉长，顾容与的那个拳头是无比帅气的，出拳头的那一瞬间，一滴汗恰好从鬓间飞去，嘴角还有一丝若有若无的微笑，像一个运筹帷幄的智者。

维拉真想握着拳头给顾容与欢呼一声，真骄傲啊！

张队长爬起来，表情有些许狼狈，但军人之姿还是出来了，他虽比顾容与要矮上半个头，但是气势却不差那几分，他看着顾容与胸前的牌子：“28号，你有种啊！”

顾容与仍旧是淡淡的表情，目光里带了坚定。

“我命令你，跟我堂堂正正地打一架！”

顾容与抬头，对上了张队长的眼睛，坚毅的眼神像一只豹子。张队长看不到他别的表情，只看到了那双眼睛。

张队长微微皱眉了，这个人太像一个常年作战的军人。

张队长一个拳头挥了回来，脚步也跟着灵巧的移动，带起一阵尘埃。顾容与侧身躲过，同时一拳打向了张队长的腹部。

张队长原以为那一拳是侥幸，现在却不敢小看他了。匆忙闪过之后，全身都保持警戒状态。

顾容与的力道控制得极好，能伤敌，但伤敌有度，以最微小的代价赢得格斗的胜利。人体腹腔的神经分布非常丰富，如果受到了外力的攻击，跟身体其他部位比起来，能使人达到最大限度的疼痛，如果力度控制得好，在打斗中最易将人生擒。

顾容与是一个很好的对手，看得出来有高人指点过，可毕竟实战经验太少。几十个回合下来，就被张队长掐住了脖子。即便如此，周围还是一阵惊呼。

“你学过格斗？”张队长放开手，挑眉看他。

“长辈教过一些。”

张队长虽赢了，但是赢得并不光彩，他口中的新兵蛋子居然能在他手下过几十招，不过他还是挺大方的。

他赞赏地看着顾容与：“有硬气！但是因为他……”张队长指了指5号：“你们得做一百个俯卧撑后才能去睡觉。”

这次没人反抗了，老老实实地做完了一百个。

回宿舍的时候，维拉站在顾容与身边，心里充满了自豪感，恨不得向全世界宣告，他是我的啊！是我的！

顾容与看着维拉雄赳赳气昂昂地走着，有些哭笑不得：“我都没骄傲呢，你就虚荣起来了。”

维拉笑嘻嘻的，昂头挺胸：“我乐意。”

队友也过来拍他的肩膀夸上几句，5号被队长一手就撂倒了，他却能坚持那么多回合，实属不易。

5号也灰头土脸地跟在后头：“兄弟，你真让我下不来台啊！”

维拉白他一眼：“技不如人还怪别人。”

5号撇撇嘴，跑了。

临睡前，维拉还缠着顾容与问东问西的：“以前打架的时候怎么没见你那么厉害？”

“军人的格斗和打架是不一样的。”顾容与笑着看她，“睡吧，姑娘，没几个小时又要负重跑步了。”

# 第二十章 心中傲骨

翌日的负重跑步换成了负重越野，队长只带他们跑一次，那片森林里盘踞着很多毒物，没有人敢绕道走，只得在那条被清理过的羊肠小道跑着。这是限时跑，迟到多少分钟，就扣多少分。

维拉很珍惜她所拥有的分数，之前大家都被教官强行扣掉不少，她也知道，后面的考核会扣掉更多，格斗和俯卧撑都是她所不擅长的。因为体型和心细，她的优势只在于攀岩和越障，本来她还把射击算在了优势里的，但是自从看过顾容与的射击成绩就没好意思说了。

顾容与摸她脑袋："没关系，每个人都有陌生的领域，我的姑娘是一个非常优秀的侦察兵。"

侦察兵吗？听起来也不错。

第四天，维拉被食物折磨得想吐，现在给他们吃的肉都是全生的，每个人碗里甚至都出现了一只死老鼠，还有一些维拉见都没有见过的野菜，也是生的。

维拉先是不停地往嘴里塞野菜，恨不得把装着老鼠肉的碗给盖过来，这种东西看一眼就恶心。顾容与也跟她一样在塞着野菜，面前的老鼠肉也没有碰过。

他们的士气都有些蔫，没有人去触碰那只老鼠，无法想象它从自己的食道滑下去的感觉。可不吃，又是要扣分的。

张队长面无表情地看着他们，这一幕已经不陌生，在战场上有得吃已经是极其幸运。他大声吼道："你们是军人！就你们这样怎么撑起祖国的脊梁！保障自己的性命，革命才有望得到胜利。几十年前的战场上，无论是将军还是战士们，饿了都吃草根、棉絮，他们甚至连老鼠肉都没得吃，就是为了能战斗到生命的最后一刻。现在国家是太平了，但是我们也要居安思危，军人的职责就是保卫祖国！挺起你们军人的腰板！让我看到你们身上的傲骨！现在，指导员！带他们唱歌！"

旁边的指导员扫了他们一眼，大声唱道："有一个道理不用讲，战士就该上战场！"这首歌是基地战士饭前必须要唱的一首歌。

随后，稀稀拉拉的声音跟了上来，张队长看着气愤，吼道："有一个道理不用讲，战士就该上战场！唱！唱不好这首歌，就给我去负重五万米越野！"

下面的声音终于大了起来，很多人唱着唱着就哭了：

有一个道理不用讲，战士就该上战场！

是虎就该山中走，是龙就该闹海洋！

谁没有爹？谁没有娘？谁和亲人不牵肠？

只要军号一声响，一切咱都放一旁！

有一个道理不用讲，战士就该上战场！

好钢就该铸利剑，好兵就该打硬仗！

谁没有爱？谁没有情？情系家国好儿郎！

只因祖国一声唤，唱起战歌奔前方！

有一个道理不用讲，战士就该上战场！

有多少道理都不用讲，战士就该上战场……

一曲完毕，队长没有让他们停下来，反反复复地唱，越来越大声，越来越大声！他们的歌声从苍凉到浑厚，直到这首歌真的唱进了心里。

基地的老兵也在，默不作声地扒着饭，只有经历过才知道，野外行军，活下去比什么都重要，只要人没死，战争才有希望。

维拉把老鼠肉往嘴里塞，强迫自己吞进去，不能吐出来，千万不能！这是他们的力量之源，不吃饱，接下来的练习和项目只能滚蛋。

顾容与坐在她身边，不敢看她的表情，紧紧地抓住她的手，十指紧扣。

她说："顾容与，你这辈子要是敢对我不好，我就杀了你。"

"好，如果我对你不好，我先把自己千刀万剐了。"

维拉闭着眼睛，用力地咽着，控制着不让眼泪往下掉。

坚持下去，不为了他，也要为了祖国。

她的家人倾尽毕生为之奉献的祖国。

第十天了，基地走了一半人。有一些是分被扣完的，有一些是自愿放弃的，都是名牌大学的学生，出路那么多，何必来吃这种苦？

剩下的人越少，他们压力越大，因为能留下来的都是尖兵。大家都憋着一口气在较劲，平时话也少了许多，抓紧每一分钟休息。

张队长对维拉并没有降低要求，也没有刻意为难她。但是依旧一点儿情面也不讲，维拉来了月经，忍着痛经跑了五千米，直到晕倒在了跑道上，张队长也没有叫停。顾容与握紧了拳头，几乎随时都有可能对张队长挥过去。

张队长只是冷冷地看了他一眼：“敌人不会因为她是女孩子就特别照顾她，既然她要跟男孩子一起战斗，就得把自己训练得像一个男孩子。”

顾容与无法承认他说的话每一句都对，但他知道战场永远是冰冷的，他无法为她做任何事。

这样失落的情绪持续了很久，顾容与小心翼翼地隐藏着。

维拉昏迷了一整天，但是第二天的号角吹响的时候，还是需要跟大家一起起来跑操。顾容与看着低头系鞋带的维拉，他恨自己无法像男人一样给她最好的呵护。

维拉跑了两圈，速度就开始慢了下来。双腿像灌了铅一样沉重，腹部又开始绞痛了，眼前的景物也开始模糊了起来。

维拉笑自己，跟男生比，果真是不自量力吗？

想着想着，脚一崴，扑向了眼前坚实宽阔的后背。

顾容与背起维拉，一步一步地向前跑着。维拉不禁笑起来，差点儿就忘记了自己不是一个人。

张队长看在眼里，什么话都不说。他们算不上违反规则，只是有些超出了他的预期。一个坚强的女孩，旁边站着一个更坚强的男孩。

五千米过后，顾容与跑得越来越吃力，几次有队友问他：“要不要换我们来？”

顾容与摇摇头：“她是为了我来的，把她安好地带出去，是我的责任。”

一万米过后，顾容与扑在了大地上，汗水把周围的沙子都沾湿了，维拉用掌心一点点地帮他擦干净，再亲了亲他的脸颊。

顾容与笑了，比任何一次都要笑得好看。

顾容与开始教维拉打靶，他讲得比教官更加精细，甚至对每一款枪都了如指掌，好像生来就是一个优秀的狙击手。

维拉只在南京的时候摸过81-1，在学校练习用的也是81-1，对其他枪都还很陌生，M16、AK47都只听过名字，更别说打过了。

维拉看着顾容与的侧颜，看着他认真的样子，不知怎的就想起了爷爷。

“射击之前先要知道你打的是什么枪，你手中的这款枪，它是81-1步枪。”爷爷仿佛仍旧在她耳边说着，那么慈祥又那么骄傲的一个军人，能让自己的枪法得以传承，是一件再好不过的事了。

虽然爷爷不说，但是维拉一直都知道他想像顾爷爷对顾容与一样，亲手培养出一个军人的。他一生的骄傲都来自军队，如果后继无人，那该会多么难过。

维拉那么隐忍坚强地坚持着，谁又敢说没有一丝是因为苏宴呢？

她认真地倾听着顾容与的话，慢慢地找到了感觉，找到了方法，一天打掉三百发子弹也不是难事了。只是每每到最后的时候，脖颈都几近被发烫的枪座烫伤，那时顾容与就会捧着她的手往自己的耳边带，很认真很单纯地完成这个动作。

日子似乎每一天都过得异常艰难。

维拉的脸上多了两道疤痕，是在凌晨负重越野的时候不小心被树枝划伤的，血流了一脸，顾容与被她吓得脸都白了，其他战友也在帮忙着四处找药草，女孩子的容貌多么重要啊！

顾容与死死地搂着这个姑娘，不敢去触碰她的伤口，一遍又一遍地摩挲着姑娘的脑袋。

维拉喃喃着问他："如果我不好看了，你还会不会喜欢我？"

"你毁容了都喜欢，只要是你。"

顾容与已经不敢再说"对不起"了，她对他的情谊，是多少文字都形容不了的。

维拉眯瞪着眼睛，看着队友们一株一株找回来疑似药草的东西，摇了摇头，把其中的一些塞回了他们嘴里，看着他们愕然的眼睛说道："这株植物味甘甜，没有毒，可以吃的。"

大家吃了许多天的老鼠蟑螂，这些算是难得的美味，嚼了嚼，给维拉找药草的身影跑得更轻快了。

"你都认识这些植物？"顾容与问维拉。

维拉点点头："我背过《百草集》，我还能认一些毒物，大学的时候我就知道，如果我真的去了特种兵营，能干的只有侦察兵了。"

顾容与抓紧了维拉的衣角，深深地闭眼："维拉，你是有多想要跟我在一起？"

维拉摇摇头，笑了："不知道啊，我只是觉得眼前没有了你，生活再富足也没有意思。"

队友们把药草找回来的时候，维拉脸上的血已经止得差不多了，她看着顾容与担忧的眼睛，笑着说："没关系，他们给我找来的药草是有助伤口愈合的，我应该不会留疤。"

顾容与没有说什么，把维拉腿上绑的铁块抽了出来，塞到了自己的腿边："我们走，不要连累大家一起扣分。"

维拉点点头，她不喜欢他说对不起，更讨厌他说他会补偿，因为这些都不重要。

顾容与也知道，所以从未提起，这些话语，不过让人徒增伤感罢了。

他们都比预计的时间迟了五分钟回到基地，本以为又会被扣掉许多分，没想到张队长却只是挥挥手："你们懂得比分数更重要的是什么，这很好，但是下不为例。"

这是维拉第一次感受到军队的温情——来自那些连名字都不知道的战友。

维拉的伤口并没有很深，只是划得长了，又有好几道口子，血流多了有些吓人。回到营地的医院后，军医给她重新上了药，还嘱咐了一些平日该注意的问题。

不知道是不是医院有了特别的交代，维拉的伙食比其他人都要好上一些，虽然还是半生不熟的，但是好歹能咽下去。

晚上还专门有人给她送来了上好的伤药，维拉才知道，原来家人一直是在看着他们的。

维拉并不矫情，不会为此就生他们的气，她默默地享受着这些对于其他人来说可能不大公平的关怀。

她带着歉意尽可能地帮助别人，仿佛别人接受了，她才会安心。

到第二十天，开始进行为期七天的野外生存训练，淘汰率非常高，能不能留下就看这一次了。

甄选的人数由原来的48名变成了现在的22名，他们重新分了组队，在维拉他们这个小组，只剩下5号了，另外并过来一个39号，他的队友都走光了，只剩他一个还在孤军奋战。

这次的野外生存训练是小组行动，身上除了一壶水，没有一点儿口粮，二十发子弹，一盒火柴，一把瑞士军刀，一个指北针，一枚信号弹，一张简陋到几乎可以忽略不计的地图。他们需要在那里待上一个星期，荒无人烟的地方，饿了只得去挖野菜和打猎，当然，前提是你能分辨出一些无毒的动植物。如果不幸被毒物咬了，或者实在坚持不住了，可以发信号弹，这样做的代价是，出局。

二十发子弹是真的子弹，所以没有特殊情况不能使用。

其间还会有人对他们进行突袭，被擒住的人，出局。

他们还需要在这样恶劣的环境中直捣敌方营地，成功解救人质，才算过关。

条件过于苛刻，他们小组只有四个人，而对方有一个排盘踞着，只能智取，不可力敌。

张队长轻蔑地看着他们："不是说是名牌军校的学生吗？那就拿出跟普通士兵不

一样的气概给大家看看！免得别人笑我们又招了一批蠢货！”

维拉他们被空投到了一块盘踞着毒物的沼泽地带，上头会给他们半天的时间隐藏自己，然后就开始搜索及打击。

维拉看着周围，有种熟悉的感觉涌来。

5号蹲下去检验水源，开心地说：“没毒啊，干吗还要给我们背着水呢？这沼泽地不是四处都有水吗？”

维拉摇摇头：“这是盐沼泽，这个地方居民的用盐大多是从盐碱滩上的盐巴提取的，喝不得。”

顾容与看维拉的神情，也大抵明白了这是什么地方，这样严峻的环境，心中也难免涌现出一些担忧。

5号有些烦躁，他还以为能卸掉身上的一些重量呢，光是装备就有二十斤，那敌营远的，估计得跑上好几天。

“我们现在怎么走？”

维拉看了看地形，对比着手中的地图：“营地应该是在那个方向，我们往北走吧。”

“等等。”顾容与叫道，“把你们的背包都卸下来，打开我看看。”

经过多天的相处，大家都知道顾容与不是说废话的人，当即把身上的东西都放了下来。

顾容与低头翻着：“如果我没有猜错，他们应该在我们身上装了GPS芯片。”敢在沼泽地里放任他们行走，就不会没有后招。

大伙儿对视一眼，各自蹲下来查找。

“没有。”

“找不到。”

“我也没有。”

顾容与拧了眉头，思索了好一会儿，从背包里摸出那款名为猎人的瑞士军刀，再拿过自己的枪放在腿上，拆了起来。

他们的装备并不多，而作为军人，最不能离开的就是枪，所以这个最有可能被装上定位系统。

维拉他们也没有疑虑，也跟着他拆起枪来，之后就没有人敢碰了。如果弄坏了里面任何一个零件配置，比身上装着定位系统还要糟糕。

只有顾容与毫不犹豫地拆着，他选的狙击步枪是自己最熟悉的AK47。AK47是他们家地下储藏室里最普通的一把了，他爷爷是可以配枪的，所以他有幸见过各种各样的枪支。还有一些已经停产的枪他也摸过，爷爷的战友很多都是枪迷，得了好枪都爱相互炫耀一番。

顾老都是眼馋地接过来摸透了，才舍得还回去。还是还了，可整天还爱跟孙子叨叨，待他也摸透之后，爷孙俩就上沙盘互相较量。容与知道，虽然爷爷嘴里什么都不说，可老早就开始把他往兵王培养了。

5号和39号对视了一眼，都在对方的眼中看到了佩服。

最后，顾容与终于在挨近枪管的那一侧找到了那个GPS芯片，三分之一指甲盖大小，很容易被忽略。

他们几乎要欢呼起来。

顾容与又用同样的方法拆了5号的枪，找到了芯片。这款步枪他拆过几次，按照记忆摸索着哪个零件是多余的，碰到了一些层叠的地方，还需要拆开检查，确保没有问题之后才重新组装回去。到39号的时候遇到了些麻烦，他们每个人的枪几乎都不一样，39号的是最复杂的79式步枪。这种枪大家之前都没有接触过，操作起来是非常困难的。

39号急得直抓头，有些抱歉地说："我不知道这把枪会这么麻烦的，我就是看着好看……"

"没事，我们没怪你。"

"要不咱们扔了？"5号提议道，"咱们都有枪呢，少了一把也没啥。"

顾容与摇摇头："野外作战，不要低估任何一把枪的价值，关键时刻很有可能是它们救了我们的命。"

维拉点头："我同意28号的话，拆吧，即使坏了总比扔了要好。"

顾容与点点头："你们都围过来，记一记仪器内部的零件位置，我们需要确保万无一失。"

拆开零件的时候，他们把一个个零件仔细地跟已经拆出来的芯片比对。有几个零件实在太像，他们只得一个一个地拆出来尝试。

5号也戒掉了之前的焦躁，全神贯注地看着，遇到了错误的地方还会提点几句，终于，他们找到了那个芯片。

维拉的枪是她最常用的81-1，武器并不是越高级越好，这把枪贵在熟悉，熟悉到维拉自己拆开都能组装回来。本以为是很轻松的工作，但检查了三遍也没找到芯片，大家都愁眉紧锁。

天色渐渐暗了下来，四个人依旧裹足不前。

39号对维拉说：“先走吧，说不定他们觉得你是女孩子，根本不会单独行动，没有在你身上装GPS也是有可能的。”

顾容与点点头，站起来的时候顺道拉了维拉一把：“有我在呢，即使找不出来也没关系。”

维拉只好委委屈屈地跟在了后头。

离他们暴露自己的时间只剩两个小时了，大家的肚子都开始饿了，维拉的意思是，先跑得远一点儿再找东西吃，而顾容与却觉得不如现在找了猎物先吃饱，如果身上还有GPS，跑到哪里都一样。

在沼泽中很容易迷失方向，所以大家决定干什么都是集体行动。而且有维拉在，效率会高许多。

维拉能认地形，能辨毒物，比他们抓瞎要好太多。

抓蛇的时候他们不能用枪，只得走近了拿军刀去刺蛇的七寸。39号是农村的孩子，小时候随大人去抓过蛇，知道一些要领，但毕竟只是看过，好几次都不小心把蛇给放跑了。好在他们抓的都是温驯的蛇，并不会回来攻击他们。

等他们终于抓到了五六条蛇，把火点起来的时候，已经过去了一个小时。

几个人都很久没有吃过熟肉了，尽管只有维拉从盐滩上找来了一小块带着苦味的盐巴，仍觉得是人间难得的美味。

剩下的蛇肉还足够他们维持两天，这不失为一个好消息。几个人为了庆祝，都把无比珍贵的水拿出来当成酒水抿了一点儿。

维拉喝着水，突然间灵光一闪，好像发现了什么了不得的东西：“容与！”

她紧紧地抓住了顾容与的衣服，连不能喊名字的规矩都忘了。

顾容与轻轻挑了挑眉：“嗯？”微微上挑的尾音，来自他的姑娘的兴奋，只要她开心，他也感觉不赖。

“我们的水瓶，也是他们给我们新发的装备。”维拉拧紧了瓶盖，把水壶小心翼翼地给顾容与递了过去。

顾容与连忙接过，另外两个脑袋也挨了过来。

那个芯片并不难找，因为他们把它嵌在了瓶底，还涂上了一层瓶身的颜色。那么显眼却又那么容易被忽略的地方。

几个人都忍不住欢呼了起来。

“哈哈哈……我们把这芯片挂树上，等着，我刻字气死他们。”

“别！”顾容与连忙阻止他，“你这是自我暴露，他们要是到了，看到火刚熄了不久，知道我们就在附近，进行地毯式搜查就得不偿失了。”

5号佩服地点头：“嗯，还是你考虑得周全。”

维拉摊开掌心：“那这个要怎么办？”

顾容与接过，之后就把它扔进了火堆里，动作十分潇洒帅气。

夜半，他们潜伏在高大的芦苇丛里，湿气很重，春末夏初还有一点儿凉意，萤火虫拖着点着灯的小屁股在芦苇间飞舞。

这种幕天席地，好像离战火太遥远。

上半夜是5号守夜，下半夜是39号，明天换维拉和顾容与。

他们脱了大衣盖在了身上，顾容与把维拉掖进了怀里，生怕这个姑娘冻着了。很单纯很美好的拥抱，谁都没有往歪处想。

维拉闻着他身上隐约的香皂味，很安心地闭眼了。这场战役太长，他们需要充足的体力。

天边微微泛白的时候他们就醒了，收拾好地上的东西继续上路。

维拉对这一带很熟悉，所以他们很少走错路。

因为早就取下了定位仪，一路上平安无忧，不过这里他们还是十分小心，专挑芦苇多的地方走，动作敏锐得像豹子。听到直升机的声音就迅速卧倒，隐藏自己。

敌方不可能一寸寸地贴着地皮搜过来，热成像仪只在一定的范围内起作用，他们好几次都差点儿被热成像仪探测到。

沼泽区经常会有大雾，这不失为一个隐藏自己的天然屏障，不过这样的地方也更难发现敌人了。

他们的熟蛇肉已经吃完，没有人敢说起火再烤，一着不慎，满盘皆输。

又开始了吃生肉配野菜的日子，维拉的胃像火烧一样难受，可她都隐忍了下来，不敢跟顾容与提半句，生怕他小题大做发信号弹把她送走，那样就前功尽弃了。

敌方指挥营地。

张队长皱眉看着不断地从沼泽地里传回来的信号，已经是第四天了，几乎有半数的人被生擒，别的人虽然还没有抓到，但是都行踪明确，他们准备在最后给他们来个致命一击。

可依旧有四个人不知行踪，他们跟着定位仪找过去的时候，发现有3个定位仪被拆下来扔在了他们被空投下来的地方——也就是说，他们早就知道身上会有定位仪！

张队长瞪着江磊："你跟他们说什么了？"

"你在质疑我？"江磊冷冷的声音传来，这样的怀疑，对任何一个背过保密守则的军人都是一种侮辱。

"抱歉，只是被他们逼急了。"张队长自知失言，赶紧补救。

"你要抓到他们很不容易，5号和39号我不了解，但是其余两个人，我可以跟你打包票，如果他们愿意，你永远也找不到他们。"

张队长气结："你现在是我们这边的总指挥官！说话注意分寸！"

江磊低头看他："张队长，说这句话前先看看自己有没有做到。"说着，瞥了一眼张队长，就走进了自己的营帐。

"放弃对28号所在的小分队的搜索，召回人员，全力守护营地。"

第五天的时候，维拉的胃还是很难受，她不停地揪着一些能止痛的药草往兜里揣，趁大家不注意的时候就往嘴里塞。可无法掩饰的问题是，她发烧了。

顾容与牵着她的手觉得不对劲，一摸她的额头，果然挺烫。他把维拉抱进怀里问："是不是晚上守夜的时候着凉了？"

维拉有些委屈地点点头。

"难受吗？"顾容与有些担心，维拉连忙摇头："还好的。"

顾容与想了想："这几天晚上也不要守夜了，好好休息。不要担心白旗的事情，我会帮你拿回来。"

维拉眼巴巴地望着他："不用我发信号弹？"

顾容与敲她脑袋："你会愿意？"

维拉老实地摇头，顾容与摸摸她的脑袋："辛苦你了，维拉，我给你去找些药草来。"

"背着我去好不好？"

"好。"

除了维拉，顾容与他们都不熟悉沼泽地，但此刻她被顾容与背着，脑子昏昏沉沉的，没办法判断眼前的路，他们只得摸索着往前走。

他们手里都拿了芦苇捆成的简易手杖，5号和39号背着维拉和顾容与的包袱——除了枪，即使再重也不能放下的枪。

5号伤感地看天：“我怎么觉得我们跟当年的红军没差别的，就差没啃树皮、吃草根了。”

“你就知足吧，我们就辛苦这么几天，当年长征走得比咱们久多了。”39号白了他一眼。

“时代不一样，那时候大家都吃不饱呢，你看看现在外面那帮孙子。”5号摇摇头，回头看顾容与，“兄弟，我是不是在哪儿见过你？”

顾容与笑，没有回答他。

5号郁闷：“我最讨厌什么保密守则了，我有一肚子话想说都找不到个人。”

维拉眯眼打趣道：“那就找一个树洞说去。”

5号撇嘴：“就你俩看起来知根知底，黏黏糊糊的，看起来就讨厌。”

维拉“扑哧”一笑：“28，听他这么说，我想起了某人。”

“我觉得，不如某人，某人更甚。”顾容与也笑，他见过的人都不如曲奕极品。

“你们又说我听不懂的话了，让一个大嘴巴的八卦人情何以堪，不行，我要远离你们。”5号回头，大步流星地往前走去。

茫茫的沼泽地像是突然安静了下来，维拉嘴角的微笑还没有绽放开来就凝固了，看着陷进了沼泽里的5号，愣了。

# 第二十一章 这条路伟大而光荣

还是顾容与首先反应了过来，一把将维拉放了下来，动作有些急，还有些粗鲁。

维拉看着疾步走过去的顾容与，终于意识到了眼前的情况，慌忙喊道："容与！先别拉他！会连你一起陷进去的！"

说完，她也飞奔而去，中途踉踉跄跄的，还把自己绊倒了。

5号无奈望天："看来今天真的要交待在这儿了。"他的双脚已经陷了进去，而且还有不断往下的趋势。

39号也跑到了沼泽边，在自己衣服上割下好几个布条，想把大家的芦苇手杖都连接在一起。心里着急，可嘴上一点儿都不敢透露，安慰道："没关系，我们一定把你救上来。"

5号看着他们，然后闭了眼睛："我爷爷是××军区的潘志恒，帮我跟我爷爷奶奶爸爸妈妈姐姐说我爱他们，虽然他们逼着我来，我也……"

维拉朝他大吼："谁要听你的遗言？你身子往后仰，双臂张开！听我的！"

5号睁眼，茫然地看着她，心里还在想着有什么要交代的。

维拉再吼了一遍："身子往后仰，双臂张开！动作要缓慢，不然会陷得很快！"

5号回过神来，惊觉维拉是在帮他，赶紧照做。

顾容与看着恢复镇定的维拉，心安一半，走过去帮39号的忙。

手杖很快就被连接成了坚实的棍子，两个人都抓住了一头，把另一头往5号那里递过去。

"你们轻轻地拖，要慢。5号你也慢慢地移动身子，让泥沙有时间流到你的四肢底下。千万要慢！如果太快会使身体与泥沙间的吸力过大，身体会急速下降。"

5号还是跟曲奕不一样，他能很快静下心，动作和思维都很敏锐，不然也不会通过校选，走到现在。

慢慢地，下陷的速度减缓了，维拉几乎要把顾容与的衣服扯破，一动不动地看着5号，那个为生命在努力的5号。

她忘了疼得不行的胃，强打着精神把最后一丝迷糊劲儿都磨没了。

当他们把手杖换成手的时候，真的好像过了几年，三个人一起抓住他的臂膀，很用力地抓住却不敢用力地拖拽，生怕一个不小心他又陷进去了。

5号看着他们那么专注的眼神，笑了，经历过生死的笑，总是那么不一样的。他嚅动着嘴唇，毫无声响的一句“谢谢”，却是从心坎儿里发出来的。

无声胜有声，他们总觉得这句“谢谢”是听到过的最动听的语调。

直到他半个身子都爬出了沼泽地，大家才使尽了全力把他拉了出来。然后，毫无间隙地拥抱在了一起。

他是他们军人生涯中救过来的第一个人。

以后还会有很多，但是，总是固执地觉得这一次是最特别的。

走了五天，他们知道离敌营不远了，却怎么也找不到敌营。赤野千里的沼泽地，哪里有一处能扎营呢?

维拉说有一处，往北指：“二十公里外的山坡上。”

四个人走走停停，保持着体力，从中午出发，几乎是到了晚上才来到那座山。之前5号那一出，已经让大家身心俱疲。

顾容与想了想，让39号陪着5号在一处隐蔽的地方休息，他和维拉去勘探地形，找出一处比较容易攻破的地方。

维拉对这座山有一种特别的感觉，她对顾容与说：“我觉得它是我家的。”

“你应该说它和你是一家的。”顾容与笑着说，“它那么博大，不应该单独地属于任何人。”

热定向仪发挥了很大的作用，他们能够看到哪个缺口最多人把守，哪儿又最适合藏人质。但是又说不准这是不是别人故意让他们看到的，然后来一个请君入瓮。

他们回去说明了情况，5号和39号都觉得虚则实之，按照对方给的空防走，可能才是最准确的。

那一个缺口是在一大片岩壁上面，那就意味着他们得攀着上去。而且很有可能有人守在悬崖口，一夫当关万夫莫开。

这是一个非常冒险的举动，可维拉说：“我觉得应该就是那里，这是大山给我的直觉。”

“我相信。”顾容与说。

“我也相信。”5号对她微笑。

“三比一了，不是吗？”39号对她耸肩。

维拉笑：“那我们今晚好好休息，每个人站岗两个小时，保证睡眠。”

顾容与本不想答应，因为以5号现在的状况，并不适合再把维拉的摊一份过去，只得暗自做了安排。

“好，不过得改改，你守一个小时，然后换我守三个小时，之后39号接我的班，5号就起早一些吧！”

39号想了想，对5号说：“我三你一，你今天体力消耗得厉害。”

5号给了他一拳：“还当不当我是爷们儿？人家是帮女人，我们啥关系？你凑什么热闹？”

39号笑了笑没说话，心想是我叫你起床，几点叫还不由我。

顾容与休息的时候，维拉坚持要他躺在她的腿上，她说：“抱着你我就不害怕了。”

顾容与想了想：“如果腿麻了就告诉我。”

“好。”维拉静静地看着辽远的天空，今晚繁星无数，草丛里还有小蟾蜍的叫声，好久没有听到了，久到都快忘了。

5号和39号都打起了细微的鼾声，他们今天是真的累了。而顾容与，依旧是优雅的模样，连睡觉都不改俊逸之姿。

维拉看看天，再看看他，都是这辈子她的最爱。回想着他们那些美好的往事，聊以减缓胃中的疼痛。她看了看腕表，已经一个小时又十分钟了，她还是不舍得把他叫醒，在她眼里，他早就比自己重要了。

过了三分钟，顾容与有了动静，他拉过维拉戴着腕表的那只手看了看：“怎么不叫我？”还带着些刚清醒时的鼻腔之音，听起来，嗯，有些性感。

维拉脸红，推开他就躺了下来：“我要睡觉了。”

顾容与把她搂进怀里：“睡吧，有我在，什么都不用怕。”

维拉和顾容与醒来的时候，就听见5号在数落39号：“让你五点叫我，你搔首弄姿个什么劲儿？”

维拉“扑哧”一笑，搔首弄姿吗？这个词儿真不错。

然后，他们在等待，等待一个最好的时机攻进敌营。而等待这样的时间，需要耗费一天。

他们需要知道对方在什么时候换班，山崖边是不是一个真正的缺口。

第二天天没亮他们就开始攀岩了，毫无屏障地攀岩，非常危险，一个不慎滑下去，即使保住了命也会缺胳膊断腿。

但这面岩壁好像被人动过手脚，无论是手上攀着的还是脚上踏着的，都好像被人刻意地修整过，容易爬了许多。

39号觉得不对劲："我觉得这是请君入瓮呢！"

顾容与摇头："我却觉得这真的是条康庄大道，大伙儿都会想到是请君入瓮，如果换了别的路反而着了他们的道。"

5号点头："我同意28号的看法，而且今天是最后一天了，这条道我们已经做好了各种情况的应对，就是油锅也要去的，我们没时间换别的了。14，你说呢？"

说着，5号转头去看维拉，却看见她满头大汗，眉还微微地皱着。

顾容与也看到了，惊得差点儿没踩稳脚下的岩石，心里有种不好的预感："你还好吗？"

维拉抬头，努力挤出一个微笑："没关系，刚刚踩到松散的岩石，惊得我出了一身冷汗。"

5号点头："人没事就好，那你小心。"

顾容与皱眉，他知道事情不会那样简单，可又不能多问些什么，他们已经爬到了一半，看不见脚下的岩石，下去比上去更难。他只得按捺住内心的焦急，跟爸爸祈祷，希望他保佑维拉平安。

他不喜欢这种感觉，一种无能为力的感觉，不应该是这样的，她不应该只是自己一个人奋斗。

可是，他现在又能怎样？只得加快了攀爬的速度，想快些到崖上把她拉上去。

维拉感觉胃疼得受不了了，随时可能晕过去。可是现在晕了就真的没命了，她和顾容与还有那么长的路要走，怎么舍得死呢？

她咬破了自己的舌尖，努力维持着清醒状态，控制住自己不能往崖下看，一看，腿肚子都要打战。她知道自己必须要克服这样的心理障碍，因为这绝对不是最后一次，还会有更多的挑战源源不断地袭来。

快要破晓了，这是一天中人们防备度最低的时刻。

准备到崖顶的时候，顾容与感觉有些不对劲，对着大家做了一个噤声的动作。他在岩石上抠下一块松散的石头，往自己的左上方扔过去，听到细微的脚步声跑过去之后，手攀上了崖顶一跃而上。一手将背对着他的兵反扣住，另一只手迅速地摸出瑞士军刀把他身上的感应带割断了。

与此同时，顾容与察觉到背后的脚步声，本能地弯下身来，把另外一个兵过肩摔，然后割断了他的感应带。

被割了感应带相当于已经牺牲，那两个兵不能吭声，这是规矩。他们只得静静地坐在旁边，瞪眼看着顾容与一个个地把人给拉上来。

顾容与把维拉拉上来的时候，她全身几乎被汗水浸透，想起她前几日的表现，更是着急万分。

维拉带着一个疲惫的笑容安慰他："你不必担心。"

顾容与没有说什么，只是弓下身子，把维拉往自己的背后带。

这次却是5号阻止了他："我来，你和39号身手都比我灵敏，你们一个前锋，一个后卫，我可以保证她的安危。"

顾容与深深地看了一眼维拉，才点了点头："好，我相信你能护她周全。"

这是一片挺大的空地，没有什么建筑，只有一些帐篷。一模一样的帐篷反而更让人迷了眼睛，感觉无从下手。

维拉说，人质肯定不在中间，中间少了屏障，四面为空，而且一般人进来都会直捣中心，所以，他们不会那么笨。

还有二十分钟到士兵换岗，这种时候最容易懈怠，巡逻的士兵一般是两个人为一个小分队。顾容与等人以帐篷为屏障掩护自己，同时快手快脚地割破对方的感应带，在外围的帐篷寻找着。

维拉的判断异常敏锐，在他们挑开第四顶帐篷的时候，终于发现了人质。

顾容与看着被绑在一旁的江磊，诧异地问："江磊哥，怎么会是你？"

"臭小子，愣着干吗呢，快过来给我松绑。"江磊骂道。

"好。"顾容与连忙跑过去，迅速拿出那把军刀。

"不错嘛，他们找了那么久都没找到你们，没给你爷爷丢脸。"

顾容与割开了绳子，抬起头来的时候，对上了江磊深不可测的目光，下意识地退后一步，做出了防备的姿势。

而下一秒，江磊的确攻击了上来。

5号和39号都愣了，正说两个人不是旧识吗，怎么会有这一出？好一会儿才反应过来这是他们大意了。行军打仗，要的就是出其不意。他们一路平安着走过来，定然会被特别招待。

顾容与对抗江磊还是有些吃力的，毕竟江磊在特种兵营待了四年，这些日子不是白混的。

5号和39号顾不得以多欺少，也冲上去抵抗。

三个人攻击的漏洞不少，他们没有真正地配合过，打起来有些杂乱无章，所以看起来还是江磊占上风的。

顾容与定了定神色，丝毫不敢大意。他们和江磊的水平完全不在一个档次上，打不赢他，只好耗时间，耗体力，车轮式的进攻，总会消耗他的精力。

江磊也是全神贯注地对抗着他们，他不了解其他两个人，但是顾容与作为发小，虽然近些年没有接触，但是对其实力还是十分了解的。顾容与爆发力很强，而且耐力很好，是一个很好的对手。

四个人都是赤手空拳，没有人动刀子，因为觉得实在不道德。

几个人打得难分难解的时候，江磊突然停了手脚，因为他感到身后有一把枪在抵着他。

江磊暗自苦笑，他刚刚见到5号一直背着沉睡的维拉，以为她晕了过去，这次的战局完全没有把她考虑在内。

这是致命的过失。

江磊耸耸肩：“你们通过了，我认输。”

维拉听到他这句话，心中大石终于落下，颤抖着双腿倒了下去，眼睛一闭，终于放纵自己晕了过去。

维拉被送进了营地的一个简陋的医院里，说是医院，不过只有几台简易的仪器罢了。这医院本是为了受伤的人员准备的，设备并不齐全。维拉这样的情况还真让人手忙脚乱。

军医说：“这姑娘的忍耐力真好，胃出血都好几天了，再不及时治疗都要穿孔了，居然能忍到现在，实属难得。”

顾容与不说话，指甲却陷进了肉里。又一次，不在自己的掌控之中。

“容与。”维拉醒来，意识还没有完全恢复，就喊了他的名字。

顾容与连忙走到床边：“我在。”

维拉却闭了眼睛，说道：“下次我一定好好照顾自己，这次可不可以求你，不要自责。”

那么低声下气的话语，她是知道自己说什么都没用的，又害他担心难过了。

江磊无奈地看着这两个人，心中满是感叹。难不成真的是自己老了，好像已经很多年没有想过儿女情长了。

“我给爷爷打了电话，让他们过来接你回去。”

维拉最怕听到的就是他的这句话，顾容与还没说完，她的眼泪就掉下来了："甄选没结束我就不回去。"

"听话。"顾容与有太多的情感放在里面，无奈，强硬，叹息，难过，温柔，该怎么形容？

"到现在了我不想放弃。"维拉赌气似的把头扭到一边。

"接下来还有几项，你现在的身体状况过不了。"

维拉固执地看着军医："麻烦你，给我打止痛针吧！"

顾容与刚想说些什么，就被电话铃声打断了。江磊过去接了起来，挑了挑眉，然后把电话递给维拉："向阿姨的电话，估计是在哪儿打听到你的状况了。"

维拉心中有迟疑，也有温暖，接起电话的时候，那边的声音大得几近咆哮："怎么回事？我听人说你胃穿孔？怎么会那么严重？赶紧让容与把你给送回来，太折腾了！"

维拉眼里满是温暖的笑意："没有的事，就是胃出了点儿血，他们小题大做罢了。"

向彤的语气缓和了些："疼吗？"

"有一点儿，不是特别疼。"

"你这孩子，一直都是报喜不报忧。你把手机给容与，我跟他说说。"

"哎呀，您真烦，我后天就收拾利索了回去见您。"

向彤自然是知道今天回去和后天回去的区别，她叹气道："真的跟定他了？"

"嗯。"

"什么时候打恋爱报告？"

"进了兵营。"

临门一脚了，她真的不愿意看着这姑娘失败，身上的痛哪里抵得过心里的？她不愿看着维拉受疼，可是更不愿看到她一辈子后悔。

向彤叹气道："容与肯定不愿意你再留下吧，你把电话给他。"

维拉心里很感动，向彤虽然不是她的亲生母亲，但是给她的关怀不会比亲生母亲要少。她把手机递给了顾容与，顾容与有些诧异，但还是接过了手机，走到门外去接听了。

江磊坐到了维拉的病床旁，笑骂道："丫头，我这辈子的英名全毁你手里了。"

维拉笑着回道："以彼之道还施彼身罢了。"

江磊无奈地笑，算是应允了："接下来还有射击、格斗和越障，你还可以吗？"

“格斗不好说，射击和越障还行。”

江磊翻过这姑娘之前的成绩，觉得格斗那一块儿是真的悬，可是看维拉现在的状况，他不敢告诉她，怕她难过。

江磊拍了拍她的肩膀：“男人都好面子，他们一堆大老爷们儿不会针对你的。”

维拉轻轻地点头：“我尽力了，虽然还是会介意输赢，但至少不会那么难过。”

顾容与推门进来的时候神色复杂，但是维拉就是知道，他被说服了。

维拉轻轻地拉住他的衣角，晃了晃。

容与，不要把我丢下好不好？即使我知道你已经很难过很难过……

当天晚上他们就回到了营地，好好休息以应对第二天的考核。

还有一些人，是回来收拾东西的。维拉认得那个女孩子，军营里就只有她们两个女孩，所以她知道她能走到这步很不容易。终归是太可惜。

那姑娘专门来找了维拉，两个人算得上有一面之缘，之前的二十多天里，虽然没有说过几句话，但也是惺惺相惜。

她看着维拉哭着说：“为什么他们都觉得只有你在追随呢？”

维拉默然，她给了姑娘一个深深的拥抱，她无法安慰她，如同她不知道如果自己明天失败了如何安慰自己。

他们要考核射击、格斗和越障，各个项目分数相加，总成绩取平均数，不符合基地规定的，只能来包走人。

昨天顾容与坚持要她挂完药水才允许她回来，看着医生给她打了止痛药，还监督她吃流食，那是食堂的师傅特地给她做的，不知道爷爷那边有没有打招呼，但是没有人对此有异议。

维拉看着顾容与盘子里的半生不熟的肉，心疼无比，借着“烫”这个借口，强制他抿了好几口，让人看着挺心酸的。

早上的考核项目是射击和越障，维拉铆足了劲儿要在这两项多拿些分，因为后面的格斗太悬，她几乎没有把握留下来。

维拉静下心来全神贯注地做一件事，加上平日强加练习，她的射击和越障分数都很高。

很多事情也是这样，在别人眼里她总是那么幸运，能轻易地获得一些东西，可总是忽略她背后的努力。

真的很不公平啊！

格斗的时候是随机抽取五个人，十分制，赢一个记两分。维拉觉得抽到谁都一样，因为她没有把握打赢任何人。

第一个上场的男生看着她抱歉地说："不好意思，但是我必须要留下来。"

维拉点点头，她不怪他的，来到这里的人，哪个没有自己的信仰。

虽然维拉在女生中是佼佼者，身体也很敏捷，但是在经历过强训的男孩子手下，是过不了十五招的。下场的时候，那个人深深地给她鞠了一个躬，来自歉意，也来自对女孩儿万般的尊重。

第二个上场的男孩子，也没有让她，可是维拉就是知道男孩儿心里难过。

他说："14号，算我欠你一次，以后如果有机会，我一定还给你。"

维拉微笑，说："我不如你，这是实力的较量，你不欠我什么。"

男孩儿坚持地说道："我记住你了。"

第三个上场的男孩子，上下打量了她好几眼，笑了。他是这里少数能跟顾容与较量的人。

当维拉在想是放手一搏还是直接认输的时候，他出声道："我弃权，我没有沦落到欺负女孩子。"说着还耸了耸肩："不要谢我，我少了你这一部分的分数也能留下来。你男人是很好的对手，而你是他的软肋，留你下来没什么不好的。"

这倒是在维拉的意料之外，不管为了什么，她都对他感激涕零。

第四个男孩子也没有跟她打，说辞跟上一个差不多。

最后一个有点儿意外，是5号。好多好多话想说，可是又无从说起，5号对她笑了笑，然后回头对考官说："我也弃权，算她赢。"

维拉看着他欲言又止，如果他弃权了，就是真的要离开这里了。他的分数并不高，如果赢了维拉还有一线希望，可是他却选择放弃，真的需要很大的勇气。

他拍了拍维拉的肩膀："没关系，我本来就没有多强的意愿留在这里，都是我家老头自作主张。何况……"他微笑地看着维拉，眼神无比温柔："你救过我的命。"

维拉突然好难过，瞬间觉得一切都跟她远离了。她没有选择了，就自私一次，就这么一次。

"有空来沈阳找我玩儿。"5号对她挥了挥手。

公布甄选结果的时候他们都在收拾行李。有的人目标已定，有的人却还不知道要走到哪里。

5号给顾容与塞了一根烟，虽然顾容与不会抽，但是还是接过来了。5号帮他点上火，他吸了一口就咳了起来，5号白了他一眼，把烟取了下来："不会抽也别强迫自己啊！"

顾容与笑笑，没有说什么，他无法告诉5号，他这样的行为来自多深的感谢、尊重与惋惜。

"如果能拍照就好了，留个念想。"5号笑笑，对顾容与说，"陪我去跑跑步吧，就当是最后一次。"

跑完步，他们就躺在跑道上。暮色已经降临了，殷红的晚霞笼罩着大地，这样的景色太适合回忆，顾容与第一次违了规，直呼5号的名字："东子，我知道你的。"

5号诧异地扭头看他，顾容与笑着提醒道："1995年之前，我家还在沈阳。"

5号恍然大悟，拍他肩膀大笑："我就说见过你的，那时候我总记不住你的名字，就觉得你长得特像女孩子，偏偏脾气比谁都大。"

顾容与想起往事，也笑了："你的名字倒好记，我记到现在。"

5号说到这个就来气："潘东子，能不好记吗？我爷爷从小就希望我跟潘冬子一样……"说到这里，5号突然没了话。

信仰传承到孩子这里很不容易，顾容与知道这样做需要多大的勇气和豁达。说得轻松，但是心里却比谁都沉重。

"好久没见潘老了，过些年，我再带她一起去拜访。"

"别想太多，没了这条路我还能走别的，可是她不一样，她没有这条路，就不知道往哪儿走了。我很少佩服一个人，却打心眼儿里佩服她。有硬气的女人不多，她算顶尖的。以这姑娘的本事，这条路她能走很远，你不要放弃她。"

维拉和顾容与都通过了甄选，顾容与在榜头，维拉吊在了榜尾，看起来很遥远，实际却是很近的距离。

晚上吃饭的时候，食堂做了有史以来最好的一餐，炊事兵说，大家都辛苦了，今天不仅管饱，还管好。

吃饭的时候他们都默默地扒着饭，明明是那么美味的食物，却食之无味了。

张队长又在吼他们了，可是此刻每个人都觉得异常温馨。

"军人就是要器宇轩昂地来，堂堂正正地离开！"队长口气有些硬，可看着大家萎靡的状态，说到最后话语也温柔了，"你们都是尖兵，即使没有留下来的，在别的行业也会是尖兵。"

队长讲完话，轮到指导员了，平时是他跟他们交流最多，现在却一句话都说不出来了。

“来，一起唱首歌吧，就是我们吃饭之前经常唱的那首。”

最后一次唱歌，大家都特别有精神，唱得有一些豪迈，也有一些哀伤。他们以后会遇到更多的队伍，遭遇更多的事情，这次甄选是第一次，或许也是最难忘的一次。

维拉觉得这几天自己特别容易多愁善感，无论谁走她都会难过，大家都是带着梦想而来的，一个月并不是一段短促的时间，这段日子有多难熬，没有人比她更清楚。

张队长看了看这些流水兵，想说些什么活跃活跃气氛，可终究没说出来。

“解散吧，车已经在外面等着你们了。”

大家按照以往的队列站着，他们很默契，几乎不用说一句话，不需要教官发一句指令。他们在营地上站了好久，静静地看着这个他们奋斗了一个月的地方，有些伤感，有些庄严。

张队长和指导员都在旁边陪他们站着，看着营地中间的国旗。

指导员问张队长要不要送他们出去，张队长摇摇头：“在营地待惯了，离不开了。”

张队长催了他们三次，大家才缓步离开。

维拉上车后却紧紧地闭上了眼睛，或许是不让自己的眼泪掉下来，或许是不忍亲眼看着自己离开。

维拉和顾容与回到C市机场的时候已经有人在等他们了，那是一个年纪跟他们差不多大的小兵，他接过两个人手中的行李，说：“老首长让我来接你们回家。”

维拉可怜巴巴地看着顾容与，如果现在回去她会被念死的。

顾容与却朝那个小兵点头，他和爷爷奶奶叔叔阿姨的想法是一样的，维拉算找错了联盟。

飞机还要两个小时才起飞，维拉被顾容与逼着吃了一次白粥。

维拉的口味比他们都要重一些，吃白粥对她是一种折磨，一边“嗯嗯啊啊”地应付着顾容与，一边摸小包里回回给她塞的辣子。回回给她塞了好多东西，她单单留下了这个，可惜的是，甄选开始的时候就被收走了，结束之后才还了回来。

顾容与眼皮抬都没抬，伸出手：“拿出来。”

维拉瞬间放开手，然后摸上了旁边的钥匙，拿出来给顾容与递了过去：“我就知道你觊觎这个面人很久了。”那个面人是照着顾容与的模样捏的，顾容与总觉得五官捏得太紧凑，有损他的形象。他找维拉要了好久，这次维拉心虚，终于愿意给他了。

顾容与接过来，却还是扬了扬下巴："包。"

维拉搂紧了包："有……卫生巾在里面。"

顾容与温柔一笑："我以为我们已经不在乎这些了。"

于是，维拉很无能地被这厮的神情诱惑了，鬼使神差地就把包递了出去。

顾容与熟稔地抽出几包辣子，又翻了翻有没有别的"作案工具"后，才把包还给维拉。维拉眼巴巴地看着她的辣子被顾容与握在手里，就连面人也被骗走了，真是赔了夫人又折兵，扁了嘴，暗骂自己不争气。

顾容与摸了摸她脸颊上的伤疤，接过她的那一碗白粥："我陪着你吃。"

维拉回到家的时候，爸爸和子慕都不在，向彤已经请了半天假在家等着她了，死活要带她去住院检查胃部。她纵容了维拉太多次，这次是怎么都不肯让步的。

她看到维拉的脸色蜡黄蜡黄的，又是心疼又是生气，一把揪过她就拧她的胳膊："都那么大的人了还不会照顾自己。"

维拉说："我是被家里养金贵了呀，以前经常这样都没事的。"说完怕可信度不高，还特意加了一句，"真的"。

向彤叹口气："为了嫁人，你还真是什么都不管不顾了，太不孝顺了。"

维拉自知惭愧，这些年都是为了顾容与努力，的确忽略了家人的感受。

"您就罚我天天洗衣做饭好不好？"维拉挽上了向彤的手，向彤宠溺地拍她手背："贫嘴，怕人家还不知道我是你后妈？"

尽管维拉觉得自己没有住院的必要，还是被强制留在了医院里。

顾奶奶来看她的时候满脸泪水，顾容与扶着奶奶，也不知道怎么安慰，看着维拉一点儿一点儿地抹去奶奶的眼泪。

她是老天带走父亲之后留给他们家最美好的礼物。太珍贵太珍贵。

岁月带来的不总是皱纹，更多的是眉宇间开出来的花。人经历的事情多了，脸上的花也就开得多了。

维拉，岁月已经把你推向了我，当你变得更美丽，当你的更美丽只有我一个人懂得欣赏的时候，我就知道了再也没有什么能把你从我眼前推开。

你印在我心里时，早已是最美丽的模样。

子慕回来的时候无异于世界大战。

她掏出一个镜子就给维拉递了过来：“你瞅瞅，你瞅瞅，还好意思说跟我是双胞胎呢，你看看你现在的样子。”

维拉讪笑：“我这不是给你当绿叶来了吗？”

“绿叶个屁，你就懂得给我抹黑。”子慕还是露出了心疼的表情，她摸着维拉脸上的疤痕，伤口的痂已经开始脱落了，那不同于正常肤色的几道白印，看起来依旧触目惊心，“疼不疼？”

“早就不疼了。”维拉微笑。

“别说好话哄我，如果疤痕消不了，当心我给你往深里划。”子慕的刀子嘴豆腐心对维拉来说已经习以为常了，好久没听到，感觉还有些温暖。

“好，你说了算。”

子慕貌似满意了些，她摸出几张票递了过去：“那啥，我们学校剧社的票，下星期，你跟容与哥要去啊！”

维拉拿着票，心想子慕第一次那么大排场啊，把玩着票问道：“你做导演？”

这些年子慕接了不少影视剧，她未必愿意做学校的剧社演员。

子慕眼睛一亮，随即咳了咳：“去就是了，那么多废话。”

维拉“扑哧”一笑：“好。”

维拉在医院里住了三天，向彤和顾奶奶每天轮着给她煮粥养胃。维拉小声给顾奶奶打小报告，说是顾容与的胃也不怎么好，好几次半夜醒来都见他捂着胃。

那些天他们吃了什么她没敢告诉顾奶奶，可顾奶奶又怎么会不知道呢？儿子和孙子都是特种兵，只是心里疼得都快滴血了也不能说什么罢了。

尽管顾容与多次重申自己的胃真的没事，还是在顾奶奶的要求下去做了检查。他怕不去老人家担心，又怕去了老人家伤心。

顾爷爷也来看过维拉，他没有多说什么，只说了一句：“孩子，你受苦了。”

维拉有些哽咽，她说：“爷爷，我跟着容与不苦的。”

苏志国也说：“维拉，爷爷肯定为你骄傲的。”

苏志国本是不同意维拉去当特种兵的，可是维拉执拗，向彤和子慕都是支持她的，还有泉下的老父亲如果还在人世，想必也不会多加阻拦。

大家都心疼这个姑娘啊，可是，他们又能怎么办呢？

这是姑娘自己选的路。

这条路伟大而光荣。

# 第二十二章 他们不在一起太可惜

维拉接到了回回从学校打过来的电话，回回的论文答辩得了优，论文还登上了国家级的刊物，她已经收拾好东西了，还是不愿意离开。

回回说："以前挺讨厌这里的，但是真到自己要走的时候却不舍得了。"

她还说："阿朱，你的东西还在这儿呢，你都没回来，我怎么可以私自离开？"

回回是她这些年来第一个真正意义上的女性朋友，虽然这个朋友不会陪她一起伤感，但是着实给她带来了不少欢乐。

大姐回呼伦贝尔的时候经过北京，顺道来看维拉。

她说以后可能很少见面了，维拉每年的假期很少，两个人又不在同一个地方。

维拉笑着说："大姐，你可以选一个我在家的日子结婚呀，我是真的很想亲眼看到你走向幸福。"

大姐打她："臭丫头，八字都没一撇的事，还不如说说你跟顾容与。"

"说我们什么？"

"你爸妈怎么也不为你们打算打算呢？"

怎么没有？向彤跟苏志国商量过好多次，看看是不是找个时候把婚给订了。苏志国不大同意，毕竟女儿今年才二十岁，虽然她是非顾容与不嫁的，但是外面人多嘴杂，说不定还会以为咱姑娘品德败坏，弄出了什么事要早早嫁人呢！

顾家老人也提过的，但是两家大人一合计，还是觉得早了些。既然是板上钉钉的事情，在乎个形式做什么，先把恋爱报告打了，过几年再说。

大姐揉揉她的头发："还是我多心了，这些事情怎么会轮得到我来操心？"

维拉握住她的手："谢谢大姐，我知道大姐待我好。"

大姐拍她："好好说话，我最讨厌你跟我腻歪。"可没嘴硬几句就叹气了，取下脖子上的护身符，"这是姥姥以前给我求的，我戴了好多年，它保我安然无忧平安无恙，现在我把它给你。"

维拉摇头："我不要，这个太珍贵了。"

大姐不说话，把护身符往她脖子上套："你拿着吧，姥姥也希望我给你的。"

她肯定还记得我有一个那么好的八妹。

子慕学校剧社的演出是在星期六的下午，维拉怕惹上一些不必要的麻烦，戴了一副巨大的墨镜出席，穿着军装挽着顾容与在军艺的校园里走着，跟特务似的。

子慕躲在剧院的幕帘后看着他们，没好气地给他们打了电话：“祝维拉你鼻梁上那副墨镜是怎么回事？还搭着军装，有你这么配的吗？还嫌不够高调？”

维拉觉得委屈：“我这不是怕给人认错败坏你形象吗？”

子慕狠狠地啐了一口：“摘了摘了，你男人就够显眼的了，再加上你那身装备就是个磁极！虽然咱们学校不缺好看的男人，但是你看你男人那张脸，跟磁铁似的把周围一圈的比卡丘都给弄过来了你也不管管。”

维拉立马严肃了，这事不能姑息，摘了眼镜四处扫了一圈，把对着她男人放电的比卡丘都瞪了回去。

子慕又骂道：“祝维拉！谁让你摘的谁让你摘的？你知不知道在别人眼里就是我挽着容与哥！虽然我不介意……”

子慕还没说完，顾容与就伸手抢过手机把她电话给掐了，看这两个人说的都是什么话！

维拉还意犹未尽地瞪了那些人好几眼，把顾容与的胳膊往自己那儿揽了揽。危机意识！危机意识！她现在脸黑得快跟炭一样了，别的姑娘都跟面粉似的白，还长得特别漂亮，个个虎视眈眈的。

“我想蒙着你的眼睛走。”维拉愤愤不平。

顾容与笑开了，看着她，跟姑娘十指紧扣：“维拉，你吃醋的样子特别可爱。”

由于军校的特殊性，他们并没有在这样的场合出现过，所以这个时候是有些莫名的情怀的。

如果他们不是那样的家庭，他们可能就跟很多人一样，在大学里小恋爱谈着，小架吵着，每天一起吃饭一起上课，晚上捧着电话还会有无数的话要说。

可惜，没有如果。

只是有些遗憾罢了，遗憾那么多的良辰好景，别人携手共赏，他们却连牵手的资格都没有。现在的局面，已经是维拉万般努力才换来的了。

维拉从来不敢说可惜，只得倍加珍惜。

顾容与低头还是可以看见维拉脸上那几道淡淡的疤痕，他多想告诉她，你比这里所有的姑娘都美。

维拉，你是陪我在寒冬里熬过来的梅，我永远无法忘记在万花凋零的时候，只有你在开放。

“待到山花烂漫时，她在丛中笑”，她们再耀眼又怎样，我能看见的只有你的笑容。

维拉他们进到内场的时候，海欧已经在那里了。维拉许久没有见他了，感觉他长高了，肩宽了，更让人想依靠了。

他站在台下温柔地看着忙碌的子慕，第一次没有伸出援手，因为子慕说这一次的表演是送给他的生日礼物，他只需要鼓掌就好。

他看得很认真，维拉和顾容与不想用“好久不见”这种词语来阻隔他的视线。

子慕站在台上，对着剧本做着最后的舞台调度，看到顾容与和维拉来了，也只是远远地招了招手，然后继续去调试灯光和音效。

通过音响，维拉还可以听到子慕中气十足的叫喊：“你怎么把道具给吃了？你这个笨蛋！赶紧去附近的水果摊给我把那几个苹果买回来！”

场内的人还不多，但凡听到的都捂嘴笑了，维拉耸肩，晃了晃手中的保鲜袋：“得，我们这苹果还是贡献出去吧！”

原本还打算边吃边看来着。

维拉进去内场的时候没人阻拦，都笑眯眯地问候“苏导好”，这些年维拉遇得多了，这种时候点头微笑就好。

直到子慕的吼声再次从音响里传出来的时候，大家才惊愕地看着她。维拉抱歉地笑，提着水果走得更快了。

维拉找到子慕的时候，她正在数落她的小助理唐朵朵，就是这厮把苹果给吃了的。

子慕接过维拉拿来的水果，手指狠狠地在唐朵朵的头上敲了几下：“明天我就炒了你。”

唐朵朵胆小，子慕百吓不厌。

子慕无奈地扶额：“我怎么有种不祥的预感。”

维拉帮她把领子整好：“怎么对自己的团队那么没信心？”

子慕挥挥手：“平时演惯了戏，错了没有关系，可以剪切了重来，可是舞台剧中有了错误是不能回头的。”

子慕说完就走了，临近演出，她得去监督演员。

而维拉却是在原地静静地站了很久。

“怎么了？有心事吗？”顾容与看她神色不喜不怒，似乎连开玩笑的兴致都没有了。

维拉摇摇头：“容与，你之前看过舞台剧吗？”

“嗯，看过赖声川先生的《红色的天空》。”

维拉张了张嘴，话到嘴边又不知道该问些什么了。

顾容与看着她的眼睛，笑道：“当年我是陪着爷爷奶奶去看的，原本以为这又是一部政治剧，却没想到讲的大多是人生。这是我这辈子看到的最好的戏剧，我不认为有什么话剧或是电视电影能超越它。”

后来，维拉有幸得到了票，陪着顾容与又去看了一次他口中的《红色的天空》，维拉哭了，不仅因为他提到过的那句台词，还因为那首她永远无法忘怀的歌。

“小黄鹂鸟儿呀，你可曾知道吗？麻鞋上绣着龙头凤尾花，两朵花呀绣一只鞋呀……”

原来是需要这样苍老的嗓音唱这首歌的。在那部舞台剧里，她仿佛看到了外公外婆的暮年。

“大陆人现在不太承认我们的身份，老先生，如果您葬回大陆去，那只是大陆人的子孙；如果您葬在台湾，那就是台湾人的祖先。”

在场的观众都笑了，只有她笑着笑着就哭了。她比谁都更能理解这句话的意思，她的外公不被承认身份，外公做梦都想回到大陆来。

火车鸣笛，行李被传送带带去远方，从此漂泊天涯，老无所依。

“你们知不知道，感觉不到痛的痛，有多痛”，他们带着遗憾，仿佛很快就会被这个世界遗弃。跟戏剧一样，不管生命再怎么虚妄，人生都不能重来。

我们很容易就走岔路，可是，太平坦的路终究少了一些刺激。

维拉抬头看见舞台亮了灯光，有些刺眼，又有一个故事要开始了。

子慕的这出舞台剧改编自《彼得·潘》的童话，很美的场景与设定。

开演前十分钟，子慕猫着腰溜过来跟他们坐到了一起。子慕小声说：“虽然我觉得还是有些糟糕，但是该拉出来遛了就别藏着。”

海欧宠溺地看着她，然后把目光放到了舞台上，不管怎样，这都是她推去了所有的商演，专门为了海欧排的一部剧。

如子慕所说，演员虽然演技不错，但是临场应变还是欠缺，闹出了些许笑话，可是海欧却一句都笑不出来。

彼得·潘对温迪说：“我原来也一直以为妈妈会一直开着窗子等我，于是我就在外面玩了两个月，又玩了两个月，再玩了两个月，然后我飞回家。可是窗户已经闩住了，妈妈已经把我全忘记了，我的床上睡着一个小不点儿。”

虎克对彼得·潘说：“你可爱的温迪最终还是会离开你的。”

彼得·潘，你拒绝长大，可是你身边的人却不得不长大。

好像是六岁那年，子慕生病，海欧坐在床头给她读《彼得·潘》，那时候他并不认得几个字，捧着那本漫画，给她讲了他心中的故事。

“朝着右边第二颗星星直走，走到天亮就到了，那里是永无岛，那里没有人必须长大。”

慈眉善目，春暖花开。可是转眼都这么多年了。

温迪长大了，她除了是一个伙伴，是亲人，还是一个……女孩。

此刻，她看着台下的彼得·潘，温良恭顺。

他心尖上的女孩光芒万丈。

离结束还有十分钟的时候，子慕回到了后台。

谢幕的时候她跟着演员们一起上去了，她说：“这出剧送给你们，也送给我的彼得·潘，谢谢他在温迪身旁陪伴她长大。”

维拉听着感动，扭头去看海欧，却发现他早已不在了。

顾容与碰了碰维拉的胳膊：“你看台上。”

海欧缓慢却坚定地朝子慕走去，子慕笑着看他，像等待自己的王子。

她如往常一般等待着他落在额头上的吻，他是她熟悉到骨子里的人，她甚至记得他掌心的纹路，记得他什么时候开始换牙。

那晚的灯光很亮，后来还有人放了焰火，子慕觉得一切都那么滚烫，每一处的温度都会把她灼伤。

维拉看着台上的情形目瞪口呆，子慕跑出了很远她才回过神来，起身想追出去的时候却被顾容与抓住了手。

“这是他们的事，你管不了的。”

“可是子慕……”

“海欧意识到她是个女孩子了，可能她还有些无所适从。”顾容与说，“每个人都有每个人的缘法，而我们只需要祝福就好。”

子慕的确对那个吻无所适从，她甚至没有反应过来。海欧的唇碰到她的那一刻，她的大脑似乎被抽空了。

她是温迪，他是彼得·潘，彼得·潘和温迪没有在一起，也不可能在一起。

所以，肯定是海欧弄错了，肯定！

这个吻被媒体大肆报道，甚至有人想把两个人的身世牵扯出来，可是不管怎么查，前面都好像有一堵墙，看似已经很接近了，可还是让人摸不着头脑。

向彤看着娱乐报纸上那么清晰的拥吻，“扑哧”一笑：“这孩子，我以为还会再拖上一段时间的。没想到脑子那么快就开窍了，不过也不早了，都那么多年了。”

苏志国的脸色就不怎么好看了，再怎么说都是自己闺女，总有一种珍宝被别人觊觎的感觉，所以对顾容与和海欧从来都是不大热情的。

大家都在议论，却没有人在担心。两个人从小青梅竹马，大人们也早就已经达成了共识。

维拉知道子慕在迷惑，在彷徨，这样的转换过于突然，姑娘一下子接受不了。

海欧明天就要过21岁的生日了，这个年纪本该念大三，只是他一路追随着子慕过来，早就忘记了惯有的规律，子慕就是他的方向。

生日宴会是在海家办的，虽说只请了亲朋好友，但是也已经凑到了八桌。

顾家跟海家是亲戚，又是多年邻居，情分也较别人重一些，所以随海家坐的主桌。主桌上还预留了一个位置，它只可能属于子慕，经年不变。

子慕从头到尾都没有出现，这几天也是早出晚归的，维拉逮不着人，关于她的心事无从问起，但也是能猜出七八分的。

她理解子慕这样的态度与转变，但是无从劝解安慰，感情的事，本就是如人饮水，冷暖自知。

小辈的恩怨大人也清清楚楚地看在眼里，不予置评。

只是铺天盖地的报道总会让一些不明就里的外人说三道四，聪明点儿的在背后说，傻了吧唧的就挑出来了。

外人都知晓苏家有一对双胞胎女儿，但是见面的次数少，倒也无从分辨，只知道苏家的姑娘会随着海家坐主桌。

子慕没有出现，而维拉恰恰坐在了顾容与的身边。

大伙儿都是看着海欧和子慕长大的，知晓两个人的旧事，但是维拉和顾容与的事就鲜少听说了。人年纪大了，亲戚很少走动，再加上平日低调，知道俩孩子是一对的还真不多。

这几天子慕并没有跟海欧见面，似乎海欧也处在茫然期，弄不清楚自己到底怎么了，整日心事重重，谁跟他说话都不搭理。本是连生日会都不愿出席的，可请帖都发出去了，主角不出现还真是要让人笑话。

这次海欧生日，来的人自是海家的亲戚居多，都是名门贵族，对娱乐圈挺不待见，这次海欧被子慕提携上报闹得满城风雨，是苏家和海家用了关系才把事态给压了下来。

苏老去世后虽然余威还在，但是苏家还是大不如前的，这些年子慕的花边新闻也没少让人闲言碎语。众亲戚一合计，觉得子慕配不上海欧了。

还没有开席的时候，大家便聊了起来，不可避免地提到了几天前的事。

“咱们海家尽出些痴情种子，海欧那孩子对子慕那么多年了都念念不忘，可人家呢，在演艺圈混得风生水起勾三搭四，现在又勾搭上了顾家的孩子，真是缺乏教育，可怜了我们家海欧。”

维拉和顾容与坐在一起，两个人态度不疏远也不甚亲近，在外人看来是有些暧昧了，眼看海欧一脸怅然若失，自然把她对号入座给认成了子慕。

几位夫人说的并不是那么小声，或者说就是说给他们听的。如果她们说的是真的，当事人羞愧一番也就没了下文，可毕竟是造谣生事。

那个人刚出声的时候旁边的男人就皱眉了：“阿琴，过了。”

维拉并不是喜怒形于色的女孩子，但是几年的军人生活给她磨炼出了许多硬气，忍住拍案而起的冲动，只冷冷地说了一句：“容与，我好像听到有人在含血喷人侮辱我妹妹，还口口声声谈教养。”

顾容与看维拉表情，知道那个人触了维拉的底线，那番话说得的确不厚道，他碍着顾家的颜面和教养不好反唇相讥，只是皱了皱眉。

“哟，原来是另一位，我好像听说有一个词叫蛇鼠……”

那个人还没说完，一杯红酒就泼了过去。海欧松开手，高脚杯就从他手上滑了下来，在地上摔了粉碎。

于海欧而言，这样的对待已经是最客气，如果对方不是自家亲戚，他肯定上去赏人俩大耳刮子。

红酒顺着那个人的下巴流到了衣襟里，许是没有受到过这样的侮辱，那个人愣怔了许久。

海欧指着门口：“慢走不送。”

海家的大人正在招待客人，听到这边动静挺大，看过来的时候自家儿子正给人泼红酒，暗道不好，都是那么骄傲的人家，谁受得了这样的对待呢？

被称作“阿琴”的那个人既然能说出那样的话，就不是块好欺负的料。她说话也就是想让人添堵，却没有想到海欧泼了她一脸，心想你海欧还真是只白眼狼，我们这样护着你，你倒帮助外人欺负我们了，当即板了脸，气得直哆嗦。

海欧连眉头都没抬，另外给自己拿了一个杯子倒酒。

“海斌，你瞧瞧，你瞧瞧！”阿琴指着海欧，手指都抖了。

海斌赶紧过来打圆场：“海欧不懂事，您就别跟他计较了。”说着，疾言厉色地看向海欧：“快跟伯母道歉。”

海欧抿了一口酒，定定地看着爸爸口中的伯母：“跟子慕道歉。”

那神态，那语气，维拉简直想当场给他鼓掌。海斌本想让海欧服个软，这事儿也就过去了，没想到海欧软硬不吃刀枪不入的。

海欧的伯伯皱眉了：“海欧，差不多得了。”

“我说过的话不会说第二次。”

海斌本是支持海欧的，毕竟他们也疼子慕，子慕被人那样诋毁，嘴上虽不说，看着海欧泼人，咳咳，心里还是有一些解气的。可是凡事过犹不及，海欧道歉了，大家睁一只眼闭一只眼也就过去了，现在不是让大家都过不去吗？

“快道歉！我说过的话也不说第二次！”海斌身为主人，是得拿出一些魄力来。

海欧淡淡地看了父亲一眼，转头就走。

海斌也火大了，随手拿了一个酒瓶就往海欧脑袋上敲过去，海欧身子一侧，酒瓶落在了他的肩膀上，划了一个大口子，霎时间不知道流下来的是红酒还是血。

众人被这对父子的举动给吓着了，阿琴也吓着了，她是想给海欧一些教训，却没想到会演变成这样。

顾容与首先反应了过来，撕了一条干净的桌布就帮海欧捂伤口，他们学过最基本的伤口处理。

海欧摇摇头，把那块布扯了下来就向门外走去，背影格外潇洒。

场面很尴尬，海斌很生气。

在场的除了海家亲戚还有一众发小，普遍觉得今日之事达到了叹为观止也令人发指的程度，还好平日没把这海欧给惹毛了，这厮是对着天王老子都敢下手的啊！

最后还是海欧的伯伯出来圆场子，阿琴伯母也顺着台阶下了，大家虽都有些尴尬，但最终好聚好散。

维拉窝到一旁给妹妹打电话，手舞足蹈的，你是没见到你男人多么凶猛，哇哈哈，如此如此，这样这样。

子慕在那头只是点头，听到海欧受伤，感觉自己心里也被划了一道大口子。

挂了电话，对上了顾容与带着一丝微笑的眼睛，维拉也微笑道：“虽然说各自有各自的缘法，但我总觉得，子慕不跟海欧在一起太可惜。”

维拉虽然想知道子慕和海欧后续发展如何，但是想到回回在C市已经等了她不少时日，也不好意思再拖延，买了近日的机票，就跟顾容与一起回了学校。

C市已经是夏天，刚刚下飞机一阵热浪就涌过来，维拉习惯了这里的天气，但是看到这样的天气心里还是生出不少感触。

好像还在不久前，她在图书馆里找着关于野外生存的书，那时候图书馆里已经没有位置了，她只得站在图书馆的走廊里一字一句地看着。暖暖的阳光透过宽大的玻璃洒在书上，书上的字迹都被照亮了，看上去很刺眼，维拉看着看着眼睛就湿润了。那时候不知道未来，顾容与不给她承诺，不让她陪伴在身边，还真茫然无措，每一天都是数着过来的。

但是看着眼前的人，就觉得之前的一切都那么值得。

顾容与牵着维拉的手，她说话的时候他会弓着腰，侧着脑袋，一面看路，一面不忘看她。

想来，幸福就是这样的。

因为两个人校区隔得远，经常要两个校区来回跑，他们合计之后，还是在外面租房子方便些。

维拉见到回回的时候，回回一边唱歌一边往嘴里塞荔枝，脚板一晃一晃的。

宿舍里只有回回跟小六了，小六和王兰陵都保了研，王兰陵从大四开始就没怎么回宿舍住了。

还好留下来的是小六，除了维拉只有她会纵着回回，每晚从图书馆回来的时候都会带东西来喂养她。小六的研导出了名的苛刻，带的都是学术精英，原本他看中的是回回，但是回回忙着逃离这学校呢，怎么可能留下来？这孩子说话也不懂得委婉，差点儿把教授脸都给气绿了。后来留了空缺，那教授自嘲说是矮个子里挑将军。即使如此，小六还是感激不尽，帮回回打饭打得欢快。

乔时也保研了，跟小六一个导师，算是跨专业保研，挺不简单的。

小六见到维拉的时候说：“都说要等你回来大家一起去旅行的，可是好像大家还没来得及聚集在一起，就要为着自己的前程各奔东西了。真奇怪，为什么上次聚会的时候没有好好珍惜？谁想到会是最后一次啊！”

于是，人生就是这样的，很多事情都不在预期，很多人一转身就不见了。

晚上吃饭的时候顾容与请客，大家去了学校附近的馆子。

乔时有了新的女朋友，维拉强烈要求他带家属，他却是双手一挥，说是现在的女朋友都跟流动红旗似的，是不定式，被维拉鄙视了很久。

旁边坐了一桌毕业生，难得凑到了一块儿，感觉有些歇斯底里。玩大冒险输了，就来勾搭维拉他们一桌，回回也难得地从她的碗中抬起头来朝他们微笑。

后来大家都玩在了一起，好像多年的朋友。

真心话大冒险，居然有男生跑过来跟维拉表白。维拉笑着看着男生，无论如何，这样已经是最好的尊重。

男生不以为然地耸肩："我知道没戏的，只是说出来了，感觉大学就圆满了，把这事儿带走还挺沉重的。"

在顾容与面前对维拉表白，男生也是鼓足了很大的勇气，如果顾容与打他，肯定一拳就把他KO了。后来他与人提起，总爱说那晚玩的不是真心话，而是大冒险。

维拉看向顾容与，他的手只是插在裤袋里不发一语，没有微笑，没有愤怒。

到后来，顾容与玩大冒险也输了，当众搂着维拉吻了起来。维拉笑得眼都眯成缝了，虽然容与不说，她知道他还是很介意的。

男生们的玻璃心碎了一地——虽说咱知道你们俩的关系，但也用不着这样打击我们吧?

维拉搂着顾容与的腰窝在他怀里，很满足很满足。

大家都说玩得很开心，可维拉分明看到有人侧过头去抹眼泪。

他们回去的时候已经是万家灯火，回回和小六都喝醉了，乔时背着小六，顾容与背着回回，两个人已经睡死过去，回回的口水把顾容与的肩膀都滴湿了。

乔时本想把维拉放倒的，无奈这女孩仿佛千杯不醉一般，再灌下去放倒的只能是自己。

乔时苦笑："好像我还真没一次赢过她的。"

顾容与笑笑，没有说话。

维拉倒是没有留意他们的话，紧张地看着回回，手里紧紧地拎着塑料袋，怕时常打嗝的回回吐顾容与一身。

所幸回回人品还是有的，到了宿舍都没有吐出来。

看着躺在床上不省人事的两个人，维拉怕她们夜里难受，想了想还是留了下来。

乔时陪着顾容与走了很长的一段路，走到院前的大草坪的时候，乔时说："顾容与，我们打一架吧！"

顾容与说好，然后没有任何预兆地就挥着拳头打了过去。不是不尊重，只是习惯使然。

乔时的反应到底没他快，这一拳没躲开，肩膀重重地挨了一下。闷哼一声，趁着顾容与收拳的空当，抬起腿狠狠地向顾容与踢去。

两个人你来我往并没有打多久，下的都是真功夫，没有任何的保留与谦让，乔时并不是顾容与的对手。

最后乔时躺倒在了草坪上，仿佛经历了一场漫长的马拉松终于得以休息："你走吧，我想一个人静一静。"

顾容与颔首，乔时一直都是一个值得人尊敬的对手。

"好好待她，军营里辛苦，别让她受了委屈……顾容与，如果不是你，我不会那么容易放弃……"

顾容与，我知道你很优秀，可我始终不愿意承认我不如你。

第二天，维拉起了个大早去帮她们买早餐，回来的时候小六已经揉着脑袋坐在床上了。

维拉看她脸色不大好，问她头还疼不疼。小六说不疼，就是有些晕乎。

维拉又走过去看睡得跟死猪一样的回回，这孩子睡相不好，因为喝了酒，脸色粉嫩粉嫩的，维拉忍不住掐了一把。

小六欠了身子看过来，笑道："我老说要去你家看你妹妹的，都说了四年了，到现在都没去。"

维拉也感慨："是啊，我跟我妹妹也越来越不像了，你看她海报就知道。"

小六抓过维拉的手，上面已经长了几个老茧，是常年拿枪才会形成的。还有她黝黑的皮肤，脸颊上已经慢慢淡去的伤疤，看起来像一个受尽了生活磨难的姑娘。

小六看着都心疼了："为了一个男人憔悴成这样，他要是敢负你我就削他。"

维拉拿过一个小镜子照了照："其实我觉得我这样也蛮帅气。"

小六重重地"贓"了一声。

维拉看小六蛮精神的，就很没义气地抛下她照顾回回，自己去找顾容与了。

维拉看看手表，现在已经八点半了，顾容与的作息很规律，应该早就起床了，于是就打电话叫他过来跟她一起去教务处。

他们错过了毕业典礼和毕业晚会，毕业证还在学校那里压着。

教导主任亲自把证书交到了维拉手里，声音亲切："恭喜你，祝中尉。"

顾容与和维拉微笑地看着对方，眼中有着相同的自豪。

教导主任看着两个人，很多军嫂习惯的是等待而不是跟随，军中已经很难得有这样的伉俪了。他拍着顾容与的肩膀，感慨道："好小子，给你爷爷争气了。"

G大的军人后代很多，不靠爷爷靠着自己打拼的也不少，顾容与不在他们学院，教导主任还是能把他认了出来，是靠顾容与的真本事。

领了维拉的毕业证，两个人吃了早餐就往顾容与所在的一号院走。

维拉抱着毕业证，挺神气："快对我敬礼，我现在是中尉了，你还是个小兵。"

在部队里，军阶就是身份，维拉仗着自己比顾容与早些拿了毕业证，趾高气扬得不行。

顾容与看着她的无赖嘴脸有些好笑，却还是堂堂正正地给她敬了一个军礼。维拉却脸红了："你背我起来。"

顾容与蹲下来，维拉爬到他背上去，轻轻环住了他的脖子，好像他五年都没有背过她了。他身上还是维拉所记得的味道，不同的是，他长大了，更让人想依靠了。

维拉趁顾容与站起来之际，偷偷亲了亲他的脸颊，然后就把头埋他肩窝里，不说话了。

顾容与侧头，神色无比温柔。而后只听"咔嚓"一声，一道白光闪过。

维拉还有些愣怔："我们有碍风化要上报了吗？"

顾容与挑眉："你给子慕打个电话，不然明天的头条就是我跟她了。"

维拉"囧囧"有神。

顾容与想了想还是去借了车，想把后面的小尾巴甩了，并不是因为见不得人，只是不想被打扰。

顾容与和维拉在一个咖啡厅等车，其间大大方方地给"小狗仔"取了无数优美的场景，维拉一直按捺住问人要照片备份的冲动，一口一口地喝着——豆奶。

原本顾容与给她点的是橙汁，可服务员听顾容与要点橙汁的时候，脸上的笑容差点儿没僵掉，实在不想对帅哥出言不逊，好声好气地说："我们这是咖啡厅，不卖橙汁的。"

"除了咖啡还有什么？"

那服务员想了半天也没想到，本来想跟帅哥多说几句话的，才没拿菜单过来，现在倒是尴尬了，因为平时基本没有人点除了咖啡以外的东西。

服务员挫败道："我去拿菜单。"

维拉不满地看着顾容与。

“你的胃不好，还是先不要喝咖啡了。”顾容与柔声安抚她，末了还补充一句，“听话。”

维拉挺没志气的，真听话了。顾容与在菜单上找了半晌才在一个角落找到了那个名为豆奶的东西，点了两杯。

服务员心里叹气了，人帅又如何，还不是土包子一个。

维拉看着那豆奶的价格，泪流满面，低声对顾容与说：“这个价儿我在学校能喝三十杯了。”

顾容与安慰道：“没事，以后我出息了，让你用它洗脸。”

维拉吸着豆奶，心想以后的日子还真美好。两个人闲话家常，许久不曾这么惬意过了，日子好像又开始平凡起来。

顾容与一直注意着窗外，当一辆悍马停在外面的时候，他结了账，然后牵着维拉出去。

顾容与看那车牌跟王叔叔说的符合，走过去轻轻地敲了敲窗。

“五姐？”维拉看着车里的王兰陵，诧异了。

# 第二十三章 恋爱报告

王兰陵看到维拉，笑得有些勉强：“爸爸的司机正巧有事，我代替他走一趟。”

她跳下车，把钥匙给了顾容与：“听说你们都通过了甄选，恭喜。”

顾容与点头致谢：“听奶奶说你也成功保研了。”

王兰陵点点头：“我的未来都是被规划好的，惊喜不大。”

维拉轻轻地叹了口气：“你以后有什么打算吗？”

“能有什么打算，应该一辈子就在这个城市了。我的天空就这么大，不像你们可以争取自己的未来。”王兰陵看起来有些失落，好像大家都曾经因为自己的家族被束缚了翅膀，这样的苦楚，外人又怎么会知道呢?

“五姐，得了空就回北京看看吧！我回去那段日子顾奶奶没少跟我念叨你，说是两年没见了，很想你。”

虽然她们一直没有握手言和，但是终归有情分在，现在看起来更像是说得上话的同窗。

王兰陵笑了笑：“帮我跟顾奶奶问声好吧，就说下次我找了男朋友，肯定带去给她看的。”

顾奶奶不仅身子骨硬朗，而且头脑特清楚，小辈的事还真瞒不过她。每每想到老人睿智的双眼，王兰陵就有些愧疚。老人顾全她的面子不会说什么，本以为就此瞒过，可后来回想起，那一晚老人跟她说的话，句句箴言。

维拉点点头，想了想，还是从兜里摸出了一个小盒子，塞到了王兰陵手里：“宿舍里每个人都有的，上次甄选前想给你，怕你不要，就拖到了现在。”

王兰陵拿着小盒子呆站了很久，最后还是笑了笑，揣进了兜里。告辞的时候，王兰陵叫住了维拉：“你有什么遗憾的事情吗？”

维拉点头：“有的。”

“是什么呢？”

维拉歪头想：“我爷爷走之前我没有好好尽孝，我只见过外公一面他就走了。还有，我人生中最美好的四年，虽然一直在拼搏，可也一直在等待。”有些枯燥，也有些辛酸。

王兰陵听到她的回答，愣了愣，随后便笑了。

她嫉妒她什么？家境优渥？大家闺秀？可是她也是，她甚至拥有比她更优越的童年。嫉妒她朋友成群？众星拱月？可维拉被大家孤立过，好像自己的人缘还要比她好一些。嫉妒她身边有顾容与？可是他们的厮守是她万般努力换来的，那么她又做过什么呢？

维拉想问，王兰陵，你遗憾的又是什么呢？

王兰陵跟她挥挥手："再见，八妹。"转过身去的时候，眼泪就流了出来。

维拉却坐在副驾驶座上愣了很久。

顾容与问她怎么了，维拉说："这是她第一次喊我八妹。噢，不不，还有一次的，那时候还在你们家。"

维拉第一次坐顾容与开的车，却是十分安心，无关于技术，这是对一个人的信任。

顾容与的驾照是在大一暑假拿的，那年她去支教，他回去尽孝。

顾容与技术很好，没几条街就把后面的尾巴甩了，一边认真地看车，一边倾听她说话，在遇到红灯停下来的时候，还会摩挲着她的手。

维拉突然有一些感伤，好像一不留神，顾容与也长大了。那个沉浸在书香中的温润少年，已经长成了现在这般风姿绰约铁血柔肠的真男人了。她有些不适应这样的变化，或许是因为中间空缺的四年她没有陪在他身边。

车很快就到了一号院，因为车是挂的军区牌号，顾容与带了学生证，维拉还带着三号院金灿灿的毕业证，所以两个人都被放行了。

维拉看着几乎是清一色的男孩子，十分满意。

停好车下来，就有不少人在看着他们。顾容与在学校的名气不低，加上年纪和本事，都足以让人恭恭敬敬地叫一声"师兄"。

维拉与有荣焉，挽着顾容与状若阅兵的女王。顾容与宠溺地刮了刮她的鼻子，维拉吐舌，都四年了，她就虚荣这么一次，不过分。

途中遇到了顾容与的导师，维拉随着他恭恭敬敬地喊"先生好"。

老先生德高望重，这辈子当过战士，当过党员，当过官，最后来到G大当教授，毕生都奉献给了祖国，似乎怎么称呼都不够分量的。后来不知道是谁先喊了"先生"，大家觉得没有比这更合适的称呼了，都随着喊了。

老先生看着维拉，神态慈祥："你就是跟小顾一起去当特种兵的那个女孩子？"

维拉点头，跟老先生鞠躬："容与跟我提过您很多次，说您当年跟着顾爷爷一起打鬼子，国家太平了，就从文了，后来觉得教书能影响更多人，就来了G大。”

如今这年头，不为名利的人越来越少了，能在官场身居高位却全身而退的人，实乃不易。

老先生微笑：“什么时候跟容与结婚，记得给老头子也发一张喜帖。”

“应该的，您是容与最尊敬的导师，也是我的恩师。”

老先生颔首，看向顾容与：“什么时候去基地报到？”

顾容与神色恭敬：“八月初。”

老先生拍拍顾容与的肩膀：“好好干，你爷爷对你期望很高，不要因为你父亲的事情介怀。”

“先生，我明白的。”

领了毕业证后，两个人就在市中心晃，来这儿都四年了，都没怎么好好玩过，平时一个学期难得出去一次，那些时间只够买些生活用品的，哪里谈得上什么旅游。

顾容与和维拉都是说走就走的人，两个人一合计，当天就去了凤凰古城。

到凤凰古城的时候已经是晚上了，整个小城灯火阑珊的，很美。他们依山而住，择水而居，这才知道自己也可以活得那么写意。

四年的军校生活把性子都磨出了棱角，已经很少有那么柔软的时候了。

多么希望能有这么一天，能跟你手牵着手把整个世界都走遍。

维拉笑着说：“容与，我总觉得傩送会回来找翠翠的，这里那么美，翠翠那么美，傩送怎么会舍得不回来呢？”

沱水倒映着两个人的身影，那么像年轻时候的翠翠和傩送。

因为是旅游旺季，两个人投宿的时候只剩一张雕花大床，还是客人临时退的，所以他们并没有选择。

这里的夜晚还有一些凉意，灯光洒在波光粼粼的湖面总是会再反射到房间里，闪闪熠熠的。维拉刚刚洗完澡，微微湿润的头发还贴在脖子上，顾容与看着她被热水熏染得迷离的眼睛，呼吸一滞，拥着她，深深地吻了下去。

维拉怔住了，直到那么灵敏的嗅觉触到了只属于他的味道，才化作了满腔感动与委屈。

四年了，每个晚上都是数着过来的，每次撑开手都是一个空空的怀抱，比异地恋还让人难过。

熟悉的记忆排山倒海地涌来，容与，你在我最美的时候住进了我心里，你见过我最美的样子，我怎么舍得放你离去？

我们那么辛苦才走到了一起，我多么想跟你慢慢品味接下来的时光，可是未来太长了，横生的枝节太容易让人跌倒，索性不要过程了，所以我们一夜白头好不好？

不要过程了，我只求一个白首的结果。

你说好不好呢？

顾容与也感觉到了维拉的歇斯底里，此刻，说不清到底谁更难过一些。那么需要氧气，好想大口大口地呼吸。

他的手指滑过她的短发，温柔地搂着她，她的长发为他而剪，多么珍贵。

他无时无刻不在感激上苍，于他而言，她是世界上最美的女子，他从来不觉得自己身边还会有别人，不管怎么样都不要放手。

第二天，他们先去了沈从文老先生的墓地，如果不是沈从文，或许百分之八十的人不会知道这个地方。

或者不应该称它为墓地，一块宽阔的平地上，沈从文老先生长眠于树下，旁边立着一块墓碑，上书——一个战士，不是战死沙场，便要回到故乡。

我愿陪你战死沙场，也愿伴你回到故乡。

维拉和顾容与在青石小道上走着，白天不比晚上，这样好的天气游人也会变多。

他们穿着便服，手牵着手，依偎在一起，如同这个世界上所有平凡的情侣一般。只是他不会再走在前面帮她挡游人，他站在了她的身边，在外人要碰到她的时候往自己身边带去。

维拉珍惜这样幸福的时光，突然就觉得即使游人摩肩接踵，这样的风景也顶美。

两个人来得急，并没有带相机，只好拜托游人用他们的手机帮忙拍照。

游人惊奇地看着维拉，摸包包，找笔记本要签名。

维拉苦笑："我真的不是苏子慕啊！"

那个人拍拍她的手，一副心知肚明的样子，还善解人意地把她拉到了清净处不让别人围观。

维拉好说歹说，甚至把手机里自己和妹妹的照片都找出来了，那个人仔细地看了看，才万不得已承认了。

维拉晃着手机："您现在能帮我们拍照了吗？"

游人握拳，如同壮士断腕一般："行，但是待会儿用我的相机拍几张行不？虽然你不是苏子慕，可你是她的双胞胎姐姐呀，还是等于我在跟苏子慕照相。"

维拉和顾容与无奈地对视了一眼："好。"

游人兴冲冲地抓着维拉照相，顾容与则略带宠溺地看着镜头前有些无奈的维拉。

这张照片维拉在三年后才得以见到，那时候粉丝互曝和偶像的照片，维拉不经意间点了进去，终至哽咽。原来我不看你的时候，你都在这样看着我。

很多人都在打听照片里的男子是哪个明星，现在又在何处。当年的新闻被翻了个遍，终于在C市的一家小报上找到了他们的另外一张照片。

他背着她，她偷偷吻他。

这样的往事或许会对子慕的声誉造成一定的影响，经纪人问她是不是要出面澄清一番。

维拉摇摇头，那么美好的曾经，她实在不愿意否定。

太阳出来了，岁月静好，现世安稳。

游历一番后，两个人回到了北京，他们还去了墓地。老苏家，还有老顾家，海晴也从广州千里迢迢地回来了，难得人这么齐全。

几个孩子跪坐在地上，给老人们和祝闵柔、顾之安烧纸钱，纸灰迷了眼睛。

维拉说："爷爷，我没有辜负您的期望，我以后就是特种兵了。"

顾容与却是一言不发地给爸爸烧纸钱，海晴也站在旁边，神色悲伤，好多年了，依旧难以释怀。

顾奶奶说："海晴啊，你还是回到家里来吧，怎么都比一个人在外面好，容与去了军营后，就我们老两口在家了，要是你能回来，吃个饭都热闹一些。"

海晴看着眼前已逾古稀之年的老人，心中愧疚无比，她说："好，妈，容与走了，我回来给你们尽孝。"

回去的时候分两辆车，顾家一辆，苏家一辆，维拉作为半个顾家人，在幸福地为难着。

顾容与说："维拉，你来。"

维拉扭头看家人，向彤掐了掐冷哼的丈夫，再轻轻地对她点了点头，她才放心地向顾容与走去。

离去基地的日子越来越近，维拉倒是有些迫不及待了。现在子慕的名气已经挺大了，即便维拉戴着墨镜出门还是会被围观，真不知道应该感叹影迷的眼神好还是不好。

维拉在家里憋得慌，时常缠着顾容与玩网游，维拉学了四年的计算机，操作和当年比自然是不可同日而语的。

两个人的操作和配合都很好，再加上全身金闪闪的装备，在他们那服务器里小有名气。到级别结婚的时候，维拉豪爽地往游戏里砸了四个零，其婚礼豪华程度让整个服务器都轰动了。连千里之外跟他们一起玩游戏的回回也打了电话过来，骂她是大龄恨嫁女。

那笔钱是大学的时候她和回回帮人写程序挣的，她跟回回五五分成，回回的钱全部拿去买吃的了，维拉当时捧着钱做殷殷状——我一定要干一番大事业！

结果全给投游戏上了！

维拉纠结地咬毛巾，我真的那么不矜持吗？子慕白了她好几眼！

维拉素来节约，这种暴发户的行为还真是没有前例。

顾容与也不淡定了，维拉这样令人发指的行为太挑战一个男性的权威了。顾容与翻了翻自己原本为结婚准备的小喇叭和小焰火，于一般人而言，这样的婚礼已经很华丽了，但是维拉的大手笔让他顿时觉得自己弱爆了。当即连睡衣都没来得及换，就奔去了苏家。

结果，围观的大伙儿就看到新娘的轿子已经停在了月老庙的门口，而新郎官却站在门前深情地仰望一棵树。

顾容与推开维拉的房门的时候，维拉还在给他发私信，她也不知道为什么顾容与突然就不说话了。

顾容与看着维拉还在指挥着小人围着他跑，又是气愤又是好笑，三步并作两步就跑了过去把她整个抱了起来。

顾容与深深地呼了口气："你到底要我怎么办才好？"

维拉环住他的脖子："这次结婚我出钱，下次轮到你。"说完，见顾容与沉默不语，顿时不高兴了："还是你没准备有下次？"

顾容与搂紧她："花那么大的价钱，之前怎么不跟我商量商量？"

维拉说："我怕你不同意。"

"你还知道我不同意呢？"

"嗯，因为你不知道虽然这是虚拟的婚礼，可我还是很重视。"

顾容与看不够她，干脆就吻她。维拉笑着推开他："快回去，我们在结婚呢，待会儿收了我红包的人都跑了婚礼就冷清了，钱可不能白花。"

顾容与笑，拉她起来："我觉得在我们回去之前，有必要做一件事。"

维拉看着他只扣到了胸口的睡衣，咽了咽口水："什么事？"

“让你真正成为我的人。”

维拉害羞地捂脸：“容与啊，太快了。”

顾容与眨眼：“很快吗？”

维拉脸红，点点头。顾容与难得地哈哈大笑，一把抱起维拉，两个人坐到了书桌前。

维拉坐在顾容与腿上，看着四处找东西的他问道：“你在找什么？”

顾容与拿过一支钢笔，对她晃了晃，然后抽出一个本子开始写了起来。他的气息包裹着维拉，感觉很亲近，维拉侧脸看他，却看到了他无比专注的眼神。

她扭过头去看，顾容与才写了四个字，可这四个字真的弥足珍贵——恋爱报告。

出发之前是向彤给她整理的衣服，向彤说自己在军营里生活了半辈子，知道女孩子需要些什么。

维拉在她身后搂着她，说：“姨，你对我真好。”

向彤欣慰地笑了：“你要是知道我好就好好照顾自己，上次知道你伤了脸，后来又没了下落，我跟你爸爸急得一晚上没合眼。”

“你们应该学着相信我，不要总是为我担心，等你们退休了，我还要好好孝敬你们的。”

向彤点头：“好，姨等着。”

回回提前了半个月来北京就是为了送送她，这孩子是真怕她一去不回了。

顾奶奶看着背着行李的两个人哭得泪如雨下，一个劲儿地嘱咐顾爷爷要他把两个人都看紧了，如果孙子和孙媳妇儿没了，她也就活不下去了。

顾爷爷也难得按捺住性子听她唠叨，他知道她比谁都担心一些，儿子也是这么走了出去，之后就再也没有回来。

大家都送到了军用机场，排场很大。维拉用心地拥抱了他们每一个人，她说：“我们新年见。”

然后和顾容与一起上了直升机。跟上次不一样，这次真的是截然不同的人生了。

身边有他，不用再为任何事忧愁。

# 第二十四章 外公的福泽

军营里的生活并不像维拉想的那样艰苦，她分到了一个单人间，之前的特种兵营里还没有来过女兵，她是第一个。

这里的伙食比甄选时候的要好太多，当主厨的炊事兵是一个二十岁左右的小伙子，虽然出来当兵几年了，家乡口音仍是极重。他做的菜贼辣，新兵们第一次吃的时候差点儿没喷出火来，不顾形象满世界地找水喝。

顾容与也差点儿没绷住，嘴里说着没事，但是维拉递给他水的时候，也是喝得毫不含糊。

他们的日程被排得很满，大家都是军校里挑出来的尖兵，除了平日的训练，还特别注重战术演练和各种信息化的课程。在他们营里有两种兵，一种是来自正规部队的正式特种兵，还有一种就是像他们这样的军校选训兵。前者更注重的是面对面作战，而他们侧重于技术作战。

下课后，维拉都会率先到食堂找炊事兵套近乎，夸他的饭做得多好，辣椒放得有多均匀，等等。

日子久了，真实目的就暴露了出来，维拉拍着他肩膀说：“光说不练假把式，我给你露一手。”炊事兵傻傻地看维拉做蛋炒饭，她做的蛋炒饭属上乘，之前还跟李妈学过一些唬人的假把式，把炊事兵看得一愣一愣的。

维拉淡定地分了一些到他碗里：“你尝尝。”然后转身，把剩下的都倒她男人碗里了。开玩笑，要是天天吃辣，顾容与的胃哪能熬得住呢？上次顾奶奶带他去医院检查，眼泪掉了一箩筐，他的胃也就比维拉的好点儿，只是因为忍耐力绝佳，外人看不出来罢了。

维拉环顾四周，见大家都在假装做自己的事情，尴尬片刻后，又给炊事兵露了别的活儿，再把成果倒顾容与碗里。

顾容与咳了声：“维拉，行事要低调。”

维拉说：“没事，我是女孩子，有特权。”

此话一出，众人森森地看了过来，维拉还没得意起来，顾容与就挤眉弄眼地让她往后看。维拉顿时有一种很不好的预感，只看了一眼，就灰头土脸地转了过来。

队长黑着脸："祝维拉，你给我去跑五公里，跑回来再吃饭。小黑，你重新给她做一碗，把辣椒给我往死里放。"

此事件后来演变成周三和周末中午，维拉解放了炊事兵，一帮人笑嘻嘻地吃着几样清淡的小菜，感叹原来世界上除了辣味还有别的滋味。

徒手格斗依旧是维拉的弱点，她始终连队里最弱的男孩子都打不过，在维拉的自信都快被磨没的时候，炊事兵来找她挑战了，结果让她信心倍增，因为她没几招就把人家解决了。她高兴了，炊事兵却崩溃了，那天往饭里狠狠地撒了一把辣椒，闹得大家差点儿把厨房给掀了。

维拉摸摸鼻子，问顾容与："我是不是成祸水了？"

"祸害他们，福泽我。"顾容与宠溺地笑，"所以咱们是亡命鸳鸯。"

维拉的研究方向是侦查，她本科学的计算机，比别人都有一些优势。截取情报、密码通信和破解，维拉当仁不让。之前她和回回两个人鼓捣过一些小程序，虽然没什么大的用处，优势就在于我有你无，让人防不胜防。

他们经常会联网模拟特种作战，刚开始是分成两批人，后来就变成顾容与维拉联手VS全班。

维拉对JS80自动化指挥系统很熟悉。JS80是一个庞大的资料库，它几乎涉及人类所有的学科和科学的成就，它具有智能功能，它还能自动进行分析判断整理组合并产生再创造。

顾容与的操作虽然不如她，但是十分灵活，能随时处理实际运用中的各种情况。他站在维拉身后，紧盯着屏幕，给维拉清晰地阐述着自己的构想与策略，像一个运筹帷幄临危不乱的将军。

屏幕上的歼击机、轰炸机和武装直升机在天空呼啸，空中的对垒还没结束，陆地上一波又一波的武装攻来，几乎让人防不胜防。

场景过于真实，维拉起初看得心惊肉跳热血沸腾，慢慢地也等闲视之，从容地站在了顾容与的身边。

维拉的抗干扰和反干扰能力非常强，毕竟念的是全国最好的计算机系。敌众我寡，有时候瓦解不了别人的攻势，就去入侵干扰别人的电脑，把战场的胜负关系扭转过来。

别的士兵不甘心，气得捶桌子，向队长告状大呼"不公平"。

队长眉头一挑："有本事你们反入侵回去。兵者，诡道也，何况本身入侵与干扰，也是一种本事。”

顾氏夫妇被联名抵制了，凡在网上遇到这两个人，定是围之攻之剿灭之，连扫个雷都不得安宁。即便如此，他们后来大多成了生死之交。

有次高原训练，他们被空投到了边境山脉区域扎营。

中午还是晴空万里，可是到了晚上北风吹来，不多时便是大雪纷飞。

由于经常训练的缘故，大家的身子骨都很结实，几乎没有人有高原反应。

维拉把带来的防寒服都穿在了身上，还是觉得寒冷无比。风跟刀子一样刮过来，嘴唇一阵干裂，维拉觉得嘴唇破裂了，她不敢去摸，怕一不小心会碰掉一层皮。

大家用的是多人帐篷，晚上睡觉的时候顾容与紧紧地搂着她，把她冻得已经僵硬的脚掖进自己怀里。维拉摇着头，都快哭出来了，她说：“容与你不要这样，我的脚太冰了，会冻着你的。”

周围的士兵都在缄默，没有一个人露出取笑或是讥讽的神色，他们尊重这个姑娘，心志坚定的女孩子太难得了。

顾容与固执地抓着她的脚，像捧着两朵圣洁的白莲，依旧往自己的怀里带。维拉不敢踢他，又挣脱不开，只得眼睁睁地看着他用这样的方式帮她暖脚。脚底触碰到他身体的一瞬间，维拉也掉了眼泪。

她已经很少哭了，再艰难的日子都是咬着牙撑过来的，现在却被他这么温情熟稔的动作感动得无以复加。

夜晚关灯的时候，顾容与摸着她冰凉得有些皴裂的脸，心里特别疼。

维拉小声说：“没关系，子慕给我塞了不少药膏和护肤品，我没想到这里这么冷的，今天都没来得及擦。”

顾容与不说话，一点点地舔舐着她的脸颊，像大自然里所有的生物一样，最最单纯的宠溺。

第二天开始集训课程，负重跑到五公里外的高地再跑回来，只有方向，没有地图。每个人都背了一个指北针，朝着西北跑，途中的地貌地形不知。

维拉是在恶劣的环境里生活惯了的人，她比他们更懂得应付高原里突发的状况，作为一个侦察女兵，她也比别人敏感得多。

一条看似很近的道路，途中却有雪崩的危险。维拉喊住了跑在最前面的人，说那条路走不得。

他们之中没有人有高山行旅的经验，既然有人开口了那就肯定不会错，这是对队友无条件的信任。否则再跑下去只会走冤枉路，说不定还随时有可能丧命。

跑在前面的人陆续放慢了脚步，他们需要一个懂行的领导者，因此维拉跑到了最前面。为了能跟得上大家的脚程，维拉跑得十分吃力。队友们虽体谅她，可既然选择了当兵，标准就只有一个。

他们绕了很远的路程，有人刚想提出质疑，身后就传来了极大的动静，大伙儿回头一看，顿时毛骨悚然。

雪崩了！刚刚他们想走的那条路雪崩了！

真的无法想象如果他们走的是那条路，现在又该怎么逃脱。

顾容与一直跑在维拉的身边，他知道这个姑娘看似镇定，可心里还是不那么确定的，那豆大的汗珠告诉他，其实她比任何人都紧张。

她只是一个女孩子，却为了他，做了大多数男孩子都做不到的事情。多么伟大。

大家都认认真真地跑到了高地，没有人会偷懒，因为平日的一次偷懒，很可能导致最后的丧命。

上山的路并不好走，因为坡面上都覆盖了一层雪，他们无法看清哪里是平地，哪里是凹陷的地盘，只得拿着棍子一下一下地戳着，时不时还会踩到冰，滑出去好远。

维拉把自己的经验一点儿一点儿地告诉他们，一如当年的冬天，外婆带着她在山上行走，去挖那些只有在极寒的天气才能生长的药材。

于是，维拉更是加倍地感激外婆，大西北的确给了她无穷无尽的财富，她经历过，所以知道怎么对付这些雪，也知道怎么对待那些人。

顾容与看着维拉气喘吁吁地负重爬山，想把她腿上的铁块接过来。维拉死死地抓住，她说："容与，我在为将来积累保命的概率呢，你帮我反而是害了我。"

顾容与听了，手放下来了，心却更紧了。

他们尽量都往裸露的岩石上走，因为即使再远再陡，也没有别的地方危险。

维拉跟顾容与跑在了中间，所以当他们看到前面的人停下来的时候很是疑惑。

维拉问怎么了，前面的士兵说，看到有鹰也在爬山。闻言，维拉一个激灵，推开他们就挤了过去。顾容与担心她，也跟着一起爬上去了。

那两只鹰看上去很狼狈，微微张着翅膀，低着脑袋，神色萎靡地往上爬。它们的毛发已经很乱了，其中一只鹰的背部，甚至有一块地方掉了毛，光秃秃的，这样的天气一定异常寒冷。

维拉温柔地看着它们，无比心疼。它们的眼睛已经被风雪迷住了，如果不是因为要爬山，应该会抱着脑袋在取暖吧！

后面有人问，它们怎么不飞上去呢？

维拉的喉咙紧得厉害，她没有回答那个人的话，牵着顾容与的手一步一步地跟在它们后面。

“要不我们把它们抱上去吧？”有人提议道。

维拉摇摇头：“不，它们在完成一件很伟大的事情，你们不要阻止。”

后面的士兵面面相觑，但最终还是绕开鹰渐渐地跑到了前面去，而两只鹰依旧低着脑袋在走。

顾容与没有问她为什么，只是时常看看路，再看看她。

维拉说：“你不要看我，你看它们，有好多事情都是鹰教会我的。”顾容与点点头，认真地看着她那么喜欢的鹰。

士兵们跑到了高地又跑下来的时候，看到他们还在跟着鹰走，而且丝毫不想放弃的样子，想想还是打了个招呼就按着原路返回了。

维拉说：“跟着它们，它们不会让你失望。”

顾容与点点头，跟她一起完成这段朝圣路。

到山顶的时候，萎靡的鹰好像突然有了精神，眼睛迸射出原本就应有的锐利光芒，然后抖擞了翅膀，向着湛蓝的天空飞射了出去。

维拉看着顾容与震惊的眼神，告诉他：“你看，这才是真正的鹰击长空，真正的鹰会在高山起飞。”

她说的这句话像一句诗。维拉的前半生是由朴素和执着连在一起的，她可以跟鹰一样爬很高很高的山，然后才开始起飞。如果真要问为什么会如此，那么把她看成鹰就明白了，它们总有一种特质为人们所歌颂。

他们回去的时间比规定的超了许多，两个人被罚去跑步。虽然筋疲力尽，但是顾容与和维拉都觉得步伐好久没有这样轻快过了。

这是来自大自然的感动。

他们在高原生活了半个月，直到第三个人有了高原反应，指导员觉得已经达到了训练的目的，拔寨回营。

他们的第一场战役在一年后，接到任务的时候维拉沉默了许久，那是一个如果再没人提起就会被忘却的地方。军队永远有说走就走的魄力，上午他们还在模拟着战场对垒，下午就要上真的战场了。

他们要去的地方是M国的W地区。日前，有人偷走了一份加密的名单，那份名单是高度机密，如果泄露，后果不堪设想。

那个人隐而不发，就想揣着这份名单跟中方狮子大开口，而他开出的条件，中方不可能答应。他在W势力的庇护下，中方的势力难以渗透，而且把柄拿捏在他手里，执行任务难免束手束脚。军队只得从腹地调了精兵过去，目的是在被人破解密码之前拿回那份名单。

维拉第一次感觉到自己离外公那么近，外公用尽一生的幸福和名誉替国家守护着南大门，这样的心血不容任何人践踏!

他们刚下直升机，就上了汽车，队长扔给他们几件便服和一个小包："在这个地方除了你们的队友不要相信任何人，不要轻易暴露国籍，行事千万小心。大抵按照方案行动，要随机应变。"

窗外的景色渐渐变得熟悉起来，年少的记忆再一次涌过来。

那个贫穷的小山寨还跟以前一样吗？他们的竹楼还在吗？他们还好吗？那么多的事情萦绕在心，毕竟是这个地方构成了她最初对世界的认识。

这里的路甚至不能称为公路，坑坑洼洼的黄土地，车子驶过会有无数黄沙飘散，生生地营造出了老照片的味道。

维拉面上波澜不惊，心里却是波涛汹涌。

顾容与悄悄地握住了她的手，这一世，他是离她最近的人，所以怎么忍心把她留在自己的世界里无法自拔?

"他们在这里失败过，我们必须打一场胜仗，这才是给他们的最好的安慰。"

维拉和顾容与去见了一个人，是早些年间中方安插在这里的联系人，知道了他们的计划后，给他们提了许多建设性的意见。

在离开的时候，维拉才忍不住问了出来："先生，您认不认识祝吟北？"

"他是我的老上司了。"那位先生神情有些动容，他看清楚维拉的面容，微笑道，"刚才我就觉得你这姑娘特面善，像一位故人，你是小维拉吗？"

维拉紧咬着唇，点点头。

"当年那场战役我也在，还是我把你抱回去交给你外婆的。"听他这么说，维拉深深地给他鞠了个躬："谢谢您，先生，您救过我的命。"

"你外公是我这辈子最敬重的人，维拉，你很像你外公，没有给他丢脸。"

"我们也敬重您，这么多年难为您了。"他们需要比常人更多的努力与勇气才能安好地生活下去，他们注定是不会被记载于史册的一群人，但是国家永远不会忘怀他们的功勋。

先生笑了笑："不难为！维拉，虽然你在这里生活过八年，但是你看到的很多事情都只是沧海一粟。行事千万要小心，这里的人事太复杂了。你是女孩子，比不得他们。这本画册送给你，除了帮助你缅怀过去，希望它还有更重要的作用。"

维拉郑重地双手接过："谢谢您。"

"清明代我给你外公上一炷香……听说你们找到他了……"

窃取机密的人叫坤江，他身后有好几处武装的秘密基地在庇护他，坤江为人狡猾行踪不定，但是W是他最有可能出现的一个区。而且，坤江喜欢出入赌博和声色场所，W区对他来说无疑是一块宝地。

W区武装势力最强，据悉，坤江的妻妾也都在那里生活。维拉他们获得了许多地方自由出入的资格，逐一进行排查。当日，维拉和顾容与就去了当地的一个茶园。

顾容与的身份是外地来的茶商，而维拉，毫无疑问扮演着他身边的女人。大片大片的茶园铺散在山间，山上还有茶厂和加工厂，一应俱全。

顾容与在爷爷的熏陶下对茶也有一定的了解，应对的过程中不至于出了差错。如果说刚刚有人对他们的身份有所怀疑，接触后也应该打消了。

那些人答应帮他们联系最大的茶厂，任务进行得很顺利，但是丝毫不能懈怠。

晚上，他们去了最大的夜总会，那里有偷渡过来的桑拿小姐和来自不同国家的赌徒。这里是属于男人的地方，他们认可胜者为王和枪杆出政权，而女人，如果不具有胆识谋略智慧，只能成为男人的附属品。

而维拉扮演的正是这样的一个女人。

从进赌场开始，维拉仿佛就变成了一个风尘女子，她风情万种地吊在顾容与身上，雷得顾容与好几次嘴角都可疑地抽了抽。

维拉在他嘴角亲了一口，帮他理了理领子："你看别人都这样，我要是跟个女军人似的还真让人怀疑了。"

顾容与扫视了一周，维拉那样的行为的确算是斯文且正常了的。在烟雾缭绕的赌场里，一些暴发户的旁边坐了好几个艳舞女郎，争先恐后地给他们以嘴唇渡酒。

顾容与低咳一声，手也揽上了维拉的腰。

维拉在他耳边吹气，酥得顾容与脸上的表情差点儿没把持住。他的耳朵根都红了，在维拉的腰上掐了一把："你正经一点儿。"

"正经着呢，倒是你，自然一点儿。"维拉的一双大眼睛跟探照灯似的，不看鼻子不看嘴巴，只盯着人的耳郭和眼神瞧。换了容貌的人一般不会去整耳朵，一直处在顶端的人，眼神也更为犀利果敢。她今天刻意化了眼妆，为的就是在找人的时候疑似四处放电。

不需要任何的照片比对，因为一个真正的特种兵身上是不允许携带诸如地图、照片这类东西的，如果不慎丢失或者落到敌人手里，那么后果不堪设想。

同时吻合这两个条件的人，这个赌场还真找不出几个来。坤江还真是大胆，这样的风口浪尖还敢出来寻欢作乐。

维拉把坤江的相貌都印在了脑子里，身高几许，轮廓几何。

“最低一万元的那一桌，络腮胡子后面的那个人，可能就是我们要找的人。”

顾容与点点头，低声对维拉说：“小心行事。”

维拉点点头，跟着顾容与走了过去，低声问道：“我们带了多少钱？”

“十万。”

“那么少！还不够一把输的。”

M国宣扬赌博，并以之作为一项经济支柱，有些不可思议。赌场的生意很好，免费供应食品酒水。维拉拿了两杯鸡尾酒走过去，顾容与正在看着赌台。他们之前没有过赌博的经验，看看也挺好。

他们玩的是最简单的那种，赌牌大小，可以选择押庄家或是押闲家。这桌鱼龙混杂，有其貌不扬的老妪，有浓妆艳抹的小姐，有中年的商人，有脸上带刀疤的汉子，还有像坤江这样隐瞒自己身份的人。

顾容与把钱塞到了维拉手里，含情脉脉地看着她：“你来押。”

维拉小声地跟他说：“我手气素来不好。”

“没关系，你输了有我呢！”

维拉点头，有了些底气，很不低调地押了五万上去，跟闲家。

她一直相信好人有好报，即使当下没有好报，过了若干年也会有。结果，好事多磨了。

维拉把脸埋在顾容与怀里，顾容与闷笑，摸她头发：“没事，下一把我们就能赢了。”

维拉这次没敢那么大胆了，押了一万，提心吊胆地看着那个人开牌。一次失败了没有关系，失败是成功之母，可是连输三次的时候维拉就不这么觉得了。

她苦着脸对顾容与说：“我是万年的臭手来着，从小到大只要抽奖，我就中过一双袜子。”

顾容与把她往自己胸前揽了揽，说：“没关系，下一把跟着坤江押，全部押上去，你来。”

维拉坐在顾容与大腿上，抓住他的领子，急急摇头，小声在他耳边说：“我会把国家的钱都输光的。”

“没事，输了我赔。”

维拉打他：“你赔个屁，谁让你充胖子了，你的钱还不是我的。”

顾容与闷笑：“好，小气鬼，押吧，不一定输呢！”

维拉嘟着嘴神神道道地就跟着坤江押了庄家，然后就鸵鸟了，重又窝回顾容与的怀里，那样的神态，哪里像一个当兵的女人？

顾容与却是淡然地看着赌桌，风雨不动安如山，似乎输赢对他的影响并不大。或许坤江就是在这个时候注意到顾容与的，有一种感觉，金鳞并非池中物。

一桌人似乎只有顾容与和坤江的心思不在上面。

维拉小声嘀咕道：“容与啊，我觉得一般这个时候，某人都会安排我们赢上一把，赐我一个金手指，再不济接下来也能连本带利地赚回来。”

顾容与看着开好的牌，一把抱起维拉：“我们走吧，明天再来。”

维拉搂着他的脖子，扭头回去看牌，心疼得不行：“我们居然就这样输光了！”维拉仰头看天花板：“太不开眼了，嗯……”

“今天的目的达到了，我们今晚回去重新部署计划。”

“我们今天不跟踪他吗？可以顺藤摸瓜牵出他的老巢。”

“不必，我们今晚锋芒太露，坤江很狡猾，可能知道我们故意引起他的注意，定然会加紧防备。我们现在跟去太激进了，很容易打草惊蛇，弄不好他们来一个瓮中捉鳖，咱俩就麻烦了。”

“我怎么听得毛骨悚然？”

顾容与笑道：“可能是我多虑了，但是高估对手永远比低估要好。但是也不能什么行动都没有，我在他手下身上装了芯片。”

维拉深感诧异：“什么时候？”

“在你押五万的时候，大家都看着赌桌，人在看着钱的时候防备会降低，更容易下手。”

维拉点点头，与有荣焉：“怪不得你第一次就叫我押五万，容与，我好想夸你啊，但是好像不厚道，哈哈……”

顾容与轻轻地敲她脑袋：“还笑，那坤江八成是看上你了。如果我没有猜错，我估计明天我们在茶厂就能见到坤江了。”

维拉想了想："要我深入敌后吗？"

顾容与沉默了许久："如果作为一个战友，我会让你去，因为里应外合这场仗会容易打得多。"

维拉从他怀里跳下来，严肃道："顾同志，我愿意配合团体作战，我来当特种兵，除了因为你还因为祖国。"

容与，如果我只跟随你，大可以申请随军，依家里的身份地位，在基地谋一个身份易如反掌。可是这样的话，我就不是我了。

维拉搂着他："我知道你会担心，可是你知道，无论是苏家还是祝家的孩子，他们都不能躲在顾家的庇护下过一辈子。容与，我身上还有家族的骄傲。"

他们重新进行了部署，把攻防的力量主要集中到顾容与和维拉这一块，为了以防万一，别的地区还是做了留守工作，这项任务容不得丝毫疏忽。

时间很紧，却急不得。

他们回去的时候，芯片跟踪信息就反馈了回来，目标的所在位置已经锁定了。维拉现在才知道外公的老战友给她画册的用意，心中更为感激。他们按照画册所示，很快就找到了附近地形图和别墅的平面图。

维拉认真地看着每一个细节，出一个小小的差错，就很有可能丢了性命。

半夜，老战友又发了传真过来，给了他们至关重要的线索——那栋别墅的电路图，难能可贵。

一晚上顾容与都紧紧地握着维拉的手，真的很怕松开之后她就不在身边了。

维拉细细地用手描着他的眉，看着那双看似平静却又狂澜迭起的眼眸："容与，如果我死了，你会怎么样？"

"如果你现在死，我会把你烧成灰烬，然后冲进下水道里。"

维拉的手顿了顿："你个毒夫。"

顾容与转而握住她的手："如果你愿意陪我到老，我就陪你一起死。"

"好！你都这么说了，我怎么舍得走那么早？"

"后天的这个时候我去接你，你务必保全自己。"

维拉看着他的眼睛，慎重地点点头。

第二天，他们去了W区最大的茶厂，与人交涉的时候，顾容与含蓄地说明了，他们要最好的货，并且低声给他们罗列了担保人，待那些人一一确认后，他们才被恭敬地请到一处宅子里。

代替坤江出面的是别人，而坤江换了个形象站在了后面，维拉对他的眼神很熟悉，不会弄错。

坤江的眼睛就没有离开过维拉，好似不经意地问：“她是明星？”

顾容与和维拉心里都是一惊，或许是习惯了不同的对待和感觉，大家都没有把维拉和子慕联系起来——维拉还有一个星光熠熠的双胞胎妹妹。

顾容与很快就反应了过来：“拍过几部电视剧。”

对方的意图很明显，他们无法想象事情进展得这么顺利。想必是坤江在国内的时候就看过子慕的电影，他以为维拉是个电影明星，那么防备度会降到最低。

最后，顾容与为了表示合作的诚意，把维拉留了下来，说是他们会在M国待一段日子，带着她不方便，麻烦他们好好照料。

维拉用无辜的眼神看着他们，恍如一个荧幕上的花瓶。

顾容与走了，留给她的是一个安定的眼神，维拉大大方方地站在那里，模仿着明星固有的骄傲。然后有人蒙住了她的眼睛，说他们去的是机密之地，还请她见谅。维拉点点头，跟他们上了车。

今早出来之前，她已经悄无声息地侵入了对方的防卫系统，对她待会儿的行动十分有利。

眼前一片黑暗，周围的陌生人虎视眈眈，说不害怕是假的。维拉第一次出任务，几年的军旅生活早已把她磨炼得刚强无比，只是难免有点儿担心。

顾容与第一次不在她身边，她的感觉必须要异常灵敏。

她被人固定住了身子，掐开了下巴，给她灌入了一碗药水，维拉挣扎着，装作很惊慌的样子：“你们给我喝了什么？”

“没什么，让你脱力几天罢了。”

维拉握紧了拳头，却不敢反抗，心里在猜测他们给她喝的是什么东西。

反应来得很快，还在车上的时候维拉就开始觉得自己的身体没了力气，有一种头晕眼花的感觉。

维拉咬破舌尖，竭力维持着自己的清醒。

渐渐地，维拉感到身体热了起来，口干舌燥，四肢麻痹得不听使唤。维拉的背后不停地冒汗。那东西应该是他们特制的，使人浑身无力，出现幻觉。

很快就到了宅子，她几乎是被人提下车的，然后就被一个人扛了进去，听见他向下人吩咐要给她放水洗澡。

他们的用药量是常人的量，维拉受过特殊的训练，抵抗力比别人更强一些。再加上她有着坚定的意念，始终保持着头脑的清醒。

维拉的指甲里藏着锋利的小刀片，她一刀一刀地在手心划着，一定要清醒！一定要清醒！

给她洗澡的是一个老佣人，许是见多了世面，知道怎么样才能保命，目不斜视，不说话，只做事。

维拉恍若连手都抬不起来的样子，任由她摆布着身子，只是嘴里一直喃喃着“热”，老佣人虽然没有说什么，但是水还是越换越冷。

“麻烦您，帮我把水全换成冷水，拜托您了。”维拉看着她，说起小时候从邻居嘴里学的当地话。已经过了那么多年了，维拉说不准自己还能说清楚几个音，但是她愿意赌一把，赌老人心中的那一丝不忍。

老人听到她那句口齿不清的话，的确是有些动容的。可是，谁没有一点儿苦楚呢？除了帮她把水全换成冷的，她帮不了她什么。

换好水后，维拉对她点头致谢。体内的燥热感逐渐减轻，维拉咬着嘴唇，把自己使劲儿地埋进水里。水漫过头顶的时候感觉浑身舒畅，她就更不想出来了。

老人以为她要把自己溺死，赶紧揪着她的头发把她提了起来，声音不冷不热的：“活下去才会有希望。”

维拉愣愣地看着她，点头，说：“阿婆，我知道，我不想死，我男朋友还在等我，我就是头疼得厉害。”

维拉别的话可能说不准，但是“阿婆”这两个字是牢记于心的。以前她这样喊外婆的时候，外婆的神色就会特别温柔。

老人从十几年前来到这里，已经很久没有人喊过她“阿婆”了，她这些年频繁地往家里寄钱，但是不知道从什么时候起，钱都被退了回来，信封上写着查无此人。不管她的亲人是否还在世，她都再也见不着他们了。于是，她彻底死了心，在这个家如同傀儡一般地生活了下来。

听到维拉这声原汁原味的“阿婆”，心里不是不触动的，她忍不住开了口：“被送到这里来的人就出不去了。”

维拉摇摇头说：“阿婆，我能。”

老人低头想了一会儿，然后转身拿了水管，接了水龙头就往维拉嘴里灌。

维拉知道老人的意图，从善如流，眼里蓄满了泪水，对老人表达了无限的敬意。

等到维拉的肚子明显胀了起来，维拉再也无法忍受的时候，老人用那双饱经风霜的手在维拉舌根处一按，她就哗啦啦地吐了出来。

老人一下一下地帮她顺着背，直到她吐不出来后再灌，连续灌了三次，直到维拉瘫倒在浴缸里。

老人清理干净之后就帮她擦了身子，再想给她穿衣服的时候维拉却握住了她的手："阿婆，能不能把我的高跟鞋还给我？"

维拉被送到房里的时候坤江还没有来，她装作昏迷脱力的样子，佣人说话也没有防备她。他们的口音太重，维拉只听了个大概，得知坤江被别的事情绊住了脚，估计要几个小时之后才能回来。

维拉松了口气，她就知道顾容与会为她争取时间的。

等到房里没人的时候，维拉才睁开了眼睛，心里对老阿婆无比感激，她的力气已经恢复了大半。

维拉坐起来环顾了一周，很普通的一间卧房，可周围挂了很多恶心的器具，窗外面有铁栏杆围着，轻易出不去。

除了嵌在指甲上的刀片和藏在鞋跟里那把只有5.5厘米的SMG瑞士迷你手枪，维拉没有别的武器，枪里有三颗子弹，只能智取，不可力敌。

整座房子都被监控了，他们昨晚就开始尝试着干扰，但是没有必胜的把握，怕出了差错打草惊蛇，只得让维拉进来在内部破坏，他们再出其不意地攻进来。

维拉靠在门上静静听了一会儿，确认没人之后才拿着刚找到的铁丝开锁。这个时间段走廊里没什么人，维拉鼓捣了一阵，门应声而开。

越依靠高科技，人力的防备就越弱，而高科技又是可以破解的东西。监视器很容易被磁化，维拉另一只高跟鞋里装的就是强性带磁物，可以使得监视器的电子束产生附加偏转。由于之前她做过特殊的加工，在屏幕内显示的依旧是无人的走廊。

维拉不敢耽搁，尽力抵抗着身上残留的药效，悄无声息地往地下室跑。两年的特种兵训练，徒手搏击她已经能打赢一半的男人，真是有些……匪夷所思啊！

她打晕了监视屏前的两个男人，然后开始进行破坏和干扰，再把原本的数据传送回军方的大本营。

情况出人意料地顺利，队长让维拉尽量拖延几个小时，需要等到天黑了，他们才能行动。

维拉不知道监视室什么时候换班，如果有人进来看到躺在地上的两个傻大个，屋子一戒严，会对行动造成很多困扰。维拉把他们的衣服脱了下来，将他们捆得严严实实地拖到洗手间里，怕两个人太早醒来会坏事，她还拿了棍子往他们脖子上狠狠地再敲了一下，然后关门，在外面挂了一个“待修”的牌子。

她轻手轻脚地回到了那间卧室，剪掉了卧室里的电路，顿时漆黑一片。

她并不觉得坤江会把那么重要的东西放在家里，如果她没有猜错，坤江不会相信除了自己以外的任何人。

在国内蛰伏的这几年，他过得并不好，中途被队友策反，要不是自己身经百战，早就在监狱里待着了。虽说坤江非常狡猾，但只要抓到了人，还怕找不到芯片吗？

维拉把屋里的衣服都塞进了被子里，看起来像里面躺着一个人。她取出高跟鞋里的枪藏在袖子里，比平时警觉了百倍。

不多时，走廊里就响起了脚步声，沉稳的脚步声慢慢地向她靠近。

维拉握紧了枪，全身进入戒备状态。

门锁响动，门缓缓地打开了。

坤江像个鬼魅一般地关了门，好像每一个动作都被剪辑成数个画面重重地压在了人的心脏上。

维拉手中的枪冷冷地抵准了坤江的后脑勺。

空气似乎停止了流动，坤江呆愣了一会儿就反应了过来：“计划很好，我差点儿被你们瞒过去。不过，只派你这么个娘们儿来，未免太小看我坤江了。”

“把芯片交出来。”维拉第一次意识到自己的语气也可以这么冷，她不敢承认她很紧张，她只是一只初出茅庐的雏鸟，她在跟一只老狐狸抢食物。

坤江冷笑：“有本事就自己过来拿。”说完，他忽然弯了腰，一个灵活的转身，右脚就向维拉踢去。

维拉料到了他的动作，黑暗中向下开了一枪，坤江闷哼了一声，不知道被打到了哪里，但是他的脚依旧准确无误地踢了过来。维拉感觉到右手一阵剧痛，瞬间枪就飞了出去。

坤江的身体扑了过来，维拉躲避着回击。千钧一发之际，直觉永远比推断来得有效。在战斗的时候，并没有多少时间给你用来计算推理，一切只凭直觉，拼的是敏锐程度。

屋里很黑，只有淡蓝色的窗帘映出了窗外日夜交替时的光景，可能是夕阳。她不知道他们什么时候会到，维拉尽力地拖延着时间。坤江被她打中了右肩，而她的手不知道是不是被坤江踢脱臼了，一时间说不出谁更占上风一些。

维拉不得不使用右手，她右手的指甲上都嵌着刀片，刀片包裹在指甲的外层，然后用黑色的指甲油盖住。所以维拉出手的时候用抓的比用拳头要有用得多，不由得自嘲，她就是个现代版的周芷若啊。

坤江也是个练家子，之前在帮会里如果没有几招，混不到现在。他低估了维拉，没想到这个姑娘除了能打还耍得了阴，他的脸已经被维拉抓得血淋淋的。

他能拼的只有体力，他之前立下过规矩，不管屋内闹出多大的响动，都不许人闯进来。因为之前的响动也很大，那些姑娘被折磨得大声呼救，佣人已经学会什么该听什么不听。坤江觉得这简直是自己给自己掘的坟。

两个人打得有些难分难解，维拉身形灵活，仗着有刀片，占了些上风。坤江也是老江湖了，非常耐打，总能找到维拉的弱点，可终究投鼠忌器。

维拉觉得自己没有赤手空拳把人打死的本事，她分了神去找那支不知掉到了哪里的迷你枪，黑暗中并不是那么容易，终于在床边上找到了它。于是变攻击为防守，往床边退去。

坤江看出了她的意图，攻击一下比一下猛烈，维拉不得不全力应对坤江的攻击，看好了机会再后退。

可坤江对这个房间终究比她要熟悉——尤其是在黑暗里，他把维拉往床脚逼去。

维拉感到好像被什么东西绊了一下，身体就失重地往床上倒去。一瞬间，几近万念俱灰。

坤江迅速地压了过来，把她的双手举过了头顶，一只手定住了她的身子，想低头去捡那把枪。

就是现在！他的注意力都在那把枪上，防御是最弱的时候。坤江的轻敌给了维拉挣脱的机会，她积聚了全身的力量把他的手挣脱开来，在枕头底下摸出了那条鞭子。

坤江的手在离那把枪只有五厘米的地方停住了，似乎一切已经静止，除了屋内钟表的嘀嗒声和维拉的心跳声证明着时间正一分一秒地过去，这一切都像一场梦。坤江依旧是原来的姿势，手却被维拉反扣了过来，而脖子被鞭子勒住使劲地往回扯，整个人动弹不得。

维拉心跳如雷，可下手却丝毫不敢含糊，坤江成功地被她牵制住了。维拉翻转了身子，用膝盖抵住了他的背部，把他压在了身下，手中的绳子丝毫不敢放松，死命地拉扯着。

坤江的脸开始扭曲，额头上的青筋爆裂，血液也好像一瞬间涌了上来，原来被维拉抓得血肉模糊的脸不停地往外迸着血。他瞪大眼睛扭头看她，似乎十分不甘心。

维拉的嘴唇已经被她咬出血，她好像再也听不到任何声音，眼中只有坤江那张无限放大的脸。窗外闪过的车灯把坤江的脸都照亮了，维拉看着那样的脸，心中的恐惧似乎开始无限放大，想放声大喊却好像发不出一丝音量。

好像一万匹马在狂奔，维拉的视线跟随着那群马奔过拐角，前方骤然出现了一个大悬崖，无数的马如同中了蛊一般跳了下去，不知道为什么，维拉似乎也觉得自己随着它们跳了下去。

她感觉全身都失重了，呼啸的风充斥着耳膜，她触摸不到陆地，她害怕极了。

顾容与踢开门的时候，看到的就是这样的一个维拉。她的眼睛好像失去了焦距，姿势似乎也僵硬了很久很久。

顾容与疾步跑了过去，掰开了维拉一直拽着鞭子的手，她指甲上的刀片早已陷到肉里而不自知。坤江不知道什么时候已经咽了气，充满血丝的眼睛瞪得老大，好像随时有可能会跳出眼眶，嘴巴也略微张着，好像随时会把她吃掉一样。

顾容与心如刀割，悔不当初，他之前怎么会允许维拉跟这样危险的人在一起?

他搂过维拉，低声安慰，眼睛都红了："没事了，拉拉，他死了。"

"你乖，别害怕……你看着我，跟我说说话，我是容与……"顾容与看着眼前几乎入定的女子，心中是难以言喻的悲伤。

"容与？"维拉慢慢回过神来，看到眼前熟悉到骨子里的人，才感觉到一丝温度。坤江的血把她的眼睛都染红了，顾容与穿着绿色的军衣，好像终于有春风吹过，小草抽芽了，看似微小，但至少是生命的气息。

"对，是我。我在这儿，你不要害怕。"顾容与扳过她的脸，把她脸上的血一点儿一点儿地擦干净。他的性格虽温和，可骨子里却还是大男子主义的，认为女生就应该由男生来保护。他见维拉受了这么大的伤害，比自己受伤还要疼上万分。

他搂着她，一遍又一遍地说着"对不起"。维拉，对不起，你最难过的时候，我又没有陪在你身边。

维拉确认是他了，泪水才扑簌扑簌往下掉："我杀了人，容与，我很害怕，我杀了他。他的眼睛瞪得很大，脸都在流血，我的手都被他的血染红了。我觉得很恶心，但是我不敢放手，他已经快拿到枪了，我怕放手了，死的就是我了。"

听到她这样的话，顾容与的眼眶也红了，他握住她的手，安慰道："那是他该死，他害过很多人，你不仅是为民除害也是替天行道。"

"他一直那样看着我，我很害怕……"

顾容与一把抱起她："你乖，别怕，我带你去洗手。"

顾容与打开了水龙头，捧着她的手放到了水下冲洗。

维拉有些抵触跟他这样触碰，她红着眼睛摇头，推开他的手："他的血太脏了，你不要碰。"

顾容与握紧了她的手，细细地搓洗着，认真而虔诚。他们几乎把一整瓶洗手液都用光了，他用纸巾擦拭着她的手，然后一根手指一根手指地吻过去，似是要覆盖所有的伤痕。

因为有了维拉的干扰破坏，他们没有损耗一兵一卒就攻了进来，没有了科技的支撑，攻占这里显得易如反掌。

他们下到一楼的时候，这里已经平静了下来，战士们看着维拉失神的眼睛和苍白的脸色，也猜到了上面发生了什么。这里的人，几乎全数被生擒，漏网之鱼有，可也成不了什么气候。

就是因为此时的"手下留情"，才有了后来那么虐心的日子。

队长走过来对顾容与说："你先带她回去，不要操心，接下来的事情交给我们，我给你们两个月的假期，你好好带她看看医生。"

顾容与点点头，第一次杀人的战士大多精神受挫，军营里虽有特定的心理治疗，可终究比不得外面。他把从坤江身上找到的芯片交给了队长，赶在坤江破解密码前拿回芯片，又是大功一件。

他们把没有武器又愿意投降的人聚集在了大厅里，一直失神的维拉好像想起了什么，扭头去找那个阿婆，如果没有阿婆，她说不定早就死了。

终于，她在角落里找到了她，维拉挣扎着要下来，但是顾容与没让，直接把她抱了过去。

阿婆见她这副模样，也不知道作何表情："你做到了，你真的走了出去。"

维拉的眼圈红了，不停地对她鞠躬。顾容与看这个情形猜到了阿婆帮助过维拉，也深深地对她颔首致谢。

老人在这里是待不下去了，队长再三跟维拉保证，说是他们会帮老人找儿子，如果找不到，也一定会给老人安排一个好去处。

维拉听到了队长的保证，才安心地点点头，不多时，便晕了过去。

这几个小时她历经了太多事情，能熬到现在已经是极限。

顾容与把她往自己的怀里揽了揽，似乎想把她嵌到心里去，在他的庇护下，她再也不需要担忧。

# 第二十五章 你想让谁给你当伴娘

维拉简单地包扎了伤口，他们就直接坐直升机到了北京的军用机场。

维拉筋疲力尽地躺在担架上，她说：“容与，我们先不回家好不好？我怕他们看到我这样会难过。”

顾容与轻轻地摩挲着她的脸，她的脸上有好几处乌青，还有一块地方是擦伤的。手的伤势就更严重了，除了手心被自己划得鲜血淋漓，右手还骨折了，估计身上还指不定有多少伤呢！

顾容与不知道该说些什么，他比别人都更难过，那时候他是离她最近的人，他真的不想承认自己的无助和无能为力。没有人会希望自己躲在背后，看着自己的女人像一个大丈夫一样去冲锋陷阵。

维拉看着他的表情，心里特别酸楚，她用那只没有骨折的手握住了顾容与的手：“你不要这样，每次我一看到你这个表情就觉得你要离开我了。”

顾容与叹气道：“如果可以，我真的不想让你再回到军营里去，你不知道我有多么担惊受怕。这次是因为幸运才遇到了那个阿婆，下次再出任务，不会再有几个阿婆帮你。”

维拉委屈道：“可是我一直都在进步，刚去军营的时候我只打得过小黑，可是我现在都能打得过半数人了，我也可以在步枪的射程之外打中靶了，我还……”

顾容与没等她说完，就把她揽进了怀里：“好，我知道我们维拉很棒，只是下次任务我不会再准你单独行动。你身上有家族的骄傲，可你也是我的骄傲。”

“好。”维拉微笑着点点头，无论我有多么复杂的情绪你都能知晓，多么难得。

顾容与从来都知道，维拉害怕的并不是死亡，而是明明活得好好的，却不能跟他在一起。

毕竟都是根基深厚的老家族了，家里人虽不知道他们出的是什么任务，但是孩子受伤的消息早就在他们上直升机的时候就传了回来，家人听闻后一个个恍如炸开的油锅。子慕更是连妆都没卸，顶着个旗头就往医院跑。

中途有人还逮着她问她要签名，子慕一改银幕上的纯良形象，把人家祖宗十八代都问候了一遍，小影迷险些被偶像给骂哭。助理唐朵朵在旁边给急的，差点儿没给她跪下来。

依子慕的雷厉风行，她是最早赶到医院的。维拉的手刚刚上了夹板，她就已经闯进来了。

子慕看着她几乎要掉下泪来："怕不怕？"

维拉顿觉嗓子眼儿堵了，如果她问她"疼不疼"，她还会告诉她不疼，可她问她"怕不怕"，她就没有办法说她不怕了。

子慕搂她的腰："我是真的很怕，我这几天眼皮一直跳，拍戏的时候一直进入不了状态。回去的时候我跑去问顾爷爷，是不是你们去出任务了，我的心慌得不行。顾爷爷原本不愿意告诉我的，我都差点儿给他跪下了……"

"子慕，对不起……"她不晓得双胞胎还有这样的感应，在她以为孤立无援的时候，除了外围有容与，原来在千里之外还有一个子慕。

谢谢你让我知道我不是一个人，因为你们，我会变得更勇敢强大。

苏家和顾家的人陆陆续续地都来了，阵势挺大。

顾爷爷说："好孩子，谢谢你为祖国做的一切，组织授予了你三等功。好好养伤，基地那里不急着回去。"

维拉尊敬地说："顾爷爷，这是我的责任。"

"好，好，给你爷爷争气了。"

顾奶奶还是如同往常一样，轻轻地握着她的手，心疼得直掉眼泪，连一句话都说不出来了。

苏志国的心情就更复杂了些，作为一个父亲，他心里疼啊；可是作为一个军人却无比骄傲。很想拥抱她，可他只能给她敬一个军礼。

向彤帮子慕擦着哭花的妆，时不时地再看一眼维拉，心里沉得有些喘不过气。

顾爷爷特意把顾容与单独叫出来，不夸奖也不安慰，只是说如果合适的话，看看什么时候能给人姑娘一个名分。他们岁数也到了，两家人的感情也越来越好，这种事要是再等苏家提就显得他们太不懂事了。

顾容与点头说："好的，爷爷，我有分寸。"

两家人一起在外面吃了饭才回去，难得人那么齐全，大家知道维拉杀了人心里过不去，话题慢慢就轻松起来。

“祝同志抢我风头好久了。”子慕嘴里嚼着一块肉，“其实我做菜比她做菜好吃多了，部队领导都可以作证。”说着，她故作严肃地往向彤苏志国那儿看了看。

“是是是，我们小苏同志做菜的确好吃，我代表群众投出坚定的一票。”向彤笑道，“那苏小厨，啥时候给我们做一桌啊？难不成是我们没这口福？”

苏志国笑道：“子慕同志太狡猾，我方至今没吃过一顿传说中她做的大餐，维拉同志你回来了要好好监督。”

维拉“扑哧”一声笑出来，子慕瞪了她一眼：“笑什么？我们这说正经的呢！诸葛亮都得三顾茅庐才请得出来，我老做饭不是掉价了吗？”

“小苏同志还戴着旗头，你要搁旧时代就一腐败落后分子，不懂得与时俱进，典型地挖社会主义墙脚。”顾容与加了一把火，旁边已是笑倒了一片。

子慕朝维拉吐吐舌头：“都说女生外向，我这算明白了，你怎么能帮着夫家欺负娘家呢？”

“哎哟，你们几个活宝哟，这把人给逗的，还让不让我们吃饭了？”顾奶奶笑得前俯后仰的，就连顾爷爷也难得地带了笑意。

家人之间的温馨又开始充斥在维拉的心里，他们在用自己的方式一点儿一点儿地修补她的创伤。

晚上睡觉的时候，子慕怕维拉一个人会害怕，专门抱了枕头过来跟她一起睡，陪她回忆回忆之前，展望展望未来。

子慕的戏已经快杀青了，她说过一个星期就陪她出去散散心，好像她们就只结伴出去过一次，那次还是自己耍赖出走。子慕说之后她把那次出走当作一次游历，因为看明白了很多东西，知道什么东西于自己而言是最重要的。

维拉问她，海欧呢？

子慕没有多说什么，只说了最近在和海欧闹矛盾。

海欧念的建筑系，从大二开始就自主创业了，现在临到大学毕业，手里抓了几个工程，每天忙得焦头烂额的，也不大顾得上子慕。

维拉觉得，可能是两个人的缘分还没有到吧，恐怕还要折腾许久。大院的人也都说他们俩是小模范夫妻，大伙儿从小看到大的，真想给他们树一块丰碑以供后世瞻仰。不过，风雨过后的彩虹总是最美的，维拉想不到除了海欧，还有谁配站在子慕的身边。

她们聊着聊着维拉就睡着了，子慕见姐姐半晌都没声了，才意识到她真的累了。

关了灯，帮她盖好了薄被，才睡了过去。

维拉做了噩梦，她梦见脸部被她刮得血肉模糊的坤江一直在追她，她很怕很怕。她跑了很久，都快跑不动了，才看到一条河，河的对岸是背对着她的顾容与。她一直在喊他的名字，可是就好像声带卡着了，每次发出来的都只是含混的唔唔声。终于，她跑不动了，木然地站在那里看着顾容与。而她身后，就是越来越近的坤江。

“姐，姐，拉拉，你醒醒……是做梦，你乖，是做梦……”子慕被维拉吵醒，看到她大汗淋漓一直在喊“容与”，连忙搂着她，急得不行。

维拉蓦地睁开了眼睛。

“别害怕，这是在咱家，没有任何人能伤害你。”子慕言语温柔，维拉回过了神，呆呆地看着子慕，也不说话，就这么看着。

子慕哪里经历过这种场面，心里慌张无比，从床头摸过手机就给顾容与打电话，急得好几次都险些把手机摔了下去。

顾容与怕维拉有事，回来之后一直就是开机状态，因为心中担心维拉，今晚也没睡安稳。子慕的电话打过来的时候，只响了一声就被他接了起来。

子慕的声音听起来很慌张，她说：“容与哥，你过来看看我姐姐吧，她做了噩梦，我感觉我好像叫醒了她，又好像没有。她一直睁着眼睛，我害怕。”

“好，你下去给我开门，我马上就到。”说完，连外套都来不及穿，趿了一双拖鞋就往外跑。

顾容与看到维拉的时候，她依旧是在呆呆地看着天花板，他心疼地把她搂进怀里，他说：“宝宝你别怕，我在这里呢，亲爱的睡美人，你醒醒，你看，我都吻了你好多次了。”

子慕看着难过，但是又帮不上什么忙，拿了枕头回自己的房间。今晚有顾容与陪着维拉，她安心了许多。

似乎是闻到了熟悉的味道，维拉的瞳孔好像慢慢地有了焦距。

“是容与吗？”她轻声问道，很怕又是一个醒不了的梦。顾容与亲她的眼睛：“是我。”

维拉瘪嘴，语气很委屈很委屈：“我老梦见你不理我，坤江一直在后面追我，你离我很近，却不理我。”

“对不起，我知道我很混账，我丢了谁都不能丢了我的维拉。”

维拉那晚怎么都睡不着，顾容与背着她，在大院里走了好几个小时，微微的摇晃好像幼时的摇篮。树梢都抽绿了，大院笼罩在夜色里，只有几盏泛黄的灯照着，两个人的背影重叠在一起，显得尤其温馨。

她是躺在他背上睡着的，恍如许多年前在大西北的时候，两个人刚刚高中毕业，一切好像已经结束，一切好像才刚开始。

第二天，苏家人看到顾容与从维拉房里走出来，也不奇怪，只是苏志国脸色看起来不大好。

顾容与搂着维拉的腰，还在她额头亲了一下，腻死人的温柔。

恰巧苏志国和向彤刚从房里出来，把这一幕看了个分明。向彤看着丈夫瞬间变黑的脸色，赶忙拉住了他的手臂，还掐了他一下，就怕他不由分说地冲上去给人家俩大耳刮子。

哪个父亲清早看到男人从闺女房里出来还能谈笑风生的？饶是看着他们长大，知道这俩孩子情比金坚，可亲眼看到这场面，还是感觉自己的宝贝被人偷走了似的。之前他们都没什么实质性的进展，这回不行。

维拉看到爸爸那眼睛瞪得吓人，赶紧把顾容与掐走了。自己也脸红得厉害，好像真做了什么坏事儿被抓包了似的。

顾容与见过不少大场面和大人物，笑里藏刀话中有话也能见招拆招，但一向温和的苏志国突然间翻脸了，他还真不知道怎么应对，打了个招呼后路走得都不自然了。

苏志国在顾容与背后低声骂道："亏我之前老夸他是正人君子，让他多照顾着我们家维拉，没想到早就惦记上了，敢情这些年我们在维拉身边放了一匹狼啊！"

向彤翻了好几个白眼："你就歇着吧啊，他不比你少心疼你闺女。再说了，平时也没见你拦着，现在生气个什么劲儿。"

"你不懂。"

"你这人真逗，行，不跟你说了。你也得将心比心地想想，你外孙将来也有岳父呢，你就当给他积德吧！"

"这不一样，我有两个闺女呢，老早就被狼盯着了，是你你能舒坦？"

"我还真舒坦，俩小子我都喜欢，知根知底的，都是好孩子。我说苏志国你这假是不是休够了，整天琢磨这事儿，不如上班去。"

"海欧那小子也不是个好东西，你说那时候他才多大啊，就四五岁，就把我当成狼似的防着，当初我就该……"

"你该什么？别忘了你不在的时候，都是谁在陪着你闺女的。"

说到这儿，苏志国蔫了，不过斗志很快又燃了起来："不行，正因为之前她们没在我身边，我还得好好补偿呢！”

向彤冷笑，抱起屋子里的被子往他身上一拢，往门口推：“去去去。”

“你这又是怎么了？”

向彤叉腰看他：“苏志国同志，我发现你是更年期吧，快到书房睡去，看着你我就讨厌。”

“……”

后来子慕信誓旦旦地赌咒说看到她爸提着棍子想去揍顾容与，还言之凿凿地说你要知道这是每个要做岳父的人都有的情结。

维拉淡淡看她，说你这是从海欧身上总结出来的经验吧！

不过心里却是着实捏了一把汗的，虽然没做过啥，但总有一种犯错的感觉，她爸那小眼神，恨不得把顾容与瞪死。

顾容与回家洗漱完毕后挣扎了一会儿才回到了苏家，家里人都不在，这事儿也没个大人好说话。

海欧的电话打了过来，俩表兄弟多了一个共识，依依不舍地聊了很久。

“容与哥你脸皮就得厚，你管他怎么白你，他闺女待见你就成。你要忍辱负重，先坚持在他眼皮底下晃悠，还怕不能登堂入室吗？这些年咱们也算是在帮他养闺女呢，他不敢怎样。就算他把你戳成筛子，还怕他闺女不会一针一线给你缝回来？没事儿，上吧，兄弟，你是兄长，我让你几年，子慕签的那狗屁合同，我们还有好几年才能结婚。”

“敢情你就是让我当个先锋，帮你把道路给开辟出来？”顾容与虚心听了那么久，最后一句让他又气又好笑。

“我们现在就是一根绳上的蚂蚱，互相通个气儿，不然有我们哭的时候。别看苏叔叔平时不说话，俩闺女他都得来不易，我还真怕他不舍得那么快嫁女儿呢！”

“说的也是，我走之前就听见他跟向彤阿姨在那儿嘀咕，说是家里这么近，低头不见抬头见的，我们还不依不饶地把他女儿扒拉出去。”顾容与找到知己，难得说些家长里短的。

“我就知道，你可一定得攻陷啊，不然连我都不好过。这苏叔叔作起来还不是一般的幼稚，你小心应对着。”

顾容与轻笑一声：“我知道。”

“不跟你废话了，记得给我汇报进展啊！”

顾容与出门的时候还穿着昨天的那件衬衫，昨晚背维拉的时候掉了一颗扣子，胸膛若隐若现的，很有线条美。走到门口的时候突然想起了苏志国看他那眼神，还是辗转回去换了一件保守的衣裳，扣子扣到第二颗。

开门的时候正好见到跟维拉腻在一起的回回，维拉笑得很开心。

回回已经跟江洛住到了一起，维拉随意问了几句就套出来了，以后有江洛帮忙打点，维拉也就不替她着急了。

许久没见回回，她也越发圆润了，脸比原来更肉嘟嘟的，估计被江洛养得挺好。回回在的时候，维拉都爱把她看成一个娃娃，一个爱撒娇爱拿乔爱抱怨的大娃娃，搂着她宝贝心肝地喊。周围的人齐齐给她翻了一圈白眼。

没有顾容与在的夜晚，维拉都会特别慌张，大家都喊不醒她，都是在夜半把顾容与给叫了过来。

苏志国每次想标榜些什么，刚提了一句意见就被向彤给踩了回去："除了他，没人能安慰你闺女，看你把人赶走了，你闺女还不得哭死！"

为了方便照顾维拉，顾容与厚着脸皮在苏家住了几天。不过还是没大敢正视老岳父的眼神儿，即使他们晚上真没干什么，这关系没真正确定下来之前，还是会有些心虚的。

苏志国脸色很不好："这顾家也太不懂做人了，孩子天天往这儿跑，也没个什么表示。今晚再来试试，看我不打断他的腿。"

向彤嗔怪地看了他一眼："人家每次刚想开口，都被你给瞪回去了，还好意思怪人家。"

"他那是心虚。我看你比维拉都急吧，老帮他说话干什么呢？你别忙着乱开口啊，显得咱们特心急，好像咱女儿恨嫁了似的。"

"得，就你不急。不过你也别小瞧顾家老头子老太太，人家心里有数着呢！这不正赶上顾老爷子去地方视察了吗？家里少个能说话的人，我估摸着也该差不多了。"

"你也提点提点维拉，别让她一头就扎人怀里了。我看我还是找顾家小子谈谈，两个人非亲非故的，戒指都没套上呢！没日没夜地待别人家里，这算什么呀？"

"你谈什么呀？每次没说几句都想拿棍棒抡上去，这事儿能好好谈吗？人家小两口是手中无戒心中有戒，恋爱报告都打上了，现在要换人也难了。儿孙自有儿孙福，这从头到尾就没你什么事儿，你就过好自己的小日子，操心那么多干吗呢？你要真介意人这身份，就早点儿让他们把事儿给办喽，省得你整天啰里吧唆的。"

苏志国哼了几声："要办也是先订婚，维拉先在咱家住几年，她十五岁才回到家里来，这些年又都在外地，我都没跟她好好说上几句话。”

“平时姑娘找你谈事儿的时候你上哪儿去啦？”

“我那不是……老战友难得来一趟嘛……”

“行了行了，别净在这捣乱，你一大男人懂什么，我看这事儿你就别管了，我来打点。”

向彤闲时在大院里晃悠，遇到刚出家门的顾容与，还是浅聊了几句。苏志国这几天把他吓得不轻，好在人家情感坚定以大事为重，收下了那无数白眼把事情扛了下来，不然还真不大好收场。

向彤安慰他：“你要知道你叔只是第一次当岳父，火候没把握好，你就挨他个白眼也没啥，可别被他给瞪回去了。”

顾容与笑道：“阿姨，我明白的，叔叔的火气是冲着维拉的未婚夫的，换谁都那样，我能理解。”

向彤一直都觉得大院里的孩子就数顾容与和海欧最靠谱，或许是先入为主，觉得这俩丫头身边，还真就非他们俩不可了。先不说孩子品行是一等一的，就是按着那身份做派，他们都应该鼎力支持。

“你爷爷什么时候回来？”

“还得在地方上待几天，电话里说了，在压日程呢！”

向彤满意地点点头，果然是大户人家，懂事！啥提点都没必要。

“叔叔那边就麻烦您帮忙劝劝了。”顾容与有些不好意思，这几天他每次刚要开口说些什么，苏志国就板着脸瞪他，一副随时可能挠上来的样子。

向彤点点头，丈夫这几天返老还童似的胡闹，虽有长辈的尊严在里头，可更多的是一些私人情绪，成不了什么气候。

“他那儿不用担心，干好你的事就行。”

顾容与来的时候维拉有些尴尬，看着顾容与欲说还休的。

顾容与关了门，坐她身边去：“你这么看我，我很想亲你。”

“你怎么又把门关了？就不怕我爸爸半路杀过来啊？”这些天都是如此，只要维拉房门一锁上，苏志国必定在五分钟之内再把它敲开，然后跟只奓毛的刺猬一样冲进来，大声质问他们为什么要关门。

“因为我想亲亲你。”顾容与说罢，轻轻勾起了维拉的下巴，脸越凑越近。维拉看见他眼眸里的自己不断放大，他身上若有若无的独特香味扑鼻而来，若不是此时鼻头相碰，维拉险些要沉溺进去。

因为每到这个时候苏志国都会来搅局，两个人被抓包过。维拉有了一些心理阴影，连忙后退了几寸，两手捧住他的脸，定住，一脸苦大仇深：“忍着！如果我爸再来，我可经不住吓了。”

“我是看准有人把你爸爸叫出去了才敢过来的。”维拉这番动作让顾容与郁闷地把头埋在她肩窝，“我说你爸这些天是吃火药了吧？我是导火索？但凡他一看到我就冷呲我，我都快冻成冰了。”

维拉闷笑：“他不是专门休了俩星期的年假吗？说是要找家庭温暖，这些日子就赖家里连晨跑都不去了，怎么就被人给诓出去了呢？可别是你做的吧？”

“我哪有那本事啊？就是借个东风，给他找刺激去了。”

“怎么了？”

“住咱大院最南边的那个李爷爷你知道吧？对，就是老爱跟你爷爷抬杠的那个，他曾孙子今天刚满一百天，我让他把你爸爸给请过去了，估计他回来后也就不会把咱俩盯那么紧了。”

说是世仇吧，那倒谈不上，就是两家人一直不大和谐。上到爷爷辈下到孙子辈都是，不仅是爷爷们抬了一辈子杠，就连小的也互相看不过眼，苏志国跟李家的儿子也是齁大的。以前比官大，到老了就比儿孙，现在那边曾孙都出来了，苏家这边还没赶得上进程。战书下了就没有不去的道理，说不定苏志国为了争一口气，也就不难为他俩了。

“行啊，顾容与，你居然敢阴他？我不知道你坏起来也蛮让人发指的。”维拉推开他，嘴上骂着，可眼里全是笑意。

顾容与笑着亲了亲她的脸颊，然后站起来，走到床对面的书架那儿，伸手抽下来一本书。

维拉看到封面愣了下：“《太阳照在桑干河上》？我没有这本书啊！是你放这儿的吗？”

顾容与拿着书笑了好一会儿，把上边的摄像头给拆了。

维拉目瞪口呆。

“之前你爸爸跟我暗示过了，他在你这儿装了摄像头，警告我别乱来。”顾容与摆弄着那个摄像头——也只是摄像头而已，仿真的摄像头，给小孩儿过家家用的，不具有任何的监视效果，最好的效果是威慑。

顾容与走过去，揉了揉维拉的脑袋：“你爸爸很爱你，这些天做了那么多事，就是怕我伤害你。”

维拉接过那个疑似摄像头的东西，做了一个鬼脸，可做着做着就哭了。

哪会真有父母往自己儿女房里装摄像头的，这个摄像头是装在顾容与的心里，告诉他如何更加珍爱她。

她的父亲，在用这么独特的方式告诉她，他爱她。这一系列幼稚行为的背后，是一颗在尽全力弥补她的心。

傍晚大姐打来电话，维拉的手不方便接，顾容与就帮她拿着手机，时不时还笑着用大拇指摩挲她的脸颊，维拉打着电话不好说他什么。

大姐在那边乐了：“我说你这丫头，我要结婚你害羞什么？”

维拉回神道：“大姐，你说什么？你再说一次成吗？”

“我说我要结婚了，不知道有没有这个荣幸能请到八妹你给我当伴娘？”

维拉鼻子一酸：“真的吗？你结婚真的让我给你当伴娘吗？”

“今天怎么回事？净跟复读机似的。”大姐说着说着就笑了，“七天后举行婚礼，我连着给你打了好几个月电话了，今天终于打通了。我夫家那边急得不行，可是有什么办法，我只要你给我当伴娘来着。你带着你那口子过来，提前个一两天能到就好。”

维拉眼圈都红了：“可是大姐，不妥啊，我手上刚刚沾了血，不吉利。”

“你又犯傻，我是计较这些的人吗？不要说你手上沾血了，就是你结了婚生了孩子坐过牢，我的伴娘也只能是你。”

顾容与心疼地帮她擦眼泪，然后把手机放到了自己耳边：“大姐吗？我是顾容与，对，上次毕业聚餐的时候我们见过。好，我一定把维拉给带到。新婚愉快。”

维拉搂着他的腰，一会儿哭一会儿笑的。顾容与轻吻着她的长发，听她说着大姐的往事。大姐的脾气很直，敢爱敢恨的，她打过她，骂过她，可最后疼她的也是她。

原来那四年都是她代替我陪在你身边，顾容与笑着问她：“那么你呢？你想让谁给你当伴娘？”

“子慕，大姐，回回……”维拉掰着手指数了起来，然后觉得有些不对劲，抬头看顾容与，他比任何时候都笑得温柔。

第二天是星期六，顾容与回到家的时候难得妈妈和奶奶都在。部队这几天出了不少事，海晴也是忙得焦头烂额的，眉宇间还有些疲惫，但如今更多的却是欢乐。

顾奶奶招手让顾容与过来，就连妈妈都难得带了笑意。顾容与的心也温暖极了，好像回到了很小很小的时候。

那时候爸爸还在他身边，大家都看着他跳刚刚从别的孩子那里学来的兔子舞，妈妈和奶奶笑得最欢了，第二天下午就出门给他买了一套小兔子的衣服，把他打扮得像一个女娃娃。顾容与一点儿都不介意，穿着兔子衣给他们继续耍宝，只要大家开心，他就开心。

顾奶奶微笑地问他："容与，你有没有钱给维拉买一枚戒指？"

顾容与一瞬间没有反应过来，微微睁大了眼睛看着奶奶。

海晴也笑骂道："怎么还跟个孩子似的，你现在每天进出苏家，如果再没什么表示，像话吗？"

顾容与声音都有些变了："有，这些年存了一些，只是不多，房子还买不起。"

顾奶奶听这话难受了，斥道："看你这话说的，被别人听见了还以为我们要赶你们小两口出去呢！"

顾容与看着奶奶，难得开朗地笑着说："奶奶，十年之内我都买不起外边的房子，您别赶我出去就成。"

"你这孩子今天净说胡话，咱家就你一个独苗，赶你出去，难不成这房子还留给外人不成？"

"爷爷怎么说？"顾容与问道，声音有一些嘶哑。

"没说什么，就说等他回来大伙儿一块儿吃个饭。"那就是同意的意思了。

顾容与回过神来，好像一瞬间所有的花都开了，虽然他知道长辈们都会同意，但是知道和亲耳听到他们说是不一样的。

顾容与搂着奶奶，这样的动作许久都没做过了，可还是做得那么用心自然："只要你们别怪我啃老，我和维拉还赖在这儿让您把您的曾孙子给拉拔大。"

顾奶奶听得笑眯眯的，连说了几个"好"。

"奶奶，您陪我去买戒指吧，维拉总夸您眼光最好了。"

"好，去，大伙儿都去，可别寒碜着我孙媳妇。"

那个小盒子里承载了家人很多的期盼，就连一向随和的顾妈妈也挑剔起来，一个个专柜地选着。

最后还是顾容与看中了一枚戒指，并没有太花哨的设计，简单大方，配维拉的气质再合适不过了。专柜的服务员问他尺寸，顾容与想了想，就把戒指往自己的小指上套，然后告诉服务员应该要怎么样的尺码。

顾奶奶不放心，问他："这戒指会不会买大了？我记得维拉的手可小巧了。"

顾容与摇摇头："不小。"

一双常年握枪攀岩的手，有时候还会赤手空拳地搏击，有时要做饭洗衣，早就不是当年的模样了。

海晴倒是能明白，看着儿子的表情心里也难过。

她帮他理了理领子——尽管他整洁惯了，并没有什么需要收拾的。这只是一个很自然的动作，一个母亲对儿子的宠溺。

"缺些什么跟家里说，别为了自己的面子藏着掖着的，以后用钱的地方还有很多，你现在的工资还不高，家里还能供，没什么不好意思的。"

"我懂的，妈妈。"

海晴笑得温柔："乖。"

他二十五岁了，似乎说这个词已经不大合适，可三个人心里都是酸酸的，因为太难得。

她终于接受了丈夫的离开。虽说衣不如新，人不如故，但是还要珍惜眼前人啊！

# 第二十六章 你出得起我要的聘礼吗

由于顾爷爷短时间内无法回来，顾容与决定先带着维拉去参加大姐的婚礼，也顺便看看他的故乡。

维拉想看看他的足迹，自然欣然应允。

回沈阳之前，顾容与特地给故友打了个电话，告诉他他们要回去了。故友表示了极大的惊喜，并告诉他们自己会到机场去接他们。

顾容与跟维拉说，他的这个故友也是她的，维拉把高中同学齐齐猜了一遍都没有猜对。最后见到5号跟他们挥手的时候，才蓦地想起来，这厮在说遗言的时候自曝过家门，说自家爷爷是××军区的谁谁谁来着。

“5号！怎么会是你？”

维拉打量了他好久，不是她的眼神不好，而是他的变化太大。原本的板寸头现在已经长到了眉峰处，西装穿得笔挺笔挺的，人也越发俊朗帅气，跟当初的军人形象大相径庭。

5号挑眉看向顾容与：“你没告诉她吗？”

“让她一直猜来着，把人都数了一遍单单漏了你。”顾容与笑，给维拉介绍道，“潘东子，跟英雄差一个字，东南的东。”

“行啊，收拾得人模狗样的，我都快把你给忘了。”维拉笑嘻嘻地看着他。

潘东子不满：“我这欠着你一条命呢，你居然能把我给忘了！”

维拉的表情顿了顿，救了一个人，又杀了一个人，这笔账能扯平吗？

顾容与心细，捕捉到了她那一瞬的表情，握紧了她的手岔开话题：“你一大男人还不如我姑娘洒脱，忒斤斤计较。”

尽管潘东子诚心相邀他们去他家居住，但两个人怕有太多不便，婉言谢绝了。最后还是在宾馆订了一间房，住的是最好的宾馆，钱是潘东子付的，说是他们再婉拒，他的脸就没地儿搁了，他们只好却之不恭。

休息了一个下午，晚上去潘家吃饭，本就是老邻居，情分还在，又听潘东子说了这姑娘救过他的命，他们对维拉就跟自个儿亲闺女似的。

因为人家对她太好了，维拉反而接受不了，似乎觉得自己的每一句话都在虚与委蛇，怪不自在的。饭后只聊了一会儿，两个人就提出告辞。

毕竟大家那么多年过来，也是知晓人情世故的人，人家这会儿过来是回来看看，强留反而不好，客套一番就跟他们挥手道别，说是以后一定要再来。

夜晚的大院很静，沈阳还没有从冰天雪地里走出来，银色的月光和橘色的灯光糅杂在一起洒在雪上，整个世界都显得亮堂堂的。

“你看那儿，小时候我经常在那个地方玩儿，可惜现在都盖楼了。”顾容与挺惋惜，“这儿的孩子比咱们那儿的胆子更大一些，不会顾虑太多，看人不顺眼就抡圆了胳膊冲上去。还有这篮球场，院里每年夏天都会办几场篮球赛的，那时候谁的爸爸上场了就会特骄傲，在场外叫得比谁都欢，好得跟铁磁儿一样的两个人，只要父亲在场上敌对的，球赛结束后一准能鼾起来。”

“你也鼾过吗？”

“鼾过，那时候我才六岁，挑了一个十岁的，虽然个子和力气没他大，最后还是打赢了。”

维拉崇拜地看着他：“你真牛。”

“有什么牛的？被人笑话了好一阵子，我从他裤裆下钻过去顶他的脚关节，把他撂倒后就骑他头上了。虽然赢了，过程不光彩，一直被他们笑话到我离开。”

维拉“扑哧”一声笑了出来：“敢情你还受过胯下之辱啊！”

“严肃点儿，这跟你怀念往事呢！”

“那么咱们那儿和这里，你更怀念哪儿呢？”

“当然是咱们那儿。”顾容与握着她的手，声音顿时软了下来，“因为你在那儿。”

维拉抬头看着他的眼，顾容与也低头看着他，眸子亮得快要燃烧起来。

“我有幸在你最美的时候遇到你，离开你的四年，我无时无刻不在告诉自己，如果记忆老旧了，我还放不下你，这辈子都不能让你离开了。”

维拉有些愣了，她似乎还无法适应这样的心情落差。

顾容与的吻轻轻地落在了她的眼眸处，接着维拉指尖一凉，好像感受到了什么，巨大的幸福感向她涌来。

顾容与单膝跪地，地上还是雪刚刚融化后的水渍，他的膝头都沾满了雪水，冰得刺骨，但怎么也比不过刻骨的爱恋。

他吻着她的手，几乎要掉眼泪：“虽然不是很浪漫，但是我诚心诚意地邀请你陪我度过下半辈子。因为我的世界除了你，再也容不下别人。维拉，嫁给我好不好？”

维拉的泪水也扑簌扑簌地掉下来。那么多年的追随，似乎都有了结果。八年了，他们认识八年了，历经了所有恋人的起承转合，她在很多次经历命运转角的时候，都以为自己走不下去了，但是还是咬着牙一步一步地走了过来。

好像终于看到了幸福的起点。

维拉一直流泪，这一刻被巨大的幸福环绕，几近说不出话来。

岁月就要带走我们最美好的时光，抓住它，下一秒我们就能天长地久了。

晚饭后，两个人给家里打了电话，这样水到渠成的结果，大家都还是哭了，苏志国跟顾容与说了好久好久的话。

维拉挽着他的胳膊在旁边听着，泪水又跟开了闸的洪水似的停不了。

一个父亲在履行着他的职责，终于放下架子，对未来女婿进行苛刻又温暖的盘问，巨细靡遗。

“你们年幼的成长环境不一样，交流起来会不会困难？”

“我要的聘礼很贵，你出得起吗？”

“你能保证她的安全吗？你会一辈子照顾她吗？”

“我只有一个要求，三年内，你们必须转业。这已经是我的最低限度，具体我会跟你爷爷再说的……”

顾容与一句一句应承了下来，他知道苏志国说出这番话有多么不容易，三年，已经是一个军人对他们最大的宽容。

婚礼自然由大人做主，两个人都不是拘泥于形式的人，并没有过多干涉。这样的忙碌对两家人来说，甘之如饴。

他们在大姐婚礼前两天到了呼伦贝尔，大姐忙着准备婚礼，抽不开身。回回来这里几天了，把能吃的都吃了个遍，大姐看着她围着蒙古包四处溜达，很不客气地打发她去接人，还特地给她写了详细地址放包里，就怕她给带错道儿。

回回这次倒是挺靠谱，老老实实在等他们。见到维拉的时候就开始叽里呱啦地说江洛如何欺负她，她又是如何力排众议争取到这次出行机会的。

大姐的娘家在市郊，他们坐了好久的车才到。那时候还没有融雪，厚厚的雪盖在蒙古包上，像蘑菇，维拉怪自己的想象力太贫瘠，这样美好的景色，她已经很久没有见到了。

维拉对顾容与说："我想起一首歌，很老的歌，叫《我爱你，塞北的雪》，如果不是公共场合，真的好想唱出来。"

多么淡然简单又古老的情结，维拉说："经常觉得自己跟不上时代，当兵好多年了，听的都是歌颂祖国歌颂边疆的歌和一些军旅歌，每每听着这些歌，心就会变得很远很辽阔，现在听到别的还真不习惯了。"

顾容与说："这何尝不是一种福气呢？"

当兵多年，他们的心还会因为一首歌而热血沸腾，会被人们能歌善舞的才艺打动，会因为身为一个国人而自豪。

每一个民族都有一种深入人心的气质，每一寸土地都足以让我们跪下来山呼万岁。如今的大草原对着他们敞开了门，焕发出奇异的力量让他们心服口服。

已经是四月份，呼伦贝尔还是冬天的样子，似乎在欢迎他们的到来，维拉下车后，雪就下了起来。

大姐在站台下，旁边站着一个朴实的男子，他帮她呵着手，像呵护着珍宝。

维拉的心蓦地就暖了，她知道大姐找到了一个好归宿。

大姐看到维拉立马就跑了过来，看到维拉伤痕累累的手，差点儿就掉了眼泪。

"宿舍八个人，就你最让人不省心。"

"您别嫌我手难看就行。"维拉微笑着，跟她身边的男子打招呼。男子有些憨，但是人情世故还是懂的，跟他们寒暄了好一会儿。

大姐问维拉："她们都到了吗？"

"小五小六都不能来，早些日子给我寄了些东西过来，还有她们的照片，待会儿拿给你看。"

"好。"

婚礼很独特，大姐说，这是鄂尔多斯草原上非常传统的蒙古婚礼，已经延续几百年了。

维拉觉得新奇，婚礼的喜气给她的心情添了一抹亮色，每天跑前跑后地帮着布置新房。她对抱歉地看着她的大姐说："没关系，真的不麻烦，大姐，我好久没这么开心过了。"

蒙古姑娘嫁人的时候，家里都会为她们新建一个小的蒙古包作为新房，把嫁妆陈设在里面。里面有好多维拉没有见过的东西，大姐看她这个摸摸那个看看的蛮开心，一边给她介绍，一边做头发。维拉摆弄着那些新鲜玩意儿，时不时还拉着顾容与讨论一番，再监督一下趁她们不注意就偷吃东西的回回。

回回没事可干，巴巴地跑到大姐那去看她化妆，然后看上人家的戒指，说真好看要试试。

大姐也蛮大方，当即把盒子递给了她，想着总不至于在她眼皮底下被回回弄丢。

结果还是悲剧了，回回套自己拇指上脱不下来了，刚开始大姐还没太在意，说一会儿就好，可是半天都拔不下来的时候才是真的急了。

顾容与看到回回使劲地拔戒指，手指都快充血肿胀了，连忙阻止了她，让人找肥皂水去了。

大姐欲哭无泪，狠狠地捏了捏只会吃饭不懂做事还净惹麻烦的回回的脸。肥皂水拿来了，可戒指似乎跟他们耗上了似的，怎么都脱不下来。

在大家手足无措的时候，维拉把自己左手的戒指脱了下来递给大姐："大姐，你先用着我的吧！那枚戒指等过几天回回的手指消肿了，再给你送回来。"

维拉说着还不确定地看着容与，直到他轻轻点头了才放了心。毕竟戒指嘛，本来就只属于一个人的。

大姐犹豫地接过戒指："会不会有些不吉利？"

维拉微愣，一时没明白她的意思。

"不不，维拉你误会了，我的意思是，你把戒指给了我，于你和顾容与而言，会不会……"大姐急得打自己嘴巴，"今天真是说什么错什么。"

维拉"扑哧"一声笑出来："没关系的，不见得借给你这会儿容与就跑了吧？"

大姐似乎还想说些什么，可似乎也觉得没什么可说的了，话语间有些无奈："只能这样了。"

回回瘪嘴哭了，掏出了电话边往外跑边打，她也知道自己闯了祸，伤心了。

维拉知道她是给江洛打电话去了，也没管她。

等到傍晚，男方迎亲来了。高大俊朗的新郎官骑在马上像童话里的王子，他把洁白的哈达献给了操办婚礼的炊事长，带来的礼物搬进了女方的家里，然后给主婚人行磕头礼。

维拉在蒙古包里陪着大姐，大姐紧紧地拽着她的手，脸上的表情有幸福同时也有紧张。

新郎官进门的时候受到了好一番考验，这点倒是和汉族的婚礼挺像的。维拉怕大姐一个人在屋子里孤独，没有凑热闹，握着她的手陪在了她的身边。有回回和宿舍的几个姐妹在，新郎官没那么容易进来。她倒是不担心回回玩大了，因为一个小时前江洛就赶来了，有他看着回回，维拉还是放心的。

新郎进来之后，要等到次日的凌晨才能把新娘带走。

大家狂欢了一个晚上，玩的游戏有传统的也有现代的，怎么闹腾怎么来。大姐素来严谨，这个特殊的时候也抛开了矜持玩得很疯。

这样的日子，一辈子只得一次。

维拉站在一旁憧憬着，微笑着，祈求上天给他们最大的幸福。看着大家都幸福了，她才有勇气和胆魄坚定地向未来走去。

维拉说，回家之前还想去一个地方。维拉觉得自己的身上沾染了罪恶，要去离天最近的地方洗洗身上的尘埃，她要干干净净地出嫁。

回回已经被江洛带走，而作为准伴娘的子慕，早就在家里等得不耐烦了。她参演的电视剧已经杀青，大学的最后一年了，正在筹备一场盛大的毕业旅行，可又觉得去哪儿都不合适，她这张脸，半数的中国人都认得了。

子慕知道姐姐要去西边玩之后连忙说要跟着，那里几乎没多少人能认出她来。她本来想出境玩的，无奈跟海欧还在冷战中，没人陪她去，只得来蹭维拉了。

曲奕知道他们要来，也推迟了回来的计划，打算在那儿陪他们几日，之后一起回来，还能混个伴郎当当。

于是这么一敲定，二人组变成了四人组。

他们到的时候，春雪飘洒在天地之间，这场雪作为信使把天地间都连接了起来，似乎一个小小的愿望都可以上达天听。

子慕先他们一步到，和曲奕在机场等他们。

子慕见到他们的时候欢乐地跑了过来，拉着维拉直笑，话却是对着顾容与说的："终于可以叫你姐夫了。"

顾容与揉揉她的脑袋："你也可以随海欧一起叫我表哥。"

曲奕"啧啧"两声："旁系血亲啊，你们还真会内部解决。"

维拉看曲奕，好久不见了，他成熟了，黑了，笑的时候还是那么傻，露出一口大白牙。

"你懂啥叫旁系血亲啊？看这双死鱼眼瞪的，明显写着'嫉妒'二字，哥们儿，真丢人啊，你的初恋还在吧？"子慕跟他呛声。

曲奕憋红了脸："我这是根正苗红，谁跟你们似的。"

"根正苗红，我看你是歪瓜裂枣吧？还真没姑娘能看得上你。"

"别逼我打女人……"

"恼羞成怒了吧？我姐夫在这儿，谅你也不敢出手，咱有后台，听见没？实事求是老实着点儿。"

"烦死了烦死了，要不给你俩搭一个戏台你俩接着唠？"维拉按按眉角，一脸幸福的无可奈何。

子慕难得找到一个能肆无忌惮说话的人，平日需要打发记者，不能说错一句话，还真没什么畅快的时候。

"咱俩就给你俩唱大戏，多好啊！"话虽如此，子慕却挽着维拉走到了前面，边走边跟她侃起了别的事儿。

顾容与跟曲奕在后边拿着行李，两个人近几年都没有好好地聊过天了，话语间兄弟情分还在，很是热忱。

曲奕说高原不比别的地方，没习惯就别乱蹦跶，一不小心就头晕缺氧，他来的时候适应了好一阵子。

子慕取笑他，说："我家姐姐和姐夫都是特种兵出身，用得着你指示吗？"

曲奕还是喜欢跟她抬杠，说："我这不是说给你听的吗？"

曲奕给他们租了一户农家，说是在这地方住宾馆反倒糟蹋了。

去农家的路上，曲奕见维拉一直在静静地看着窗外，也循着她的目光看了过去。

曲奕来这里两年了，好像还是第一次认真地看着这片土地。爷爷没商量就把他扔到这个荒凉之地，害他没少被人取笑。他跟家里赌气，两年都没回过家，也没正眼瞧过这个地方。

这两年他算是苦过来的，可真正要离开了，觉得遗憾还真的很多。他刚刚跟他带的藏獒犬培养出感情，他去年种下的格桑花还没有开，他还没有认真地走过这里的每一寸土地。

曲奕不知道，这次是专门为朋友推迟了回去的行程，还是因为……他真的舍不得离开。

而子慕就简单得多，被景观感动，还有那么一丝不安。

路不大好走，车子开了很久，不知走了多少路程才停了下来。司机对他们说，前面因为大雪封路了，车过去很危险，看看他们是不是可以下来自己走过去。

维拉不说话，看向子慕，子慕的身体毕竟比不得他们，高寒缺氧，也不知道她是否受得了。

子慕拍拍包，说没事，她带了一些固态氧，如果难受了会告诉他们的。

高原的空气特别清新，吸入一口，瞬间整个人都清醒了。曲奕从包里给他们掏出几个口罩，说还是戴着好，像现在这样在高原蹦跶，肺都要结冰。

顾容与牵着维拉在雪地里走着，他们需要绕过一座山才能到农家。而曲奕也拿过了子慕的背包，牵着她怕她摔倒，也能时刻注意着子慕，就怕她有什么不妥当。

子慕是一个很敏感的女孩子，此时此刻有些感动。曲奕是个大老粗，难得也有这么心细的时候。真正的朋友，平时骂你的时候比谁都大声，但一旦你被别人骂了，他帮你骂回去的声音也比谁都大。曲奕于子慕来说就是这样的存在，蛮横惯了，所以在柔情的时候就特别珍惜。

这个村庄很小，不过十多户人家，却有一种长途跋涉的旅人终于找到驿站的温馨之感。

入凡世看红尘，风缥缈，云逍遥，四季变化有序，花儿开合有度。维拉觉得就这么安安静静的也很好，不用为了俗世哀愁。

曲奕跟他们说，后面有一座山的风光很好，那座山村里的人都把它叫北山。北山山顶终年被大雪覆盖，就连半山腰也是雪，村里人都说是南边的那座山挡去了大半阳光，致使它常年阴冷。

维拉循着曲奕的视线望去，北山在一片经幡的包裹之中岿然不动，神圣而肃穆。似乎等待着一颗种子落在它的身体里，然后彻底开出花来。

他们在山脚下的一间民居入住，子慕不大适应高原的环境，维拉给她整理了被窝，喂她吃了高原安和红景天让她好好休息，他们做好了晚饭，就把她叫起来。维拉知道她血气不足容易脚凉，给她做了一个简易的热水袋放在脚边。

子慕拉着维拉的衣服："姐姐，不知道是不是太累了，我总觉得好像有人在跟着我。"

维拉摸摸她的头发："是不是被狗仔队跟习惯了？"

子慕扯着被子愤愤道："估计是，那帮阴魂不散的老家伙，迟早有一天跟他们鱼死网破。"

周围有人家在举行婚礼，歌声却像是从远处传过来的，空灵美妙，每一句都能上达天听。

他们住的地方不大，但是看起来非常温馨，维拉把屋里屋外认认真真地打扫了一遍，顾容与和曲奕把漏风的窗补了起来。收拾停当了，就去邻居家买一些柴米油盐。

邻居倒是实诚，接过了钱，给他们多塞了好几根又粗又大的柴，说晚上能在屋里燃上一两个小时，可以入睡了。维拉看他们柴火不多，也不好意思多要一些，打发曲奕和顾容与去外边捡柴。当然如果能捡到一些牛的粪便就更好了，那个易燃，而且烧得久。

若是早些年的顾容与曲奕听闻她让他们去捡牛粪，早就皱眉跳脚了。多年军旅的朴素生活磨平了两位公子太多的棱角，更像寻常人家的小子了。

一切自然得好像他们已在这里住了多年。

顾容与把枯树枝抱回来的时候，看到维拉正坐在一旁的板凳上看夕阳。他们来到这儿的时候雪就停了，不一会儿太阳露了头。维拉没见过大自然这么多变的交替，才看了一会儿就入神了。

顾容与见状，索性放下了手中的木柴："刚刚我路过一座山坡，那儿比这里适合看日落。"

维拉微笑着点点头："我坐在这里本就是为了等你，我们一起看夕阳。"

两个人牵着手漫步到了远处的一个半山坡，找到一处裸露的岩石，顾容与怕维拉受凉，抱着她坐了下来，两颗脑袋紧紧地挨在了一起。

虽然阳光渐弱，可四周的雪峰还是非常耀眼。雪峰是高原上的灯，只要光还在，必定会把周围反射得亮堂起来。

有牧人放羊回来，心情愉快，想到家中还有人在等着自己，脚步非常轻快。

维拉看着牧人远去的背影，笑了："我总是想着，等我们老了，不能再给国家做事了，我们就到这些地方来——雪山，大漠，或者是草原。人总是要回到大自然中的，我们何不找一处庄重而温馨的地方看云卷云舒？"

当他们阅尽世事，命运从对峙变为携手共进，心性从追逐变成豁达的时候，那时他们儿孙满堂，不变的是经年累月都磨损不了的浪漫情怀。

光是想想，都幸福得要落下泪来。

顾容与也想过，只不过他想得更加细致一些："我们去甘肃，在敦煌的附近，我知道有一处地方，有至静大美的祁连山峦，有隐忍稳重的沙漠，有难得的葱绿林园，与沙漠的过渡地带会有一些草甸，甚至在沙漠之中还能找到一汪永不枯竭的泉水。

那时候我们返璞归真，不要洋楼别墅，只要一个不会被风吹跑的大帐篷，两匹健壮的马，一辆小小的车。我们一路旅居，从甘肃到内蒙古，最后回到西北去。

到很久很久以后，老到我们都走不动了，我们携手死去，我们手握着手葬在大漠里。千年后或许只剩两具白骨，可我们的手还牵着。

风沙的退化或许会让我们裸露白骨，如果没有被风化，就说明我们被人们发现了。他们把我们展示在博物馆里，跟人们标榜我们爱情的伟大。”

说到这儿，两个人哈哈大笑，笑着笑着眼睛都有点儿湿润。

这是他们给自己安排的最好的归宿。

维拉靠在顾容与的怀里，心里十分宁静，她说：“到了这地方我好像特安心，罪恶感也减轻了许多。容与，我好像鼓足了勇气准备好嫁给你了。”

可是这一切，偏偏有了差错。

那时是2013年十二月初八。

那日在高原，追击他们的是坤江的手下，维拉在W区活动的时候，用的就是子慕的名号，她不知道会给子慕带来那么大的灾难。他们走了之后，坤江在W区的老巢被端了，却仍有一些漏网之鱼。

他们的柴燃了一夜用去许多，顾容与和曲奕去外面捡柴，维拉就在屋子里照顾子慕，她的高原反应一直未退。维拉摸了摸她的额头，似乎又发了低烧。她的身体一直不大好，维拉怕她真出了什么事，就搀起了她，想带她去村里的小诊所看看。

小诊所在村子外围，要经过几片荒地。傍晚，炊烟袅袅，大伙儿都忙着做饭，如果这时候有人探出头来，就会发现有几个不怀好意的人正在悄无声息地靠近了他们的住房。

村子里信号并不好，维拉在屋里转悠了几圈找信号，想跟顾容与说一声，怕他们回来找不到人会着急。

信号没有找到，却发现了周围的不对劲，暗呼不好。她急忙叫起子慕，悄悄地从后边的窗户跳了出去。

牧民放羊归来，马还未牵入马厩，只是打了一个结拴在了树上。维拉害怕给周围的牧民带来麻烦，没有惊扰他们，直接带着子慕去找顾容与和曲奕。

不料，马儿的嘶叫却把歹人都引了过来，维拉皱起眉头，搂紧了怀里的子慕，打马而行。

后面的人一惊，赶紧跟了上来，朝马儿脚下开了几枪。所幸并未打中马儿，维拉掉转了马头，往顾容与所在的方向奔去。

那几声枪响惊醒了蔫蔫的子慕，未及睁开眼，豆大的汗珠从额上滴了下来，手紧紧地捂住了胸口。

维拉没想到连日来的症状会引发子慕的心脏病，就连医生都说，上次手术过后，这辈子可能都不会复发了。可结果……

那时的状况实在不适合颠簸，可维拉没有办法，后面的人都带了枪，她带着妹妹，没办法跟他们近身搏斗。维拉一手拥着子慕，一手牵着马绳，催促着马儿快跑。

然后维拉止住流泪的冲动跟子慕说话，就怕她晕过去。话语随着马蹄一颤一颤的，掩盖了维拉的呜咽声。

子慕捂着绞痛的心口几近说不出话来，她还在坚持着，她知道要是她倒下了，她们就再也没什么希望了。

子慕甚至想好了，她要在一个合适的时候死去，她不能连死都给他们带来负担。

上一次心脏绞痛是在十多年前了，子慕都快忘记那种感觉了。那时候整日整夜陪在自己身边的是海欧，小孩子并不避讳什么，一人一条被子，他就躺在她旁边。

夜里，子慕经常心口疼，她怕他会担心，从来都不叫出声来。海欧必须学会听她的呼吸，小小的孩子就已经尝到了风声鹤唳的滋味，海欧几乎时刻都在担心着子慕会撒手西去。

子慕觉得再没有什么能超越他们的这份感情了，不会再有人同她生死相依。那时候她还不知道会有另一个她视如生命的人，她守着她的海欧，向他索取着她在别人身上要不到的关怀。

时光流逝，他们年岁逐增，海欧长大了，要为她打拼一个王国。她做演员尝尽了人情冷暖，有时深夜给他打电话，却又觉得无从说起。这些年来，他们少了一些沟通，少了一些理解。

那个圈子让她心力交瘁，现实并不是她梦想中的纯净世界，敬仰她的人再多又怎样？珍惜的人不能时常陪在身边，一丝暖意都感觉不到。

“你之后见到海欧……你就跟他说……”说什么？对不起吗？似乎不用道歉的，海欧从来都不让她对他有歉疚。

维拉心酸：“有什么话你自己跟海欧说，你有一辈子的时间告诉他，你有多么离不开他。”

她想说的话，海欧有哪句猜不到？子慕笑出了眼泪：“我小时候……一直在担心着……如果我死了，海欧要怎么办？我一个人又要怎么办？后来我让海欧签了……类似军令状的东西，说是我死了……海欧也不能独活，黄泉路太黑太需要伴儿了。那时候我们才九岁，海欧二话不说就签了字。他总安慰我……不要害怕，他存了陪着我死的心，他一直……都没有哭。如果这次……你告诉他，不要再担心什么了，我不害怕了……”

维拉听着子慕近乎是遗言的话语，心被戳得血淋淋的，眼泪也不停地往下掉。维拉想到了海欧，她不知道要怎么告诉他，子慕已是性命垂危。

“你不要愧疚……”子慕仿佛可以洞悉她的一切，“你就当作……你回到这个家的时候没有我……”

“别说傻话，你的存在对我们都有很大的意义。”维拉温和地说，“你不仅有海欧，有我们，身后还有着上万的影迷。你瞧，人们都不知道祝维拉，却知道苏子慕。你的笑容那么灿烂，你温暖过的人不计其数。以前我老爱想我们活着到底有什么意义，我想了很久都没有结果，直到这些年回到了苏家，我才知道我们的生命攀附在别人身上，这个就是活着的意义。我们的子慕是一棵巨大的蔓藤，没有人比你的生命更有意义。”

子慕紧紧地搂住了维拉，怀抱里充满着不言而喻的感激。她闭上了眼睛，开始想海欧，从小时候想到现在。

她有记忆的时候海欧就在身边了，他们毗邻而居，一起牵手看着这世界由碧野变为银岭。小小的人儿拍手吟道——黄四娘家花满蹊，千朵万朵压枝低。留连戏蝶时时舞，自在娇莺恰恰啼。后来呢？

后来她就长大了。她出去寻找她的世界，走了一个大圈，累了，倦了，回头才发现，海欧早已张开了翅膀，为她挡住了风雪，正邀她一起赏花好月圆，云卷云舒。

子慕这才明白了，她要的爱情是天荒地老的陪伴，她要的人，是那个即使她死了，也会去另一个世界牵起她的手陪她散步的人。

海欧，对不起啊，我明白得这样晚，如果熬得过这一关，我就陪你安安静静地变老。你说这样好不好呢？

子慕的眼泪已浸透维拉的肩膀，人却渐渐昏睡过去。

太阳已经下山了，只有晚霞中的一点儿红，为她们照亮前行的道路，牧民家温暖的灯光渐渐离她们远去。维拉看着靠在她怀里的子慕，终于坚持不住，扯着嗓子大喊“顾容与”。整个山谷都回荡着她的声音——凄厉，惨绝！

维拉当即勒马，把子慕抱了下来，一遍遍地给她做心肺复苏。她祈求着上天给她一道挡住歹人的屏障，她要把子慕安全送去就医，她要把子慕完整安好地还给海欧。

顾容与听到维拉的叫声，心中一惊，匆忙加快步伐。山谷回音很大，很难判断维拉到底是在哪个方向。

他扔下手中的柴茫然四顾，似乎在确定一个最可能的方向。

对方似乎已经蛰伏很久，熟悉了周围的地形后才行动，他们很快就跟了过来。

维拉听到窸窣的脚步声，回头找那匹马，却不知它什么时候已经跑远了。她咬了咬牙，拿起旁边的一根树枝就想冲上前去，刚起身就看到那些歹人似乎被什么东西打中，脚步都停了下来。

随后，她起身看到顾容与对他们挥了拳头。

“先带着子慕走！”顾容与急急说道，下手也是毫不含糊。他没有配枪，面对着对方四个人，有些以卵击石的意味。

维拉应了一声，咬了咬牙，背起子慕就往北山跑去。

顾容与赤手空拳地对付着他们，几乎无暇分神，折了这个人的手，那个人的枪口就对了过来。曲奕也赶了过来，可他虽然念过军校当过兵，但格斗却是弱项，打架可以，真动了刀枪就是花拳绣腿。一不留神，流弹擦过他的小腿，曲奕吃痛，顿时单膝跪了下来。

曲奕已经受了伤，那些人不再恋战，留住三个人制衡顾容与，剩下的一个人拔腿去追维拉她们。

他们跟了子慕很久，可子慕是个大明星，平时前呼后拥的，实在找不到好机会。这次跟来了草原，想着地广人稀，机会肯定比之前多，没想到却遇到了正主儿。

顾容与缴了两个人的枪械，他将其中一把踢进了旁边草丛深处，又将另一把踢给了曲奕。

看到那个人离维拉她们越来越近，顾容与心急如焚，下手狠绝起来，把一个人双手都拧断了，还有一个人直接被拧断了脖子。

曲奕虽疼得不行，但毕竟是老战友了，默契还是有的，他直接把枪扔给了顾容与，让他去追人，自己留下来看着剩下的两个人。顾容与接了枪提步就去追，一路不停躲避前面那个人回头对他射出的子弹。

子慕的眼泪掉得厉害，也不知道是急的还是疼的：“你放下我，快跑，姐，你跑。”维拉刚刚给她做过心肺复苏，可现在却好像疼得更厉害了。

维拉背起了她，嘴唇咬出了血：“不放，死都不放。”

子慕趴在维拉背上，喘着粗气，大冬天的出了满头大汗，她一直往后看，看着越来越近的那个人，心脏几乎要负荷不住。

维拉强迫着自己冷静，手枪的有效射程是五十米，她背着子慕，绝对没有可能跑得过一个壮年男子。容与离那个人还有些远，一时半会儿也追不上。

人越来越近，子慕的呼吸也一下比一下微弱。子弹擦过了维拉的右腿在脚边爆炸，维拉心骇，脚一扭，连带着子慕，一起摔进了旁边的河里。

子慕不会游泳，维拉几乎是在水下托着她，忍着右腿的疼痛，想游到对岸去，大河的宽度足够超出射程。

冰冷刺骨的河水几乎要磨灭她们的意志，子慕知道自己不能在这个时候晕过去，如果晕了才是真正的拖累，她咬破自己的舌尖，尽全力配合着维拉。

那个人见她们掉进河里，也没了主意，拿不准是弃枪下河追她们还是先放过她们，等待下一次机会。

犹豫之间，顾容与追了过来，对着那个人的脑袋就是一枪。那个人身子一颤，还没来得及回头，人就倒了下去。超过一百米的距离，他是一个真正的狙击手。

顾容与看着那个人倒下，心口大石并未放下，维拉她们并没有脱险。

维拉看到顾容与击毙了那个人，嘴角还未来得及露出一丝微笑就凝固了，她好像觉得有一股强劲的力量在把她往水里拉。

她的脚抽筋了！这个认知让她感到无比恐慌，再看看前面的路，明显是河床的断层地区，河水跌落成了一道小型瀑布，离得越近，水就越急。

本来维拉身上就压着一个子慕，现在她沉得更厉害了些。融化的雪水几乎要灌到心里，全身僵硬了，两个人都在下沉。她呆呆地看着飞奔过来的顾容与，感觉到她的世界在一点点地破碎。

子慕看着她，脸上已经分不清楚是水还是泪了，她哆嗦着已经发紫的嘴唇，维拉读懂了她在说什么，使劲地摇头。

不放，死在一起都不能放。

河水一点点地淹没她们的头顶，两个人犹如磐石一般下沉。

子慕用最后一丝力气推开了她，微笑地挥手渐渐远离。只有她走了，维拉才能坚持到顾容与过来。

维拉也一直在掉眼泪，她哭得都喘了，河水顺着口鼻呛了进去。意识快模糊的时候，终于被顾容与抱了起来。

“容与，求求你，去救子慕，先救子慕。”维拉嘴里喃喃着，滚烫的泪水不停地流下来，喉咙疼得发不出任何声音。

顾容与却看懂了，心跟刀子割了似的，他们在河中央，他没有办法，如果只能选一个，他只会选维拉。

“救子慕，不然我这辈子都不会再理你。”

顾容与难过地闭上了眼睛，不顾维拉的推打，坚持把她往岸上拖。

把维拉抱上岸之后，顾容与再度跳下河找子慕，这一找，就找了三天。维拉捂着被子呆呆地看着从河里爬上来的顾容与，问道：“容与哥哥，怎么了，还没找到维拉姐姐吗？”

# 第二十七章 终究是寒了顾家的心

2014年春节之前，江洛和回回结婚了，维拉仔细看过回回的肚子，觉得这婚结得真是时候。

回回握着拳头讲她如何智斗江老，挟天子以令诸侯的。回回肚子里的小天子才两个多月，她伸出一根小拇指比画："医生说他只有这么小，还要在里面待上七八个月才能出来。"

维拉把手舞足蹈的回回定住："你得有当妈妈的自觉啊，这大半年你得乖乖的，别蹦来蹦去。"

回回嘻嘻地笑，但是看到维拉那张好像不属于她的脸，有些难受："阿朱，你别做阿紫了好不好？"

"是不是当了妈的人都这么啰唆？"维拉帮她理了理头发，"把自己收拾得好看点儿，当心新郎官给跑了。"

"阿朱，你知不知道伴郎是谁？"

"不是郑思齐吗？"

回回摇摇头："是顾容与。"

维拉的手顿住了："他怎么回来了？"

"顾爷爷专门让他告的假，大过年的还一个人孤零零地工作，多可怜呀！"回回边说边看她的表情。

维拉看向了别处："你找小六给你当伴娘吧，我去一趟片场。"

"阿朱，你不要逃避了好不好？我之前也是一只鸵鸟，总是等到有了结果才去后悔。现在想想，如果我早一点儿就面对多好，中间就不用时时提心吊胆了。"

维拉的脚步停了下来："回回，如果还找不到子慕，我也做不了自己的。我走了，很抱歉，你的婚礼我不能参加了。"

回回瘪嘴，拉住她的衣服："阿朱，我骗你的，顾容与没回来，你别走。"

这是她第一次离开顾容与，第一次主动地离开顾容与，就像她跟回回说的，她找不到自己了。

回回找到了自己的幸福，可她依旧看不清楚眼前的路。

命运总爱在巨大的幸福来临之前改变方向。

或许等子慕找到了回家的路，她的路才会清晰。

虽是作为伴娘，但维拉还是感到和这个婚礼格格不入，她已经很难融入一种气氛里去了。她提醒着回回作为一个新娘所有的礼节，这是一场她不敢妄想的婚礼，真的，差一步就可以天长地久了。

维拉握着回回的手："你乖，好好跟着阿洛，我去一下洗手间。"

回回也反过来握着她的手："阿朱你快点儿回来，我有点儿害怕。"

"好。"维拉在洗手间的梳妆镜里看着她的脸，胭脂，香水，那么繁重的铅华把她的脸遮得连自己都认不出来了。

洗手间里很空旷，其他人说话的声音特别清晰。

"她就是苏家的那个双胞胎妹妹吧？说起来姐姐还真可怜，听说都要订婚了，没想到却出了意外，唉……"

"什么意外？"

"这事儿你不知道啊？好像是去出任务的时候遭遇不测了吧，听说那姑娘是个很优秀的兵，是巾帼英雄，可惜当了烈士，天妒英才啊！"

"唉，还真是可怜，那姑娘的未亡人是顾家的独孙吗？顾家有没有什么表示？"

"能有什么表示？顾老爷子还真是下了狠手，不知怎么就怪罪到自己孙子那儿了，把那孩子给打的哟！顾家的孩子倒是也真能死扛，被爷爷打成那样了，没几天就回部队里去了，只留下一句话，说是非那姑娘不娶。"

"顾家那孩子我看着实诚，可这话还是别乱说的好，不然以后再娶了，还不是自打嘴巴。倒是他们家老人，这话传出来也不管管。"

"管什么呀！他们家老太太我就不说了，就是顾老爷子跟以往的铁血作风也真是不一样，估计也难过得不行，谁都知道他把人孩子当儿媳妇疼了。到现在都没给那孩子立碑，说是一天找不到那姑娘就一天不立。唉，就我说吧，人都掉河里了，哪还能找回来呢！"

"姐姐命运多舛，那妹妹呢？好像在娱乐圈混得有声有色，只是近年都往国外发展，说起来怕是也面对不了姐姐失踪的事实。我们家阿绿经常吵着要她的签名。"

"别提了。前些年海家的孩子不是为了她跟家里人撕破了脸皮吗？也不知道怎么回事，这一年都没听到什么消息，也很久没见海家那孩子了，八成也吹了。"

维拉再也听不下去，夺门而出。

外面放的音乐那么喜庆温馨，可当维拉细细聆听，音乐的结尾还带着一些哀婉。红日当空，明明是亮堂的天色，可她看不清楚任何人的脸庞，子慕，容与，海欧……他们这些人，连带着那些年的那些事，都被太阳灼烧成了灰烬。一阵风吹过，铺洒在天空中，遮阳蔽日，看不到一丝光芒。

婚礼开始了，顾容与的电话打到了江洛的手机上，祝他们新婚快乐。江洛看着不远处带着回回的维拉，她的容颜在灯光下越发显得清冷。江洛沉吟了一会儿，对顾容与说："你等等，我帮你找她。"

江洛把电话递给维拉的时候，维拉刚刚陪回回应付了一个宾客，接过手机，习惯性地看了看手机屏幕，看到那一串乱码的时候心猛然跳动了一阵，然后就摇头道："我不想跟他说话，拜托你了，阿洛。"

江洛冷冷地看她："你想一辈子都这么逃避吗？"

维拉面无表情："我想，你们都不想听到我喊他'姐夫'吧？"

江洛握手机的手一紧，回回就抱了上来："阿洛，你不能打她呀！"

"我没有要打她。"

"你骗人，你不打她的话拳头握那么紧干吗，手机都让你捏碎了。"回回拍他的手，接过了手机"喂"了半天，然后有些挫败："他挂了。"

挂了好，这样大家都不用太尴尬。

三百多天任凭时光流逝，不敢想他，不许任何人提他。可是不是这样，他就会从她的世界里消失了的。对着顾容与，维拉永远都是束手无策，只得仓皇逃避。

窗外的雪越下越大了。

转眼，又是一年。

王兰陵挽着未婚夫也来到了婚礼上，她看着维拉，语气一如大学那般骄傲："你怎么一会儿是祝维拉一会儿是苏子慕的？我都快弄混了。"

维拉微笑，并不作答。

"你不是个北方的妞儿吗？说话做事怎么还不如南方的姑娘爽快，最讨厌你这副样子了。"

"那就别看了，回回跟阿洛在会客厅，你过去找他们吧！"

"回回这样乱七八糟的孩子都有人要了，还是个那么好的夫家，我们还有什么不能指望的呢！你跟了我表哥，怎么就那么不懂得珍惜呢？"

维拉摇头："你不明白。"

王兰陵翻了个白眼："你就耗着吧，等到哪天万一我表哥真的没了，你就找地方哭去吧！"

"你说笑了，你表哥那么厉害，怎么会没了呢？"

"别说这些带刺儿的话，不适合你。"王兰陵淡淡地看了她一眼，"我进去了，你好自为之，不是所有人都有你那个命的。"

小六一直在旁边，把王兰陵的话听得一字不落，她叹气了，过来安慰维拉："你别多想，你也知道五姐的性子很直，刀子嘴豆腐心，她并没有恶意。"

"我知道。"

小六看着她直叹气，维拉刚上大学的时候跟顾容与分了手，那段日子大家都是看着她过来的，那时候有一些唏嘘。到了现在，同样的情况，却多了一些惋惜。

"大姐来了吗？"

"刚刚打电话来说刚下火车，现在正往这儿赶，算算时间差不多也应该到了。"

"嗯，你看着回回，我在这儿等她。"

"咱们宿舍只有你最招大姐疼，爱之深责之切，她待会儿要是说你，你别往心里去，大家都是想着你们好的。"

"好，六姐，我明白的。"

大姐携着风雪走进来的时候似乎也带进来了一缕阳光，大姐是维拉第一个想要依靠的女孩子，她总是特别强大，像不落的太阳，总能在万里冰封的草原上投下一点儿光辉。

小六这次没有猜对，大姐并没有责骂她，她甚至不忍心再看一眼维拉。

看着维拉的眼睛，里面有太多的无奈和难过，为人妻之后，她不敢再过分苛责。

维拉握着大姐的手久久说不出话来，大姐看着她，静静地从包里掏出一个小盒子："你打开它。"

维拉闭上了眼睛，她已经猜到是什么了。

"大姐，你留着吧，我看着它也是徒增难过。何况，我现在真的不知道拿着它干什么了。"

大姐想了想，也没有强迫她："你不再看它一眼吗？你这辈子再也找不到比它更美的戒指了。"

维拉摇摇头，指了指自己的心："它已经在我这里了，它是很美，可是把我压得好沉重，我要不起它了。"

在新郎和新娘交换戒指的时候回回哭了，她说："在你之前我从未想过要嫁人，哥哥总笑我说没人要我我就要孤独终老了，可是在我老之前我遇到了你。"

维拉不知道她还会说出这么温情的话，她的眼泪流得比回回还要凶。

我，在你之前，从未想过，要嫁人。

之前回回抓着她的手说很害怕，害怕把这场婚礼搞砸，可是回回，我可能再也无法见到那么完美的婚礼了。

维拉参加完婚礼，连家都没有回，就订了机票直飞洛杉矶。

年初一，向彤专门打电话过来问候："吃饺子了吗？北京昨天又下了一场雪，今天早晨一看，居然没过了膝盖。"

年初二，洛杉矶也开始下雪了，维拉撑着伞到唐人街吃了好大一碗饺子，回旅馆的时候看到街上有卖粽子的，买了好几个，心想在家热热就能吃。路上还遇到了好些个中国孩子，逮着黑头发黑眼睛黄皮肤的人就问候"新年好"。维拉揉了揉他们的脑袋，从兜里拿出两个红包。孩子们得到意外之财，开心地在她脸上亲了好几下。

年初三，电视里在重播春晚，看着春晚里的老艺术家们的表演，维拉笑得很大声，偌大的房子里还有回声，听起来像两个人。

年初四，雪停了，电影的拍摄也提上了日程。维拉所剩戏份不多，按照进度，几天后就可以杀青了。

年初五，顾家的电话打了过来，顾奶奶哽咽了许久，或许想告诉她什么，或许只是单纯地想给她拜个年。可终究一句话都没说就挂了电话，维拉站在电话机旁良久，有惆怅，也有心慌。

年初六，维拉的戏份频频出错，所幸这次的拍摄计划很快就结束，时间被拖延到了明天。

年初七，维拉调整了心态，洛杉矶的戏终于杀青，导演给演员们放了一天假好好感受异国风情，定于后天中午打道回国。

年初八，凌晨，维拉接到了曲奕的电话。

"容与右手中了子弹，弹口卡在了腕关节，取弹的时候可能会引发爆炸。人心都是肉做的，你看着办吧！"

维拉改签了当天早晨的飞机，飞机飞过换日线，到北京的时候已经是第二天晚上。她手中捏着机票，突然不知道要往哪儿走。

她回来了，却不知怎样面对他。

曲奕知道她会搭乘最早的一班机回来，在机场守株待兔老半天，看到维拉的时候赶紧迎了上去。维拉用鸭舌帽、墨镜和口罩把自己遮得严严实实的，可走路还是军人的做派，曲奕一眼就认出来了。

去年的事儿他作为旁观者看得比谁都清楚，可手心手背都是肉，怪谁都不成，他自己都愧疚得不行。

两个人上了车，曲奕系好安全带：“先送你回家还是先去医院？”

“去酒店。”

“你也该回家看看了，这一年他们也过得不好。”

维拉自嘲地笑笑：“我这副模样，不知怎么回家。”

“那也别去酒店糟践自己啊，要不上我家去？我在西四环边儿上买了一套小房子，离容与的医院还挺近。”曲奕心虚地挠头。

维拉也不揭穿他，他工作的地方跟军总医院差了八百里远，不炒房也不贪图医院那点儿地儿，要买房也不能上那儿去啊！曲奕从小到大就是，一撒谎就挠头。

房子有五六个年头了，屋里头东西一应俱全，从窗口往外看，还能看到军总医院。曲奕特意给她指了，说容与可能在哪个窗口里，顾爷爷给他找的是最好的医生，住的也是最好的病房，叫她不要担心。

曲奕给她留了顾容与的病房号和屋子的钥匙就走了，维拉看着这个陌生的地方，屋里的东西还有些凌乱，估计是曲奕临时给她租的。别的地方都有些显旧，只有被单看起来像是新换上去的，看得出来是上一任租客走得急，曲奕只来得及帮她把床单被单换了。

她在窗口站了许久，想了想，还是去楼下的花店给自己买了一盆娇艳的兰花。

这样娇贵的花在大冬天并不容易养活，维拉拿着水壶浇水，摸着它娇嫩的花瓣儿，维拉笑着问：“我走了，你就会死。对不对？”

顾容与从基地的医院转到了军总医院，因为手术难度太大，基地的医院不敢贸然取弹，唯恐随时可能引发爆炸。

军总医院的医生们连夜开了会议商讨如何把子弹取出来，拆弹专家跟其他医院的手外科医生也都往这儿赶，过了许久才商讨出一个稍微可行的方案。手术的风险太大，可实在没办法，事不宜迟，必须尽快安排。

手术迫在眉睫，而维拉却在落地窗前席地而坐，泡了一杯咖啡，翻开一本厚重的书，开始看《百年孤独》。

年少时养成的习惯，心烦意乱的时候，总要在书中寻求安慰。

这些日子，只要深呼吸就会记得梦想，只要闭着眼睛就能感到孤独。

梦想与光荣同在的日子，终究恍如隔世。

顾容与在上手术台前清醒过好一阵子，曲奕在他身边寸步不离。

“她回来了，容与，她一听到你的消息就回来了，她没有忘记你。你看窗外，右手边挨咱们最近的那一幢最高的楼，她就在里面，她在陪着你呢！”

顾容与躺在病床上，几近动弹不得。除了手关节中无法取出的子弹外，身上还有两处子弹的擦痕，也是在战斗中避闪不及所致。虽说伤痕是男人的勋章，可这样的伤痕于顾容与而言太不应该。平时在枪林弹雨中也能安然无恙地躲过，这次计算却失了准头。追究起来，能让顾容与心绪起伏的原因只有一个。

这样的日子，就连旁观者曲奕，每每说起来也是满腹辛酸。

顾奶奶情绪激动，不敢让她在旁陪护，老人只得在重症室外看着里头的孙子，大伙儿合力瞒着她有关顾容与的病情，不敢告诉她顾容与手上还有一颗随时可能爆炸的子弹。

老人喃喃着：“不是说维拉那孩子也回来了吗？怎么还不见她过来？海晴，你再跟曲奕问问清楚，是不是航班出了什么差错。她最心疼容与了，要是她在这儿，肯定会过来的。”

海晴的鼻子一酸：“今儿早上就问了，说是航班延误，也不知道能几时到。”她不敢给老人太大的希望，不然打击也会更大。

手术被安排在下午，中午吃饭的时候，曲奕急得满世界找人。

维拉不在他安排的小房子里，手机也都关了，只有房子里的行李告诉曲奕，她已经在这里住下。

可既然已经住下，不是形同于放下往事重新来过了吗？又为什么要消失呢？

他有些不解，在跟妈妈的电话里提起，妈妈笑话他还是一个愣头愣脑的傻小子，说是什么时候找到一个姑娘就晓得了。那份距离，那份小心翼翼，如果不身在其中，还真不好理解。

“你等着，我给你去把她找来，如果她不来，我打晕她给你带过来。”

烦乱之余，寻得这一方清净之地也不容易。近年来，越来越多的房地产商把顶层改成了楼中楼供住户居住，所以维拉在这栋楼找到天台的时候，有惊奇也有欣慰。

找了一处干净之地席地而坐，悠然地看着远方，恍如一处化外之国，平日的纷扰已无心再想。顶层住户开了音响，音乐隐隐约约地飘了过来，一曲罢，眼泪把维拉的衣襟都沾湿了。

那天的云是否都已料到

所以脚步才轻巧

以免打扰到

我们的时光

因为注定那么少

风吹着白云飘

你到哪里去了

想你的时候

哦抬头微笑

知道不知道……

一种久违的情绪就这样被这首歌带了出来。她拥有着那样让人嫉妒的青春岁月，虽然为感情受过伤，可大多时候都是两个人相互依偎。即使是后来这段灰白的日子，也被之前的温暖一点点地上了色，使她终究不舍撒手放弃。

当说起“那些年”的时候，回忆就已经开始了。有一些事，反复地被提起，反复地要去遗忘，到头来才发现，最想记起的事情，却是当年拼命想忘掉的事情了。

到底是些什么事情，让我们拼命想去忘掉它们，却怎么忘都忘不掉？它们肯定在我们的生命中占了特殊的地位吧！

维拉看着他所在的那栋房子，把过往都温习了一遍。让自己有勇气坐在这里，把接下来的几个小时挨过去。

顾容与，如果你敢死在手术台上，我做鬼都不会放过你！

手术前半个小时，曲奕赶回医院，那时候顾容与打完麻醉针不久，强撑着就为了见维拉一面。曲奕看到他这个样子，眼眶一红，不敢看他的眼睛：“维拉在来的路上，你安然无恙地出来了，就能见到她了。”

顾容与紧紧地闭上了眼睛，手指动了动，似乎是想把拳头握起来，可他竟连这样的力气都没有了。于是侧过头去，不再说话。

曲奕的意思，他又怎么会不明白？她始终不愿意再见到他，即使是现在这样的时刻，也一样。

曲奕看着他将要被推进手术室，突然想起什么似的，提步追了上去，把一个玉镯子塞到了他的手里。

顾容与手心一凉，睁开了眼睛看去，赫然是好多好多年前，奶奶给维拉的那个镯子，那个说是要给孙媳妇的镯子。

“这个是之前维拉让我给你的，你看，她在呢，你别怕，等你从手术室回来，兄弟再陪你把她追回来。”

这个镯子是维拉脱下来放在客厅的茶几上的，曲奕找不到她，却在客厅的茶几上看到了它。

维拉，你留下这个镯子的意思是让它代替你陪在容与身边吗？

顾容与看到这个镯子的时候，瞳孔缩了又放，最后眸子里一片清净。手一歪，镯子滑了下来，他睁着眼睛看天花板，悲极无泪。

他从来都不怕死，害怕的只是漫无止境的孤独和无助，他怕纠缠了半辈子，等来的只是擦肩而过。

他之前一直觉得，维拉会找回来的，可是现在，他却不是那么肯定了。

维拉，这个镯子还回来的意思，是不是等同于你否认了我们的曾经？

手镯质地良好，摔到地上的时候，滚了很远都没碎。曲奕想弯腰去捡，可有一只更苍老的手先于他把镯子捡了起来。

曲奕抬头，呆呆地看着顾奶奶的表情，可他却看不懂了。

这个从小就被大家认为是最温柔慈祥的奶奶，以一种他从未看到过的神情，叫停了一直往手术室推去的病床，缓慢却坚定地走了过去。

老人苍老的手抚上孙子伤痕累累的脸：“我们不要她了，奶奶给你找一个更好的，好不好？”

顾容与的视线里出现了奶奶，听到她说的话，眼泪不知道怎么就掉了下来。

一个小时后，手术室里传来一声爆炸声。

顾奶奶坐在一旁，恍若未闻。曲奕再抬起头来的时候，看到的只是一个萧索、凄凉的背影。

在去年那场巨变的时候都不曾如此。

他开始真正害怕起来，他怕维拉……

终究是寒了顾家的心。

手术过后，曲奕一言不发地去了维拉的公寓，也不进去，靠在墙根处不言不语。

维拉从午时坐到三更，许久都不动一下，再加上晚上温度骤降，全身几近僵化。

她哆哆嗦嗦地回到自己暂住的楼层时，被角落里不声不响的曲奕吓了一大跳。也不知道他抽掉了多少烟，整个走廊都是烟雾缭绕的。才不过半日的光阴，胡楂都长了出来，看起来老了十岁。

他看到维拉下来，掐灭了烟，双手插进裤兜里，歪着头冷冷地看着她。

维拉穿得很单薄，只披了一件黑色的薄外套，不知是冷的还是紧张的，她的身体一直在颤抖。看曲奕的神情，维拉心口一凉，眼睛里好像有什么东西在破碎："手术怎么样？"

"你不是不关心吗？"曲奕冷笑。

维拉抿唇不语，手却不由自主地开始抖起来，眼中是浓浓的、化不开的悲伤。她不敢想象在楼顶的那十个小时是怎么度过的，心好像在油锅里煎熬着，似乎只是他的一个消息，便可决定她的去留。

"你既然还关心他，为什么要三番四次地寒了他的心？"曲奕有些咄咄逼人，在他的世界里，人与人的关系尽管复杂，相处起来却简单，但对于维拉的世界，他却看不懂了。

饶是维拉这一年在镁光灯前训练得巧舌如簧，此刻却一句话都说不出来，她静静地靠在了墙上，双手紧紧地交握着。

愣怔半晌，她摸到腕上冰凉一片，才想到洗澡的时候，已经把镯子脱了下来。好像没有了什么可以依靠的东西，她颤抖着手伸进衣袋里去摸钥匙，她想尽快地看到那个镯子。那个镯子，似乎是维系她和顾容与感情的唯一一样物件了。

那是很多年前长辈就应允了的承诺，也是对他们最好的祝福。从那天起，她才觉得她是他的了，她要赖他一辈子。

可是一辈子太长了，转角就是绝路。

"当年的事我也看在眼里，你这份迁怒过分得莫名其妙，这些日子我体恤你的悲伤，不敢过多地苛责，只是祝维拉，凡事都有一个度，你这次，触碰到所有人的底线了。"曲奕感觉到眼前的人十分陌生，他的心开始一点儿一点儿地变凉了。

维拉，这就是你不离不弃的追随吗？大家都执着了那么久，到头来，怎么看怎么像笑话。

“既然你已经决定彻底了断，恳求你选一个好时间，容与残了一条胳膊，我不希望下次还因为你，他连命都丢了。”

维拉似乎被抽去了全身的骨头，她蓦地瘫坐在地板上，一串串泪珠雨点儿似的落了下来。她一直在维持着的自尊，一直维系在子慕身上的自尊，时时刻刻地提醒着她，因为她的失误，她的妹妹消失在了高原的那条河流里，至此杳无音讯。

曲奕说得没错，这只是一场莫名其妙的迁怒，因为对象是他，所以她首当其冲选择了他。原来，这对他是那么大的伤害。

原来，她早已不配站在他的身边。

曲奕皱着眉头看着她，倏尔感到地上的冰凉，想伸手去拉她。可是想到正在医院里躺着，身心俱疲的那个人，终究没有伸出那只手。

“你好自为之，我走了，没有必要的话，以后你也不要找我了。容与是我认的唯一一个兄弟，你原来也是的，不过……”曲奕望着远方，顿了顿，不想让自己的话音也颤抖了。

他直起身子，拍了拍搭在身后的衣裳，转身朝电梯走去。

再也没有一句话想嘱咐她。

维拉几乎把整个房间都翻了一遍，还是找不到那只镯子。她瘫坐在屋子中央，感觉血液从指间开始一点儿一点儿地倒流，温度也开始一点儿一点儿地流失。她想去摸手机，可拿了好几次都抓不稳，手机还是从手里滑落，摔到地上，屏幕黑了。

最后一丝光芒淡去，维拉的悲伤似乎也消散了，她面无表情地坐在那儿，如同一个入定的神僧。

半晌，人才朝一边倒去。

维拉生了一场大病。

她在客厅里晕了一天，屋里没有开暖气，醒过来的时候，手重得抬不起来。当过特种兵的人总是比别人敏锐一些，除了曲奕，没人知道她在这里。曲奕肯定恨死她了，他再也不理她了。

或许是这样茕茕孑立的念头，把自己逼醒了。之前是她抛弃了这个世界，现在这个世界也不要她了。

她伸手摸到掉出来的手机电池，花了很长时间才把它装了回去，短信像暴风雨般砸来，维拉来不及看，翻了一遍通讯录，发现自己此刻能找的也只有助理唐朵朵。

她截住唐朵朵咄咄逼人的问题，虚弱地报了个地址："你再不来，我就去找地下的子慕了。"

这些年来，唐朵朵是离子慕最近的人，比海欧都近。她见过子慕拍戏的时候腿上摔了一个碗大的疤，见过导演以莫须有的罪名把她骂得抬不起头来，也见过在雪夜里她穿得单薄在吸溜着路边买来的面条，她说这很好吃，真的很好。

那是子慕这辈子最低潮的时候，爷爷不支持她，主演看不起她，导演打压她。这个本是高枝的凤凰一点儿一点儿地挨了过来，唐朵朵知道她为了这份单薄的梦想，这些年是怎么走过来的，她是真的心疼子慕。

子慕消失了，这份怪罪，她知道算到维拉身上并不公平。

这只是一份一厢情愿的寄托，一些微妙，万分心疼。

维拉第二次醒来的时候，已经是在医院了。唐朵朵手撑着头打盹儿，黑眼圈极重。

维拉环顾一圈，这里很大很安静，显然，唐朵朵没有通知任何人。心里有些失落，却不得不感激她的体贴。

维拉静静地躺了一会儿，觉得口渴得厉害，艰难地起了身，想欠身去拿杯子。

这番动静吵醒了唐朵朵。她揉了揉眼睛，有一些迷茫，过了好一会儿才记起这是哪儿。看到病床上的维拉时，脸板了起来。

本就是纯美的女孩儿，对着维拉却有一些故作严肃。这些她都可以接受，因为她是被子慕温暖过的人。

"麻烦你，帮我倒一杯水。"

唐朵朵皱眉看了她好一会儿，才依言转身："接到你电话之前，我以为你已经自我了结了。"

维拉看着她的背影，微笑道："我是一个怕死之人，这点你可以放心。"这句是说的心里话，她害怕死亡，很怕很怕。

唐朵朵不语，把杯子递了过来。

维拉吃力地支起身子靠在床头，她动作缓慢，右手还吊着针，冰冷的药水把整只手都浇凉了，活动起来有些僵硬。

唐朵朵在一旁看着，丝毫没有帮忙的意思。等维拉坐好后，唐朵朵的手已经有些累了。

"谢谢。"维拉微微点了点头，接过杯子就喝了起来。才不过咽了一口，嗓子就火辣辣的疼。

唐朵朵看她皱眉，抿了抿唇：“医生说你是急性肺炎，你再迟一点儿醒过来人就没了。”

维拉轻轻地捧着杯子，低声说：“我不会让自己死去的。”

唐朵朵突然有些难过，扭过头去不再看她。

“跟我说说这些天的日程吧！”维拉把杯子放到一边，语气柔和。唐朵朵有些犹豫：“你先好好休息吧，假我已经帮你请好了，你不必着急。”

维拉摇头：“反正现在也没事。”

唐朵朵拗不过她，打开笔记本，跟她汇报近日的工作。聊完公事，唐朵朵沉默了一会儿，打开了一个网址：“不知道你会不会想看，但是错过了，你肯定会觉得很可惜。”

维拉轻轻地点了点头，看着她打开那个名叫“晒一晒你和爱豆的合照”的帖子。

她似乎有了什么预感，眼里蒙上了一层雾，却又好像有无形的力量牵引着她，入了魔似的一页一页地翻找着帖子。

这个帖子因为粉丝的灌水，长达三百多页。她一页一页地翻过去，终于，在一百七十八页，她找到了那个相似的身影。

粉丝挤在她的身边，脸红扑扑的，有种见到偶像的骄傲。

不知是照相人有意或无意，这张照片角度照得偏，似乎她和顾容与才是主角。

美丽的沱水旁，傩送温柔地看着翠翠，只是这一瞬，似乎所有的光芒都暗淡了。傩送走了，翠翠撑了一支船篙，每日守望着他的归来。

多么像她，多么像大学时候的她。

关于他的一切，早就被她锁进了心里最温暖最隐秘的角落。

本应是熟悉到骨子里的人，可她时常会记不起他的脸，她觉得避而不见是一种善意。可真当他出了事，她才开始为脑海里缺失的那张脸感到无比悔恨。

这是给她的惩罚，佛不愿任何人陪在她身边。她看着照片，眼里的温柔几乎化不开。

唐朵朵暗叹了一口气，出门了。

只是在门即将关闭的瞬间又被打开了，她说：“这里是军总医院。”说完后还想补充些什么，却终究咽了下去。

# 第二十八章 为什么你还不回家

维拉在床上躺了三日，才被获准走动。

维拉给自己找了一个口罩，扶着墙，一步一步地找到了他所在的病房。周围人来人往，她孑然地站着，恍若淋了一夜的雨，迈不开步，险些要跪坐在病房前。

护士们都说，唯独这里头的病人很安静，待人温和有礼，没有富家子弟的脾性，是真正有教养。只是他大多时候都很沉默，护士问了好几声才回过神来答话。

饶是他不爱说话，可搭讪的姑娘还是多如牛毛。

男子右手受了伤，想给他喂食的护士不在少数。无奈他不吃医院的饭菜，也不需要人帮忙，自己用左手吃饭就行。护士长说了，他左手拿筷子跟舞枪似的，简直比右手还要灵活。

大伙儿不禁有些可惜，虽说伤了手不至于无法行动，可这样的一个玉人，无论伤了哪儿都是汉白玉蒙尘。

病人受的是枪伤，平日也很低调，探视他的人并不多，倒是上头常有人来询问病情，主治医师亲自给人交代，看得出来身份不凡。

即使没有人吩咐，护士们也想尽办法给他最好的照顾。

不知什么时候起，巡班变成了护士们最盼望的事情，她们从没有像现在这样对一个病患产生过如此大的好感。在高干区里住着的病人非富即贵，前辈老早就告诉过她们，不要妄想嫁入豪门。

豪门给他们的定义是，高高在上的，高不可攀的，是顾容与的和善让她们觉得其实他们之间的距离也不远。

虽然是在医院这样苍白的地方，可护士们却觉得日子都红火了。

维拉听着护士们偷偷议论顾容与，石头剪子布，赢的人进去给他送药。

她来之前，专门去跟他的主治医师了解了情况。医生给顾爷爷当过专属医生，维拉在顾家遇到过他好几次。医生说子弹在取出来的时候爆炸了，伤了手筋，以后提东西很可能就用不上力了，得看后期复健做得如何。

维拉点点头，说：“谢谢您，我知道了，还请您不要告诉顾家的人我来过。”

医生叹气："你这又何必呢？"

维拉一直觉得自己的运气很糟糕，内心深处，她没有怪过任何一个人，她陷入的是无止境的自责。

子慕是她的命，而病房里的那个人，是她围绕着的太阳。子慕没命了，她替她活下去，可如果没有太阳了，也就什么意义都没有了。

"抱歉，小姑娘，让让。"

背后传来苍老而熟悉的声音，维拉身形呆滞了一下，几乎全身的血液都往心脏涌去，麻木了许久，才晓得慢慢地转过身来。

老人没有催她，只淡淡地看了她一眼，手中拿着保温饭盒，什么话都没说，越过她，敲了房门喊"容与"，然后打开门，维拉还没来得及瞥上一眼，门就利落地被关上了。

这番动作是不是意味着，从今以后她和顾容与不必再有什么交集？维拉几近全身冰冷，她戴着口罩，披散着头发，眼睛萎靡得已经没有原来的光彩，可她知道老人就是认出她来了！

顾奶奶以前最疼她了，这样不加以情感的沉默，恰是最能刺痛她的利剑，她是真不赞成她的做法。

她把她的蒙面当成最大的侮辱，她既不想以真面目示人，那么就应该扮演好她蒙面的角色，她们已经是陌生人。

维拉红了眼睛，把身子背向了门口，用袖子一点儿一点儿地擦着泪，生怕给里面的人听出些什么来。

有一个路过的老爷爷拍拍她的肩膀："姑娘，没事的，会过去的。生老病死也就那么回事，如果你觉得少了他会很难过，好好陪陪他，至少他现在还在，你要笑给他看啊！"

维拉摇着头，眼泪一点儿一点儿地渗进纱布里。

从顾容与所在的楼层走下来，维拉突然不想再回到自己的那个病房里，索性到花园里透透气。

散步的医患很多，可大多是成双成对的，只有她一个人蹒跚地走着。

"我说你一孕妇，脚踏实地走着不好吗？为什么还要蹦呢？"一个无奈的声音传来，维拉的脚步顿了顿，然后轻轻地侧了身子，低下了头。虽然遇到了极能温暖她的人，这个时候她也不想见。

"我就是高兴，顾容与住院了，我多开心啊，他让阿朱那么难过。"

江洛轻嗤一声。

回回继续说："他多坏呀，你带我去见他多影响胎教。"

回回是维拉标准的娘家人，不论是非，极其护短。

江洛听她提起小回回，脸色都柔和了："待会儿顺便带你去产检，嗯？我听人说头三个月容易流产，你是高危人物。"

"哪儿高危了？我平衡能力可好了，你看，我现在就可以给你来一段芭蕾。"

"哎哎哎……你真是……"

"对不起！"

维拉的后背被回回结结实实地撞了这么一下，真有些哭笑不得。

江洛惊魂甫定，咬牙切齿，整个把她搂怀里，抑制住揍她的冲动："我看出来了，你是压根不想要这个孩子吧？"

那厢正急着，这厢回回却摸着她的背问："痛不痛？"

维拉背都僵硬了，连忙摇头。她不想让回回知道她在这儿，先不说她是个大喇叭，就是知道她生病了，也会难过的。

"要我赔钱不？"回回挠头，这位病患还穿着病服呢，多脆弱呀，可别给她撞出什么毛病来。

这年头自己找讹的太少，如果是平时回回赏的她也就笑纳了，可现在是非常时期，维拉摇了摇头，还做了一个手势催她走。回回一个人也就罢了，可她旁边跟着江洛呢，保不准什么时候就被认出来了。

江洛却是有些奇怪，刚刚心思都在回回身上，确保她无恙了才关注起眼前这个人来。这个单薄的背影，看着有些熟悉。

她的举动太不符合常理，似乎一直不想面对他们。

江洛心中隐隐有了答案："你转过身来。"

"阿洛？"回回疑问。江洛搂在回回腰上的手一紧，对着前面白色的身影重复了一遍："你转过身来。"

维拉却低着头，匆匆往前方走去。

回回摇江洛的手，江洛低头看她，揉了揉回回软软的头发："要是所有人都跟你这么简单就好了。"

维拉在楼下坐了一会儿，感觉到身子凉了，才回了自己的病房。

江洛已独自在病房前等了她许久，维拉微笑，毫不惊讶。

维拉开门进去，给他倒了一杯水："刚度完蜜月回来吗？"

江洛把玩着杯子，并不回答她的话："我哥上回提起了你。"

"江磊？"

"他跟你们的队长一直有联系。"

维拉点头，并不接话。

"他告诉我说，有一段时间，顾容与几乎觉得自己变成了杀人的工具，尽管他一直不承认，但大家都觉得他得了很严重的心理疾病。"

维拉点点头："干那一行，难免的。"

"我以为你们会比我们更早结婚。"

"都是过去的事了，还提它干吗。"

"这些事情不是避而不谈就不存在的，你是不是想一直用这种虐人虐己的方式来标榜你们爱情的伟大？"

"我现在是苏子慕。"而你说的，是祝维拉的爱情，如果只有一个圆满的结局，那断不会是爱情。至于容与，他早已是自己的一部分，所以心会疼，但是不会于心不安。

"你真固执。"

"嗯，如果我不固执，我跟他的缘分早就尽了。"

夫妻俩，一边娴静地聊着，另一边却是鸡飞狗跳。

顾容与素来跟回回说不上话，看着她头痛无比，他一装睡回回就按他伤口，把人疼得睁开眼后继续念叨。

小护士进来看过几次，心疼得直抽抽。给回回提了几句意见就被赶了出来，要不是顾容与也点头了，绝对跟她死磕。

回回跟他没什么正经的好聊，就跟他扯《河东狮吼》："陈季常抛弃糟糠，好色下流，一无是处，这种人准没好下场。"说着还瞪了他好几眼。

这样浅薄的含沙射影顾容与当然听得出来，也不接茬儿，保持沉默蛮有风度地看她。他知道回回是给他找难受来了，想来这些日子维拉跟他一样不好过。

顾容与跟回回不在一个频道上，交流起来有些困难，话题除了维拉一个也找不出来。

可维拉给他那样的暗示，在那样的情况下，他几近万念俱灰。

最近这几日多是迷惘和混乱，以前的日子恍如隔世。他经常会想现在这样到底是为什么。命运把他折腾得筋疲力尽，不带任何商量余地地一次又一次地把他推入深渊之中。

他的心凉了，能为他焐心的人却给他贴冰块儿。

顾容与第一次看不到未来。

对着回回，他开始长时间地沉默，回回啰啰唆唆地说了很多话，大多是数落他的，他一句也没听进去。

回回想一巴掌推醒他，可又想起前不久看的那部小说，男主角车祸没死，居然被女主一巴掌推死了，堪称史上最离奇死法。她下手不知轻重，也怕把顾容与给推死了，那时候阿朱也彻底不用活了。

江洛来把人领走的时候回回已经贫了很久，正坐一边喝顾容与的燕窝。江洛瞪了一眼家里没脸没皮的婆娘，她现在脾气很大，一说她就爹毛，都被惯娇气了。

顾容与见他来了，笑道："你还是快把她领走吧，她在这儿喋喋不休很久了。"

"还不赶紧走。"江洛拍拍回回的头，"乖，先别喝了，你去问问医生怎么说，回头再告诉我。"

回回头还埋在碗里："你问他不就行了。"

"你不是常说他狡猾吗？怎么会告诉我们实情呢？"

回回放下碗，剜了一眼顾容与，才施施然朝外边走去。

回回去找了医生，可她怎么问，医生都不肯告诉她维拉在哪儿。医院本来就不可随意透露病人的信息，何况高干病区的多数人身份敏感。

回回闷闷不乐地回到病房后，江洛跟顾容与已经聊得差不多了，后者神色明朗，与之前判若两人。

"阿洛，谢谢你。"

江洛搂过黑脸门神回回："去做产检，嗯？待会儿就带你去看她。"

顾容与看着两个人相携而去的背影，感觉空落落的心又充实起来了。本不应该犯这样的错误，只是在那样的时刻，气急攻了心。

他开了手机，找到曲奕，电话打了过去。询问不到一分钟，早已是神采飞扬。

她从来，都未曾抛弃过他。

唐朵朵告诉维拉，医生说过几天就可以办出院手续，维拉低头想了想，说："再等等，我好久没有过这么悠闲的日子了。"

而且，好不容易才离他那么近。

回回来了，跟她哭诉过好一阵子，把她比作那杜十娘、孟姜女甚至秦香莲，最后江洛以孕妇的情绪不能过于波动的缘由把人带走了。

维拉按了按额角，她现在只想安安静静的，这样的时光太难得。

外婆说过她的性子像她，明明是一棵极度渴望水养的小草，偏要在大漠里开出花来。维拉说："外婆，你怎么知道那棵草不是水仙，水仙能开花。"外婆揪她鼻子："水仙比小草要娇气，那样的环境，怎么可能开出花来？"

我每天都去瞧着，它渴了给它浇水，寒冷了我就用罩子裹着它。除了晚上不能给它太阳，它要什么我给不起？

她对容与说过，那时候他是怎么回的呢？

或许不是太深刻的话，她想了很久都没有想起来。

维拉生病的事并没有向多少人透露，就连组里的导演问起，也是含糊其辞。只有公司里的几位高层得闻，说要来看她，都被她婉拒了。

唐朵朵帮她推了一些近期的通告，电影的制作进入后期，也没她什么事儿，算是真正空闲了下来。

也有一些公子哥儿，通过公司的渠道找不到她，被告知她正在休假，满世界找起她来。维拉进了这个圈子，深知那些龌龊事儿，娱乐圈是一个大染缸，子慕摸爬滚打那么多年，坚持初衷非常辛苦。

之前子慕有海欧的庇护，一般的人也接近不了她。可自从报纸杂志隐约地暗示他们已经分手后，一些人又开始蠢蠢欲动。

她做子慕的这些年，苏家和顾家都暗中帮了不少忙，可毕竟不像海欧对子慕那般，能时时刻刻地陪在她身边。

那些人找到了她的号码便展开了攻势，如苍蝇般让人防不胜防。维拉有几个号码，私人号码里大多都是亲戚朋友，工作伙伴就只有唐朵朵一个。识趣的人还是挺多的，打工作的号大多数时候是忙音，威逼利诱助理也拿不到私人号码，没过多久就放弃了。

毕竟他们只是需要身边挂一个好看的人，不一定要是维拉。只是有一些个，仗着家底丰厚，家里老子也有些本事，平时没少缠她。公司高层不敢得罪，也把她的私人号码给了这些人，让她自己处理。

他们既有办法让高层告诉他们维拉的手机号码，就有本事找到这里来。

维拉在公众场合给过他们难堪，他们平素不缺什么，女人没了可以再找，可是面子丢了就很难再找回来了。这个女人太不识抬举，得好好教训教训。

他们知道维拉练过格斗，因为在她手底下吃过亏。今天好容易才逮到她生病住院，这样的大好时机浪费太可惜。

维拉看到他们的时候就心知不好，刚想下床，却觉得天旋地转，身子一斜，就朝床上倒去。

顾容与的脚受了些轻伤，缝了几针，未伤及骨头，走动无碍。

曲奕进来的时候顾容与正靠在床边吸烟，面前是一幅书法，上书——待到山花烂漫时，她在丛中笑。字迹还有一些稚嫩，但是看得出书写的人很用心，少了一些行云流水，看来是极力克制了自己的手不要颤抖。

他的旁边还放着一个一次性杯子，里面是一些烟灰和几个烟头，看起来，抽了有一小包了。

顾容与学会抽烟是最近一年的事，维拉离开他之后，队长看他整日都没有一个笑容，什么事情都闷在心里，就让他学着抽烟。学会之后，顾容与才发现烟真的是一个好东西。他时常会抽，不上瘾，只是为了压压情绪。

顾容与听见关门声，也不回头，把卷轴收了起来放好，只是淡淡地说了一句：“你过来。”

曲奕虎躯一震：“容与，说好了，咱不打脸。”

顾容与冷哼一声，回头：“我发现你多管闲事这个毛病从小到大都改不掉啊！”

曲奕严肃脸：“改得掉，绝对改得掉，不用您帮忙改。”

“你行啊，合着子弹要是卡在我心口上，早就去见阎王了吧！”

曲奕苦着脸，鼻孔微张：“这不是觉得你少个寄托吗？我看到她的镯子放桌面上，也不知道它有那层含义啊！”

“要是被你知道了还得了，你说说，你这几年办过几件好事？要不是阿洛在楼下见到她，还不知道她已经住院了。”

曲奕愣了：“怎么回事啊？我走那天她还好好的。”那天感觉自己做了回正义的使者，既能替容与出气，也能惩罚惩罚维拉，回去之后吃饭香香身体棒棒，怎么又弄这一出？

听顾容与说完后，曲奕完全傻了，不知道自己差点儿害死维拉，维拉住的那地儿真就他一个人知道，要是维拉有个好歹……想到这儿，曲奕不禁打了一个寒战。

曲奕先下手为强，左右开弓轻轻地抽了自己俩巴掌：“容与，都是我犯浑，我去把人给你招呼好喽，再哄回来，你看怎么样？”

顾容与对他勾了勾手指，示意他过来。

“给跪了，真别打脸，我指它吃饭呢！”

“我要你跪干吗，最多赏你点儿冥币花花。”

曲奕知道顾容与这次是真恼了，不是因为自己的手术失败，而是因为维拉在出租屋晕了一两天的事儿。

要是他还是年少时的顾容与也就罢了，他现在是特种兵，一拳就能把人KO致死，他哪里敢跟他对上啊！

曲奕连忙伸出三根指头赌咒发誓：“如果我再犯如此错误，天打五雷轰。”说完发现顾容与一脸不稀罕，连忙补充道：“之后只要她在北京，我就跟之前海欧护子慕似的护着她，直到你回到她的身边还不成吗？”

顾容与听了这话，神色有些黯然。

曲奕走过去，拍了拍他的肩膀：“没事，兄弟，海欧肯定能把子慕找回来的，子慕回来了，你们的问题也就解决了。”

可是，如果找不回来呢？我们几个人又该怎么办呢？

顾容与此刻心静得可以听到自己睫毛抖动的声音，阳光已经不是那么刺眼了，他还是眯了眼，眼前的光束被切成了无数块，每一块都是她的模样。

曲奕看他又陷入了沉思，也不打搅他，想着还得找几根荆条上维拉那儿请罪去，就关上门走了。

顾容与做了一个决定，无论如何，今晚都得见上维拉一面。

他好像又闻到了那股独有的气味，他出了任务，难得抽了空给江洛打电话，祝他新婚快乐。她的声音却透过江洛的手机传过来：“我想你们都不想听到我叫他姐夫吧。”他已经很久没有听到她的声音了，江洛叫维拉听电话的时候，他失了神，这个电话他从未想过能够转接她处，江洛给了他希望。顾容与很久都没有矫情过了，而那次，期冀散去，他听到了心在滴血的声音。

一阵悠扬的音乐打断了顾容与的思绪，接起来，是刚刚离去不久的曲奕打过来的：“快，容与，维拉让人给带走了！”

维拉全身上下使不出一点儿力气，她在意料到不对劲的时候划破手指，在枕头下留下血迹，再咬破舌头强迫自己不能昏睡过去，她需要知道他们把她带到哪里，才好见机行事。

饶是一年多来不再训练，维拉的抵抗力依旧比常人要强。中间昏睡过一段，路途的颠簸致使她又一次醒来，只是这次，她没再睁着眼睛，一切都好像她并没有苏醒的样子。

不知道为什么，眼泪就像决堤的洪水一般往外涌。

“好，我知道我们维拉很棒，只是下次任务我不会再准你单独行动。你身上有家族的骄傲，可你也是我的骄傲。”

她还记得他说这话时泛青的胡楂和微微抖动的喉结，还有那样笃定的双眼。

这算是许诺了吗？可是为什么现在想起来却很难堪呢？

她的眼泪随着颠簸的车辆抖得掉了下来落在皮质的座位上，他们开了暖气，可维拉还是觉得遍体生寒。

维拉不知道车行驶了多久，只能从车上的颠簸程度来判断他们此刻已经离开了市区，约莫在往乡下驶去。

顾容与扔了手机，心中有股难以言喻的怒气往上涌，拳头握了起来，青筋暴起，恍若抑制不住自己一般，把桌上的东西都扫了下去，连床头的大衣都没有来得及披上，就脸色煞白地往外跑。

刚出门就撞上了给他送药的小护士，小护士看他伤没好就这样乱跑，刚想拦下来，却看到满屋狼藉，心骇了，没想到这样一个好脾气的人也有怒发冲冠的时候。

小护士不敢再拦他，让开了身子，看到远去的顾容与才回过神来，赶紧跑到护士站给他的主治医师和保安打电话。

那边保安刚刚接到护士的电话，顾容与就闯进了保安室。他浑身散发着戾气，胸腔中的怒火几近要从眼中喷发出来，他旁若无人般往监控处走去，直到保安要拿电棍打他了，他才揪住了那个人的衣领，把他往一边丢去。

医院保安虽然没有经过格斗训练，但也不至于弱不禁风，被人这样提起来相当于是一种侮辱，整个保安部仿佛被人打了脸一般，齐刷刷就要攻上去。

顾容与不想跟他们浪费时间，扭头找电话，保安们虎视眈眈地看着他随意讲了几句就把话筒递过来。一个保安狐疑地接过来，然后拦住了蠢蠢欲动的队友们，神色越发恭敬。再看顾容与，已经调出了监控记录。

维拉被人换上了便服大大方方地背了出去。病人被如此带走，医院有不可推卸的责任。刚刚顾容与来的时候就有人通知了领导，知道出了那么大的事儿，若是院长在，定要亲自下来的。院方负责人刚要道歉，就被顾容与打断了，他现在没有心思听这些。

带走维拉的几个人并不多作掩饰，或许是无法无天惯了，上头也有人保着，认定医院不敢真办他们。

顾容与面无表情地给唐朵朵打了电话，听着她列出的名单，然后调出了他们的档案，一个个排除，最后圈定了几个人。维拉得罪的人并不多，除了一年多前坤江那件事，就是在娱乐圈遇上的那些人了。坤江的余党被他们溯源追查灭了个彻底，维拉再没有后顾之忧，现在只有最后那个可能了。

顾容与也不绕弯子，直接打到了他们老子那里。

自父亲去世之后，他就再也没有用过顾家的名号唬人，这次却是挑明了说了——你们儿子掳走的是我们顾家的媳妇，如果她出了什么事，用不着鱼死网破，你们应该知道，顾家有一百种方式让你们生不如死还能全身而退。

那些人都是极有眼色的，也不敢包庇自己的儿子，连忙给那几个逆子打了电话。待逆子们一个个挂掉电话时，那一腔怒火简直不知如何发泄，可手中的电话却不敢稍停一刻，就怕儿子做了无可挽回的错事。

那些电话大多被挂掉了，只有一个还畏惧父亲权威的人接了电话。

“小兔崽子，你平时怎么胡闹我不管你，这次你要是再做出荒唐事儿，所有人都要跟着一起倒霉……你要是再敢给我犟，老子在你毁了这个家之前先把你给毁了！”

电话打完了，再回头对顾容与点头哈腰，说会保证他姑娘的安全，只是千万不要报警。如果报警了，那些小兔崽子的前途就毁了。

顾容与说：“好，但是在这事儿之后，如果再让我在北京看到他们，我就拧断他们的脖子。”

父亲们连忙应是。顾容与不再理会闲事，直接循着信号追踪了过去。

闹了那么大的动静，曲奕也找到了这儿来，把头发都抓得竖了起来，骂人骂得比顾容与都狠。

顾容与刚确定方向，就往外跑去，边跑边问曲奕要车钥匙。曲奕抓住他的胳膊：“我去就好，你现在这情况就不要管了。”

顾容与固执地摇了摇头：“如果我不去，她会恨我一辈子的，我也会悔恨一辈子的。”

“行，我给你开车。待会儿你别动手，我来就行，很久不练了。”

顾容与看着窗外，一言不发。

车里的这些人似乎内讧了，维拉听到他们在吵架，不知为什么，人分成了两拨，一拨是主张往回走去认错的，另一拨是主张依原计划给她一些教训的。

维拉悄悄地摸了摸一直随身带着的军刀，那把军刀已经很旧了，多年前被某人没收之后再被维拉插科打诨拿回来的。刀一直没有离身，连睡觉的时候都放在床边。不仅是为了安全，也是一个念想。

她闭着眼睛，不停跟体内的药效对抗，没有人在她身边，她只好自己坚强。听到顾容与名字的时候，他们刚经过一片荒地，车里除了她一共有四个人，周围的光亮不足，以至于没有人看到维拉微微地睁开了眼睛。

“顾家，是那个顾家吗？”坐在前座的一个人激动地回头问。

“你吃了耗子药了？怎么上蹿下跳哪儿都有你啊！顾家怎么了，咱们那么多人，我就不信横起来还拧不过一个顾家。”右边的男子说道。

前座的迟疑了一会儿，说道：“我可不打算跟他们鱼死网破，而且是为了一个不相关的人，估计我爸得把我打残。”

“鱼死网破？这词儿太客气了，人家要办我们也就是一句话的事。”坐在维拉左边的男子说，刚刚就是他接的电话，“陈威，真不是兄弟不帮你，而是帮不起，对方来头太大，胳膊拧不过大腿，我们玩儿不起。”

“你们这是什么意思，半途而废吗？”坐在驾驶座的陈威，拳头砸在了喇叭上，尖锐的一声在寂静的郊外尤其突兀。

“陈威，兄弟劝你一句，这事儿就先消停吧！以后你想怎样，暗着来没人管你。这次实在牵扯太大，刚刚我接了家里老头的电话，说是再不停止，这辈子我都甭想进家门。”

“我咂摸这滋味儿不对啊，林枫，你丫平时不是挺狠的吗？手术刀都拿得跟屠刀似的，这可是你自个儿说要来的，怎么这时候怕这怕那的？”陈威冷哧。

林枫恼了，出言讥讽：“我说你怎么那么轴呢？不是说了惹不起吗？”

“林枫，自家兄弟，怎么说话的？”右边的男子说道。

“你让他说。”陈威冷笑，“我看他倒是有一肚子埋怨。”

林枫气极反笑，指着他的鼻子骂：“你还真是烂泥扶不上墙，土地主当惯了还以为自己是太子爷了！停车！陈威，你就作吧，别怪我没提醒你，咱跟人不是一段位的，想摆谱儿，先他妈自己掂量掂量。”

两男子对视一眼，鼓捣了一会儿，终是下了车。

“屁大点儿的胆子也敢出来混。”陈威骂骂咧咧，车又摇摇晃晃地开了起来。

少了旁边的人，维拉顺势倒在了后座上。她没办法告诉自己，这样的感觉叫依靠。而她的手，也终于摸到了那把刀。

顾容与督促着曲奕把车开到了二百迈，已是华灯初上，路上的车渐渐少了起来。距离维拉失踪已经近两个小时，他们不敢浪费一秒钟。

这个速度，不多时已经追进了乡道，崎岖的路面不得不让两个人慢下来。顾容与沉吟了一会儿，对曲奕说道：“你过来，换我来开。”

“开什么玩笑，就你现在这样？你是怕我安生了给我裹乱吧？”

“下车。”

曲奕不敢挑战权威，特别是某些只说两个字就能把你满腹牢骚掐死的，从小到大都不敢忤逆的人。

曲奕停了车，灰溜溜地爬上副驾驶座，然后目瞪口呆地看着某人在这种路面把油门踩到了一百八十迈，再之后，苦着脸满世界找安全带。

“前面那几个人我看着很眼熟啊！”转过一个弯，视野豁然开朗，曲奕远远地就看到了几个人影，近了才看到他们的样子。

顾容与虽然没说什么，但车速是真正慢了下来。

“这到底是什么地方？老家贼都没一个！”林枫他们几个下了车后一直往回走，心里直骂这地方偏僻得连一辆车都不会经过。

“问什么问，这不明面儿上的吗？谁提的鬼主意要往这儿跑？真搓火儿……”还没说完，就被远处的一辆车晃了眼。

几个人连忙走到了路中央要去拦车，他们摸黑走了许久，经过了好几个坟地，怪吓人的，心想不管怎样都要坐着这车出去。

或许只有林枫一个人注意到了车牌，车刚停稳，林枫就拦住了同伴快乐地奔过去的脚步，等着对方先开口。

“她人呢？”顾容与面无表情地打开窗，连头都没有偏过几许，直直隔着玻璃问他们。

林枫不敢耽搁，扬手一指：“前面那辆就是。”

顾容与追上去按喇叭，前方车仍不减速。他皱了眉，熟练地驾着车极有技巧地撞了过去，直接把前车撞熄火了。

陈威从小就霸王惯了，这口气哪里忍得下来，登时就踹开了车门要下车。

那厢顾容与和曲奕也下来了，陈威打量眼前这两个人，一个人受了伤，脚上手上都裹着绷带，就连脸部都有擦伤，可能是优雅惯了，常人看不出来他身上的戾气，只有曲奕知道，他越是平静说明越是愤怒。

曲奕似笑非笑地看着车上的陈威，摩拳擦掌跃跃欲试，想着待会儿要把他的下巴打断，却没有料到身旁的顾容与早已趁着陈威下车那当口一脚踢了过去，陈威也蒙了，这么敏捷的身手实在不像一个受了伤的人。

陈威前一秒还僵持着身子，可后一秒，人就随着车门往后倒去。

曲奕目瞪口呆地看着车门从车上脱落下来连同陈威一起弹到一米外，半晌都缓不过神来。合着这才是顾容与的真本事啊，以前打他的那几下真算轻的！

后追上来的林枫算是真震惊了，这要打起来，他一人挑他们十个都绰绰有余。林枫看向顾容与，他还穿着病号服，却像，像——修罗！

林枫连忙跑到了陈威的身旁，见他面色惨白，胸口全是血渍，吓得不知如何是好。

顾容与解开了衣襟上的扣子，连看都没有看地上的陈威一眼，打开了车门，探头进去喊——“维拉”，那么温柔的声音，这才是平素见惯了的顾容与。

他坐了进去，撕开了维拉嘴上的胶带，然后再用受伤的手笨拙地摩挲着维拉的脸，他说：“维拉，别怕，我带你回家。”

顾容与紧紧地搂住了这个让自己千思万想的女孩儿，痴痴地看着前方：“你看，这次我赶在他们伤害你之前来到了，你不要怪我了好不好？”

曲奕见两个人许久都没出来，蓦地想起现在的顾容与伤了右手筋，已经抱不动维拉了。他连忙上了车，却看到顾容与搂着维拉坐在那里，一动不动的。维拉靠在顾容与怀里，虽是闭着眼睛，可他分明看到眼角有泪滑落。

顾容与腿上的伤口又裂开了，曲奕急得团团转：“咱们快回去吧，你那腿才没缝几天。”

顾容与不理他，继续对维拉说道：“这些年你过得好不好？没有我在，你是不是很害怕？”

他的下巴搁在维拉的头顶上，把她搂得很紧很紧，维拉整个人就像锥子一般刺进他的心里，就像那次从河里爬上来，那种寒气透进了心里。

曲奕见状，轻叹一声：“容与，你先下去，维拉我来抱。”

“奕子。”

“啥事儿？”曲奕挠头，很久没人这么叫他了。

“你找人过来，把车门卸了。我自己的女人，用不着别人来帮忙。”

曲奕叹为观止，卸了门，亏他能想得到。真有魄力！

“卸门哪用找人来啊，我自己就能把它踹飞喽！”

顾容与摩挲着维拉的头顶：“她在这儿，你不要踢门。”

曲奕点点头说好。

“他们来的时候让他们带上消防栓。”

正巧赶上维修车辆在附近路口，人来得挺快。车子刚在悍马后停稳，维修人员就跳了下来。看到眼前的景象还挺奇怪，那车不是掉了个门吗，怎么还叫他们来再卸一个门呢？怕是接电话那个人转述不当，弄错了吧！

“哥们，你等着，我们立马儿把门给你装上。”

“谁让你动那个门了？把这俩车门都给我拆了，里面有人要下车。”

“可是……这……”什么人啊这么霸道，下个车还要不走寻常路？

“照做就是，钱按两倍给你。”

“得嘞！”虽然很奇怪，但谁会和钱过不去啊，再说了这也不是他们的车。不过说来，这么好的车可惜了。

“这……这……”另一工作人员看到倒在地上的那个人时，不淡定了，“这怎么回事啊？车祸还是什么的？120喊了没？”

“喊了，就快到了。”

林枫是医生，刚帮陈威止了血。那个人看了看躺在地上已经晕过去的陈威问：“要不要我替你们报警？”

林枫摇摇头，叹气：“我们自己能解决，甭了。”

维修人员手脚还是挺麻利的，不一会儿就把两个车门给整个儿掰了下来，然后脑袋探进来一看，一个小伙子抱着一姑娘呢，看那姑娘睡得沉，可别真出了什么事。

等到空间足够大了，顾容与才把维拉抱了起来，他的右手使不出力，只得把重心往左手压。曲奕看他抱得煞是辛苦，恨不得把维拉接过来。

顾容与脚上的绷带又渗出血，可他恍若不觉，就怕怀里的维拉磕了碰了，艰难地挪到了车门边。那条路，就连曲奕看了心里也疼，他真怕顾容与手残了，脚也废了。

救护车随后就来了，狭窄的乡道上一下子停了不少的车。曲奕第一个跑了上去：“麻烦您了，我哥们儿腿伤裂开了，您看能不能先帮他包扎一下？”

“奕子，回来。”

曲奕这正急着呢，听见顾容与喊他，屁颠屁颠地就过去了。

“让他们把消防栓拿过来。”

“你要干吗？”

消防栓特别结实，虽重了些，但是对从小搬砖的曲奕来说还是能够游刃有余的。

林枫刚刚把陈威送上救护车就看到曲奕拿了个消防栓过来砸车，把车门砸下来后就开始砸玻璃，也就这么硬生生地把一台名车给砸成了废铁。

砸车是很大的动静，顾容与把维拉紧紧地护在怀里，坐在悍马里静静地看着，他的脚刚刚换了纱布，伤口裂了，回去还得重新再缝一次。刚刚那脚他使了全力，伤口裂得更大了。

维拉，我这样帮你报仇，你可满意?

无论是医护人员还是维修人员都面面相觑，心里直摇头——这里的人都疯了。

曲奕力气大，砸着砸着觉得真他妈的爽，等眼前的名车成了废铁，才扔了消防栓，抱着手臂退到一边，指挥着维修工——把这车拖走吧!

顾容与自始至终没有看外面一眼，他吻着维拉的前额，轻声说道：“老婆，我们回家吧！”

# 第二十九章 我们分手吧

回到医院后，护士帮维拉输好液，再次劝顾容与去检查他的伤势。他腿上的伤口裂得更大了，血流了一条腿，看起来触目惊心的。手也在复健期，估计这会儿已经是伤痕累累了。

曲奕拉着护士出去打听了一下陈威的情况，护士说情况不好，能捡回一条命，但受的是重伤，两根肋骨都插进了肺部。

曲奕冷哧，都是自己作的，要是他是顾容与，给他一脚都算轻的了。他们刚成年就懂得韬光养晦的道理，凡事忍让三分，可几时又被人这样欺负过？

维拉在娱乐圈无枝可依，子慕当年就说了，这条路是她自己选的，不想牵扯上家庭。维拉也一样，接过子慕的事业，继续赤手空拳地在娱乐圈摸爬滚打，洁身自好，不争不抢，一切顺其自然。平时一些小状况可以对付过去，如果再有这样的事儿……曲奕想着都害怕。

曲奕想了想，把电话打给了唐朵朵："放出风去，我现在是她的男朋友。嗯，对外就说是曲家，别的什么都不必说，该知道的人会知道的。"

这样的事情以后再也不可以有，维拉，希望我们曲家的门第能给你带来福泽。

曲奕叹口气，回头又看到有护士无奈地走出来。

曲奕沉吟一会儿，喊住护士："你等会儿。"然后大步流星地走了进去，对准顾容与的肩窝处一劈，直接把人劈晕了。

要搁平时，他手还没碰到顾容与就被他卡住脖子了，今天看来是真的累了。

曲奕把他扛到轮椅上去，对目瞪口呆的护士说："走吧，如果不砸晕他，他是不可能走开的。"

门刚落锁，维拉的眼睛就睁了开来。她呆滞地对着天花板望了许久，才轻轻地把被子拉过头顶，静静地把整个人都埋在了黑暗中。

顾容与再次被送进了手术室，曲奕看到主治医师板着脸要给顾家打电话，赶紧给拦了下来。先不说他们会更担心，就是容与也一定不想让他们知道的。不仅是怕家人怪罪维拉，而且江湖事江湖了，不牵扯家人，从小就这样，约定俗成。

顾容与和曲奕第一次见面的时候便打了一场。那年两个人都是六岁，顾容与跟着家人刚从沈阳搬来，正是在大院里需要立足的时候。俩孩子都是极其骄傲的，说不通便打。最后曲奕的小腿骨折了，他的膝盖也蹭掉了一大块皮。这一打，情谊就打了出来，难得两个人观念相同——回家告状的都是孙子。于是相互包庇，一拍即合，互相搀着去了医院。即便是苦大仇深，回到家里家长追问了都是说学骑自行车摔沟里了。

曲奕坐在手术室外，净回忆他们这些年的破事儿了，等到手术室门打开，才恍然，原来都过了二十多年。

曲奕下手并没有太重，天刚刚破晓，顾容与就醒了过来。

顾容与喜静，加之觉得自己的伤势算不得严重，并没有请专业的陪护。曲奕怕他做出什么冲动的事，在他的房里陪护了一夜。他睡在一张小床上，一晚上都睡得不大安稳。

屋里没有开灯，窗外还是灰蒙蒙的，这个时间，多数人还沉浸在梦乡里，只有早早清醒的鸟儿在树梢上清理着翅膀。屋内的隔音很好，听不到飞回来的燕子清脆的叫声。

顾容与清醒了，一个鲤鱼打挺就要下床，曲奕听到响动，马上就睁开了眼睛："你要去找维拉吗？"

顾容与没有说话，趿上鞋子，刚站起来，拉动了伤口，疼得微微弯下了腰。他顾不了太多，很快就直了身子，坚定不移地往外走去。

"你这么糟践自己，是想你奶奶恨死维拉吗？"暗处曲奕的声音传来，不由得让人心里一沉。

顾容与身形一顿，停住了脚步。

"顾奶奶再疼维拉也疼不过孙子，更何况她疼维拉的前提本就是因为你。维拉这些年做的事，你我能理解，可是在顾奶奶的眼里，未免有些混账了。"

"她现在也不会跑到海角天涯去，你何必走得那么急？你要是想看她，就坐着轮椅，我大大方方地推你过去。你腿上的伤口恶化，医生叮嘱过不许你再下床走动。"曲奕叹了口气，"都等了那么久了，还在乎这会儿吗？"

维拉躺在病床上想了很久，他来的时候我要怎么面对他，要跟他说些什么，或者，能说些什么，如果他说了这样那样的话，我又该如何如何应对。

可当顾容与真正来到自己面前，那一页页的腹稿早忘得一干二净。

她做了好多梦，甚至分不清哪些是梦境，哪些是现实了。海欧指着她的鼻子骂，用尽了世间最恶毒的语言把她骂得体无完肤。他的话像刀子一样剜着她的心，偏偏一句都反驳不回去，她落实了所有的罪名。

当初顾容与也是像这次一样，一拳就把海欧的左手打折了，海欧上石膏前又跟他利落地打了一架，还没来得及等左手完全好起来就往西北赶。

海欧说只要他还活着，就会一直找下去。他信不过任何人，找子慕从来都是身体力行。为了寻找子慕，自己刚刚注册的公司，说甩就甩了。

海妈妈哭着骂海欧不孝顺，可海欧拿着行李头也没回，就那样孑然地站在门口，说："妈，如果子慕没了，您就当没生过我这个儿子，下辈子我给您当爹，您往死里折腾我。"

海爸爸扶着几近瘫倒的海妈妈，对海欧摆了摆手，说："小兔崽子，你滚！"

海欧突然就哭了，回过头来对着父母磕了好几个响头，额头都磕出了血，然后就再也没回头。

海欧那么努力地找子慕，而她，也为了维护子慕的名誉，为了填补她空白的这些年，那么努力地生活着。

所以不许有任何人来破坏，绝对不许！

维拉抬头看顾容与，眼中一片清明。笑容明明是淡如清风，却苦如黄连。她探过身去，要给他倒茶。手刚触到茶壶就被他握住了，维拉愣了愣，然后不着痕迹地挣开，坚持完成了为他斟茶的动作。

维拉递茶过去："容与哥，我都听护士说过了，昨天谢谢你了。"容与哥，是子慕的称呼。

顾容与一个没拿稳，茶杯摔了个粉碎。

每回顾容与坐着轮椅出去，经过维拉病房的时候，手刚刚扬起来要敲门，却又轻轻地放了下去。一番挣扎后，最终靠在轮椅上深深呼吸。

护士给维拉送药的时候，她从门缝儿里看到他，鼻子一酸，假装扭过头去找水喝，门一关上，泪就掉在了杯子里。

唐朵朵给她拿来了一本杂志，隐隐约约刊登了她的新恋情——女明星生病，曲姓男友寸步不离。

曲爷爷看到样刊后第一反应是破口大骂，恰巧曲奕的电话打过来跟爷爷请罪，正好撞到了枪口上。

"你怎么就这么糊涂呢？这事儿要搁以前也就算了，这么多年也没个长进！你如今也算是一个当干部的人了，别人都在忙着撇开这些事儿，我看你倒是迫不及待地把脏水往自己身上泼！你知道院子里有多少人就等着看咱们笑话吗？人家会说我们家教不严，说你沉迷于声色犬马，不思进取。”

曲奕也不辩解，就让爷爷骂，等他骂得心里舒坦些了，才低低地喊了一声“爷爷”说：“我知道这事儿是我欠考虑了，我只是想为他们做些什么。去年我看着子慕落水，心里的愧疚不比他们少，如果不是我学艺不精，说不定就能帮上忙了。这一年来我看着他们为了子慕在不断努力，好容易才有些作为落到我身上，让我也能赎罪。您从小就教我，做官做得再大也要对得起良心，我应了这事儿，虽然对我的前途没好处，但是我心里觉得舒坦。爷爷，我不管别人怎么想，他们不供我吃不供我喝，我没那个时间搭理他们。我在乎的是您怎么想。孙子做这事儿是不孝，可也是为你们积德，为子慕积福。海欧还在雪山中找着子慕，维拉那么努力地帮子慕过着日子，就是想等子慕回来的时候把她的世界还给她。那词儿是怎么说的，对，叫与时俱进，把原本属于她的世界与时俱进地还给她。”

“你现在长大了，说起话来也是一套一套的。可是等过几年你就会骂自己当初做了糊涂事儿，这事儿有可能是你一辈子的污点！”

“置身事外或许是最好的选择，可是我会不安，爷爷，如果您把这事儿压了下来，我会怪您的，我宁可几年后怪自己。”

“你要知道你揽下这事，你会面临更多的难题。你升职的事儿会黄，告状信多得可以当柴火烧，就连媳妇都不好找，外头的人当你跟维拉这事儿是真的，谁会把姑娘往你这儿送的？要是子慕一直找不回来，难不成你过几年还真娶维拉？你的年纪也不小了，不为自己想，也要为爷爷奶奶想想。我跟你奶奶岁数大了，不久前生了一场大病，差点儿没去给你太爷爷磕头，要不是想着我还没见过我的曾孙子，怕是也熬不过了。我没多少时间好活了，就是为了在合眼之前能看着你成家立业。”

“爷爷，我知道您为我好。我听人说人老了都有一劫，熬过了就能长命百岁，说的不正是您吗？孙子不孝，要不您再等几年？等我陪他们把最艰难的这段时间熬过去了，不出五年，一定让您抱上大胖孙子，您说好不好？”

曲爷爷骂：“小兔崽子，爷爷上辈子欠你的吧？”

曲奕心里一松，笑道：“我就知道爷爷您最明事理了，天下所有的爷爷加在一起都不够瞧的。”

“有这口才不如想点儿办法去找个女人安慰着。”曲爷爷笑骂。

“您孙子条件那么好，等着要嫁的都排到东直门去了。咱不跟容与海欧比早，早了磨难多，太轰轰烈烈了估计您跟我奶奶都受不了，我一定给您找个安定的姑娘好好过日子。”

“什么叫给我找一个姑娘？胡言乱语，说这话也不怕你奶奶削你。”

“哈哈，我这不说顺了嘛。先不跟您说了，我这头还不太平，今晚让胡妈别做我的饭了。”

苏志国从唐朵朵处得到了维拉住院的消息，没顾及正在开会，急忙地往医院赶。途中想给向彤打个电话，让她也过来好好劝劝维拉，还没来得及拨号却又觉得不妥。她再疼维拉，还隔着血缘，很多话不合适说。向彤这几年左右为难，夹在中间很不好做人。

苏志国叹了口气，不想再叨扰她了。

推门进去的时候维拉正在喝着药粥，她看到苏志国进来，明显一惊：“爸爸，您怎么来了？”

苏志国掩上门走过去，又气又心疼地看着她，百感交集之后，终是忍不住心疼，语气也充满了关切。

“你这孩子，怎么住院了也不跟家里说？”

维拉吐吐舌头：“也不是什么大事儿，主要吧，我就是想偷个懒，其实没到住院那么严重，我就是赖在这儿的。”

苏志国不赞同地看她，都说儿孙自有儿孙福，怎么他们家的孩子净喜欢折腾呢？维拉和曲奕那事儿，他居然也是从报上得知，曲奕那孩子把责任揽了过去，以一片赤子之心给了她遮阳伞。苏志国有些羞愧，他好像总是没有办法为他们做任何事。子慕和维拉十分体谅他，这个圈子对他们家来说是一个负担。可她们越是懂事，他就越是心疼。

维拉看父亲沉默下来，怕他自责，主动跟他问起了家里的事：“向姨好吗？李妈好吗？上次回去时李妈就在犯腰疼，现在好些了吗？”

“他们都好，就是你总不回家。”苏志国的眼睛仿佛洞悉一切，他拍了拍她的手，“孩子，不应该是你来担这份责任，退一步海阔天空。”

“知易行难。”维拉的脸上是淡然和感慨，“我无论如何都过不了自己那一关，我做不到一个人幸福。”

“容与是个好孩子，就当是为了他，你也不该这么糊涂。”顾家的暗示不是没有过，唯一的宝贝孙子被维拉折腾得死去活来，心疼得怎么又会比他们少？

“爸爸，这样的做法难道不是你教我的吗？”维拉轻声说道，可在苏志国听来却是雷霆万钧。

苏志国的眼睛一闭，往事又如浪潮般涌了过来。曾几何时，他为了保全他们家，为了保全父亲的骄傲，牺牲的同样是他想了一辈子，爱了一辈子，悔了一辈子的妻子祝闵柔。

想到祝闵柔，苏志国心中骤疼。

维拉握住了父亲的手：“所以，我一直觉得，您应该是最理解我的人。因为我也理解您，爸爸。”

他们苏家……何德何能，总是要让外人来维系这份骄傲呢?

维拉抬手去摸父亲的脸颊，却摸到了一手的泪。她到碧玉之年才感到父爱如山，她的父亲是军人，她总是很难看到他这样铁骨柔肠的一面。

无数的担子需要他来挑，无数的心事只能心里藏。

维拉从没有像现在这样理解她的父亲，她把头埋进父亲的怀里，把她的委屈与无奈，一点儿一点儿地流进他的心中。

那晚的事情，大伙儿都很默契地没有在顾奶奶面前提起。一是怕老人心疼难过，二是怕她更加怪罪维拉。

所有的人都忽略了老人的睿智。

顾奶奶看着顾容与那重新包扎的手，那越发严峻的伤势，心里再难过也只能在背地里流泪，然后对着孙子假装微笑。

午后，维拉吃过药刚要睡下，就听到了敲门声。过了探视时间，她以为是护士，就低低应了一声，并没有起来。

迷迷糊糊之际，一双苍老的手搭在了她的额头上。

维拉半睁着眼，看到这张熟悉的脸，睡意瞬间就没了，她心中一疼，轻声地叫：“奶奶。”

顾奶奶摩挲着她的脸，问道：“孩子，困了吗？要是想睡觉了就安心睡着，奶奶在旁边守着你。”

维拉的手也覆了上去：“本来很困的，但是看见您我就不困了。”

顾奶奶笑了笑，帮她加了几个枕头，再拿过旁边的一本相册，动作轻柔沧桑：“今天给容与打扫屋子，在他书柜里找到了这相册，我找了挺久，都以为不见了，没想到是被容与拿去了。”顾奶奶摩挲着相册的边角，因为经常翻动，那里已经被磨损得很厉害了，“容与平日寂寞惯了，我想把这相册带给他看看，有个念想，也可以打发打发时间。”

维拉看了看封面，八十年代的风格，就连打头的那张，都是黑白的照片。男的稍似顾容与，女的就是年轻时候的海晴了。

“容与这辈子最崇拜的就是他爸爸，就连走路呀，左右脚都不会跟他爸爸反着来。别看他爸爸是个兵做事严谨，可在管教孩子方面却开明得很。他总说容与那股霸道劲儿跟他小时候一模一样，还说不能照着顾之安的路再复制一个顾容与。

“后来他爸爸走了，他爷爷就开始管着容与，让容与不至于被人戳着背脊骂有父母生没父母养。我们家出了那样的事，也难为容与那么小的孩子了。

“他爸爸的遗愿，就是容与活得逍逍遥遥的。可我那么多年看着容与走过来，求的只不过是他的安稳罢了。”

顾奶奶的言下之意是，维拉，你看，容与活得那么艰难……你可不可以不要再为难他了？

维拉看着老人婆娑的双眼，眼泪像断了线的珠子似的往下掉，她给顾奶奶深深地鞠了一个躬，咬着唇使劲点头。

顾奶奶也哭了，把维拉抱得紧紧的：“好姑娘，就算是奶奶对不起你……”

顾容与来找维拉的时候她正在梳头，不久前她让唐朵朵在病房里摆放了一个梳妆台，皆因她念叨《木兰辞》里面的那句“当窗理云鬓，对镜贴花黄”，她觉得美丽极了。她算是一个公众人物，再加上又是为悦己者容的年纪，梳妆台就大大方方地摆了进来。

维拉的病情好转，医生说今天就可以出院。在唐朵朵去办出院手续的时候，叮嘱她顺道儿把门口的那个人叫进来。

维拉看着镜子里的自己，听到了关门声，也不回头，嫣然一笑：“容与，你过来。”

顾容与心底一松，是容与，不是容与哥。她这么叫他，是不是就意味着……

她把一枚发卡递给顾容与：“帮我别起来。”

顾容与点点头，接过发卡，这是两个人之间难得的温馨，顾容与怕说错什么打破这份宁静，只静静看着她，等待着她把话题挑起。

基地的人都认识维拉，他多么想拉着每一个人，跟他们细数维拉的大气，从容，坚韧，体贴……他想用尽世间所有美妙的词来形容她，他还想在所有人面前大大方方地叫她“老婆”。

他觉得，维拉太美好了，这样的维拉怎么可能属于那样的容与呢，他终究要把她还回去的。他们只相差一臂的距离，只要伸手，她就在他的怀里了。

“容与，你的理想是什么？”她看着他俊秀的容颜，舍不得眨眼，他只是坐在那里，就好像所有的花都开了。

顾容与淡淡一笑：“我的理想是我身边的人都能平平安安，还有我的爱人不要离我而去，永远陪伴在我身边。”

维拉呼吸一滞，扭过头去不敢看他，好容易才扯出了一个笑容：“容与，你的志向不够高雅。”

“还不够吗？我有将近二十年的时间都在做高雅的事情，我想我的人生应该有些别的东西。”

“你这么说，我很有负罪感。”

“那你打算怎么赎罪呢？”顾容与定定地看着维拉低垂的眸，抢在她的前面说，“如果你已经决定了辜负，那接下来的话就不要再说了。”

“你总是最了解我的。自十五岁开始，以前我是个小傻子，现在又是一个大傻子，好像什么都能被你看穿。既然你都明白的，又何苦再为难我呢？”她笑得泪水四溢，“容与，我们分手吧。”

顾容与突然低下身来一把搂住维拉，想把她抱起来：“我带你回家。”

维拉没有动，她定定地坐在那里难过地看着顾容与，轻声问道：“你抱不起我了，对不对？”

顾容与回避了这个话题，缓缓放开了她：“我理解你的苦衷，但是绝不赞同你的做法。是我平时让你感觉太坚强太逆来顺受太无所谓了吗？你总是一副随时要牺牲我的样子。”顾容与抚摸着她的脸：“我做过很多梦，我梦见我们结婚了，还有了孩子，她笑起来像你，脾气却像小时候的我。你在屋里做饭，哼着我们旧时的歌……”

维拉堵着耳朵打断他的话：“容与，你不要再说了。”

“我知道你也忘不了，所以放过自己，也放过我，好吗？”

维拉使劲地摇头，满脸是泪，不知哪儿来的力气，挣脱了他的手臂，随手拿过提包，跑了出去。

顾容与没有料到她会跑，伸手一握，连她衣服的边角都没有抓到。他从轮椅上吃力地站了起来，还没有走出几步，人却狼狈地摔倒了，腿重重地摔在了地上，半晌，纱布上又渗出片片血迹。

“朵朵，帮我订一张去西北的机票，求求你。”维拉茫然地靠在楼梯口，眼前的景物被泪水模糊，看不到未来。

护士听到动静跑过来，看到一个穿着白色病号服的男子在艰难地站起身来，一时间愣了。

他拒绝了护士的搀扶，良久才拿出手机，找到她的号码，编辑了短信就给她发过去：“老婆，你别走太远，我很想你，我会一直等你回家。”

维拉走到去年落水的那个地方，对着子慕消失的方向站了很久。没一小会儿，雪就开始下了。

北山巍峨，她站在山下显得无比渺小。人比自然从来都不会高明太多，山的沉重缄默，仿佛是对这个世间的最后一点儿怜悯。

前尘往事掠过脑海，子慕轻声同她说过，不要因为没有了坦途，就忘记原来走过的路。难以想象这样的女孩儿对过往有着那样的谦恭自抑，可如今，竟然看不到她的未来。

无不失声痛哭。

雪时大时小，直至天边最后一点儿亮光消失了，才悲悯地停了下来。

维拉身上覆上了一层厚厚的白雪，落在睫毛上的雪被眸子中的热气融化，流下来的泪竟然是冷的。

维拉顺着她们走过的路再走了一遍，地上覆了很厚的雪，她一点儿一点儿地把雪推开。手被冻得早已没有了知觉，她推出了一条小路，一条可能通往子慕的路。或许是心灵，或许是路程。

她的子慕消失已久，可在这个世界里又如影随形。很长的一段时间里，维拉连镜子都不敢照，每次视线一对上镜子，眼泪就开始扑簌扑簌地掉。

当她到了河边，回头看那条被她再一次走过的路，身子软软地倒在了雪上，眼泪也开始倾泻而下，去年的事又汹涌而来。

“子慕，求你告诉我，我应该怎么办?

路太长风雪太大，我走不动了。

如果你还在，你的病是否有些起色？”

或许是上天的怜悯，浪花起落，去年子慕落水时掉落的鞋子就这么露了出来。

维拉揉了揉被泪水模糊的眼睛，看到那只鞋子时，心中大恸，慌慌忙忙地探了身子就要去捡。

砍柴归来的人恰巧路过，以为姑娘要自寻短见，连忙撂了柴跑过来拉她。维拉揪住了一束小草，探身去捡，蓦地有人拉了她一把，真的，差一寸就碰到了。

“年纪轻轻的，未来的日子还长着，有什么想不开的。”

“我只是想捡一只鞋子。”

那个人探头，真有一只鞋子掉在下面，鞋带钩在了一簇枯枝上得以留存至今。只是被泡久了，鞋面都长了青苔。

“哪还能穿呢，到城里去买一双吧！”

“那是我妹妹的鞋子，我没有拉住她，她人丢了。”

“你这姑娘，又是何必？你上来，老汉帮你捡。”说着，也不管维拉是否反对，用力把她拉了上来，然后麻利地攀了下去，长臂一勾去解鞋带，不多时就把鞋给维拉递了上来。

维拉不语，直把那只鞋往心口捂。还没来得及绽开一个微笑，泪水又掉了下来：“谢谢您，谢谢。”

那个人轻叹一声，背起柴，想到家里等着他的老婆孩子，走得轻快。

她又在雪地里站了很久，才有了一束光芒打在她的身上。曲奕不知道什么时候走了过来，他看着维拉，红了眼睛，狠狠地把她抱进了怀里。

曲奕履行了他对顾容与的承诺，容与回来之前，他便是她身边的海欧。他嘴里虽不说，可心里的愧疚不会比他们少。几个人算起来是一起长大，海欧什么时候认识子慕的，他便是什么时候认识的。

在他的记忆里，子慕没什么朋友，而且总爱哭。生病了哭，被欺负了哭，他们不跟她玩也哭，曲奕喊她鼻涕妞也哭，后来被她哭烦了，就不理她了。子慕却以为这是他对她好的方式，平素被海欧带出来的时候还爱在他身后跟上一段路。只要不摔倒，就会一直跟下去。

好多年后有了自己的媳妇儿，翻起旧时相册的时候，媳妇儿总爱指着幼时的他大笑，说你小时候长得可真喜庆，看着和善，挺没距离的，从小没少有小姑娘跟你后面跑吧！

曲奕愣了好久，然后背过身去轻叹，抓住自家乱跑的小子嘱咐道：“如果江槑槑再跟在你后头，以后不许再数落她了，听到了吗？”

曲奕脱下大衣裹住了几近冻僵的维拉，然后他们去一个农家住了下来。上次他们住的地方已经找到了新的主人，远远地就看到炊烟袅袅。

维拉执意走过去看，篱笆里，新主人刚修好漏风的马圈，正在把马儿往里头牵。

旁边是一块大草地，一年前，他们还在这里数星星扑流萤，现在少了些人，顿时觉得周围空旷了起来。

他们住进来的时候，这个简易的家只有几张床，几条被子，厨房里什么都没有，几个人给了邻居一些钱，把柴米油盐要了一些过来。可柴只够生火煮饭用的，晚上却是冷得厉害，他们需要更多的柴火在屋子里燃起来。

“要不要进去看看？”曲奕问道。

维拉看着从窗里露出来的火光，轻轻地摇了摇头，好像怕惊扰了什么：“还是不了。”

辞别了这间小屋，维拉并不忙着回去。找了一处低矮的山坡，在裸露的岩石上面坐了下来。

曲奕看着她娴静的侧脸，也随着一起坐下来眺望着远方——尽管除了黑暗，他们什么也看不见。

维拉静默了很久，仿佛看到了好多人从远处走来，最前面的那个是稍似自己的身影，她旁边还跟着一个黏腻的海欧。维拉等了很久，独独不见他的影子。

转眼都已过去十年。

曲奕叹了口气，把满脸泪痕的维拉拥进了怀里，话语很温柔很温柔：“没关系，我们再等几年，子慕肯定在什么地方等着我们呢！”

维拉再也忍不住失声痛哭。

顾容与在医院住了半个月，顾奶奶拿着姑娘们的照片一张一张地给他翻看着。

这个姑娘秉性淳厚，家世清白，为人大大方方，就是家境一般。

这个姑娘温柔似水，弹得一手好琴，手也长得漂亮，跟葱根似的。

这个姑娘也念过军校，现在在总参做后勤工作，能跟你说得上话。

你看，她们个个都比维拉好。

顾容与压住了奶奶翻照片的手，说：“奶奶，您别找了，过几天我就回部队去了。”

“还回什么部队？你看你都伤成什么样了？你这伤还能再回去吗？”顾奶奶板起脸数落，“我跟你爷爷说说，让他把你调回来，那儿太危险了。”

顾容与左手灵活地转着笔，跟奶奶示意：“奶奶，你看，我的左手比右手都要灵活。没事儿，我过几年也要转业了，您老都等了那么多年了，不差这一会儿。”

“你这孩子性子就是倔，能这么算的吗？子弹也不长眼，你还能跟它商量着等你退役后再扫过来？”

顾容与笑着圈过奶奶：“他们这次没有把我打死，以后都不会有机会了。您自个儿孙子的本事，您都不相信了吗？”

“奶奶知道你有本事。可有句话不是说吗，成功的男人背后总有一个女人，可你们那基地，半大的姑娘都没有一个。上头也真是的，不为你们操心操心个人问题。”

顾容与无奈地按额角，得，又绕回去了。奶奶要是跟他聊事儿，话题总岔不开。

“我们现在不是国家财产吗？怎么可以分配给私人呢？何况这种事情讲的就是一个缘分。”

“人定胜天。”顾奶奶不赞同，“现在要遇到一个合适的人多难啊，你自己都不加把劲儿，还指望人家姑娘贴上来吗？”

“我还要在基地待上两三年，不好耽误人家。”

顾奶奶也不跟他侃这事儿，她问过医生，医生说顾容与的右手估计是好不了了，再怎么做复健，也不会恢复到以前那般灵活了，无论顾容与是不是左撇子，就依着右手这伤势，当兵行，特种兵就太勉强了。平地作战也就罢了，可要是遇到了陡坡要攀岩呢？

顾家已经失去不起任何一个人了。

“容与，你老实跟奶奶说，你是不是还想着维拉呢？”

“奶奶，您今天是怎么了？净说这种话题。这两年我只想把本职工作做好，这类问题过几年我回来了您再跟我提，成吗？”他想给维拉一些时间，也给自己一些时间，“您要是寂寞了，就去江家找回回说说话，混熟了，半年后人家才愿意给你抱娃娃啊！至于您的孙媳妇儿呢，可能还在迷雾里找不到我呢，等再过些年，她找回来了，我们立马就让您抱上亲曾孙。”

孙子的意思，她怎么会不明白呢？可是傻孙子哎，那个姑娘太狠心，如果她永远不回来了，你还打算等她一辈子吗？

医生敲门进来看容与的恢复情况，顾容与松了一口气。这段时间事儿太多，大家都还瞒着他的伤势。

“平日多动动右手，别提太重的东西，我跟基地的医院嘱咐过了，他们每天都会给你做复健的。别灰心，慢慢养，能养回来的。腿上的伤疤记得每天擦药，不然得留疤了。”

顾容与一一应下。还没说几句，门外又跑过来一个人。

孩子见到顾容与，也不管周边有那么多的人，挤开围在床边的医生护士，脱了小鞋子，就往他的床上拱。

顾容与无奈地揉了揉她的小脑袋："妞妞吃药了吗？"

妞妞不说话，就埋他怀里。孩子是顾容与去做复健的时候遇到的，有先天性失语症，很自闭。每次一到吃药时间就到处乱跑，一不留神就撞到了他的腿上，这一撞，还撞出缘分来了。

那日顾容与做完复健，正被护士搀着回病房，在拐角处却撞过来一个小姑娘。小姑娘三四岁的样子，跑得急，容与来不及抓住她，眼睁睁地看着她撞上了自己未受伤的那条腿。

小姑娘也不哭，只抬头看了他一会儿，就伸出了两条莲藕似的胳膊，嘴唇嚅动，像是在叫"爸爸"。

当时护士就笑："那么小的姑娘也懂得给自己找个好看的爸爸啊！"

顾容与看着小姑娘的眼睛，心瞬间就柔软了，蹲下来要抱她。

护士连忙阻止道："你的手正在做复健，还不能抱她。"

顾容与揽过女孩，亲了亲她的眼睛："叔叔的手受伤了，不能把你抱起来，你亲亲叔叔好不好？"

小女孩亲完他，突然间就笑了。

妞妞的妈妈这时候追了过来，看着躺在顾容与床上的女儿很无奈："真是不好意思，我们家妞妞又给你们添麻烦了。"

顾奶奶喜欢孩子，"扑哧"一笑："哪儿的话，难得孩子跟我们家容与亲近。容与平时也没什么事，一大一小，难得做个伴。"

顾容与看着她的眼睛，自闭症的孩子都活在自己的世界里，她的世界是少有的沉稳与坚定，就连眼睛里闪烁的光，都犹如阳光下的琉璃瓦炫目耀眼。

似乎他喊出那个名字，她的眼就会闪出温柔的光。

顾容与搂着小姑娘，轻声问她："看着叔叔的眼睛，好不好？"

# 第三十章 看清了幸福的轮回

漫长的复健过去，顾容与出了院，右手恢复得并不理想，他再也不能做特种兵了。就这事儿，顾爷爷跟他促膝长谈了整晚，顾奶奶、顾妈妈都在屋里陪着，一宿都没合眼。

最希望顾容与转业的便是顾奶奶了，顾家四代从军，于祖国已无悔。她就怕老伴儿和孙子一根筋通到底，非耗死在那个岗位。

这一夜，他们有近大半的时间在沉默。顾容与的心情如同一个退役的老兵，黯然地坐在沙发上。

天边破晓了，顾爷爷才提了话头："你长大了，这次爷爷不管你，去做你喜欢的事吧！"

听他这么一说，顾奶奶提了一夜的心，总算放了下来。以顾爷爷的性子，让孙子在战场上耗到油尽灯枯不是不可能，终于松口放人了，这是一个好现象。

顾奶奶怕老伴儿反悔，赶紧提议道："容与，你舅舅被海欧那事儿折腾得头发都白了。如果你想从商，可以把海欧那公司接过来。"

顾容与微笑着摇头："我没有那个金刚钻就不揽那活儿了，不然好好的一个公司给我鼓捣散了，海欧回来还不得把我骂死。"

顾奶奶看到海欧把家里折腾得那副模样，摇头："你们这几个孩子一个赛一个离谱，就说海欧那孩子吧，当初为了这公司废寝忘食的，说不要就不要了，现在要不是还有人替他撑着，这公司早散了。"

老人们每每聊起小一辈的事儿，名字出现得最多的就是海欧。若是作为正面例子，是这么说的："你看看人家海欧，什么叫爷们儿、什么叫带种，为了自己的女人，啥都能不要，什么叫现世的梁山伯、焦仲卿，那就是说的他！你要是有海欧那一半的心思，我也就知足了。"

若是反面例子，又是这么说的："你看看海欧，像话吗？要美人不要江山，要是搁古代就是一昏君，太不争气了！你小子给我借鉴着，别跟他一样学坏喽！"

一念之差，万物皆不同。

不知谁问起顾容与，他又是怎么说的呢?

好羡慕好羡慕海欧，没有犹豫，没有顾忌。他被条框束缚得太多，这份洒脱是他所仰望的。

顾容与沉吟许久，才说道："我想继续当军人。"

顾爷爷一直在闭目养神，听到他这么说，倒是点了点头，脸上带着难得的笑意。

"傻孩子，怎么那么不爱惜自己？"顾奶奶急了，顾爷爷的眉头皱了起来："看你这说的什么话？孩子的想法不要干涉。"

顾奶奶气急："你现在倒说这话了，当年……"

顾容与苦着脸，对着一直在温柔地看着他的妈妈耸了耸肩。海晴从头到尾都在微笑地看着他，除了支持，她能给顾容与的不多。

海晴笑道："容与，有没有想过去军校继续进修呢？"

这样一问，三个人都沉默了下来。

容与只是简单想了想，就知道这个提议是用了心的，对现在的他来说，军校或许是最好的去处。一两年的进修并不耽误复健，若之后康复了，那就回到部队去，要是好不了，当一个战略技术研究员，也是好去处。

而且现在的生活变数太大，在没有看清楚未来之前，应该给自己更多可能。

维拉觉得好像又回到了从前的孤单日子，她和顾容与好像是两条相交的线，交集过后还是义无反顾地朝着另一个方向飞奔而去。

这个时候，才觉得北京真的很大，要不期而遇真的很难。离上次的不欢而散已经过去好久，夏天惶惶而至，维拉突然有些不适应。

记忆里，她所过的日子大多是冬天，冬天虽寒冷得多，但是有回忆暖着，不如夏天这般难熬。

维拉给公益广告配完音就从央视走了出来，夜幕降临，她很久都没能好好看看这个城市了。生活把维拉折腾得很累，越来越多的人认识她，国内的空间越来越小。维拉推却很多商演，毕竟不是心之所向，她没有办法把子慕的事业带到顶峰。尽管片酬不如别的演出高，维拉总是乐于接军旅题材的戏，只有在那个时候，她才觉得她是喜欢演戏的。

她让唐朵朵先回去，自行驾车在城市里逛着。家里的钥匙凉凉地贴在她的心口上，维拉摸了摸，不知能否称那里为她的家。

曲奕上次找过她，找了个名目给她送礼。维拉觉得自己一定是喝醉了，所以才会相信曲奕那套胡话。

他把一个小盒子塞到维拉的手里，片场的人都哄笑着说求婚要跪下来。曲奕扒了扒乱发，没有噎回去。

那是一套两居室的钥匙，地段还不错，在北四环，周围大学林立，也算清净。这些年曲奕有了一些积蓄，但远没有阔绰到买房子送她的地步。

曲奕憨笑，也不辩解。只是说付了首付，二十年按揭。

“如果你觉得这房子是我送的你会拿得更心安理得一些，那就不要因为他而拒绝。”曲奕装完深沉，差点儿要把自己舌头给咬断，这都说的什么跟什么。

这句话明明反驳点有很多很多，甚至连通顺都做不到，维拉却沉默了。

她接过钥匙的时候曲奕松了口气，本来已经做好了持久战的准备，没想到她却放过了自己。

房子里摆的都是他们俩的回忆，维拉难过的时候去过那里几次，屋子里的CD总是播着最古老的歌，好像是他在喑哑着歌喉唱：白杨树下住着我心上的姑娘，当我和她分别后，好像那都它尔闲挂在墙上……

听完之后，尽管路再怎么困难，都会坚定不移地走下去。

维拉不知道这是一种什么样的滋味，不宜捧腹，不宜垂泪。也就任由日子这么过着，她的生活里有他，却不想他走进她的生活。

明明是在漫无目的地闲逛，却不知怎么到了楼下，抬头一看，她和……订婚的时候看中的就是那一套。

那些年北京的房价开始疯涨，两个人说好绝不拿家里的钱买房子。他们都是领国家的津贴，这套房子已经是他们能应付的极限了。十七层，五十平方米，虽然小，但是这个地方叫作家。

维拉知道，顾容与是一个骄傲的人，当初他们的订婚黄了，撤去了她的那部分资金，他自己的钱是不足以把这个房子买下来的。可是她没有想到这样一个骄傲的人会用按揭的形式，就是为了把这套房子保存下来。

她本不欲接受，听到那句二十年按揭，心就软了下来。当初说好的，房产证上要写他们俩的名字，挨在一起才像一个家。可现在，房产证上只有她一个人的名字，看起来空荡荡的。

这么大个北京，哪里才是她的家呢?

车在楼下停了很久，维拉终是没有上去。关了冷气，开了天窗，这个夜晚没有一颗星星。

电台有一个女声说，去墨尔本。

去墨尔本吗？听说墨尔本今年罕见地下了雪，能温暖人。

离去进修还有些日子，顾容与不必每日去医院做复健，时常有好几天的空闲时间。顾爷爷的书房是宝库，他时常能找出一些被爷爷珍藏了许久的珍贵文献，捧上一本，能读好几日。

长这么大，似乎从没有这样悠闲过。

“间谍”曲奕每日都会打电话过来给他报备，告诉他维拉的动向。

顾容与养成了习惯，每天都会给她发邮件，短则几个字，长则几百个字，分寸把握得很好。

看书看得累了，就抬头望望窗外，苏家的建筑在他的视野里露了一个角，只是这一隅，望着也特别解乏。

顾容与的平静生活被一个从澳大利亚回来的姑娘打破了，顾容与对这个姑娘的印象已经很模糊了，他最后一次见到她的时候，她才两岁多，话都说不清楚就跟在他后头跑了。近二十年未见，顾奶奶每次提到这个小姑娘必定是辛酸落泪满腹感叹的。

得知她要过来，家里三天前就做了全面的清扫，顾容与整日在家里待着，推却了奶奶安排的好几次相亲，此刻的他在顾奶奶眼里就是一个笨重难看的箱子，摆到哪儿都不省心。

顾容与无奈，只得驾了车去兜风。

还没出去半晌，顾奶奶的电话就打了过来，火急火燎的样子：“快去机场接舟舟，这孩子提前过来了，下了飞机才给我们打电话。”

顾容与捏了捏眉心，问道：“哪个航站楼？”

“T2。”

顾容与加了油门，往原本的路线驶去。

昨天曲奕就告诉他，今天维拉从国外回来。不知道是哪一趟航班，维拉没告诉他，说他诚信太差。之前两次她刚从机场走了出来就遇到了顾容与，除了这厮，没人能给他通风报信。

虽然航班不确定，顾容与还是去了机场，想撞撞运气，说不定还是可以遇到她。这不，路都没走一半，顾奶奶的电话就打过来了。

维拉在墨尔本街头遇到了一个中国姑娘，她穿着背带裤，外面套着一件羽绒服，怀里还小心翼翼地抱着一束金色的郁金香，自从维拉发现她开始，她就一直在盯着自己看，还拿出手机暗自比对了很久。

维拉对着她笑了笑，她这张脸在中国的曝光率不低，认识她也不奇怪。

那姑娘见她笑了，再低头鼓捣了几下手机，然后把它放进胸前的口袋里，笑眯眯地小跑了过来。她说：“我叫叶樱，我认识你。”

很美的名字，维拉点头：“你好。”

叶樱的嘴巴咧得很开，她扬扬自己手中的金色郁金香，告诉维拉：“它的花语是喜相逢。”

叶樱十八九岁的样子，是个自来熟，一口一个“姐姐”喊得很甜。维拉在墨尔本游玩了一个星期，第一次遇到跟她打招呼的中国人，再加上她身边除了回回已经很少有这么能贫的人了，看小姑娘亲切面善，也不拘谨，维拉跟她天南地北地聊了起来。

叶樱说自己是北京人，三岁的时候就旅居澳大利亚了，很多年了一直没有回去。一个月前她的交换生名额下来，才得以回去。其间一直瞒着妈妈，不知道为什么，她的妈妈总是不愿意她回去。处于叛逆期的叶樱，带着对祖国的向往，毫不犹豫地申请了名额。

听说维拉的签证到期，明天就要走，叶樱想了想，把自己的航班改了日期，跟着维拉提前回来了。

十个小时的飞行，叶樱丝毫没有疲惫之姿，一路把维拉说得头痛。直感叹年轻真好，她都奔三的人了，跟十八九岁的姑娘不能比。

熬了一路，终于下了飞机，维拉用口罩墨镜把自己捂实了，才问她要往哪儿走。

叶樱使劲拍了自己脑袋一下，让维拉等等，把电话拨到了她外婆家里。虽然维拉跟她认识不过两天，可叶樱俨然当她是多年好友了，握着她的手就没松开过。她不好意思说先走，陪她在一旁的咖啡厅等人。

维拉的行程并没有告诉别人，就连曲奕，也只是知道她出国了。

顾容与刚到，还在茫然四顾，在咖啡厅里看到那个修长的身影时愣了好久。一个欢脱的身影飞奔而来，顾容与身子一侧，她差点儿摔了个趔趄。

小姑娘一个漂亮的转身，十分夸张地捂住了胸口。但是一转身面对顾容与，笑眯眯的，一点儿也不生气。

维拉只是定定地站在那里，就好像世界上的花儿都开了，那样耀眼。顾容与把她的慌乱尽收眼底，想来，这样的缘分让她也很讶异。

顾容与好容易才把眼神转到叶樱的脸上，认了许久。上次姑姑寄照片回来的时候她才十五岁，现在都四五年过去了。顾容与打量了她许久，才试着叫道："舟舟？"

"改名了，叶樱，叶樱。"

叶樱，两个圆润的字眼在心头缭绕了一周，他不由得轻笑。

叶樱点头，使劲掰过顾容与的胳膊，把刚刚的拥抱进行了下去。

顾容与有些无奈，更多的是不习惯，他揉了揉小姑娘的头发，又看向了远处有些僵硬的那个人。

维拉实在不愿意承认此时自己有多温暖，温暖之中又有一些莫名的不安。

维拉以为自己的生活就是这样了，她在荧幕上扮演着别人，在生活中扮演着子慕。她总觉得有一天她会把所有人都忘掉，忘掉她的过往，在这个空洞的世界一直活到老。

时间一天一天过去，子慕还是没有一丝消息，她不敢跟任何人说起她心里的臆测，尽管那才是最清醒的答案。

维拉想，或许他们这帮人就这样了，海欧找子慕找到老，她做子慕做到老，顾容与等她……等到老——或许这是最好的结果。

曲奕唾沫横飞地跟她描述，顾奶奶又给顾容与安排了哪几个姑娘相亲，那些女孩如何花容月貌花枝招展。

曲奕边说边看她的脸色，维拉的脸上却始终挂着一丝笑，告诉曲奕："顾容与喜欢做事有主见的女孩子，但大事还是要仰仗他，依靠他。并不用多好看，也不用多听话，要懂得知恩图报孝顺父母。"维拉顿了顿，再低声说了句："千万不要像我一样就好。"

曲奕咬牙切齿地弄乱她精心梳好的头发，维拉失笑："你肯定特别想把它一根一根揪下来吧？"

曲奕敲她："死没良心的，白眼狼，我们把你拉拔到这么大，没想到你居然是一只白眼狼。"

"那你不要我了，好不好？你的年纪也不小了，我不想耽误你。你不知道，每次我快到你家都是绕着走，就怕你爷爷出来削我。"

"你也知道我年纪不小了啊，容与还跟我一样大呢！我说你这孩子怎么就那么实心眼呢，都那么多年了，老驴拉磨，死楞都走不出这个圈。"

"又来了，明知道这对话是死循环的。"维拉笑着拍了拍曲奕的肩，"那么大个人了还毛毛躁躁的，你这灰是哪儿沾上的？"

灯光一闪，门帘无风而动，维拉看着远去的"狗仔"，有些无奈："又要连累你上报了。”

曲奕点了一支烟：“有谁会拒绝出风头啊？我跟你说，我俨然成为咱首都的妇女之友了，你看哪期有我的杂志还不得卖脱销啊！”

维拉笑着骂了他几句，心却是酸酸的。

曲奕吐了一个烟圈：“没事儿，现在三十没娶的爷们儿多了去了，这年龄可是黄金年龄啊，我还想让你帮我挡着多玩儿几年呢！”

“你就嘴硬吧，你爷爷没少数落你吧？”

“他哪里来得及数落我？”曲奕笑道，“我大伯调回来了，把两个小鬼头往家里塞，别看我爷爷逗着乐，可也没少头痛呢。他有曾孙抱了，就不惦记着我了。”

维拉看着眼前的男人——她更愿意称他为大男孩儿。他们相识的时间比她和顾容与认识的时间都长。跟容与不一样，他留给她的只有微笑和感动。他的职称，自他以她男朋友的身份出现以来就没有变过。虽然他不说，维拉也知道在工作上，他没少为这事儿头痛。还有女人，她连边角也没有见到。她知道曲奕是怕给她造成不好的影响，媒体可是什么都敢往人身上扣的。

看着维拉赤红赤红的眼睛，曲奕捏住了她的鼻子，然后轻轻地把她拥进了怀里，闷笑：“哭什么呀丫头，既然那么感动，下辈子就给我当妈吧，要爱我不许打我，要纵容我，看我不操心死你。”

“好，我给你当妈，我把你宠成混世魔王，你往死里折腾我。”

曲奕闷笑：“那容与还不得头痛死。”

未及维拉笑出来，她的眼泪又掉了下来。

吉普飞驰在机场高速上，今天北京的天空特别蓝，维拉在北京生活久了，知道这种景色多么弥足珍贵，只是此刻无意欣赏。

维拉有些尴尬，容与的话也不多，一路上只有叶樱在喋喋不休。叶樱看看身边的顾容与，再看看后视镜里的维拉，嘴唇微微扬着，好像什么都知道，又好像什么都不知道。

“姐姐也认识我容与哥吗？”叶樱眯着眼笑，从头到尾没有在“姐姐”二字前加上过“子慕”。

维拉微微低了头：“嗯，一个大院的，我们还是高中同学。”

“啊！”叶樱惊呼一声，揽住了顾容与的右臂，“容与哥，你可得给我好好介绍，你的朋友我都要认识。这个姐姐我在墨尔本就遇到了，那时候我正想着你呢，就看到了她，是她把我带到你的身边。你看，我俩多有缘啊！”

维拉暗自在想，叶樱，是顾奶奶给容与物色的新姑娘吗？她性格讨喜，为人又落落大方，是挺不错的选择。

听她这番话，顾容与有些哭笑不得。叶樱若有若无地把维拉往那方面引导，顾容与看出了端倪，虽不欲让维拉误会，但是看到后视镜里她的表情，唇角不禁上扬，也就顺着叶樱的意思配合了下来。

顾容与眉头一挑，她也没有那么不在意嘛。

尽管两个人都各有所思，叶樱一个人仍旧贫得愉快，以前的事她一点儿都不记得了，在印象中只有一个哥哥，自己很喜欢很喜欢的哥哥。她跟顾容与说着她从小到大的趣事，手舞足蹈的，说到兴头处还会揪着顾容与的右手“容与哥、容与哥”地喊。

维拉觉得两个人在她面前做戏，为了让她吃醋，故意说要见家长了吗？心中冷哼了几声，把顾容与骂了个遍。冷静后却觉得这也不无可能，顾容与能把叶樱往家里带，说明顾家也是同意了的。想到这儿，维拉心中一疼，左手紧紧地捏住了包。

顾容与的右手还在复健期间，会犯疼，这事儿叶樱不知道，而维拉，要不是看到他稍微皱起的眉，她也以为他的手已经活动自如了。

“叶樱，你放开他。”不经思索，维拉脱口而出。

叶樱纳闷地挑眉：“嗯？”

维拉为自己的失态尴尬：“这条路车很多……”维拉咬唇，这个解释，合适吗？顾容与的工作保密性质很强，不可说。她的心思很绕，亦不可说。

叶樱乖巧地点头，在维拉看不见的地方给顾容与挤了挤眼睛，老老实实地系上安全带坐好了。

顾容与通过后视镜看维拉，正巧对上了她还未来得及收回的目光，再看她慌忙避开，顾容与微微一笑，却是伸出右手揉了揉旁边叶樱的脑袋。

维拉低下头来，那样的姿态，像是在静静地欣赏他的车。

顾容与的车是新买的，很普通的吉普车，虽跟圈子里的人差了好几个档次，但花的是他自己的钱。曲奕搭着他的胳膊夸他，说用自己的钱买车才是真本事，顾容与听了好久才知道这小子在拐着弯夸自个儿。

俩难兄难弟，曲奕也领的公家工资，手头紧巴巴的，几年前自己花钱买了辆“现代”，后来虽然换了“雷克萨斯”，还是维拉给贴了三十万。他作为维拉的男朋友不

能太寒碜了，当初换车的时候咬着牙把全部家当都拿上了，加上从小攒的，也不过五十多万。

维拉知道他工资不高且身份敏感，不好买太贵的车，为了给她撑场面，却是把老婆本都带上了。曲家和顾家虽是名门，但主张的是孩子要花钱得自己挣。维拉心中感动，顾及他的面子没有提出送他车，提议居中买了一辆四十多万的“雷克萨斯”，她出大头，曲奕把剩下的填了。

那段时间曲奕老爱在顾容与面前说自己抬不起头了，如果一个男人在经济上无法超越女人，谈何生存!

顾容与摩挲着手机屏幕上曲奕发过来的那三个感叹号，微微一笑，又坐回躺椅上，给曲奕回了短信：“知足吧，你花的是我女人的嫁妆。”

“顾容与，你太不要脸了！”曲奕看到短信，第一时间打了过来。

面对曲奕的指责，顾容与连眉头都没皱，欠身去倒茶。

“你不在意吗？她在经济上比你更有能力。”

顾容与轻轻地抿了一口：“我既在钟鸣鼎食之家生活了近半辈子，这辈子能看上眼的就不多了，能让我抬不起头的除了人心，怎么还会有别的？”顾容与笑道：“你也别闹了，如果你真在意这些早从商去了，哪儿轮得到我女人给你买车？”

曲奕也笑道：“顾师父，你禅悟得很透啊，啥时候出家？”

顾容与躺倒在摇椅上，天空难得澄澈，他想起仓央嘉措的一句诗——“好多年了，你一直在我的伤口中幽居，我放下过天地，却从未放下过你，我生命中的千山万水，任你一一告别。世间事，除了生死，哪一件不是闲事。”

算来，这是维拉在今年内第三次回家了，第一次是她跟子慕生日的时候，第二次是去马来西亚，中途在这里换乘飞机。

每一次回来，见到熟悉的景物都会觉得难过。除了苏家花园里的连理树已经长得比维拉高了，时光似乎并没有带走太多东西。

路过顾家的时候，顾容与停下了车，几个人下去一起帮叶樱搬东西。几十年如一日的顾家，没有因为少了谁就有了什么变化，被爬山虎围裹着的窗，似乎随时都可能被人推开。

顾家是越发显得人丁单薄了，天色渐暗，整座宅子却如同闭上了眼睛，只有几盏亮着的灯还在告诉人们这里是有人居住的。

想起顾奶奶，维拉总是对自己无比怨怪，这个老人明明可以有更好的生活的。她应该有孙子孙媳承欢膝下，她的生活应该无比明媚，而不是像现在这样，担心着孙子的前程。

叶樱挽着她，甜甜地叫道："姐姐，一起来家里吃饭吧！"

维拉本欲看看老人，看着新来的客人，还是作罢了。之后便觉得松了口气，若真的看到了顾奶奶，又能说些什么呢？

维拉笑得有些勉强："我离家好久了，家里人都做好了饭在等我呢！我们住得近，不差这会儿，下次吧！"

"我可以去找你玩儿吗？"

维拉点点头，眼角的余光却看见顾家玄关处有人走来，急忙说道："容与有我的手机号，你问他要就好。"

然后，几近落荒而逃。

叶樱看着陪着她外婆一块儿出来的顾容与，歪了脑袋。

未及走进家门，曲奕的电话就打了过来。

维拉接起，就听到他在那端闷笑："怎么？坐容与的车回来了？这次可不是我安排的，隔了大半个地球，你俩都能撞到，你再不从他可真要天怒人怨了。"

维拉四处探头去寻，才发现曲奕在羊肠道边倚着树在看她。他晃了晃手中的"红色炸弹"，挂了手机，走了过来。

"院里有谁要结婚了吗？"能让曲奕亲自给她送婚柬的人毕竟不多。

"你猜？"

维拉给了曲奕一个大白眼："得了，都多大岁数了，不嫌幼稚。"

"还记得程老师不？老爱拧我耳朵的那个。"曲奕说着，三百六十度回环，做了一个扭开关的动作。

维拉微微睁了眼睛："她不是结过婚了吗？"

"后来离了，现在复婚了。"曲奕边说边看她神情，"我说他们折腾什么呀，明知道绕了一圈儿还是原来那个最好的。"

维拉低了头，接过了请柬。请柬是用了心思的，封面上书——这是一次看清了幸福的轮回。维拉心中一暖，拇指往两旁一拨，请柬打开了，原本锁在两端的红线连在了一起，中间打了一个连心结。

维拉可以想象，程老师是有多在意这桩失而复得的婚姻。

家里似乎没有一个人支持维拉搁浅这段感情，向彤无数次地拉着她的手问："手心手背的事儿，伤了手背，你怎么舍得再剜手心呢？早知道你俩是这个结果，当初你们上大学的时候，我就跟你爸爸站一边儿了，现在多闹心啊！”

顾容与对维拉来说是那么重要的存在，她十五岁后的所有记忆，无不跟他有关。如溺水般难受时，她便会安慰着自己，一定会有一扇窗因她而开，她要她的幸福心安理得。

她做的这个决定，最觉得可笑的莫过于海欧。

“该知道你是维拉的人心里都明白着，而且你做我的姑娘，又有没有问过我，我愿不愿意！”

“我顾不得你愿不愿意，她是你的姑娘，也是我的姑娘。这几年是我替子慕活的，我抹去了她那么多在这里的日子，得替她活回来。”

“笑话，你按着她的路子走，子慕回来了你让她往哪儿走？”

“我没有觉得子慕不会回来。”维拉闭上眼睛，话语却比海欧还冷静，“我比谁都希望她回来，如果子慕能回来，换我去做烈士都成。我在用我的时光来弥补她不在的这几年，我知道你一定会把子慕找回来的。”

叶樱的表现落落大方，顾奶奶拉着她的手说了好多体己话，许多年不见，叶樱对外婆一点儿印象都没有了。顾琳玉把她教育得很好，她虽没有陪着顾奶奶流泪，但每逢顾奶奶问起这些年的事儿，每一件她都回答得巨细靡遗。顾爷爷虽不像顾奶奶那样善谈，可一晚上眼睛和耳朵就没离开过叶樱。

墙上的时针指到了十点，顾容与才提醒奶奶，说叶樱坐了十多个小时的飞机，肯定累了，说事儿嘛，我们来日方长。

顾奶奶才醒过神来，自责了一番，握着叶樱的手把她带到了几天前就专门给她打扫好的屋子，让她沐浴休息。

顾容与也洗了澡，换了一件旧时的睡衣，在床头边拿了一张曲奕给他刻的带子，里面是维拉和她的戏。

一年之间，她接拍的戏多是遵从子慕原本的喜好，子慕偏好古装和军旅的题材，而维拉，显然更偏向于军旅谍战。

顾容与坐在沙发上，一个镜头一个镜头地看得仔细，电视屏幕的光线不停地在眼前明灭，而他在揣摩着她面具下的喜怒哀乐。

过了半晌，他卧室的门被轻轻推开了。顾容与按了暂停，无奈地抬起头来，看着抱着一个枕头的叶樱猫着身子走进来。

叶樱扭头去看电视机的屏幕，维拉穿着迷彩服，正对着远山嫣然一笑。叶樱走过去细看，确定那就是她那无缘的表嫂时，再回头看顾容与的目光温柔若斯。

她在墨尔本的时候就把维拉认出来了，顾家早就把维拉当成了自家媳妇，她跟顾容与的事情自是不会瞒着容与的姑姑顾琳玉的。顾琳玉不喜嚼舌根儿，但经不住叶樱苦求，她说一半，她猜一半，居然也被她知道了个大概。

饶是顾容与跟谁都不会推心置腹，奈何叶樱缠人的功夫一流，且哄骗得顾容与起了个头，就一路细细地猜了下来，也八九不离十。

“我说你俩多可惜啊，没有婆媳翁婿问题，门当户对，感情又好得生死相依，那么多年下来，知根知底，脾气相投。生活上相互关心，事业上又能互相帮助，谁的条件能有你们好啊，你们怎么就闹成这样呢？”叶樱总结，“瞧你俩那点儿出息，一个字，孬。那么多年的感情容易吗？说没就没了。”

顾容与不知道能说些什么，这份感情他早已无奈透顶，除了坚持本心，他找不到一径往前的路。

“容与哥，子慕姐她……会不会已经……”

“维拉说她能感觉到，子慕没有死。”尽管大多数人觉得这只是他们几个人的执念罢了，除了他、维拉、海欧，没有人觉得子慕经历过那样的灾难还能活下来。无关乎信任，无关乎冷静，只是对脆弱生命的那一份妥协。

这个女孩儿对他们几乎也是无条件地信任，他们说子慕没死，那她就肯定还在。

“手机拿来，我看到底是多笨的人在找她。”叶樱嘀咕着拨通了海欧的电话。

接到叶樱打过去的电话时，海欧正在西北，能收得到信号。看到手机屏幕上闪动着顾容与的名字，本不欲接，他们守护着各自的爱情，谁都不肯让步。虽然海欧的脾气已经够倔了，但顾容与拗起来也不遑多让。由是，两个人端着架子，也有一年多未联络。

海欧的心除了子慕再难起波澜，看到顾容与的电话，知道他不会是没事找架吵的人，怕是出了什么事才会联系他的。想到这儿，连忙接了起来。

那头的叶樱开门见山，咄咄逼人，几句话便带入了正题。

海欧跟顾容与虽也是表兄弟，跟叶樱却不是同一脉，幼时打过照面，近十八年未见，早已形同陌路。可不管怎样，只要同他聊起子慕的，必真诚以待之。海欧暗自庆幸他接了这个电话，叶樱的逻辑清晰，想问题独辟蹊径，或许真能出些主意。

“你都在下游找吧？谁告诉你人掉河里了就一定会在下游？”水是往下游流，但人是可以往上的。

海欧静默了许久，半年期间，他顺着她消失的地方一路往下游找。大到一个城镇，小到一个村落。有些村子跟河流离得远，山路难行，车根本开不进去。

这样的寻找使他筋疲力尽，他无数次告诉自己，子慕没有死，她只是失踪了。如果不这样，就再没有力量支撑他走下去了。

叶樱的电话无疑给了他新的希望。他甚至不必记起叶樱是谁，只要事关子慕，说什么他都听得进去。

# 第三十一章 梦醒了，你还在

程老师的婚礼在三天后，这一次的婚礼办得并不低调，昭示着他们对婚姻的反思与坚定。

他们那一届住大院里的孩子几乎都被邀请了，郑思齐牵了头，问她是不是要一起随份子。维拉点头，想到那一群故人，心里又酸又涩。

维拉是一个念旧之人，但多年不见，她的出现恐怕会带来许多是非，只是想起温暖的过往，便想借此机会，看看那些老朋友。

叶樱拿着请柬在顾容与面前兴奋地晃了晃，一副欣然前往的模样。

顾奶奶的本意是让顾容与去跟圈子里的姑娘打个照面，说不定还能擦出些许火花，既然叶樱说要去，立马改了口风，说是让容与带着叶樱去玩玩儿。

叶樱对着顾容与挤眼："把姐姐的号码给我。"

顾容与无奈地递过手机，看着叶樱东翻西找也不阻止。

叶樱撇了撇嘴，显然没有找到有用的信息，就连昵称，他也只是规规矩矩地备注了"维拉"二字，只是所属栏有些耐人寻味——家人。

维拉接到名为"顾容与"的电话时，手机已经响了好一阵了。她一直在找一种合适的语气跟对方说话，模拟了一番才接起，不料竟是一句话都用不上。

她并不是没有接过他的电话，可接起的次数并不多。这次不知道怎么就想起了他身边的那个如郁金香一般的姑娘，才几乎是毫不犹豫地接了起来。

"姐姐，容与哥说后天带我去参加一个婚礼，你是不是也会去呢？"

维拉拿杯子的手顿了顿："嗯。"

那边惊呼了一声："那你陪我一起去买礼服好不好？我在这儿人生地不熟的。"

这样的邀请的确不好拒绝，维拉点点头："好。"

"那明儿我让容与哥送我们去吧？"

"不必，我开车送你就好。"

维拉挂了电话，她实在不愿意把那种感觉称作嫉妒。

程雨的婚礼办得豪华无比，维拉见过的世面不少，可要比排场，这场婚礼无出其右。

宴会厅的布置结合了古朴与华美的风格，古今相映，珠联璧合。

维拉穿着宝蓝色的礼服，深V领，贴身的剪裁，从肩膀到脚踝一气呵成，简单而典雅，既不喧宾夺主，又能独辟蹊径。这般的耀眼，几乎吸引了所有人的目光，她挽着曲奕的胳膊，大方得体地与人微笑。

“笑啥？真想把你那鞋跟给掰断了，你这么穿什么意思啊？”十厘米的高跟鞋很不给曲奕面子，维拉一抬头挺胸，几乎与曲奕齐高。

维拉紧紧地锁住了曲奕，就怕他撂挑子走人了：“叶樱说这样配着好看……”

“你多高？”

“一米七三……”

“鞋呢？”

“十厘米……”

“比我都高一厘米，祝维拉你故意的吧？”

维拉连忙赔笑，好生安抚，要是曲奕跑了，她一个人站着，可就尴尬了。

叶樱的战斗力是她见过的女人中最强的，踩着高跟鞋游走五个小时不带喘气的。好容易把她自己的东西买了，还要掉过头来拾掇维拉。叶樱学的是服装设计，对色彩特别敏感，能入她眼的东西简直是凤毛麟角。到最后维拉脾气都没了，再想到她是顾家的客人不好开罪，只得任她折腾。

好说歹说，曲奕才没有放弃她独自猎艳。只是远远望去，维拉的背还是有一些佝偻。没办法，身边牵着一个很要面子的熊孩子。

“那不是容与吗？他身边的姑娘是谁啊？怎么之前没见过？”曲奕给她往门口那儿一指，维拉回头望去，背光，有些刺眼。

叶樱站在那里，她并不是十分耀眼的女子，即使穿得名贵也略显朴素，可那却是从心底透出来的耀眼光芒。朴素，万物莫能与之争美，维拉很小的时候就听外婆说过这个道理。真正朴素的人，总能最入人心。

所以维拉见到叶樱的时候有些担心了。小东邪，如果她能这么定义她的话。

年少的时候，维拉曾捧着一本《神雕侠侣》跟顾容与探讨过。书里面出现诸多红颜，两个人独独喜欢郭襄。她问他，如果你是杨过，你先遇到的人是郭襄，你会喜欢谁呢？他几乎不假思索便脱口而出，是郭襄。

而他们，都觉得，即便杨过等了小龙女十六年，在遇到郭襄的时候也是为她动过心的。

只有郭襄那样的脾气，才能化解他的戾气。

而如今，两个人站在一起如金童玉女一般，叶樱挽着他的手，大大方方地笑着，顾盼生辉。

她就是你的郭襄了吗？维拉咬唇，第一次有了不确定的感觉。叶樱显然也已经看到他们了，远远地正挥着手呢！

顾容与从未见过这样美丽的维拉，生活把她打磨得精致动人，眉眼中是他未见过的另一种风情，原来他的姑娘在他不知道的时候已独自长大。

顾容与还没回过神来，就被叶樱牵到了她的面前。

身边的叶樱在跟曲奕量着身高呢，她今天穿了一双秀气的中跟鞋，站在顾容与身边，连他的下巴都没够着。两颗毛茸茸的脑袋凑在一起一合计，挽着手哥俩好，同仇敌忾地就把维拉给推了过去。

维拉牵扯出一个笑容，眉眼含月，似冰冷似柔情。由此，顾容与想到一个词——金屋藏娇。他的阿娇太耀眼，他想盖一座金屋子，藏住他的阿娇。

“那，我们走吧！”维拉对上他深情的眼神，心跳漏了一拍。顾容与自然而然地搂住了她的腰身，只要他稍微一侧，便能跟她贴在一起。维拉浑身一颤，受惊似的推开了他。

“好容易才给我当一次女伴，认真些好吗？”

“你……不要这样。”

顾容与温润一笑，原本搭在她腰上的手放了下来，在维拉的心落到谷底之前，他牵住了她的手，十指紧扣：“我牵的是我的未婚妻，关卿何事？”

维拉被他这么一堵，心里有点儿苦，也有些委屈：“别说的你有多委屈似的，姑娘都带回家了，还想红旗不倒彩旗飘飘呢？”

顾容与一听这话，心里特别舒坦，却没有说任何辩解的话。两个人目不斜视地看着前方，如果这时候维拉侧过头来，准能看到笑得灿如骄阳的男人。

他们的席位在偏厅，来的都是当年一起念书的高中同学。

大家看到顾容与和维拉牵手进来，连眉毛都没抬，不该说的话绝对不多说一句。

“大家”里肯定不包括回回，只是她刚想挺着个大肚子起来喊人，那边叶樱就偷偷给她挖了一小块香草冰激凌伸过来，她连忙坐稳，眼睛滴溜溜地转到一边瞧江洛在干什么，看着他招呼四周的客人才放心地含了一口。如今她的饮食被控制得很厉害，与冰激凌等美食已失散多日。

程老师是江洛的小姨，两个人本不应该坐这儿，只是江洛体贴回回，怕她坐着不自在，才把人带到这儿来的。

曲奕被拉到餐桌的另一头拼酒去了，他把叶樱安排在了回回的旁边，顾容与坐了一个左拥右抱的位置，左手叶樱，右手祝维拉。

维拉心里冷哼了几声，没怎么说话。

叶樱右手碰了碰顾容与，下巴轻扬，笑得暧昧，凑过去低声说：“我当伴娘时你得给我大份儿红包。”

“那么俗气？不如给你三个承诺可好？”

独臂的杨过，与伤了手的顾容与。

“大哥哥，你还真当自己是杨过了。”叶樱“扑哧”一笑，“如果你能实现……”她的手无意识地在桌上点着，不知怎的想起前几日在书上看到的那句话，心中感触，便低声念道，“吾生有三愿，一愿世清平，二愿身强健，三愿临老头，数与君相见。”

维拉话听全了，心中一苦，拿起面前的酒就灌了下去。

新郎一身黑色的礼服，在众多人中也显得卓尔不群，程老师挽着他的胳膊幸福地微笑，两个人端着酒杯一桌一桌地敬过来。

维拉看着程雨，这个如此有个性的老师，被爱情磨去了很多棱角，看起来更像一个能过日子的人了。

“你们两口子当初就是离婚骗钱的吧？”敬到他们这一桌的时候，曲奕挤着眉头打趣。

程老师“扑哧”一声笑了出来：“臭小子，都多大了嘴巴还那么欠，还是孤家寡人呢？什么时候也领个姑娘给我看看。”

要是搁平时，他早就指着维拉，吊儿郎当地说那不就是我姑娘嘛，可今天顾及顾容与在场，这话说出来倒是难听了。由是不回答，在那儿赔笑。

郑思齐那一众人开始调戏新郎，说是我们小程老师被你欺负得不行，是老爷们儿就跟我们每个人干一杯。

大伙儿跟着起哄，新郎是个爽快人，一个个敬了过去。虽然他喝的是白酒兑的水，但态度至少摆在那儿了。

程雨看众人笑闹，也不阻止，之前敢这么闹新郎的还真没有，也算是一种乐趣吧！她侧头看维拉，这个姑娘从开始就在微笑，看着高兴，却笑不到心里去。

程雨拿酒敬她，看着她的眼睛，用一种只有她们俩能听到的声音说：“不要做孑慕了，不要再自欺欺人了，不要再试图忘记他了，自私一次。生活已经告诉我，如果他不在了，这一切什么意义都没有。”

维拉知道这样的话分量有多重，程雨敞开自己的伤口来告诫她，告诫她不要走她的老路。这是她这辈子可以给她上的最后一课。

维拉总是在问自己，顾容与在她心中到底有多重，往事告诉她，她视他如命。他融入她的骨血，把他当作另一个自己。

她疼着他的疼，直到感觉不到疼。可是当叶樱站到他的身边，她才恍然大悟，感觉不到爱的爱，是有多爱。

她总是把所有的东西自己扛起来，如同那些年的顾容与。将心比心，他又何尝不想帮她分担呢?

维拉，你怎么就能忘了容与呢?

程老师握住了维拉的手，再牵起了另一边顾容与的手，把两个人的手放到了一起。

“好姑娘，那么多年我不会看错的，你们是可以走一辈子的人，我希望我参加的下一个婚礼是你们的。”程老师笑起来，她今天是最美的新娘。“维拉，虽然你坚持了很久，可你至少该听听我的话，不因为我是你老师，而是因为你最像我。”

维拉的喉咙好像被什么堵了似的，在顾容与期盼的目光中，轻轻地点了点头。顾容与食指一动，用力地握住了她的手。

维拉刚开始是小饮，喝到后来却是酩酊大醉。

顾容与本欲阻止，想到这是她这些年难得的宣泄，也就没有阻止。她喝一杯，他便陪着饮一杯。

从来都没有喝醉过的维拉终于醉了，可她的神志还清醒。她埋头在他的怀里号啕大哭，说了很多平时都不会说的话。

顾容与只听清了一句，她说：“我总是觉得我做的决定是对的，可是时间已经把这个误会澄清。容与，我很难过，真的很难过，你可不可以不要跟叶樱在一起？”

“我一直随身带着，想着总有一天要亲自给你戴上。”顾容与摊开手，一枚戒指静静地躺在那里，“我问大姐要的，我知道它不在你手上。”

未及维拉说话，顾容与就固执地抓住了她的手，把戒指往无名指上套去：“我告诉自己，如果你还能再叫我一声‘容与’，这辈子就算死乞白赖，我也陪定你了。”顾容与把维拉的手握在掌心里亲吻，“我爱你，维拉，你可不可以不要再因为子慕推开我？”

他总是一言不发，温良恭顺地站在她身边，她一回头，他就看着她笑。犹如做梦一样，她变得很高兴，总是不由自主地跳起舞来。

她无法拒绝这样的梦境，每天晚上把自己悄悄融入里面，做着平日不敢想象的梦。僵硬和陈腐盘踞在她清醒的时候，需要承担的东西太多，心情总是很沉重。

她内心的路堵了，不情愿从一片荒芜中走过，即使他在前面也一样。

以前爷爷总是说，维拉最像外婆了，那个为了信仰跟爱人老死不相往来的外婆。

老人的眼光总是最睿智的，爷爷走后的这些年，最能理解她的居然是家里的李妈。她总说，维拉就应该是这样的，这样的维拉才是叶兰带大的孩子。

“我的世界总是没有人的声音，以前在基地，我看到很多动物从林道里走过，有鹿，有貂，也有蛇，可一直没有你。后来我回到家里来，我每天面对着你们家的方向，可每次门起门落还是没有你……”

“那叶樱是谁？”维拉还有些吃醋。

顾容与失笑：“好像还没有跟你正式介绍过叶樱，她是我姑姑的女儿，我的表妹。她说她要把我带到你的身边。她说不准我告诉你，这事儿让她自己来说。如果下次她告诉了你，你记得一定要装作很惊讶的样子，她是一个很好的孩子。”

多么幸运……维拉连忙低头，让泪水滴落在他臂弯里消失不见。想起之前的种种，愧疚而感动。

“若不是她，我未必能走到你的身边。”顾容与收紧了手臂，把维拉紧紧搂入了怀里，“如果你真想为子慕做些什么，就让我陪你一起去找她吧！不要再一个人努力了，我调回北京了，难得找到了双全法，能不能别让我再辜负你？”

他这一生终于有一次为了她而含泪认输。

“奶奶总说我不会哄女孩子，可对我来说，承担、照顾、责任、等待，它们每一个都比空口许诺要来得有用得多。我这段时间总是在想，是不是因为我说得少了，你就觉得我无所谓，你就不知道我比原来更爱你？”

太多的伤，难诉衷肠，顾容与的眼眶含泪：“我总是在想，是不是我还不够努力，是不是你需要更直接的表达，抑郁、抓狂与卑躬屈膝，只要这个有用，即便是稍纵即逝，我也会不惜一切地挽回我们的爱情。”

维拉从未见过如此低声下气的顾容与，她曾想过，于子慕，若遇不见，等不见，望不见，便释怀了同他的这场奈何禅，便当了这情深缘浅。

而现在她终于知道，无论她走得多远，回来得有多晚，总有一盏灯为她点亮，总有一个人为她衷肠，那个人所在的地方，就叫作家。

“房子是你买的？”

“嗯，怕太直接你不会要，就用了奕子的名义。”

“为什么？”

“知道你不喜欢回家，又不舍得你住酒店，最重要的是，我希望我们俩能有一个家。”

太多太多的辛酸苦楚，自听到此话消失无踪。

家。

我们的家。

她做了一个很长的梦，所幸醒来时他还在身边。

近来，维拉感到欣慰的一件事莫过于曲奕升职了。他做出了不小的成绩，正值上头考核，出不得一点儿差错。维拉的洁身自好在圈子里口碑良好，再加上两个人的关系一直没有跟公众挑明，平素行事低调，维拉作为曲奕女朋友的那事儿，已经很少被人提起。

维拉知道，这是曲奕难得的机会，自己不能再耽误他，行事越发低调小心，推掉了近期所有的通告，陪着曲奕跑饭局。

这个节骨眼上，找子慕的事情就耽搁了一些日子。维拉分得清轻重缓急，曲奕为了她牺牲太多。

曲奕不禁灌，经常是没多久就被放倒了，维拉帮他挡了不少酒，然后看他在洗手间里吐得昏天暗地，心想，是该给这孩子找个伴儿了。

或许下次，可以让别人来陪他？

维拉把曲奕搀出来，顾容与的车已经在外头等了很长时间。看维拉有些吃力，赶紧把车开了过去，两个人一起把曲奕抬上了车。

两个人的复合非常低调，连家长都没有惊动。

顾容与在去军校之前可以算是一个“无业游民”，生活只围绕着一个人。维拉有意要疏远娱乐圈，这对他们来说是一个难得的假期。

车开到了大院里，两个人先把曲奕送回了家，然后再送维拉回苏家。

两个人在车里坐了好一会儿，顾容与才不舍地走下车，走到另一边为她开了车门。

他帮她解开安全带，在她的额头上印下一个吻：“早点儿休息。”

维拉面红耳赤地下车，往家门口走去。她回头看了看顾容与，他正站在车灯前微笑地看着她，维拉赶紧转过身来。

心里在盘算，要不要回去抱抱他？看在……看在什么份儿上呢？好吧，看在他在外头等她等到那么晚。

维拉下定决心，回头，冲刺，差一步就钻他怀里的时候诡异地停了下来。

顾容与本来笑等佳人入怀呢，他手臂都张开了，她突然又停了下来，霎时间两个人尴尬得手都不知道往哪里摆。

维拉朝顾容与身后扬了扬下巴，故作镇定地说："奶奶……奶奶好！"

顾容与摸摸鼻子，回头一看，自家奶奶不知什么时候站在了他的身后，神情淡然，不辨喜怒。

"奶奶，那么晚了您出来干什么？"

顾奶奶现编了一个："给叶樱买酸奶。"

"……下次您要买什么就给我打个电话，我给您带回去就成。"顾容与表现出一片孝心。

维拉站在那儿，恨不得找个地洞钻进去，那么多人之中，她最不知道该如何面对的就是顾奶奶了。

"我先回家了，奶奶晚安……"说完，维拉没敢看顾奶奶的脸色，赶紧回头往家里跑去。

顾奶奶看了一眼维拉仓皇的背影，又意味深长地看了顾容与一眼："容与，你跟奶奶说，你们这是怎么回事？"

顾容与笑："奶奶，您不是看见了吗？您的孙媳回来了。"

"真定了？"顾奶奶将信将疑。

顾容与走过去揽住了奶奶的肩膀："嗯，她想明白了，您呢？"

维拉心虚地在自己房里擦乳液的时候，叶樱蹭了过来。这些日子，她跟大院的人已经打得十分火热，基本已经没人拿她当外人了。

她和顾容与复合后，第一个告诉的就是叶樱。当天下午，就被叶樱以功臣的名义，搜刮了好几个包包。自那以后，维拉再也没把她当外人。

那厢蹭过来道："姐姐，为悦己者容呢？"

"你又看上啥了？适可而止啊，叶樱同学。"

"要不给我，我就问我容与哥要去。"叶樱看她，一双大眼睛眨呀眨的。

"随你，正好不用我付钱。"

"你不心疼他的钱吗？我容与哥为了给你买房子把啥都搭进去……"话没说完，

维拉一把提溜起她的耳朵："谁告诉你的？"

叶樱歪着脑袋看她："哈哈，你打死我我都不会出卖我曲奕哥。"

维拉"扑哧"一笑："你就跟他坏吧！"

叶樱挣开她的手，扎她怀里："只要姐姐你好，我多坏都行。这样多好啊，姐姐，你以后可别再犯浑了，这回要是没我，看你俩还得耽误多久。"

"好。"真是个好孩子。

这还没煽情完，顾容与的短信就发了过来，叶樱眼疾手快地从她怀里退了出来欠身去摸索手机，整套动作一气呵成。

维拉刚反应过来，叶樱已经打开了收件箱，大声念道："过来！"

维拉脱好鞋拿在手上，点头："不用你喊，我现在就过去收拾你！什么时候学会乱翻人隐私了？"

叶樱感觉到那鞋子散发出来的杀气，赶紧把"尚方宝剑"凑到她面前："别，是我容与哥叫你过去你赶紧去我会跟苏叔叔说今晚不用给你等门了你可千万别中途回来大家都在睡觉呢没人能给你开门你就陪我容与哥一晚。"

叶樱把气接上后连忙往外跑，边跑边说："姐姐你去吧，我不会告诉大人的！"

"不告诉我什么？"苏志国走到她身后，一脸严肃。

叶樱"嘿嘿"一笑，压低了声音："不告诉您我维拉姐姐今晚要上顾家去。"

维拉电话拨了过去，语气淡淡，嘴却笑开了花："怎么了？找我有事吗？"

顾容与闷笑："我可以说我想你了吗？"

果然是个大闷骚，维拉"哼哼"两声。

"过来，我给你等门，爷爷奶奶都睡了。"

"……"

"早点儿过来，我等你。"

维拉沉吟半晌，拿了包包就往外跑。

一个小时后，维拉和顾容与穿戴整齐地坐在顾家客厅里，两家的大人一个不少全来了。

总体气氛有一些尴尬，尴尬之余还有一些兴奋。这俩孩子耽误了这么多年，终于要有一个结果了！

顾爷爷平时十分严肃，如今居然顾不得礼仪，眼睛笑得都眯起来了，这事儿虽然不大光彩，但比起俩孩子的幸福来说，算得上什么呢？

苏志国的脸色就有些黑了，这完全是地点的问题，如果发生在自家，他会把顾容与打出去。但是发生在顾家就不一样了，维拉跑过来多少有了一些自荐枕席的意味。失去了优先话语权，只能坐在那儿干瞪眼。

另一个笑得比顾爷爷开心的就是叶樱了，维拉认为这孩子从头到尾都插了一脚，通敌叛国，两面三刀，卖主求荣……

向彤的心思有些微妙，虽然十分希望俩孩子和好，但是现在这种情况还真是让人措手不及。

海晴就基本全剩尴尬了，两家都是正经的人家，在没有结婚的前提下先弄出这事儿，虽然她乐见其成，但是也觉得换一种情景会更好……

而顾奶奶一直表情淡淡的，看不出喜怒。维拉拿不准她在想什么，心里不免有些忐忑。

顾奶奶看着维拉，这个孩子她从十五岁看到二十五岁，从怜悯到疼惜到感动到理解再到失望。几个小时前刚刚见到两个孩子在一起，那时，翻来覆去想了好久都没睡着。维拉确实是个好孩子，可她那时的不分轻重差点儿没凉了她的心。

老头子被她闹得也睡不着，烦躁地问："又在琢磨什么呢？"

"你觉得维拉这个孩子怎么样？"

"你又要掺和什么了？人家怎么样有你什么事儿，你倒是看看除了她，你孙子还会娶谁。别乱下绊子，孩子们已经很不容易了。"

海晴也拍了拍她的手，劝慰道："心和者仁，仁者包容万物。原谅孩子一次，人都有做错的时候，如果您真想惩罚她，让她用她的一辈子来还吧！"

顾奶奶深深地叹了口气，她的年纪大了，不想再苛求什么。这些年维拉给自己的惩罚也够了，不管怎么说，都是可怜的孩子。

何况，俩孩子的情深义重始终毋庸置疑。明天，让维拉这孩子过来吃个饭？

想明白了，就睡着了。可这还没躺下多久，叶樱那个欢脱的孩子就打了电话过来，说维拉姐姐在我容与哥房间里呢，您要是想让她给您做孙媳妇儿，您去隔壁敲个门就成。

这帮孩子啊，个个是人精。

维拉的手一直捂脖子上就没好意思放下来，某人附送的"草莓项链"太闪，她的脸皮太薄。顾容与坐在她的身旁搂着她的腰，她挣扎了几次，无果，故放弃。

顾容与也一直在苦恼要不要先声夺人说些什么，道歉？不合适，要不是维拉榆木脑子转不过来，她早就是他的妻子了。求婚？也不合适，像是专门为了负责而那啥似的。万一说错话就弄巧成拙了，他现在的处境岌岌可危。

最后还是顾奶奶先出声了，她问维拉："这次真的想清楚了？"

维拉的手放了下来，端正了仪态，对着顾奶奶鞠了一躬："奶奶，我想清楚了。我给容与……当媳妇儿，不会再离开了。"

顾容与听见她亲口说出来，心里一酸，恨不得当场把她抱进怀里。

顾奶奶再一次拿出了镯子，叹了口气，柔声说："如果你再把它弄丢，它就不会是你的了。维拉，你明白我的意思吗？"虽然原谅，但也要恩威并施。

维拉郑重地点点头，她之前把镯子弄丢了，可是转了一圈儿，还是回到了她的掌心里。

"这次，你帮我戴上。"维拉看着顾容与的眼睛，把镯子塞到他的手心里，"今生今世，我只做你的妻。"

"好。"顾容与心中一动，紧紧地握住了她的手，把镯子套在了她的手腕上。

这个镯子，不仅戴在了手上，也戴在了心上。

"定好日子了吗？"顾爷爷开口问。

维拉和容与默默地对视了一番，容与没有说话，但那并不是推卸责任，而是一种尊重。无论维拉的决定是什么，只要她不推开他，什么都无所谓。

维拉沉吟了一会儿，触到了容与手心的汗水，微微一笑："就在今年冬天，具体听爷爷奶奶的。"

"是子慕嫁给容与还是维拉？"苏志国皱眉了，并不是苏志国给两个人下绊子，但实在是有些事情需要弄明白。

维拉展颜一笑："是维拉，子慕会是我们的伴娘。"

见维拉说得笃定，大人们却面面相觑了。大家心里都明白，如果子慕找不回来了，两个人这事儿可能还有很多波折。

"我跟容与一起去找子慕，子慕还在，我感觉得到的。"

苏志国什么都没说，拍了拍维拉的肩膀。他们选择了在孩子们面前避而不谈，这乱成一团的事儿就让大人们去操心吧！

而他们，只需要幸福就好。

# 第三十二章 致橡树

“最美的你不是生如夏花，而是在时间的长河里波澜不惊”，维拉见到子慕的时候，想到的便是这样的一句话。

子慕站在小河边歪着脑袋看她，眼神纯净得无与伦比。她说：“看到你我就知道了，他没有在骗我。”

子慕笑了，眼睛眯眯的样子。维拉的眼泪还在不停地往下掉，她想过很多次，见到子慕要说些什么，“对不起”抑或是“我想你”，可现在她发现她一句话都说不出来，好像被深深地钉在了原地，动弹不得。

子慕走过来把她揽进了怀里：“我虽不记得以前的事了，但是现在我过得很好，你不要自责。”

已经是夏天了，子慕所居住的木屋前开满了格桑花，这个地方在河流上游的一个偏僻的小村庄，下了飞机后开车过来不过一个小时的路程。

收留子慕的是一家土生土长的本地人，这家的爷爷行医，医术让人赞叹不已却又无从得解。这般再世的恩泽，子慕愿倾尽一生报答。

这家人行事质朴而真诚，独子叫多吉，跟子慕一样大。他们没有出过远门，捡到子慕那回，还是多年来的第一次。

多吉长得并不帅气，却有高原男子独有的品质，简朴、单纯、坚韧。一起吃饭的时候，多吉会细心地给子慕布菜。子慕似乎早已习惯这样的对待，她笑着点头，然后给他们每个人都夹了些菜，独独漏了海欧。

海欧的到来确实让她乱了阵脚，平静的心再起涟漪。

这里的生活已经把她变成了一个平淡谦和的女子，她会做饭，会做酥油酒，可以把青稞炒得非常好吃。

子慕执意不走，她对海欧总是避而不见。

维拉看着席上沉默的海欧与巧笑嫣然的子慕，胸口闷得像堵了一块大石。

海欧说，子慕不走，他就不走。第二天找人拉来了材料，就闷声不响地在他们家的旁边盖起了活动板房。

卖材料的师傅说，他们的人工费并不贵，而且不必管饭，两三天就可盖好，花点儿钱既省力还省时间。

海欧似乎有些自嘲："我现在什么都没有，就是时间多，可以陪她耗。"

子慕对于这两年的事情总是避而不谈，好像她不仅忘记了最初的记忆，也忘了这两年的事儿一样。

维拉跟顾容与默默地对视了一眼，紧紧地拽住了他的手。

顾容与轻声说："可能他们的爱情还需要打磨。给子慕一些时间，她需要看清楚自己的心。"

命运有着奇异的活力，总会把他们的爱情变得弥足珍贵。

子慕没有打算跟他们回去，她说，她已经习惯了静静地看一座山，舍不得这样的宁静。

子慕帮维拉收拾着包袱，神情坦然，维拉拉着她的手问："你真的不打算跟我们回去了吗？"

"嗯。"

"海欧怎么办？"

子慕头低低的，许久才说了一句："随他吧！"

维拉揉了揉子慕的脑袋，没有说什么。将来的事儿，谁又说得准呢？

"两个月前，我跟容与和好了。"维拉转动着手上的戒指，这几年工作辛苦，手指变粗变糙。顾容与在把戒指给她之前偷偷地去改大了，戒指已经不是最初的样子，不变的是陪她到老的心。

维拉低头笑，看着子慕深邃如水的眼睛，继续说道："从小到大都是，我做的决定几乎没有跟任何人商量，只要我觉得是对的，我就会去做。"

"容与对我很好，可我对他却不够好。"维拉望天，泪水在眼眶里打转，"我不是一个好姑娘，我也会有我的心思。我仗着容与喜欢我，包容我，我把他欺负得不行。这几个月，容与每天都会给我发邮件，他能说的无非是天气、晚餐，有时候是一段能对应我心情的《心经》，他从未告诉过我他等得有多难过。那时候我在想，哪怕他强硬一次，我就跟他回家了。因为我跟他之间的问题在于我，我总在说服自己，放过容与，也顺便放过自己。

后来，叶樱来了，我曾以为这个姑娘是跟曲奕、容与联合起来气我的。叶樱约我一起逛街，我才发现我小瞧了这个女孩儿，她很善于用最浅显的事情来掩盖最深的心思。她有意让我误会她跟容与的关系，给我原本并不坚定的心思加了一层危机感。她找到了海欧，她拜托海欧，让他告诉我，这样交换而来的东西，即使是你回来了，也会受之有愧的。这句话换了谁说我都听不进去，除了海欧。

我从未见过这么精明的女孩子，她跟我说，如果我需要台阶，那么她来给我。跟容与……好了后，我才知道她这话是什么意思。

我总觉得你不在了，我不能独自幸福，我总是独自面对未来，这次我想跟他一起走。对你有愧，我们就一起来找你。补偿有很多种方式，关键是我们在一起。你看，老天是对我不薄的，我拉着他的手，找到了你。”

“子慕，我想明白了，你呢？”补偿有很多种方式，关键是我们在一起。

子慕毫不意外维拉看出了她的心思，因为她在走着她走过的路。

子慕沉吟半晌，才缓缓地说了一句：“再给我一些时间。”

回到北京之后，维拉开了新闻发布会，宣布退出娱乐圈。正如顾容与所说，即便子慕回来了，经过了大起大落，怎么还可能再回到那个圈子里去？

媒体问及她跟曲奕是否好事将近时，维拉笑着撇清了，说两个人是发小儿，平时走得比较近，让大家误会了。还打趣着说，如果对得上眼，两个人早成了，哪会等到现在。

唐朵朵作为子慕的助理，本来十分盼着她走的，可是当维拉真要离开了，她的心情却有一些失落了。

她走嘛，是应该的，因为这儿本来就不是她应该待的地方。可是，她仿佛又是属于这个舞台的，她用整个生命在演戏。她对她的宽大与包容，几乎无出其右。

唐朵朵想了很久都不知道应不应该跟她说一声“抱歉”，可是当她看到维拉一步步地走向她此生的挚爱，才感觉到她是真的没有放在心上。唐朵朵有些失落，为她没有走近她的心。

“喂，你们结婚的时候会请我吧？”唐朵朵叫住了维拉。

维拉回头，笑道：“当然，我们家随时欢迎你来做客。”

八月中旬，顾容与就要去军校进修了，为了方便住行，常常到维拉的房子小住。

顾家可以容忍他偶尔的夜不归宿，或者说欢迎……苏家就不大欢喜了，苏志国老爱打听维拉做了什么，晚上在哪儿留宿，上蹿下跳地没少挨向彤数落。

维拉现在也是无业游民，整日待在家里抓耳挠腮的也没个人调戏，时常在两个家之间游走，有时候还会去顾家陪顾奶奶说说话，她在尽最大的努力，焐暖顾奶奶的心。

后来维拉才发现自己是挺没骨气的一个人，某人抱怨家离得远，食堂的饭难吃，她就屁颠屁颠地跑到那个写着她名字的房子里做起饭来了。吃着吃着，某人就登堂入室了。

“拉拉，把阳台那毛巾给我拿一下。赶紧的，不然我用你的了！”

维拉走过去狠狠地踢了两下浴室的门：“顾容与，你不故意落下点儿什么东西能死是吗？”

这厮最近开始把自己的东西一点儿一点儿地往里搬，不仅自己搬，有时候还会耍些小心眼让维拉给他去买。胡子刮到一半，胡须水洒了，让维拉下楼给他买。用一次性牙刷故意把柄刷断了，抱怨质量不好，让维拉给他买好的，维拉不去，就威胁她说那就用她的牙刷。

最可气的是，在她这儿洗了澡就迅速地把衣服给洗了，美其名曰不想给她添麻烦，然后光天化日下就围着一条浴巾在家里四处走。维拉拿他没办法，认命地给他买起衣服来。现在阳台上晾的有一大半都是他的衣服。天气热，顾容与一天换两套，没得换了就把卡给维拉，深情款款地跟她说：“刷吧！多少钱都没关系，只要是你买的我都爱穿。”

维拉看着满屋子他的东西，控诉他鸠占鹊巢的时候，顾容与就把这些事儿提出来了，说这不是你为了让我留下来专门去给我买的吗？

维拉常常被他气得七窍生烟，很多次都吼着要退货。这个人绝对不是顾容与，前后性格变化太大了！

这种疑惑一直维持到他们家顾西礼和顾西赞四岁的时候，那年，俩孩子挑了一整个幼儿园的小朋友。维拉才惊觉俩死孩子不是基因突变，而是顺顺当当地继承了顾容与的基因。

子慕经常会给家里打电话，她不让父母去看她，如果父母真的去了，也许会打乱那个远山深处人家的平静。

向彤和苏志国不放心，沿着维拉给的路线偷偷地过去看她。她的生活很宁静，她的身后总跟着一个海欧。

苏志国总有一种女大不由爹的感觉，也终究生出了儿孙自有儿孙福的感慨。这些孩子从小主意就大，给他们些时间，他只需要看着他们幸福就好。

接到海欧电话的时候，维拉正在给容与做饭，看到是海欧打过来的还有些诧异，她跟海欧的关系一直不大好，平日很少联系。

维拉把电话接起，那端是海欧低沉的嗓音："帮帮我，给她一个道德的出口，让她回家吧！"

海欧自小高傲，从未跟人低声下气地说过这样的话，即便子慕失踪的时候也是，腰板挺得很直，不接受任何人的帮助。

现在他终于放下了架子来求她，只要子慕能回去，他什么都无所谓。

维拉不知道子慕想清楚没有，但是她可以确定的是，子慕动摇了。如海欧所说，只要给她一个台阶，让她有一个理由顺理成章地回来。

维拉拉了他俩一把，威胁子慕说她再不回来办事，她跟顾容与就没法结婚了。子慕承受不了这样的压力，终于离开了高原，两个人各归各位。

维拉把子慕的各种证件一股脑地塞还给她，里面还有一张卡，是她作为子慕这两年来所有的收入。

子慕变得很沉默，她全数接了过去，并没有翻阅。

维拉拍着她的肩膀安慰道："不要害怕走弯路，就怕你不敢走，停滞不前。"走过了弯路才会幡然醒悟，醒悟幸福原来就在左手边。

关于他们俩的事儿，维拉并没有多问，要怎么留住子慕，就是海欧的事儿了。他们只能默默地看着，耐心地等待这段爱情变成美好的姻缘。

摆正了身份，各种事情接踵而来，首先是工作问题。

顾容与为维拉的去处跟她讨论了很久，再不找工作，两人下个月就得出去喝西北风了。顾容与在进修期间，津贴很少，全用来供房子了。而维拉在大学之前存的钱早已捐给了山区里的孩子，剩下这几年在娱乐圈赚的都还给子慕了。

这两年顾容与都不会在军营里，不大放心维拉一个人回去，最后两个人折中，让她到军科院去做研究。计算机也算是维拉的老本行了，上手比较快，关键是，她又是军人了。

拿到了久违的军官证，维拉摩挲着上面的名字，把它放到了书房的橱窗里，跟顾容与的摆在一起。

这是真正由信仰拼接成的身份，以后再也不会弄丢。她的军旅路程惊艳了时光。

军人总有一种情感在无形中流动，沉缓而冷静。它经常会成为人最大的依靠，这个身份对维拉来说，或许拥有着比爱情更为悠久的魅力。

所以给孩子这样的信仰并不是不好，维拉手中随意地握着一支笔，歪头想，是应该把这份情怀世世代代地传承下去。

仿佛为了应允她的所思所想，十二月临近，他们又迎来了一个暖冬。陪着他在寒冬腊月里盛开的梅，万花凋零的时候也在开放，这一次开得尤其娇艳。

维拉看着名单上的一溜儿名字，这些人就要成为她婚礼的宾客。她拉着顾容与一起写请帖，没有假手于人。

回回三个多月前生了一个女儿，正在无止境地休产假，经常会抱着孩子过来巡视一番，结婚嘛，这事儿她有经验。

维拉抱着粉嫩嫩的江槑槑，软得心都化了。江槑槑的大号比较文艺，据说是江爷爷取的，她没大记得住，回回取的小名大伙儿都记得蛮牢。当初回回为了找四个口的两个字耗尽心力，常常津津乐道地给维拉讲她取名抗争的那一段趣事，还兴致高昂地说要给顾家的宝宝取名儿。

像槑槑这种？维拉头摇得厉害，这种毁人前程的事儿维拉敬谢不敏，说孩子的名字肯定是让他太爷爷取。原因有几个，首先就是容与的名字不是他取的，顾爷爷一直都挺遗憾。还有，维拉觉得自己取不出一个比“容与”更好的名字了。

大姐知道维拉要结婚，请了好几天的假飞过来帮着准备。这次难得的，宿舍的八个人都来齐了。大家订婚的订婚，结婚的结婚，竟是王兰陵落在了后头。喜欢过顾容与的人，眼光又怎么会低呢？

她拥抱了维拉，说她以为他们俩再也不可能了，没想到转了一圈又回到了原点。以后再也不要遗憾浪费了那么好的时光，这段时光会把执念变得很长很长。

很珍贵的一番话，维拉静静地点头接受，握着她的手，给予她相同的祝福。

维拉还拜托勤务兵给远在大西北的朋友送了几张机票，她始终记得在远山深处还有一个家。她的朋友们早已儿女成群，不变的是许久不见的思念。

阿曼没有来，他托比亚给她送去最美好的祝福。他说——知道是顾容与，他就放心了。虽然见不到她最美的样子会遗憾，但他更希望留在他脑海里的，是对维拉最初的印象。

大婚前夕，众人去烈士陵园拜祭远去的亲人，告诉他们，以后要跟她生活在一起的是她此生的挚爱。

十二月十日，他们举行了婚礼，当日，大雪纷飞。

主婚人是程老爷子，极其德高望重。他听程老师提起过两个人，感叹得厉害。程雨的事儿他没少操心，自然知道两个人绕了一圈还能牵手有多难得。收到顾家的邀请，连考虑都不必，说是能见证这对新人的爱情，也是一种福气。

那天子慕陪着维拉在化妆间化妆，化妆师笑着跟她说：“我一直很爱看你演的电视剧，你演得很好，待会儿结束了，可以给我签个名吗？”

子慕愣了一会儿才知道那个人虽是跟自己说话，但是话里的人却是维拉。她紧紧地握住了维拉的手，不是嫉妒，是感激。

子慕在整理东西的时候才发现多出来的那张银行卡，这钱子慕没要，趁着他们大婚之际又送了回来。

维拉的心意，早已无价。

维拉的伴娘有两个，子慕和叶樱，回回虽然没有当成伴娘，但也恨不得贴在她们身边。

叶樱很得回回的心，两个人玩得极好。回回经常心啊肝啊地叫，还打定主意要叶樱留下来。把大院的人看了一遍，本来想配给她家大伯江磊，后来好像发现曲奕更合适。抓耳挠腮找不到方向，想着等维拉这事儿完了再来操心她的事儿。

回回和叶樱都是爱胡闹的人，看维拉新娘和子慕伴娘长得一模一样，联手想耍顾容与一把，逼着她们换了装束。

维拉子慕两个人的心思，一个不可说，一个心知肚明。

化妆师、摄影师都急得不行，没有谁的婚礼会这样胡闹的，何况这场婚礼非比寻常，外面的宾客，哪一个不是响当当的人物?

可是俩伴娘好像也是了不得的人物，连主角儿都陪着一块儿胡闹，他们还能说些什么呢!

婚礼是中西结合的形式，化妆后两个新人就要一起去宴会厅了。

叶樱急急地跑去找顾容与，说是新娘子那儿出了点儿差错，让他先行去宴会厅候着，她们稍后就到。

顾容与哪能依啊：“我等她。”

“等什么等，女孩子的心思你不懂。”叶樱言之凿凿，“在宴会厅的大门打开的时候，万道光芒从背后倾泻而来。那是一个女孩子这辈子最美、最惊艳、最重要的一刻，再说了，她还想给你一个惊喜呢！”

顾容与狐疑地看着叶樱：“真的？”

“真的。”叶樱摆出一张严肃脸，“容与哥你不相信谁都不能不相信我啊，要是我把你新娘子弄没了，不等我妈杀过来，我先自刎了。”

得到了伴娘的保证，顾容与带着他那俩伴郎——曲奕、海欧先行去了宴会厅。就连江洛都被回回一个劲儿地往外推，江洛意料到这事儿得出岔子，还专门打电话警告了回回不能玩儿过头。

不过几个人没离开多久江洛又跑回来了，因为维拉奇迹般地发现回回好像又怀孕了，得到在场的医生初步确认后给江洛打了电话。

江洛心急如焚地跑回来带人上医院去，后来一查，果然……这个速度虽然有些丢人，咳咳，但还是很让人兴奋啊！

顾容与穿着07式军官礼服站在宴会厅里等了好一会儿，一直在后悔不应该听叶樱的一个人先过来，现在心里可是火急火燎的。

曲奕主动请缨去找人，还没走几步，叶樱的脑袋就探了出来，告诉他们新娘子来了，主持人可以开始暖场了。

顾容与的唇微微上挑，心里有着难以言喻的感动，温柔地看向缓缓打开的门。新娘子穿着一袭雪白的婚纱，绾了一个漂亮的发髻，散下的裙摆好似碎了一地的月光，独特的面纱隐隐约约地遮住了半张脸，只留一双眼睛露在外面，笑意十足。

顾容与跟海欧心里同时骂了一句娘，要不是为了顾全大局，顾容与肯定一把揪过叶樱狠狠地给她几下。平时胡闹也就算了，今天是什么日子，她一点儿判断力都没有的吗？

子慕挽着苏志国的手慢慢地朝新郎官走去，顾容与站在那儿，无奈到极点，不知道他们是什么用意之前，不敢接招儿。

苏志国终于有了嫁女儿的喜气，走得笔挺笔挺的。只是不知道挽着他的人是子慕，不然还不得被这群熊孩子气死。

叶樱不知道什么时候绕到了海欧的身后直接给了他一脚，心想这个人都看出来了还不上去接着，等着子慕嫁给顾容与呢？

叶狐狸比回回想得都远，回回就想玩玩儿，她还想推子慕一把呢！

海欧恍然大悟，抱拳说了一句“大恩不言谢”，就越过新郎，直接牵起了子慕的手，去迎接这一场意料之外的婚礼。

子慕看着海欧走过来，变了脸色，僵在那儿没动，整个宴会厅的客人也都愕然了，这到底是怎么回事儿？

海欧朝苏志国俊朗一笑：“爸，请您放心地把子慕的手交给我，这辈子她走到哪儿，我就跟到哪儿，再也不会把她弄丢了。”

子慕咬唇，看着海欧都要咧到耳根的嘴，有种赶鸭子上架的无奈。

苏志国这辈子就没遇到过这么荒唐的事儿，那种打落牙齿和血吞又夹杂着另一种欢天喜地的雀跃心情是怎么回事……

顾容与站在一旁，四处找叶樱的脖子掐。真想跟她咆哮一番——你海欧哥不容易，难道我就简单了吗？

顾容与扶额站在一边，心情低落到了谷底。他觉得自己是世界上最悲催的新郎了。无端地被人占用了婚礼，还得笑着站在那儿当作什么都没发生过的样子。

一阵悠扬的婚礼交响乐响起，他们应该在交换戒指了吧，海欧那个王八蛋应该用的是他买给维拉的戒指。顾容与闭上了眼睛，心里有种巨大的失落感，真想知道这个世界怎么了，怎么这种事儿也让他摊上。

正想着，一双凉凉的小手就滑进了他的掌心里，顾容与心中一震，抬头，巨大的惊喜向他涌来。

“顾先生，久违了。”维拉握住了顾容与的手，脸上是一种委婉的感叹。

刚刚的声响，是她穿着跟他相配的军礼服挽着曲奕向他走来，他居然错过了那么美的一刻！

这场缤纷的盛宴终于如期而至。她穿着人世间绝美的颜色，站在红地毯上一步一步地向他走来。每走一步都是一段回忆，身后盛开着他们莺歌燕舞的青春。

顾容与马上站好，把失而复得的新娘拥进怀里，声音有些沙哑：“顾太太，请多指教。”

旁人发出善意的微笑，叶樱悄悄地把戒指塞到他的手里：“去吧，容与哥。”

一念之慈，万物皆善。

顾容与握紧了维拉的手，两个绿色的背影带着军人钢铁一般的坚定走向了属于他们的未来。

或许，这才是最适合他们婚礼的颜色。

花儿为什么这样红，它是用了青春的血液来浇灌。

嘉宾席给予了他们经久不息的掌声，这是属于两对佳人最难忘的夜。

这也是生命赋予他们的最好礼物。

多年过去，茶余饭后人们还总爱说起那场婚礼，一样笑得明艳的新娘，一样俊朗飞扬的新郎。

高高的梧桐树下，一个半大的孩子抱着一本语文书，皱着眉头在苦背《致橡树》。少年的声音清晰，却有点儿倦怠，或许还要十年，才能读得懂这首诗。

顾容与听得入了迷，不知何时，他身边有个声音轻柔地问："今晚你想吃什么？我给你做，嗯？"

他们的爱情不再是花前月下，每日平平淡淡除了家长里短只论柴米油盐。

顾容与看着老去的维拉，她的风姿依然，顾容与笑着笑着就有了泪，身边回荡着少年清灵的嗓音，那首诗歌仿佛也变成了这样的诗句——

我如果爱你，便以一棵树的形象和你站在一起。木棉与橡树，分担寒潮、风雷、霹雳，共享雾霭、流岚、虹霓。

——全文完——

# 番外一 梦里遇到个熊孩子

一九九五年的夏天，似乎显得特别漫长。

回回一个人坐在树荫下的石板凳上，蔫蔫地拍着小纸片儿。

聚在这里的小朋友们刚刚散伙，在她哥哥回安的带领之下背着小水枪转战池塘游泳去了。回回才三岁，没人敢带她，所以她被大家很默契地留了下来，看管一堆皱巴巴的小纸片儿。

回回心情有些低落，百无聊赖地蹲了下来，找了一根小木棍挖蚯蚓玩。

“哟，我们家回回怎么了，跟霜打的小茄子似的？”

一个调侃的声音响起，回回抬头，看到来人，急忙扔了棍子跑过去抱大腿：“小刘哥哥！”

小刘哥哥是他们家的警卫员，十八九岁的年纪，回回可喜欢看他打军体拳了。

小刘一把抱起回回，在她粉嘟嘟的小脸上亲了一口：“都好几天不见了，看这小脸瘦的，想不想哥哥？”

“我想阿白。”

小刘嘴角抽了抽，捏了捏她的脸颊：“小没良心的，跟哥哥回家，有一个小哥哥专程来陪你玩了。”

回家住在大院的两层小洋楼里，四世同堂。外面圈着一百平方米的地，前头的被回奶奶开垦出来种了蔬菜，中间铺着红砖头，是专供人行走的。后头就是一小块空地，头顶全是葡萄藤，是一块顶好的乘凉之地。在墙角的一小块地方，歪歪扭扭地种了一些被回妈妈戏称为杂草的小花儿，那是回回的地盘儿。

回回回到家，第一件事就是上隔壁去看望她十分想念的阿白。

回回还没来得及敲门，就看到了大公鸡漂亮的彩羽被堆在了门口，隔着篱笆缝儿往里看，哪里还有阿白的身影？

“阿白让人给宰了！阿白让人给宰了！”回回跑回家号啕大哭，跟家里人哭诉她成了“寡妇”……这词儿她昨晚刚从别处学来，今天就用上了。她一心想嫁阿白为妻，然后跟它生一窝小猫……奈何上天不公！

回回爸心疼极了，把回回搂怀里心啊肉啊地哄着，心想怎么离开一趟就发生了那么大的变故，瞧着这孩子哭得都喘了，赶紧扭过头去问她妈：“阿白是谁啊？怎么会让人给宰了呢？还有王法没有啊！”

回回妈的眼皮都没抬，继续擦着桌子：“阿白就是隔壁家的那只鸡，毛发不错，声音还特别响亮，你女儿眼光不错。”然后抬眼，一把抓过回回：“快上去换一件衣服，脏兮兮的，你程爷爷马上就到了，别让人看了笑话。”

回回爷爷的老战友姓程，叫程荣邦，两个人是一个战壕里爬出来的兄弟。解放后程荣邦留在了北京，而回重华则随着部队南下羊城，之后两个人便天南地北了。毕竟是生死之交，这么多年书信联系一直没有断。这回是难得程荣邦抽出了时间，才得以南下拜访老战友。

回回背着手，头上扎着三个小揪揪，光着膀子，腆着肚子，一条底裤裹着圆滚滚的屁股，脚上还趿着一双破拖鞋，脚丫子一直不死心地压鞋头。她笑眯眯地问眼前的这个看起来话很少的哥哥：“我叫回回，就是四个口那两个回，你叫什么名字？”

回家是红色家族，家里五代从军，书房里挂满了军功章。他们家在回回之前只生男娃娃不生女娃娃，基因强大到不可比拟。回回是唯一的女娃娃，这个家族对她实在有些手足无措。事实上，在取名的时候场面就失控了，优美的名字列了一小本，个个寓意深长。最后还是回回的太爷爷一锤定音，就叫回回，把姓叠加在一起，绝无仅有，说明她是家族不可多得的宝贝。

眼前这个四五岁的男孩子俨然已经有了大人的风范，他轻微地皱着眉毛，字正腔圆地问道：“你是女孩子？为什么不穿衣服？”

回回摸摸小肚子，妈妈说今天家里要招待客人，所以给她换上了一条隆重的裙子，好几层叠加着，在羊城的八月天里简直是让人挥汗如雨。回回趁着大家都在客厅里忙活的时候自己又偷偷地跑上楼把衣服脱了。

这不，才脱掉衣服，程爷爷人就来了，还意外地带着一个小哥哥。

后来那位小哥哥旁敲侧击问起之前的事，无论威逼还是利诱，回回却连他姓甚名谁，模样几何都已记不起了。

她只是呆呆地看着眼前的哥哥，小脚丫压啊压的，拖鞋头终于不负众望给压断了。回回大乐，捡起她的战果，扭头朝楼下喊：“妈妈，鞋子坏了，换！”

一旁的回安看到客人被冷落，大方地将他拉了过去：“我妹妹就这样，你不用管她，我们来玩弹珠吧，江洛。”

回回妈见到光着膀子的回回，照例在她屁股上抡了两巴掌，回回傻兮兮的也没哭，一只手拿着冰棍，剩下的一只手拨弄着妈妈给她拿的新拖鞋。

“真不知道你这是什么毛病。”回回妈骂，“你这都踩坏多少双鞋子了？再踩坏一双我就再也不给你买了，你就光着吧，彻底不用穿了。”骂完，又想起有客人在呢，抱歉地朝他们笑了笑。

回回在踩坏第三双拖鞋之前，她穿的都是好鞋子。只是她一星期踩坏一双，回回妈有一段时间气得不再给她买了，回回就穿着缺了头的鞋四处走。

不知为什么，回回对拖鞋有着奇异的爱好。大家光着脚丫在院子里玩的时候，她就偷偷地把隔壁花花的鞋子穿走，继续压鞋头。花花哭着上门讨要的时候，鞋头已经断了一半。回回妈通红着脸给人家赔不是，买了两双顶好的鞋子赔给了人家。然后就拉过回回，扯掉裤子，啪啪啪，把她打得嗷嗷叫。

奶奶看着心疼了，但她也知道回回有这个臭毛病，在经过无数次的教而无用后，干脆就给她买了一小堆劣质的硬胶鞋，专门给回回压的，还数落了回回妈好久，说你这妈怎么当的，还真要她磨破皮了你才甘心？

回回换好了新鞋子，又跑去骚扰江洛。

时年，江洛总爱板着个脸，连玩个弹珠都跟个特务似的，回安嫌他无趣，玩了一会儿就撇下他，出门找别人玩去了。

江洛的到来给回回带来了不少乐趣。这个哥哥总有很多好吃的，回回的牙没有长完，家里人不许她吃糖，她虽然心里惦记着，可也没办法，家里的冰糖总是放在她触不到的地方。而这个哥哥，什么都有。

回回从他包里摸出一盒“大大卷”，拧开，向周围望了望，然后撕下拇指大小的一段，迅速地往自己嘴里塞。等把甜味吮吸完了，看着空出来的一小块地方，想了想，把嘴里的口香糖拿了出来，捏成原来的形状给拼了回去。

“你在干什么？”

回回被吓了一大跳，小手一抖，急中生智地向江洛跑过去，扬起手中的大大卷，边跑边吆喝：“哥哥你的大大……”

奈何她跑得太快，脚步又有些凌乱，左脚钩住了右脚，身子一歪就摔了一个狗啃泥，嘴里还喃喃着剩下的那个“卷”字。

江洛看着这个傻里傻气的女娃娃，怕她哭喊，赶紧走上前去把人拉了起来。要在平时回回肯定扯着嗓子哭了，可这次不一样。

这大大卷看起来有些……奇怪。

江洛看着大大卷扭曲的前半段，软塌塌的，立不起来。

回回见江洛盯着她，眉头一跳，提示道："哥哥，刚刚我摔跤了。"意思是——可能把你的大大卷给摔坏了。

"你很喜欢吃糖？"

回回连忙摇头："不只喜欢吃糖。"

"你去把我的包拿过来。"

回回应着，飞快地就跑到后边把江洛的背包提了过来，小身板似乎蕴藏了无数的能量，眼巴巴地看着江洛一件一件地往外掏东西。

看着自己面前摆着的零食越来越多，回回别提有多高兴了。她摸着一包小饼干，眼睛却还使劲地往包里瞧，指着一包牛肉干说："哥哥我要那个。"

"那个很辣的，你能吃吗？"

"能！能！"回回说着，一把就把牛肉干搂到身边来了。

回回藏好江洛给她的零食后，极力地邀请江洛一起玩过家家，在回回的念头里，这是回报这位哥哥的好方式。

江洛的怀里强行被回回塞了一个布娃娃，他有些郁闷地看着挎着妈妈的包，脚踩三十八码高跟鞋，口红涂得像如花，兴致勃勃的回回，终究没坏了她的兴致。

到了吃晚饭的时候，远远地都能听到战士们在拉歌，这时候回回都会跟着哼几句，都是些乱七八糟的词，没人听得懂她哼什么。

晚饭后的节目是大头。恰逢周四，大院里的露天电影院都会放一场电影，院里的男孩子偏爱武打剧，每每播放，总有一排孩子站在前面跟着哼哼唧唧在那儿比画。今晚放的是《闪闪的红星》，听说主演也是个小朋友，所以大院里的孩子更欢腾了。

"拉大锯，扯大锯，老爷门前唱大戏，猫也去，狗也去，就是不带回回去。"回安在后面干号着做鬼脸气回回，小小的孩子，还没有做哥哥的自觉。

回回坐在她的红色小三轮儿上假装不在意，但是小胖腿蹬三轮的力度越发大了，小三轮儿吃力地在院子里兜圈圈。

回爸爸拍拍回安的脑袋："别闹你妹妹，看好她，别让别的小朋友欺负了。你别光顾着自己玩，小洛是客人，你年纪最大，机灵点儿，别冷落了他。"

"回来的时候记得把你妹妹那些破了的鞋子拿回来，每次都到处脱，跟不要钱似的。"回妈妈收拾好碗筷，从厨房里出来，对着回安嘱咐道。

回爸爸一脸无奈：“你怎么说着说着又生气了呢？”

“你不知道，上回我去给她找鞋子，在电影院那儿都聚了一小堆儿了，全是她的，勤务兵见我去了，一直在那儿冲我笑……”

回回的小三轮儿在江洛面前停下了，眼珠转了一圈突然想到自己可以找外援，她屁股拼命地往前挪，示意江洛坐到她身后去。

“你来，你来，我跟你一起去，我们不要哥哥了。”

江洛微微皱着眉头看着回回的小三轮儿，她已经挪到了车椅前面打尖儿的那一块，给他腾出了三分之二的位置，手也从车把挪到了正中间，邀请力度特别大。这种小三轮儿座椅上还有椅背，围了半圈的铁栏杆像竖着尾巴的大公鸡，两个人坐，位置并不富余。

江洛很酷地摇摇头，这等自降身份的事情他敬谢不敏。可还没等他扭头走开，整个人就被抱起来塞到了回回挤出来的地方。

“去，带妹妹骑车。”他外公拍拍他的脑袋，“别闷闷不乐的，人家回回多喜欢你呀，还邀请你坐车呢。”

对于这句话，两个人都保持沉默。

程荣邦回头跟回重华抱怨：“真不知道他那爷爷怎么当的，把孩子带得跟个闷葫芦似的。他哥哥江磊从小跟着我，活泼开朗，每天都上房揭一回瓦，两个人的脾气秉性那是一个南辕北辙。我这回要是再不把他带出来，指不定哪天就得自闭症。”

回重华哈哈一笑，一脸骄傲：“我就把我家回回跟回安带得很好。”

回奶奶在旁边小声嘀咕了一句，回重华没大听清，反正大意是——有你什么事儿。

回回的腿在车前轴一夹，示意江洛可以踩了。

俩小孩儿，江洛圈着胖嘟嘟的回回还真不好把车头，回回见状就接过了车把手，见着回安就逮着他碾，两个人分工合作也挺自得其乐。

而江洛第一次觉得，骑车也并不只是一项单调的机械运动。他的手放在了回回圆滚滚的肚子上，听着从她的肚子里传出的叽里咕噜的声音，心想怎么能叫得那么好听呢，跟唱歌儿似的。

江洛想，那么多小朋友里，她是唯一一个不讨厌的，如果我能在这儿一直住下去就好了。

他扭过头去，路边不知被谁插上了一个小风车，小风车始终在转啊转，好像一直都不会停歇。

看电影的时候，江洛已经牢牢地牵住了回回的手，回回听不清楚电影中的台词，他就给她复述一遍。就连回回要他肩膀上的那颗红星，他也毫不犹豫地取下来，别在了她的胸前。

这是他最喜欢的一颗星星，平时都不让人碰的。

回重华欣慰地在后头看着，一边跟程荣邦调笑："看这俩孩子，感情真好。要不，咱们定个娃娃亲……"

程荣邦回了些什么话，回重华已经不记得了，但是他自己说的这句话，自己却记了好多年。

二十多年后，当回回挽着回重华的手，在红毯上一步步地向江洛走过去，这连两个孩子都未必记得的一幕往事，在回重华眼前如走马灯般掠过。

他不由深感可惜。因为地域相隔太远，又因为手头事务的繁杂，在那次之后，两家人竟再也没见过面。

那个回回跟自己念叨了一个暑假的小哥哥，兜兜转转二十年，终于由自己将她牵到了他的面前。

看着眼前红着眼睛、满载着诚意和感动的新郎，回重华松开了回回的手，将她往前推了推——

"去吧，回回，我们已经迟到了很多年。"

# 番外二 大姐的婚礼

接到大姐婚礼的邀请函时，跟江洛闹别扭的回回正策划着离家出走，彼时祝维拉和顾容与正在休假，二人几近谈婚论嫁，也即将出席大姐的婚礼。

回回当机立断，买了当天的机票去呼伦贝尔。

到那儿后，没把自己当外人地吃了一天，跟小猪一样地在大姐身边到处乱窜，大姐看着心烦又奈何不得，怕把她逐走了，就真找不到人了。不过有时被她念叨烦了，还是会把她轰出去，并严厉警告她不准走远。

回回委屈地出来，蹲在帐旁看一棵草。

她如今没整理好自己的心情，她还没准备好这辈子都跟江洛在一起，如今发生的事情太出乎自己的意料了。

大姐出来的时候看到回回在拔草，旁边已经拔了一小堆了，训斥道："你又在干什么？"

回回被大姐一吼，委屈得号啕大哭："我，我就是见这几棵草长得特别圆润好看，把持不住了。"

嗯，我是见江洛长得特别圆润好看，把持不住了。

大姐又气又好笑，过去扶她起来，用掌心帮她擦眼泪："哭什么？越大越娇气，还说不得你了。"

回回把眼泪往大姐身上抹，不说话了。

昨晚看她一个人过来，她就知道回回可能跟江洛吵架了。她跟回回的关系没有回回跟祝维拉的好，而且知道会触及回回的隐私，所以没有多问什么。

大姐进了帐篷，打算给她找点儿事做，不然一个人总难过也不好。

她拍拍回回："明天维拉和顾容与过来，你可以去接他们不？我腾不出手了。"

第二天，回回老老实实地去接机了，看到顾容与和祝维拉的时候忸怩了很久，原因是别人手挽手笑眯眯地出现，闪着她眼睛了。于是回回小跑过去，非得挤俩人中间，祝维拉不满，拧她的腰把她给掐走了。

回回特别憋屈，委委屈屈地站到了一边。

祝维拉和顾容与对视了一眼，顾容与善解人意道："我去等行李，待会儿你们跟过来。"

祝维拉点点头，看着顾容与的身影走远了才扭过头来看向回回，这厮自从顾容与离开就开始手舞足蹈地比画，恨不得给她现场直播江洛的丑恶罪行。

回回的事，即使不听她说，维拉也能猜个八九不离十。回回这辈子靠谱的事情就没有干过几件，每次听她转述一件事情就好像在听一场荒诞剧。不过三言两语，维拉就把回回和江洛的恋情全套了出来。

回回难得害羞，东看看西看看就是不敢看祝维拉的眼睛。

祝维拉知道她不好意思，安慰道："回回真棒！"

"……"为什么这样的夸奖她一点儿都高兴不起来呢?

不过，在朋友里面，维拉是最维护她的一个了，比她家哥哥还疼她。回回在她睡着的时候偷偷叫过她姐姐，虽然维拉比她还要小上一年。回回不在乎年龄，只在乎维拉对她的那一份心意。在回回的心里，哥哥姐姐等同于跟她最亲近友好的人。只要她感受到那一份心意，就会对你十分亲近。

等回回把大姐家的新鲜东西全部尝过一遍之后，终于等到了大姐婚礼那一天。

大姐给她找了一套蒙古族的衣服穿上，摸着雪白的裙摆，回回多转了好几个圈圈，眼看又要把一箩筐的水果给撞翻。祝维拉见状，连忙揽住了回回，今天是大喜的日子，不能出什么差错。

回回也惊魂未定地抓住了祝维拉的手指，摸了摸，手感不对啊！拉到眼前一瞧，不知什么时候起，祝维拉的无名指就已经戴上了这枚戒指。

"那个什么顾……顾……"

"顾容与。"

"顾容与向你求婚了？"回回抓着她的手，眼泪汪汪的。

祝维拉微微一笑："嗯。"

不怪回回会哭，不少人得知他们要结婚的消息之后都挺难过的，这段感情路走得太艰难了。这些年她离维拉最近，看到的比别人都多一些。

祝维拉帮她抹着眼泪："对不起啊，我只是想给你一个惊喜，试试我不说，你会到什么时候才发现。"

回回窝在她怀里，握着她的手跟她说了好一会儿贴心话，时不时悄悄在她的衣服上抹一下眼泪。

祝维拉发现之后，哭笑不得地把她弄走了。

回回摸着她的戒指不放："看一眼，就看一眼。"

祝维拉伸出手指跟回回展示着，就是死活不肯脱下来，就怕她给玩儿丢了。

回回摸了好一会儿，越看越喜欢。

关于戒指，回回还有一段凄美的回忆。

那时候有一种方便面，里面会附赠一枚塑料戒指，花样很多，很得小朋友们的喜爱。回回爸妈怕她吃零食吃坏肚子，一般不给她零用钱花，她就只能巴巴地在旁边看着。她跟大院的孩子玩不好，大家都不喜欢她，无论几岁的小朋友都叫她笨蛋，当时回回还没有上学，异禀的天赋并未显露出来，整个人傻兮兮的，头上还扎着一撮小辫子，身上穿着大红袍褂子，就像一个傻妞。

毕竟还是小孩子，再怎么被排斥，回回还是喜欢跟大伙儿在一起玩的，回妈妈也是军人，平时手上不戴戒指，放卧室里保存得好好的。其实小回回并不觉得妈妈的戒指好看，就是特别闪，这个是别的小朋友都没有的。

次日，在小朋友们又玩到一起的时候，小回回也去了，揣着妈妈的戒指走得特别有底气。大家本来不想理她，可见她神秘兮兮地捂着戒指，小孩子的好奇心也被勾了起来，都凑了过来。小回回难得当了一次小女王，跟好几个女孩子都交了朋友，交换了戒指，还约好明天一起玩儿。小回回心情特别好，她的新戒指上有一朵小红花，可好看了，吃饭洗澡的时候都不舍得脱下。难得见她那么高兴，回妈妈亲自帮女儿洗了澡，觉得最近对她的关爱变少了，心里十分愧疚。

"我们回回今天为什么那么高兴呀？"回妈妈拍了拍回回的小脚丫，逗得小回回咯咯地笑，觉得妈妈也亲近，就据实说了。可还没说完，就被回妈妈抓住脚丫一把给倒提了起来，不顾形象地大声骂道——"你这个笨蛋！"

在回回爸妈十分不好意思地去把戒指要回来之后，回回又回到了当初被孤立的日子，从此委委屈屈地当上了哥哥的小跟班。任岁月再怎么变迁，戒指在心中的那一份神秘感还是遗留了下来。

回回磨了祝维拉许久都见她毫不动摇，只得去"调戏"大姐。大姐是个爽快人，见她那么喜欢，就把戒指盒子给了她。

回回连忙打开，戒指果然如她想象的那样细致光洁，她伸出自己的手指逐个儿比了比，最后套在了大拇指上。

迎着朝阳，纤细修长的手指有了戒指的点缀显得十分好看，虽说戴在大拇指上有些奇怪，可并不影响回回的观赏。她暗自下了个决心，以后把欠江洛的钱都给还了，她就开始给自己买戒指，买十个，不，买二十个，把脚趾都给戴上。回回摩挲着手中的戒指，太满意。

大姐做好了头发，就跟回回要戒指，始终是在她身上放太久不安心。

回回看着戒指，依依不舍的，真不想脱下来啊，如果戒指是她的就好了。

不知道路过的哪路神仙听到了她这句话，心情很好地让她梦想成真了。

回回掰戒指，每次拉动戒指都伴随着一串“嗯嗯嗯……”的颤音，眼睛也水汪汪地瞪着。

大姐还在化眼妆，回回怕她看到会骂自己，连忙背过身去继续用力掰。大姐可凶了，让她知道又少不了挨上几个拳头。

祝维拉眼尖，一看这孩子表情，就觉得肯定出问题了，走过来细瞧，果然，戒指套在了上面，脱不下来，回回的大拇指都红肿了。祝维拉连忙叫停，暗骂自己刚刚把自个儿的戒指给她不就完了，人家赶着结婚呢，这会儿脱不下来了又算怎么回事儿?

到底是顾容与冷静，让人捎了肥皂水过来。

动静闹大了，大姐那边也瞒不住了。大姐看到结结实实地卡在回回手上的戒指，揪起她的耳朵，大声骂道：“你是负责来拉仇恨的吗？”

回回吸鼻子：“我也不知道……为什么会这样。”

“臭丫头！戴哪个手指不好，居然给套大拇指上去了，你诚心不让我结婚是吧？”大拇指的关节比别的手指都要粗一些，脱下来的难度也更大一些，大姐撸了撸袖子，一气呵成，“不送礼也就算了我根本没有指望你什么难不成你还想捎些东西回去吗？”

回回苦着一张脸，也不敢顶撞大姐，她是喜欢戒指，可她哪敢妄想大姐的啊!

用肥皂水鼓捣了一阵还是不行，回回刚刚的大力摩擦，把手指都弄得充血肿胀了。戒指卡在关节那儿出不来，大姐从生气到无奈，最后连睁眼都无力了。

回回颤颤巍巍地环视了一眼周围，就怕有人拿刀把她的手指给剁下来。大家都看着她的手面面相觑，没办法了。

回回瘪嘴，跺脚，摸手机，一边飙泪跑开一边开手机打电话。

接到回回电话时江洛正在开会，这是这几天来回回给他打的第一个电话，他自然不敢挂断，跟大伙儿说了一声抱歉后就出去接了电话。

电话刚接通就听到回回在那边号哭，话都说不清楚，江洛抚额：“你乖，好好说，到底怎么了？”

好容易江洛才弄清楚她话里的意思——“你是说你把人家的戒指戴自己手上，摘不下来，人家无法结婚了是吧？”

江洛不至于跟她的思维一样，认为没有戒指就结不了婚，回回在这个时候第一个想到给他打电话，着实不易。江洛的声音温柔下来：“你别急，先去机场等我，我马上就到。”

理智告诉他这样做并不合适，会议室里还有很多人在等着他，可人生总要有一次说走就走是为了自己的心上人。

这几天江洛很犹豫，总惦记着去找她，可公司事务繁忙实在脱不开身。只得日赶夜赶，终于提前了几天交接完毕，此刻正是他新官上任之际，火还没烧起来，就有另一个“被烧了屁股”的人让他去降温了。

纵然江洛有“烽火戏诸侯”的条件，可也没敢烧掉好不容易才建起来的“江山”。在去往机场的路上，开了视频主持刚刚未完的会议。虽然有些仓促，也算差强人意。

一路绿灯。

回回在机场等了两个小时，终于等来了江洛，一看到就跑上去抓着人衣摆，泪眼汪汪地看着他不说话。

好像这几年都是这样，刚开始的时候回回闯了祸就躲起来，江洛明着帮她解决过好几次，之后她一有事就巴巴地过来找他了。这一找，就是两年。

只是这一次，好像跟以前的几次不大一样。

江洛把她搂到怀里，亲了亲她的头顶，问道：“不生气了？”

回回现在有求于人，哪敢生气，只得点了点头。

江洛抓过她的手：“我看看。”

回回的拇指已经肿成了“小腊肠”，她后来自己偷偷拔过好几次，还是没有办法拔下来，手却肿得越来越厉害了。

江洛有些心疼，牵着她的手出了机场。

尽管回回一直在说大姐结不成婚了，要他赶紧陪她去买戒指。江洛摸了摸她焦虑的脑袋，只笑了笑并没有说什么，他可没有帮别人的老婆买戒指的喜好，而且这年头要是谁因为没有戒指而不能结婚，那还真是贻笑大方了。江洛劝不动她，为了让她安心，还当面给顾容与打了电话问究竟，果然，那边祝维拉把自己的戒指借了出去。

回回重重地松了一口气，抱着江洛的胳膊怎么都不放手，似乎每次只要他一来，她的事情就可以解决。

到底是出自大户人家，该有的礼数一点儿都不会少。江洛来得急，身上只揣了些现金和信用卡，礼物只能现买了。回回想到今天大姐说的那句话，眼睛眨了好几眨，耐心地陪着江洛选礼物。江洛的分寸和拿捏都是极好的，东西选得既不高雅也不媚俗，不会掉了档次，也不至于让人不敢收。

江洛见她穿得有些单薄，还特意给她买了一件大红的羽绒服，外面还有一圈白色的毛毛，把回回衬托得俏皮无比。他喜欢回回穿红色的衣裳，看起来特别有朝气。

两个人又去了药店，江洛帮回回买了一瓶药酒擦手，然后牵着她去了大姐家。

他们到的时候已经是傍晚，婚礼准备开始了。

大姐在屋子里紧张得直抖，回回不能理解为什么强势的大姐到了这一刻居然感性焦虑起来，直到她自己结了婚，才明白这样的等待叫作幸福。

他们都没有料到江洛会亲自过来，毕竟时间太赶，江洛要从公事中脱身也不容易。

江洛给大姐递上礼物："新婚愉快，这是我跟回回的一份心意，请大姐笑纳。"

大姐接过，看了一眼旁边的回回，眉眼含笑。

回回躲在江洛后面，露了一个小脑袋："大姐，对不起，我不是故意的。等我手指消肿了，我再给你把戒指寄回来，你不要生我的气。"

大姐"扑哧"一笑："太淘了，就没见过比你还能闹的，给我寄一枚戒指哪够呀，你得给我再单独买一份礼物。"

回回看着大姐促狭的双眼，终于安心了，头点得欢快，笑容又回到了脸上。

大姐的婚礼办得风风光光，大姐的家境并不怎么好，可人却是极好，聪明大方，工作好，文凭硬，男方的确不吃亏。

之前回回就被大姐委派了工作，等新郎来的时候端庄地走上去献哈达说祝语。回回暗自练过好多次，就怕自己的动作没做好，惹大家笑话了。她对着江洛做了好几次，姿势有些滑稽，江洛忍着笑一步一步地给她纠正。

新郎来的时候排场挺大，他穿着白色的礼服，骑着一匹黑色的骏马，热情奔放地唱着歌儿，大老远就能听到歌声。

回回拿着哈达在门口焦急等待，江洛也换上了一套藏蓝色的袍子，在回回激动得不能自已的时候负责拉住她。

祝维拉怕回回出错，想过去交代几句，可刚动身，就被顾容与牵住了手，他示意她看两个人牵在一起的手，回回还在念念叨叨，歪着脑袋跟江洛背着待会儿要说的词。江洛眉眼含笑，仔细地听她说着，这是她心心念念的事情，他也不能马虎。

祝维拉明白了，看着顾容与笑。

回回做得很好，新郎进来的时候，踩着小碎步捧着哈达上去说了一声“扎西德勒”。新郎被她说得一愣，随即反应了过来，接过哈达，也回了一句“扎西德勒”，心里却觉得这个藏族姑娘也忒不会入乡随俗了吧！这毕竟是蒙古族婚礼啊！

江洛抚了抚额头，他教她的蒙古语明明不是这么说的……

好在新郎已经被大姐的亲人们带去举行敬神仪式了，回回功成身退，伸出两个手指跟江洛比了比。

江洛笑着摇了摇头。

晚宴很快就开始了，肉多为羊肉，酒也多是羊奶酒。大姐知道回回不能喝酒，一喝就出事，找人给她单独准备了羊奶。回回才喝了一口，就把嘴鼓得圆圆的，想找地方吐了去，这味道太腥了。

江洛死死地搂住了她的腰，逼着她吞了下去，不管再怎么胡闹，礼貌还是得有。

大伙儿玩了个通宵，回回也丝毫没有睡意，尽情地胡闹了一番，哪里人多就往哪里挤。

回回也参加过很多婚宴，要说谁家最豪华，谁家最温馨，都没有一个准确的答案，可是要说最特别的就数大姐的了。大姐的婚礼，她可以拍着手跟着大家胡乱唱，唱错了也没有人笑她，她可以尽情地打趣新郎新娘，不会被大人耳提面命着一些该守的礼数。

天边泛白的时候，回回终于在江洛的怀里睡着了。

婚礼即将结束，启程的时间到了，大姐在亲人的陪同下去了男方家里。这样特别的婚礼，无缘再参加第二次。

祝维拉作为伴娘也跟着大姐过去了，虽然回回入睡前千叮咛万嘱咐让她一定也要把自己带走，可祝维拉看着回回疲惫的脸，实在不好叫醒她。

“麻烦你照顾她了。”祝维拉捏了捏回回的脸，笑着对江洛说。

江洛点了点头，看着祝维拉，突然很感慨。跟她也认识快八年了吧？好像大家一下子都长这么大了，有了连自己都未曾想过的将来。

江洛不知道再说些什么，他们好像很久之前就没有共同语言了，现在每次提起，话题都只有怀里的这个女孩。

祝维拉笑道："阿洛，再见。"

我们再见吧。

江洛看着回回熟睡的脸，很宠溺很宠溺："傻瓜，你要什么样的婚礼我不能给你？何必羡慕别人的呢？"

天还灰蒙蒙的，繁星似水，躺下，就能拥抱整个世界。

《淑女绘·雪花的快乐》 22.00

**日光倾城系列**

《巧克力色微凉青春Ⅰ》 20.90

《巧克力色微凉青春Ⅱ》 20.90

《浅蓝色时光舞步Ⅰ》 20.90

**纯美小说系列**

《少女果味杂志书①：甜心草莓号》 14.80

《少女果味杂志书②：蜜桃慕斯号》 14.80

《少女果味杂志书③：焦糖布丁号》 16.80

《少女果味杂志书④：香草海绵号》 16.80

《少女果味杂志书⑤：可可森林号》 18.80

《少女果味杂志书⑥：果果米苏号》 18.80

《少女果味杂志书⑦：香橙泡芙号》 18.80

《少女果味杂志书⑧：樱桃芝士号》 18.80

《少女果味杂志书⑨：蓝莓布朗号》 18.80

《少女果味杂志书⑩：薄荷方糖号》 18.80

《少女果味杂志书⑪：樱花紫苏号》 18.80

《少女果味杂志书⑫：柠檬红茶号》 18.80

**蝴蝶蓝系列**

《蝴蝶蓝（第一季）·千面桃花姬》 19.90

《蝴蝶蓝（第二季）·紫莲山庄》 19.90

**班花朵朵系列**

《班花朵朵①·我是艺术生》 20.90

《班花朵朵②·电影初体验》 20.90

《班花朵朵③·偶像保卫战》 20.90

**小 MM 四周年主题书**

《现在是女生时代！》 28.80

《现在是女生时代！②·我们闺蜜吧》 28.80

《现在是女生时代！③·女生都是小怪物》 28.80

**欢乐联萌系列**

《养只萌呆镇镇宅①》 19.90

《养只萌呆镇镇宅②》 19.90

《养只萌呆镇镇宅③》 19.90

《养只萌呆镇镇宅④》 19.90

《养只萌呆镇镇宅⑤》 19.90

《萌师上线，顽徒请签收①》 19.90

**天使在身边系列**

《路过心上的哈士奇》 20.90

《当心！浣熊出没》 20.90

《萌动之森①·雪地精灵伶鼬》 20.90

**公主天下系列**

《清河公主·洙宛传》 22.80

## 《意林·轻小说》·轻文库品牌书系　引领校园小说阅读新潮流

**绘梦古风系列**

《公主驾到》 23.80

《花颜错》 23.80

《山寨世家》 23.80

《倾世迷迭书》 23.80

《凤九卿（一）》 23.80

《凤九卿（二）》 23.80

《凤九卿（三）》 23.80

《凤九卿（四）》 23.80

《美人千千泪西楼》 23.80

《郡主驾到·壹》 24.00

《木兰帝（上）》 23.80

《木兰帝（下）》 23.80

《俏娇小仙闹皇宫》 23.80

《连城赋（上）》 23.80

**恋之水晶系列**

《致淡玫瑰色的你》 22.80

《宁负流年不负君》 22.80

《世界第一的假面殿下》 25.00

《脱线萌星易容记》 25.00

《指尖花凉忆成殇》 22.00

《欢歌犹在意微醺》 22.00

《见习保镖呆呆兽》 25.00

《可可少女梦想纪》 25.00

《后天男神Ⅰ》 25.00

《后天男神Ⅱ》 25.00

《后天男神Ⅲ》 26.80

《世界第一的公主殿下Ⅰ》 23.80

《世界第一的公主殿下Ⅱ》 23.80

《挥手告别小时光》 23.80

《少年站在云之彼岸》 23.80

《我的青春，以你为名①偶像来了！》 23.80

**私人定制少女馆系列**

《恋恋星煌十二宫》 25.00

《守护十二生辰石》 25.00

**奇幻仙境系列**

《彼渡少年与妖怪契约》 23.80

《神典·末夜公主》 23.80

《御灵骑士团·诺茵与彩狸》 23.80

《逆世界之瞳》 23.80

《玫瑰帝国·荆棘鸟之冠》 25.80

《玫瑰帝国·黑羽蝶之翼》 25.00

《玫瑰帝国·白蔷薇之祭》 26.80

**暗影迷踪系列**

《终极推理事件簿》 22.80

《超级学园探案密码》 22.00

**新炫武侠系列**

《邻家武圣》 23.80

**星光璀璨系列**

《轻星球·仙女星云号》 19.80

**灵气少女系列**

《星有灵犀遇见你》 20.80

《萌熊改造计划》 20.80

《守护极速甜心》 20.80

《元气星女倾城记》 20.80

《公主病》 20.80

**轻舞飞扬系列**

《毛毛熊的浪漫樱花雨》 19.80

《发梢轻绾茉莉香》 19.80

《迷迭香在青春里绽放》 19.80

## 《意林·小文学》品牌书系　阳光阅读·快乐写作

**成长物语系列**

《艾丽鲨半成年》 19.90

《换双翅膀飞翔》 19.90

《琥珀青春》 19.80

**魅力悦读系列**

《程家兄妹·永不毕业的少年》 19.90

**幻之星球系列**

《地球假日①：寻找洛神》 19.90

**爆笑学园系列**

《鬼马女神捕①：绝密卧底（上）》 14.80

《鬼马女神捕①：绝密卧底（下）》 14.80

《鬼马女神捕②：绝命预言（上）》 14.80

《鬼马女神捕②：绝命预言（下）》 14.80

《天神学院·魔女见习生》 19.90

**动物奇缘系列**

《萌兽报到，请多关照》 19.90

## 意林青少年国际大奖小说系列（少年励志正能量丛书）　总统的选书标准，世界级童书大奖获奖作品

**国际大奖小说系列**

《鲸武士》 22.90

《囧男孩日记》 19.90

《阿萨的心事》 14.90

《冬天的小木屋》 12.90

《河豚少年》 12.90

《林克的流浪之旅》 13.90

《墓地低语》 16.90

《铅十字架的秘密》 19.90

《少女骑士变身记》 22.90

《雪橇犬之歌》 14.90

《沼泽女孩》 25.90

**一生必读的经典名著系列**

《80天环游地球》 19.90

《海蒂》 16.90

《吉卜林动物故事集》 16.90

《木偶奇遇记》 15.90

《青鸟》 15.90

《森林王子》 12.90

《所罗门王的宝藏》 16.90

《汤姆·索亚历险记》 15.90

《小飞侠彼得潘》 16.90